上海繁华

大地风车 著

第三届现实主义网络文学征文大赛

特等奖

华东师范大学出版社

图书在版编目(CIP)数据

上海繁华/大地风车著.—上海:华东师范大学出版社,2019
ISBN 978-7-5675-9498-2

Ⅰ.①上… Ⅱ.①大… Ⅲ.①长篇小说-中国-当代 Ⅳ.①I247.5

中国版本图书馆CIP数据核字(2019)第142293号

上海繁华

著　　者　大地风车
策划编辑　王　健
项目编辑　魏　锦
审读编辑　黄诗韵
装帧设计　卢晓红　刘怡霖

出版发行　华东师范大学出版社
社　　址　上海市中山北路3663号　邮编 200062
网　　址　www.ecnupress.com.cn
电　　话　021-60821666　行政传真 021-62572105
客服电话　021-62865537　门市(邮购)电话 021-62869887
地　　址　上海市中山北路3663号华东师范大学校内先锋路口
网　　店　http://hdsdcbs.tmall.com

印 刷 者　上海龙腾印务有限公司
开　　本　787×1092　16开
印　　张　29.25
字　　数　567千字
版　　次　2019年8月第1版
印　　次　2019年8月第1次
书　　号　ISBN 978-7-5675-9498-2
定　　价　98.00元

出版人　王　焰

(如发现本版图书有印订质量问题,请寄回本社客服中心调换或电话021-62865537联系)

目 录

自　序 / 001

第一章 / 001
第二章 / 073
第三章 / 146
第四章 / 226
第五章 / 308
第六章 / 378

后　记 / 461

自 序

许多年过去,我还清晰地记得自己刚来上海时住在上海闵行区七宝镇星站路城中村的场景。

我一个人背着行囊(只不过是几件简单的换洗衣服而已),离开家乡,离开亲人,来到这里,住进了一个农家小院二楼角落的出租房。

孤零零一个人,无依无靠,四处寻找工作,内心对前途一片迷茫。我们都是不停地来回奔波的人,从出发到止步,只是为了寻找到那个心目中想要的自己。

人生的每个阶段,能够自己主动选择的机会其实并不是很多。我至少有过三次这样独自前行的经历。第一次是从娄底师专毕业,从湖南老家到浙江湖州。第二次是为了生计,从湖州到宁波。这次之所以辗转上海,也有许许多多的不得已和无可奈何。

时光荏苒而不留,我在梦中翻看如烟的过往。

有时候,如果我们短暂地停下脚步,或偶尔回过头,凝望自己曾经或步履蹒跚,或昂首踏步,或踯躅前行走过的路程,就会突然发现,那些种种的过往何尝不是自己人生中一次次冥冥中的因缘际会?

我经常问自己,当初的我是不是也只不过是想努力找到那个想要的自己?我想,我可能是一个容易感伤的人。一些思绪尽在一念间起飞洒落,纷纷扬扬。

每个人都有过一段暗无天日的时光,每个人都有在黑暗中踯躅前行的时候。人活着的时间,总是有很多艰难,或大或少,或长或短。

在人生最黑暗、最糟糕的时光,我们都遭遇过许许多多痛不欲生的经历,内心大多千疮百孔,好像耗尽了自己所有的力气。那些黑暗的虚无瓢泼而下,总是令我们在某一刻的一瞬间顿时泪流满面。眼泪滴水成冰,冻结了我们的眼睛和泪花。

谁的青春不迷茫?日子疯长,影子日瘦。人未老,眼珠里却早已注满了苍黄,有人竟然一夜间就花白了自己的少年头。

生活就是没有落幕的舞台,承受着人生的悲欢离合,也承受着人生的寂寞孤单。夜未央。站在黑暗的中央,望不见你来时的路,寂寞、孤独蜂拥而上。是的,守护自己有时候的确很难、很难。

可日子还是得一天天地往下过。你过还是不过,欢欣或是苟且,日子都在那里,时光如河流般坚定不移地往前缓缓流淌。日子是每一天,不仅要度过光明的白天,也要度过黑暗的夜晚。

只是有的人留在了黑暗里,再未站起;而有的人挺到了阳光之下,活成传奇。

但纵然一生被苦难包围的人,也一定会有被欢乐垂青的时候,哪怕只是瞬间。这些一瞬间的欢乐,如温暖的手,轻拂过我们的整个生命。如果你一直无知无觉地处于黑暗中央,没有别的原因,一定是你自己弄丢了自己。

人生有时就是刚好不容易从一个坑中爬出来,还没缓过一口气来,又跳进了另一个坑。而这些坑,有些是原来就有的,有些是别人给设置的,还有一些却是自己给自己挖的。

如果你的实力撑不起你的自尊,就一定要撕下自己所谓的坚强伪装,该求助时就要求助。也有很多时候,我们或许会一不小心就做了自己的囚徒,请千万不要锁住自己的心灵,不妨换一种方式,比如拐一个弯,只要不抛弃、不放弃,那你想要的自己就一定还在那里。

有什么比黑暗更黑暗呢?独坐夜的门槛,一重浓一重的黑暗正无声无息地悄然隐去。只有我隐不去的黑色的眼睛没有在暗夜里沉沦,用它来寻找光亮。我们需要的不一定是安慰,而是在历经漫漫黑夜后,在下一个黎明找到想要的真实的自己。

那个你想要成为的真实自己,就是你一直在寻找的光。其实,我们的一生都是在发现和寻找这道光,追随这道光,然后把那光举高、再举高,抵消掉周遭的黑暗,穿过黑夜,让心灵停泊,最后活成自己渴望的模样。我们的生命和人生从此愈加深刻。

黑暗中,你要活成自己的光。

总有一些时光,要在过去后才会发现它已深深地刻在了记忆中。或许多年以后,某个灯下的晚上,你会蓦然想起,一些人已在时光的河流中乘舟而去,消失了踪迹,而你的心中却流淌着跨越了时光之河的温暖,永不消逝。

光望着我,它正燃烧着自己。

凡事过往,皆为序章。我仿佛看见,我原来租住的那间房间的灯还亮着,只是不知道谁还住在那里。

第一章

早上业务部晨会前,王一元一般都会先到公司生产车间转转。今天,兴中公司的化妆品盒子要出货,还有几个打样,他都得去看看。这是王一元多年工作形成的习惯,对自己正在做的每一件事情,他都要求自己尽量做到心中有数。

兴中公司的化妆品盒子已打好包,整齐地码放在待发货区。王一元和业务助理小林以及生产管理肖云华交代了几句,还和肖云华开了几句玩笑。肖云华老家是湖北监利县,王一元老家是湖南双峰县,一个湖北一个湖南,算是半个老乡,两人走得自然就近些。

打样部的王丽萍手里拿了几个盒子样品,"咚咚咚"地踩着高跟鞋,袅袅婷婷地走了过来,笑着对王一元说道:"王哥,刚好你在这儿,这色你看看对不?"

王丽萍是辽宁盘锦人,个子比较高,长得还算漂亮,加上性格爽直,在工厂里颇受欢迎,得一绰号叫"标准件",就是厂花的意思。和南方人跟别人打招呼的方式不同,来自东北的她不管和对方熟不熟悉,一开口就是哥啊姐的,叫得特别亲热。王一元到现在也不是很习惯,总觉得怪怪的,于是就笑话王丽萍:"你这么想攀亲戚,为什么不叫爹呢?"

周围几个人哈哈大笑,王丽萍有些气恼,作势上来就要掐王一元。她假意恶狠狠地瞪着大眼睛看着王一元:"我这样叫你,你敢应吗?王哥,你这打样是不想要了吧?"

"别,别,哥过几天带你去看F1大奖赛。"王一元赶紧投降,顺手拿过样品和原样,走到桌子前,凑到日光灯下仔细对比着看了会儿,转身对王丽萍说道:"打样的蓝颜色浅了些,再深一点点,接近于深蓝,就好了。"

王一元在一家台湾人投资的印刷厂做业务经理。工厂在老沪青路靠近华翔路,离上海东方国贸批发市场不远,在一个当地村里开发建设的工业小区里。工厂占据了这个工业小区中的两幢单层的专业厂房,3 000平米多一点。公司的名字很是大气,叫上海台沪国际印务有限公司。公司的业务主要是和在上海及江浙的台资企业配套,专门做包装袋和纸制品的印刷,员工有150多人。

老板是台湾台中人,叫肖景东,他更喜欢别人叫他阿东,为人很随和,但做事很精明,40多岁,相传在20世纪90年代初随台湾"迪比亚电子"来的大陆。"迪比亚电子"大陆的总部设在上海,它生产的迪比亚品牌的手机在国内一度很有名气。肖景东看到机会,便出来单干,开办了这家印刷厂,专门供应迪比亚电子的包装盒和产品说明书,由此慢慢起家。

现在,台沪公司拥有最新的海德堡对开六色、四开四色印刷机各一台,以及完善的一系列印后包装加工设备,在上海的印刷行业内小有名气。

私下里,员工都把肖老板称为"肖巴子",因为他小气,而且有些做派不近人情。"巴子"的"巴"本来是一个形容词,大致和"乡巴佬"的意思差不多,而在上海话里,"巴子"除了有"乡下人"的这层意思,最主要还是指素质低下、不识时务、蛮横跋扈的外地人,但也不能算是骂人的词。

说是业务经理,王一元其实就只是一个普通业务员,上面还有业务部经理。台沪公司业务部里具体做业务的有6个人,还有一个跟单和协调的业务助理小林,再加上部门经理,总共8人。

业务部经理也是台湾人,姓丁,是肖老板的表弟。这个人整天一副洋派头,头发打理得油光水滑,即使在大热天,有时还要穿上西装,系上领带,特别是一双皮鞋,硬是一整天都不见有一丝灰尘。为更显示自己的与众不同,丁经理一般每说三句话就肯定会蹦出一两个英文单词来,搞得员工们经常不知所云,私下都说他人模狗样。

此丁君有两个特别的爱好:一是最喜欢开会,业务部每天有晨会,星期六上午公司正常上班,下午开本周的业务调度总结会。会议开始时还喜欢讲究仪式感,要求全体起立,或者表决心,或者唱歌,或者有节奏地鼓掌。二是喜欢填表格,美其名曰表格化管理。业务人员每天要填写日常工作管理跟踪表,不仅要填写具体联系人、联系电话、经办项目和地点,甚至连具体的时间都要精确到小时,每小时干的任何事情都要按照要求逐项列出。星期六的调度会上,每个业务员要上交上星期的工作总结,还要填写下周的工作计划,要定具体目标及达成的时间,最后签字画押,下次开会时要逐一对照检查。

当时,在上海和江浙两地聚集了很多台资企业。因为同根同源又远离故土,所以这些台资企业更愿意和台资企业打交道。有了这种天然的优势,台沪公司的业务拓展得顺风顺水,在很短的时间内就得到较大的发展,目前更是有了像华硕电脑、仁宝电脑等这样的多家大客户。

在台沪公司的总体业务份额中,老板肖总和丁经理加起来占了有一多半。而王一元等几个业务员,除了要不断开发新的客户,还要负责公司分配的不同片区的现有客户的沟通协调、回款、走访、客情支持和维护等。

说起来，王一元之所以进入台沪公司，过程还挺有意思的。

王一元之前在浙江宁波工作，今年三月份刚到上海找工作时，两眼一抹黑。他除了以前曾来上海公务出差过几次，对上海有个粗略的印象外，基本上没有认识的人。虽然他有过几年的工作经历，甚至也算有点成绩，但初来乍到，要找工作就得一切推倒重来。

王一元在宁波做的是生产管理，在一家较大规模的服装辅料生产企业。但这次到上海，他想做一下改变，下定决心要学习做业务。一方面是因为生产管理做得时间久了，有了一定的惰性，缺少激情；另一方面是他觉得做业务更富有挑战性，对自己以后的发展也更有帮助，这样更契合他来上海的冲动和决心。

想清楚了要做什么，王一元找工作的目标就很明确：自己能做得了的行业性大公司。找工作的过程倒还算顺利。王一元去了几次人才市场，比较了各种报刊上的招聘广告，经过投简历、面试、筛选，终于在到上海十天后选择了台沪。

说来有点搞笑，之所以选台沪公司，主要还是因为"51job"那一期报纸上台沪公司半个版的彩色招聘广告。王一元当时心里想，既然能用半个彩色版来做广告招人，这个公司的实力应该还行。

刚进台沪公司时，王一元向业务部丁经理提了一个请求，主动提出下到生产车间实习半个月。按照公司惯例，每个新进的业务员都会先到生产车间实习，不过基本都是一个星期左右。

丁经理一开始不明白王一元要求下车间的时间为什么会这么长，只觉得他的这个想法有些特别，但联想到王一元曾经有过在工厂工作的履历，最后还是同意了。

车间的工作，王一元当然比较熟悉。他觉得，尽管行业不同、产品相异，但每个工厂的基本生产运作、作业流程和管理方法方式都具有一定的规律和普遍性，还是有相通之处的。

王一元甚至早就自拟好了实习计划，他准备将整个实习期分为两段：先用十天左右的时间熟悉印刷的生产设施设备及其大致的用途用法，如果允许，最好是能直接上机操作；接下来的五天是熟悉整个印刷生产流程，以及打样、设计制作、包装发货等辅助程序。

十五天的时间虽说有些紧凑，很多东西都不大可能了解得很深入，但可以和车间的管理者和工人多接触，多向他们学习。

以王一元以往的经验，生产车间是个能人辈出的地方，新人要学的东西基本都掌握在师傅们的手里，不和他们打好交道，就肯定不能掌握到第一手的资料，生产上的技术窍门以及经验教训也都无法学到。

生产管理肖云华领着王一元，先经过工厂仓库前台和发货区，然后穿过一个厚重的大门，换上工作服，戴上工作帽，经过吹风吸尘和紫外线消毒处理，再穿过一扇厚重的大门，最后才到达台沪公司的生产车间。

和大多数的台资企业一样，台沪公司生产车间实行严格的企业精益化管理和6S管理。只见工厂整体环境洁净整齐，完全不像传统印刷企业那样脏乱差。进了车间，那先进的机器和流水线、工人熟练的操作水平、作业现场井井有条的管理让人真切地感觉到台沪公司的实力。此外，工厂的现场管理和效率也令人印象深刻。车间物品都按照拿取时间最短的原则，摆放得整洁有序，所有的操作都有严格的标准流程。

此时正是中午休息，每个工人都自觉地把自己的工作区域整理得井然有序。肖云华告诉王一元："车间的印刷工随时随地进行整理、整顿和清扫，这是操作工的基本工作，时间久了自然就会形成习惯。有一些活计，客户要求很高，不允许有瑕疵，特别是药品和食品的说明书。"

作业流程和节点的规划布置也很特别，特别是在核心的印刷机操作间的设计上。为了保证车间环境良好，整个车间都是恒温和恒湿的，还安装了排风装置和加湿器，照明灯也是按照印刷机摆放的位置而专门设计的。

王一元对精益化管理和6S管理不陌生，整理、整顿、清扫、清洁、安全、素养，自己原来在宁波的工厂都曾亲身实践和推行。半个月下来，王一元对印刷厂的各种生产设备和生产工艺及从设计、制版、印刷、装订、包装到物流的整个生产流程都有了直观的感受，还基本掌握了与印刷相关的专业术语和行业语言。

最后的几天，他利用空余时间，结合自己在工厂的所见所闻和自己以前在宁波工厂的6S管理上的经验，就台沪公司车间生产管理的制度建设、生产组织和协调安排的合理性、生产流程的衔接、车间目前存在的问题和解决办法等几个方面提出了一些自己的想法，形成了一篇洋洋洒洒5000多字的书面建议，私下交给了公司主管生产的孙玉泉经理和自己部门的丁经理。

当时，台湾企业进入大陆投资建厂，出于谨慎，一般都对大陆的政策法规、社会关系、公司管理，甚至是风土人情等进行专业的评估。即使这样，他们还是觉得不够保险，还会聘请一个在投资所在地有一定社会关系的大陆人士来担任公司经理，以帮助处理台资公司在大陆方方面面的关系。这位经理的职责和地位相对超然，在公司内部一般不会有什么实质性的权力。但这位孙玉泉经理却是个例外。这个60多岁的老头永远都衣冠整洁、头势清爽，花白相间的头发梳理得一丝不乱，什么时候都挺胸抬头，只是偶尔喜欢喝点小酒。一来，他土生土长在本地的光华村顾更浪小组；二来，他退休前是上海印刷二厂的生产副厂长，有丰富的印刷生产管理经验，加上他觉得自己身体还不错，完全可以再干一段时间，于是公司就另外让他担任了生产管理的实职，职责权力相当于厂长。

孙经理对王一元在生产车间的实习一开始并没有多少关注，觉得不过是又一个来例行实习的业务员而已。等他再三看过王一元的这份建议报告，觉得不仅写得很实际，而且也很有深度，这才对王一元这个人另眼相看起来。虽然他主管的就是生产，可他并没有护短，而是把该报告直接呈给了公司总经理肖景东。

肖总从头到尾仔仔细细地看过，也觉得报告非常不错，于是龙飞凤舞地在报告第一页上批示了一句英文"very good"。

孙经理是一个惜才的老人。他觉得王一元在生产管理上很有可能是一个可造之才，甚至一度有了把王一元弄到生产管理岗位的想法，却被肖总阻止了。肖总是这么说的："这个小王，看来有两把刷子。他不是应聘业务吗？那就先让他去做做业务，要是实在不行了就回工厂，到时再做生产管理也不迟。"当然，这些王一元都不可能知道。

孙经理对这个老板批示了的建议报告相当重视。他召集了工厂的所有人员开了一个现场会议，邀请王一元针对报告中所提的问题一一进行了细致的分析，逐条进行检讨，在实际工作中进一步加以改进和完善。他还牵头生产部门特事特办，经报请总经理同意，特别授予王一元当月的"生产之星"，奖励了500元。

可这样一来，业务部丁经理就有点下不来台了。业务部的员工竟然被生产部门授予最高奖励，这在公司是没有先例的。他暗地里想道，这个王一元，才刚到公司就弄出这么大的动静，这究竟是怎么回事？可他也没有其他办法，只好就坡下驴，把王一元评为当月的"业务之星"，不过奖金打了折扣，从500元降为300元。

俗话说，大企业做人，小企业做事。王一元没想到结果会变成这样。原本写这份建议报告，他除了有一时手痒的因素，主要还是想对自己在工厂实习期间的工作做一个阶段总结，并且报告是私底下送上去的，压根就没想到会被公开。他为了避嫌，也送给过丁经理一份。"业务之星"这样的结果，在月底星期六下午的业务调度会上宣布的时候，让王一元这个还没有做成一分钱生意的业务员极为尴尬。好在，同事们对他没有什么恶意。

当然，因为这份报告，王一元不仅得了奖金800元这一实质性的好处，还借机和公司生产部门的各色人等搞好了关系。这些是王一元始料不及的，算是无心插柳了。

王一元在结束工厂车间的实习后，公司安排他跟老业务杜于乐实习。依照传统习惯，王一元称呼杜于乐为"师傅"。

杜于乐是位40多岁的中年老大姐，上海人。她原来是浦西一家国企纺织厂的挡车工，多年前下岗，迫于生计，做过很多行业，打过很多杂工，甚至还摆过地摊。虽然一直没赚到什么钞票，但培养出了不屈不挠、开朗、作风泼辣的性格。后来经人介绍，她到浦东的一家印刷厂做起了业务员，不想反而慢慢地做了出来，在业务上混得风生水起，行业内都称她为"铁娘子"。前年，她老公的工作调动到虹桥国际机场，为了方便照顾家庭，她就跟着跳槽到了台沪公司。

杜于乐先是在公司教了王一元一些基本的业务方面的常识，主要是各种各样的纸张、不同工艺的纸制品和包装材料的基本概念、报价的计算方法。然后，她就带着王一元在外面跑了两个星期的业务，教了些常见的寻找客户的方法和技巧，公司产品的交货期、交货方式、付款方式等业务方面的基本流程，还向王一元大致介绍了上海其他的比较有名的印刷公司及其产品、竞争优势等情况。

杜于乐是个热心人，又曾经下过岗、创过业，本就极富同情心，她觉得王一元一个人在上海非常不容易，所以在教王一元的时候基本没有保留，面面俱到。王一元对即将到来的业务员工作充满想象和憧憬，学得非常认真和仔细，有时生怕自己忘记，还不时地掏出小本子记上几笔。

王一元这时候吃住都在工厂。台沪公司印刷厂的宿舍是在后道车间上面加盖的一个夹层。宿舍房间是由木板和石膏板搭建的一个个小格子间，没有窗户。房间因为屋顶没有隔热层，也不通风，所以冬天格外寒冷，夏天又异常闷热。虽然老板照顾，让王一元住了单间，但他还是没住久就打算搬了。首先是要忍受工厂内日夜不停的各种机器发出的噪声和人来人往的各种响动和说话声，特别是生产部门的工作是两班倒，一到半夜12点交接班，所有的声响都被寂静的深夜放大了无数倍，显得格外清晰。碰上王一元哪天有了心事，本来就辗转难眠，这噪声就更是深入人心，仿佛一把把小铁锤，一下下地在敲打在他脆弱的神经上。其次是因为公司业务部只有他一个人住厂里，所以车间一碰到生产上吃不准的事，比如对色、打样、拼接尺寸等，丁经理一个电话，王一元就得乖乖地披上衣服下楼。以至于后来，就是白天听到丁经理那浓郁的台中口音普通话，王一元都会觉得耳朵里嗡嗡作响，恶心得要命。

于是，王一元想趁着刚上手做业务，时间还有些自由，就动了搬出工厂居住的念头。

对于搬离工厂,这些都只是些表面的原因。其实,王一元心里明白,真正的原因是近段时期,特别是从年初横下心离开宁波到上海以来,日益感到一种沉重的焦虑和恐慌。到明年的12月底,王一元就30岁了。子曰:"三十而立。"就是说,三十岁的人应该已经确定自己的人生目标与发展方向了。而他呢,只能眼见青春易逝,任自己日见沧桑。对一个男人来说,成家立业,他一样都没实现。更要命的是,这些对自己来说还相当地遥远,连影子都没有。所以,他现在急于改变,至少变得比现在更好一些。说白了,他需要机会。要找机会,就需要与外界多接触,需要有一定的自由。而搬出工厂,就是王一元当时能想到的唯一路径。

后来,经公司同事的介绍,王一元搬到了现在的七宝镇星站路上的一个小院。

这个靠近吴宝路的小院是一个标准的旧式上海农家小院。小院白墙黑瓦,两层楼房。院子靠西边有一口房东自己打的水井。上海不缺水,挖2米就会有水渗出来,可这口水井不仅打得很深,井底还放置了细白沙,所以打上来的水很清,还冬暖夏凉。房东家有四口人,一个老太太、房东夫妻俩和他们的女儿,一大家人占了楼下的大厅和厨房以及楼上的两间卧室。因为有利可图,房东就把院子东西两厢改建成两排简易的石棉瓦房,这样加上楼上楼下他们自家用剩下的房间,小院有10多间房用于出租。房租倒是不贵,根据大小、朝向、楼层等分为300至600元不等。每间房单独使用火表,门口还搭有简易的灶台。自来水是一个大水管下接了十多个小龙头,每一个龙头安装有一个水表,打了编号,供各家单独使用。

从小院出来左拐,沿星站路走50米就是吴宝路。那时的吴宝路,从吴中路到沪青平公路这一小段,一端连着虹桥国际机场和东方国贸批发市场,一端连着台资企业台尚糖果的千人大厂,所以格外热闹。这条只有1 000来米的狭窄街道,两侧遍布着王一元居住的这种房屋。尽管巷陌狭窄逼仄、房屋密集、污水横流,却因为廉价的房租和便利的生活条件而熙熙攘攘。整条街道就像一个巨大的容器,包罗了日常生活的方方面面,装满了各式各样的店铺、全国各地风味的饭店排档、各种不同消费档次和需求的娱乐场所,还见缝插针地坐落了些微型工厂和仓库。当然,最重要的是,这里的东西超乎寻常的便宜——房租便宜,日用品便宜,吃饭便宜,洗澡便宜。王一元花30元就在一处修车摊上买到了一辆八成新的捷安特自行车。

仿佛每时每刻,这里都有无数的外来者涌过来,有贩夫走卒、泥水工匠,也有外表光鲜却内心疲惫的白领、心高气傲又底气不足的老板,甚至还有伙夫、乞丐流浪者、卖药的、算命的……这里的人实在是太多了,从早到晚都充斥着南腔北调的吆喝,一切都显得混乱和拥挤。而到了夜晚，这里又变成了人间天堂，霓虹闪烁，纸醉金迷，人声鼎沸。

　　王一元后来一度很怀念在这个小院生活的日子。在小院二楼的那个方寸之地，王一元一待就是一年半多，大部分的时间里，只有一台简易的收音机和书籍陪伴他，偶尔还有从楼间空隙散落下的阳光和夜晚从窗口爬进来的月色。而在窗外，就是充满喧嚣和动荡的生活。

　　很多人可能很难想象，在这个光鲜的大都市里，竟存在着这样的城中村，城中村中还生活着一群迷惘而不失坚持的人，他们用自己的生存方式扭转命运。在这里，每时每刻发生着的人和事，或亲眼所见，或道听途说，都让王一元对生活和人生多了一些感悟，也对自己的未来多了一丝期待。

　　很多年以后，王一元回忆起来，一切都仿如昨日。

　　要做业务员，首先要面对的就是寻找客户。但是，要如何找到有意向甚至能下订单的目标客户，这些就只有看个人的造化了，全凭自己去摸索了。正所谓"师傅领进门，修行在个人"。

　　一开始，台沪公司并没有提供给王一元任何现成的客户资源，只是按照先来后到的顺序，安排王一元负责公司在金山、奉贤、松江等地区的新业务开发。这几个区域都很大，像是画了一张特大的饼，王一元却不知道从哪儿先下口了。

　　像大多数业务员一样，王一元决定先通过互联网搜索、电话黄页、报纸杂志等刊物上的广告去寻找目标客户。可一段时间下来，王一元很快就懊恼地发现，这种打电话和贸然上门拜访的方式很难获得客户的信任，效果也都不是很理想。往往电话推销时，打了一天的电话，大多数电话不是联系不上人，就是号码空号，王一元先就受到了打击。好不容易接通了电话，可对方还没等听完介绍，就连连说不需要，若是听说你要去拜访，就推说单位很忙或者是管事的人出差了。客气一点的，让你传真资料或者把资料放门卫室，而大部分人则是还没讲上三两句话就"啪"地挂了电话。即使这样，好不容易几天电话下来，积攒了几家愿意接受拜访的客户，却由于这些客户都很分散，所以效率不高，一天下来能拜访三家就算不错了。于是，打击接踵而至：一次次满怀信心地跑到客户那儿，又一次次垂头丧气地走出来。到最后，有的客户王一元连门都不高兴进就回去了。这样来来回回几次折腾下来，王一元对自己都没什么信心了。

　　很多个晚上，王一元都是很晚了才身心疲惫地回到宿舍，一回去就直接躺到床上，眼睁睁地盯着黑乎乎的天花板。他不知道什么时候才有真正的出头之日，也不知道自己到底能不能熬到那一天。无所适从,找不到感觉。这种恶性循环令王一元的士气非常低落。

这段时间是王一元这个从来没有过任何销售经验的"大头兵"最痛苦的时期,他甚至几度怀疑自己是否真的适合做业务。很多次,他心里沮丧地想,自己这次冒冒失失地来上海,又抛开自己熟悉的生产管理工作,异想天开去做业务,究竟是对是错?也不知道自己最后能混到什么程度。

吴翟路和老沪青路交界处是一个丁字路口,这个"丁"字稍微出了点头,头露出来的地方是一个驾驶员培训学校。学校的旁边有个小四合院,日常看护和管理的是一个60多岁的老头,他老夫妻俩还在院子门口开了个卖烟酒饮料的小门市部。

有一次,王一元偶然在这里买饮料,从口音中听出老人也是湖南人。果然一交谈,是湖南津市人。老乡见老乡,自然有一份天然的亲切感。熟悉了以后,王一元称呼这老人为"老刘"。老刘个子小小的,但很精干,会几下真功夫,据说真打起来,三四个成年人近不了身。老刘为人正直且仗义,他不止一次地对王一元说,真要在上海被人欺负,可以打电话给他。

这个小院子大门前的这段路是王一元上下班的必经之路。一般来说,要是没什么特别着急的事情,王一元基本上每次下班回宿舍都会在这里停一会儿,和老刘闲扯上几句。因为忙着找业务,王一元也有段时间没有过来了。

这天见面,老刘和刘老太太提了水,正在浇花。老刘一见到王一元,随口就说道:"哎呀,小王,你怎么瘦了好多?"刘老太太也说道:"是啊,这天刚开始热起来,你怎么就黑了这么多了?"

王一元说道:"我现在开始学做业务了。这几天在外面跑,风吹日晒的,没办法啊。"

刘老太太说道:"你这孩子,身体要当心的。要慢慢来,着不了急的。"

老刘却说道:"这也是没办法的事,做业务不跑不行的。"他放下水壶,从小店里拿了一瓶矿泉水递给王一元,接着说:"小王,这在上海,不努力没办法啊。你看,我们都老头老太了,不还是照样得出来打工吗?"

王一元说道:"打工倒是不难,就是想出点成绩太难了。我都快半个多月了,还是没有什么业绩出来,就只接了几个小单子。做业务难啊!"他从刘老太太手里接过水瓢,小心地把水浇在一个个花盆里。花草不多,几盆兰花,几盆绿萝,还有几盆正盛开着的杜鹃。

老刘说道:"小王啊,再难也得接着做下去。硬着头皮往下做,或许就有机会了。

我们院子里也住着有许多做业务的,开头都一样。万事开头难嘛。再坚持坚持,说不定就好了。"

王一元想了想,缓缓地说道:"坚持坚持倒是没有什么问题,问题是不知道还要坚持多久啊。照现在这样,也不知道还能不能坚持得下去。"

还是师傅杜于乐给王一元出了个主意——"扫街""扫大楼",就是对一条街挨个拜访或对某一写字楼逐层拜访。杜于乐帮着王一元分析过这一段时间业务开展的状态,她认为王一元现在最重要的是调整心态、提高受挫能力、提升展业技巧。而"扫街""扫大楼"倒不失为一种有效的方法,还能对印刷市场有更加直观的了解,从而去高效合理地利用资源。

王一元这段时间还买了很多关于市场和营销方面的书籍,每晚临睡前都会督促自己看上一会儿。一天晚上,王一元正看营销大师科特勒的书。这位大师把营销的传统定义作了很大的扩展,他认为营销是发掘、维系并培养其获利性顾客的科学和艺术。看到这里,王一元缓缓合上书页,想,自己什么时候才能掌握这门科学,进入艺术的殿堂呢?理论与实际结合;理论指导实际,在实际中加深对理论的理解。这些句子的意思,王一元都懂、都明白,可怎么感觉时间越长,却仿佛距离这个殿堂越来越远了呢?

王一元下班刚走进星站路的小院子,杨国庆后脚提溜着一包猪头肉和一箱啤酒就跟了进来。正在院子当中摆桌吃饭的宋立新大声地喊道:"呦,两大先生,过来喝一杯!"

杨国庆住王一元隔壁房间,江苏泰州人,是泰州一家轴承厂驻上海办事处的经理,个子不高,瘦瘦的,比王一元大十来岁,给人印象最深的是他那两撇精心修剪的山羊胡子和一口不紧不慢的苏北普通话。

王一元从一认识杨国庆,就觉得他的形象特别像老式电影里的师爷,后来熟悉了便开玩笑叫他"师爷",院子里其他人也都跟着这么叫。这位杨师爷倒不生气,甚至有时还故意装模作样,忸忸捏捏地模仿一下师爷的神态举止,逗大家一笑。王一元和杨国庆现在都是单身,也就懒得去配备锅碗瓢盆等生活用具。王一元还好,工厂里包三餐,费用也很低,只是单位食堂吃得久了就有些腻味,所以有时也在外面吃饭。后来与院子里的其他人熟悉了,他也会和大家搭伙,就是各自买些吃的一起吃。

上楼放下背包,王一元换了衣服下楼吃饭。杨国庆说道:"隔壁欢欢 KTV 来了两个新妞,歌唱得不错,长得也还可以,吃完一起去放松放松?"

宋立新说:"把楼上的'四眼'小任也叫上。"

"四眼"小任叫任子平,今年刚从上海大学社会学系毕业,和杨国庆是同乡。他毕业后本来可以回老家,家里都已经在当地的一家银行给他找好了工作,但他坚持要留在上海发展,现在七宝的一家房产代理公司做中介。因他整天都戴着一副高度近视眼镜,所以大家都叫他"四眼"。

宋立新的媳妇余二妮夹了一筷子的蔬菜正要往嘴里送,一听宋立新这话,嘟嘟地说道:"别把人小任带坏了,他是名牌大学生,和你们不一样。"

杨师爷插嘴:"哪儿不一样了?呵呵,男人哪儿都一样的。"

这时,住在二楼的那两个花枝招展的东北女人正款款下楼,朝他们笑了笑,就走出了院门。宋立新暧昧地努努嘴:"看看,生意来了。"王一元和杨国庆只是笑。

余二妮拉下脸,举起筷子指着宋立新,不满地说道:"就你们这点出息。"

山东人宋立新一家一般下午四点就开始吃晚饭。他做的是国际快递,早些吃完饭要去各个点取件,然后回来再汇总,统一交到HLD。一圈下来,一般要工作到第二天凌晨两三点钟。

宋立新有个远房表叔在HLD上海业务部做副理。宋立新高中毕业后先是在老家务了几年农,但他实在受不了那种每天面朝黄土背朝天的生活,加上成婚后骤然增加的经济压力,不得已到上海投奔了表叔。他在HLD做了两年业务。有了他表叔的关系,去年他挂靠了一家折扣最好的代理公司,但是独立运作,也不用交所谓的管理费用,就是业内戏称的"二传手"。凭着低价和网络的优势,还有山东大汉的努力,宋立新慢慢打开了局面,现在不仅是自己发展业务,还有一些小型的快递公司,甚至是大公司业务员的一些"飞单"也都乐意交给他做。因为工作的需要,宋立新占据了院落东厢房的四个房间。员工也发展到了四个,加上老婆、老家的亲叔和堂弟都过来帮忙。他还弄了一台二手的五菱面包车,方便跑业务。

几个月过去了,王一元的业务开展终于渐见起色。

5月底,台沪公司业务部内部架构调整,业务重新组合。业务部决定把由原先其他业务员开发的,但在王一元负责的辖区内的客户,除了特殊原因外,都一并移交给王一元。当然,这些移交的客户在业务扣点上有区别,总共的3个扣点要分给原先的业务员一半,交接时间以半年为限。

王一元拿到交割单一看,自己辖区内林林总总有近20家公司,去年一年的营业额竟然有50多万元。关键是,这些客户基本上至今还有业务往来。从数据看,虽然有几家今年以来货款少了一些,但也并没有完全中断。

这次的业务调整令王一元喜出望外,简直就是给他雪中送炭,让他终于守得云开见月明。接下来的一段时间,王一元对照着名单,半是央求半是要挟着原来的业务员带着他对这些老客户逐一扫荡了一遍。就这样,他的业绩竟一天天地做了上来。

其间还有一个很有趣的经历,是去拜访一个奉贤的老客户。在去的路上,原来的业务员对王一元说道:"这个客户讲起来实际上也不是我自己开发的,还要说到我的前任,只是他现在已离开公司了。在我接手的这三年,这家公司的业务做得其实并不多,一年到头还到不了1万块钱,只是偶尔发图片过来做过一些东西。所以,这几年我其实只去过他们公司一次。"

王一元说道:"有总比没有强。你看,我都快要揭不开锅了。不管怎样,等会儿你都要帮我说说好话。"

结果到地方一看,只见该公司新建起了三栋崭新的厂房,金色的招牌上,5个红色大字"思路德服装"在阳光下熠熠闪光。那原来的业务员傻眼了,怪声怪气地说道:"鸟枪换炮了啊!小王,这个客户看来有戏啊。"

果不其然。刚一见面,一听王一元他们介绍是台沪公司的业务员,对方公司老板的声音瞬间就大起来,说道:"哎呀,我可找你们很久了!你们也看到了,现在我们公司的发展还是比较快的,新的厂房马上就要开始投入生产。"他接着挥着手说:"可就是着急忙慌的,左找右找找不到你们印刷厂的联系方式了,可能搬家的时候不小心落哪儿了。要不是看在我们合作多年的份上,我早找其他地方印刷了。"

王一元赶紧递上名片,说道:"老板,我叫小王,以后你们公司的业务就由我来负责。"

老板接过名片,马上打电话给采购部门。不一会儿,采购部经理就送过来很多要马上印制的样品。老板对王一元说道:"你们来得正是时候。这样,你们拿了这些样品,赶紧回去打样报价,我这边已经是十分紧张了。"

从这家公司出来后,原来的业务员不由得连连感叹,说道:"小王,你运气真好,你这回白捡了一个大便宜。"

就这样,王一元开始慢慢地进入了业务员的角色。这首先体现在个人形象上,包括着装、言谈举止、行为处事等方面都有了一些明显的变化,最起码看上去像是个业务员了。其次,他虽还没有长出其他业务员的所谓的"八只眼睛",但也随时随地都随身带着业务员的"三件宝"——笔、小记事本和名片,在工作和生活中处处留心留意,时刻寻找做业务的机会。

半年多下来,王一元基本熟悉了公司的业务,总算在公司里站稳了脚跟。他不仅跟上了业务部和丁经理的工作节奏,最近一个月的回款更是在所有业务员中排到了第三名。

第三个月,王一元拿到了 1 750 元的提成,加上 1 500 的底薪,这在当年对王一元来说就算是一笔大钱了,可王一元一分没留。他邀请公司业务部的全体同仁到东方国贸旁的一家酒店大吃了一顿,之后又到隔壁的上海滩夜总会唱了一宿。

这一晚,王一元可能是长久以来一直紧绷的神经稍微放松了一下,竟然酒兴大发,甚至来者不拒,兴头高处直接拿起啤酒瓶吹了两瓶。大家伙也都喝得兴致高昂、气氛热烈,甚至连从来都很少喝酒,工作之余也不怎么和大家来往的丁经理,最后都走路打起了摆子,不得已把车放在了酒店,自己打车回家。

业务部早上的晨会开完,丁经理把王一元单独留了下来。他长长地抽了两口,吐出几个烟圈,然后喝了一口水,问道:"你那个国立袜业公司的业务,进行到什么程度了?"

王一元回答说:"下个月底 25 号,国立公司要开供应商大会,会公布新的供应商名单。"

丁经理的烟瘾很大,却只喜欢抽低度焦油的"中南海"。他吸了一口烟才严肃地说道:"国立袜业是大企业,他们公司的袜子和运动鞋的出口量在上海能排进前三。尽管它的生产企业大都在浙江和江苏,但据我所知,像包装盒、说明书等印刷品的采购都是统一在上海总部的。你那边现在什么状况?"

见丁经理这回郑重询问,王一元放下手里的记事本,想了想说道:"这个单子,我已经跟了三个多月了,基本上隔三差五都会去他们公司转上一圈,搞搞关系,现在和他们的仓库、物流、生管计划、采购等部门都有了较多的接触,有些熟悉,对他们所用的印刷品也有了一个基本的了解。"他稍微停顿了一下,还是很直接地说:"我自己觉得,这个单应该还是有一定希望的。"

说到国立袜业公司,王一元和他们采购部经理孙雯的认识实属偶然。

做业务一段时间后,王一元发现自己在做业务上有一个很大的性格弱点,就是在和客户交流时欠缺技巧。他喜欢直来直去,不圆滑,缺乏所谓的巧舌如簧的技能,有时明明都已经想好了要说的话,可就是说不出口。

在业内,评论一个业务员的能力,有一句行话叫做"铜齿铁牙飞毛腿,胆大心细脸皮厚"。王一元知道自己的这个业务缺陷是本性所致,是没有办法彻底改变的。他实践过,如果特意去迎合对方作一些改变,会使自己痛苦不堪。无奈之下,他只有发挥自己其他方面的优势,比如腿脚勤快、说到做到、确保质量、服务周到。同时,他尽量使自己脸皮厚一些,勤打电话,多见面,尽量以处朋友的方式去处理和客户的关系。

三个多月前的一天下午,王一元照常去客户利达机械公司拜访。他先去车间看了包装品的使用情况,和利达公司生产部、仓库等一干人等了解相关印刷品的使用情况,和他们聊聊天、开开玩笑。不觉就到了下班时间,于是他诚挚地邀请他们公司的采购部经理谢东吃个晚饭。因为双方一直合作顺利,所以两人处得还不错。谢东没有犹豫,顺口便答应了,但他提出两个要求:一是,客得由他请,当然,钱可以归王一元付;二是,他还想请两个人。

王一元自然没意见。谢东拿出手机,拨了一个号码。电话打通后,他说道:"孙大经理,晚上有空吗?我们聚聚,你叫上小肖。还是老地方。"打完电话,谢东写了一个纸条给王一元,说道:"这是地址,你先去,我接上她们就过来。"

这是一处农家乐小院。小院四周是一圈很高很茂盛的灌木形成的篱笆墙,大门的旁边还有个可以钓鱼的小鱼塘。进了小院,院子正中间是两棵硕大的香樟树,除此之外就是一大片的草坪,草坪上还布置了一些小盆的花花草草。草坪的后面是两排餐厅,最里边是厨房,东西两边还有四五间客房。整体环境倒也优雅干净。

这里离沪松公路很近,距谢东的公司不到2公里。因为谢东已打过电话,农家乐的老板到门口接了王一元,把他安置到一间靠池塘的包厢。不一会儿,一个服务员打扮的年轻女子走进来,问王一元要喝什么茶。王一元点了一壶龙井。服务员沏了茶,又走过去开了窗户,让外面的新鲜空气进来。

王一元拿起茶杯,轻轻地吹了下浮在上面的茶叶末,刚要喝,只听得一阵脚步声,接着,门"吱呀"一声开了,谢东带着两位女士走了进来,他连忙放下茶杯站了起来。

谢东向王一元逐一介绍:"这是孙雯,国立袜业的采购部经理。这是肖晓晓,孙雯的助理。"

王一元双手递上自己的名片,嘴里说道:"幸会幸会,请多关照。"

孙雯说:"不好意思,我没带名片,给你电话号码吧。"

王一元从包里掏出本子和笔,一一记了下来,笑着说:"你这名字好记,和以前踢女足的孙雯名字一样。想当年,我还是孙雯的粉丝呢。"

孙雯只是笑。

落座后,谢东对王一元笑着说:"你以后也要争取成为这位孙雯的粉丝。她们要印刷的东西很多的。"

农家院老板和服务员分别端了菜进来。菜不多,就简单的几样,有凉拌黄瓜、西红柿炒鸡蛋、红烧茄子、老母鸡汤、清炒河虾、糖醋排骨,但材料都是新鲜的,做法也是上海乡下的传统做法。

谢东对王一元介绍:"这个农家院只有十来张桌子,老板亲自主厨,平时做的基本也都是熟客的生意。"

谢东是江苏扬州人,和王一元两人合要了一瓶黄酒,孙雯和肖晓晓点了农家乐自己现磨的豆浆。席间的气氛还可以,主要是谢东会说,不时逗得两位小姐哈哈大笑。当然,谢东有意无意地向孙雯推荐了王一元他们公司的业务,孙雯也询问了一些王一元公司的大致情况。交谈中,王一元才知道,原来谢东和孙雯是大学同学,而谢东的老婆和肖晓晓是表姐妹。到8点半,因为谢东还要去接上晚班的老婆,于是大家就都散了。临别时,王一元提议下次找个星期天的时间,一起去爬爬佘山。大家都表示同意。

在回去的公交车上,王一元给谢东发短信:"兄弟,多谢。"谢东回了一句话:"在外面都不容易,能帮就帮。我认你是兄弟,不用谢。"

就这样,王一元和国立袜业公司采购部经理孙雯她们认识并逐渐有了更多的交往。

丁经理盯着王一元:"仔细说说,你现在还有什么困难?"

王一元想了想,实话实说:"据我所知,印刷三厂、西部印刷、开发印务、前进印刷厂,还有他们原来合作的九印,也都在公关。上个礼拜,国立开始启动这一轮的评估考察。他们先去的是西部,这周听说计划去三厂。下个礼拜,我看能不能争取他们的采购部经理和物流部经理来我们公司实地考察。"

丁经理吸了一大口烟,缓缓地说道:"这几家印刷厂都很有实力,也是我们一直的竞争对手。对于你这个单子,我和肖总也有汇报。肖总很感兴趣,说是要想办法,一定把这个大单给拿下来。"

他接着吸了一口烟,又从嘴里吐出一圈烟雾,继续说道:"因为大家都知道国立袜业这个公司,所以这个单子在行业内有示范和标杆的作用。做好了,能使我们公司的对外形象再上一个台阶。所以,你一定要有这个信心。"

王一元笑着说:"信心是肯定有的。可还要看咱们公司的支持呀。"

丁经理往烟灰缸里弹了弹烟灰,笑着说:"就你滑头。这个当然,特事特办。刚好,过几天就是中秋节,这次给你增加2万元的业务经费,专款专用。同时,公司给你单独的激励政策。尽管国立的这一单业务,单价可能不会很高,利润也相对薄一些,但如果达成,你的业务提成额外再增加一个点。"

丁经理把吸剩的烟屁股插进烟灰缸,用力揉了揉,说道:"上面这些都由你来灵活掌握,并且公司全力支援。我,肖总,只要你觉得有必要,我们都配合你。但只有一条,只许成功,不许失败。这也是肖总的原话。"

说完,丁经理合上身前的记事本,端起茶杯,站起身,走近王一元,轻轻地拍了拍他的肩膀,然后大步走出了会议室。

王一元一下子还没反应过来。他抬头茫然四顾,发现这时偌大的会议室里只剩下自己一个人了。

其实,对于国立袜业的业务,王一元本来并没有太大的想法,他觉得能做就做,这次不能做就搞好关系,等下一次机会。反正这么大的公司,只要有时间,总有机会做进去的。可反复回味了丁经理刚才的话,王一元一下子觉得任务好像重了好多,甚至都有了不成功便要成仁的感觉。

王一元在会议室坐了一会儿,想了想,还是决定先给肖晓晓打个电话。电话刚一接通,就从那边传来肖晓晓的声音:"你好,请稍等,我一会打给你。"王一元知道,肖晓晓可能现在不方便接听电话。

过了半个多小时,手机响了起来。王一元拿起来一看,是肖晓晓。她说:"刚才在开会。公司已初步定下来了,下周要去看你们工厂。具体的,你还得问孙姐。"

王一元表示了感谢,顺便说道:"过几天就中秋了,有安排吗?"

肖晓晓故意小声地说道:"这么重要的消息,你就拿俩月饼打发啊?"她又压低声音说:"你们可要做好准备,目前你们还只不过是备选的厂家。这话你不要说是我说的。"

挂了电话,王一元没有马上给孙雯打电话。她们公司刚开完会,自己就说这件事,他怕引起孙雯误会,甚至反感。他心想,孙雯可能会打电话过来的。可这一等,一直到下班,孙雯的电话也没有过来。

王一元到公司财务室领了3万元的各种面值的消费卡,分别用红包装好,厚厚的一大摞。之后,他又因为要忙着去送货,打电话这事就放下了。

一直到晚上九点多,王一元在越来越忐忑不安中终于盼到了孙雯的电话。可刚没讲几句话,孙雯劈头就问:"王一元,你说说,你有没有真拿我当朋友?"王一元被问得莫名其妙,不知道发生了什么事。

在得到王一元的一再保证后,孙雯才严肃地说道:"是朋友,你这次就要好好表现,不能坍我的台。下星期一去你们公司考察,你们一定要做好齐全的准备。具体怎么弄,晓晓会和你联系的。"

挂了电话,手机还举着,王一元却觉得宿舍窗户外的喧嚣一下子没了,甚至都能听见自己"噗噗"的心跳声。他没有感觉到一种中大奖的喜悦,只是在想接下来该如何把这次国立袜业的考察做好。

过了约半个小时,王一元正在反复思考这次国立袜业考察接待的事情,谢东的电话打了进来。他这才知道,原来孙雯为了帮助王一元拿下这笔业务,早就悄悄地在她们公司进行了渗透,在相关领导和同事面前有意无意地做了许多铺垫的工作。今天上午国立袜业公司的采购周会上,副总经理李德元终于同意把台沪公司作为备选,这样就完成了台沪业务进入国立袜业供应商序列的前置条件。会后,孙雯又做通了她们公司生产部经理的工作,两人一起向李总作了一次汇报。生产部经理着重分析了明年新产品的包装分布、质量要求、需求节点等情况。他认为,明年国立袜业公司在生产上新品种多、数量大、时间紧张,很有必要重新找一家有实力的专门做包装的印刷工厂作为新的供应商。李总对此表示认同,还答应了孙雯他们的要求,下周一起去台沪公司考察。孙雯出于谨慎,晚上又去找了谢东,再次了解和确认了台沪公司的实力和王一元个人等的相关情况,所以谢东才给王一元打了这个电话。

"老弟,我是相信你的。"谢东最后说,"你只要记住,在有这么多的竞争者,大家的条件又都差不多的情况下,孙雯他们公司为什么要找你们台沪公司合作,你要心中有数。话不多说,你好好想想,想明白了就睡觉。"

放下手机,王一元想了很久,也没有想明白谢东最后说的话的具体意思。他也没想明白孙雯为什么会如此尽心地帮助自己。

要说和孙雯有深交,王一元自己也不相信;要说利益,其实王一元和孙雯的交往更像君子之交,并没有送过什么值钱的礼物,就更别说有金钱方面的往来了。就是出去游玩,孙雯还几次主动提出 AA 制。深思了很久,王一元也没有想出个所以然来。他心里暗想,既然想不明白就不想了,还是先紧紧抓住这次难得的大机会。

他拿过纸和笔,把自己能想到的接待国立袜业考察的流程和注意事项一条条地写下来,准备明天先和公司商量好,再去和肖晓晓沟通。

随着交往的增多,王一元和谢东一家、孙雯一家、肖晓晓等逐渐熟悉起来,互动也渐次增加。后来,他们不仅去爬了佘山,还去过崇明的东平森林公园。最远的一次,上个月还一起去杭州千岛湖玩了两天。因为王一元和肖晓晓年龄接近,又都是单身,所以聊得自然就多一些,走得相对近一些,没想到却被谢东、孙雯等人起哄。但王一元早已从谢东处知道,肖晓晓家里背景很好,在当地做实业做得相当大。肖晓晓大学毕业后之所以来上海工作,纯粹是来长见识、见世面的,作为家中唯一的后代,她迟早得回老家继承家业,而且她父母也不会同意她找外地的对象。所以,王一元对这些起哄也就无所谓，没有什么特别的反应。可肖晓晓不同。她从小到大都是在父母的关怀下成长，还没有正儿八经地谈过恋爱，加上本身又是女孩子，面皮到底要薄些，好几次都羞得脸通红又气又恼。她于是就把这些起哄都怪罪到王一元头上，觉得都是王一元的错，好几次都作势要掐死王一元。这种男女之间的小打小闹却无形中给大家的旅途增添了很多乐趣。

而在和肖晓晓的交流中，王一元得到了不少国立袜业采购方面的消息。国立袜业的供应商每两年评估一次，今年恰逢换届。一般情况下，前期对供应商的考察由采购部经理孙雯和生产部经理负责并出具相应报告。当然，在这其中孙雯的意见占大部分。国立袜业公司根据考察报告，再结合供应商的报价、商务技术方面的承诺等，每一个品类最终确定两家供应商，其中一家作为主供应商，一家作为备选供应商，在当年10月底的供应商大会上宣布结果。

第二天开过业务部晨会，王一元去了丁经理办公室，把国立袜业的相关情况作了专门汇报。

丁经理看过王一元的国立袜业考察的接待报告，没有直接表态。他说道："事关重大，还有对方的副总要来，我需要先给肖总汇报。"他让王一元在他办公室里等一下，然后去了总经理办公室。只一会儿，他又陪着肖总回来了。

丁经理说道："好消息。这次肖总决定亲自接待国立袜业的考察。"

肖总对王一元近期的工作很满意，他对王一元说道："好好干，这次一定要成功。"

王一元当然很高兴。老大难，老大难，老大出了面，万事不难。他把经过讨论修改后的公司接待安排给肖晓晓传真过去。没多久，肖晓晓就回来电话，大致同意了台沪公司的安排，只是在接待车辆的安排上作了修改。原本是由台沪公司派一辆别克商务车去接，改由国立袜业的人自己开车过来，不用台沪公司去接。

从中午开始，王一元一直在公司忙公司汇报方案的撰写。虽然很多资料，如公司简介、产品介绍、业绩展示等，公司都有现成的文案，但他还是逐一过目，并根据当下实际做了一些适当的修改。他还和公司设计部一道翻新和补充了一些现场照片，更新了一些文字说明。但王一元对最后整理出的资料还是不满意。他觉得，这个汇报虽然能用，却很大众化，和其他公司的比起来没有什么新意和特别出彩的地方，体现不出台沪公司的特色。只是王一元一下子也没有其他更好的想法。

夜很深了，王一元才回宿舍。躺在床上，他脑袋里还在一直想着这个汇报方案的问题，不觉间竟失眠了。没办法，他只好爬起来，随便找了本书，准备翻翻看看，打发时间。因为心中有事,看书也不能很好地集中精力,翻了几页,也不知道书上究竟写了些什么,什么内容也没有看进去。他无奈地放下书本,颇感无聊地快速翻着书页,想借着翻书带来的凉风,让自己有些烦躁的心稍微冷静一下。呆呆地翻着一张张的书页,王一元脑中突然灵光一现:何不把公司简介以及产品介绍做成一张张的PPT?这样既简洁又美观,效果会不会更好一些?

星期六早上一上班,王一元就直接找到丁经理汇报,提出想把公司介绍方案做成PPT的构想和自己的设计思路。他本来还有点忐忑,没想到丁经理听完后立刻表示肯定,表态支持。他高兴地说道:"PPT这种行销方式台湾早就有了,最早还是用幻灯片的形式来制作实现的。"

丁经理也没料到王一元这个和设计基本不搭边的业务员,这一次竟然能够提出PPT的方案。其实,PPT在外资和合资企业都早已普遍应用,只是在台沪公司,因为没有重视,一直没有人去推动。他想了一会儿,接着说道:"这样,我去设计部协调两个人过来,全力配合你,争取在今明两天把初稿拿出来。明天下午,我们再一起审定。"

王一元没有参加下午的业务调度会,而是和设计部的两位同事全力投入到这个PPT的制作之中。星期天下午,根据王一元的思路,几个人努力,终于整合出一个全新的PPT汇报方案。

整个方案一反过去单纯介绍台沪公司基本状况的常规表现手法,耳目一新地提炼出了"个性化一站式客户印刷管理解决方案"的崭新创意,明确地把台沪公司定位为中高端印刷包装解决方案的整体供应商,提出了聚焦和创造客户价值的公司理念。

这个方案中,用PPT的形式展示了台沪公司的产品设计、生产设备、工艺研发、生产周期、物流配送以及付款和结算方式等诸多方面的优势,着重从客户策略沟通、研发设计、材料采购、样品制作、批量生产、包装组装、物流配送服务等方面介绍台沪公司能为客户提供个性化的包装印刷整体解决方案,还在提供印前、印中和印后的全产业链服务等方面做了许多阐释和说明。

肖总、丁经理、孙经理三人看过PPT后,对这个"个性化一站式客户印刷管理解决方案"的提法以及公司定位和理念的提炼大喜过望,对整个PPT的制作相当满意,一个劲地赞不绝口。

肖总动容地说道:"这个方案对公司定位和理念提炼得非常好,很到位,把握了公司实际,也符合我们的美好愿景。特别是这个'个性化一站式的印刷解决方案',提法新颖,令我耳目一新。至少,我目前为止还没有听到同行有,哪怕是类似的概念和说法,应该是我们公司的一个创举,这完全可以成为我们这次对国立袜业公关的重要抓手。"

孙经理接过话头，说道："讲得太好了。说心里话，这些说法都讲到我们心坎上去了。我就纳闷了，公司怎么以前就没有人做这件事呢？"

丁经理刚想解释，肖总接着说："两天的时间，业务部就能拿出这么一个接近完美的方案，看来是做了不少工作的。"他笑眯眯地看着王一元，开玩笑地说："小王，后生可畏啊！我看你完全可以直接去广告公司做文案。"他清了清嗓子，继续说道："就凭这个PPT，我代表公司，决定授予王一元'公司之星'，并且奖励翻倍。恭喜你，王一元。"众人都高声鼓掌。

公司召集了生产、业务、设计等相关人员，再一次对PPT的一些细节作了讨论，进行了改进和完善。最后，肖总决定，这个PPT作为考察当天的重头戏，就由王一元负责讲解和介绍。

时间很快就到了星期一早上。

王一元7点30分就到了公司。按照接待方案，客户先到台沪公司贵宾室稍作休息，参观展览室，然后到车间，再到会议室听取公司汇报。王一元沿着客户参观路线慢慢走了一圈，没有发现有遗漏和不周到的地方。这几天，厂区在孙经理的亲自督促下进行了整治，对办公室、展厅、车间，特别是各个工段的分区，卫生间，食堂等处做了彻底的清理清扫，整个车间显得十分干净整洁。虽然工人们都忙忙碌碌的，但各项工作有条不紊、井井有条。

8点半，肖总、丁经理、孙经理也先后到了公司。公司马上召开了业务部和生产部门的联合晨会，对接待国立袜业中的一些重点地方又强调了一遍。

9点刚过，国立袜业的奥德赛就开进了台沪公司，从车上依次下来五个人——李总、孙雯、生产部经理、仓库主管，还有肖晓晓。肖总、丁经理、孙经理连忙上前和他们一一握手，把他们让进贵宾室。

寒暄了一会儿，一行人就去参观台沪公司的展厅和生产车间。展厅由肖总亲自讲解，他介绍了台沪公司的发展历程和现状，重点介绍了公司的主要产品、服务过的主要客户、得到过的荣誉等。生产车间由孙经理引导，从设计部、出菲林片、打版到生产车间的生产设备、后道加工，最后是包装和仓库发货区，一路进行了详细的介绍，并回答了客户现场提出的一些问题。

之后，一行人来到会议室，听取台沪公司的正式报告。先由王一元进行汇报。他配合着PPT，详细讲解了台沪公司的"个性化一站式客户印刷管理解决方案"。

王一元介绍说："台沪公司提出的'个性化一站式客户印刷管理解决方案'的核心

就是以客户的需求为中心,从客户下单提出要求,到设计制版、上机印刷、后道整理、仓库物流,最后到达客户手中,让客户享受一步到位的便捷,不再需要东奔西走,既节省时间,又提高效率,是一站式的系统服务。"

王一元在讲解时注意到一个细节:李总在听的时候总是不时地用手指头轻轻敲打着桌面,随来的孙雯、肖晓晓等人还做了笔记。

随后,丁经理补充介绍了台沪公司的相关资质、质量认证以及一些成功案例。接下来,双方就一些相关的问题进行了解答交流。其间,国立袜业的李总虽然没有发表什么具体意见,但好像对台沪公司的"个性化一站式客户印刷管理解决方案"非常感兴趣,向王一元询问了不少相关问题,王一元都一一作了回答。

不知不觉,时间已接近中午,肖总邀请李总一行吃中饭。李总倒也爽快,但他不同意去外面吃。于是,一行人就在公司的小食堂吃便餐。

吃完饭,李总他们没有再停留,就打道回府。临别时,因为马上就到中秋节,台沪公司给了国立袜业每人两盒月饼作为节日礼物。

随后,肖总召集孙经理、丁经理和王一元又开了个短会。会上,大家都觉得今天的接待应该还算成功,准备也比较充分,尤其是王一元的"个性化一站式客户印刷管理解决方案"相当出彩。肖总还透露,临走时国立袜业的孙雯经理还向自己要了PPT的资料,说是他们李总的意思。但这次考察最终能不能成,还需要等待。肖总强调,要求王一元不要懈怠,继续跟进,就散了会。

一直到这时,王一元因为国立袜业接待的事情,一直紧绷着的神经才放松下来,他回到自己座位上,长长地吁出一口气,然后分别给孙雯和肖晓晓发了表示感谢的短信。孙雯没有回复。肖晓晓回了三个吐舌头的俏皮头像,还有一句话:"你的月饼呢?还有孙姐也有在问哦。"

王一元回复:"呵呵,有的有的。为避嫌,我就不直接送了。月饼太大,不方便,就几张消费卡,略表心意。"他给孙雯装了2 000元的卡,给肖晓晓装了500元的卡,下班后就给她们快递了过去。

接下来的几天,因为临近中秋,王一元忙着给自己的各个客户单位送礼品,有的是月饼,有的是卡。每个客户单位里,凡是王一元认为有必要的人,都尽量做到面面俱到。

中秋节是9月18号,恰好是星期天。这天晚上,由宋立新做东,余二妮主厨,"四眼"任子平当下手,王一元出月饼,"师爷"杨国庆拉了两箱啤酒,大家就在院子中央摆了桌椅饭菜,热热闹闹地过中秋节,喝酒赏月。

王一元喝得多了些,觉得有些头晕,就没有再随他们出去卡拉OK,早早上床睡觉了。半夜,他被一阵高昂的尿意涨醒。下楼撒完尿,他顺手拿起手机看时间,只见手机上显示有几十条未读短信,于是逐条翻看。基本都是中秋节的祝福短信,搞笑的是,有十几条短信,除了发信人,内容几乎都一样。又往下翻,他发现有一条短信别具一格,是肖晓晓写的:"未必素娥无怅恨,玉蟾清冷桂花孤。"王一元此时虽已清醒了很多,但想了很久也没弄清楚肖晓晓短信中的含义。他感慨良久,试探着回了一句:"又中秋,只十分好月,不叫人圆。"可等了好久,肖晓晓都没有再回复。

　　"香雾噀人惊半破,清泉流齿怯初尝。吴姬三日手犹香。"又到了橘子大量上市的时候。

　　王一元很喜欢橘子。在他湖南老家房屋后面的山坡上,就是一大片郁郁葱葱的橘林。他一直觉得,世间水果,只得一橘子足矣。一是橘子本身有吉祥如意、红红火火、圆圆满满的寓意;二是在于吃橘子的这种体验。在橘子剥开后,那乳白色丝络包裹着的一瓣瓣剔透饱满的橙色果肉,它们水盈盈的,散发着淡淡的芬芳,挑一瓣放嘴里一咬,甜津津又略带着一丝酸味的汁水立马就充盈齿颊,如山林涧泉般冰甜爽口。流淌着的美好。

　　正是国庆长假,沪青平公路吴家巷一带,因为紧挨着东方国贸批发市场和虹桥国际机场,相当热闹,人流如织,车辆川流不息。不远处的十字路口,高炮广告牌上,"中国有我,亚洲有我"的飞人刘翔披着国旗一路跨越的经典形象在秋日的夕阳下光彩照人。沪青平高架桥下,在七莘路的两旁,横七竖八地挤满了卖橘子的各式货车,空气中充斥着各地口音的卖橘子的吆喝声。

　　王一元正在路边的小货车上挑橘子,一辆半新的桑塔纳2000在旁边"吱"的停了下来,驾驶位置的玻璃窗缓缓降下去,一颗油光铮亮的大脑袋从车里伸了出来:"小王,买橘子呐?"

　　听见有人叫他,王一元回过头,一看是老谢,连忙招呼:"谢老师,想不到还真碰上了。"

　　见老谢下车,小贩忙拿了几个塑料袋过来,说道:"老板买橘子?5元4斤。包甜的崇明本地橘子,都是今早才拉过来的。"

　　王一元朝老谢走过去,笑着说:"谢老师,您尽管挑,今天我请客,莫客气。"

　　"呵呵,好啊,好啊。"老谢边说边绕过车尾,拉开车子另一边的前车门,对王一元说:"来来来,认识一下,这是你芳姨。"

王一元连忙走过去,把手搭在车顶的边沿,朝车里人说:"芳姨好,芳姨好。"

芳姨下了车,盯着王一元说道:"你就是小王?"

此时正是黄昏,天气还不是很凉,芳姨一头蓬松的波浪卷长发,披着一条深红色的丝巾,穿墨绿色的旗袍,五官精致,神情中透着一股上海女人的优雅。她把王一元从头到脚又从脚到头地打量了一番,柔柔一笑,小手指着王一元说道:"前天老谢从宁波回来就说在车上交了个小朋友,就是你吧?"

"呵呵,是忘年交。"老谢接过话头,笑了笑说道。他侧过身对王一元说:"你反正一个人在上海,有时间多过来我家白相,我地址给过你的,还在的吧?"

"有的有的。"王一元连忙说:"就是怕麻烦你们。"

"有啥麻烦的?我们也算是半个老乡。"老谢说道:"还有,这几天放假,你有空到我家里来一趟,我有话跟你说的。"

老谢是上海交通大学农学院的教授,专门研究水果栽培方面的学问,50多岁,地道的宁波人。和方姨典型的南方小女人形象相反,他的模样更像北方人一些,大块头,穿着随意,说话嗓门很大,总之与传统大学教授的形象大相径庭,倒是像路边卖橘子的贩子。王一元每次见到这个谢教授,都觉得,如果一定要说他是高级知识分子的话,可能就是指他那颗总泛着油光的聪明绝顶的大脑袋了。

来上海前,王一元在宁波工作了五年多,讲起来也算半个宁波人。国庆节前,以前的宁波同事兼狐朋狗友许大军结婚,王一元去宁波喝喜酒,前天回上海时,发现汽车票、火车票都没有了。他熟悉宁波车站的情况,折腾了好几趟小摩的,才花高价坐上了一辆黑中巴,凑巧和老谢邻座。这种中巴车在去高速的路口前,往往在市区走走停停,还要不停地拉客,直到满客。好在是节日期间,车子从宁波南站出来,不一会儿就坐满了。

等到车上高速,王一元坐着没事,就看看刚买的《南方周末》。老谢也无聊,为打发时间,就借王一元手中的报纸看。接下来,两人就报纸上的一些报道,各自说了一些自己的看法,开始有一搭没一搭地聊天。

巧合的是,老谢和王一元都住在上海七宝,这一下子拉近了两人的距离,从而多了很多话题。车开到嘉兴高速服务区休息,王一元和老谢还一起吃了快餐。就这样,将近4个多小时的车程下来,两人就比较熟络了,于是互相交换了地址、电话。

等中巴车到上海莘庄,两人下车,又打一部出租车去七宝。途中,老谢在七莘路先下,分别时开玩笑说:"我们都住在七宝,说不定哪天在路边就碰上了。"

没承想,才几天就真碰上了。实际上,王一元对自己和老谢的相识,一直到现在都感觉有太多的偶然性,甚至可以说有些奇妙。两个看上去完全不相干的人,无论是年龄、经历、学识、社会生活、所处的地位等都不在一条道上,但就因为同坐一辆车而产生了交集。两人其实也谈不上说了很多话,竟然惺惺相惜,互有好感,觉得相见恨晚。

佛说:前世的五百次回眸才能换得今生的一次擦肩而过。王一元不禁自嘲地想,自己和老谢这忘年交,得要多少次回眸啊?只能说缘分不易。可是,老谢要找我谈什么事呢?

晚上打过电话,知道老谢第二天在家,王一元决定去看望老谢。

老谢一家不住在七宝的上海交通大学农学院内的教工宿舍区,而是在学校旁边的富丽公寓东区买了商品房,三室两厅,很宽敞、安静。他们有个儿子,正在英国留学。芳姨在沪青平公路机场新村旁边开有一家不小的饭店,专门做宁波象山的海鲜,白天都要在店里料理大小事务,所以平常家里就老谢一个人待着。

王一元提了一大堆水果敲门。老谢开门见到王一元,呵呵笑道:"我就是研究水果的,你还给我送水果?"

王一元顺口说道:"所以才送给你检验检验啊。"

聊了会儿,老谢正经地说道:"小王,你现在还年轻,但是学历有些偏低。我们眼光要放远一点,我建议你再去读一个本科,甚至是研究生什么的,这对你以后在上海的发展肯定会有好处。"

继续学习深造,王一元也一直有这样的想法,只不过自己大专毕业这几年来一直囿于杂事,于是耽搁了下来。而今在上海各方面都暂时稳定了下来,并且自己一个人也了无牵挂,他觉得是到了再次走进学校的时候了。

老谢接着说:"我们楼上住的就是我们学校管理学院的一位教授。我打听过,他们学院正准备开办一个面向社会在职人员的MBA研修班。假使通过学校的考试,还会发正式文凭。我建议你直接去报考这个MBA研修班。你现在大专毕业,工作也超过五年了,基本条件应该是够的。"

王一元禁不住问道:"就是不知道学费怎样?"

"这个在职培训班的学制是两年半,一个月上4次课,基本是利用双休日的时间。读下来大概七八万的样子。我去给你说说,尽量减免一些,看看5万左右能不能下得来。"

王一元又问道:"这个学习班对英语水平有要求没有?"

老谢说:"英语肯定是有要求的,不过会相对放松一些。你先报名读着,这些事可以看情况,到时再想办法。"

王一元觉得老谢说得很有道理，学费也还能负担，于是报名交大 MBA 研修班这事就这么定了下来。

没想到，刚过完国庆节，第一天上班的早上，王一元就接到了客户兴中化妆品公司的投诉电话，还是兴中公司的老总亲自打过来的。

事情是这样：兴中公司的化妆品在罐装线包装的时候出现外包装盒大量的剥皮露白，现在生产线已经停工，需要台沪公司速派人解决。王一元马上向丁经理反映了情况，公司生产部门也很重视。于是，王一元和生产部的肖云华坐上公司的厢式货车，赶去金山的罐装厂。

到了罐装厂，兴中公司的采购部经理何玲和罐装厂的物料部经理朱宇宏已在车间门口等候，王一元他们赶紧下车，一行人走进罐装车间。只见生产线已经全部停工，包装盒一堆堆地散落在生产线的两侧，有几个工人正在挑挑拣拣。

肖云华捡起一些包装盒，凑到工作台的日光灯下仔细检查。不一会儿，他走到王一元他们身边，说道："两位经理、老王，这批盒子可能是有爆线的问题。"他举着手里的盒子，继续解释道："这个盒子表面是大面积的深蓝颜色，又是实地，在模切的时候，稍不注意就容易出现爆色和爆线的状况。"

朱经理急切地问道："那怎么解决？现在产线都停在这里了。"

肖云华说道："这些应该是我们公司的责任，恐怕没有什么好办法。只是我估计应该不可能全部都这样。"

何玲听了这话，立马向王一元提出全部退货，并要求台沪公司承担生产和误工的全部损失。王一元白了肖云华一眼，使劲地拉着何经理和朱经理，好说歹说，最后决定，先组织工人把这一批次里能用的包装盒挑出来用上，确实不能用的部分，由台沪公司以最快的速度印过来补上。至于兴中公司的损失，过后再另外协商，先尽力解决罐装厂的继续生产。

清点结果第二天就出来了，这一批次的化妆品盒子大概有五分之一不能使用，约有 15 000 多个。这么多的残次品包装盒竟然还能通过工厂的层层质检，以至于最后酿成如此重大的质量事故，王一元非常不理解，不知道问题到底出在哪里。他去找生管肖云华，直接问道："这么多的次品出厂时工厂都没有检验出来，你那天肯定没有全部说实话。"

肖云华这回没有隐瞒，回答道："其实还有个原因，那天客户在，我没法说。像印刷兴中公司的这种大面积的深色实地，印刷时深色墨中应该不加或少加油墨添加剂，这样可以加强油墨在纸张上的附着力,减少爆色和爆线。我们这批货显然是有疏忽。"

王一元说:"算你还不是太笨。"

肖云华哂笑,接着说道:"还有,可能生产的时候爆色、爆线这些问题还没有显现出来,或者不太明显,但因为现在是秋天,这些盒子堆放在客户那边的仓库,天干物燥,纸张很敏感的,他们又不可能注意去特别调节他们库房空气的干湿度,所以这批盒子一到罐装生产线上,问题就全部暴露出来了。"

这一次的重大产品质量事故,台沪公司不仅受到了较大的直接经济损失,还要应对兴中公司提出的赔偿。最后,公司内部按照责任大小划分,对相关人员进行了处罚。倒霉的是,按照业务部丁经理的提议,王一元也被罚款五百元。王一元心里不服,但有理没地方说,只好默认了。

不觉就一个星期过去。星期六晚上,王一元正躺在宿舍床上看书。手机短信声响了,拿起一看,是肖晓晓的短信:"在干嘛?"王一元开玩笑地回复:"正想你呢,这么巧。"

不一会儿,肖晓晓的电话过来了,她笑话道:"王一元,你都学会油嘴滑舌了,业务能力是很有长进啊。"

王一元在电话这头就显得有点尴尬。

肖晓晓接着问:"你一个人吗?"

王一元说:"是啊,一个人看看书。"

肖晓晓说:"这样吧,我给你个机会。你明天陪本姑娘逛逛街,行不?"

星期天早上9点,王一元在七宝与肖晓晓会合,然后坐92路公交车去淮海路。两人一见面,肖晓晓就对王一元说道:"今天不谈工作。你要记住,不许谈工作扫我的兴。你也不要给我花钱,我有,晓得伐?"

王一元听肖晓晓这么一说,心里一惊,暗道,这星期怎么光碰着倒霉的事了?难道和国立袜业的业务要黄?但看肖晓晓说得一本正经,他也不好意思继续打听,只得格外留意,走一步算一步。

到了淮海路,接连逛了几家商场,肖晓晓显然兴致很高,买了不少冬天的衣服,大包小包地拎在手上。从上海广场出来,肖晓晓很随意地说道:"王一元,你现在好像还没女朋友吧?"

王一元被问得突然,陪笑着说:"怎么,你要给我介绍?"

肖晓晓转过身,恶狠狠地盯着王一元,咬牙切齿地低声说道:"活该!"

王一元被说得莫名其妙,连忙问:"怎么了?大小姐,我哪里得罪你了?"

肖晓晓把手里提着的一大堆东西往地上一放,一只手叉着腰,一只手指着王一元,气冲冲地说道:"你说怎么了?没看着我大包小包地拎满了吗?你倒好,少爷公子一样,还背着个手!怎么样,还要本姑娘伺候你啊?"

王一元终于明白过来,赶忙捡起地上的东西,嬉皮笑脸地说道:"这不,你又不是我女朋友嘛。"

肖晓晓上来就要掐王一元的胳膊,王一元赶紧往旁边稍微一让。肖晓晓却没有真掐,顺势一只手挽了王一元的胳膊,另一只手指着王一元的脸,气汹汹地说道:"亏你还长1米8这么大个儿,不会没谈过恋爱吧?给女孩子拎包的眼力见都没有!"

见肖晓晓一上来就挽住了自己的胳膊,王一元觉得有些尴尬,突然有点不太自在,但看肖晓晓不是很在意的样子,却又不好挣脱,只好将胳膊有些僵硬地任由肖晓晓挽着。他对肖晓晓的这番话就更不好反驳,只得呵呵傻笑。他低着头,只觉肖晓晓的高跟鞋踩在花岗岩大理石地面上,"噔噔噔"的声音格外清脆,很响亮,也很好听。王一元慢慢放松下来,不由得身体往肖晓晓那边靠近了一些。

肖晓晓可能是累了,一路不再说话,不一会儿头也靠在了王一元的胳膊上。此时,王一元虽有一点小激动,但因摸不清肖晓晓的真实意思,也不好再有其他动作。

走了一会儿,时间到了下午2点,王一元见前面不远有一家港式茶餐厅,便提议进去吃饭。不说还好,一说到吃饭,两人都突然觉得确实有点饿了。

这一次,肖晓晓点了不少菜:虾饺皇、蒸凤爪、蒜香排骨、牛肉球、榴莲酥、肠粉、叉烧包,还有烧麦,最后还要了橙汁,又好心地给王一元要了一瓶啤酒。

王一元搞不清楚状况,不敢贪吃,小口喝着啤酒,就看着肖晓晓不停地吃。肖晓晓吃得很慢,动作优雅,还一边吃一边偶尔点评一下菜品好坏。

这顿饭吃了近一个半小时。结账时,肖晓晓坚持AA制。饭后,两人又一起坐92路公交车回七宝。在车上,王一元拎着包袋,肖晓晓还是挽着王一元的胳膊,却一路上都没有再说什么话。

看着肖晓晓下了公交车,然后打的离去,一直到晚上,王一元都对她今天的表现感觉有些异样,但又说不清楚到底哪里不对。难道国立袜业状况有变?对于和国立袜业的业务,王一元倒想得开,成就成,不成拉倒。王一元又想到一种可能:难不成肖晓晓对自己有意思,自己还真要走桃花运了?但他马上想到了目前自己的处境:一个人孤零零地在上海,无依无靠,要啥没啥,事业更谈不上。自己都还不知道未来在哪里,她肖晓晓能看上自己什么?

王一元打开宿舍的窗户,外面的喧嚣和清凉的空气一股脑地灌了进来。洗过脸,洗过脚,正准备上床睡觉,手机短信声响了,他打开一看,是肖晓晓发过来的:"今天惊喜着你了吧?"

王一元回复:"现在只剩下惊吓。"

肖晓晓回复:"呵呵呵呵呵呵。"紧跟着又是一条:"我要的就是这种效果。"

王一元刚想回复,肖晓晓又有短信进来:"还是告诉你好消息吧。孙姐让我转告你八个字:希望很大,好好等着。"

看到这条短信,王一元却没有预想中的那么高兴。他心里想道,这个肖晓晓,还真是沉得住气,这么大的事,她竟然硬是给绷了一整天。他小心地回复了一句:"你还好吧?"

隔了许久,肖晓晓回复道:"国庆回老家,家里给安排相亲了。"

王一元早听谢东说起过肖晓晓父母在安排肖晓晓的亲事,所以就没有想到肖晓晓的话里其实还有不乐意的意思。他大大咧咧地回复道:"女大当嫁,恭喜啊。"

这一次,肖晓晓算是秒回:"恭喜你个头啊,你个大少爷!"王一元还是没有反应过来,只是发过去几个问号,表示不解。

过了很久,肖晓晓才回复说:"我还不想回老家,我想留在上海。"王一元想也没想,随即回复道:"那就留啊。上海总归是中国的上海,当然也可以是我们的上海。"

肖晓晓看到这条短信,不由得乐了,心想,这人还真是个死猪王八蛋,木头桩子一样,我都这么"豁翎子"了还不知道怎么去接着。她低下头,慢慢地把手机上写着的"我有点想你"几个字去掉,重新回复了一句"洗洗睡吧,我没事,晚安"。

21号中午,国立袜业发来传真,确认台沪国际印务公司成为国立袜业2006—2007年度印刷包装品首选供应商,并邀请台沪参加其于25号举行的国力袜业公司供应商大会。传真后面还附上了当日会议议程。会议地址在松江佘山旁边的一家五星级酒店。上午安排有3场讲座,每场讲座40分钟。意外的是,第三场安排的竟是台沪公司的"个性化一站式客户印刷管理解决方案"的介绍说明。下午是集体签约,晚上是国立袜业的答谢宴会。

王一元当时正在外面送货,肩上扛着一大包宣传册,正送进客户的仓库。这个消息首先是肖晓晓短信过来告知的。短信只有八个字:"你的大单已成,首选。"

看到消息,王一元先是恍惚了一下,才忽然意识到肖晓晓说的可能是和国立袜业的合作。"首选"说明就是成了国立袜业的主供应商。王一元乍一高兴,觉得肩头的重物也一下子轻了很多。

第一章

王一元知道这次入围的希望虽然很大,但压根没想到最后不仅入了围,还成了国立袜业的首选供应商。这意味着,接下来的两年内,台沪公司差不多能拿到国立袜业印刷包装业务总量的80%左右的订单量。要知道,即使不算每年增长的量,按国立袜业前几年的平均量,每年就有接近500万元的业务量,80%就是400万元,而台沪公司现在一年的营业额才3 200多万元,一下子就接近两成。

而对于王一元,好处就更加直接。按照之前和公司丁经理的口头约定,这笔业务如果达成,4个点合起来的提成就是16万多元。刨掉税收和一些必不可少的销售费用,最后到手10万出头是应该会有的。说实话,王一元到目前为止,不要说10万,毕业6年多了,因为一直都在不停地偿还之前的债务,现在自己口袋里的钞票全部加起来也才两三千元。就这些,还都是在来上海之前剩下的。在上海,其实至今还没真正落下什么钱来。

一直到晚上回到宿舍,王一元躺在床上,都还沉浸在国立袜业这个大单终于成功的巨大喜悦中。想到自己以前的种种艰辛及咬着牙的努力和坚持,还想到自己一下子就要拥有这么多的钱财,他心潮起伏,久久不能平静。

山重水复疑无路,柳暗花明又一村。

多年来,王一元一直心情压抑,又兼债务重重,而今忽然出现的这一线曙光,如日暮途穷时的峰回路转,令他不禁眼中一热,有一种突然卸掉重压后轻松得想哭的冲动。那些来上海之前的经历,那些特别的人和事,如一幕幕影像,在他的脑海中不断地浮现出来。

王一元老家是湖南省娄底市下辖的双峰县。从家乡的娄底师范专科学校毕业后,王一元被分配到浙江湖州一所中学教书,此后的经历就如同噩梦一般。刚参加工作不到一年,他的母亲就因病去世;两年后,因母亲离世而病重的父亲也跟随母亲而去。真是"二十一年间,母没父亦亡。我发既种种,杏园仅沾芳"。两位老人接连去世,一夜之间,王一元再也没了依靠。子欲养而亲不在的遗憾给了王一元沉重的打击。最亲的人的离去所带来的那种锥心刺骨的痛,就像空气一样包裹着他,令他无法呼吸。然而,现实总是更加残酷。王一元因父母的病而欠下了一笔不小的债务,这对当时月工资只有不到400元的他来说压力巨大。无奈之下,他只得解了教职,独自一人去了收入相对更高的宁波市发展。家庭的变故让他变得隐忍和努力。在工作上他一步一个脚印,有板有眼地做到了单位的中层副职。

可厄运,再次"眷顾"了王一元。今年元宵节的晚上,曾经山盟海誓的女友许妍突然坚决提出分手。这一次的变故终于让这个坚强的农家小子彻底崩溃了。

那天晚上,王一元一个人喝得酩酊大醉,一个人半夜三更走在大街上。街头灯火辉煌,却冷冷清清。他有些颤抖,身体瑟缩着,心也在抖动着。他突然看不清前方的路了,胸口也有些发闷,仿佛整个世界都要将他放弃。脚步彷徨之间,泪早已滴下……

他吐了又吐,连胆汁都吐出来了,最后终于放声大哭。他紧紧地抱着路边的一棵香樟树,嘶哑着喉咙不停地仰天长啸:"你们为什么……为什么……都要欺负我……欺负我?"

此后,王一元低落了很长一段时间。他想了很多,想要去改变这一切。他想尽了各种办法,打算实在不行就回老家再去教书,还通过大学的老师和同学联系了几个学校。他甚至还想过各种死法。

生容易,活容易,生活不容易。生活艰难,对谁都是一种沉重。你以为你用尽了全力,可人生的无常就如空气,无处不在。

幸好还有三两知己,在王一元最无助的时候,能够懂他,和他说说话,安慰他,使他不至于完全失控,并且逐渐冷静下来。

失去了亲情和爱情后,王一元好像突然之间想明白了很多人和事。

今年三月,几个朋友极力邀王一元去宁波鄞州五乡著名的阿育王寺游玩。正是初春时节,绿水长波,春风和煦,宁静的寺院和清新的空气使他原本有些焦躁的心灵一下平静了不少。

在寺门口,每人领了三支免费的香,装模作样地逐一拜见了寺里的各路菩萨和大神。中午吃过素面,一行人准备打道回去。刚走出二山门,见有人在求签,他们便也想去碰碰运气。结果,陈学东得了一支"下下",白杨抽的是"上中"。邓锐说她不信这些,就没去抽。她侧过头对王一元说道:"王一元,你最近运气不好,去求一支吧。"

王一元本来对求签这种事不置可否,可信可不信,就不想凑这个热闹,但听邓锐这么一说,觉得抽一支也无所谓。于是他走上前,拿了签筒,闭上眼想了一会儿,便双手使劲摇了摇。"啪",一只竹签落到地上。管签子的居士是一位慈眉善目的老太太。老太太把竹签拿起来,打开对应的签纸看了一会儿,递给王一元,微笑着说道:"阿弥陀佛,功德无量。小伙子,你大有前途啊,只是还要有决心和努力。阿弥陀佛。"

王一元拿过签纸,木木地盯着看了半天,仿佛要把上面的字一个个地吞掉,随后目光渐渐变得坚毅。他把签纸小心地折叠好,谨慎地放进贴身的上衣口袋,最后恭敬地和老太太作了个揖表示感谢。但一直到下山,王一元都只是跟在三个朋友后面默默地往外走,再也没说过一句话。

王一元没给其他任何人看过那支签,当然也没人知道他抽的那支签上究竟说了什么。但几天后,王一元就向公司递交了辞职报告,背上行囊义无反顾地只身去了上海。

第二天早上,王一元因为急着去奉贤送货,就没参加业务部的晨会。他中午回到公司,在办公室碰到了刚要往外走的丁经理。

丁经理看见王一元,打了声招呼,转身回办公室,拿出了国立袜业传真来的复印件,向王一元通报了国立袜业中标的消息,接着勉励了一番。他还让王一元抓紧时间考虑这个报告究竟该怎么做。

王一元一直在想这次国立袜业中标的事情。他觉得之所以能成功,首先得归功于孙雯,应该好好感谢她的鼎力相助。他又想起做报告的事情,心想,这事还是得和孙雯当面请教。王一元给孙雯发短信:"孙姐,谢谢。晚上有空吗?做报告的事情想向你请教。"孙雯一会儿就回复过来:"谢谢就不用了,讲座报告一定要当回事。晚上你再约一下谢东吧,见面聊。"王一元又给谢东打电话,谢东爽快地答应了,约的还是上次的农家乐小院。

晚上的聚会,王一元要了白酒,给谢东倒了一大杯,给孙雯、肖晓晓倒了一小杯。他站起来,充满感情地说道:"这次中标,我非常感谢你们,真的。这样,情谊尽在酒中,我先干了,你们随意。"大家都干了。王一元又端了酒杯,特意走到孙雯边上,说道:"孙姐,我再敬你一杯。没有你的帮助,我肯定拿不下这个单子。"

可话还没说完,旁边肖晓晓就阴阳怪气地插话了:"王一元,你今天又是很高兴,又是要特意感谢,怎么了?我们几个人还不至于有这么生分,你老酒没喝多吧?"

孙雯说道:"王一元,你这杯酒我一定喝。只是,你先坐下,先听我啰嗦几句,好不好?"她看着王一元,接着说道:"你是不是想问,我们,我、谢东,还有晓晓,为什么这么实心实意地帮助你,对吗?"

王一元看着孙雯,知道她有话要说,就老老实实地点点头,没有说话。

孙雯缓缓地说道:"我、谢东,我们都是大学同班同学,94年毕业来的上海,到现在11年多了。这十多年的跌跌撞撞,作为一个外地人,我们都经历了太多太多。不过都还好,这些我们都熬过来了。在上海找到了对象,买了房子,有了一份自己比较满意的工作。"

孙雯停顿了一下,喝了一口豆浆,继续说:"但是,你知道我们班毕业那一年来上海有多少同学吗?有6个。到现在,就只剩下我们俩还在这里。我们学校,东南大学,我们那一届的同学当年听说来了不下100个,可现在除去那些在机关事业单位以及远赴国外的,上海到现在剩下可能都不到10个人了。"

谢东也很有感慨:"是啊。大上海,大上海,我看岂止是大啊,简直就是大浪淘沙。一切事在这里都有可能发生。在某些方面,我倒觉得现在的上海更像以前故事里的上海滩,浪奔浪涌,鱼龙混杂,充满了各式英雄人物。电影故事里的那些,当然都是表象,但你不要以为离得现在很远。上海看着时尚光鲜,但对于普通老百姓,最后能留得下来的,确实都挺不容易的。对于我们外地人,更是过五关斩六将,难上加难。"

大家沉默下来,各有心事。

孙雯站起来说道:"嗨,今晚都说得沉重了。今天不是高兴嘛,有些事情,其实自己心里有数就行。"她看了看王一元和肖晓晓,接着说:"王一元,还有晓晓,看到你们,我就仿佛看到了当初的自己。这也是我们愿意帮助你的真正原因,真的。"

谢东也站起来,举起酒杯,说道:"我们都是在上海的外地人,我们要靠自己的努力,争取最后都能留得下来,成为新上海人。来来来,我们干了这杯!"

王一元和肖晓晓站起来,大家一饮而尽。

孙雯似乎意犹未尽,感慨地说道:"王一元,你只要记住,每一个人一生中总会遇见一些单纯而美好的人和事。我们帮你,是因为经过这么长时间的接触,我们信任你,当做是兄弟姐妹一样,当然能帮就帮啊。你也不要老是想着我们之间一定要有什么经济或者利益的纠葛,没有那么复杂的。当然还有一条,就是当以后你有能力的时候,我们希望你也能这样做。"

谢东说话了:"接下来,我们还是回到王一元的报告上来。"

王一元连忙附和着说:"是这样,如果没有什么大的变化,这个报告可能会由我来做,所以想听听你们的意见。"

谢东却说:"王一元啊,你话不能这么说。我觉得,这次这个报告,你们公司就是不安排你做,你也得去争取下来。原因我不说,你自己体会。"

孙雯说:"上次去你们公司考察时,你介绍的那个什么新概念,就是那个什么'个性化一站式客户印刷管理解决方案',我没说错吧?还有那个PPT,你可是给我们公司的李总和我们都留下了非常深刻的印象。所以,这次李总才特意安排你们这个讲座的。我们公司就是想借你们的这个讲座,推广推广你们的这个新概念,也是给其他供应商作参考。"

王一元谦虚地说道:"只是班门弄斧了。"

谢东插话道:"王一元,你能这样想就对了。有时候,我们'弄斧'就要去'班门',这也是勇气和自信。"

大家都被逗笑了。

孙雯接着说:"依我看,你上次的汇报完全可以作为这次讲座的一个基本框架,只是在深度和广度的阐述上,比如说,如何有针对性地提供服务及和国立袜业生产、库存的周转和衔接等方面再润润色,修改修改,我看就行。你不是大学读的师范吗?还当过老师,上台演讲应该不会有问题吧?"

王一元点点头:"怯场倒不会的,以前也做过类似的报告。"

孙雯说:"那就好办。这事你多向谢东请教,他有经验,文笔还不错。"

王一元望向谢东,谢东却看着孙雯说道:"你不能拉上我吧,这是你们两家公司的事。"

孙雯狠狠地瞪了一眼谢东,转过头对王一元说道:"你回去先把你们上次的材料发邮件给谢东,谢东他明天会把初稿拉出来。晚上,他发邮件给我再看看。星期天下午,我再发邮件给你。星期一,你拿到你们公司再过一遍,修改好之后再发邮件给我一份。这样也不耽搁下星期二的会议,你看行吗?"

王一元刚想说话,肖晓晓却先说了:"孙姐,如果有需要跑腿的事,就让我来吧。"

谢东笑了:"你跑腿?啥意思?太明显了吧。让王一元自己跑啊。是不是舍不得你的那个郎啊,嗯?"

众人哈哈大笑。王一元也跟着讪讪地笑了两声,突然觉得桌下有人在用力地踢自己。他猜想是肖晓晓对自己有意见,赶忙止住了笑,双手合十,对众人表示感谢。

散了聚会后,王一元赶到七宝宿舍拿了U盘,找了个网吧,把相关的资料发邮件给了谢东。

星期六的业务部调度会与以往稍有不同。这次会议的时间改在了上午,并且肖总很少见地坐在了会议室正中间,左边是孙经理,右边是丁经理。

丁经理主持会议,还是按着往常的程序,按部就班地例行公事,最后才宣读了国立袜业的中标通知书和邀请函。

接下来才是重点。肖总作了满怀激情的讲话,对业务部近期的工作表示充分的肯定和支持。他还亲自宣布了台沪公司的几个决定:一是给予王一元公司"特别贡献奖"并提前评为本月"业务之星",肖总当场就给王一元发了厚厚的红包,当然金额保密;二是由肖总领队,丁经理和王一元等人组队参加国立袜业的供应商大会,并且由王一元代表台沪公司做讲座;三是接下来的国立袜业的业务处理和作业在全公司内享有优先权。

大家哗哗起立鼓掌,对公司这次取得的业绩表示欢欣鼓舞,同时对王一元表示祝贺。会后,肖总特意交代公司的小食堂加餐,邀请业务部全体人员一起庆祝。

席间,王一元虽然很兴奋,但还是尽量克制自己的感情。他懂得,越是这种时候,越要强迫自己冷静,保持起码的礼数。一是在座的都比自己资格老,自己作为新人,才疏学浅,不敢充大;二是不想给别人留下忘乎所以的印象。他拿了酒杯,倒上酒,逐一给各位领导和同事敬酒,特别是师傅杜于乐大姐,对他们一直以来对自己的帮助表示感谢。

孙玉泉经理特意走过来给王一元敬酒,隔着老远就大声地说道:"小王,继续加油,报告会一定要把台型扎起来。"

丁经理也附和着说:"小王,这两天你再辛苦一下,把汇报稿弄得更漂亮一些。"

王一元已经喝了不少,但还是和孙经理、丁经理各干了一杯。

肖总显然更加高兴,也走过来大声说道:"王一元这个小伙子是我亲自招进来的,现在看来当时确实是没看错人。这样,王一元,我再给你一个机会。如果这次你汇报会表现不错,我就把那天和国力袜业公司签供应合同的签字权让给你,由你来代表公司在合同上签字。"

丁经理在一旁解释说:"我们可是听说,国立袜业和每家供应商签字都会用不同的签字笔,签完字后就送给对方的签字人当做礼品。这笔可价值不菲啊。王一元,你有没有信心?"

王一元看着肖总,呵呵笑道:"还有这样的好处?那我就尽力而为吧。"

因为感觉喝得有点多,王一元下午就没有在公司再坚持工作,请了假,骑了自行车回七宝宿舍休息。他进了房间,刚拿出红包正准备数数,短信响了。他一看是肖晓晓的短信:"报告的事确定了吗?"

王一元回复:"上午公司开了会,确定了由我来做。中午喝了点酒,正想眯一下。"

肖晓晓回复:"我去了我姐家,谢东正给你改稿子。"一会儿又进来一条:"我们公司鞋子内部打折,很便宜的。你穿多少码?"

王一元回了个"四十"后酒劲上来了,他一头倒到床上就睡着了。

肖晓晓看到这个"四十",觉得奇怪,就发短信问道:"你这么大个儿,四十码行吗?"可她等了很久也没见王一元有回音。

星期天下午,孙雯短信过来,说稿子已改好,让王一元打开邮件看一看。王一元去了网吧,打开邮件,仔仔细细地看了一遍,感觉稿子改动还是比较多,添加了不少专业术语,但是文章整体却更加凝练和紧凑,不管是文理脉络还是深度、广度,都有了显著的变化,让自己都有了耳目一新的感觉。看得出,谢东和孙雯都着实下了不少功夫。

王一元心里想，到底是名校的高材生，写出来的东西就是不一样。看来我还得向他们好好学习，争取在这一方面有所提高。

他走出网吧，刚要进小院大门，又一个短信进来，这回是肖晓晓："我在乐购，你能过来吗？"

这时候，宋立新开了面包车正要出去办事，王一元上了他的车就去了乐购。

王一元和肖晓晓见了面，赶忙上去拿过肖晓晓手里提着的两个手提袋。肖晓晓被逗笑了，说道："呵呵，有进步啊，还知道抢答了啊。"

王一元小声地说："我怕你掐我。"

肖晓晓还是上来挽住了王一元的胳膊，两只眼睛却盯着他笑道："我有掐过你吗？"

王一元只是笑。

肖晓晓说："我知道前面新龙路上新开了一家骨头汤菜饭，我们去尝尝？"

王一元说："这次我请客，公司昨天给了我奖励。"

肖晓晓故意大声说道："好啊，既然你这么有钱了，我们要不去吃顿大餐？我刚才还想着去吃阳澄湖的大螃蟹了。"

王一元还是只呵呵地笑。

吃过菜饭，肖晓晓把两个袋子递给王一元，说："这是我在国贸给你买的一套衣服，还有一双我们公司的鞋子。鞋子43码，你不会嫌大吧？"

王一元再三推辞不要，说要么给钱。

肖晓晓佯装生气，说道："这衣服国贸的，鞋是我们公司的，能值几个钱？你收下就行了。你一大男子汉，这样推来推去有必要吗？"她接着又轻声说道："再说了，你过几天要去做报告，那么大的场合，你还不得修饰一下啊？我是怕你没时间去，又不会买东西。"

王一元见肖晓晓这么说，觉得既然花钱不多，又再三推辞不掉，就只好收下了。提了东西回宿舍，回房间打开包袋一看，见是一套深蓝色西服、一件衬衣，还有一条红颜色的领带，甚至还有一条皮带。牌子都一样，都是英文的。他不认识这个品牌，当然也就不知道这些东西的价钱。不过，他还是觉得，按肖晓晓买东西的眼光和要求，价钱肯定便宜不到哪里去，她今天肯定没说实话。穿上试了试，还挺合身的。王一元心想，这个肖晓晓倒想得挺周到，只是花这么多钱，不知道以后该如何还给她。他又想道，不过也好，也省得自己去捣饬了。他准备就穿这身行头去参加国立袜业的供应商大会。

不过，这一次的国立袜业供应商大会上，王一元到底还是没有系上肖晓晓给他精心准备的红色领带。他觉得还是不太习惯脖子被勒得紧紧的，有些喘不过气的感觉。

但是，他在汇报现场发挥得很好，出人意料地取得了台上台下的一致好评。

国立袜业的老总亲率一众高管聆听了该报告，还在最后做了总结陈词，对台沪公司的"个性化一站式客户印刷管理解决方案"和王一元本人给予了很高的评价。他还慷慨激昂地表示，要把台沪公司的"个性化一站式客户管理解决方案"推广应用到国立袜业所有供应商的供应链管理上去。

下午的国立袜业公司年度供应商签字会上，肖总兑现了之前的承诺。其他供应商都是老总签字，唯有台沪公司是由一个普通业务员代表公司签字。在欢快的背景音乐声中，在水晶大吊灯的灯光下，王一元走上铺着红色绒毯的签字台。一片照相机快门灯光闪烁，算是让他真正出足了风头。

但是王一元却突然感到一种深深的不安，并且心里越来越沉闷。他觉得自己今天表现得有点过了，风头出大了。他莫名地想起一句话："出头的椽子先烂。"最后，他始终不能完全安心，于是找借口向肖总请假，缺席了当天的晚宴。

因为国立袜业开会的酒店离谢东的公司不远，王一元便打电话约谢东去农家乐小院吃晚饭。谢东接完电话感觉很奇怪，暗想道，王一元今天不是要在国立袜业做报告吗？怎么会不参加晚宴了？难道他的报告会搞砸了？他连忙打电话向孙雯确认。孙雯却说王一元今天的表现几近完美。谢东这才放下心来。

晚宴的时候，肖晓晓遍寻王一元不着，连打了好几个电话，也没人接。她心里纳闷，这人刚才签字的时候还是生龙活虎的，一会儿的时间怎么连人影也见不着了？

殊不知，这一晚，王一元和谢东都喝得酩酊大醉，互相说了一大堆胡话，最后在农家乐小院里开了房间住下。

11月上旬，上海的天气已经有了浓浓的寒意。就在此时，一种被称作"中国披萨"的土家掉渣烧饼一夜之间红遍上海的大街小巷。

这种烧饼才2块钱，就是一小团面加些碎肉和葱花，其火爆蹿红着实让人意外，但它就是这么以不可思议的速度在上海野蛮生长起来。在街道的拐角、弄堂的深处、公交站台的边上、熙熙攘攘的市场里，只要是人稍微多一点的地方，基本都能看到一个个飘着一股股白烟的烧饼摊位；而在公交车、地铁，甚至是背人的小马路上，都能时不时地看到有人捧着一个油腻腻的烧饼纸袋。

早上8点，王一元拿着一摞10多个土家烧饼进了车间，这是他在东方国贸排了半个多小时的队才买到的，自己都还没来得及吃。他给自己留下一个，把剩余的都给了肖云华，让他去分发。

自从与国立袜业的合同正式签订了以后,国力袜业的打样已经开始进来,这段时间正是高峰期。因为有肖总的优先处理国立袜业作业的指示,整个过程倒也还顺利,有部分打样已初步得到确认,正等待正式下单。王一元对这次的每一个打样都很上心,这段时间很大一部分精力都放在生产车间。

全部看了一遍打样,王一元正准备出去,肖云华跟了过来,对王一元说道:"老王,你等等,我找你还有点事。"

其实论年纪,肖云华比王一元还要大上2岁多,但公司上下现在都称呼王一元为"老王"。要说"老王"这个称呼的来历,连王一元也不知道是怎么叫出来的。按理说,王一元现在的年纪并不算大,至少还远远没到要被尊称为"老王"的程度。不过,也有一种比较合理的解释,可能是因为车间里小年轻居多,和王一元关系都还不错,觉得叫王经理显得比较生疏,叫小王又显然不太合适,也不知道是谁先叫的老王,没想到后来就在公司逐渐叫开了。

王一元站住了。肖云华把王一元拉到一个角落,说道:"今晚上,我有两个湖北老乡请吃饭,我想请你陪着去,有空吗?"

王一元问:"有事?"

肖云华晃了晃手里的烧饼,轻声说:"就是这个烧饼。"

见王一元不明白,肖云华接着说道:"是这个烧饼的包装袋子的事。这个烧饼是我老家的高中同学他们公司开发出来的。你主意多,晚上你帮我去参谋参谋。"

王一元说:"行,刚好今天晚上也没什么事,还能混顿好吃的。"

肖云华说:"那就说定了,下了班,我们一起过去。"

中午的时候,交大老谢打电话来,告诉王一元,他报名交大在职人员MBA研修班的报名材料,学校已经审核通过,星期天需要本人去办理手续和缴费。难得的是,经过老谢的说项,王一元学费减免到了5万元多一点,算是得了不少的优惠。

王一元连连向老谢表示感谢。只是,这次要预交一年的学费,连资料费、报名费等加起来要将近25 000元。他算了算,自己的现金加这几个月的工资,还有上次因为国力袜业签约所得的两次奖金,差不多有不到9 000元。可仅仅是这些,付学费还是远远不够。他想起来,上次公司给的国力袜业的专项业务费用,到现在还剩下不少,大概还有差不多15 000块。他打了一圈主意,也没有想出其他好办法,看来只好先拿了这些先去用着。这样全部加起来,这一次的学费差不多应该就够了。只是那些专项业务费都是消费卡。他想,反正离星期天还有4天,中间找时间去趟七宝,找票贩子把这些卡兑换成现金就行了。

下午琐碎的事情处理完，已是将近晚上7点。肖云华在工厂大门口门卫室等到王一元，两人打车直奔七宝老街旁的洪湖人家餐馆。进了三楼的荆州包间，里面已经有三个人在等着了，桌上的菜也都已经摆了上来。

　　肖云华连声道歉，依次给彼此作了介绍。坐在主宾位置的叫朱文兵，是武汉掉渣烧饼公司的华东区域招商经理，也就是肖云华的高中同学，另两个分别是上海片区和苏州片区的经理。

　　五个人要了3瓶52度的稻花香白酒。朱文兵比较豪爽，一开始就笑着大声说道："我们今晚就喝这么一些，多的没有，但是也不能浪费，要喝完才能回家，还不能打包。"

　　几人边喝边聊，自然不一会儿就讲起了土家烧饼。谈到他们的烧饼，朱文兵侃侃而谈，介绍得十分详细。原来，这种土家烧饼本来是地处鄂、湘、渝三省交界的湖北恩施州的一种极富地方特色的小吃，是土家族人和苗族人的一道必不可少的日常美食。其历史据说可追溯到春秋战国时期，曾是土家族、苗族的传统供品，有着悠久的历史文化背景。

　　朱经理的自信还来自他们公司"土得掉渣，掉得时尚"的广告词。他说道："公司都没想到这个项目会火成现在这样。现在光是江浙沪，一天能卖出近5万个烧饼，上海一天大概能卖近1万个烧饼。并且，数字还在一天天地快速增长着。关键是，大大小小的加盟商都挤破头似的往我们这里钻。"

　　他又笑道："我也和你说实话，不怕你们笑话。我们公司对这个掉渣烧饼在江浙沪的爆红也没有完全做好准备。现在，很多的材料，像加盟的摊位工具、食品材料的配送，甚至是这个包装纸袋，基本都供不应求，很多都在卖断货的状态，根本都跟不上趟。"

　　王一元听了后也暗暗吃惊，没想到一个烧饼竟能火爆到这种程度。

　　这顿饭，每个人都吃得红光满面。吃完饭，送走了朱经理等三人，肖云华对王一元说："老王，我们去喝喝茶，这里的菜太咸了。"王一元知道肖云华肯定还有事情要说。两个人就进了附近的一间茶室。肖云华要了一壶铁观音。王一元舒服地坐下来，拿了牙签剔牙。

　　茶过两遍，肖云华说话了："老王，你觉得这个土家烧饼能火多久？"

　　王一元喝了口茶，随口说："现在不好说，应该还有一段时间吧。"

　　肖云华说："老王，我不瞒你，我就是想做他们的包装袋。"

　　王一元有点意外，说道："你今天叫我来参谋的就是这件事？"

　　"是的。我那高中同学说的，他们这个烧饼的所有加盟商，有两点总部是抓得很紧的。一是配方和相关材料,一是包装袋,都是由他们公司统一配送。你刚才也听他们说了现在这个烧饼的火爆,一个烧饼一个袋子,总量不少的,我想这里面肯定有得赚。"肖云华直接道。

见王一元没什么反应,肖云华补充说:"他们公司的华东区域基本由我那个同学说了算的。"

"那个烧饼包装袋也就是牛皮纸上印个图案,再加几个文字,制作还是很简单的。"王一元想了想,说道。

肖云华说:"是简单。我问过我同学,他们的底价我有,价格还可以的。我也不瞒你,只要不高于1毛7,我们就有希望拿下来。"

王一元心里大致算了算,说道:"成本也就一毛多点吧?"

肖云华说:"我仔细核算过,成本大概在1毛2左右,算上税点和运费,一个纸袋应该还能有3分钱左右的纯利润。一天按6万的量,再刨掉打点的费用,一个月大概能落下5万块左右。"

王一元说:"你既然有关系,又有渠道,钱还好控制,那可以做啊。"

肖云华说:"但是还有几个问题。一是要押款。他们公司规定是月付,这个我们肯定不行。我同学说可以做到一星期一结,还给开了后门,可以结现金。再加上印刷的工厂要有预付款,这样就要大概先垫支上七八万元。二是,这个烧饼到底还能坚持多久,我也心中没数。所以现在还没有考虑好到底要不要辞职出来做。你知道,马上就年终了,辞职的话,经济上不划算的。"

"辞职?你想多了吧?"王一元看着肖云华的眼睛,说道:"我劝你,这个你肯定先不要考虑。谁知道这个烧饼以后会怎样?再说了,为了这么一点钱,你一个搞技术的,就跑出来做销售,不太靠谱。"

肖云华没有说话。

喝了一会儿茶,王一元又问:"你肯定早有想法,有屁就放,你到底想怎么做?"

肖云华试探着说道:"要不,我们两人一起做?"

"我们两人一起?怎么做?"王一元问道。

"垫支的钱我出5万,剩下的你出。业务方面由你出面做,但是前提是不要经过我们自己的公司,找外面的工厂做。最后,利润我四你六。"

王一元一时没说话,想了想,说道:"合作完全可以。我看这样,利润各一半。我比你方便,顶多不过是多跑跑腿罢了。"他停顿了一下,还是坦白说:"关键问题是我现在钱有点紧张,根本拿不出多少钱来。"

肖云华下定决心,呵呵笑道:"我就知道你够朋友。行,我把全部家底拿出来,七万,多的真没有了。"

王一元高兴地说道:"好,我们合作愉快。"

两个人站起身来,举起杯,以茶当酒,一饮而尽。

肖云华叮嘱道:"时间要快,搞不好等这个烧饼的一阵风过去了,我们也就歇菜了。我们要争取尽快做起来。"

"我明天就出去找地方询价。"王一元接着说:"还有件事。这段时间,国立袜业的打样,你一定要帮我多盯着一点,千万不要出错。"

第二天下午,王一元找了个理由,一个人溜出公司,拿了土家烧饼的纸袋样品,直接去了浙江北路安庆路的印刷一条街。

这条历史悠久的印刷街,地方不大,就短短几百米的距离,道路也不是很宽敞,但因为这里不仅聚集了各式各样的印刷设备、应有尽有的各种门类的印刷原材料和辅助材料,还有很多印刷工厂在这里设立了门市部承揽印刷业务,加上这里地理位置好,交通很方便,所以这条街在上海的印刷业中名气很大。

王一元本来想找认识的其他印刷工厂的业务员合作,但后来一想,又觉得这样还是不太合适。如果找在上海的印刷厂,一是因为本来互相之间就存在竞争关系,价格上不一定能够便宜,二是担心时间久了,难免会传出去,保不准自己的老板就会知道,到时恐怕不好向公司交代。而浙江北路这里不同,这里的很多印刷门市部其实都是温州印刷厂的上海业务处,生产都是在温州那边。这个烧饼纸袋虽然一次下单的量很大,但生产工艺简单,还是常翻单,交给温州人做,不仅在价格上有优势,他们还会送货到指定的地方。也就是说,只要钱到位,整个过程相对简单而隐秘,非常便于王一元操作。

到了浙江北路印刷一条街,王一元分别以单次印刷1万、5万、6万的数量向几家印刷门市部问了报价。这样一圈打听下来,他心里就有了大致的方向。

建瓯印刷的老板也姓王,温州小伙,看到王一元又转了回来,笑着说道:"兄弟,不用找了,都差不多的。"

王一元接过王老板递过来的热茶:"呵呵,你总归也得多少让我赚点,不能白跑了啊。"

王老板问:"你这单能确定吗?"

"价格合适,马上下单。"王一元道。

王老板拿过计算器,啪啪啪地算了一阵,在计算器上按下"0.115",然后把计算器推给王一元,说道:"每次6万个,这是最低价了,开票加2‰,上海全市范围包送货。"

王一元看了一眼,拿过计算器,把后面的"5"去掉,说道:"我看你年纪可能比我小些,就叫你小王吧。我也姓王,算是本家,你看价格这样行不?"

王老板乐了,哈哈大笑道:"大王都发话了,那还能不行吗?"他接着说:"但要现款现货,先预付一部分的定金。"

王一元说:"行,最快多久能交货?"

"第一批4天左右到上海,后面如果继续加印,只要3天。"王老板道。

王一元说:"我出去打个电话。"他走出门,寻了个稍偏僻的角落,给肖云华打电话,说了询价的情况。

肖云华表示同意签合同。王一元便又走进去建瓯印刷的门市部,对王老板说道:"那就这样,先做6万个试试看。你给我卡号,明天上午先转给你5 000元,余下的,若没有质量问题,客户验收后,钱全部打给你。"

接下来,双方还就一些细节方面进行了交流。双方表示认可后,王一元留下了自己的身份证复印件,和建瓯印刷的王老板签了供货合同。

忙完合同,天色已晚,王一元决定先去吃晚饭。他以前来过浙江北路几次,知道旁边的天禄里弄堂里有一对刘姓的老夫妻摆的饭摊。王一元偶然在这里吃过饭,交谈中知道老夫妻都是湖南道县人,从上海铁路北站退休后就在这里摆摊,已有10多年了。老夫妻俩的摊子不大,就两三张小桌,菜的品种也不是很多,四五个上海做法的家常菜,两三个加了辣椒的湖南菜,再就是一大铝锅的菜汤,饭是2元钱随便吃。

老刘正在忙着收拾小饭桌,看到王一元,笑着说道:"呦呵,小王,很久不见了啊。"

王一元打过招呼,走过去自己拿了饭盆盛饭打菜。他刚在饭桌边坐下,老太太就夹了一块很大的猪肉大排,用小碗托着,放到王一元打好的饭上,关心地说道:"你一个人在上海不容易,要吃好点。"其实,王一元打的菜已经够吃了,但又不好推却,只好谢谢阿姨了。

老刘不知从哪里摸出来半瓶长沙液白酒,对王一元说:"每天都是我自己一个人酌一小杯,今天你陪我喝一点。"

王一元接过酒瓶,拿了两个一次性塑料杯,各倒了半杯多一点,大概二两的样子。他边吃边说道:"老刘,你们现在也没必要太辛苦了吧?"

老刘和老伴就住在弄堂旁边的铁路新村,两人的退休工资加起来接近8 000元。他们的儿子、儿媳也在铁路工作,孙子明年将从上海理工大学毕业,按理说应该没什么经济方面的压力。

老刘笑呵呵地道:"我以前在铁路是一名机车电工,退休了也没啥爱好,时间不好打发,在家里一直闷着,心里也不好受。现在摆摆摊,卖卖饭,我和老婆子两人自得其乐,何乐而不为呢?"

老太太接过话,说道:"小王,你不知道,现在真不叫老头干了,他会得病的。我们也觉得现在挺好的,本来也没想赚多少钱。时间好打发,身体还得到锻炼了,也算是一种乐趣。"

王一元很理解老人们的这种想法。所谓老有所依、老有所乐,其实并不在于是什么形式,画画、太极拳、广场舞、旅游是一种,摆摊卖盒饭也是一种,没有谁对谁错或者什么高低贵贱,只要老人们能自得其乐,就是拥有了一个幸福的晚年。

临走时,王一元对老刘说:"还有三个月就要过年了,到时候要买车票,可能还得麻烦你们。"

老刘笑着说:"你放心,一两张火车票,我们还是能帮忙搞定的。"

第二天一早,肖云华和王一元碰了面。他从羽绒服里面的衬衣口袋里摸摸索索地掏出了一张银行卡,递给王一元,稍微有些紧张地说道:"这里是7万元。"他似乎还有些不放心,反复叮嘱道:"你一定要看紧纸袋子的质量,不然大家都不好做。"

王一元接过银行卡,小声而肯定地说道:"你放心,我一定多盯着。只是这几天我很多时间都在外面跑,你也要多帮我看着点国立袜业的打样,一定不能有任何差错。"

在厂里吃过中饭,王一元下午到七宝后,先去建设银行给建瓯印刷的王老板打去预付款,然后去找人兑换手中的消费卡。可找了几家票贩子,都嫌弃消费卡上的钱比较多,都只愿意出9折的价钱,甚至还有出85折的。王一元觉得不是很划算,他的期望值是95折。他心里想,会不会是因为七宝到底是郊区,所以兑换的折扣要较低一些?犹豫了一会儿,反正时间来得及,他决定到市区徐家汇去碰碰运气。

徐家汇是繁华热闹的商业中心地带。这一次,王一元改变了策略,每次只拿出3 000元的消费卡,分成5批兑换。经过几次的讨价还价,他分别在东方商厦、港汇广场、煤科院、美罗城的电脑市场等地方找不同的票贩子,终于以期望的价格将15 000元的消费卡全部兑换了出去。多兑出来的好几百元钱让他觉得自己换地方的决定非常正确,这相当于省出了差不多一个月的饭钱。但学费还差将近两千元。

王一元在心里把能想到的人又过了一圈,一时半会竟然想不出该找谁去借这笔钱,唉……他把兑得的现金从背包里拿出来,小心地装进衣服口袋,长长地叹了一口气。天要下雨娘要嫁人,还真是一分钱难倒英雄汉,王一元在徐家汇人潮汹涌的马路边忿忿不平地想道。

正想着借钱的事,手机突然响了。王一元拿起来一看,是建瓯印刷的小王,连忙接了电话,只听小王在电话里说道:"王经理,可能还得麻烦你过来一趟。包装袋的设计稿出来了,你得确认签字。"

王一元说道:"你把图传到我 QQ 上,我找地方看一下,不就可以吗?"

小王道:"老大,你这么大的量,万一要是出点错误,到时候算谁的?我们之间怕是不好说啊。"

王一元无法,只得走去公交站,坐车去浙江北路。到了建瓯印刷的门市部,他仔细地核对打印出来的图样和土家烧饼的纸袋原件,结果还真发现设计稿有一个很大的错误。原来,样品纸袋的正面下面有一朵祥云的图案,祥云的下面有三条波浪形的依次变窄的细线,从左到右,这三条线颜色是渐变的,一直延续到反面,和反面同样设计的线条连接起来。而建瓯印刷打印出来的样稿,如果只单看正面和反面,都没有问题,但是一拼接,纰漏马上就显露出来了:这三条线的上下位置对不上,有比较大的偏差。

尽管此时温度很低,小店里也没有暖气设备,但王一元突然之间就感到背上冒汗,心里一阵紧张。他摸摸胸口,说道:"还好还好,幸亏发现得早,要不然就真没法交代了。"

小王马上打电话给远在温州的印刷工厂,同那边的设计联系,商量修改。过了一段时间,修改后的图样用 QQ 传了过来。小王重新打印,把图样交给王一元。看过重新制作的图样,王一元再三和土家烧饼的纸袋原件反复仔细比较,确认了没有问题,才在图样上签上了自己的名字,表示同意印刷。

直到此时,王一元才觉得突然有些口渴。他喝了一口茶水,又向小王再三嘱咐:"这是第一批货,一定要注意质量。还有纸张,包括颜色和克重,一定要和样品一模一样。"

小王连连表示:"一定,一定。"临别时,他把 5 000 元预付款的收据开给了王一元。

这样一来回,时间已到了晚上 8 点半。王一元饥肠辘辘,于是就在浙江北路公交车站旁边的快餐店随便吃了点东西。

刚上公交车不久,"师爷"杨国庆打电话进来,听说他还要差不多 2 个小时才能到七宝宿舍,也没说什么事就挂了电话。王一元猜想他大概没什么重要事情,于是头靠着窗户玻璃,放轻松地观赏起车外的城市夜景来。

讲实话,王一元到上海这么长时间了,还真没正儿八经地欣赏上海夜景的机会。这趟公交车的线路很长,很难得的是它基本沿淮海中路,在市中心区蜿蜒而行。淮海中路是上海公认的最美丽、最摩登、最有"腔调"和情调的一条街。公交车经过淮海中路,此时华灯初上,灯火通明,霓虹灯让人眼花缭乱。在灯光的映衬下,街道两旁各具特色的建筑更显得美轮美奂、丽影流光。放眼望去,这一条条的街道都仿佛是一幅幅流动的现代画,色彩炫目。

看着车窗外光怪陆离的景象不断掠过,坐在公交车最后一排的王一元虽然眼睛一直在看着窗外,人却慢慢地显得越来越超乎平常的安静。他没有再挪动身体,脸上也看不出一丝的特别表情。慢慢地,他沉浸在了氤氲斑驳的夜色中,整个人仿佛没有了具象的思维,连呼吸都感觉比平时要慢了好多。

周围一切的喧哗和热闹突然变得安静,只有不断变幻的光和影像,恍如平静的大海。公交车兀自在缤纷的光之海洋中寂静而优雅地穿梭航行,王一元仿佛看见自己的灵魂正缓缓地挣脱了自己肉身的桎梏,晃晃悠悠,晃晃悠悠,再慢慢地向上、向上,最后终于飘荡在了这个城市夜晚五颜六色的天空中。

这漫天的繁华,明天又会是属于谁的精彩?王一元心里突然想道。

元旦的三天假期,肖晓晓找了借口,没有回江苏老家。她实在是烦了老爸老妈的催婚,想着能躲避就躲避一下,至少暂时落个耳根清净。另一方面,她仿佛隐隐约约地觉得,好像这个元旦期间自己可能会发生点什么大事,虽然不能肯定到底会有什么事情发生,或者说究竟是好事还是坏事,但她还是决定服从自己的第六感觉,留下来,没有离开上海。她总觉得,女人的第六感有时就是莫名其妙的灵验,信之则灵。

这几天天气很好,难得的晴朗。肖晓晓一个人待在宿舍,闲得无聊,便准备把那些可洗可不洗的衣服、床单、被褥,甚至窗帘等,全部拿出来洗晒一遍。

平安无事地过了两天。到第三天上午洗衣服的时候,肖晓晓看着在水里泡着的厚厚的毛衣,不知怎的,脑子里突然想起了王一元这个人来。她想,这个大傻子,都入冬这么久了,也不知道被褥洗洗晒晒过了没有。

肖晓晓接着想道,怎么放假这么久了,他这人也不见打个电话过来呢?这时,她心里突然一惊,蓦然想起,这个王一元,好像除了工作上的事或者是大家伙都在的情况下,私下里很少主动给自己打电话。

这个发现让肖晓晓突然感到很沮丧。她黯然地走进房间,缩成一团,在躺椅上躺下来,没有了继续干活的力气。

这个人，我都对他这样了，他怎么就不能再主动一点呢？他到底是什么想法？肖晓晓恨恨地想，难道他还能有其他什么花头？

肖晓晓的这把大躺椅是竹子做的，放上两个靠垫，人躺在上面摇一摇、晃一晃，舒服极了。这把躺椅原来是孙雯住宿舍时用过的，她后来买了房子，搬家时就把它送给了肖晓晓。

肖晓晓在躺椅上发呆，觉得很是失落，用一句流行语说就是觉得心里"拔凉拔凉"的。

可没多久，肖晓晓突然脸红起来。她摸摸脸，还觉得有点发烫。要死了，要死了，她紧张地想，这是怎么了？怎么会突然想起那个人来了？难道我真对他有想法了？要不，我这么在乎他的想法干嘛？

肖晓晓跳起来，心虚地朝四周看了看。阳光正从窗户照进来，房间里就她一个人，十分安静。她拍拍胸，自言自语地说道："哎呀，要死了，真是丢死人了！"

正在上课的王一元没忍住，连打几个响亮的喷嚏，老师和同学都一齐转头望向他，令他无比尴尬。王一元摸摸鼻子，心里想，是谁在咒骂自己？

昨天，1月2日，对王一元来说是一个期盼已久的日子——MBA研修培训班正式开始。

昨天下午，办完新生报到的各项入学手续后，全班同学在MBA案例教室集合，举行开班典礼及入学教育。在这一届MBA研修班班主任于泽远老师的主持下，2006级新生与已经毕业的两名学长欢聚一堂，了解MBA项目各部门的职能，分享关于MBA学习生活的建议和感悟。两位学长分别上台对自己在交大MBA的学习生活和工作经历进行了详细的介绍，并与新生现场交流互动，现场气氛轻松活泼，笑声连连。

今天上午，重量级导师欧阳剑教授讲授MBA第一课——交大MBA课程体系介绍。总体上，交大MBA课程是在总结国外著名商学院MBA教育成功经验的基础上，结合国内企业的实际需要而设置的，主要采用课堂讲授、案例研讨、项目作业、情景模拟、企业考察等多种模式相结合的教学方式，以案例教学为主。欧阳教授介绍了交大MBA制定教学计划的基础，接着又按管理基础、管理专业、管理发展、管理方向四大模块来详细阐述每一阶段所占学分比重与学习重点，提纲挈领地为同学们指导了各门学科的重要性及相互之间的紧密关系。最后，他语重心长地告诫大家一定要重视基础知识的学习，因为基础决定一切。

这次讲座让全体新生更清晰地了解了交大MBA办学的理念和宗旨，也让需要兼顾职场和课堂的同学们为即将开启的课程学习做好合理的规划。

　　王一元坐在宽敞明亮的教室里,恍如又回到几年前的学生时代。他们这个班级一共只有18名学生。他看过花名册,了解到这一届学员的年龄虽然参差不齐,但普遍都比自己要大一些,有的甚至比自己大一轮还要多。同时,他也发现他的同学们有几个共同的特点:一是他们都是所在单位的中高级管理人员,而且实践经验都比较丰富,大部分人都有过多个岗位的工作经验;二是这些人自身的第一学历都比较高,基本都是本科,甚至还有好几个是硕士或博士研究生;三是除了他外,其他学员所在的单位,要么是政府机关、事业单位,要么是声名显赫的国有大中型企业。

　　王一元不知道,交大开办的这个MBA班,虽然是研修班,进入门槛似乎不高,实则不然,对学员明里暗里都设置了各种各样的前置条件和审核,最后能参加学习的都不是一般的人物。王一元如果不是靠老谢走了经管学院的内部路线,断断是进不来的。

　　王一元看着在讲台上侃侃而谈的老师,再看看台下认真聆听的同学们,他更感觉到了一种学习的必要和紧迫。和这些可以说都已经有了一定的身份和地位的同学们相比,他觉得自己要走的路还很长,需要学习和努力的地方还有很多很多。

　　王一元不由地收回自己的眼光,仔细认真地做起了课堂笔记。很久都没有主动学习的氛围了,他只觉得眼前的一切是那么陌生和遥远,却又是那么亲切和触手可及。

　　快下午三点了,肖晓晓还在生闷气。她中午饭也没心思吃,左想右想,还是理不出一个头绪来。她长出了两口气,下定了最后的决心。她想:看来我不打电话给他,他是不会打电话过来。哼,这人想得倒美!但我也不能让他这么好过。

　　肖晓晓狠狠地抓过桌上的手机,调出王一元的电话号码,拨了过去。电话刚响了三声就接通了,传来王一元的声音:"小肖,你回上海了?"

　　肖晓晓愣了一下,放低声音说:"我没有回老家啊。"

　　那一端的王一元没有再说话,只是呵呵地笑。

　　肖晓晓咬牙切齿地问道:"笑什么笑?你在干什么?"

　　王一元说是刚下课,正准备回七宝。

　　肖晓晓大惑不解:"下课?你上什么课?"

　　王一元就把他读MBA研修班的事情大概说了一遍。

　　这一解释,肖晓晓一下子就释怀了,人突然就轻松了许多。她这才知道原来是自己想反了,可能真是错怪了王一元。她马上换了腔调,调皮地对王一元说道:"我现在就在七宝老街逛街,又想起上次我们吃过的菜饭骨头汤了。要不晚上我等你来一起吃?好不好?"

王一元当然愿意。他想着从闵行到七宝,路途比较远,中间还要倒车,就约好6点钟见面。

肖晓晓"腾"地丢下手机,站起身,哼着歌儿,准备先去洗个澡,换身衣服。要不要再去做一下头发?她心里纠结地想。

约好是6点,可是王一元还是迟到了。下了课,班主任于泽远老师照例作了当天的教学总结和下周的学习安排。王一元收拾完东西,正准备离开,于老师叫住了他:"小王,今天麻烦你做卫生,没问题吧?"

王一元二话不说,脱下外套,先把黑板用清水一一抹过,把教室仔仔细细地打扫一遍,桌椅板凳重新归置摆好。最后,他又觉得窗户的玻璃有些脏,索性打来一大桶水,爬上窗沿,小心地把窗玻璃也清洗了一遍。看着窗明几净的教室,觉得应该没什么问题了,他才放心去班主任办公室向于老师告别。

于老师过来看了教室,满意地点点头,笑着说道:"小王,你干活不错。"他回过头问王一元:"你要回七宝?刚好顺路,我带你到七宝好了。"

于老师一边开车一边询问了王一元工作、生活的一些基本情况。他说:"小王,我仔细看过你的资料。相对来说,你基础确实是差了一些,专科层次,原来学的又是理科。但从这两天的表现我看得出来,你能吃苦,个人也很努力。但我要说的是,学习不仅要下得了苦力,还要多用用脑袋。"

他停了一下,又接着说道:"一是要多注意学习的方法和技巧。我们学习 MBA 理论基础,你其实也有你的长处,有过几年的企业工作经历,你要把工作实践和理论联系起来理解,这样可能会相对容易掌握。二是班上其他学员都比你年龄大,资格也老一些,所以你在日常学习和人际交往中要更主动一些,积极融入学习小组和班级团队。"

王一元认真聆听,不住地点头。于老师见状,不禁笑了起来:"这个老谢,也不知道是哪根筋搭错了,一个研究水果蔬菜的专家,讲起来还是上海市的领军人才,享受国务院特殊津贴的教授,却要来管我们经管院的闲事,把你往我们经管院送。小王,你到底和他有什么关系?"

王一元明白了,这个于老师十有八九就是老谢说过的住在他楼上的那位经管院教授。果然,只听于老师继续说道:"你不知道,这个老谢,我和他这么多年的邻居,平时他只对他那些瓜瓜蔓蔓感兴趣,一般都不苟言笑,很难得求一次人的。"

于老师又回到 MBA,说道:"三是要尽可能用更长远和更细微的视角,用管理的方法与理论,来分析和思考现实问题。平时要注意慢慢培养这个思考习惯,才能学以致用,这一点很重要。"

王一元在七莘路富丽公寓和班主任告别,又搭乘了两站公交车才到七宝,时间已经到了 6 点 30 分。他刚下公交车,就见到肖晓晓正在站牌下等他。

肖晓晓容光焕发,一头如丝般柔顺的长发随意地扎成一个大大的马尾,眼睛清明流盼,瑶鼻秀挺,唇如浅樱。可能是刚才走路运动的缘故,她脸上微微沁着一层红晕。她上身是白色打底衫套深色牛仔服,下身是长靴黑裙,双腿更显修长。整个人在冬日的路灯光下更显得亭亭玉立。

王一元站在那儿愣住了,这美女是以前的肖晓晓?

直到肖晓晓上来挽住他的胳膊,王一元才回过神来。

肖晓晓有些小得意,笑着说:"你这小样,怎么,不认识了吧?"

这么近的距离,王一元好像才第一次发现,原来肖晓晓笑起来的时候,嘴角的右边有一个不大不小的酒窝,恣意地舒展。他摸了摸自己的鼻子,打着呵呵,讪讪地说:"我是对美女有些过敏。"

肖晓晓一听这话,更紧紧地拉住了王一元的胳膊,咬着牙故意说道:"我让你过敏。"

胳膊肘处突然传过来的一团柔软让王一元不禁僵了一下。肖晓晓也好像意识到了什么,脸一红,抱着的手松了松。王一元尴尬地说:"要不,换个地方吃吧,这次吃好一点的?"

肖晓晓没同意,轻声说道:"你刚交了学费,还能有什么钱?这次上学,你没有去借钱吧?菜饭我很喜欢吃的啊,真的。"

王一元心里想,女人真可怕,连借钱的事也能联想到。他这次交学费,最后缺的 2 000 元就是找肖云华,从土家烧饼的预付款里暂借出来的。

还是上次那家菜饭店。王一元要了 2 份黄豆骨头汤菜饭,肖晓晓又点了 2 瓶啤酒,加了两样小菜。她说道:"你读书的事怎么以前没见你说起过?不过这是好事,这回我就陪你喝一点。"

肖晓晓又详细问了王一元读书上的一些事情。两人边喝边谈,最后竟然喝光了 4 瓶啤酒。肖晓晓坚持着自己结了账。

出门后,肖晓晓对王一元说道:"看看,你脸都红了。我们去前面的广场走走?"

夜幕中的七宝市民广场,尽管初冬的寒意渐上,但还是有不少人,假山的旁边还有很多老年人正在跳广场舞。可能天冷,肖晓晓挽着王一元的胳膊更紧了。

王一元低头看着肖晓晓,在灯光下,她喝了酒后的脸明显出现了一层淡淡的粉红,眼睛更是如一泓秋水般的深情灵动,特别是嘴唇,略向上抿,充满了柔情。这一切都让他有一种低下头去吻一下肖晓晓的冲动。

似有所感,肖晓晓停下脚步,侧过身,抬头望着王一元,轻声说:"你想干什么?"

王一元一下子回过神,双手假装使劲擦了擦脸。他刚好看见旁边有一对石凳,就对肖晓晓说:"我们坐一会儿。"等坐下,他又心虚,没话找话地对肖晓晓说:"你不是说元旦要回老家的吗?"

肖晓晓说:"原本是这样想的,不过后来单位有事就没有回去。"

一时无话。其实王一元明白,自己在内心深处一直比较喜欢肖晓晓,也感觉肖晓晓可能对自己也有那么一点点的意思。如果在平时,他实在没有多少勇气把这种喜欢对肖晓晓说出来。今晚可能喝了酒的缘故,看着近在咫尺的肖晓晓,竟然突然间有了一种一吐为快的欲望。

磨叽了很久,王一元终于狠下决心,轻轻地问肖晓晓:"听说你在老家找对象了?"

肖晓晓好像一下子石化了,过了很久才说道:"你听谁说的?"

王一元说出那句话来后倒是轻松了许多,呐呐地说:"几个月前听谢东说的。你上次'十一'也说过是回老家相亲的。"

肖晓晓低头闷了一会儿,掏出手机,说道:"你先别说话,我打个电话。"她拨了一个号码,按了免提,把手机放在了膝盖上。一会儿,电话通了,传来朱许英的声音。两个人说笑了几句,肖晓晓说:"阿姐,姐夫在不?我找他有点事。"

一会儿,谢东的声音出现了,肖晓晓故意甜甜地说:"姐夫,我求你个事。你的妹夫,我的对象呢,我找不到他了,你帮我找找看啊。"

谢东莫名其妙:"晓晓,啥意思?"

肖晓晓温和地说道:"你不是到处宣扬我在老家有对象了吗?现在你给我找出来啊!"

谢东知道肖晓晓今晚肯定是遇到事了,放低了声音说:"晓晓,我肯定没有乱说过。我只是说,你也该找对象了。"

肖晓晓问:"你肯定?"

谢东急忙表态:"肯定。"

肖晓晓恶狠狠地说道:"再敢乱说,回去我让阿姐找你算账。"

收了线,肖晓晓放好手机,看着王一元叹了口气:"上次'十一'是老爸老妈逼着我去相亲,只是后来也没成。你现在都知道了吧?就你这小心眼!"

王一元很尴尬,不知道该说什么了。肖晓晓好像也没了兴致,就说想回去。

王一元连忙自我批评,讪讪地说道:"是我的错,我想多了。"

肖晓晓站起来整理衣服,手指头戳着王一元的脑袋,嘲笑道:"没想到啊,你这个湖南人竟然变成我们镇江人了。你这是吃的哪门子醋啊?"

王一元也一下站起来,只是没承想竟碰到了肖晓晓正举着的手臂。肖晓晓一个趔趄,就要摔倒。王一元连忙去扶,情急中把肖晓晓一下抱住了。四目相对,两人都愣住了。

肖晓晓没料到会这样,嘴里不由自主地发出一声低呼:"啊……"

然而,这个声音在王一元听起来无异于惊魂动魄。他干脆一不做二不休,直接就对着肖晓晓的嘴唇吻了上去。肖晓晓没有防备,身体机械地僵在了那里,脑袋里一片空白,呆呆的,一时间竟然没了反应。

王一元的手从肖晓晓的后背绕上去,捧住了肖晓晓的头,重重地吻住肖晓晓的唇,还伸出舌头,想要穿过她的牙齿往里钻。

这时候,肖晓晓的身体慢慢地软了下来,眼睛也终于能活动了。她心想,要死了,丢死人了。双手却不由自主地抱住了王一元的腰,下意识地仰起头,闭上了眼睛。

王一元只觉得肖晓晓的牙齿一松,自己的舌头乘机而入。肖晓晓的舌头开始还有点刻意躲闪,慢慢地放松了下来。王一元的舌头蛮横地四处搅和,两人很快就彼此"相濡以沫"了。忘我地缠绵了一会儿,王一元还想有其他进一步动作的时候,肖晓晓的唇却滑开了。她低下头,将头抵在王一元的胸膛上,只是紧紧地抱着王一元。

肖晓晓逐渐平静下来,松开抱着的手,推了推王一元的胸膛,轻声说:"时间不早了,我要回去了。"

王一元低头看着仍娇羞尽显的肖晓晓,不情愿地紧紧抱了抱肖晓晓,含糊地说:"我送你到车站吧。"说罢就去牵肖晓晓的手。这回,肖晓晓倒没有回避,任由王一元牵着。到车站就几十米的距离,不一会儿就到了。

等车的时间,王一元又想去抱肖晓晓,肖晓晓却回避了。临上出租车,肖晓晓踮起脚,轻轻地吻了一下王一元的脸,挥挥手就上车走了。

王一元呆呆地看着出租车逐渐离去的方向,虽然有一些怅然若失,但嘴里一股淡淡的清香,仍久久回味。他觉得自己的身体仿佛充满了轻盈感,有一种要飘浮起来的错觉。

过完年没多久,很快就到了四月。这时,春暖花开,桃红柳绿。上海开始进入一年中最美的季节。

此时传来一个消息：上海市决定建设虹桥综合交通枢纽，包括扩建虹桥国际机场二号航站楼和新建一座连接北京、上海的虹桥高铁火车站。尽管上海虹桥综合交通枢纽的整体规划和建设计划还没有正式公布，但传言中的选址正是台沪公司所在地的这一大片区域。

不仅是台沪公司，所有和传言选址有关的机关企事业单位和当地居民，都犹如平静的水面里突然倒进一锅沸腾的油，一下炸开了锅。因为国家重点建设拆迁政策红利的预期，所以各种各样的利益矛盾和纠葛闻风而起，马上暗影浮动起来。

而对王一元这些企业的打工者而言，他们当然不可能是政策红利的受益者。他们考虑最多的是如何保住眼前的这份工作。工厂的搬迁看来不可避免，可是企业要搬迁到哪里，还能不能再继续这份工作，老板们又会对他们的工作有什么安排和计划，这才是他们真正担心的事情。直白一点说，就是王一元他们甚至有可能会有因此而失业，而且这种可能性还很大。

为迅速安抚忧心忡忡的员工，台沪公司及时召开了一个全公司的员工大会，主要由孙玉泉经理作当前形势报告。最后，肖总的发言毫不含糊，给公司所有员工吃了一颗定心丸。他在会上明确承诺，只要员工自己愿意，台沪公司不管面对什么情况，将坚决不抛弃、不放弃每一个员工。

今年的这个春节，王一元哪里也没去，就待在台沪公司的工厂里值班。因为不愿意在工厂和宿舍之间来回跑，王一元就没有住在七宝的宿舍，而是睡的厂里肖云华的宿舍。工厂从腊月二十六开始放假到年初八开工，总共12天假期。值班的有两个人，除了王一元，还有一个门卫大爷。

工厂一放假，其他的都还好说，只是每天的吃饭便成了大问题。工厂里肯定是吃不成了，问题是工厂周边的小餐馆和饭店也基本暂停营业，小老板们都回家过年去了。如果要吃饭，王一元就只有骑车去东方国贸附近，那儿还有零星的餐馆正常营业，但真要大冬天的骑着一个破自行车在呼呼的寒风中打一个来回，路途远不说，早让西北风给灌饱了，哪儿还有胃口吃饭。

门卫大爷是本地人，有时也会给王一元捎带点吃的，但他觉得也不是长久之计。没办法，他去工厂厨房看了看，发现里面做饭炒菜的家伙什和调料都有，也能开火用水。于是，他打电话征得孙经理的同意，干脆去菜市场买了些菜，自己生火做饭。他每次都做上一大锅，反正天冷也不容易坏，做一次可以吃上好几天。

吃饭的大事总算解决，王一元便把MBA研修班正在学习的课本全部找出来，准备好好学习一下,梳理一下这一个多月来的学习内容,算是温故知新。

讲实话,这些MBA课程对王一元来说也不是很难,只是他认为自己本身的起点低,这么些年的工作下来还是遇到了不少的挑战和瓶颈,现在进行系统的学习正合胃口,也很有必要,符合现在他对自己的期望。所以,他这次学习更看重的是对自己原有的观察、分析、判断和决策等思维模式方面的扩充,想要从更高的角度提升自己对人对事的思考能力和视野。

整个假期,除了几个必须的拜年电话和短信,哪怕是外面此起彼伏的鞭炮声,王一元一概充耳不闻,一心沉浸在学习中,做了厚厚的一叠学习笔记。这一学期,交大的MBA学习布置有寒假作业。他拿出自己前不久在国力袜业供应商大会上所做的报告,结合新的实践和体会,花时间仔仔细细地重新改写了一遍。为了解闷,他还把收音机也带了过来,好让在偌大的办公室里有点响声。

大年三十,王一元给姐姐和弟弟两家分别打电话,在电话里拜年,说了一些各自的近况,得知他们现在的日子过得也还可以,他也就没什么牵挂了。他还想到老谢家去拜年,打电话后得知他们今年在宁波过年,要元宵后才回上海,只得做罢,在电话里祝他们一家新年快乐。

春节放假之前,王一元还办了两件事情。

一是和小院的人一起聚餐。眨眼就到了年底,同住在小院的几个人日渐熟悉,王一元和他们决定一起庆祝一下,时间定在小年夜的前一天晚上,刚好是星期天。这次由王一元做东,宋立新一家负责做饭,杨国庆和小任负责采买。

吃饭的时候,做房产中介的"四眼"小任发布了一个消息。他当时就说道:"据小道消息,虹桥机场可能要扩建,还要再建一个新火车站。"他还对王一元说道:"你们工厂那边会被全部拆迁掉的。"

这个消息,当时王一元是第一次听说,表示不知情,未置可否。当时,大家也都觉得这个消息和自己关系不大,且又真假不辨,就没有过多地展开讨论。没想到,刚过完年,这消息就成真了,并且和当时在座的每个人都有了关联。

二是土家烧饼。越接近年关,事情越多。王一元这段时间非常忙碌。老客户要验货送货,关键是催款回款;同时,国立袜业的打样还在增加,已经确样的订单开始一个一个地过来,都需要一一仔细核对和确认。但就是这样,他还是忙里偷闲,找时间去送了两趟土家烧饼的纸袋。在土家烧饼的仓库,他细心地发现,各种原辅材料比以前都有大量堆积的迹象。

王一元给仓库管理员丢过去一盒香烟,不动声色地问道:"过年了,你们终于不忙了?"

仓库管理员不经意地说道:"现在来加盟的人变少了很多。再说了,过完年,天气就开始热了,这个烧饼怕是不太好卖了哟。"

说者无心,听者有意。从仓库出来后,王一元特意在街头小巷转悠了半天,发现原先无处不在的烧饼摊好像一下子消失了很多。即使是还在营业的摊头上,也冷冷清清的,完全没有往日热闹的景象。他心头吃惊,赶紧找肖云华商量。肖云华一听就很紧张,连连说道:"怎么办?怎么办?"

两人最后决定立即结束土家烧饼纸袋的生意。王一元马上通知建瓯印刷的小王停止供货。而肖云华则是拿了1万元的现金红包,连夜去找他的高中同学,一番折腾,终于在过年前把货款全部结了回来。烧饼纸袋的生意就此结束。

王一元还是留下了一个深深的遗憾,就是肖晓晓。元旦在七宝见面后的第三天,因为父亲突然生病,肖晓晓就请假回了老家,至今未归。两人一直是电话和短信联系。大年三十的晚上,肖晓晓发来短信,说道:"今天本来一家人在家过年,老爸病情突然加重,年也没过好,下午转到了南京的省人民医院。"

王一元连忙打电话安慰,肖晓晓在电话里哭得稀里哗啦的,过了很久才平静下来。王一元很想去南京看望,但肖晓晓觉得不合适,坚决拒绝了。王一元只得作罢,但心里非常难过。

年很快就过去了,工人陆陆续续地回到工厂。初八,公司正式上班。王一元又进入了忙碌的日常工作。

过了元宵节,王一元无端地总感觉有一种什么东西丢失了似的不安。这种没来由的感觉持续了好几天,一直到国立袜业的一纸传真过来,上面清楚地写着:"因业务助理变换,以后工作请联系宁乐小姐。"他才恍然大悟,原来自从上班以来,和肖晓晓的联系忽然变少了,近几天好像就没有联系过。这段时间,两人没有打过电话,只有几条零星的短信,也不知道她爸的病情到底怎样了。

这一次,面对工厂肯定要搬迁的消息,王一元也不知道到底何去何从,接下来该怎么办。

从整体上来讲,王一元来到上海这一年多的时间,从最初的茫茫然然,一路磕磕碰碰到现在,不仅基本熟悉了印刷业务,也对台沪公司或多或少有了一些感情,从内心来讲,他还是愿意继续留在台沪公司做他的业务。可是真要是台沪公司因为搬迁而离开了上海,他还真不知道该怎么取舍。是因此而离开上海,还是继续留在上海另找工作,再一次从头来过?他心里为难地想,现在看起来也没有什么好的办法,还是走一步看一步吧。

这天上午开完业务部会议,丁经理把王一元单独留了下来。他仔细询问了国立袜业现在的业务作业状况,王一元一一作了回答。谈到最后,丁经理让王一元收拾收拾,一会儿跟他出去一趟,一起去见老板。

上了车,王一元才知道原来是要陪着他们去钓鱼。小车沿着沪清平公路一直往前,过了青浦,进入江苏昆山地界,直到穿过一个叫张浦镇的街区,终于在一片宽阔的湖泊边停了下来。

这个湖泊的景色非常不错,一大片泱泱的水域,干净而清澈。湖中有一丛丛的芦苇秆子,正冒出一点点的新芽,盎然翠绿。湖岸边,有不少人正在钓鱼。丁经理从汽车后备箱里拿出渔具、板凳和凉伞。王一元来不及观赏景色,便赶紧把这些接过来,肩扛手提地跟在丁经理身后朝湖的最东边走去。

肖总这次钓鱼用的是连杆,双飞。他坐在简易躺椅上,头戴宽大的遮阳帽,正戴着耳机听音乐,手指头有节奏地轻轻敲打着坐椅边沿,气定神闲,只是他仿佛一直眯着的眼睛却始终专注地盯着那两个水面上的浮标。一会儿,他突然站起来,敏捷地提起一根钓竿,往后面空中一扬,一条巴掌大的鲫鱼被拉出了波光粼粼的水面。

肖总右手迅速地抄起旁边的网篼竿,把鱼一下罩住,快速地收了钓线。他把拼命挣扎的小鱼从鱼钩上仔细地摘下来,丢进鱼篓,然后给鱼钩重新挂上饵料,再把钓线向着自己做好的鱼窝使劲一抛,一甩,稳稳当当。放好鱼竿,他重新坐下来,悠闲地点上一支烟,继续等鱼上钩。

王一元远远地看到肖总,连忙上前打招呼。肖总把食指放到自己的嘴巴上,做了个噤声的动作。

丁经理去了旁边找地方做鱼窝、放钓竿。王一元放好丁经理的渔具,就走过来帮着整理肖总的鱼篓。鱼篓里的鱼不少,鲫鱼最多,还有青鱼、白鲢、鲤鱼等,约摸有十几条。

接连又钓上来10多条鱼,肖总今天的心情显得非常不错。他放下钓竿,看了看手表,对王一元大声说:"走,吃全鱼宴去。"这时,丁经理也钓上来好几条刮子和一条鲫鱼。

王一元把他们的渔具收拾妥当,接着把两个鱼篓里的鱼都倒出来装进提桶,就提着桶跟在两个领导后面,朝西岸边不远处的一家农家饭店走去。刚到大门口,饭店老板就迎了出来,顺手接过王一元手里的鱼桶。肖总显然是这里的常客,吩咐道:"老张,还是老做法,今天就我们三个人吃,你看着办好了。"

进了三楼包间,王一元走到窗户边,打开窗户通风透气。只见从窗户往外望去,不远处宽阔的湖水静静地卧在蓝天下,堤岸边的翠杨嫩柳在春风的吹拂中轻轻摇摆,新鲜碧绿的草地上零乱地插着一顶顶的太阳伞和帐篷。人倒不是很多,有静静钓鱼的,有坐着闲聊的,有和小孩子嬉戏游乐的。正是一幅春日江南踏春休闲的美好景象。王一元不由得想起一句诗来:"芳草江南岸,杨柳又如丝。"

菜上得很快,没过多久就陆陆续续摆了上来。几道现杀现做的家常鱼,清蒸或是红烧,还加了当地特产的河虾、田螺等几样河鲜以及几道时鲜的蔬菜,都是家常做法,看着就很有胃口。

因为还要开车回上海,三个人就没有喝酒,要了饭店现磨的豆浆。饭吃到一半,肖总好像随意地问道:"小王,你来公司有多久了?"

"刚好一年一个月。"王一元回答。

"哦,这么快就有一年了?"肖总又说道:"我们工厂要搬迁,你听说了吗?"

王一元点点头:"听说了,不过不是很清楚。"

丁经理插话:"我们工厂8月之前可能就得搬迁。"

王一元有些吃惊,说道:"这么快?现在都已经4月了。"

丁经理说:"是的,上面有要求的。搬迁方案可能6月下来。政府鼓励我们这些工厂早搬迁,搬得越早,对我们更有利,补偿方面有优先照顾。"

王一元问道:"那我们搬到哪里?"

"我们肯定听老大的啊。"丁经理笑了笑,说道。

王一元看向肖总。肖总故作神秘,微笑着说道:"你猜?"

"不会是这里吧?"王一元有点迟疑地问道。

肖总和丁经理都笑了,连连招呼王一元吃鱼。

肖总说:"小王啊,你没猜错,就是这里。我有国中的同学在这里开工厂,他这里关系熟,已经答应帮我们找地方了。"

王一元附和说:"这里风景倒还真不错。"

肖总话锋一转,盯着着王一元说:"小王,这次公司搬迁,你有什么想法没有?"

王一元一听这话,知道肖总有话要说,可能这才是今天约他来钓鱼的真正意图,只是他不知肖总到底有什么想法,于是微笑着说道:"我还能有什么想法?肖总,你不要嫌弃我,我肯定还是继续跟着你干。"

这时,丁经理欠欠身,站了起来,说道:"我下去做鱼汤。"说完他就离席下楼了。

王一元不知水深水浅,当然不会乱说话。他诚恳地对着肖总说道:"真的,肖总,我还是觉得跟着你干有前途。"

肖总说道:"我就喜欢你这样对公司有忠心的人。来,我们干一杯。"

王一元拿起杯子,喝了一口豆浆,等着肖总继续往下说。

肖总一饮而尽,放下杯子。王一元连忙给他倒上豆浆。肖总接着说道:"一切皆有缘。小王,我觉得我们之间也很有缘分。打开天窗说亮话,我就再给你指一条道。"

王一元知道肖总要说重点了,倾身靠近肖总。

"这条道你先听着,想好了再下决定。"肖总打了个嗝,说道:"是这样,这次公司搬迁离开上海,我当然是舍不得的,毕竟那是我起家和奋斗了许多年的地方。但是,这次搬迁,我觉得也未尝不是个机会。像我们做印刷这种高能耗、污染又大的劳动力密集型企业,搬离上海也是迟早的事,甚至是晚搬还不如早搬。我已经想好了,就趁这个搬迁的机会进行一次产业升级,公司准备再引进一批新的印刷项目和设备。"

王一元认真地听。

肖总继续分析:"但是这样一来,就有几个问题。一是,公司一些现有的设施设备要被淘汰掉。二是,有一部分工人可能因为各种现实的原因而没法跟着来昆山这边工作。但是,我对他们又做出过承诺,不抛弃,不放弃。更关键的一点,现有的客户有相当部分是在上海,比如宝仁电脑、你开发出来的国立袜业等公司大客户,这些都还需要有人去继续维护。"

"那肖总你是什么决策?"王一元问道。

肖总笑了笑,说道:"所以我刚才才说要给你指条道啊。是这样,我想把公司淘汰下来的设备,你知道,这些机器都是还能使用的,有些成色还比较新,比如四开的那台双色机、切纸机、标签机、轧车以及一些后道的设备,在上海另外找一个地方保留下来,把上海的营业执照也保留下来。当然,需要变更法人。"

王一元有些明白了,说道:"你是说,你是想找人来负责这些事?"

"最好是一次性打包处理。"肖总笑了笑,说道:"我的意思是,你有没有兴趣出来自己创业?我把这些都交给你。"

王一元压根没想过会是这种大事。以他现在的状况,在上海的时间不算长,对印刷行业也才刚摸着点儿门道,谈不上有什么根基和发展,他还从来没有想过自己去创业,觉得创业离自己还很遥远。当然,最最重要的是自己没钱。他知道,没有钱,这一切都谈不上。

王一元低下头,眼睛看着跟前盛满豆浆的杯子,没有作声。

"怎么？有困难？"肖总问道。

王一元抬起头，真诚地看着肖总，慢慢地把自己的顾虑说了一遍。他最后迟疑地说道："我现在没钱没人，也没有自己创业的经验，怕是办不好啊。"

肖总停了一会儿，说道："你说的这些，我都知道，也有过考虑。这样，钱的事，我把你到目前为止应该得的提成都结出来，你可以先去找地方交房租。然后机器也给你，钱你可以分期给我。当然，我也有要求。我想在上海设立一个办事处作为过渡，主要是衔接公司搬迁期间上海这边的业务，不至于因搬迁出现状况。我想，公司在上海的业务就由你来暂时负责，我也会给你发工资的。至于说经验嘛，总归有那么一天的。这点，我看好你。"

王一元突然觉得，这好像是一个机会。他站起身，缓缓地说："肖总，你给我点时间，让我再想想。"

肖总这回很豪气，说道："给你两个星期，你想好了来找我。"

这时，丁经理双手捧着一大碗鱼汤，小心翼翼地走了进来。肖总大声说道："来来来，小王，这是丁经理做的台湾鱼汤，我们一起喝。"

王一元有了心事，这碗台湾鱼汤到最后也没喝出是啥味道，只是觉得这汤有点烫，味道有点甜，间或还有淡淡的腥味。

下午还是坐丁经理的车回上海。回到七宝宿舍时，宋立新一家人正吃饭，他们招呼王一元一起吃。和肖总的中午饭，王一元的脑袋没闲着，也就没吃饱，正好饿着，于是便坐下来吃。

吃到一半，余二妮说道："小王，你现在年纪不小了，是该谈个对象了。你看你这样饥一顿饱一顿的，工作又忙，久了怎么能行？有人照顾你，总归要好一点。"

王一元吞下嘴里的饭菜，笑道："我也想找啊。只是我现在这样，啥也没有，没有人跟我啊。"他突然想起了肖晓晓。到现在，两人不要说打电话，连短信联系也少了许多，甚至好几天才一句两句的，也是前言不搭后语。关于和肖晓晓的关系，他不知道接下来该怎么办。

宋立新说："小王，你也要相信自己。你自己形象还算可以，我看还是缘分未到。不过，要说一直谈不成，还有可能就是钱少了一些。"

"缘分？"王一元苦笑着说道："大哥，我都马上30了，还相信这个？算了吧。只不过你刚才说到实话了，我也觉得不是缘分未到，还是钱未到，这才是真正的根源。"

"有爱未必就有钱，没钱却很难有爱。这倒是真的。特别是在这上海，哪里还有多少爱呀情的?都是他妈的钱造的!结了婚也只不过是搭帮过日子而已。"宋立新恨恨地说道。

"咳咳,就知道你这素质,狗嘴里吐不出象牙来!小王,你不要学他。"余二妮打断了她老公的话,对王一元说道:"现在有了网络征婚,出现了好几个征婚网站,像世纪佳缘、百合网。回头,你把你身份证给我,我给你注册登记一下,咱们也去试试。"

王一元说道:"这个我看行,就死马当活马医吧。"

宋立新打趣道:"你还不算死马,顶多是一匹半死的好马,还是有希望的。"

晚上,王一元坐在宿舍的单人床上,回想着白天肖总的一番话。他想了很久,一时拿不定主意,决定先找人商量一下。他首先想到给姐姐和弟弟他们打电话。拨通电话,互相问候了几句,他还是放弃了和他们说这件事的想法。他不想引起他们过多的担心,并且觉得他们也确实帮不上自己什么忙。至于以前宁波的几个好友,细想之下,好像还没到那个程度,又分开差不多一年了,感觉都有些陌生了。其他的,在上海这边真正有交情、能谈事的也没几个人。思考来思考去,他还是决定明天上班先和师傅杜于乐、肖云华他们透透风,听听他们的想法和意见。

第二天早上,王一元先后去约请杜于乐和肖云华,借口说很久没有聚会了,有空的话大家晚上一起聚聚,吃个饭。地点就定在东方国贸吴翟路上的一家苏北菜馆。

到了晚上,王一元在三楼的包间等了不一会儿,杜于乐和肖云华就进来了,意外的是后面还跟着王丽萍。王一元连忙招呼他们入座。王丽萍却先嚷开了:"王哥,你不够朋友啊,有好吃的也不招呼咱们。"

王一元笑着说:"看来是我这个亲哥没当好啊。"

杜于乐笑了,说道:"阿哥阿妹等会儿要好好喝一杯。"

肖云华起哄说:"那就来个交杯,算是双方和和气气。"

点了菜,喝了酒,杜于乐说道:"王一元,现在吃也吃了,喝也喝了,你说吧,有什么事?"

王一元端起酒杯,说:"我们先干了这杯,等会儿还真有事。"喝干了酒,他把昨天肖总的意思大致说了一遍,又着重讲了讲自己的顾虑:"我一无财,不仅是现在自己身上没有什么现金,家里也基本不可能提供什么支持;二还是无才,没什么本事,你们大家伙也知道我有几斤几两。所以,今天就是想向你们请教,听听你们的想法。"

杜于乐先说话:"其实,你今天不叫我们,这几天我也会叫你们的。现在看来,公司搬迁已经无可避免了。我已经初步想好了。我老公他们单位,上海机场集团,这次要从拆迁的单位和居民中招一批有上海户口、年龄在45岁以下的女性地面服务工作人员。我刚好45岁差一点点,也不想这么累了,只想找个稳定的单位去养养老,所以我准备去试试看。要是成了,和家里人还能近一些,小孩还能照顾多一些。"

王一元表示理解,问道:"那你现在手里的客户怎么办?"

杜于乐说:"现在还没想到这么细。有一点我肯定地告诉你,作为你的师傅,如果你真想自己单干,我肯定是要支持你的。"

王一元转向肖云华。肖云华想了一会儿,实心实意地说:"我绝对跟着你干。"因为之前土家烧饼包装纸袋的合作,肖云华觉得王一元为人办事还是比较靠谱,特别是在今年初,王一元能及时看到土家烧饼的颓势,不仅及时抽身而退,而且还果断地把所有的款项全部结了回来,更觉得王一元不仅有干劲,更有想法和思路,心底里早已认可了王一元这个人,和王一元一直走得很近。

王丽萍说道:"我老公就在莘庄工业园区打工,我可不想两地分居去昆山那疙瘩,太远了。到时候,王哥你可要收留我。"

王一元说道:"讲实话,我现在也没想好。主要还是自己没有单干过,缺少经验,也不知道到时能不能干得起来。再说,没有资金。只有我自己的话,恐怕连启动资金的零头都不够。"

肖云华说:"资金方面,我们倒是能帮助出一点,有多少就算多少,积少成多。关键是得有人带头来做这件事情。王一元,我看你行。"

杜于乐也说道:"王一元你这个孩子,我看也行。你这个人,要说智商,我看也和我们大家都差不多,好也好不到哪里。但是,你有一个很明显的长处,是我们这些人没有的,就是你的一股心劲。有上进心,对自己要求比较严格,懂得进退。"她盯着王一元,接着说道:"所以我个人觉得,创业这件事,你可以去试试看。反正你还年轻,又没有家里的包袱,可以轻装上阵。大不了浪费一两年时间,也没什么。王一元,作为你的师傅,我最后就送给你一句话:'你完全可以试试看。'"

王丽萍也附和道:"我也觉得王哥为人实在,讲义气。厂里那么多的业务员,要说进车间最多、业务开发最得力,我觉得还是该王哥。王哥完全没得说。要是在我们北方,绝对有当带头大哥的潜力。王哥,我们都绝对相信你,也都支持你。"

王一元拱手作揖,说道:"谢谢你们的支持。一日为师,终生为师。这里,我还是要感谢师傅一直以来的提点。只是你们先不要这么赞美我,我会飘起来的。我哪里有你们说的这么美好?自己多少斤两,我还是心里清楚的。创业这个事,对大家,对我,都是大事。容我再想想,到时候少不了麻烦你们的。"

第二天,孙玉泉经理突然把王一元叫到办公室,先是关心地询问了王一元最近的情况,接着说:"小王,公司马上就要搬迁到昆山,你个人有什么打算没有?"

对孙玉泉经理,王一元在内心里一直是很尊敬的,不仅仅是因为他在王一元刚进公司时曾经给予过帮助,还因为他在工厂管理上出色的专业能力和技术素养,加上他的为人处事,特别是他圆润的人际关系的处理方式,都给了王一元很深刻的印象,是王一元一直学习的对象。所以,王一元对孙经理没有任何保留,就把肖总的想法以及和杜于乐、肖云华他们交流的情况原原本本地说了一遍。

孙经理过了一会儿才正经地说道:"小王,我觉得这是你的一次机会,至少是一次成功大于风险的机会。你想想看啊,肖总给你设备,又答应给你先前的提成,这就相当于给你启动资金了。虽然可能钱不一定就够,但还是有办法去凑的。加上你自己业务方面也比较熟悉了,这次应该成功的希望蛮大的。这样一来,你还可以帮公司安置一部分员工,公司也可以轻装上阵。这样两全其美的事,你要考虑好的。"

王一元说:"可能主要还是缺少经验,我自己以前没有单独做过工厂。另外,关键还是缺钱,我没有多少家底的。"

孙经理说:"钱的方面应该还好,其实并不是什么大事。你可以用股份制,让大家都凑一点。同时,你也知道,如果真要办印刷厂,像纸张、油墨、菲林等主要原辅材料都是有账期的。我帮你去说说,至少展期半年应该没有大的问题。关键是,你一定要把握住重点,核心是工厂的控股权。这一点,我今天要特意提醒你。"

王一元直点头,说道:"谢谢孙经理提醒,这一点我也有考虑。既然您这么说,又诚心地帮助我,要不,我就去试试看?"

孙经理说道:"可以去试试。只是你现在还有一个要紧的事,这个厂房怎么找,要抓紧办。公司搬迁很快的,最多4个月。"他接着说道:"我也可以帮着打听打听,你也要发动大家去找找看。"

王一元表示了感谢,出门就去找肖云华。可是,肖云华正忙着安排生产计划,于是他们约好下班后碰面。下了班,他俩就在工厂旁边的一家安徽菜馆,要了一个28元的大份鸭肉火锅,几样蔬菜和啤酒,边吃边谈。

王一元详细地说了下午和孙经理谈话的情况,重点讲了开办资金实行股份制筹集方式的建议以及寻找厂房的想法,肖云华一一表示了认可。王一元举起酒杯,对肖云华真诚地说:"要不,我们就真干了?"

肖云华举起酒杯和王一元重重碰了一下:"怕个球?我跟着你干!"

这次,两人谈今说古、畅想未来,喝了差不多一件啤酒,一直到11点多才各自醉得扔了筷子。酒一喝多,话说得就越来越多,语气也越来越大,豪气也越来越高涨。王一元兴致上来,说起了他老家湖南的家乡土话:"人死卵朝天!我们怕个卵,干了!"

在背人的树底下撒了几泡大尿后,王一元还是醉醺醺的,没办法独自走路回去。两人互相扶着,就在工厂宿舍找了个空着的铺位躺下。这一晚,王一元还少见地打起了呼噜,睡得特别沉。

第二天早上,王一元酒醒。他摇了摇还有些沉重的脑袋,慢慢地清醒过来。他断断续续地想起来昨晚的宿醉,记起那些在醉酒状态中说过的豪言壮语,不禁一阵阵汗颜,心里暗道,酒精这玩意还真不是个好东西。这次创业,要是能成还好说,万一最后没有办成功,真不知道要怎么收场了。看来,以后喝酒还是要控制,至少不能喝醉。

起床洗漱后,王一元去了办公室,喝过一大杯凉水,精神彻底恢复过来。他一个人坐在办公桌前,从抽屉里拿出一包饼干,准备吃早餐。他突然觉得自己这次出来创业,还是没有多大把握,有些心里发虚,万一失败了怎么办?他一下子患得患失起来。

王一元找到交大农学院植物科学系的时候,老谢正带着几个研究生刚做完在遗传育种中心的实验。他脱下白大褂,洗过手,把王一元领到他在实验室隔壁的办公室。

"我觉得这是一件好事,至少也是一个机会。"老谢听完王一元的详细介绍,高声说道。

王一元上午刚好到七宝给客户送货,来交大之前已向老谢打过电话,简单说了自己想创业的事情。老谢觉得电话里三言两语说不清楚,就把王一元叫来他的办公室。

"小王,你要把握住这次机会。"老谢递给王一元一杯水,打趣道:"现在虽然天气比较热,但你也不至于这么大汗滴滴答答的吧。"他又说:"虽然对你们印刷行业不太懂,但我知道,印刷作为一个古老的行业,这么多年来能不断发展繁荣,自然就有它存在和兴盛的理由。我这里借用清朝三代帝师翁同龢的一副对联,送给你作为鼓励:'每临大事有静气,不信今时无古贤。'"

"说到这副对联,我今天就给你上一课,讲讲这个'静气'。"老谢笑着说道:"你也不要以为我只是一个农民教授,其实我对历史,特别是清史的研究也是有一些心得的。万物静观皆自得,人生宁静方致远。越是遇到惊天动地之事,越要心静如水,沉着淡定,举重若轻,应对裕如。现在的市场经济环境中,激烈的竞争、快节奏的生活、纷繁复杂的社会现象、强烈追求物质生活的欲望给我们增加了无形的压力,也使一些人的心态浮躁得宛若汤煮,身上或多或少充斥着匠气、俗气、躁气。心烦意乱者有之,神不守舍者有之,着急上火者有之,但归根结底就是缺少一些'静气'。如果内心不安静,怎么抽丝剥茧寻找本质?又怎考虑各种可能性?平心静气地处理好小事,面对大事就不至于慌乱。平心静气地全方位分析,才能掌控局面,按照自己的计划前行。"

老谢说："任何社会都是复杂的,任何人都会生活在一定的麻烦之中。情况越是危急,事情越是麻烦,就越需要'每临大事有静气'的心态。平心才能静气,静气才能干事,干事才能成事。遇到大事一定要有静气,要按部就班地做好充分的准备,而不是盲目躁动、耍心眼、找技巧。这种心态,我们不经过一些事情来历练是很难达到的。"

聆听过耳提面命的谆谆教诲,王一元内心满满当当地走出了老谢的办公室。交大的七宝校区,绿地遍布,小桥流水,兰桂齐芳,大树参天,是沪上一处不可多得的教书育人的好去处。特别是教学楼前的一泓小巧细致的荷塘,"菡萏新花晓并开",静静的湖面上布满了碧翠欲滴的荷叶,像是插满了密密麻麻的翡翠伞似的,把湖面盖得严严实实。荷叶丛中,一枝枝亭亭玉立的荷花锦上添花般地为单调的荷叶添了一份清雅与柔美。那些成熟了的莲蓬垂着黝黑的脑袋,鼓着大大的眼睛,不经意间就与你相对而视。趁没人注意,王一元迅速地俯身摘下一个大大的成熟的莲蓬,放进随身的背包里。

公交车上,王一元拿出莲蓬,剥开几颗鲜嫩的青莲子,吃到嘴里甜滋滋、凉丝丝的,尽管还有一些生涩的苦味,但在齿间细细品味,也是别有一番滋味在心头。

王一元的自信渐渐多了起来。第二天一上班,他就去找肖总,直截了当地说了他自己的想法,表示愿意接手公司处理下来的设施设备,重起炉灶新开张,同时也可以帮助公司解决一部分不愿意外迁的员工的工作。

肖总听了很高兴,因为这样一来,台沪公司不仅可以放心大胆地借这次搬迁的机会实行腾笼换鸟的升级改造,还没有了一切后顾之忧。他说道:"男人,就是要有担当,关键时刻要站得起来。这段时间,我还有事,要回一趟台湾。这样,我让工厂把设施设备的清单列出来,财务也核算统计一下,你先看看。"

创业的大方向定了下来,王一元接下来要紧的就两件事——筹钱、找厂址。

找厂房是件大事。因为建设虹桥交通枢纽,需要搬迁的企业太多,很多附近的厂房早已坐地起价,价格远远超出了王一元他们的预估。这时,要找一个价格适中、面积合适、交通出行也方便的厂房,确实不太容易,只能等机会。

6月中旬,公司财务部门的清单出来了,按照市场价,一共处理150多万元的设备设施,给予王一元8折优惠,约120万元。此笔钱分三年还清,并且王一元必须以这些设备设施对台沪公司提供反担保。也就是说,在该笔款项没有完全付清之前,这些设备设施的所有权还是属于台沪公司,王一元只有使用权,没有任何处置的权力。这些设备包括一台双色四开印刷机、一台单色四开印刷机、一台双色八开打码印刷机、两台250的商标印刷机、电子切纸机、折页机、裱糊机、三台轧车等以及相关联的辅助设备,还有一些后道的设备和一部分纸张。

王一元不是很懂这些设备的价值,但肖云华内行。他看过清单后建议,如果按照市场价的话,150万这个价格也算还可以,但是如果按照内部处理价的话,应该还可以有下降空间,可以和公司谈谈再签字。

此外,公司还对王一元附加了三个主要条件,并要求写进和王一元的协议合同。一是同业竞争,凡是台沪公司现有的客户,王一元在至少五年内不允许进入。二是提拔王一元为台沪公司业务部副经理兼上海办事处主任,负责协调台沪公司在上海区域客户业务关系方面的处理,但是工资只发放到今年年底。最狠的是第三条,关于国立袜业的业务,王一元需要全部移交给台沪公司,并且台沪公司即日起不再与王一元结算相关的业务费用。直白地说,就是要求王一元从国立袜业的业务中净身退出。

这明显是一份不公平的协议。先不说王一元要花大价钱帮助台沪公司处置大量的本就要淘汰的生产设施设备,还要接收安置一批台沪公司因搬迁遗留下来的员工,单单说国立袜业公司的这笔业务。首先,这单业务基本是由王一元凭一己之力,付出了很多努力和心血才开发出来的。其次,如果台沪公司如约履行之前和王一元之间达成的业务费结算方式,王一元光凭这一单,一年就能拿到超过15万元,这还没有算上国立袜业每年业务增加的量。5年就是超过80万元。也就是说,王一元光这一单的所得,5年就差不多能抵消掉台沪公司处置给王一元的同等价值的设备设施。何况5年之后,台沪公司对国立袜业的业务还有可能继续,而这些设备设施的价值就要大打折扣,连报废都有可能。更何况,除了国立袜业,王一元还有其他的业务单位呢。

王一元当然不愿意签这份协议。他找到孙经理,说道:"这份协议太有失公平了,我没法干。与其这样劳心劳力地去创办工厂,还不如带着自己的业务直接出来单干。这样还省力气,也没有什么风险。"

孙经理说:"这份协议是丁经理起草的,我也不知情,所以也没办法去说什么意见。但是,肖总大概还有半个月左右就回来了,你先不要着急。有些话,你也先不要说出来,自己心里有数就可以了。一切等肖总回来再商量。"

到了6月,上海进入梅雨季节,温度陡然间就高了起来,天气变得又闷热又潮湿。也是这时候,上海虹桥综合交通枢纽的动迁方案正式公布。因为前期工作到位,加上速迁奖励的刺激,所以效果非常明显,有些区块的动迁速度快得都有些夸张。工厂旁边的光华村的一些村组仿佛一夜之间就彻底人去楼空了。

这件事情就僵持着在那里耽搁了下来。离公司搬迁的时间越来越近,厂房还没有着落,也不知道是不是还应该继续。还有,比如资金、人员的调配问题还要不要继续推进,王一元也心里没数。面对种种不确定因素,他对自己的这次创业更加焦虑和不安起来。

终于,王一元想要找的厂房有了初步的着落,在闵行区吴泾镇的海通路。这也是一处当地村里人新开发的工业小区,靠近黄浦江、华东师范大学闵行校区以及上海交通大学闵行校区,面积550平米。虽然从长远看可能是小了点,但目前来说基本够用,且是一个小独栋,独门独院,非常方便新工厂规划布局和使用。价格相对便宜,房租每天每平米只要1元左右。关键是,房东承诺,10年的时间里不会涉及拆迁问题,可以长租,房租每天每平米每三年上涨5%,这些都可以写进租赁合同。

这个地方是孙经理打听来的。台沪公司隔壁工厂是一家纸箱厂,他们正准备搬迁到这个工业小区,要了将近3 000平米的面积。因为要的面积大,价格优惠到每天每平米9.5毛。纸箱厂老板是江西人,叫谢海峰,约40岁。孙经理偶然一次和谢老板聊天,讲了王一元他们准备创业,正在找厂房的事情。谢老板认识王一元,觉得王一元这年轻人有想法、有冲劲,也知道他不容易,便说吴泾这个工业小区还有很多空厂房,建议去看看。

孙经理打电话叫王一元来纸箱厂。一见面,谢老板说道:"小王,我们也算是老表,我可要跟你丑话说在前面。自己做工厂很不容易的。你可得考虑好了。你看我在上海开工厂的这十几年时间,头发也白了,老了很多。走出去,不知道的都已经开始叫我爷爷了。"

孙经理开玩笑说:"人家还没开始呢,你就在这里泼冷水了。年轻人,总归要去撞撞南墙,要不怎么知道世事的艰难?"

王一元简单地向谢老板说了自己创业的经过和想法。谢老板说道:"想当年,我们创业时可是比你现在的条件艰苦多了。你现在年轻,还有冲劲,刚好有这个机会,倒还真是可以去试试看。年轻人,我的经验,在上海只要努力,一切皆有可能。"

谢老板亲自开车,带着孙经理和王一元去了吴泾,和房东见了一面。之后,王一元又回头请杜于乐、肖云华他们一起去考察。看过地方,大家都觉得还行,价格比较合适,交通也还方便。因为有谢老板和孙经理等人说情,房东理解王一元他们创业缺钱的难处,最后很爽气,不仅给了王一元他们和纸箱厂一样的价格,还另外给了他们2个月的免费装修期,且水电包到户,前期的房租还可以半年一交,没有另外再收取押金。

只是王一元因为和台沪公司的协议还没有正式签订,厂房的租赁协议当然就无法马上签约。孙玉泉经理亲自和房东沟通,要求给予10天左右的宽限考虑期,房东答应了。

接下来的事情，王一元也没有办法再往前推进，只有等待肖总回上海。

因为肖总不在，加上动迁的不确定性，现在台沪公司业务部的工作基本处于停滞不前的状态，几个业务员明显不在工作状态。有的找借口出去谈业务，一去就是一整天不回，有的甚至上班无精打采，混日子，过一天算一天，完全没有了以前热闹的景象。丁经理对此也无可奈何。

可王一元在业务工作上的事情还是该怎么干就怎么干，一刻也没有放松。他考虑到台沪公司工厂马上要面临搬迁，生产上肯定会有一段时间的停顿，所以跟客户逐一联系，尽量说服客户，凡是能做库存的，尽量先做一些库存，以备不时之需。他每天不停地打电话，还要去客户公司实地了解库存，甚至比以前还要忙碌。不过也有回报，他的业绩和回款都好几个星期连续排在业务部的前面了。

又一次很晚才回到星站路的小院。一楼的余二妮正在整理快运件，她见到王一元，小声说道："小王，网站上有消息了，要不要考虑见一见？"

王一元一时没反应过来："网站？哪个网站？"

余二妮笑道："还有哪个网站？你媳妇还想找不？"

王一元摆摆手，说道："今天累了，下次吧。"上了楼，坐在床沿上，王一元想起了肖晓晓。他拿出手机，拨打肖晓晓的电话，电话通了却没人接听。连续打了几遍，都是一样。他再发短信，可一连发了几条也没见回。他心里不免发慌。

第二天一上班，王一元和谢东打电话，说有事要找他商量。谢东笑着说道："巧了，我也正好有事要找你。"两人约好星期天下午见面，还是在沪松公路的农家院。

王一元推开房间门，风风火火地走了进去，却只见房间里谢东、朱许英、孙雯三个人都在静静地正等着他。王一元知道肖晓晓肯定是有事了，一看这阵势，好像突然间明白了什么，反而平静了下来。

王一元没说话，在桌子旁安静地坐下，拿起谢东递过来的茶杯，大大地喝了口还烫着的热茶，犹有些不甘地说："谢东、孙雯，肖晓晓到底出了什么事？她怎不联系我了？"

谢东却说道："你不是有事先找的我吗？还是你先说你的事。"

王一元把自己想创业开办印刷厂的经过都说了出来，还坦率地谈了自己的想法以及目前面临的困境，一点都没有隐瞒。他觉得，谢东和孙雯两个都是自己在上海走得很近又能信任的人。听过后，谢东和孙雯都觉得这事可行，表示支持，并且承诺给予力所能及的帮助。

谢东开玩笑道："看来以后我们要叫你王老板了。"孙雯和朱许英都笑了。

王一元没笑，他接着问谢东："这回该你说说肖晓晓了。"

　　孙雯却先开口，说道："讲实话，王一元，你们不够朋友。你和肖晓晓，你们好了这么久，还是后来许英姐告诉我才知道的。怎么了，你心里现在还想着某人？"

　　王一元呵呵笑，不作声。

　　朱许英说："小王，是这样的。晓晓现在老家。她爸爸年前脑血栓，到现在还没有彻底好利索，需要她在家里照顾。你可能也知道，她是家里的独生女儿，家里那么大的家业，不管愿不愿意，这个时候也是责无旁贷需要她去看管的。"

　　谢东放下茶杯，盯着王一元，意味深长地说："一元，我想你明白的。只是我也没想到会这么快。我应该提醒过你的，关于她的家庭情况。你要往前看，你前面的路还很长。你就把晓晓当作一个过客，一个认识的过客。"

　　王一元不是很理解，还想再问。这时，孙雯插话说道："王一元，晓晓她回江苏老家，是她家里人坚决要求她回去的，她要是不回去，又能哪能办？"

　　王一元看着谢东的眼睛，想起了谢东以前说过的关于肖晓晓只会在老家找对象的那些话。他又想起了肖晓晓的可爱和调皮，想起她的关心和温暖，更想起了肖晓晓多次发乎情而止乎礼的不自然的瞬间，想起了肖晓晓的主动和热情背后的冷静和挣扎，想起了即使在有限的几次亲吻时，每次当自己想要更进一步时，肖晓晓都故作不经意却很坚决地拒绝。这一切，他现在一下子就全明白了。是啊，她不回老家，又能怎么办？

　　谢东说："一元，你要理解晓晓。"

　　朱许英跟着说道："至少你不能怪她的。"

　　王一元起先没有吭声，沉默了很久才说道："我理解，我也没有怪她。真的。我很感谢你们，至少我还有你们这些朋友。"

　　这段来得慢却去得快的感情让王一元心中隐隐作痛却又无可奈何，瞬间没有了再在这里待下去的心情。他站起身，朝谢东他们三人鞠了一躬，然后转过身，头也不回地走出了房间。

　　在隔着一扇门的另一个房间，一位中年妇女旁听了整个对话。她看着窗外渐渐离去的王一元，长长地叹了口气，说道："这孩子是好孩子，只是可惜了。"

　　一旁的肖晓晓目不转睛地看着王一元一个人在夕阳下踽踽前行的孤单落寞的身影在院子那边的池塘边上停留了很久很久，又毅然决然地大步走开了，她禁不住泪流满面，回过头哽咽着说："妈，我还是想去见见他，否则我会后悔的。"

　　晚上，王一元意外地收到了肖晓晓的短信："一元，我暂时不能继续陪你走下去了，自己保重。"王一元盯着手机屏幕，许久许久都没有反应。他一动也不动躺在薄薄的被褥上，甚至都没有回短信的力气和勇气。

这段时期的遭遇，王一元不由得百感交集。在物质的上海，所谓的爱情是多么的奢侈和难得，又充满了许许多多的苍白和无可奈何。

太他妈现实了！他恨恨地想。

星期天下午，王一元百无聊赖，便和"四眼"小任捉对，"师爷"杨国庆和宋立新为一对，在星站路的小院里玩升级的扑克牌游戏，四个人两副牌。桌上摆了瓜子、花生米和啤酒。大家边喝边玩，不自觉地都聊到动迁的事。

小任眉飞色舞地说道："他奶奶的，工作了一年，托这一次动迁的福，现在才终于走入轨道。"

宋立新问道："怎么说？"

小任说道："你们可能不知道，现在七宝的房价开始噌噌噌地往上涨，买房的人却更多了。这一个月，我好不容易调时间，才休息了今天下午这半天。你们要是有钱，赶紧买房。看样子还得往上涨。"

杨国庆嗑着瓜子，甩出牌来，阴阳怪气地说道："现在动迁，害得我生意差了一大半，哪还有钱买房？再这样下去，我都要卷铺盖回老家了。"

宋立新也叹息："我们也是，客户都快跑光了。现在是夏天，西北风都没得喝了。"

余二妮在旁边捆扎包裹，对王一元说道："小王，那些结婚网站上，你还挺受欢迎的。对你有意向的，现在多了好多，我给你整理筛选一下，你要安排一下工作，找时间去见见。"

杨国庆说道："小王，宋立新说你是一匹半死的好马？我看，你要再不找女人，就要成真的死马了。赶快抓紧，男人的青春也是有限的。我像你这岁数时候，小孩都能打酱油了。"

"四眼"小任冷不丁扔出一挂"炸弹"。这一盘仍然由王一元一方升级坐庄。

宋立新站起身，头靠近杨国庆，在他耳边神神秘秘地说道："隔壁KTV那对姐妹花还在吗？"

杨国庆立马瞪眼看着宋立新，没有说话。宋立新又低声说道："咳咳，大家伙们，我昨天清晨可是看到有个小妹妹从二楼走下来的啊，嘿嘿嘿。"

杨国庆还是没说话，山羊胡子往上一挑，眯着眼睛，头往后仰，仿佛十分享受的样子。他侧过身对王一元说道："兄弟，哪天我也带给你开开眼界，味道交关好的。"

宋立新悄声说道:"老杨,你不能偏心,还有'四眼'和我两个难兄难弟呢?"四人心照不宣,呵呵直笑。

余二妮从里屋正拿了包装袋出来,说道:"你们又在谋划什么坏主意了?"

王一元正要说话,手机突然响了,一看是孙玉泉经理打过来的,他马上接通了。孙经理说道:"小王,告诉你一个好消息,肖总刚刚回来了。我给你打电话,两个意思。一是你好好想想明天要如何向肖总汇报;二是提醒你,要好好说话,不要意气用事,不该说的不要说。"

肖总终于回到上海。他到公司的第一件事就是把孙经理和丁经理召集到他的办公室,三人商量了一个上午。下午,先是召集工厂生产管理干部和业务部全体人员开会议,接着又召开了全体员工大会。

当着公司所有员工的面,肖总宣布了几个公司决定:一是公司此次搬迁的地址和大致的时间安排,明确公司将搬往江苏昆山的张浦镇;二是工厂的搬迁由孙玉泉经理负责,公司的搬迁由丁经理负责,并分别制定详细的具体方案,在一个星期内公布;三是有不愿意随公司搬迁的员工,先登记,由公司另做安排或者公司按照劳动法给予相应补偿。

第二天下午,肖总把王一元从业务单位直接叫到了他的办公室,孙玉泉经理、丁经理也在。

王一元先汇报了这一段时间自己在台沪公司业务开展上的一些具体状况,最后才附带着说道:"还有,肖总你走之前说的那件事,我也有深入的考虑和评估,并且利用空闲的时间看过很多厂房,已经有了初步的意向。"但他只字未提之前公司转让协议的事情,只是说道:"因为肖总你去了台湾,所以一直在等你回来做最后决定。"

"之前的协议,我看过了,是有不妥之处。"肖总却开门见山,毫不避嫌地说道:"丁经理起草的那个协议,并没有很好地体现我走之前嘱咐的主要内容。我也是前几天才看到协议内容。因为我更清楚地知道你现在的难处,所以今天急匆匆地把你找了回来。"

坐在一旁的丁经理却是大窘,端端正正地坐在那里,眼观鼻,鼻观心,此后一直都没有再说过话。

孙经理附和着说道:"肖总,我这里要讲几句公道话。自从肖总你去了台湾后,因为动迁,公司和工厂确实有一些人心惶惶,很多人都没有真正把心思花在公司的工作上面。而这个王一元,却表现得非常好,一如既往地为公司努力工作,甚至还有明显的进步。这一点上,我们要对小王近期的工作给予肯定。"

"我在台湾,业务报表每天都看的。这段时期,特别是现在闹哄哄的大环境之中,小王确实表现突出。"肖总点点头,说道:"小王整体这一年半在公司的表现,我都认可,所以现在把这次创业的机会,特意留给他的。"

孙经理正了正身子,继续说道:"对于公司处理下来的设备设施,虽然现在确实是还能使用,但这么多年的折旧算下来,加上产品的更新换代,我认为之前的估值有些偏高。还有王一元以前业务的处理,特别是要求王一元从国立袜业净身出户,我觉得过于简单粗暴了一些,对王一元有失公平。肖总,上面这些话我都是站在公允的立场,没有偏向任何人,都只不过是就事论事,仅供你参考。"

"哈哈哈,孙经理,言之有理,言之有理啊。"肖总不禁笑道。

他站起来说道:"现在离动迁时间越来越近,我也就不多废话。这样,我先提出几点意见:一,公司这次处理下来的设备设施,在原有优惠的基础上再打7折,相当于原来评估价对折还多一些,算下来凑成70万的整数。该笔款项延长到5年付清,但反担保不变,在这70万没有完全结清前,王一元只有使用权。还附加有一条,关于这次处置的最终价格,我不希望公开,对外公开的处置价格还是145万元。"

肖总看看跟前桌子上摊开的记事本,接着说道:"二,王一元的新工厂肯定需要人手。我的意思是,只要不是公司的业务人员,工人方面,原则上只要想进入小王的工厂,公司无条件放行。但是新工厂对内说是台沪公司的分厂,转过去工人的劳动关系顺延,并且工资由公司按照月均基数补偿到9月。也就是说,7月、8月、9月三个月的工资由公司统一交给小王,由小王的工厂处理发放。三,国立袜业和公司现有客户的处置方式不变,同业展业禁止期限5年。但作为对王一元新开公司的照顾支持,公司同意把奉贤、金山两地的全部客户和浦东的一部分现有客户,大约年业务量约150万元,全部划转给王一元。名单这几天我就先审批,再转给业务部处理。四,王一元以上海办事处副主任的名义,协助台沪公司在上海客户业务方面事务的一应协调管理,在公司动迁期间不得有任何差错。最后,这个事情,公司完全委托孙经理全权和王一元处理。如果没什么意见分歧,这几天把协议尽快提交,让小王尽早进入新角色。"

正所谓"山重水复疑无路,柳暗花明又一村"。会后,王一元找到肖云华,讲了公司和肖总对设备设施转让的大致处理意见和对新工厂的大力支持。两人大喜过望,决定马上进入新工厂的正式筹备。按照他们的口头约定,王一元和肖云华在新工厂中的角色有一个大致分工,王一元主要负责工厂的业务和对外事务,肖云华则协调内部的生产管理。

首先是新厂房,王一元马上联系房东。在孙玉泉经理和纸箱厂谢老板的见证下,王一元一口气签下了10年的租赁合同。

王一元没想到的是,愿意跟着去新工厂的员工竟然有15个之多,而且基本覆盖了印刷的各个工序。

尔后,肖云华便带着这一大帮人去新工厂进行清扫清理、走线布线、机器位置的摆放规划等工厂搬迁前期的准备工作。这些熟练工的加入大大减少了新工厂前期招工的困难,使开工的准备工作进展得非常顺利。

几天后,以肖总的意见为主导,王一元与公司就设备设施的转让、业务单元的处理等一些主要条款达成了一致。但其中有一条,关于台沪公司上海办事处副主任,王一元主动放弃了台沪公司在这一职位的所有相关待遇,却在条款里书面保证台沪公司在上海的业务不会有变化。对这份协议,肖总同意了。最后,双方签字画押生效。

王一元和肖云华想宴请孙玉泉经理。孙经理没有同意,但他们在工厂孙经理的办公室进行了一次谈话。主要是孙经理在说。他说道:"我在台沪公司5年,今年67岁,估计也快干不动了。今天,我们就不妨来说说台沪公司,或者是台商企业。讲到台商,我们首先要承认,台商确实有他们的优点,他们大部分确实比一般的大陆企业要强。我个人认为主要有四:第一,产品质量过硬。他们更早接受了海外精益求精的理念。第二,技术创新。第三,打造品牌。品牌是企业的影响力、号召力,是企业赖以延续的命根子,而我们大陆企业多半重利润、轻品牌。第四,投资和管理。他们的投资理念比我们更先进,台商的职业经理人的职业操守也令人信服。这些都是台湾的企业在许多方面强过我们的地方,小王,你们几个要好好着学习。如果能有一些领悟和体会,希望你们在新工厂中发扬实践,也不枉你们在台商企业工作的这一段时光。"

没过多久,台沪公司把王一元前期的业务提成也计算了出来,因为过年前,也就是2月以前的部分已在上年度作为王一元的奖金发放,所以累计到当年7月,王一元总的提成约45 000元。

这样,王一元手中的现金加起来大概有了不到6万元。这也是王一元有史以来破天荒第一次手中有了5万以上的现金。

这段时间,王一元利用在交大学习的机会,找了很多关于公司,特别是股份制公司方面的书籍,还特意找老师咨询了不少股份制方面的知识。之后,他找肖云华商量了好几次,打算在新公司引入股份制,并且初步设想整个公司的成立和运营要按照公司法,全部照着正规股份公司的规范来操作。他还特意交代肖云华,近期先到工人之间去透透风,看看反应,摸摸情况。

他俩最后商定，将公司整体股份定为200万股，一股1元。其中，王一元以设备设施、原台沪公司转移给他的奉贤、金山和浦东的业务，5万元的现金，共占股150万股；肖云华出资20万元，占20万股；剩下的30万股向其他原台沪公司的员工开放。股本分红有两种方式，一是固定股息，一是利润分红，由员工自己选择。

意料之外的是，孙玉泉经理、师傅杜于乐率先各投了2万元。员工们也都很踊跃，很快就认购一空。15个员工或多或少都购买了股份，其中最多的是王丽萍，竟然入了10万股。就这样，这次股本资金总共筹得现金55万元，工厂前期资金的问题暂时得到解决。

接着，按照公司法，王一元提议召开第一次全体股东会议。大家都是第一次当股东，很新鲜，也很兴奋，表现得干劲十足，发言都很积极，各自从自己熟悉的工作角度出发，纷纷献言献策。

经过一天的讨论，最后形成了几个主要决议：一是公司的薪酬体系基本沿用台沪公司原来的计算方法；二是推选王一元为董事长兼总经理，肖云华为副总经理兼厂长，王丽萍为职工代表，代行财务管理和会计的职能，兼管办公室、人事、打样等一应公司日常杂务；三是新公司原则上不允许招聘任何股东，特别是王一元和肖云华的亲戚，也不允许公司跟与股东存在亲戚关系者有任何的业务往来；四是以后凡是新进员工，工作满2年的都可以持有公司股份，公司相应地进行增资扩股；五是股份的退出由公司按原价收回并且注销。股东不得私自转让买卖。

开完会，工厂全部股东在海通路的一家小餐馆聚餐。员工们纷纷向王一元敬酒，说道："老王，我们都很信任你，你可得带着我们赚钱啊。"

王一元大声说道："停一停，停一停，先听我说。兄弟姐妹们，我再一次提醒一下，你们也是股东，千万别忘了自己的身份，股东朋友们。"

员工们哈哈大笑，说道："小王，就是这个股东，我们也可以还给你。我们只要有钱赚就可以了。"

王一元也大笑，说道："我们都是股东，赚钱当然也不是我一个人的事情。我们要齐心协力，一起努力。我们都有责任，也都有义务。明天会很美好的。"

杜于乐笑话王一元，说道："小王董事长，你这个股东大会怎么操作的？自己亲戚朋友不能进公司，甚至连财务也管不着，这是要你当光杆司令，六亲不认的节奏啊。"

肖云华在旁边说道："最可恶的就是这一条，还是老王自己提出来的。我也被害惨了。我老家还有很多人想到这里来打工赚钱呢。"

孙玉泉经理却对王一元翘了大拇指，说道："小王，这一点你狠的，对自己都下得了手,有气魄,是个干事的样子。后生可畏。"

孙玉泉经理对王一元他们的做法很赞成,觉得王一元的这些个点子还真是不错,有创新,也很实用。但是,他觉得,如果仅以设备、现成的业务量和个人现金折算王一元在新公司中所占股份的比例,其实还是蛮吃亏的,至少还应当考虑到以后王一元在整个团队以及新台沪公司的发展中所发挥的核心作用这个因素。

王一元却持有另外的观点。一是,如果不把股份稀释出去,肯定是无法筹到这么多的启动资金。二是,有一句老话叫做"财散人聚,财聚人散"。想要做一点事情,单靠一个人搞个人英雄主义是不太可能,也不现实的。最重要的是第三点,如果自己在新公司中所占股份比例太高,既不容易凝聚人心,员工的工作积极性也会大打折扣,公司的股份制也有可能失去实质的意义。孙经理还是表示了有保留的认同。

接下来,王一元和王丽萍跟着台沪公司的会计和财务,先是跑营业执照法人变更等的手续,再是印刷特种行业许可证、银行账号、国税地税等的相关变更。这些手续虽然繁杂,但好在公司原来的注册地址是属于闵行区,而新工厂所在的吴泾镇也属于闵行区,都在一个区内,加上又是因虹桥枢纽建设而拆迁的企业,所以各相关部门基本都是特事特办,一路绿灯,虽然费时费力,但过程还算比较顺利。

8月1日,台沪公司开始搬迁。8月10日,台沪公司搬完,剩下的设备设施全部搬往吴泾海通路的新台沪公司。9月8号,在一阵噼里啪啦的鞭炮声中,新台沪公司老厂新开张,正式开门迎客。

第二章

　　王一元的办公室在厂房二楼的最里间。打开百叶窗,从房间整面墙的玻璃望出去,车间的一切尽收眼底。桌上有一筐橘子,红彤彤的,是正宗的崇明橘子,工厂国庆节的福利。信手剥开一个橘子,一瓣瓣地放进嘴里,王一元看着眼前的一切,思绪万千。

　　王一元绝对做梦也不会想到,有一天自己竟然能够坐在现在的这个位置上。他回头想想,一年半前,自己还是一个初到上海的外地傻小子,茫然四顾,不知前方道路在何方。

　　整个的创业过程虽然充满了戏剧性,甚至有被逼上梁山的成分,但王一元知道,是"流水无意,落花有情"。

　　命运会如此厚待自己,王一元觉得,除了运气,还特别要感谢他来上海后很多朋友的帮助。还要好好感谢这次意料之外的动迁给了自己难得的机会。虽然新台沪公司目前还只是一家毫不起眼的小企业,但也是一个能充分发展的平台,一个一切皆有可能的难得机遇。

　　同时,王一元感觉到了一种沉甸甸的责任和压力。首先,自己只不过是纸上财富,看起来风光,其实还背着许多债务,并且,这一次的债务比起之前的不知多了多少倍。其次,现在的王一元不是以前的"一人吃饱,全家不饿"的光杆司令了,不仅有了肖云华、王丽萍等好伙伴,还有了楼下的那些工人,自己的一举一动都与他们有关,一荣俱荣,一损俱损。他心里不由得一次次想道,不管怎么样,都只能带着兄弟姐妹们往前走,唯有好好努力,才能对得起大家对自己的信任。

　　新台沪公司为节省开支,将厂房约四分之一面积的前半部分改建成了两层,底下一层作为晒版洗版、对样和原辅材料的仓库使用,上面作为公司的办公室、会客室等。

　　公司目前承接的主要还是原来台沪公司的一些订单。原台沪公司因为体量大、机器安装调试周期长,搬迁至今还没有正式恢复生产,所以有相当的产能都给了王一元的工厂。

　　肖云华施展了他多年来在生产管理上独当一面的能力,在较短的时间内就将车间的生产工序逐渐打通融合。工厂现有工人20名,新招的员工基本都是熟练工,简单培训后即可上岗。半个多月过去,目前整个工厂的生产已渐渐趋于正常。不管是车间的规划装修、日常生产调度还是工人的精神面貌,都一派蒸蒸日上的新气象。

孙玉泉经理主动要求做了新台沪公司的顾问。他现在还在台沪公司兼着厂长,虽然因为刚搬迁还有很多很多需要处理的大小事务,但他还是尽可能地利用调休的时间,充分发挥了他的技术熟练、处事老到的优势,帮了王一元公司不少的忙。所谓"老将出马,一个顶三"。在纸张油墨等大的品类供应商方面,他亲自开车,带着王一元逐个拜访,在很短的时间内就疏通了渠道,拿到了非常合适的价格,付款上也给了新台沪公司长短不一的账期。与这些供应商建立良好的关系,大大地缓解了新台沪公司前期的资金压力。

吃饭和宿舍的问题也得到妥善安排。纸箱厂谢老板的工厂建有专门食堂,提供早、中、晚三餐,但纸箱厂员工不多,只有不到40人,就餐的人少,还要配备2个厨师和1个打杂,所以一直都是入不敷出。新台沪公司一搬过来,精明的谢老板就打上了王一元他们的主意。王一元也正愁员工就餐这事。不管吧,心里过意不去;管吧,就20来人,不好操作。两家公司不谋而合,皆大欢喜。

至于住宿,这个工业小区配套建设有2幢五层宿舍楼,每间房20平米,放有6张上下床,每月租金只有280元。房东送了王一元一间房,王一元又租下4间作为公司宿舍。

谢老板笑话王一元:"王老板,你太抠了。你去看看,这两幢楼里哪里有老板住这里的?你至少应该去镇上借房子住啊。"

因为缺人手,国庆期间,王丽萍特意叫上她放假的老公李广林在厂里帮忙。小伙子高高大大,年纪和王一元差不多。他是莘庄工业区一家外资工厂的维护部工长,专业电工。他的到来刚好解了工厂缺电工的燃眉之急,算是帮了大忙。

王一元过意不去。他正好在交大上课,分不开身,只好晚上约了王丽萍夫妻俩、肖云华在交大的六号小食堂的小包间吃饭。王丽萍倒是大大咧咧,对她老公说道:"我们工厂现在资金紧张,这里吃饭便宜一些,味道不许挑剔。"

王一元连忙说道:"这顿饭不报销,我私人请客,不让我们的大管家为难。"

肖云华乐了,说道:"王丽萍,你也太实在了。再怎么说,工厂一顿饭钱还是有的吧。你现在叫王老板掏钱,他还有得掏吗?他现在身上比任何人都干净。"

王丽萍却说道:"我们本来就没想他请我们吃这顿饭的。再说了,公司的钱,大家都有份,不能让我们自己给吃了。"李广林倒是随和,和王一元、肖云华连连碰杯,很快就处得像好哥们一样。

随着工厂逐渐走上正轨,王一元接下来的工作重点还是放在业务的拓展上。

他首先花了近一个星期的时间,把原来公司划拨过来的业务一家家走过,很快便发现一个问题,这些业务基本都是一些小而散而且发展前景不明朗的,一年总的业务量接近150万,却有大大小小近40个单位。他暗道,这几只"台巴子"到底还是老奸巨猾!

他反反复复想了很久,觉得像自己这种小公司,如果在印刷方面和别人全面竞争,光靠目前工厂的这些设备设施,肯定不占优势,局限性很大,竞争力远远不够。他认为最好的做法是术业有专攻。如果专做某一项,可能性或许大一些。

国庆之前,王一元、肖云华、王丽萍连续开了好几个晚上的碰头会,头脑风暴,主要商量工厂接下来的业务如何开展。大家一致同意王一元的判断。

几个人商量后,根据公司的实际,做出两个决定:一是将公司现有业务,主要就是原来台沪公司划拨过来的业务,全部交由王丽萍联系协调。当然,外出跑腿的事情还是交由王一元。二是将公司业务的开拓集中于包装印刷上,主要定位在包袋、包装盒以及说明书等方面,而近期的着重点则放在鞋盒、化妆品盒子、包袋等方面,由王一元全权负责开发。

肖云华说道:"老王,王丽萍,我可以在这里立下军令状,工厂的生产、协调管理以及工人等,凡是工厂的内部事务,我都尽我所能,竭尽全力。"

王丽萍也说道:"我也保证,我负责的事情,一定尽心尽力,不拖后腿。"

王一元看这情形,不由得苦笑道:"老肖,王丽萍,你们这是在逼我啊。你们知道,这业务还没开始呢,不好保证什么的。"

肖云华说道:"老王,你知道,巧妇也难为无米之炊啊。"

王一元笑道:"巧妇?你是什么巧妇?王丽萍还差不多。"

三人都哈哈笑了起来。

王一元接着说:"不过,有你们的支持,不管千难万难,我肯定会想尽一切办法的。要不然,我还欠着肖总这只'台巴子'那么多的账款呢。"

王丽萍笑道:"不要说'台巴子'了,现在我们也都成了要饭的几只'外地巴子'了。"

厘清了思路,王一元决定把突破口放在市内的各个鞋业批发市场。他花了不到两个星期的时间,用扫楼的方式,快速地把全部的相关市场都过了一遍。七浦路的鞋业市场、斜土路的鞋业批发市场、曹安路的轻纺批发市场、漕溪路的轻纺批发市场等大大小小 10 多家市场，王一元在每个摊头铺面都留下了新台沪公司的简介资料和自己的名片，并且和每家商铺老板都有或长或短的介绍交流。

出于工作需要考虑，王一元的名片上并没有印上总经理的头衔，还是写的业务经理。因为有制作鞋盒及包袋方面的丰富经验，且公司简介上一连串有一定影响力的大客户名单，特别是行业内人尽皆知的国立袜业的影响，没过多久，这一块的市场竟然很快就有了反应，陆陆续续就有询问和制作鞋盒的电话打了过来。

接触一多，王一元逐渐发现了商机。这些批发市场商户的需求基本上都是小单，有时甚至只有几十个鞋盒或是包袋。这么小的量，属于大厂看不上、小厂嫌麻烦不愿意做的类型，但小单也有一个好处，即竞争少，价格灵活性相对就大，这就给了王一元可操作的市场空间。

王一元对这些小单子不嫌弃，来者不拒，只是在价格上按订单量作了调整，比一般情况下的报价稍微高一些，同时坚持现款现货。这些市场上的商贩，整日和人打交道，都是人精，知道因为量少，工厂生产上有难处，所以也认可王一元的做法，对王一元在报价上多个 1 毛、2 毛的也就不太在意，钱付得也比较爽快。

一段时间做下来，王一元和肖云华一核算，这些小单，除了生产上相对麻烦和繁琐一些，其实利润还可以，甚至比一些长单还要划算一些。这就坚定了王一元继续发展这块业务的想法。

连续几个星期，王一元都是早出晚归，白天基本上长驻市区，就在这几个市场间来回地联系接单和协调发货、送货。做得久了，他与这些市场里的商贩基本都熟悉了，至少也混了个脸熟。商户们都知道有一个做印刷的高个子小王，不管单子大小，都喜欢交给他处理。

从海通路的工厂出来，王一元一般在吴泾坐 178 路，从始发站坐到徐家汇的天钥桥路辛耕路的终点站。178 路这班公交车比较方便，不仅车次多，而且晚班车要到晚上 11 点半，基本上不会耽误王一元回工厂的时间。

因为各个市场离得比较远，骑自行车不太现实，也吃不消，所以王一元新买了一辆电瓶车，这样跑起来方便些。下了公交，王一元就骑上电瓶车，在各个市场间跑来跑去。就是充电有点麻烦。后来和商贩们熟悉了，电瓶车有时就存放在他们商铺里面，既解决了充电问题，又解决了夜间存放的难题。

这天一大早，市场刚一开张，王一元就来到七浦路兴达市场地下层的鞋子批发市场，在一家专卖运动鞋的铺位前停下来。

这家店铺的老板是上海人，姓胡。王一元和他混熟了，就叫他老胡。老胡原来是上海一家国有皮鞋厂的车包工。20世纪90年代初,公司改制,皮鞋厂被一浙江老板整体买下,品牌留在上海,工厂却搬去了浙江。老胡全家都在上海,自然不可能去浙江长期工作,所以就下岗了。下岗后,老胡倒想得开,拿了工厂的补偿金,自己出来创业,就在自己家的小区门口摆了个修鞋摊。因为手艺娴熟、价格公道,他很快就做出了名声。老胡至今还念念不忘自己在皮鞋厂的那段荣光,用老胡的原话说,他是"捧过铁饭碗的原装正版下岗工人"。

2000年前后,上海七浦路市场开始改扩建,老胡看到了商机,毅然放弃了已小有所成的修鞋摊,把自己所有的积蓄拿出来,还找人借了近60万,买下了现在的这间铺面。铺面在这一层里面算是比较大的,有50多个平米。没几年,随着七浦路市场的日趋兴盛,这间铺面的价格翻了几番不说,面积大小差不多,位置还没这里好的铺面,光年租金就超过了60万元,还供不应求。老胡现在独家代理好几个晋江的品牌运动鞋,雇了3个营业员,生意做得非常不错。

王一元走进铺面,没见着老胡。营业员跟王一元熟悉,用手指了指最里面。最里间是隔间,分上下两层,分别是临时周转仓库和胡总的办公室。老胡正在里面泡茶,见王一元进来,就招呼王一元过来喝茶:"来来来,刚泡的铁观音。"

之前,老胡找王一元做过几次纸盒,说话就比较随意一些。老胡取笑王一元:"小王,你这个业务员不要太好啊,比我们上班的还准时,你们老板要高兴死了。到底给你发多少钱啊,你这么积极?"

王一元喝了一口铁观音,说道:"要不,我到你这里来打工?你给我多发点。"

胡总说道:"行,我看好的。只是我们小地方,怕是你待不牢啊。"两人都忍不住笑了。

茶过三道,王一元说道:"现在的鞋子批发市场,特别是运动鞋,我看还是蛮好的。我在想,胡总是不是可以在这方面做做文章?"

胡总笑道:"你们年轻人鬼点子多,有什么想法,说说看。"

王一元喝了一口茶,说:"这铁观音汤水比较清淡,喝起来略微偏甜。"

老胡说:"这是新茶,清香型的铁观音。"

王一元说:"要说做生意,胡总你肯定比我在行多了,我不敢班门弄斧。我只是作为旁观者,有个建议。既然运动鞋这么好卖,如果能做一个自己的品牌出来,不是更好吗?做好了,限制少了不说,发挥的自由度还要更大一些。"

老胡刚要往茶壶里加热水,听到王一元的话,放下热水壶,拍拍手,说道:"小王,你聪明的,和我想到一块去了。"

王一元说道："只是做品牌怕也并不容易，绝非一朝一夕之功，需要长期坚持。你现在不是做得蛮好吗？胡总，你可得想好了。"

老胡很有兴致地说道："这个其实我考虑很久了，思路也初步都有，只是一直没下决心。今天你一谈，我就下决心先蹚蹚水。代工的工厂我都想过了，就放在泉州我原来进货的工厂。款式就用市场目前热销的款式，打上我们公司的品牌。"

老胡的动作很快，过了一个礼拜就叫王一元过去。这次，多了一个老胡的朋友，老胡介绍说道："这位是我们市场的老大哥，也是我们行业协会的秘书长。"

三人专门讨论了一个下午。老胡最后下决心先做一批运动鞋试探一下市场。他委托王一元帮着设计一款商标和鞋盒。老胡的意思，如果能成功，接下来包括品牌策划、宣传推广、包装、说明书等一系列的工作都交给王一元来做。

王一元实话实说："我们公司目前只做生产。设计鞋盒当然没有问题，但是其他设计方面还是弱一些，商标设计的事恐怕还是得找专业的公司来做。"

胡总说道："这我知道，只是我信任你啊，这些事就都交给你了。"

王一元说："这样，我帮你去找专业的设计公司，具体他们来找你谈，你也把你的想法和他们沟通。"胡总同意了。

印刷和设计算是同行，王一元平时没少和设计公司打交道，做设计的公司，他认识很多。谨慎考虑后，他选了一家规模不大不小的广告公司。这家公司虽然不算大，但在商标设计方面却很有章法，给不少大公司做过品牌策划和方案实施，在行业内小有名气。公司老板也姓胡，叫胡雪，二十五六岁，是一个充满活力的年轻山东女孩。胡雪在台沪公司印制过企业样本画册。王一元和她打过几次交道，觉得她人实在，做事干练，把这次商标设计的事情交给她做比较放心。

王一元把胡雪的公司推荐给了老胡。几经沟通和修改，商标的设计定稿、鞋盒的包装样式都确定了下来，包括鞋盒、包袋、说明书等整套的东西。胡总决定首批试生产鞋盒2 000个，也就是先拿出2 000双运动鞋来探探市场的反应。

胡总的首批自有品牌运动鞋投放市场后，竟然非常成功。2 000双运动鞋在没有任何广告，仅仅在自己店铺推广的情况下，在两个星期内就一销而空。胡总非常高兴，立即给王一元打电话，追加了1万的订单，要求尽快铺货上市。

王一元正在浦东的上海新国际博览中心参观中国国际工业博览会，接到电话后马上去七浦路找胡总。见了面，他清楚了胡总的打算后，初步算了下，生产1万个盒子，工厂大概需要一个星期，鞋厂的运动鞋走物流来回也大概需要一个星期，中间还需要包装，等下一批货到上海至少也得将近20天时间。这么长的时间，显然是初尝甜头的胡总不能接受的。他不止一次地急切地问王一元还能不能再快一些。

为赶时间,最后商定,胡总先下单到鞋厂,运动鞋生产完后立即发统货,即每只鞋子只包裹一层薄薄的海绵纸,防止鞋与鞋之间刮碰变形,以大箱物流到上海;同时,王一元的工厂开足马力,争取鞋子到上海后新的鞋盒一并出来,再由王一元派出工人,重新包装。经过胡总与鞋厂协商,鞋子生产并物流到上海的时间被缩短到6天。

王一元马上回工厂,和肖云华、王丽萍商量。因为没有备货,纸张需要重新从纸厂调配,工厂的生产计划也要再做调整,6天的时间显然是太紧张了。他在电话里和胡总说了工厂的实际困难,胡总同意可以分两批交货,后一批货在时间上可以稍微延长。

左赶右赶,最后胡总终于得偿所愿,在预想的时间节点将新鞋子再次上架销售。运动鞋统货大包装物流到上海是凌晨3点多钟。王一元、肖云华带了10个工人,租了一辆黑中巴,后面跟着一辆装了5 000套鞋盒的货车,在北郊货场的空地上铺上几块大苫布,把运动鞋从大货车上卸下来,连夜就地更换鞋盒。

天亮时,先装车换好的1 000双鞋,直接送进了七浦市场胡总的临时仓库。剩下的运动鞋也在当天中午前全部更换好包装盒。将所有的运动鞋装完鞋盒后,王一元和员工们全部都瘫倒在了苫布上。

最后一车货装车后,胡总看到王一元他们辛苦的样子,心里过意不去,给每个人发了一双运动鞋作为安慰。肖云华手里拿着鞋子,开玩笑道:"这运动鞋看上去还不错。怎么也得100多元吧?"

王一元说道:"这只是批发价,市场价在200朝上。"

工人们一听到这个价格,精神立马就恢复过来不少。

肖云华有些懊丧地说:"早知道,把工厂的人全带过来了,权当我们的福利了。"

王一元觉得好笑:"也不看看你无精打采的脸,苍白得哈喇子都要掉下来了。"

一切弄完,胡总盛情邀请,说是一定要给王一元接风洗尘。

王一元笑道:"老胡,接什么风?我也没出远门啊,一直在上海的。"

胡总哈哈一笑:"那就给你洗尘,总归可以吧?"

吃过晚饭,两人去碧海大温泉洗浴。胡总有贵宾卡,要了双人间的小池。王一元是第一次来这种地方,当然也不知道浴场里面的路数,但他强作镇定,胡总干什么他干什么,有样学样。他泡在温池里,头下垫上一块毛巾,枕着靠背,全身暖洋洋的,仿佛每个毛孔都张开了,说不出的舒服。有一搭没一搭地和胡总说了会儿话,他竟然不知不觉地沉沉睡去了。胡总没有打搅他,一个人慢慢地出了水池,换上浴袍,悄没声息地走出了包间。

突然有一个声音在王一元耳边轻声地说道:"先生,先生。"王一元终于缓缓地睁开了眼睛,只见眼前一片晃眼的雪白。他不解地往后慢慢仰起头,看见一个漂亮女人正勾在自己的脖子上,一只手用牙签挑了半颗草莓,正要往自己嘴里喂。而自己的手,正拥抱着女子的腰肢,嘴正朝她胸前漏出来的一大片雪白靠去。

王一元顿时吓了一大跳,下意识地松开手,瞪着眼前这个只着极短三点式的女人,怯懦地说道:"你……你怎么进来的?怎么抱着我?"

"咯咯咯,大哥。哦,不对,我应该叫你帅哥。"女人充满风情地说道:"帅哥,你这么夸张,第一次来?"

王一元不解地点点头,又摇摇头。他这才想起来同来的胡总,朝不大的水池看了一圈,却没有看到他的身影,于是问道:"还有一位大哥呢?"

女人答道:"那位大哥去按摩了。"

王一元说道:"那我也去按摩。"

面前的女子双手上来箍住王一元的脖子,一只脚勾住王一元的腰肢,娇羞地说道:"帅哥要按摩,包间里有按摩室的。我是前面的大哥叫来陪你的。他说了,不把你陪好,我拿不到小费的。"

王一元全身都感受到一团围上来的柔软。女子吐气如兰地说道:"帅哥,你想做什么,都可以的。"

王一元突然间想起了领自己进来的胡总,直觉要出事。他心里一惊,脑袋瞬间清醒过来。他一把推开两只脚都勾住自己腰肢的女子,狼狈地爬出了水池,在更衣室快速地穿上衣服,连凉也没有再冲。

在大堂,王一元坐在椅子上,呼吸了一大口新鲜的空气,"咚咚"狂跳的心终于稍微平静下来。他拿了手机给胡总打电话,胡总手机却联系不上,他便发了一条短信,只说道:"胡总,我先回了。你慢慢享受。"

在二楼茶室喝茶的胡总其实早就看到了王一元的尴尬。他之所以不接电话,是因为他旁边还围坐着很多人。如果王一元在,一定可以认出来,他们都是七浦路鞋业批发市场的销售大户。这些人早就通过胡总的另一部手机的免提,听了王一元在贵宾间水池的全部过程,也都目睹了王一元洗浴的整个经过。

胡总朝四周人说道:"这个小王,讲究的,值得交往。"秘书长也微微点了点头。胡总继续说道:"来来来,愿赌服输,各位的茶水钱先交上来。"

在胡雪公司的营销下,胡总的自有品牌运动鞋取得了不俗的成绩,一炮而红。此后,这个品牌每月鞋盒的量基本稳定在 8 000 个左右,成了新台沪公司数得上的大客户。

就这样，一传十，十传百，市场里接连出现了好几个做自己品牌的商户。王一元一不小心成了整个市场最大的鞋盒类供应商。

这中间，胡雪几次打电话给王一元表示感谢，说是要请他吃饭。因王一元实在没有时间，而且觉得自己只是推荐了一下，在设计营销和品牌策划上所起的作用不多，所以就一再地婉言谢绝了。

到腊月二十五左右，新台沪公司工厂的生产慢慢地停了下来。印刷用品是属于辅助性的材料，单位印刷品的订单在这个时候基本截止了，新的订单一般要等到来年正式上班以后才来。这时候，印刷厂会利用这一段时间进行业务盘点和机器设备的检修，工人也可以趁机修整修整或者进行技术技能等方面的培训实践。

王一元这一段时间反而比平时更忙了。他带着王丽萍，把公司所有的客户都跑了一遍，或送礼，或送红包。特别是利达机械的谢东、国立袜业的孙雯，虽然现在和这两家公司没有了直接的业务往来，但是作为好朋友，他还是亲自上门拜访，并诚挚地邀请两位聚会了一次。只是这一次，他坚决不去那家农家乐小院。最后，他喝醉得一塌糊涂。

安顿好王一元出来，孙雯说道："看来，某人还是对某人念念不忘啊。"

谢东也很有感慨，说道："竟然连以前的饭店也不去了。王一元这样做，分明是小气。这小子，怕是把我也恨上了啊。"

这几天终于清闲下来，王一元没有再出去跑业务，就在二楼的办公室查看今年的业务往来记录。他有一个随身的记事本，习惯于把每天发生的和自己有关的人和事都记录在案。他总觉得，好记性不如烂笔头，并且这些记录也算是他对自己一年下来的一个具体而直观的交代。他一页页地翻看今年的记录，特别是新台沪公司成立以来的厚厚一大本的记录，逐个复盘今年自己在业务、公司管理、人情往来等等方面的表现。他忽然发现，以现在的视角去回顾和分析以前发生的很多事情，往往都会有新的体会，在经验和教训方面更有意想不到的新收获。

早上刚上班，王一元和肖云华在办公室商量工厂春节放假的事。没多久，王丽萍敲开门，笑嘻嘻地走了进来，说道："刚才还在车间找肖云华，没想到你们都在这里。刚好，工厂今年的账目出来了，我来是把公司账本拿给你们二位过目的。"

接过账簿，王一元和肖云华一看账，到最后都吓了一跳。只见账面上白纸黑字地清楚显示，公司今年账面盈利竟然接近40万。也就是说，从今年9月中旬正式开工到现在的将近 5 个月的时间里,每个月的纯盈利差不多在 8 万元左右。这大大超出了王一元和肖云华办厂之初的预估。

肖云华伸出手指,在嘴里蘸上一点唾沫,一个一个地数数位:"个,十,百……"数完又重新数了一遍。

看着数字,王一元和肖云华一下子都不敢相信这是真的。他们原本想今年如果能挣出个工资,再小有盈利,就算是非常成功了。他们没想到,不仅有了盈利,盈利还能有这么多。

王丽萍看见王一元和肖云华有些不相信的眼光,揶揄道:"挣钱了是你们这个样子的?切……俩没见过钱的傻帽样!"

王一元说道"你还别说,我和老肖刚才还在说工厂的事来着。只是,你这账目准确吗?可不要记成糊涂账哟。"他伸手拿过桌上的计算器、纸和笔,准备自己再把账目重新算一遍。

"不相信?我可是算过好几遍的。"王丽萍笑了,说道:"唉,你们真是的!"

王一元和肖云华相视一笑,异口同声地说道:"真成功了?"他们不约而同地伸出手,互相击掌庆祝,高兴之情溢于言表。

看着肖云华和王丽萍,王一元突然一本正经地问道:"你们自己有过这么多的钱吗?"

肖云华和王丽萍被问住了,直摇头。王一元学着王丽萍的口气,揶揄地说道:"俩傻帽儿!"肖云华和王丽萍反应过来,一起上来要揍王一元。

王丽萍说道:"这还包括了工厂成立初期业务不太稳定的时期。要是按现在的生产看,明年应该还会更好一些。"她自嘲地说道:"现在看来,我当初入股的钱还是少了一些,要是再去借一些就好了。"

王一元打趣道:"要不要王哥我再借你一些啊?肖哥也还有的。"

王丽萍当然也相当高兴。当初,她在新台沪公司入股了 10 万元,占公司总股本的 5%,按照现在公司盈利 40 万元计算,她对应的红利就是 2 万元。也就是说,才 5 个多月的时间,她的这笔投资的回报率就达到了 20%,比她本人同期所得的工资还要多。按照这种速度下去,大概两年的时间就能全部收回本金,剩下的就都是净赚的了。

不仅王丽萍高兴,全厂员工都很高兴,都觉得看到了公司的发展前景。在第二天的股东会上,谈论起公司的现状,畅想着公司的未来,每个人都笑容满面,甚至很多人当场提出要增加公司股本金。最后,股东们一致同意,按照一个月的工资的基准来发放当年的年终奖金,剩下的钱没有再分红,而是作为公司的流动资金使用。

第二章

这次过年,王一元本来是想回湖南老家的,后来因为姐姐和弟弟两家都不回老家过年,于是就放弃了。他只好在工厂值班,和去年一样,在上海又过了一个一个人的春节。

意外的是,大年三十深夜12点,王一元先后收到了两条特殊的短信,分别是许妍和肖晓晓发过来的。对许妍,王一元自从来上海后就基本没有联系了,也不知道她是从哪里得到自己的电话号码。只是,当时王一元早已呼呼大睡,手机调成了静音,当然也就都没有回复。

2007年的春天来得早一些,又是一年春好处。这一年的春天对王一元和他的公司来说,发生了三件比较大的事情:第一件事是招业务员,扩大销售;第二件事是新台沪公司业务部门搬迁,在靠近市区的龙水南路喜泰路新找了办公室;第三件事是王一元在印刷包装纸业展览会上做主题报告,由此结识了康宁并开始了一段新的恋情。

过完年,随着公司业务的逐渐扩展和增多,王一元一个人明显顾不过来了。而且,工厂远离市区,位置稍显偏僻的劣势也逐渐显露出来。

从工厂成立到现在,经过半年的努力,已度过了最初的调整阶段,开始平稳发展。从目前的情势看,发展的态势还是蛮好的。于是,发展业务就成了当前工厂的重中之重。

全公司跑业务的,从开头到现在,其实就王一元一个光杆司令。加强业务销售,大家一致同意,可是增加谁呢?公司内部有两种意见:一是从内部解决,比如说从工厂内部选人;二是从外部招聘。王一元觉得,两者皆有利有弊。从公司内部选拔,人员知根知底,当然要放心一些,也可以很快上手;如果从外面招聘,因为自己公司还很小,好的业务员不一定愿意来,而培养一个业务员在时间和金钱上都不划算。

肖云华先在工厂里放出了选拔业务员的消息,可消息出来好几天了,就是没见有人报名。此路不通。出于审慎,王一元先在QQ好友群里发出招聘业务员的消息,发动朋友们推荐。没有多久,就有了三个候选人。第一个是孙经理推荐的,是他以前的工友的儿子,叫朱峰;第二个是师傅杜于乐推荐的,是她表妹谢雨琪;第三个是胡雪推荐的,叫周婉秋。

实际上,谢雨琪最多算是半个业务,因为她本身在银行工作,只是把她们银行的业务介绍进来。她的工作单位是一家外资银行,在陆家嘴。这家银行进入中国市场还不到两年,但是发展非常快,现在马上就要在北京、广州、深圳等一线大城市拓展业务。这样一来,她们公司需要印刷的东西就特别多,并且要货的时间还很紧。关键是,她们公司负责行政的主管也是一个老外,对国内的印刷行业不熟悉,不知道怎么去张罗这些事情。而谢雨琪和这个主管的关系很不错,曾帮助这个主管解决了很多生活上的困难。因她对印刷有点熟悉,以前帮杜于乐做过业务,所以就动了心思,想把这个单子接过来,交给王一元的工厂做,她拿其中的差价。谢雨琪一看就是一个很精明的上海女人,大约30来岁,个子不高不矮,身材有点微胖,打扮清清爽爽,眉眼恬静淡雅中却有一丝丝的调皮,稳重知性中又透出一点点的性感。

而朱峰则完全不同,长得不是很高大,还有点清瘦,戴了一副眼镜,还是一副出校门没多久的小男生神态。搞笑的是,出来面试业务,他竟然穿着印有前头工作过的印刷厂名字的工作服。

分别交谈后,王一元、肖云华、王丽萍对这两个人比较满意。特别是杜于乐和谢雨琪这对姐妹花组合,不仅马上就能给新台沪公司带来新的业务,而且量还不少。关键是,正像杜于乐说的那样,她们是不用发工资的超级业务员。王一元也爽直,和肖云华、王丽萍他们商量后,决定把这对姐妹花组合的业务提成再提高1个百分点。这样一来,皆大欢喜。

胡雪介绍的业务员周婉秋是江苏盐城人,原来是新华印刷诸翟分厂的业务部经理。这个人个子不高,两个圆溜溜的大眼睛,扎着齐耳短发,穿着倒是干练清爽,只是看上去还有些瘦瘦弱弱的,又基本上不施粉黛,表面形象怎么也无法和一个业务员联系起来。

王一元特意安排在工厂见面。胡雪带着周婉秋到后,王一元先带着她俩在车间了解情况,然后到楼上办公室。肖云华和王丽萍也在,王一元问周婉秋:"听说你从新华印刷厂出来还不到一年,怎么现在又跳槽?"

"这家工厂的老板太小气,没有度量,说话也没个把门的,总是出尔反尔。把我搞烦了,就干脆辞了。"周婉秋倒是快人快语,直接回答道,"拖了这么长的时间,也是因为这个原因,工作交接和最后结钱不利索。"

王一元知道,这是遇到硬茬了。他不动声色地说:"我们工厂的情况,胡雪应该和你有过介绍,刚才你也看过了。那么,你如果到我们公司里来,又有什么特别的要求没有?"

周婉秋说道:"没有什么特别要求,但有两条:一是公司不能对我限制太多,也不能要求太多;二是,货款到账,按月结钱。其他的,你们看着办。"

王一元心里想道:够牛!这人做业务,话能说到这个程度上,自然有她的依靠或者是仗侍。他问道:"你一年销售能做到多少?我也需要心中有数。"

小周说道:"至少 100 万。如果公司有人配合,多个二三十万也有可能。"

王一元又问她的业务扣点,小周说道:"我不要底薪,正常的扣点数就行。"

王一元一听她说不要底薪,就知道她说的话肯定不会有假。他让胡雪先把周婉秋领到隔壁办公室,然后和肖云华、王丽萍商量。肖云华没什么具体意见。王丽萍说道:"这人我喜欢。"

王一元也有同感,说道:"这人个性太强,用她的话,一是要顺毛捋,二是要有人压得住她,只有这样才会有好的结果,要不然就会鸡飞蛋打,谁也得不到好处。你们俩记住我今天说的话。"

三人商量完就让周婉秋进来。王一元对她说道:"如果你愿意,我们都欢迎你加入我们公司。这样,我们再多给你 1 个点作为奖励,前提是一年内最少做到 100 万元。我们的这位业务助理具体配合你的工作。"他接着说道:"希望我们能合作愉快。但是,如果你哪天做得不高兴了,你一定要和我们说出来,我们沟通。如果沟通后你还是觉得不称心,你和你带来的业务随时都可以走,我们不拦你,你该得的钱也一分不会少你。这些都可以写进工作合同,胡雪可以作为中间人签字见证。"

周婉秋答应了。事后,她对胡雪说:"这个公司虽然是小了一些,但老板人还是不错的,是个干事的人。"胡雪后来把这话转告给了王一元。王一元不置可否地笑了笑,说道:"是骡子是马,还是要拉出来遛遛的。"

随着新人的加入,业务部算是基本上人员配置到位。接下来,如何管理好这些性格各异的业务员,尽量把公司业务再上台阶,成了王一元一直在思考的问题。

后来,王一元冒出来一个想法。他找了个机会,与王丽萍、周婉秋她们商量,说道:"我们以后业务部的例会就定在每个星期六中午或晚上,用聚餐这种大家都比较容易接受的方式,一边吃饭一边讨论公事,你们觉得怎么样?"大家一听这话,都表示同意。"那么,具体召集和找饭店就由王丽萍来负责。"王一元看了看王丽萍的脸色,继续说道,"费用算在我头上,不在公司报销。"

王丽萍哈哈大笑,指着王一元说道:"你这大男人,就是好没有度量。我几个月前讲过的话,还在心里藏着,这时候又拿出来报复了。"但她还是喜滋滋地打电话给杜于乐和谢雨琪说了这事。

杜于乐一听很高兴,说只要有空,她们姐妹俩也会尽量参加。她说道:"不吃白不吃。这等好事,何乐而不为?"

王丽萍不确定地问王一元:"你刚才的意思是说找饭店?可以理解为不固定饭店吗?"

王一元肯定地说道："是的,大小姐理解正确。只要你们愿意,我们不妨一家家地吃过去,吃遍上海滩。"

至此,新台沪公司的业务团队基本成型,除了王一元,还有王丽萍、新招的朱峰和周婉秋,以及算是半个业务员的杜于乐和谢雨琪。其中,王丽萍不仅要负责全公司行政的一应杂事,还兼业务助理、财务等多个职能。倒是朱峰,因为之前没有做业务的经历,还没有具体分工。王一元决定先把他放在工厂一个星期,然后自己带着他熟悉一段时间的业务再做讨论。他带着朱峰跑了两个星期,把公司现有的客户全部跑了一遍。此后,他逐渐放手,把客户维护、跟单送货等跑腿的差事都交给朱峰处理,自己则把主要精力转移到大客户和新业务的开发上。

老谢和班主任于老师走进工厂的时候,王一元和肖云华正在车间里商量着化妆品盒子的打样。虽然前年国庆期间出了质量事故,但该公司后来的业务还是给了王一元。现在,王一元和他们的关系更近了一些。

王一元看到两位老师过来,连忙迎上去,领着他们先在车间参观,然后到楼上办公室坐下。王丽萍端进来两杯热乎乎的红茶,带上门又出去了。

老谢说道:"我今天到学校办点事。办完事去找你们于老师,本想着一块回去的。结果,他说刚好有事要找你。我看时间还早,就干脆和他一起到你的工厂来看看。"

王一元连忙说道:"我们这是小厂,恐怕让两位老师见笑了。"

于老师说道:"小王,你这工厂算是不错了,有模有样的。整体来看,虽然是小了一些,但是我看这个生产有条不紊,忙而不乱,工序衔接比较合理,员工的精神面貌和工作状态都很好。关键是,车间里面地上也是干干净净的。看来,你们在生产管理上下了不少功夫。"

"不错是不错,但厂里的那些东西,像印刷机械等设施设备,现在都还是欠着人家的,他还得继续努力。"老谢继续说道,"于老师,你先别夸奖了,这小子不禁夸的。你不还有事吗?先说你的事情。"

原来,于老师特意过来,是为了3月底在浦东的新上海国际展览中心举行的国际印刷包装纸业展览会,想专门邀请王一元去做一场报告,题目也指定了——关于新形势下印刷市场供应链的管理。

王一元吃惊:"这样的大会,轮不到我们这种无名小辈来发言吧。"

于老师说道:"你还记得你的寒假论文吗?就是你写的'个性化一站式客户印刷管理解决方案',后来入选经管系MBA的内部资料,结集出版的那篇。你有一个交大

MBA 的师哥,刚好在海德堡的中国公司负责市场工作,他一眼就相中了你的这篇文章。这次,他想借机会邀请你作为海德堡的用户,在大会的新印刷技术和供应链管理专场会议上作主题报告。"

王一元不禁笑道:"海德堡?我们厂里现在就只有一台海德堡的双色四开机,年龄超过12年了。由我们来代表海德堡?"

老谢也笑了:"你这个小王,平时都是鬼精鬼精的,这回算是白给你的小厂和你个人一次宣传机会,你怎么就这么死心眼?"三个人都忍不住笑了。

王一元问:"谢老师,现在又在研究哪类作物?"

于老师说道:"小王你不要问了,老谢现在真成农民了。"

王一元不解,疑惑地看着老谢。

老谢把手里的报纸递给王一元:"头版头条,你先看。"

王一元接过报纸,吃惊地问道:"老谢,你上头版头条了?"他赶紧打开报纸一看,头版只有一个大标题——"上海市加快实施《农民专业合作社登记管理条例》的实施意见",另外就只有几篇小文章。他粗粗掠过,却并没有看到老谢的大名。

老谢说道:"现在,我们学院和市农科院联合攻关,正在立项做农业合作社这件事。具体的工作就是想扶持几个专业农产品的基地,选择一些有特色的农产品,比如说马陆葡萄、南汇水蜜桃、崇明柑橘等,在这些农产品的品种改良、生产管理、市场培育和销售等方面做做文章,争取搞出一些试点经验。搞得好的话,就在全市推而广之,进而打响上海的特色农产品品牌。"

王一元认真地听着,不时在小本子上记上几笔。老谢把报纸给王一元,笑道:"小王,说了这么多,你可能也还是不太明白。老于,我们可能对牛弹琴了。小王,你自己好好学习学习。我们这就走人了。"

晚上在食堂吃饭的时候,王一元讲了去印刷展览会做报告的事情,还顺便讲起农业合作社的事情。肖云华随口说道:"我看也只不过是换个名字而已。像马陆的葡萄、南汇的水蜜桃,现在名气都已经很大了,还用得着他们再去包装?"

王丽萍盛饭回来,条件反射地问道:"包装?什么包装?"

王一元突然间脑洞大开,灵光一闪,想到,这些水果产品,虽然在当地,甚至在上海都小有名气,但是这些产品都是没有什么包装的,基本上都是裸卖。如果能在包装设计上想出点办法和花样,不知道能产生什么效果。

王一元马上电话联系胡雪,开门见山地说有事求她,明天想请她吃饭。胡雪看到手机上显示的是王一元的电话,非常吃惊。她心里想道,这小子平常都很拽啊,几次要求见面都被他拒绝了,怎么今天大晚上的竟然还主动打电话过来了?

第二天见了面,王一元把老谢具体参与这个农民专业合作社的前因后果,以及自己和老谢的关系和盘托出,最后说了自己想给农产品做包装设计以及市场营销推广的一些不成熟的想法。他觉得,既然要搞农民专业合作社,那最后的落脚点肯定要落到农产品的买卖上。这样一来,就可能会需要大量的包装,当然还有设计、产品规划以及市场营销等方方面面的东西。

胡雪喝了一口咖啡,含在嘴里好一会儿,才继续慢慢往下吞。她缓缓地说道:"给农产品做设计包装,不要说你们,在我的印象里,就是全上海,甚至是全国,好像都没有多少先例。至于农产品的市场化营销,恐怕在国内也还是一件新鲜事。"

王一元问道:"没把握还是有难度?"

胡雪想了想,说:"如果光是给农产品做包装或者品牌设计,不至于有多大难度。问题是,做完以后卖给谁去?还有,农产品的品牌设计与包装这块,农民和市场到底能不能接受?能接受到多大的范围?"

王一元说道:"不管结果怎样,我还是决定试一试。我只希望你能在最短的时间内先拿出几个马陆葡萄的包装设计来,比如说5斤装的、10斤装的。重点要把这个马陆葡萄完美地呈现出来,要有品位。然后由我们工厂把样品打出来。这样,我也好有东西拿着,先去试试市场。"

王丽萍说道:"5斤、10斤都太多了。上海人都精明。以我的看法,3斤装可能更合适一些。"设计制作马陆葡萄包装盒的事就这样定了下来。

王一元立马给老谢打电话,详细询问了一些上海农民专业合作社的政策和试点情况。

老谢说道:"小王,怎么了?你也打起了这个专业合作社的主意?只是这些好像和你们工厂不搭界的啊?"

王一元就把刚才和胡雪交流的想法说给了老谢。老谢思考了很久,说道:"你们的这个想法很好,提法新颖,也很有创意,我看完全可以当作我们当前试点工作的一个子课题。"

王一元说道:"我倒是没有想那么多。我现在只不过是纯粹从市场营销的角度,冒出来一些想法而已。"

老谢说道:"我再考虑考虑。小王你争取这个星期把你的这些想法形成一个书面的东西。下周你到交大上课的时候,我过来,我们一起找找于老师。我们先碰碰头,讨论讨论。如果时机成熟,适当的时候,我们再在试点的联席工作会议上把你的这个观点和创意提出来。"

这时候，新的办公室也有了着落，谢老板在喜泰路的大办公室里划出一个角落，大概10个工位的地方，借给王一元他们使用。

第一天带着肖云华和王丽萍去考察新办公室的时候，从办公室窗户边往外看去，王一元不经意间看到了不远处的黄浦江。滔滔的江水正缓缓地向前流淌，一只满载砂石的运输船"突突突"的冒着滚滚浓烟，快速地顺流而去。他一下子就喜欢上了这个地方。

王丽萍原来住在莘庄，需要每天在莘庄、喜泰路的办公室以及工厂之间来回奔波，路上耗费时间不说，人也疲惫不堪。为彻底免除这种辛苦，她下了决心，又在房东处调换了一间宿舍，也住到了工厂。

自从王丽萍搬来工厂宿舍后，如果没有什么特殊情况，王一元、肖云华和王丽萍小夫妻一般都会在工厂的食堂共进晚餐。大家都忙碌了一天，这时候可以放松放松，甚至喝点小酒，顺便商量一天下来工厂的大小事务。肖云华开玩笑地称之为工厂的"圆桌聚餐会"。

这几天，谢雨琪他们银行要印刷的资料正大量进来，都要打样确认后才能生产。这可忙坏了王丽萍，既要分类登记，又要一个个地按样报价议价，再下单给工厂安排打样，打好样后还要再一个个地仔细核对，才能发给谢雨琪的银行确认，等待正式下单。

按照现在的业务发展态势，接下来工厂的业务恐怕还会大量增加，生产管理的任务也会相应增加。王一元说："我看这样，我们不如在工人里面选出两个主管出来，一个负责印刷，一个负责后道和打样。当然，因为工厂小，不可能全职做管理，我觉得做到半脱产还是可以的。肖云华，你可以去考虑考虑。"

肖云华点点头，表示认可。他夹了一大块梅干菜扣肉，说道："不用俩，先考虑一个人吧。我自己多做一些，不要紧的。"

左赶右赶，星期五上午，有关农产品品牌和市场营销的报告终于有了初步的眉目。王一元再三看过，觉得还算过得去，便赶紧打电话告知老谢，然后给他发邮件。

这篇文章的标题是"上海市农产品品牌建设实施方案"。核心思想是以这次农民专业合作社的建立和试点作为重要抓手，以上海特色农业资源、产业为依托，坚持"市场主导、企业主体、政府引导"的基本原则，以现有传统优势农产品品牌为基础，加快推进上海农产品品牌建设，着力培育一批竞争力强的农产品品牌，增强农产品的市场竞争力，从而达到推进农业区域化布局、标准化生产和产业化经营，促进上海农业加快转型升级,提升农产品品牌品质,实现价值链升级,增加有效供给,提高农产品供给体系的质量和效率,走出一条具有上海本地特色的品牌强农兴农之路。

老谢仔仔细细看过三遍,心里的第一个念头就是"敢想敢为,后生可畏"。通篇文章,思路别具一格,立意新颖,农产品品牌建设的提法焕然出新,论据充分,有理有据,条分缕析,既具有很强的现实和指导意义,又具有极大的可操作性。

地方特色的农产品如何才能真正站起来、走出去,这也是老谢一段时间以来都在思考和研究的课题。如何才能把握住机遇,实现农产品的上行销售?王一元的这篇文章从另一个特别的视角出发,带给了老谢莫大的惊喜。

通篇看罢,老谢击节叫好,在某些问题上甚至有了一种豁然开朗的感觉。他自己也觉得,品牌才是可以长期依靠的东西。品牌带来的是质量和诚信。只要有好的品牌,不管是通过什么渠道,都可以很好地实现销售转换。

老谢马上给王一元打电话,他惊喜地对王一元说道:"小王,你这篇文章,我看了好几遍。我认为很好,有非常好的参考价值和实用价值。这样,星期天,我们找几个专家,先小范围地讨论一下。今明两天,你过来我这里,我们先把把关。明天你交大的课程,我给你去请假。你看,怎样?"

王一元的这篇关于农产品品牌建设的文章经集体讨论后,在一些方面做了一些扩充和修改,之后被班主任于老师搬进了王一元正在学习的MBA研修班的课堂,作为学习材料,利用一整天的时间,让所有同学头脑风暴,最后的讨论结果作为对文章的完善补充。

王一元也得到了实质性的好处。首先,文章的主旨内容和主要精神最后竟然被写入市一级的相关文件,要求进入第一批农民专业合作社的试点工作范围,然后总结经验,在全市进行推广。另外,文章后来还在上海农业杂志和交大的学报上发表,王一元作为第一作者,老谢作为第二作者,引起了比较大的反响。

这十来天的时间,说短不短,说长不长。接二连三地发生了这么多事,王一元到现在都还有些恍惚。这十几天的紧张忙碌让他感慨良多。不过,他在这一系列的荣誉面前还是保持了他一贯的冷静。他还是不忘初衷,无论在各种大大小小的农业合作社相关会议上还是在田间地头,都没有忘记推销他们自己设计的各种款式的包装盒。

王一元不仅制做了一系列的精致样品,还做了展示架和海报,只要一有机会,总不忘亮相宣传。因为节令关系,南汇的水蜜桃、青浦的草莓今年肯定是没法做了,现在王一元他们把主要精力都放在马陆葡萄和崇明柑橘系列产品的推广上面。但让王一元他们沮丧的是,这两个系列的包装盒,说好的人很多,对这种包装和推广的方式也表示认同,但真正购买或者有意向购买产品的客户却不是很多。除了交大的农学院、上海农科院以及产地的村镇出于礼节零星地购买有一些,其他人几乎都是无动于衷。

王一元打电话找胡雪商量。按节气,葡萄早熟的品种6月初就开始采摘,中旬就可能大量上市。在这之前如果不能把葡萄系列的盒子推广出去,那么这一年的葡萄季就没有多大的希望了。但两人最后也没有商量出什么好的方案出来。

王一元一下子又想起来业务员朱峰,他家里就在马陆。于是,他决定把朱峰调过来,先去马陆葡萄的相关村镇蹲点,特别是和农民专业合作社多接触,摸一摸相关的情况再说。

3月底,浦东的新上海国际展览中心正在举行中国上海国际印刷包装纸业展览会,印刷新技术与供应链管理的分会场邀请王一元作了一场学术主题报告,题目是"新形势下的印刷供应链管理"。

这次的报告,王一元对原有的文章和PPT重新规划、调整,把"个性化一站式客户印刷管理解决方案"的提出背景、主要内容、在台沪公司的具体实践等方面的情况作了详细的汇报。当然,其中还巧妙地穿插了一些与海德堡印机相关的内容。

因为在国立袜业签约会上讲过,王一元驾轻就熟,讲起来有条不紊。最后,他讲得兴起,索性脱了讲稿,站起来,配合着新制作的PPT,一口气讲了近2个半小时。

王一元的MBA师兄,海德堡中国公司的市场总监宋为强,在会议后特意和王一元拥抱庆祝:"王一元,我叫你一声小师弟,你没意见吧?下次有活动,我们还是找你。我们公司有车马费和劳务费的,不会让你白干活。"

王一元说道:"你不知道我心里紧张,刚开始时手心都冒汗了,激光笔拿在手里,都生怕一不小心就会掉地上。而且,我外语不行,一下子看到这么多老外坐在台下,心里负担很重的。"

会议现场有同声传译,做翻译的姓康,叫康宁。这个上海女孩圆圆的脸蛋,身材高挑,戴着一副黑框眼镜,看上去白白净净、斯斯文文的。她的敬业、知性都给王一元留下了比较深刻的印象。

因为要对讲稿,王一元和康宁之前在QQ上有过多次交流。今天,不管是报告会开始前海德堡德国公司主管的接见,还是报告会后老外和王一元交换意见的场合,都是康宁陪同翻译。王一元心里过意不去,为表示感谢,就请康宁到展馆二楼的咖啡店喝咖啡。

交谈中,王一元才得知,康宁毕业于华东政法学院,现在是虹口区一所学校的在职英语教师，做翻译只是她的兼职。两人互相交换了电话号码等联系方式。因为都有当老师的经历，双方的这次谈话很投机，而且聊得越来越多。

康宁甚至笑话王一元："我一开始接到任务的时候，没有想到作报告的人竟然会如你这般年轻。关键是，听报告的人反应还是如此之好。"她又问道："刚才好像听他们的市场老总叫你师弟，你也是交大毕业的？"

王一元解释道："我没读过大学，只念了我们老家当地的三年制师专。学校名不见经传，讲出来都会让你笑话的。刚才宋总叫我师兄，只不过是因为我现在在交大的一个培训项目里在职学习罢了。"

"师专也算是大学吧。"康宁接着说道，"你身材不错，又比较高，配上这套西服、领带，也算是风度翩翩了。你这西服是有人给你精心准备的吧？"

这次报告会，王一元穿的还是肖晓晓送的那套西服。他没有其他较体面的服装，只好把这套一直压在箱底的西服再拿出来。这套西服因为疏于打理，都已经皱巴巴的，快不成型了。他只好连夜送去干洗店干洗熨烫。

康宁随意地翻开王一元西服的前襟，脱口而出道："Calvin Klein！摸摸这手感，肯定是正品，难怪这么有型。"

王一元是第一次听说这个品牌，看到康宁这么夸张的表情，也惊讶地问道："这衣服难道很贵？"

这回轮到康宁惊讶了："王经理，你不会不知道这个世界前几大的服装品牌吧？"她收回手，小心地抿了一小口咖啡，又说道："嗯，让我想想。你既然这么问，就说明这西服肯定不是你自己买的。当然，你肯定也不知道它的价值。对了，看来你的那位贤内助当得是真的交关好的。"

康宁这话突然就说到了王一元的痛处。他一下子觉得有些伤感，于是摸出手机，翻出肖晓晓的电话号码，写了一条短信："晓晓，谢谢你送我的西服。"然而却很久没有回音。

康宁知道，可能刚才说中了王一元的某一痛处。她轻声地说道："对不起，我不知道你的状况。"

肖晓晓当时正在开会。手机"滴"的一声响，打断了她的讲话。她习惯性地瞄了一眼屏幕，上面正好显示了王一元发来的全部内容。她一下子怔住了，对着手机呆呆地看了很久。她的助理小夏见状，赶紧结束了会议。

在办公室，肖晓晓盯着手机屏幕上的那两行字，不由得百感交集，心潮起伏。她心里想道，真是个王八蛋，这么久才想起我的好来。她转念一想，难道他今天又要出席什么重大活动？她赶忙上网搜索，可是网页上除了一些王一元公司的介绍或者是一些广告，却没有查到王一元有什么新消息。她怅然若失，伤感地想，这王八蛋也不知死哪里去了，大半年了，就发了这么条没头没脑的短信。唉，这个没良心的，本小姐一天到晚昏天黑地地工作，他倒好，一个电话也不给我打来。

一来二去，王一元和康宁的互动慢慢增多，两人QQ或者短信联系不知不觉就频繁起来。后来，王一元找机会和康宁讲了自己和肖晓晓的故事。康宁听完王一元和肖晓晓交往的经过，似乎颇有感慨。她说："感情这个东西，最美的不一定是最好的，但值得回忆的一定是美好的。王一元，你还年轻，以后还有机会的。"

随着互动增多，康宁好为人师的一面也逐渐显露。她开始在QQ上给王一元上英语课，先易后难，慢慢加码，发展到现在，甚至开始每天布置起作业来。康宁每天早上定点把若干单词、发音以及相关的词组和句型都发给王一元，规定晚上的时候王一元在电话里给她背诵，一一检查。王一元竟然也不觉得繁琐，每天乐此不疲。他一般在上下班的公交车上就能基本完成当天的学习。一段时间下来，王一元的英语发音和单词量竟然大有长进。

王一元现在面临的问题还是马陆葡萄系列的包装盒销售。业务员朱峰回马陆家乡将近一个礼拜，找了他能找到的各种关系，把几个主要的葡萄产区和专业的葡萄合作社都走了一遍，但反馈回来的结果很不尽如人意，连一个盒子都没有推销出去。

由于天气原因，今年马陆葡萄成熟上市的时间较往年稍有提前。加温型温室葡萄最早在6月初就会上市销售，普通保温型促成栽培葡萄7月初采摘，控产严格的中熟品种7月中旬就会大量成熟上市。届时，一年一度的上海马陆葡萄节也将举行。

现在已是4月中旬，若再想不出一个可行的办法，这个王一元他们寄予美好愿望的葡萄包装设计和营销推广的项目可能就失败了。

胡雪对这样的结果显然不能理解，当然也不能接受。她找王一元商量，说："事先预估这么好的项目，我们也花了这么大的精力，前前后后的投入加上人工等，也算是不少了，难道你就忍心让它这样黄了？"

其实，要说投入，如果这个项目最后真干不下来，王一元工厂的损失更大。当初，因为是对这个项目盲目自信，加上展出展览等推广确实也需要实品展样，同时还考虑到批量制作的成本较低，王一元一时头脑发热，这个系列的每个品种分别各做了2 000个成品。现在，近1万个包装盒基本都堆在工厂仓库里。

王一元说道"这样，下周我再带着朱峰和你们的那个业务员小马，我们三个再下去摸摸情况,看看到底问题出在哪里。不管怎样,就是死,我们也要死个明白。"

王一元包了一辆黑车,在朱峰家里接上他和小马两个人,然后直接去嘉定马陆黄洋村丁书记的家。这位丁书记和王一元在农业合作社的会议上有过几面之交,只是一直没有深入交谈,但王一元知道他这个村是马陆葡萄的主产区之一。

说到上海嘉定的马陆葡萄,至今已有近30年的发展历史。因为马陆镇的气候、土壤、日照、水分等条件特殊,这个地方生产出来的葡萄以其上乘的质量、浓郁的口味、丰富的营养深受广大市民的欢迎。现在,马陆葡萄在上海,乃至全国都有了较高的知名度。

有别于其他的葡萄,马陆葡萄以其"精打细算"和无公害而远近闻名。马陆葡萄与普通葡萄最大的差别就是无公害。在马路镇,有个不成文的规矩,1亩地只种36棵葡萄树,有一片叶子"专养"一粒果的说法。这种限根栽培法既有节水、节人力的效果,种植出来的葡萄果实的品质也更高。

丁老书记很客气,他给王一元一行人沏上了自己炒制的茉莉花茶。讲到现在葡萄的包装和市场销售,老书记说道:"小王,讲实话,首先我要说的是,你们的这个葡萄包装盒本身设计得还真是不错,特别是盒子上印有我们上海和马陆的大致地形图,还有马陆主产的几个葡萄品种,整体很接地气。我们这里的种植户也都没有不喜欢的,看过你们的实样后,反应还不错。"

王一元一边在小本上记着笔记一边听老丁往下说道:"但好归好,我觉得目前还是存在诸多的问题。"老书记顿了顿,喝了一口浓茶,说道:"一个主要的问题是,我们这些种植户,平时采摘葡萄用塑料筐、竹筐、藤制的筐习惯了,很难一下子转过来用你们这种纸质的包装。还有,葡萄上市的时间基本都差不多在一个时候,量很大,采摘的时间很紧凑。但是,你们的这种包装,一次只能装那么1斤、3斤,至多5斤。光是装这个袋子,时间长且不说,这哪里是我们这种干惯了粗活的农民弄得下来的?"

王一元说道:"小姑娘手巧一些,装起来应该还是蛮快的。"

丁书记呵呵笑道:"现在的农村,特别是干这种又粗又累的力气活,哪里还见得着小姑娘?那些小囡囡都往城里赚轻松钞票去了。"

丁书记又道:"当然,还有一个重要的问题。以前用塑料箱花钱很少,可以重复使用,基本不存在成本。现在,你们一个包装盒就要好几块,农民哪里会舍得花这个钱?你要知道,葡萄的价格现在好几年都没涨过了,每年都差不多的。"

王一元听老丁书记这么一说,心里不由得突然有些紧张。他虽然以前也听过朱峰的反馈,但现在面对面的聊天给了他更直观的印象和更深入的了解。他一下子多了许多对这个项目前景的分析和判断。现在,他自己也开始隐隐不安起来。但他不死心,下午又接连走了好几家。结果,情况都差不多。

晚上,朱峰家人盛情挽留,王一元几个人就住在了朱峰家里。躺在二楼的木板床上,王一元却一直也没有睡意。旁边的小马可能因为这几天的劳累,不一会儿就想响起了均匀的呼噜声。这一下,王一元更睡不着了。他索性搬了个板凳,悄悄地打开连着阳台的门,出去坐在了二楼的阳台上。

深夜的农村还有些寒意,但是格外安静,只有不多的几处亮着灯光的窗户,还有远处零星的几声若有若无的狗吠声,一切仿若天籁,寂寥且空阔。

以马陆盛产葡萄这么好的前提条件,我们做的这个包装设计为什么会如此难推广?在黑暗中,一个人静静地想了很久,王一元还是不甘心就此失败。他觉得,当初的判断,大方向上应该没有错。一定要再坚持,哪怕是再挣扎一下,他给自己鼓劲。

第二天上午,在朱家村的葡萄合作社,负责人朱援朝讲到了一个新情况。现在,村里的葡萄地都承包给了个人,很多村民因为吃不了苦头或者是有更赚钱的门路,他们就把地转包出去,当起了甩手掌柜。到现在,这些葡萄地基本都落在了外地人的手里。

"问题就在这里。"朱经理分析道,"你想啊,一般土地承包只签一年的合同。这些外地人本来就是小打小闹,只不过是想要借助'马陆'这个有名的大牌子来赚钱而已。再加上土地资源的不确定性,他们是不会长期投入的,自然就更不会买你们的包装盒子去搞什么品牌营销了。"

调研至此,这次的马陆之行基本结束了,但王一元再三考虑后还是准备再在马陆镇待一天。他准备把葡萄盒的样品和工厂的简介、联系方式发到每一个还没有去到的种植户手上。他虽然也知道,事已至此,效果如何不能保证,但努力还是要努力的,也算是了却自己最后的一点点心愿。

第二天到底也没有走访完所有的种植户。王一元留下朱峰继续,和小马坐车回上海。王一元和朱峰交代:"小朱,这次主要是我判断有误,你们没有任何责任,你心里也不要有什么思想负担。"

小马在旁边说道:"王经理,现在情况都已经这样了,这些无用功也就没必要再去做了吧,这样很费时间的。"

王一元却不置可否,反而对朱峰反复叮嘱:"工厂的资料,你一定要继续往下送,直至最后一家。我不要求最后有多少订单回来,但至少你要把全马陆所有种植葡萄的大户名单弄出来,尽量不要遗漏一家。这个,你应该能做到的。"

在回去的车上,王一元打电话给胡雪讲了自己这几天在马陆的所见所闻。胡雪在电话里沉默了半晌,才说道:"没事。都已经这样了,那我们也只好认了。你回来再说吧。"

把小马送到家,到达吴泾的时候已是深夜。王一元让司机把车停在海通路,提前下了车。他突然想沿着海通路自己走回工厂。刚下车,一阵凉风扑面而来,他不由得紧了紧身上单薄的衣裳,往手掌上连连哈了几口气,在自己脸上使劲摩挲了好几下。这一次马陆葡萄包装盒项目的失败,是他在上海做业务以来遭遇的最大"滑铁卢"。他走在寂静而暗香浮动的春夜里,只听见自己沙沙的脚步声。现在,他只想让自己一个人好好地静一静。

在工厂的联席碰头会上,当着肖云华、王丽萍以及职工代表等十来个员工的面,王一元就这次马陆葡萄包装盒项目的失败做了诚恳而深刻的自我检讨和批评。他宣布,这次工厂葡萄盒子的相关损失由他自己一力负担,全部折算为成本价,从这个月开始,在他的工资里逐月扣除。

员工们一时间都很震惊。肖云华的嘴唇嗫嚅了几下,但一看王一元严肃认真的脸色,到最后也没有说什么。

王丽萍不同,她站起来大声表示反对。她说道:"这个项目,当初我们几个人都是点过头的。现在出现状况了,自然也不能算在王一元一个人的头上。我们都是见证人,要同进退。所以,这次的失败,我们大家应该也有责任。"

王一元朝她伸出手,做了个往下压的动作,说道:"谢谢你们的一片好意。为人处世要坦荡一些,错了就是错了,如果还去狡辩,不是错上加错吗?"

众人沉默。这次马陆葡萄项目折戟沉沙,仓库里1万个盒子买来的血淋淋教训给了王一元相当沉重的打击。他很自责,说道:"通过这件事,我思考了很多事情。如果在这个项目的前期,调查研究和可行性分析等准备工作做得更充分一些、更深入一些,这次的损失是不是可以完全避免?依我看,至少在一定程度上是可以的。"他继续说道:"有几句话,我昨天翻来覆去想了一个晚上,现在也想送给大家:'慎独、慎微、慎初、慎交,保持每日惕惕。''慎独'就是独处时要谨慎。'慎微'就是小节处要谨慎。'慎初'就是事情开头时要谨慎。'每日惕惕'就是每天都要警醒自己保持谨慎小心。"

会开完,肖云华和王丽萍留了下来。肖云华对王一元说道:"老王,其实你大可不必这样。本来这件事就够难受的了,这不是给自己找苦头吗?你钱多?你要记住,我们永远是一个集体,不能只是光你一个人担责任。"

王一元说道:"正因为是一个集体,才要赏罚分明,这样才有公信力。虽然我这次在金钱上是吃了大亏,但工人的责任心建立起来了,比这些金钱的损失重要多了。从工厂发展的长远考虑，我觉得还是值得的。"

王丽萍说道："老王说得对。只是好几万元钱，对你也不是小数目。要不，想办法变通一下？"

"变通？怎么变通？"王一元严肃地说道："好了，我知道你们都是为我好。可是，我刚才已经说得明明白白了，从长远来看，我这也是为了工厂好，为了大家好。我只是希望你们每个人都能认真汲取教训，那么我个人的所谓损失就值得了。"

上午，王一元还要往沪太路靠近中环的一家建材市场送DM海报。等送货的事情办完，他一下子想起听康宁说过她就住在这附近。于是，他发短信给康宁，约她一起吃中饭，可许久也不见有回音。

王一元正在等康宁回复，手机响了，一看是老乡李平福的号码。他按下接听键，用老家话说道："老乡，好久不见了。你怎么想起打我电话？我们聚聚吧！"

李平福问："你在哪里？我刚好有事要找你。"

王一元问清楚了李平福的地址，说道："还是我过来吧，我现在离你那里不远。"于是，他让送货的司机先走了，自己打车去附近的甘泉小区。

李平福的设计公司在这个小区的居民楼里，租用一间三室两厅的民房，一个房间用作卧室，一个房间当做会议室兼接待室，一个房间是他自己的独立办公室，客厅是大办公室，办公用品放得满满当当的。员工倒是不多，就五六个人，都是他老家的亲戚。

见了面，李平福先介绍他那儿的几个老乡。他没有怎么客套，直接说道："今年的6月，上海将会举办英国文化周。现在，英国方面把他们的所有海报、包袋以及资料都已经设计出来了，委托我们印刷。"

王一元呵呵笑道："那你现在是不是遇到困难了？"

"没有困难就不能找你？"李平福笑道，"这次的英国单子还真有两个问题。一是品种多，而且繁琐，关键是分门别类地包装好后还要送到全市指定的大概20多家联华超市。二是要垫资，工作全部完成后两个月才能结款，并且没有一分钱的预付。"

王一元看着李平福，没有作声。

李平福说道："兄弟，你也看到了，我们这种小打小闹的公司，人就这么几个，还都是做设计的，送货这种事哪里还有人手？另外，我也和你讲实话，我们现在流动资金也有些紧张。我想，这些东西就安排给你们工厂印刷，看看你这边能不能帮我一下，在资金上面分担一些？"

王一元想了想，说道："你先给我看看清单，具体我先计算一下再说。"

李平福说道："行，我把相关的文件和具体要求发到你邮箱，你晚上回去仔细报价。今天中午，我还约了一个老乡。等会儿，我们一起去湘菜馆吃饭，你们见个面。"

李平福介绍给王一元认识的是一个在证券公司工作的老乡，叫胡双海。王一元他们走进饭店包厢，见胡双海已等候在里面了。胡双海见到李福平，赶紧站起来握手。

王一元对股票和基金等从来没有接触过，也没有多大兴趣。当然，主要是因为没钱。还可能是自己做惯了实业，对这种虚拟的经济或者说是这种体现在不断变化的数字上的富贵荣华，不是很感兴趣。

因为大家都是双峰老乡，讲话就比较随意。但凡这种讲讲家乡土话、摆摆龙门阵、放屁倒灶的场合，王一元都是乐意参与其中的，这也算是一种寄托乡愁的方式。

胡双海说道："你们各位有钱人都捧个钱场，既帮助小弟完成公司开户火热交易的任务指标，你们也能赚大钱。两全其美的好事，拜托各位老乡大哥了。"

"那你今天是找对人了。"李平福指着王一元说道："这位小弟，是我们双峰人里的新贵，你敬他一杯酒，找他没错的。"

王一元笑道："小胡，你去看看我的名片。你是业务经理，我也是业务经理，哪里又有钱喽？都一样。说难听点，只不过是在上海打工，'讨米'而已。"

其实，王一元刚才听胡双海说了股市这么多的内幕和故事，也对股票市场有了些许兴趣，觉得不妨小投入地试一试，反正就几万块钱，应该损失不会很大。

王一元最终答应了胡双海，但还是谨慎地说道："我钱不多，也不怎么了解股票市场。这样，我相信你是老乡，也是证券公司的专业人士，应该不会对我们不利的。我自己就不直接参与了，也没有太多的空余时间。我把钱打给你，全权委托给你老兄来操作。"

有三件事值得回过头来说一下。其中两件是好事。

第一件好事和工厂有关。新进的业务经理周婉秋没有食言，兑现了她的承诺。过完"五一"没多久，她就放进来一个大单——上海一家中外合资汽车公司的售后服务信封，每个月制作15万枚。据周婉秋说，接下来量还会增加，并且还有其他的印刷品，诸如说明书和联单等，都会慢慢地大批量地进来。

这令王一元、王丽萍对周婉秋刮目相看。王丽萍对周婉秋竖起大拇指，说道："周姐，你行的！说到做到，是条汉子！"

周婉秋笑道："我一般，还是老王行。老娘我现在都感觉稍微有那么一丁点愿意去服侍他了，谁叫他那么狠，连自己人都下狠手。"

王丽萍笑道：“周姐，老王真朝你下过手？他现在可能也要名花有主了，你们千万别干出什么要不得的事情来。”

周婉秋飞起一脚，踢在了王丽萍的屁股上，笑骂道：“就你这张嘴，白长了你这么一副好皮囊。下次喝酒，老娘我要找你场子的。”

第二件事是王一元个人感情上的私事。王一元和康宁的关系似乎进入了一个新的阶段。不仅仅是在手机上短信、QQ互动密集，见面的机会也多了起来。当然了，康宁对王一元在英语方面的教育也开始加码，这倒使王一元哭笑不得。他经常感叹：“这样下去，谈一次恋爱，我容易吗？”

5月18日是国际博物馆日。这天下午。康宁打电话给王一元，两人相约在上海博物馆见面。等王一元到了的时候，只见康宁旁边还有一个帅气的小伙子。康宁介绍道：“这是我舅舅家的表弟，小陈。他也要跟着来看看，就让他来了。”

王一元赶紧和小陈打招呼，做了自我介绍。这天博物馆免费，三人在里面参观了半天，出来已是天黑。王一元问小陈晚上想吃什么。小陈倒是随意，说道：“那就吃麻辣烫好了。”

三人一起去黄河路美食街。一吃完，小陈就简单利索地走了。康宁解释道：“我这个表弟正在上海大学读书，今天是逃课来找我有事情的，顺便就把他带过来了，你没意见吧？”

王一元呵呵笑道：“这小子蛮好的，我看他还是挺懂事理的。”

康宁正夹着粉条要往嘴里送，也笑道：“我看你也是挺懂事理的，第一次见面，你就让他吃这个便宜的麻辣烫。”

“呵呵，这是他自找的。搞得像地下工作者一样，还想着预先来一个前线火力侦察，你说是不是？”王一元还在笑，眼睛却看着康宁说道，“也不知道他回去会不会乱说话？”

康宁低下头，没有再说话，只吃着碗里的小青菜，但是，她的脸庞却是明显比刚才红了许多。她在桌子底下朝王一元狠狠地踢了两三下。

第三件事是关于业务员朱峰的，王一元认为比较遗憾。

王一元和小马从马陆回上海后，朱峰又停留了差不多一个礼拜，直到把所有的葡萄种植大户一家一家全部跑完才回来。

5月2日下午，王一元刚下课，孙玉泉经理打来电话，最后说到了这个朱峰。他说道：“可能业务上一直开展得不太顺当，这个朱峰还是想做回他的车间工作。”孙经理问王一元有什么想法。

王一元在电话里向孙经理简单地介绍了这次马陆葡萄包装盒失败的经过。他说:"既然小朱有这个想法,刚好现在工厂也缺人手,那就还是让他去做印刷也是可以的。"王一元还向孙经理表达了自己的歉意,说道:"孙经理,这次小朱这个人,我没有带好他,是我的责任。"

孙经理说道:"这事不能怪到你头上。这个小伙子可能还是适合做工厂,做业务是勉为其难了。这样,你也不要有其他想法。小伙子的工作调整,我和他爸爸去说。"

这天早上,王一元在纸箱厂食堂吃过早点,刚在工厂办公室坐定,肖云华和王丽萍进来了。

肖云华说的是要增加工人的事情。按照现在的业务量以及接下来对工厂发展的评估,还有周婉秋的单子也迟早会进来,现在工厂的人手已经明显紧张。像这次"五一"节,好不容易才挤出一天的时间来放假。本来按肖云华的意思,是不放假或者最多只放半天假的。

肖云华说道:"依我看,照现在这样发展下去,工厂的机器迟早也得添。"

其实,工厂增加人手和添置机器,王一元早就有打算。他说道:"要添置机器,这些钱花起来都是大数目,我们这账面上的钱搞不好都还不够。还有,再有两个月就要支付肖总这'台巴子'第一期的设备款项。所以,购买机器,我看还是要再仔细考虑考虑的。"

肖云华说:"只是,这个机器迟早要添的,我们要早做预算。"

王一元说道:"那是自然。你老肖要把工作做在前面,到时候我们都听你的。我还有一个想法,就是像原来的台沪公司一样,采取二班倒或者三班倒,尽量做到工人休息而机器不停,提高一下机器的使用率。再说,晚上用的是谷电,工厂电费上还能节省一些。老肖,你看看这个想法可不可行?"

肖云华眼前一亮,说道:"老王,这是个好主意,我怎么就没想到呢?"

王一元又叮嘱道:"只是这样一来,机器的保养和维护方面要更加细心和用心一些,打好提前量。该保养的时候一定要停机保养,既要保证生产效率,也要保证生产质量不出任何差错。"

"还有一件事,"王一元说道,"就是这个运输。现在,我们工厂每天都需要运输,积累下来的费用也不是小数目。我的想法,是不是相对固定一两个车辆,在价格上再和那些司机谈谈?你们想啊,我们这么大的量,享受一下使用的优先权和运价折扣上的优惠,我觉得也是应该的。"

三人最后商定,决定工厂再增加10个员工,立马就开始招聘,同时在工厂内部选拔出两个不脱产的员工担任主管职务,协助肖云华的工作。至于运价和车辆,交给王丽萍处理。

谢老板特意把王一元找去他的办公室,烧开水,摆上茶具。喝过几口龙井茶,谢老板开始进入正题,原来是他最近在无锡有个项目在投标。

据谢老板介绍,这个项目是他一个江西老表介绍的大项目。项目甲方是一家中美合资的汽车配件企业,所有产品与通用汽车配套,在无锡完成生产后再运回美国。这中间就需要用瓦楞纸包装,量很大,据说能达到接近谢老板现有公司业务总量三分之二的级别。

老谢说道:"这家公司唱标前有一个商务大会,要求每一个投标企业在业务作业程序和技术保障等方面在大会上做详细说明。小王,你参加过好几回大型讲演,有经验。关键是,你能喝酒,晚上的宴会肯定能帮上大忙。所以,我们这次想邀请你一起去一趟无锡。"

这样的活动,王一元从内心来说是很不愿意去参加的。跟第一次在国立袜业的讲座,以及年初在印刷展会的主题演讲不同,他对纸箱这个行业不是很熟悉,容易说错话,甚至还会说行外话,这样搞不好就会让人家笑话。但是,他又觉得拒绝谢老板也不太合适。这个谢老板从工厂选址到实际开工,特别是食堂和住宿等方面都给了他很多的帮助。于情于理,他都不好开口拒绝。

谢老板看出王一元的迟疑,笑道:"小王,你也不要有负担。相关的一些主要内容和条款,我们都会给你文字资料的,你只要用心熟悉熟悉就行了。再说了,我们也一直都在现场的,应该是出不了什么问题的。"

王一元见谢老板这么一说,就点头答应了。他说道:"老表大哥,只不过我有言在先,我只是作为你们的工具,对于结果如何,我可是万万不敢担有任何责任的。"

谢老板哈哈大笑,说道:"人还没去,责任倒是先卸得干干净净,搞得和上海男人一样一样的了。"

王一元端起茶杯,笑道:"有些人的茶不是那么好喝的啊。你还别说,这茶汤色稍有发黄,还真是有股子苦味的。"

谢老板笑着说道:"这你就不懂了,这是明前茶。清淡中有些苦味在里面,才是正宗的西湖明前龙井。"

化妆品盒子的业务拓展也有了些许眉目。现在,基本上兴中公司的化妆品盒子,王一元每次都是自己给送去金山的灌装厂。这样一来二去的,和灌装厂物料部经理朱宇宏逐渐熟络起来了。

这天,王一元特意带上王丽萍,送完货便约朱宇宏在外面吃饭。到底还是美女好使。他之前好几次约朱宇宏都没有答应,这次只是稍微犹豫了一下就应承了下来。

吃饭在金山城区的一家酒店。王丽萍发挥了美女的优势,向朱经理频频劝酒。不觉间,朱经理的话开始多了起来。他说道:"可能是受计划经济时期的影响,北方一般都对来自上海的品牌或者上海生产的产品,当然不仅仅是化妆品,有好感,比较容易接受和认可。这也就给了北方当地的许多化妆品销售公司机会。他们先是在上海注册一家公司,打上上海的品牌,再堂而皇之地销往他们熟悉的北方那一带,一般小日子都会过得非常不错。现在,我们公司在行业圈里已经初具名气。毫不夸张地说,公司已经成为想拥有化妆品品牌的那些所谓的日化新贵们的摇篮。"

王丽萍站起身,端起酒杯,和朱经理客气道:"朱大哥,这一杯,我干了,您随意!"

朱经理连忙站起来,说道:"丽萍小姐,我知道你是东北人,能喝。但是,你别看我只是个粗人,其实我还是蛮怜香惜玉的。这样,我喝了,你随意。"说罢,把一杯酒分两次全部喝了下去。

王丽萍也全喝光了,只是速度可能快了一些,最后竟然呛出声来,忍不住咳嗽了几下。朱经理见状,马上靠近王丽萍,伸手在她背上轻轻地拍了几下。他说道:"丽萍小姐,你还是要少喝一点,不着急的。你看你,眼泪都要掉出来了。"他顺手拿过餐巾纸,就要去擦王丽萍的眼睛。

王丽萍连忙接过纸巾,却是顺势坐了下来,摆脱了朱经理依然搂在她背上的大手,但她还是微笑着说道:"谢谢朱大哥了。"

王一元在桌子对面看了一眼王丽萍,又瞧了瞧朱宇宏的一举一动,朝朱经理笑道:"老朱,既然你们公司有这么多的代工的客户,化妆盒子等印刷方面的业务,你要多帮帮我们的。"

"呵呵,就知道你们还是这个套路。"朱经理笑道,"我们的这些代加工客户,其中有一部分是自己提供包装,但大部分都是随产品,全部委托给我们生产的。印刷工厂我接触得太多了,下回再说。有机会,我一定会帮着推荐你们公司的产品的。"

王一元还想说话,朱经理却已站了起来,说道:"下午我还要上班的,要不,这次喝酒就先到这里吧。"

三人出了酒店,朱经理谢绝了王一元帮忙叫车的好意,一一握手告别。他和王一元只是轻轻地握了一下,但是和王丽萍握手的时间就久了很多。他还摇晃着王丽萍的胳膊,说是下次再来送货的时候,一定要送几盒高档的化妆品给王丽萍。

回去的路上,王丽萍说道:"这个姓朱的经理,别看他戴着一副眼镜,其实是猪鼻子插葱,装的!就他那磕碜的样儿,还直往我身上瞄来瞄去。贼眉鼠眼的,嘚瑟!"

"以前没看出来,这个姓朱的还真是挺色的。"王一元也骂道。

这次的业务部聚餐就说到了化妆品合资的事情。王一元放低了声音说道:"记得师傅曾教过我一句话:'不怕鱼儿不上钩,就怕鱼儿没毛病。'朱经理只要有这一方面的爱好,我们就要想办法从了他。"

"一个好色,一个好钱,一个兼而有之。"周婉秋说道,"对付客户,有这'三板斧'开道,一般就都会有结果。这是我的经验。"

王一元自嘲道:"这次可能要轮到我去送了。"

"你送可以,但你不能自己先用哦。"周婉秋突然用一副娇羞的表情,软软地对王一元说道。

"不用白不用。老王,你别听小周的。"谢雨琪笑话道。

几个人都哈哈大笑。王一元稍显尴尬,指着周婉秋说道:"要不,这次送,你跟我去?不过,我的想法,钱可以再赚,但良心要有的。"

"说得好!这话说得非常在理,不愧是我带出来的徒弟。"杜于乐抢先发言,"金钱是个好东西,但比起我们做人的底线来,又能算是个什么东西?"

杜于乐还提到了她们正在做的银行的单子。她对王一元说道:"现在,这个单子往外地,比如北京、广州发货比较多,工厂成本肯定上升,是不是在单价上工厂再考虑调整一下?"

王一元说道:"师傅,还有谢雨琪,我知道你们是一片好心。但我的想法,只要你们从银行拿过来的单价没变,那我们工厂的价格也不变,不管是往全国哪里送。要是哪天你们拿过来的价格有上浮,到时我们再说这事。"

"小王还是实在的,没有那么多的花花肠子。讲真话,我们是很乐意和你这样简单、直接的人在一起做些事情的。"杜于乐和谢雨琪端起杯子和王一元碰了一大杯。

可能是有感而发,也可能是触景生情,王一元接着说道:"讲实话,跟你们几个女人说话可能是随便了一些,可能是大家长久做业务的关系。讲起来,大家一路走来,都不容易。所以,我觉得和你们在一起有一种兄弟姐妹般的感觉。真的,这是我的实话。"

周婉秋先站起来,大声说道:"老王,你这是人话。老娘就是冲你这一点,敬你是条汉子!来,干一杯大的!"

王丽萍也站起来笑道:"讲实话,这个老王,从他前年4月到现在,我认识他也有2年多了,但他给我的感觉是一直都没变。人敞亮、仗义,要是在咱们东北,就是一个绝对的好哥们!"

杜于乐也站起来,笑道:"以后大家多照应一些。为我们的兄弟姐妹的情谊干一杯!"

一番精心准备后,王一元和王丽萍特意选了一个星期六的下午,在奉贤一家四星级酒店招待朱宇宏。因为天气开始炎热,到酒店后,大家便一起先去酒店的室内泳池游泳。此时刚过午间,很多人都还在休息,偌大的泳池内人不是很多,池水碧蓝清澈。

没想到的是,王丽萍这个来自北方的女子却是有着相当好的游泳技术。"扑通"一声,她从池边上一下子跳入泳池,整个人都钻入水中,一会儿就在不远处露出一个水淋淋的小脑袋来。王一元基本上只会狗刨式,但他也不禁乐在其中,笨拙地在水中来来回回游了好几趟。只是朱大经理看来是不太会游泳,大部分时间都是靠在水池边上闭目养神,不时地瞄一下水中的王丽萍,不禁有些蠢蠢欲动。

"游泳的感觉真好。"上岸后,王丽萍披上浴巾,朝王一元他们说道。朱宇宏则目不转睛地看着王丽萍凹凸有致的美好身材。

换好衣服,下楼吃晚饭。朱经理进包厢的时候没见着王一元,心里一喜,就紧靠着王丽萍坐下来,问道:"丽萍,老王哪儿去了?"

王丽萍一听到朱经理的这个称呼,一下子就是一身的鸡皮疙瘩,但她还是尽力克制住了,客气地说道:"老王刚有事出去打电话,可能等一会儿就来。我这就去找他。"

朱经理却伸手搭在了王丽萍的肩膀上,轻声说道:"别啊,丽萍小姐。老王不在,刚好我们说会儿知心话。"

王丽萍正想着该怎么办的时候,王一元拿着电话推门进来,朱经理不得不收回他的手,狐疑地看了王一元好几眼,心里恨恨地想道,这该死的小王,早不来晚不来,真他妈不是时候。

吃饭时,几杯高度白酒落肚,大家又谈起了化妆品,朱经理豪气上来,又开始吹牛皮。

王丽萍看了看王一元,王一元的眼睛不为人知地朝她眨了几眨。王丽萍会意,说是去趟洗手间,就走了出去。

趁王丽萍上洗手间的时间,王一元端起酒杯,对朱经理说:"老兄,帮帮忙,给你的客户推广一下我们的产品啊。"

朱宇宏夹了一筷子黄鱼肉片,拿起酒杯和王一元碰了一下,然后抿了一小口,却没有说话。

王一元在桌上把消费卡推给朱经理,说道:"今晚太晚了,喝了酒不太安全,你就不要再回金山了,就住在这里。四星级酒店的全套服务,你懂的。"朱经理看着王一元,还是没有说话。

王一元靠近朱宇宏,对着他耳朵悄声说道:"货款到账,现金5%。"

朱宇宏呵呵笑了,他说道:"你我兄弟,还讲究这些干什么?来,一起干了!"说罢,带头把酒杯里的大半杯白酒一饮而尽。

王丽萍回来,看到王一元和朱经理一团和气的样子,就都明白了,但她还是假装问道:"什么喜事?两位这么高兴。"

王一元赶忙给三个人的酒杯里都倒满酒。朱经理端起酒杯,站起来说道:"小王,还有丽萍小姐,我今晚还有事。这样,我们一起干了这杯,就算先结束。"喝完后,他扒拉着桌上的消费卡,施施然地走出去了。

王一元和王丽萍相视一笑。关上门,王丽萍说道:"真是便宜这个老东西了,糟尽力了的货色。"

又是一个星期天。昨天,王一元连喝了两场酒,中午业务部聚餐,晚上又和七浦路兴达鞋业市场的老胡以及几个鞋盒的客户喝酒到很晚,所以他这天早上起来得就比平常迟一些,快接近中午了。

王一元走进工厂车间,一部分工人还在加班,朱峰也在印刷机前上上下下忙碌。他便没有进去,只是在玻璃窗外看着朱峰工作。

肖云华正在晒版间修理晒版机里的卤素灯泡,看到王一元进来,打了声招呼,说道:"老王,刚好,你把那个试电笔给我递一下。这个灯泡用久了,老化严重,紫外光不够用,换一个新的。"

王一元一边向肖云华递东西一边仔细询问了朱峰在车间的工作状况。肖云华对朱峰的表现还算满意,说了他不少的优点。

王一元叮嘱道:"这个小伙子,老孙给我们有过交代的,你平常多盯着点儿,尽量对他照顾一些。"

肖云华说道:"这个小伙子,我看只能做印刷工作。其实,他刚进我们工厂,在车间实习的时候,我就看出来了。当初做业务怕是为难他了,他也是勉力为之。"

王一元和肖云华开玩笑:"业务部现在好了,又是清一色的娘子军。天天和那帮极富个性的娘们在一起,真是太伤脑筋。我看,还是要增加一两个男业务员进去。"

出了工厂大门,王一元正碰着去吃午饭的谢老板,于是两个人便一起去纸箱厂的餐厅吃饭。

谢老板最后终于成功地将无锡的纸箱项目承接下来,从今年的 11 月开始供货。投标期间,王一元充当了一回演讲工具,幸不辱使命,在整个过程中没有出现明显的差错,甚至还收获了那次所有投标供应商中最多的掌声。谢老板为表示感谢,给了王一元一个大大的红包。王一元再三推辞不掉,最后只好收下了。

这个项目中标后,因体量太大,所以谢老板开始做调整,准备把其他的小单慢慢停下来,只专心致志地做这一个单子。王一元对此表示担忧,说:"谢老板,我不知道该不该说。虽然说这个无锡的汽车出口配件厂有规模,市场前景看起来很好,但我总觉得,你这样把鸡蛋全都放在一个篮子里,风险还是比较大的。"

谢老板解释,也不全指望无锡这一家的,还有两三个出口的单子也会保留。这些单子做了好多年,感情也在那里,不会轻易放弃的。只是那些又麻烦又没多少利润的单子,这次就趁机全部放弃。"你不知道,小王,我现在年纪大了,不像你们年轻人,干劲明显赶不上心劲了的。"谢老板咳嗽了好几下,直到喝下去一大口温热的蛋花汤,才缓缓说道。

王一元见谢老板说得这么坚决,心想毕竟这是人家厂的事情,自己一个外人,多说无益。于是,他也不再说什么了。

吃过中饭,王一元接到康宁打来的电话,两人相约下午 5 点在中山公园见面。上海已经开始进入黄梅天气,空气闷热而潮湿,惹人烦躁,甚至有让人窒息的错觉。

出发时,吴泾还是艳阳高挂,可刚出 3 号线中山公园站,突然就大雨滂沱起来,让刚走出车站的王一元措手不及,一会儿就淋湿了半边身子。他退回车站内,望向天空,天上却还挂着明晃晃的大太阳呢。

从中山公园的后门出去,正对面就是华东政法大学的大门。康宁挽着王一元的胳膊,两人朝学校走去。一进大门就是一条长长的林荫大道,路两边都是高大的法国梧桐树。再往里走,只见校园内都是中西合璧的老建筑,有种古色古香的味道,又散发着浓郁的书香气息。

"我们先去吃饭,吃好我再带你参观。我早就想念我们二食堂的美食了。"康宁有些着急地说道,"现在正是饭点,去得晚了,那些好吃的菜就没有了。"

康宁点了很多的菜,有酱鸭饭、铁板饭、铁板牛腩、鸡排和牛柳,还有两份蔬菜,喜滋滋地吃了起来。吃到最后,她揉着撑得圆滚滚的肚子,心满意足地说道:"还是原来的味道,真的是又便宜又好吃。"

王一元笑话康宁:"瞧你这样,就好像饿死鬼投胎似的。平时见你都是知书达理,一副温文尔雅的知识分子模样,我今天算是看到你完全不同的另一面了。"

"看就看吧,我让你看个够。这里是我的母校,我还有什么必要装给你看?今天我带你进来,就是让你来重新认识我的。"康宁笑道。

在餐厅坐着休息了一会儿,康宁从包里拿出笔和记事贴,在纸上写了一句话,撕下来递给王一元,然后就默不作声地盯着王一元看。

王一元接过来一看,只见上面写着一行娟秀的英文"To be my BF, he must be brave"。大部分单词他都认识,只是这个"BF"是什么意思,他想了好久都猜不出来,只得向康宁请教。

康宁知道王一元的英文水平不高,但没想到会低到这种程度。她瞪了王一元好一会儿,见王一元还是一副摸不着头脑的模样,这才知道他是真的不会。她不由得脸上一阵尴尬,稍微挪动了一下位置,轻声嘲笑道:"大叔,你真是我爷叔,我算是服了你了!也不知道你当初是怎么考上的大学,英语竟然这么烂!"

王一元还想说话,康宁站了起来,端起饭盆,朝王一元说道:"不想和你说这个英语了,心塞塞的。大叔走吧,我们先把盆子送过去,我再领着你去校园里遛一圈。"

看过教室、图书馆、韬奋楼、小书店,康宁说道:"刚才我也是吃得有点多,感觉现在还有些撑。要不,我们去田径场走走?"

田径场在苏州河的另一边。过了苏州河上的华政桥,左拐就是体育场。王一元和康宁在田径场的跑道上开始慢跑。

康宁说道:"只可惜,我在这里读了四年的大学,后来去上外读了三年的研究生,在一个女人最美丽、最无忧无虑的时候,却至今还没有谈过一场正儿八经的恋爱。"

康宁讲起了她在政法大学求学时的一些故事,还有上大学时仅有的几回似是而非的恋爱经历。她说道:"读书的时候,我说当时对谈恋爱没有一点感觉,你肯定也是不相信。现在回想起来,机会好像也还是有那么几次的。只是那时候,一方面是我高考发挥得不太好才选择这里,所以学习上花的精力就比别人多很多;另一方面,我们英语专业还要学习很多别的东西,特别是国际法方面有很多内容的,学业非常重的。研究生毕业后,我还要考同传的资格证书。所以,仅有的几次朦朦胧胧的机会,也错过了。"

康宁又惆怅地说道:"我当时就发誓,等哪一天有了男朋友,我一定要带他到这里来,就在这宽阔的田径场,开始我的恋情。"

刚好这时,天空中"轰"的一声炸雷,一道闪电倏忽间照亮了整个体育场,突然下起了大雨。王一元急忙拉了康宁的手,跑向田径场不远处的一棵大树下躲雨。

康宁明显有些伤感,轻轻地说道:"就是某些人,英语水平实在是差,连'BF'是什么意思都不知道。"

王一元从裤兜里找出康宁在食堂里写的那张记事贴。康宁惊讶地问道:"这张纸,你还留着?"

"这是你给我的第一件手写的东西,我觉得有纪念意义,就小心地收起来了。"王一元有些不太自在地回答道。

康宁一把将纸条拿回去,又从包里掏出圆珠笔来,就伏在王一元挺直的胸膛上,又加上了几个字,然后递给王一元,以命令的口气说道:"大叔,你把这一小段英文好好读一遍我听。"

王一元接过纸片,老实地轻声往下读:"To be my BF, he must be brave, me too. BF = boyfriend。"他狐疑地顿了一顿:"boyfriend? 男朋友?"又抬头看着康宁,嗫嚅地说道:"你是说——"

"Yes! 你想的没有错。"康宁这时已是吐气如兰,低着头娇羞地说。

王一元激动得双手搂住了康宁的腰,把康宁抱了起来。在远处隐隐约约的灯光下,康宁看上去整个人都好像要化了似的。王一元情不自禁地朝康宁的脸上吻下去。康宁好像犹豫了一下,但也只是那么一下,就紧抱住王一元,不自觉地闭上了眼睛,稍稍抬起了头。

这其实是康宁的第一次接吻,所以不免娇羞和生涩。她还不得要领,纯粹只是迎合着王一元,在王一元的带领下亦步亦趋。两人最后都透不过气来了。

如果不是学校的保安和校卫队的手电筒照过来,王一元和康宁还难分难舍呢。重重尴尬之下,他们整理了衣服,赶紧手牵着手往外走。康宁使劲在王一元的掌心戳了一下,娇羞地低下了头,故意不看王一元。

回家的路上,两人一直在发短信。王一元到宿舍后又忍不住和康宁打电话,这一打就直打到耳朵发烫,整整一块电池的电量全部用光,两人才依依不舍地挂断了电话。

这天,王一元送货完毕,就和朱经理在他的办公室讨论新品牌的化妆品盒子的事情。首先是报价,全程都是由朱经理提出一个个价格,问王一元能不能做得下来。王一元当然知道这些谈价的鬼把式。双方来来去去,很快就达成一致。倒是就一些盒样制作的细节,特别是印银、烫金等特殊工艺,两人讨论了很久。

第二章

回到工厂办公室,康宁和她的表弟小陈正在喝茶。王一元打过招呼,转头就笑话小陈说:"小陈,上次的麻辣烫好吃吗?"

康宁站起身,走过来拉住王一元的手臂,在他的手臂上狠狠掐了一下,说道:"有你这么欺负我表弟的吗?你记住,他是我娘家的人,你不是应该要巴结他的吗?"

小陈到底是在读的大学生,脸皮要薄一些,显然有些不好意思,说:"咳咳,你以为我想来当这个大灯泡吗?我也不想的,只是有人买通了我,让我回家说一些好话,我才勉强跟来的。再说了,你们没有我这个大灯泡作为借口,我姐她能这么方便出来见你吗?真是出力还不得好,下次我不来了。"

康宁不好意思地说:"是这样,我每次出来找你,都是跟我家里说去找表弟有事,才出得来。所以,你可能误会我表弟了。"

王一元走近小陈,和他重新握手,表示歉意,说道:"小陈,对不起了。这样,我领你们去工厂里转转?"

"哈哈哈,我说大哥,就你这一眼就能看到头的小破厂,你还要让我们看第二次?"小陈忍不住笑道。

王丽萍在一旁说道:"要不这样,我知道工厂顺着海通路到剑川路不远的转角处,就是那个吴泾轮渡码头,旁边有一个吴泾公园,里面正在办荷花展。反正今天是阴天,天气也没有那么热,你们可以去看看的。"

康宁笑着说道:"好啊。这个时候,荷花应该蛮好看的。王姐,要不你也一起去?"

"我去干什么?你们嫌一只灯泡还不够亮吗?"王丽萍朝康宁摆摆手,说,"你们去吧,地方好找的。我去给你们安排晚餐,这次保证不让你们吃麻辣烫。"又是一阵哈哈大笑。

王一元几个人下楼。在一楼,王一元特意把肖云华叫了过来,再次向康宁做了介绍。然后,他们三人出了工厂大门,朝吴泾公园的方向慢慢走过去。

路上,王一元几次想去牵康宁的手,都被康宁小心地躲开了。小陈在边上笑道:"老姐,牵牵手又算得上什么的?你们也不要考虑我的感受。学校里面,不要说牵牵手了,更进一步的也到处都是,我早已经'免疫'了。"

康宁朝小陈瞪了一眼,说:"你到底帮谁?有这么出卖你老姐的吗?"话虽然是这么说,可康宁还是和王一元靠近了一些。王一元会意,又去牵手,这回康宁就没有再躲闪了。

看完花展回来,王丽萍安排在镇上最好的饭店吃饭,招待康宁姐弟。

中间,王一元起身去洗手间,周婉秋却不着痕迹地跟了上来,在卫生间门外叫住了王一元,问道:"你真的想和这个康老师谈下去?"

王一元不知道周婉秋为什么这么问,一时定定地看着周婉秋。

周婉秋直接地说道:"刚才听了大半天,老娘我觉得你们不是很合适。你们各方面都差距太大,比如兴趣爱好、成长环境、家庭因素、各自的朋友圈等方方面面,相差得不要太多哟。像你们这样,肯定是不可能长久的。老娘我比你有经验。"

王一元被说得很尴尬,只好搪塞道:"现在也是一切都未可知,总要试过了才知道到底合不合适。你说这些话到底是什么意思?"

周婉秋整理了一下衣服,正色说:"有一个人,我其实早就想介绍给你,这个人你也认识。但你现在既然这么说,我就先不提这个事了。老王,你听老姐一句话,门当户对永远都不会有错的。我建议你和康宁老师还是适可而止,懂得适时进退,不要全身心地投入进去,否则,到最后吃亏的还是你。好了,不多说了,我也不进包间去了,这就走了。你和他们去解释,理由任你编。"

听完周婉秋的话,王一元当时就心中一凛,顿时就感觉有些异样的情绪在心里生根发芽,小心脏也不知缘由地"突突"跳动了几下。

回到宿舍,洗漱后躺在床上,王一元还在想着周婉秋的话。这个周婉秋,怎么总是这么神神叨叨的?下次一定要找找胡雪,对这个人好好了解一下。

王一元突然想到:胡雪?难道今晚周婉秋说要给自己介绍的对象就是胡雪?不可能这么巧吧?要不然,还能有谁,而且还是我认识的女孩子?

王一元怎么想都觉得这个胡雪好像还是不太可能。不过,对周婉秋说的"门当户对",他却琢磨了好一会儿,但也没有更好的答案。唉,和康宁最后结果如何,还是等走到那一步再说了。

交大研修班的课程是一个月4次,每月占用2个双休日的时间,一般上午是理论教学,下午是案例讨论。经过一年半多的学习,王一元和班里的任学明、杜建峰等几个人建立了比较好的私人关系。

任学明是山东人,本科和硕士都是在交大,但是读的是材料科学。他现在是一家有名的金属期货公司的高管,同时也是一家业内小有名气的管理咨询公司的老板。他只比王一元大了不到10岁,刚过40,正是男人最具成熟魅力的年纪。

杜建峰的年龄和任学明差不多,是一家大型国有央企上海总部的中层,做的是投资研究和资本运营方面的工作。他是清华大学鼎鼎有名的经管系的毕业生,拥有经济学博士学位,但偏重于理论,所以才来上这个注重实践的 EMBA。

这两位老大哥很关心和照顾王一元,特别是在实践课上的分组讨论、商业实战模拟等环节,都会主动邀请王一元参加由他们两位主导的团队。

下午的案例讨论前照例有热身活动。这次的"体力活"中有一项是"降竹竿"。"降竹竿"就是把一根竹竿支到每个队员伸出的一根手指上,然后在指不离竿的情况下,大家一起将竹竿从胸部降到腰部,游戏中不允许说话。完成这个游戏的关键是不能只顾自己,还要同时照顾到别人的情况。"降竹竿"的游戏正是为了阐述这个道理:好的团队必须分工合作。从大局看,团队要齐心合力地完成一项工作;从微观看,在任务分配之后,个人只需要认真做好自己分内的事就可以了。

下午课程结束的时候,班主任于泽远老师把王一元叫到他的办公室。王一元走到门口,却惊讶地发现谢教授正端坐在沙发上笑着朝他招手。

王一元连忙上去招呼,奇怪地问道:"谢老师,来学校办事?"

老谢笑道:"你先坐下。没事就不能来自己的单位了?看你这话说的。我这次是特意来看看你的。对了,现在学习怎么样?"

王一元笑笑,歉意地说道:"谢老师,实在不好意思,这段时间忙碌了一些,有好长时间都没去看望您了。"

"这有什么关系?不必客气,我也是开玩笑的。关键是,你要好好利用这个学习机会,学一些真材实料到肚子里去,这才是我和于老师都在意的。"老谢道。

于老师也笑了,指着王一元,说:"这个小王,虽然在班级里是最年轻的,但也有他的优势——敢于想象,不落窠臼,不循规蹈矩。创新思维方面要比其他人好很多,这点是他们年轻人特别占优势的,也是应该肯定的地方。但是,在考虑事情的周全、做事方法的圆润等方面,王一元还需要继续努力学习。"

"小王,你明白了吧?学无止境。自己要每日三思,日省吾身,要天天进步。"谢教授语重心长地说道,"还有不到一年就要结业了,好好珍惜现在的学习机会。"

王一元半只屁股坐在两位老师对面的沙发上,认真仔细地看着两位老师说话,洗耳恭听。

老谢说道:"还有件事,还是关于农民专业合作社的事情。再有三四个月,崇明的柑橘就会大量上市。现在,我们联合小组正在全力推进这件事情。可能你还得去我们崇明的几个柑橘基地,宣讲一下柑橘这个农产品品牌的事情。结构和思路还是和马陆葡萄的做法差不多,只不过,这次谈的主要是崇明的柑橘。我这里也有一些资料,你可以拿回去参考。下个礼拜的双休日,我们会有人来你工厂接你。"

王一元站起来,承诺说一定在星期三之前把稿子拉出来,先给老谢审定。老谢却是一只手伸出来往下压压,对王一元说道:"你先别激动,于老师还有话说的。"

于老师说:"是这样,我们这个研修班想趁着现在马陆葡萄上市,老谢他们又在马陆的机会,给我们的科任老师、学院的领导、班上的学生谋取一点福利,每人送几箱葡萄。小王,你要是愿意,就赞助我们一些包装盒,你看行不行?"

"还有什么行不行的,要多少有多少。这事,我就替小王做主了。"老谢大声大气地说道,"看你,跟自己的学生还有什么好客气的?"

王一元对于老师说道:"我明天上课前先把葡萄包装盒的样品拿过来,让大家挑选。至于葡萄,我也可以一起赞助的,算是对学校的一点点心意吧。"

于老师说道:"葡萄已经有人认领了,现在只缺你的包装了。小王,你有这个心就好,等下次,好吧?"

老谢却对王一元说道:"小王,我现在可是听说在浦东刚开始的马陆葡萄展上有很多葡萄种植户都在讨论你们设计的包装盒。这是好事,你再等等,说不定你们的包装盒还真有机会。"

第二天上午的课上完,王一元应班主任于老师的要求,把他们设计的马陆葡萄的系列包装盒拿到教室给同学们展示。同学们都知道王一元曾经做过农产品品牌的文章,特别是马陆葡萄,还作为案例让大家在课堂上讨论过。但他们都没想到,王一元不仅研究过马陆葡萄这个品牌,竟然还设计了这个品牌的包装盒并印刷了出来。同学们都对王一元有了一个全新的认知。

大家称赞过后,纷纷向王一元下单,说是要大批量订购由这些漂亮的包装盒包装的马陆葡萄作为单位福利。

这却是王一元始料不及的,都有些不好意思了。还是于老师替他说话:"这个王一元同学,他们单位的主业还只是印刷工厂。至于这个葡萄,他们工厂又不生产,就不要为难王一元了。不过,借着这个机会,我还是要替王同学做一下广告。以后要是同学们有印刷方面的业务,都可以找王一元的。"

于老师又转过来对王一元笑着说道:"小王,不过我也要丑话说在前面,首先要保证质量,其次在价格方面也要有最大的优惠,这点你应该能做到的吧?"

全班同学都发出了善意的笑声。班长彭明强建议说:"王一元,要不这样,这次我们全权委托你统一采购葡萄卖给我们,省得我们麻烦,你看可不可行?"

大家都说好。经过商议,需要葡萄的同学最迟在下周五之前把数量告诉王一元,再由王一元负责采购包装,最后分发到各单位。

中午吃饭的时候,王一元、任学明和杜建峰在一个桌上吃饭。任学明说道:"小王,我们以前只知道你是做印刷的,设计上也做吗?"

王一元回答:"也有做的。要是简单的设计,我们工厂直接就做了。要是比较复杂的或客户要求高的,我们有长期合作的专业广告公司。"

任学明又问:"信纸、信封和纸质的办公用品都能做吗?"

王一元笑道:"这些都是常见的印刷品,生产制作起来很简单,当然能做的。"

"还有那一些,比如公司的画册、样本,上面有烫金或者是烫银等一些难度较大的工艺,你们能做吗?"杜建峰问道。

王一元笑着解释:"你们或许都觉得印刷上这些金啊银啊都是很高大上的东西,但是在印刷厂,其实都算是常规工艺,谈不上有多大的难度。你们说的这些,我们工厂都能做的。"

任学明笑道:"行,下次就找你制作。不需要你特别打折,正常价格就行,但要是质量不合格,我们也是会拒绝收货的。"

"那是自然。再说了,我也不会坑自己同学啊。你们要是还不放心,今天上完课,可以去我们工厂看看。不远,就在吴泾,车子开过去也就一刻钟多一点。"

杜建峰说道:"今天就算了,我和老任都是地铁五号线过来的,没有开车。改下次,反正还有机会的。"

任学明说道:"小王,你上次的那个关于农产品品牌建设的文章,我们都觉得蛮不错。你可能不知道,我们其实还有一家管理咨询公司。老杜知道的,他也是合伙人。我的意思,王一元你要不要加入进来? 就专门做品牌开发、建设以及管理这一块的文章,你有兴趣吗?"

"下个双休,我就要去崇明宣讲崇明柑橘的品牌。"王一元苦恼地说道,"这不是我的专业,怕耽误你们公司的大业啊。"

杜建峰说道:"英雄不问出处。小王,你的学历是低一些,但你完全用不着自卑。你看看,我们这个班到目前为止,只有你一个人在大学学报上发表了学术文章,而且还是一级刊物,厉害的。再说,我们现在读的是交大的 EMBA,这么亮的一块金字招牌,还有什么不好拿出去见人的?"

任学明说道:"小王,你看这样行不行,这次去崇明,我跟着你们去看看,你和上面去说说? 我就悄悄地去、悄悄地回,打枪的不要。"

"这有什么不行的? 到时候,现场还可以摆上你们公司的海报,放上一张长桌,可以就一些相关的问题,比如营销、市场等方面,给大家提供现场咨询。"王一元喝了一口蛋花汤,接着说,"你是管理咨询这一领域的专家,恐怕他们还求之不得呢。"

杜建峰也笑了,说:"要不我也去凑个热闹?人多力量大啊。我们三个人都作为老任管理公司的咨询顾问,给一元也撑撑场面。"

王一元很高兴,当场就掏出电话给老谢打电话。老谢在电话里听了王一元说的这件事,也是喜出望外,连声表示热烈欢迎。

王一元说:"这两天,我就把我准备的发言稿和我自己掌握的一些崇明柑橘的相关情况一并发邮件给你们。到那天早上,我让他们的车子先来接我,我再来接你们两位。"

吃完饭回教室的路上,王一元给胡雪打电话,随意聊了几句,然后就讲了同学们对葡萄包装盒的评价以及订货的事情。他高兴地说:"胡雪,搞不好,我们那个失败的马陆葡萄盒子有可能会咸鱼翻身,并且时间说不定就在最近。"

胡雪却是很平静,问道:"王一元,你是不是想继续做崇明柑橘的包装?别做梦了!要找你找别人去,反正我是不参与了。"胡雪不待王一元往下说,二话不说就赶紧把通道给堵住了。

"别啊,胡雪,你说我们是什么关系?你不帮我,谁帮我?"王一元赶紧说软话,"再说,上次的葡萄盒,你们有做过调查研究,有现成的方法和资料,这次柑橘的做法差不多的,移植过来,应该投入不大,也花不了你们太多的时间。"

胡雪很久都没有吭声。王一元还在电话里絮絮叨叨地往下说,胡雪却是已经显得很不耐烦,说:"王一元,我和你没有什么关系,不要乱说话。"

王一元刚要解释,胡雪又冷不丁地说道:"这件事,我帮不了你。就这样,我挂了。"说罢就真的挂断了电话。

听到听筒里传来"嘟嘟"的声音,王一元站在太阳底下整个儿呆住了。他搞不清楚胡雪这次为什么会拒绝得如此决绝和不留情面。上次的葡萄包装盒,她的公司虽有损失,但也在可以接受的范围内,不至于这样直接挂电话啊。王一元心里忍不住一阵嘀咕。

回到吴泾的工厂,肖云华和王丽萍夫妻俩正在等王一元吃晚饭。看见王一元回来,李广林从身后摸出一瓶白酒,几个人就往纸箱厂的食堂走去。

王丽萍早有嘱咐,食堂今晚另外给他们做了两道菜,有王一元爱吃的辣椒小炒肉,也有肖云华家乡的米粉蒸肉。幸好这里的厨师都是谢老板的江西老乡,做出来的味道还是比较合王一元和肖云华的口味,都很好吃。

王丽萍还从后厨房里端了一大盆菜出来,说道:"今天有空,我下午做了一大盆咱们东北的名菜——小鸡炖蘑菇。老王和老肖,你们两个也来尝尝,老好吃了。"

李广林给男人们倒酒，王丽萍不满地嚷嚷道："李广林，给老娘我也来一小杯。"李广林于是又取过一个酒杯，给王丽萍倒上。

几个人边喝边聊。王一元讲了今天学校里葡萄包装盒大受欢迎和下周双休日要去崇明岛的事情。他自个儿抿了一小口白酒，说："上次这个马陆葡萄的包装盒，我到现在都心有不甘，所以我想继续做这个崇明柑橘的包装设计，争取也能做一个系列出来。"

王丽萍提醒王一元："老王，这次要做，不能再先生产出一大堆来放仓库了。最多多打几个样，大规模生产一定要先有订单。"

王一元连连点头称是。

"那你这次找谁设计？还是找胡雪的广告公司？"肖云华问王一元。

王一元吞吞吐吐地说："这个胡雪，我中午的时候联系过她，只是这次她似乎不愿意再掺和进来了。我们再另想办法吧。麻烦的是，这次时间又很紧张。我本来是希望能在这个星期六就一起带着样品过去宣讲展示的。"

王丽萍有些纳闷，说道："是因为上次葡萄盒子赔了？她们公司除了几个人工和设计，损失也不是很大啊。"

王一元摇摇头，说："具体什么原因我也不知道。反正这次她们就是不来了。这样，我明天再去找找其他的设计公司看看。"他举起酒杯，大声说："来来，我们先喝酒，明天再说明天的事。"

回到宿舍，王一元和康宁互发了几个问候短信，就开始看资料。老谢给的崇明柑橘的资料，因为昨天回来得晚，都还没来得及仔细看。他想着先消化一下，再把一些合适的内容补充到自己的讲稿里去。他顺手打开放在枕头底下的收音机，选了一个正在播放评书的频道。听得正起劲，手机"滴滴"地响了两声。他关了收音机，拿过手机一看，却是胡雪的短信，只一行字："柑橘的包装设计什么时候要？"

这个胡雪到底是什么意思？想到她中午拒绝时坚定的语气和挂电话的举动，怎么还没有过一个晚上，突然间就发生了这么大的变化？是她有什么过虑还是中午后又发生了什么事情？王一元不能肯定胡雪发这个短信背后的真实想法。

王一元犹豫着回复短信："如果可以，最迟星期四下午。我计划星期六带样品去崇明。"

等了很久，不见回复。王一元心里想，随她去吧，等到时候看到她们公司的设计稿再说。

星期四的中午，胡雪发来短信，说是设计稿已发到王一元的邮箱。王一元当时正在外面送货。他赶紧卸完货,在客户办公室的电脑上看了一下设计的图样。总体觉得还行,很有崇明当地的风土人情和文化。他马上给王丽萍和肖云华打电话,催促着让工厂马上安排打样。

王一元给胡雪发过去一条短信:"已收到。很好,正在准备打样,谢谢。"胡雪回过来四个字:"自求多福。"

这真是莫名其妙。不过,王一元也没有在意,赶紧安排工厂打样。他还特别嘱咐王丽萍,这次的打样,在材质上分成两种,里纸用便宜一些的灰板纸,把价格减下来一些。肖云华和王丽萍都同意了这一想法。王丽萍说道:"你放心,保证你后天早上都能带到崇明去的。"

老谢打电话给王一元,说:"小王,你的稿子我们都看过了。总体来讲,可以用。但是,在政府扶持政策方面,现在上面的提法和做法稍有变化,所以我们做了一些小修改。等会儿我传真给你,你马上修改,改好后发我邮件。这边也是等着要印刷,还要放进后天开会的文件袋里去。"

等到传真过来,王一元拿起来一一看过,改动的地方不是很多。他去找王丽萍,让她过来帮着打字。王一元不会五笔打字,只会一个一个地敲全拼,速度慢不说,还容易打错字。王丽萍的打字速度比王一元要快很多。打完后,王一元仔仔细细地校对了好几遍,才发邮件给老谢。等了几分钟,王一元打电话给老谢确认。老谢表示认可,这讲话稿才算是通过了。

王一元又把文稿转发给任学明和杜建峰,再打电话给他们两位,让他们帮着看一看,多提提意见。

这样一忙就到了晚上。王丽萍和肖云华过来办公室叫王一元一起吃饭,他都还在办公室忙活,只是快忙完了。王一元打了一个大大的哈欠,又在座位上伸了个懒腰,叹了一口气,说道:"总算是弄完了。今天一天都在办公室,我怎么感觉比在外面跑一天业务还累呢?"

王丽萍笑话说:"唉,那又有什么办法?谁叫我们没有一个有钱的爹?谁又不想当个富二代?"

王一元有感而发,说道:"老肖,还有王丽萍,你们看看我头上的头发,这他妈的钱还没怎么赚到,白头发都长出来了。更搞笑的是,我现在连老婆都没娶上,就快要成白头翁了。"

肖云华说:"是啊,我们真的活得难。我也不止一次地想过,在这边累死累活的,要是实在不行,就回老家去算了。但转头又一想,其实老家,我们怕是也没那么容易回去了。"

几个人都沉默下来,一时间,办公室里显得分外安静和压抑。

王一元像是自言自语似的说道:"我想起来一部电影,其中有一句话:'没有伞的孩子,必须努力奔跑。'现在想起来仍记忆犹新。像我们这样没背景、没家境、没关系、没金钱,一无所有、无依无靠的外地人,谁叫我们都是下雨天没有伞的孩子?"

崇明岛回来之后,异常忙碌的一个星期终于过去。星期五下午,王一元正在喜泰路的办公室统计这个星期的业务。每周的业务报表,王一元看得都很认真。特别是对那些重点客户的数据,他基本上烂熟于心。客户业务往来上,哪怕是一些细小的变化,王一元都会要求王丽萍拿出详细的单据查看或者亲自和客户通电话联系,了解清楚其中变化的原因,便于自己及时改正检讨。

这次的崇明之行,总体来说达到了大家预期的效果,甚至比预想中还要好一些。

王丽萍找到王一元说:"老王,我们业务部都快有一个月没有聚会了,她们几个人都在问,明天星期六晚上的这个聚餐还是不是照常进行?"

"当然照常。"王一元抓抓耳朵,说,"有这么久了吗?那就这样好了,你不是说我师父她们有意见吗?那地方就由她们来定。这次,我们把老肖也叫上。这个礼拜送葡萄,他也忙得够呛。你这个星期也忙坏了吧?"

王一元给康宁打电话,问她要不要一起参加这次的业务部聚餐。可是康宁说她双休日有会议任务,两天时间都要在现场。王一元只好作罢。

这次业务部的聚餐地址却是出乎王一元的意料,杜于乐竟然找的是徐家汇附近的一家湘菜馆。

这几个女人聚在一起,还是打打闹闹,说起话来荤素不忌。王一元自然是没什么,倒是肖云华有些放不开。王一元笑话肖云华:"老肖,你不要紧张。你不要把她们当作女人来看,这样你就会慢慢习惯的。"

王丽萍给杜于乐和谢雨琪每人拿了两箱葡萄,还拿出一些散装的放在桌上让大家吃。谢雨琪连着吃了好几个,说:"真是好吃。这个葡萄配上我们的包装,相得益彰,都可以作为高档礼品去送人了,面子上老好的。"

杜于乐一边自己吃一边大声招呼大家都吃。周婉秋却是懒洋洋地说道:"还是你们两个多吃点吧。老娘我这两天在工厂,吃得都要吐了。前天包装完这个葡萄,我就像干了几场大活似的,浑身都没有力气,连续睡了一天两夜,现在才稍微恢复过来一点。"

　　这个星期,根据班长彭明强给王一元的最后统计数据,王一元的那些同学们订购了超过3万公斤的马陆葡萄。如果以包装盒的数量计算,超过了8 000个包装盒的使用量。

　　杜于乐和谢雨琪听王丽萍这么一说,都很惊讶。

　　"你们不知道,原本的订货量可没那么多的。"王一元解释道,"不知道是谁说了我们设计的包装盒在马陆受阻的事情,可能是出于同情,结果做最后统计的时候数量又翻了一番。"

　　因为在马陆当地不方便包装,最后是让种植户把葡萄拉来工厂,就在工厂的院子里包装。因为没有冷库,只能要求供货商分批送货。到最后,肖云华不得不把工厂能安排出来的工人全部拉出来帮忙,连续工作了三四天,到星期四晚上才把这次的订单完成。

　　王一元端起酒杯和王丽萍干了一杯,说:"这个星期,你最辛苦了。不仅要联系那些种植户按协商的质量要求和时间送货,还要跟车给我那些同学的单位一家一家地送过去。真的是辛苦你了。"

　　这家饭店的湘菜做得很正宗。王一元很奇怪杜于乐、谢雨琪这两个上海人和周婉秋这个江苏人也能吃辣。

　　杜于乐笑道:"我们听丽萍说,你这次去崇明,收获那么大,今天就是为了犒赏你一下。"

　　说到前几天崇明之行的收获,王丽萍仍然不免兴奋,说道:"辛苦归辛苦,这趟去崇明的结果还是蛮好的。你们知道吗?这一次的柑橘盒子,当场下单的就超过了5 000套,25 000个的量,有意向的就更多得不要说了。"

　　杜于乐和谢雨琪再一次表示惊讶。她俩纷纷端起酒杯,和王一元干了一杯,表示祝贺。

　　正喝得高兴,王一元的手机响了,拿出来一看,竟然是康宁的电话。包间里很吵闹,王一元就走到外面去接电话。其实,康宁也没有什么特别要紧的事情,不过是叮嘱王一元不要喝太多酒。

　　王一元在电话里开玩笑地说:"我们都在一个城市里,却有一个星期没见面了,这哪里像是谈恋爱啊。"

　　"谁和你谈了?我们只不过是接触一下而已,大叔。"康宁在电话里软软地说道,"明天晚上我就解放了,某人要是想来看我,我也是不反对的。"于是两人约好明晚在徐家汇见面。

王一元回到包间,大家都还在讨论这次崇明柑橘包装盒的事情。

王一元笑了笑,说:"说到这个柑橘的包装盒为什么和上次的葡萄盒子的推广结果不一样,我觉得主要有三点。一是老谢他们的联合小组在前期创建品牌的推广上做了很多工作,他们这些农户基本上都已经有了一些模模糊糊的品牌的概念。二是设计。你们也看到了,这个包装盒设计得确实好看,这可能才是关键。当然第三点也很关键,就是我们这次做了两种不同材质的包装盒做展示,材质不同,价格相差很大,两相对比,很多选了价钱低的人就有一种捡便宜的感觉,就快速地下单了。"

"有道理。我看,小王你这个交大的学习班没有白上,还懂得心理学了,在业务上也是越来越有花头了。"杜于乐夸奖王一元说。

回去的公交车上,最后一排刚好有座位,王一元他们三个就坐在一起。肖云华说道:"老王,照现在这样发展下去,看来工厂还得再增加人手,更多的岗位都要两班倒才行。"

王丽萍也附和,表示和肖云华同样的看法。王一元说:"老肖,你先把方案拿出来,明天我们都在,一起讨论一下。讲实话,我觉得现在老天爷还是很照顾我们的。"

"对了,老肖,王丽萍,你们当初为什么来上海?"王一元问他们俩。

肖云华笑道:"老王,你问这些,这里面肯定又是一个个伤心的故事。这么美好的晚上,还是不说罢。"

王丽萍倒很直接,说:"其实刚来上海的时候,就是想着在这里多赚点钱,回去在我们那里买上一个小房子。当时,我和李广林,俺们俩就是这么想的。"

"其实我也有这个想法的。"王一元大笑着说道。

三个人想起去年工厂刚开业时都忧心忡忡,生怕业务不够做的情景,现在都还历历在目,忍不住感叹,到最后竟都哈哈大笑起来。

王一元和王丽萍在办公室处理业务上的事情,任学明和杜建峰一起走了进来。大家都认识,王一元和王丽萍打过招呼,交代了一下,就领着他们俩去楼下一楼的咖啡馆了。

三人各自要了咖啡,坐下来边喝边聊天。王一元喜欢喝白咖啡,并且不喜欢加糖。这种白咖啡是咖啡豆不加焦糖直接低温烘焙,去除了一般高温热炒及炭烤的焦枯、酸涩味,但是它比较完美地保留了原始咖啡的自然风味以及浓郁的香气。

杜建峰、任学明两人这次过来,原来是任学明的咨询公司最近和一家上海知名的房地产开发商在一个大型的房地产开发项目中有合作,由他的咨询公司负责该项目前期的市场调查以及论证。项目地址很远,在江苏省南通市的一个国家级经济技术开发区内。

任学明问王一元:"你听说过搞策划的叶茂中吗?"

王一元笑道:"我们做企业的,要是说没有听说个这位策划营销大师的大名,岂不是孤陋寡闻?"

杜建峰笑道:"你这么一说,那我们这次过来你这里,就算是来对了。我们今天过来,有两件事:一是送给你一本书——《叶茂中的营销策划》;二是想让你也参与我们这个项目,具体负责城市品牌这一部分的研究和撰写工作。"

杜建峰说:"叶茂中他们算是我国最早的一批城市策划学者,也是他们最早提出了'城市经营'的概念。以我的看法,房地产经过多年的发展,我国的城镇化发展将会进入一个以城市新城区开发建设推动城市群发展的历史时期,需要开发商由以往的仅仅开发地产、商用楼为主向建设城市综合体转型,向城市运营转型。"

任学明开玩笑似的对王一元说道:"小王,我和你讲一句实话。现在我们国家的房地产经济这么火热,我们如果不参与一下,岂不是太辜负这个美好的时代?"

任学明喝了一小口咖啡,接着说道:"这几年来,随着我们国家城市化进程的快速推进和市场经济的深入发展,城市经营作为一种新的城市建设和管理方式,越来越受到各级政府的重视。国内很多城市,像大连、青岛等,都早已开始城市经营的实践,并且都取得了良好的效果。"

王一元问任学明:"那什么是城市经营?不好意思,我是初次接触这个概念,你们先和我说说。"

杜建峰把一个手提袋递给王一元,说道:"至于城市经营、城市品牌的具体内容,包括南通的这个项目,我们都搜集了详细的资料,还有叶茂中的书,全都在这袋子里,你拿回去仔仔细细地做做功课。时间是一个月。下个月底之前,我们要先把关于这个开发区城市品牌经营的文章确定下来。"

王一元赶紧说道:"老任,还有老杜,你们先不要抱有很大的希望,你们让我接触一下这些资料再说。讲实话,我感觉有点赶鸭子上架,心里确实没有多少把握。"

任学明笑道:"国外有过研究,说是一个人要成为某一领域的专家,只要在这一方面有连续超过1万小时的有效学习,就基本行得通了。连丑小鸭都会变成美丽的白天鹅。小王,我们相信你。"

杜建峰也给王一元打气,说道:"有谁天生就会的?如果要有,那就只能是上帝他老人家了。拿出你做那个农产品品牌的干劲,争取在半个月内完成初稿。到时候,我们可以一起讨论。"

王一元只好先答应下来。他开玩笑地说:"丑小鸭之所以能变成天鹅,根本原因是它本身就是天鹅蛋孵出来的,原本就有这个基因的。你们看看,有我这样磕碜的天鹅吗?"

晚上,在回吴泾去的龙吴线公交车上,王丽萍笑着对王一元说道:"老王,还真被你说中了的,下午又有好多个要葡萄的电话,都是我们一个工业小区的工厂,甚至连房东也打电话来了。我算了一下,大概又有近6 000斤的量。还有,我们自己的送礼名单也出来了,要不你先看看?"

"等吃晚饭的时候和老肖一起看吧。"王一元问王丽萍,"那这样一来,仓库的那批葡萄包装盒大概就剩下不多了吧?"

"是的,恭喜你,你终于要彻底解放了。还有,这次葡萄的收入,我的意见,不走工厂的账,全部算成你个人的收入,也算是我们对你上次自我惩罚的补偿。我们不能光让好人和老实人吃亏的。"王丽萍笑道。

王一元一听这话,马上说道:"这个倒是没有必要。就一起算在工厂的收入里吧。"

王丽萍却始终不同意,说道:"老王,你也不要坚持。这样,这笔账先挂起来,等我们年底开股东大会时再做决定,听听大家伙的意见,你看怎样?"

王一元也就没有再说什么了。

一辆载满了葡萄的大货车缓缓开进工厂的小院。最后,经王丽萍统计,加上自己工厂要用的葡萄,这次总共是将近8 000公斤的葡萄。把装满葡萄的一个个塑料筐从车上卸下来,小院子里到处都被塞得满满当当的。

肖云华协调出来4个女工一起包装葡萄。王一元让王丽萍给工业小区内要葡萄的那几个老板打电话,让他们各自派人过来帮忙,这样又过来了12个女工。总共18个人,两人一组,分成9组,分工协作。

王丽萍也在忙着和公司客户电话联系送货,这样好空出地方来,以便在本来就狭小的空间腾挪施展。这次工厂的送货,大部分都是由王丽萍跟车负责的,还有一些,反正明天上午师傅杜于乐姐妹、周婉秋都会来工厂,她们的客户就安排明天再送。

但是,王一元的几个老朋友,像孙玉泉老人、国立袜业的孙雯、利达机械的谢东、七浦路鞋子市场的老胡等几个鞋盒的大户、金山思雅日化的朱经理、奉贤思路德服装的段老板,当然还有七宝星站路小院的那一帮难兄难弟,他决定亲自给他们送过去。

王一元先送七宝那一条线上的几个人。分别打电话联系后，他首先去找了谢东和孙雯。对于他们两位，王一元一直都有着特殊的友谊和感情。讲起来，他们两人也是王一元初来上海，刚开始做业务员的那段艰难的时间里对王一元帮助最大的两个人。

　　见了面，谢东还是那样热情。闲聊了一小会儿，因为要赶时间，王一元就告辞去找国立袜业的孙雯。倒是孙雯，她特意把王一元留了下来，在会议室谈了很久。

　　主要还是关于肖晓晓。王一元这才知道，肖晓晓的爸爸现在病情虽有好转，但中间也有过好几次的反复，到最后依然落了个接近半身不遂的后果。作为家中的独女，年纪轻轻的肖晓晓在迫不得已之下，已经被推到了台前，担任他们家族公司常务副总经理的角色，承担起公司繁重的日常工作。基于她父亲身体状况的考虑，她近期正在准备全面接班。

　　"你不知道，可是苦了晓晓这个孩子了。还有你，王一元，你可能更不知道，晓晓有很多次都向我问起你现在的情况。"孙雯感叹说，"真是天意弄人。你们两个，我们都认为其实还是蛮般配的。可往往就是这样，最好的都走不到最后。"

　　孙雯语重心长地说道："只是王一元，我还是要告诉你，我觉得，晓晓对你，即使是现在她分身乏术，你也是第一个走进她心里的男人，她永远都会在心里为你留有一块地方的。"

　　说完这话，孙雯开始小口地喝茶，心情似乎很久都没有平静下来。王一元若有所思地坐在那里一动不动，也在想着心事。关于和肖晓晓相处的种种过往，特别是她与自己相好的那一小段时光里两人之间的各种美好回忆，这时候在王一元的思潮里开始慢慢地翻涌起来。

　　过了很久，孙雯轻声地问王一元："小王，你也真是的，在她之前面临那么多困境的时候，你怎么就不能安慰安慰她？哪怕是一个电话，或者只是一条短信。"

　　王一元老老实实地接受了孙雯的批评。他沉默了许久，对孙雯说道："孙姐，其实对于晓晓，我现在都一直觉得很愧疚。当初尽管是有这样或者那样的原因，可是最主要的还是我的不坚持和我的不敢去坚持，这是我最有愧于晓晓的地方。之所以后来很少和晓晓联系，也是因为这一方面的原因。我真的不敢去面对晓晓。我都后悔为什么就那么快地当了缩头乌龟。真的，这些都是我的真心话。"

　　"算了，算了。反正都已经过去那么长时间了。还是那句老话，只能说还是你们缘分未到吧，也有可能是在错误的时间认识了对的人。"不过，孙雯还是特意叮嘱王一元："毕竟也算是朦朦胧胧地好过一场，晓晓现在也挺不容易，你要是有心或者有时间，就适当地关心她一下。也算是我的不情之请吧。"

第二章

孙雯还关心地问王一元:"那你现在个人感情上的事情怎么样了?"王一元对孙雯没有任何隐瞒,就把自己和英语老师康宁相识以及到目前为止的所有经过都说了一遍。

孙雯听王一元说完后,沉思了很久,才说道:"王一元,你年纪也不小了吧?是该找一个女人结婚了。再这么飘飘荡荡下去,不说你自己,就是我们,作为你的朋友,都很为你发愁和担心。这次,真的希望你能成功,把你的个人问题解决掉。"

王一元赶到孙玉泉老人家里的时候,却只有老太太一个人在家,说是老头临时被街道叫出去了。老孙现在除了在自家的小院子里种花养草、打理几畦蔬菜外,最近还被街道聘请为邻里纠纷的调解人,就是上海人俗称的"老娘舅"。老孙是一个热心人,退休后也乐得有个去处,所以街道上的调解工作,基本上是每叫每到,非常热心。

王一元在电话里和老太太简单地聊了几句,就放下6盒葡萄,和老太太告别,然后去了星站路的小院。

这时候,新的虹桥交通枢纽已经开始大拆大建,有些地方已初露雏形。往日的吴翟路已经变得坑坑洼洼、破烂不堪。走在这条路上,王一元一直都担心会不会把车厢里的葡萄给挤坏,但附近又没有其他更好的路,只好一路颠簸朝七宝慢慢地开过去。

经过吴翟路和老沪青路交叉口的时候,看到被推倒的台球房,王一元突然想起曾经在这里看大门的老刘。他拿出手机,找出老刘的电话拨了过去,没想到手机里提示该手机号码是空号。唉,这个老刘,人还是蛮好的,不知他现在到哪里去了。

星站路的小院还是和以前差不多,只是里面的租客已有了不少的变化。小院门前的星站路,还有不远处的吴宝路,早已不复往日的热闹和混乱。

"师爷"杨国庆没有什么变化,嘴唇上还是挂着一缕精心修饰过的山羊胡子,一口的苏北普通话。"四眼"小任已不住在这里,他们房产中介公司安排有宿舍。宋立新自己的新快递公司已经开张,原先的东厢房不够使用,又借了房东两个房间。

一见面,宋立新就赶紧从水井里捞出来一个大西瓜。西瓜早就被井水浸泡得冰凉冰凉的,余二妮把它切成一小块一小块的,放在盆子里让大家吃。

王一元告诉司机自己要在这里吃完晚饭才能回去。司机没有意见,只说让王一元吃完后打他电话,他会过来接。

这回见面,是王一元自搬到吴泾后和大家的第二次见面,距离上次见面已经有大半年的时间了。所以一听说王一元要来,小任特地请了一个下午的假,过来陪他喝酒。

余二妮关心地问王一元:"小王,我给你发了那么多的筛选后的网上征婚资料,怎么不见你回复我?"

王一元刚从孙雯那里听了肖晓晓的消息,心里很不是滋味,所以对余二妮的话题提不起多少兴趣。他只是摇了摇头,说道:"大姐,今天我们不说这个,行吗?"

　　饭菜都是余二妮一家人早就准备好了的,于是几个人就像往常一样,就在院子里摆桌子吃饭,边喝酒边讲现在各自的生意。

　　目前来看,自从虹桥枢纽拆建以来,还是杨国庆受到的冲击更大一些,到现在也没有缓过气来。他沮丧地说道:"再过两个月,等天气凉快了,我也就彻底凉快了。等这边的屁股擦干净,我就要溜回老家的工厂,再另想谋生的办法了。"

　　讲到现在正在做的国际快递,宋立新也是一肚子的苦水要倒,但是余二妮多次打断了他。他端起酒杯,站起来对王一元说道:"小王,我还要感谢你让人送过来的快递盒和联单。谢谢。来来来,我们大家都干一杯。"

　　王一元也站起来说道:"我们大家都不容易,就只能喝喝酒舒缓一下情绪,自己给自己找点乐子。来,我们一起干了!"

　　因为之前任学明交代王一元做城市品牌经营的文章,所以他就和小任聊起了房地产方面的事情。

　　去年因为房市过热,国家出台了一系列针对房地产的宏观调控政策,"国六条"等实施细则先后出台,央行再次加息、二手房征收个人所得税、限制外资炒房等,都给过热的房地产市场"降了温"。

　　进入今年以来,随着国家土地调控力度的进一步加大,国家宏观调控政策对房地产市场的进一步深化,城镇土地使用税税额提高,开发商获得土地的成本增加,地方政府对政策执行力度也在加大。总体上讲,目前的房地产市场正朝着更加理性的方向发展。

　　王一元还是有些不理解,说:"我看过一些资料,那为什么在这样的大环境下,上海的房价、上海房屋的销售面积,还有去化率却一直都在加快增长?甚至在局部的某些区域还是一直飘红,居高不下?"

　　余二妮又端过来一大盆切好的凉西瓜。小任拿过一大片,三口两口吃完,给大家分析说:"你们想啊,我们国家地域辽阔,各地的经济发展又很不平衡,房地产市场当然就会出现地域差异,这其实不奇怪的。具体来看上海,一方面,上海是中国改革开放的前沿城市,房地产市场随着上海'四个中心'建设的深入和2010年世博会的召开,因大量市政建设和城市改造,上海本身就产生了非常巨量的刚性房屋需求;另一个方面,上海作为国际性大都市,我们国家的第一大经济城市、长三角的经济中心,肯定会有大量的外来人口导入,而这些人之中,相当部分会产生住房的需求,都会购买新房和二手房。这样一来,当然就会给上海房地产市场带来更多的发展和想象的空间。"

王一元听小任这么一分析,心中的很多疑问立刻就解开了。小任突然间神神秘秘地说道:"今天上午,我看到一份内部报告,说是上海的房市,今年以来各种需求呈现井喷式增长。在价格飙升的同时,成交量也出现了较大增长,个别月份的成交量甚至突破300万平方米,即使在2003年、2004年投资旺盛时期,也都未曾达到这一数值的。"

王一元说道:"那你这么一说,房价又要涨喽?"

杨国庆对王一元"哧"的一声,嘲笑道:"呵呵,老王,其实,我们目前最多也只能是吃得起这个西瓜。来来来,大家一起吃,冰冰凉的,热天吃了身体好的。"

任学明又打电话来问王一元文章的进展。这段时间,每天晚上除了和康宁发短信、通电话,王一元基本上都在看和城市品牌经营相关的文章。一段时间研读下来,对文章的构思和脉络,王一元已经有了一个大致的提纲。

于是,王一元在电话里和任学明说了自己的一些想法。任学明比较满意,在电话里和王一元交换了看法,但他还是特别叮嘱道:"离这个月底还有几天的时间,要尽快把文章落实下来。"

这几个晚上,王一元的主要精力就全部放在了写文章上面。

考虑到城市品牌经营和这次论证会的主题最终还是要落实在房地产开发上,所以王一元经过反复的思考,最后把文章的着重点定为城市综合体,决定把城市综合体这个商业地产概念作为整篇文章的突破口和重要抓手,起到一个提纲挈领的作用。

近几年来,住宅地产进入新一轮的调整期,商业地产以其长久的高回报渐渐成为市场的宠儿,且其受限购限贷等房地产宏观调控政策的影响相对小。出于抢抓机遇、分散风险、沉淀资产的考虑,国内开发商几乎集体转型,或多或少地介入商业地产项目的开发。其中,做得最出色的就是大连万达。这家公司已在全国各地开发了多个"万达广场"这样的城市综合体,引领一时风气之先,俨然成了国内商业地产的行业龙头企业。受大连万达的商业地产开发模式的启发,各种形式的"MALL"开始在北京、上海、广州等地迅速推广开来。到现在,城市综合体作为一种全新的城市发展新模式,在广大一线城市发展得如火如荼,又向三四线城市和县城、中心镇蔓延。

思路理清楚之后,王一元静下心来,文思如泉涌,花了不到两个晚上的时间,初稿就告完成。他特意停了一天,平静了一下心绪,然后又仔仔细细地看过,并做了最后的修改。直到自己觉得比较满意了,他才把稿件发给了任学明。

任学明把王一元的文稿打印出来,将近13 000字,刚好10张A4纸。他一口气把文章看完,靠在椅背上闭上眼睛思考了好一会儿,然后又把文章从头到尾认认真真地看了一遍。

"好文,好文啊!"任学明激动地站起身来,突然疼得"啊"地叫了出来。他迅速地用一只手撑在了办公桌上,才勉强稳住身体,不至于倒下去。任学明有比较严重的腰椎间盘突出,不能用一个姿势久坐。他刚才看王一元的文章看得忘了要站起来拍拍腰。

站了一会儿,感觉好点了,任学明才把文稿给杜建峰发过去,然后拨通了杜建峰的电话。当时,杜建峰带了一个研究小组正在一家上市公司做调研,现场有很多人,不方便讲太多话,只好发短信:"现在忙,等会儿联系。"

上午,王一元在浦东的一个客户处送货。随着现在工厂的客户逐渐增多,王一元不可能每家都去接单送货,这些日常的业务方面的工作一般都是王丽萍处理并跟进。但王一元给自己立了一条规矩:每个月,每家客户至少要走访一次。而给客户送货,一方面是图省事,可以跟着送货车一起去,还能节省很多时间;另一方面,既然是送货,就肯定会进入客户的库房,这样一来,不仅能清楚地了解客户的正常需求,还能和他们的基层员工趁机拉好关系,说不定还能得到一些意料之外的情报。

等到中午吃饭后有空时,杜建峰才在手机上打开邮件,把王一元的文稿粗略地看了一遍。他打电话给任学明:"老任,小王的文章,你怎么看?"

任学明说道:"八个字:意外之喜,后生可畏。不管是总体架构,还是行文脉络,思路清晰,结论有说服力,还有很强的理论指导意义和现实可操作性。不过,也还是有遗憾和缺陷的。我感觉,理论上稍微多了一些,而实际操作方面还稍嫌不足。"

"哈哈哈,你这个老任,要求太多了一些。"杜建峰在电话里大声笑道,"你也不想想,这个小王,他又从哪里来的实践经验?如果他真把这实践经验都写好了,就只有两种可能:要么是太假,要么就是神人。"

"呵呵,你说的倒是。可是,我们两个这方面经验丰富啊,完全可以给这篇文章补充一下。"任学明建议说,"老杜,我看这样,找个时间,我们三个人先一起聚聚,你看如何?"

星期天一大早,任学明、杜建峰两人约上王一元,还是在喜泰路办公室一层的咖啡馆见面。刚坐下,他们两位显然是有备而来,都从随身的包里拿出记事本和打印出来的文稿,摆到身前的桌子上。

王一元凑过去一看,只见上面都写满了笔记和符号。三人一边讨论,王一元一边在文稿上做记录。任学明笑道:"今天,我可把话说在前面,文章不弄好,我们不回家。"

三人经过充分的讨论,修改主要集中在两个方面:一是对国内现有的城市综合体的现状分析,其着重点是国内现有城市综合体项目开发存在问题的研究;二是城市经营和城市品牌,由于城市发展体系处于不断变化的过程中,因此在打造城市综合体过程中要非常重视城市品牌效应的影响。

对于城市经营和城市品牌,三人的思路都差不多,只是对原文稿进行了一些完善。上午过去一多半的时间时,三人很快就在这一点上达成了一致意见。

中场休息时,任学明好几次站起身来敲打自己的腰椎。杜建峰建议说:"弄完这些后,老任你去做个按摩,让妹妹们帮你踩踩背,或许有效果的。"

任学明说道:"以前试过的。效果是有效果,但都只是当时的效果,一回到家,还是老样子。如果踩背的时候万一碰到了骨刺或其他什么东西,反复起来会让人更难受的,所以我现在基本上不去了。"

王一元正在一个字一个字地把修改意见敲进电脑。任学明说道:"走走路我会好受一些。老杜,我们要不先去这个园区里转转?"王一元头也不抬地说道:"你们往后面走,能看到不一样的黄浦江。"

半个多小时过去,任学明、杜建峰再次进来的时候,王一元基本输入完了。咖啡馆里有打印机,王一元把修改过的部分打印了一份,拿过去给他们两个过目。待一一看过,都没发现有什么问题,就算是先通过了。

任学明清了清嗓子,说道:"我们还是回到主题上来。刚才我们都看过了,城市经营和城市品牌的这一块,就先翻过去。接下来才是重点。我们要针对近年来我国城市综合体开发建设的热潮,提出有批判性和现实指导性的意见出来。"

这次,三人的想法有了明显的分歧。一直讨论到下午快1点,也没有讨论出一个共同的意见来。王一元提议去吃豆花,杜建峰嫌天热,不愿出去,于是在咖啡馆里要了3个套餐。吃完饭没有休息,大家坐下来继续讨论。这回,三人没有多长时间就对目前国内城市综合体开发和运营的检讨和反思达成了几点共同的意见:一是忽视了城市的承载力,二是规划不合理,三是同质化严重。最后一点就是综合体项目的定位不清晰。

任学明说道:"我看我们讨论到现在,这篇文章需要改动的地方基本上都提到了,至于剩下的部分,不用再变化了。老杜,还有小王,你们两位的想法呢?"

杜建峰基本同意。王一元坐在桌前,又开始聚精会神地打字。任学明朝杜建峰使了一个眼色,杜建峰会意,两人就静悄悄地出了咖啡馆。等他们俩再回来,王一元已经把重新打印出来的文稿放在了桌子上。

大家看过后,都表示没有意见。杜建峰站起来,伸伸腰,有些疲倦地说道:"那就这样,我现在就把这篇文章发给房产公司的吴总,先看看他的意见,我们再议。搞了差不多一天了,我们也该休息休息了。"

回工厂的公交车上,任学明打电话给王一元,说他们的文稿基本通过了。吴总在大后天,也就是这个星期五,组织他们公司的相关人员和咨询公司对接,在这个南通项目的论证会之前先搞一个双方的内部交流。

"这是好事。只是时间这么紧张,我们还要做些什么准备吗?"王一元问任学明。

"要准备的东西太多,我刚才也和老杜打过电话。这样,你明天早上就赶到我们咨询公司来,我们三个,还有我们公司这个项目小组的成员,你先过来认识一下。我建议,在整个相关的项目前期论证上,你全部参与进来。"任学明道。

吃过晚饭,王一元待在办公室上网。他搜集了很多有关于房地产、城市品牌经营、城市综合体项目开发建设的资料,打印出来,装订成厚厚一本,然后拿到宿舍仔仔细细地看起来。

俗话说:"临阵磨枪,不快也光。"王一元就想着利用这几天的时间,恶补一下房地产方面的知识,至少在那天的交流会上不要说出过多的外行话来,当众出糗,砸了自己的面子还好说,可千万不能砸了任学明好不容易建立起来的咨询公司的招牌。

有类似想法的不只有王一元,还有任学明和杜建峰。他们俩把王一元叫到咨询公司的办公室,就是想进一步把吴总的这个南通开发项目,就城市综合体项目市场分析论证以及前期开发定位研究再进行一次公司层面的研讨,以期能在与房产公司的内部交流会上占得先机,掌握主动权。

咨询公司为这个项目专门组建了一个研究小组,组长由任学明担任,组员三个人,分别是康立新、陈志光,还有一个模样清秀的小姑娘,叫刘萍。这些人都曾经去过南通的这个开发项目所在地,并且为了掌握第一手资料,都分别在那里待过一段不长不短的时间。

这次的讨论,王一元只是听他们几个在会议室里唇枪舌剑,对各种可能发生的提问和状况进行不断的推演反馈。王一元不时地在记事本上认真记上几笔,除了中间走出去接了几个电话,他一个上午都基本没有说话。

中午一起吃盒饭的时候,任学明拿过来一瓶老干妈辣椒酱,放在王一元边上,微笑着说道:"小王,我知道你爱吃辣椒,这是我特意交代前台给你买过来的。"

王一元表示非常感谢,他拧开瓶盖,换了一双筷子,挑出来一些放在自己的碗里,自嘲道:"我是无辣不欢啊,让各位见笑了。"

任学明说道:"等会儿我给你几本书,还有一些资料,今天会议完了后你都带回去。

还有两天的时间,你去速成一下。我的要求,至少要达到半个专家的水准,这个要求没有问题吧?"

王一元见任学明一脸认真,又看了一眼杜建峰,见他也没有什么特别的反应,只好点点头,轻声地说道:"那我试试看吧。"

杜建峰笑道:"不是试试看,是说真的。因为我和老任,我们两个在单位都是有繁重的工作任务的。双休日还好说一点,但像今天这样,在工作日溜出来半天,就已经算是很迫不得已了。但是,我们也不能经常这样,毕竟上上下下还有那么多的眼睛在看着我们。"

"所以说,小王,你以后要多多参与咨询公司的工作。对你也是一种锻炼,你也会学到很多东西的。"任学明边吃盒饭边说道,"要是你能把我们这里的实战结合到我们在交大研习班的理论学习上去,不是吹牛,你以后肯定会感谢我们的。"

这场费神费脑的讨论,一直延续到晚上12点多才告一段落。不过,最后也很有收获,在南通这个项目开发的前期论证和设计定位上,公司内部形成了一个比较一致的意见,统一了共识。这一晚,王一元没有回吴泾,而是睡在了老任为他订好的酒店里。头一挨着枕头,他就呼呼地睡了过去。

星期五早上,王一元随任学明、杜建峰还有项目小组的三个人一起去房地产开发公司。

房产公司在浦东陆家嘴的一幢写字楼的第37层。一行人进入宽敞明亮的大堂时正是上班时间,三部电梯前,等候的队伍排得很长很长。任学明走在最前面,带着一行人绕过这里的人群,继续朝里走。原来大厦的最里面还有一部电梯。他在电梯口的密码表上输入了一串密码,电梯门开了,几个人鱼贯而入。

杜建峰转过头,对王一元轻声地说道:"小王,这幢楼就是由吴总他们公司开发建设的,所以我们不用去排队挤电梯,这次乘坐的是他们公司的专用电梯。"

随着电梯的上升,王一元突然开始紧张起来,就好像当年高考赶赴考场一样。他心里不禁暗暗地骂道,这狗日的高考,快十来年过去了,怎么还是阴魂不散?

王一元假装咳嗽了一下,喝了一大口手里拿着的矿泉水,这才感觉稍微放松了一些。他小心地往四周看了看。其实,电梯厢里就只有老任他们几个人。他突然间想起老谢送他的那句话——每逢大事有静气。他开始静声屏气,悄悄地做了几次深呼吸,努力使自己快速平静下来。然后,他也学着任学明的样子,假装成一副若无其事、云淡风轻的模样。

电梯直达第37层。从电梯出来,直接就是房产公司宽阔的大堂。一位前台小姐迎了上来。任学明向这位小姐说明了来意,这位小姐就做了一个请的姿势,把他们送入第三会议室,给每个人泡上茶,就关上门出去了。

这间会议室很宽敞。正中间是一张椭圆形的大会议桌,桌上摆了几盆翠绿欲滴的盆栽。站在这间会议室的窗前,从整面的落地玻璃望出去,外面小陆家嘴的繁华一览无遗。

王一元小心地踩在柔和而紧致的羊毛地毯上,静悄悄的,没有一点声音。站在37层的高楼上望向窗外,太阳红火,天空湛蓝,飘荡着朵朵的白云。他是第一次站在37层的高度,如在云端,室内的清凉与外面的火热形成的强烈对比使他产生了一种不怎么真实的感觉。

任学明招呼大家坐下等待,他还特意把王一元叫到自己的右边坐下。他悄声地问王一元:"小王,这里的办公环境,你看如何?"

王一元看着任学明,又看了看旁边的杜建峰、康立新、陈志光和小刘,见他们也是一脸期待地望向自己。他窘迫地摸摸鼻子,才对任学明赫然一笑,说道:"老任,现在这种关键时候,不带你这么打趣我的吧?"

坐在任学明左边的杜建峰轻声开口笑道:"小王,总有一天,我们也会在这样的地方办公的。我们要有这个志气,就像李宁的口号,一切皆有可能。"

任学明朝杜建峰笑笑,说道:"老杜,你们的上海总部不是也要搬进金茂了吗?那还不比这里高级?"

王一元不知可否地笑笑,说道:"真要有那一天,我做梦都会笑醒的。不过,借你们的吉言,我也希望如此吧。到时候我请客,在全上海最好的饭店,让大家吃个高兴。"

不一会儿,会议室的门打开了,一个个子不高但是很有精神的50多岁的中年男人在一群人的簇拥下,昂首挺胸地走了进来。

这位大概就是吴总了吧,王一元马上想道。只见这个中年男人穿着白衬衫,扎着灰色的领带,配上灰色的裤子,立体的五官棱角分明,特别是一双眼睛,深邃且炯炯有神。他一进会议室的门,王一元就感觉到这人所散发出的强大气场。

王一元一见吴总,脑海中立即出现一句成语"短小精干"。后来,他还曾向任学明和杜建峰说起自己对吴总的这个第一印象。杜建峰听到王一元的这个评价,暧昧地笑笑说:"精干用来形容吴总还是可以的,但是短小嘛,就不太合适了的,很容易让人浮想联翩的。"

任学明连忙站起来,快步迎向前去,伸出双手,握住这位中年男人的手,稍显激动地说道:"吴总好。"杜建峰和王一元等人都连忙站起来,在任学明的身后排成了一排。

吴总一一和他们握手,当看到王一元的时候,他稍微停顿了一下。一旁的任学明赶紧介绍:"吴总,他是王一元。这次的方案,他也有参与进来,以后还请您多关照他一些。"

王一元忙不迭地朝吴总笑着说道:"吴总多关照。"

众人分两排面对面地坐下。吴总开门见山,用上海口音浓郁的普通话说道:"在座的各位,大家基本上都是认识的,我就不再另外做介绍了。"他看了一下左手上的腕表,接着说:"任总,还有杜总,只有一个小时的时间,我等会儿还有事情。你们先准备一下,长篇大论,我看就不要说了,到时候去南通再说。不过,在你们开讲之前,我先啰嗦两句,算是开场白吧。"

他说:"在座的各位都知道,随着我国经济的蓬勃发展,城市化进程不断加速,催生对商业地产的巨大需求。城市综合体作为商业地产的典型模式,功能复合多样,有效利用土地资源,对推动城市产业经济的发展有重要的意义,具有较高的社会、经济价值,是现在许多的商业地产商热衷的一种发展模式。"

吴总话锋一转,说道:"但是,我们也知道,大型房地产建设项目,尤其是在大型综合性房地产开发项目上,项目开发前期的战略规划是贯穿项目整个生命周期的生命线,决定了项目的终极命运。"

他接着说道:"如果开发商没有做好缜密的项目开发前期的战略规划,是没有办法向建筑师讲清楚心中的项目究竟是什么样的。这样一来,开发商往往会被建筑师牵着鼻子走,跟着政府部门的要求或有关领导的感觉走。我们这些房地产开发商在许多项目上,教训无疑都是十分深刻的。"

吴总问道:"那么,具体到南通的这个项目,我们开发商如何做好这个项目开发前期的战略规划?如何在方案设计前向建筑师讲清楚心中的项目究竟是怎么样的呢?这是我今天的第一个问题。"

任学明、杜建峰、王一元一行认认真真地听着吴总的提问,在自己的记事本上快速地记着笔记,同时在心里想着这个问题的应答之策。

吴总继续说道:"第二个问题。我们国家改革开放以来,在工业化带动下,我国的城市化进程发展迅速,综合考虑人均收入、工业化、产业结构、就业构成、流动人口等关联因素,目前我国已进入城市化加速阶段。而工业化社会衍生的结果必然是城市的核心价值可以被用来定位和包装之后产生出新的附加值,也就是我们经常所说的品牌。所以,城市化急速发展之后,城市的发展将越来越依靠品牌化。进入新世纪之后,我国诸多一线、二线城市纷纷打出品牌战略,如深圳的'设计之都'、成都的'美食之都'、杭州的'休闲之都'等。当然,如何建立城市品牌并不是一个广告、一次公关活动可以解决问题的。城市功能如此丰富、如此复杂,使城市的规划和经营异常庞杂,从经济、文化、交通、环境到居住、安全、教育和城市建设,每一个环节都关乎城市品牌的塑造。在经济学领域中,品牌其实是营销的产物,那么城市品牌就应该是城市营销的产物,所以城市营销的成功与否直接决定着城市品牌的价值高低。那么,怎样的城市营销才算得上成功的模式呢?又怎么能和我们南通的这个综合性的城市开发项目实现一定程度上的紧密衔接,继而共荣共长?"

吴总喝了一口水,最后说道:"任总,杜总,你们今天主要就讲这两点,我听完就赶着要走。现在,你们谁先来说?"

听到吴总亲自点名,杜建峰附在任学明的耳边轻声说了几句什么,然后任学明清了清嗓子,对吴总说道:"吴总,既然您都亲自点题了,我们就只好见招拆招了。如果有说得不太对的地方,请您多多指正。"

任学明转过头,满含深意地看了一眼王一元。王一元联想到刚才老杜的耳语,顿时一惊,心里暗叫一声不好。果然,任学明开口说道:"吴总,你的前一个问题,由我这个老兵来简要回答。而另一个问题,则由我们的这位新同学王一元来作说明。"

王一元听到任学明这么一说,心里开始七上八下起来。自己到底能讲好吗?他担心地问自己。"每逢大事有静气。"他又不断地安慰自己,给自己打气。他看着面前早就准备好的文稿,开始琢磨起来。

这边任学明开始回答,他说:"我先来说第一个问题。针对当前城市综合体开发过程中存在的种种问题,如何做好南通项目开发的前期战略规划,从而提出切实可行的发展方案,我的建议,要着重对以下几个方面进行系统的分析。"

接着,他就地块的条件和政府规标的要求、城市规划导向、区域开发规模、地块所在地的市场、地块所在地的商业竞争情况、拟开发项目各类物业产品的赢利模式和配套需求等几个方面做了详细说明。

任学明讲完,吴总带头鼓掌。他点了点头,说道:"很多开发商拿到地块以后既不做调查研究工作,也不自己开发编制方案设计任务书,一般来说都是拿了地块图找数家设计院开发项目设计方案。有的开发商请了十几家设计院,开发的项目方案文本数十个,结果自己也无法评判这些方案的优劣,也不知道哪一个方案符合自己的需求。这是行业内的常见现象。"

吴总接着说道："看来，你们咨询公司这次还是做足了功课的。接下来就是你们的这位青年才俊，让我们来听听他又有什么新的想法。"

任学明、杜建峰他们几个人的目光都一齐看向王一元。王一元看着他眼前的文稿，开始逐条逐句地往下说。一开始说的时候，王一元还有些紧张，但他逐渐就流利起来："品牌的核心内涵是要传递给消费者核心利益。城市品牌就是一个城市在推广自身城市形象的过程中，根据城市的发展战略定位传递给社会大众的核心概念，并得到社会的认可。所以，城市品牌绝对不能简单地等同于表层的市容、市貌等城市形象，它是一座城市的精神和灵魂。城市品牌是城市差异化、个性化的生态环境、经济实力、文化底蕴、精神风貌、价值取向等综合功能结构的呈现。城市品牌的核心价值既包含了看得见、摸得着的东西，同时也渗透了许多复杂多元的无形价值，环境、资源、文化、历史、经济和人本身都是构成和决定一个城市品牌价值的核心要素。城市综合体是商业竞争进入经济垄断、资本高度集中的综合产物，可以说是目前世界上最先进、最高级的商业形态，在国外已进入鼎盛时期。在中国，城市综合体的概念现在也是越来越时髦，如果对房地产做一个评价的话，它无疑是最热门的业态，逐渐成为一个新的投资风向，因而受到很多开发商的追捧。中国的城市综合体市场的开发建设只是刚刚起步，多种资本正在角力，现状很混乱。业界流行一句话：'城市综合体是个筐，什么都往里装。'很多商家也在追逐这个时尚的概念，甚至连大型批发市场等也纷纷改名叫城市综合体。"

讲到后来，王一元一时兴起，便脱离了讲稿，开始自由发挥起来。他说："那么，到底什么是城市综合体？它与大型零售综合体，与'Shopping Center'又有什么本质上的区别？以我们上海的新天地为例。新天地究竟是什么？购物中心？娱乐中心？时尚中心？旅游景观？开发商认为，新天地就是一个'Mall'，英文全称'shopping mall'。用我们国内的说法，这个'Mall'就是指城市综合体。"

王一元最后说道："所以，我们研究的最后结论认为，从本质上来说，最大的区别就是'一站式'生活理念。城市综合体内各种大型商超、综合体集群，规模大、功能多、商品和服务全，汇聚国内外知名品牌，融吃、喝、玩、乐、购于一体。这种'一站式'生活理念，如我们上海的新天地、北京的西单，现在都成了城市品牌与生活方式的标志性区域。"

"讲得非常好。这位小伙子，你总结和提炼出来的这个'一站式'生活理念，很新颖，很有创意，也很到位。"吴总听完王一元的介绍，忍不住第一个鼓掌。

吴总朝任学明他们看了一圈，笑着说道："依我看，这次的项目前期论证和项目计划书的编制完全可以以这个'一站式'生活理念作为中心和重要抓手,贯穿始终。"

大家再一次鼓掌。吴总接着又问了任学明关于王一元的一些基本的情况,他点点头,朝王一元赞许地说道:"还是你们年轻人有冲劲,有想法,思想不落窠臼。小王,你这次可算立了头功,真正讲到点子上了。"

王一元站起来,谦虚地说道:"谢谢吴总夸奖,愧不敢当。"

吴总站起来,伸出手,笑着说道:"我一定要和这位后生再一次握握手。意外之喜,刮目相看。人才难得,难得的。"

坐下来后,吴总看了一下手表,总结性地说道:"我必须要走了。但今天我很高兴听到了任总的咨询公司的建议,特别是这位小伙子带给我们大家的这个'一站式'生活理念。接下来,任总和杜总你们留下来,继续和我们的相关部门对接。"

最后,吴总都站起来准备要走,但又停住了,看着任学明,说道:"另外,我有一个不情之请,就是想邀请你们公司的这位小王,也全程参与进来。任总,你看这样安排行吗?"

从房地产公司出来,一行人乘直达电梯到地下二层车库,准备开车回咨询公司。王一元块头大,就坐在了副驾驶的位置上。

直到这时,王一元才"妈啊"地叫了一声,连连用手抚摸着胸口,吐出一大口的浊气,轻松地说道:"终于出来了,刚才紧张死我了!"

坐在后座的小姑娘刘萍笑出声来,说道:"王经理,不至于这么紧张吧。我当时在你旁边,会议室里那么清凉,我可是看到你后背上是一大片的汗水。"

"有吗?"王一元转过身,问任学明:"老任,我刚开始讲的时候,你重重地踢我一脚干什么?"

任学明发动引擎,呵呵笑道:"主要有两个意思:一是提醒你注意重点,不要啰嗦;二是要你注意说话节奏。就你那口家乡普通话,一定要放慢了说,要不然会有一些人听不懂的。小王你记住,以后也是这样提醒。"

一车的人都哈哈大笑起来。王一元紧张的心才彻底放松下来,说道:"那还是算了吧。你那一下,踢得我现在还骨头疼。不过,我还是要谢谢你。你那一脚,确实让我稳定心神,要不然,我会一直紧张下去的。"

后面的杜建峰开玩笑地说道:"老任,这个踢人的重任下次我来承担。我穿的是尖头皮鞋,一脚上去,效果应该更好的。呵呵,小王,有你好日子过的。"

王一元却说道:"说到紧张,也不知道今天究竟是为什么。按理说,更大的场面,我也经历过,但这次见着这个吴总,和他这么近距离地对话,我竟然有一种无形的压迫感。"

任学明呵呵笑道:"不过,今天最出彩的还是小王最后提出来的这个'一站式'生活理念。这可是原稿里没有的啊。"

王一元显得很不好意思,说道:"呵呵,那只不过是我当时一兴奋,当场想起来这么一个词,顺口就说出来了而已。我也没想到,竟然歪打正着,引起了吴总和他们公司这么大的兴趣。"

"意外之喜,刮目相看。小王,这个吴总平常很少夸赞别人,他今天评价你的这八个字,我可以看出来,他是对你另眼相看的。"任学明边开车边说道,"实话实说,你提出来的这个理念的的确确是我们这次汇报的点睛之笔,也是神来之笔。"

王一元却没有显得很高兴,抱怨地说道:"只是这样一来,你们可把我害惨了。你们商量要去南通蹲点一个星期,我哪里能有这么长时间出去的?我工厂那里还有着一亩三分地要看着呢。老任,老杜,我不去行不行?"

"我们是没有任何意见,全凭你个人的意愿。"杜建峰说道,"只是,你的这个假要向他们公司的吴总去请的。他可是当场点名要你参与,你当时也是点过头答应了的。"

王一元耷拉下脑袋,自言自语道:"唉,我这真是自作自受啊。"

"呵呵,知道了吧?你这种状况,叫做自作孽不可活。"杜建峰嘲笑王一元。

王一元在食堂吃晚饭的时候,谢老板也在。两人就在一张桌子上吃。

王一元顺便问起谢老板他们无锡项目的进展。谢老板笑说现在进展还不错,前期的沟通很顺利,样品已经开始打样了。毕竟离11月份正式供货还有一段时间,所以他很多时候都在无锡疏通关系。

"那你的这些老客户现在都开始清理了?"王一元问道。

"已经把风声放出去了一些。"谢老板说,"我们也不能因为这个原因影响别人家的供应计划,要给大家留有充裕的时间,对方也好重新选择新的供应商,不至于影响他们的生产。我的想法,其中有些客户,我准备让我的那些做纸箱的老乡去接下来。"

王一元沉吟了一会儿,真诚地跟谢老板说道:"谢老板,你看这样行不行?这些客户,你也不要让别人接手了。如果可以,你全部转给我们。咱们内部转让,对外还是用你们公司的名义。"

谢老板放下茶杯,停顿了一下,问道:"你是说,你想连人带业务一起接收?这个,你得让我先想一想。"

王一元说道:"这样一来,谢老板你也不必费心费力,一个个地去和你的客户做解释,业务员本身也会乐得安置,还解了他们的后顾之忧,反正他们的基本收入不会受到明显的影响。你们工厂的转型就能平稳过渡了。"

谢老板想了一会儿,说:"你说的是有一定的道理。你让我先想一想,评估一下,过两天再答复你。"

吃过饭,王一元在宿舍看书。因为下个礼拜就要随房地产公司的人去南通做项目调研,这次有那么多的专业人士一起,他现在只想着把任学明送自己的书和相关资料再消化一下,使自己在这一方面至少在表面上看起来更专业一些。

9点左右,手机短信突然"叮"地响了一下。王一元拿起来一看,是康宁,她问王一元:"在干嘛?"

王一元马上回拨过去,电话一下子就接通了,只听康宁说道:"大叔,还在忙着?"

"我正在宿舍里看一会儿书。"王一元回答说,"你在干嘛?一个下午也不见你回我的电话。"

康宁在电话里歉意地说道:"学校刚刚才下课,正准备回家。"

王一元很奇怪,问道:"你们不是都已经放暑假好多天了吗?"

"是放暑假了啊。"康宁似乎有气无力地说道,"是这样的,我们学校和国外的两所友好学校在这个暑假有互派交流生的计划。这几天,所有要出国的学生,还有带队的老师,都在学校进行封闭式的语言训练,而我恰好担任他们的英语老师。"

王一元关心地说:"你也不要太辛苦了。听你的声音,感觉你很疲劳的,声音都变了。身体是自己的,一定要当心点,别太累着自己了。"

康宁在电话里用小女人的语气说道:"我能不累吗?上午两节,下午两节,晚上还有一节,每节课都要一个小时,课后还要答疑解惑,和这些人用英语交流对话。现在,我嗓子都要冒烟了,感觉连走路都没有力气了。"

王一元问:"每天都这样?那是蛮累的,多吃点'金嗓子'。也不知道你们学校是怎么安排的,就没有其他英语老师了?你们上课几天了?"

"看看,某人还真是一点都不关心我。"康宁抱怨道,"我昨天晚上不是在短信里和你说过了吗?一共五天,要到下礼拜一结束。因为都是封闭式的训练,手机不好用的,要等当天的课程结束。"

王一元在电话里连忙道歉,说:"那你也要带队吗?"

康宁说道:"是的,我要带一组学生去英国的伯明翰。交流计划的安排是25天。不过,交流完后,应学生和家长要求,我们还要在欧洲待上10天,走马观花地看几个主要的欧洲国家,比如法国、意大利等。"

王一元问:"你们几号出发?"

康宁说道:"这次训练结束后,中间会休息一天,所以是下礼拜三从浦东机场出发。对了,你这段时间怎么会有这么多事情要忙?"

于是王一元把下周准备去江苏南通的事情大致和康宁说了。听王一元说完后,康宁忍不住失望地问王一元:"大叔,那也就是说,你周一早上就要去南通,并且要在那里待一个星期?"

王一元叹了一口气,说道:"是啊。早知道这样,我就不参与他们这个项目了。这样一来,搞得我星期三都可能没有办法去送你了。"

康宁沉默了一会儿,才缓缓说道:"送不送的倒没有多大关系,我们反正当天有学校安排的大巴,你过去也不太方便。只是,大叔,我们这次有21天都没有见面了。"

王一元赶紧在电话里说:"那这样吧,星期天的晚上,我们见一面。不管多晚,我都在你们学校门口等你下班。"

康宁说:"不用了,真的不用。我刚才说话态度不太好,你理解就好了。"但她听王一元一再坚持,也就同意了。

可是,一直到康宁带学生出国交流之前,两人到底还是没能再见上一面。

原本王一元和康宁说好在星期天晚上去接康宁,然后给康宁送行。但是,那天吃中午饭的时间,康宁打电话给王一元,说是因为她是第一次出国,加上当天晚上是星期天,所以家里会来一大堆的亲戚给自己送行,晚上的见面就不得不取消。

王一元只好退而求其次,说道:"那我就在你们学校门口等着你下班,我们见个面,总可以吧?"

康宁却说道:"这几天的晚上,因为担心我的安全,都是我妈亲自来学校接我下班的。你这样冒冒失失地过来,我怎么和我妈妈解释?"

"呵呵,那还要解释什么?丈母娘看女婿,还不是越看越喜欢?"王一元打趣地说道。

康宁也笑了,说:"你想得倒是挺美的。如果大叔你脸皮够厚,也不怕自己到时候下不来台,你也可以来试试的。呵呵,上海女人的厉害,让你好好瞧一瞧。"

王一元还想多说几句,不想康宁说道:"我快要去上课了,有时间再联系吧。反正在国外,QQ什么的还一样能用,很方便联系的。"

王一元只得放弃了和康宁见面的打算。第二天一大早,他乘公交去了市区,与房地产公司和咨询公司的人会合后,坐大巴去了江苏南通市。

康宁也非常郁闷。直到飞机起飞后在空中平稳飞行,学生们也不再那么闹哄哄的,她还是没有缓过神来。她安静地半躺半坐着,假装闭目养神,但是脑袋里却思绪万千。她的郁闷当然和王一元有关。这次要去欧洲35天,回来时都快要新学期开学了。这样一来,她和王一元就要有整整两个月都无法见面了。说出来又有谁会相信,同在一座城市里,两个正处于热恋中的男女竟然会有这么长的时间不能见面。虽然每天都有短信、QQ、电话,两人一直都有联系,但这种隔着时间和空间的感情维系正在悄悄地拉开彼此之间的距离。

所有这些想法都缘于妈妈最后一次接自己下班回家的路上她们母女俩对王一元的讨论。康宁的母亲是一所中专学校的心理老师。可能是出于对女儿的爱护,妈妈关心地问康宁:"他是真心爱你的吗?"

康宁点点头,然后又缓缓地摇摇头,轻声说道:"我现在也不能很确定了,他应该是的吧。"

"你确定很爱他吗?"妈妈又问道。

康宁仍然是点点头,然后又缓缓地摇摇头,说:"我现在也不能确定我内心的想法到底是对还是错。"

妈妈继续问康宁:"那他爱他自己吗?"

康宁还是点点头,然后又缓缓地摇摇头。不过这一次,因为自己感觉对这个提问更加模糊,更加不知道该如何回答,所以她没有再说话。

妈妈问:"他要是真心爱你,你要出去这么长时间,又为什么不来和你道别?你不要说他没有时间、工作很忙这一类的话。他再忙,工作再重要,比你更重要吗?如果是,那你在他心目中的位置又算是什么?"

康宁只是听,低着头,没有说话,安安静静地往前走。她仿佛能看见自己黑色凉鞋里露出来的肉白色的大脚指头,在暗夜的微光里有一层浅浅的白色光芒,随着自己的脚步一闪一闪。

妈妈说道:"傻孩子,有很多东西,你还不懂的。你还不懂得男人,不懂得好感与感情,不懂得相恋和相爱,甚至于还有那种奋不顾身的爱情,也还不懂得我们这个社会,不懂得我们老百姓的日常生活。"

妈妈想去牵康宁的手,不料一辆自行车直直地冲了过来,她只好躲了开来。

妈妈说:"也许,说到最后,可能连你自己到现在也还没有真正弄清楚到底真正需要的是什么样的男人。"

此时,天气异常闷热,虽然是晚上,但一丝丝的风也没有。康宁却清晰地感受到,自己身体深处的某一处地方,开始在一阵阵地发凉。

康宁妈妈说道:"再者说,按照我们上海一般的习惯,如果是选对象,至少在房子、财产、家庭条件等方面都会有基本要求的,何况他还是一个外地的乡下人。但是我们,包括你舅舅他们,都没有对他提过这方面的任何要求,你知道是为什么?"

这回康宁停住了,转过头,问:"那是为什么?"

康宁妈妈说道:"其实我们只有一条,只要人品好,关键是他一定要对你好。至于其他,比如说物质条件、家庭条件等,我们都可以没有要求的。只是如今看来,难道结果就是像他现在表现的这样吗?"

康宁妈妈语重心长地说道:"康宁,你只要记住,一定要找一个对自己实心实意好的男人,只有这样,最终你才会有长久的快乐和幸福。"

康宁心里突然间一阵悸动,她走过去抱住妈妈的手臂,轻声说:"姆妈,你不要再说了。让我静一静,我会仔细想一想的。"

那么,这个王一元,他对我真的是实心实意地好的吗?康宁从昨天晚上回家以后到现在在飞机上,她无数次地问过自己。她回忆了和王一元自认识以来所有的点点滴滴,但是直到此时此刻,在离地面8 000米高的云端之上,她想了很久很久,还是没有十分肯定的答案。她一直不能说服自己的根本原因来对她妈妈的三个提问的自省。她真实地感觉王一元离自己的距离不是一天天地在缩小,反而是在一天天地在扩大。会不会真的有一天,彼此再也看不见对方了,永远消失在了茫茫的人海里?

呆呆地想了很久,康宁感觉有些累了。她抱着靠枕,调整了一下自己的坐姿,尽量使自己放轻松,闭上眼睛半躺下来,最后终于在这嗡嗡的飞机引擎声中进入了梦乡。在梦里,她看见一架银白色的飞机正缓缓地滑向跑道。她还看见另一个自己,同样穿着白色的衣服,正坐在飞机靠窗户的那个座椅上。飞机在跑道上开始加速和起飞,往上不断地爬升。从窗户看出去,地面上王一元的身影慢慢地缩小、缩小,直至最后连同那个从小就无比熟悉的城市一起再也看不见。天地之间只剩下一片白茫茫的厚厚云雾。

康宁一下子惊醒过来。机舱里安安静静的,很多旅客都已经睡着了,甚至还能听到有人发出一阵阵轻微的鼾声。她茫然地看着手中抱着的靠枕,怔怔地坐在那里,很久很久都说不出话来。实际上,康宁没有和王一元说起过,王一元当然并不知道,这次去伯明翰交流,如果对方学校对康宁满意,她极有可能会留下来,作为访问老师继续在那里工作一年。

有一串眼泪忽然从康宁的眼角溢了出来。她没有去擦拭,任由它们悄然地滑落在了自己白色的衣服上面。

南通项目前期开发尽职调查小组本来计划在南通待7天时间,王一元最终只待了4天半,就因为有事而匆匆赶回了上海。

刚到南通的第一天下午,王一元正在项目所在的开发区随大家一起听取开发地块的情况介绍,突然间海德堡中国公司的宋总打来电话。他告诉王一元,这个星期将在上海举行全印展,他们公司会有两场重量级的讲座,都是和互联网相关的内容,主题是关于传统印刷企业的转型发展,作报告的都是印刷业界有名的企业大佬,所以建议他最好能过来听一听。

王一元一听宋总说的这个主题,就对这次的讲座产生了很大的兴趣。他知道,不要说国内,单是上海,当前全市的各类印刷厂,光是登记在册的就达到五六千家,市场竞争越来越激烈,成本却是日益高涨,客户对价格和速度的要求也越来越高。因为一直处在印刷业务的第一线,王一元对此早就深有感触。他也一直在不断地思考,认为如果要确保工厂未来业务量的持续增长,就必须要构建新的市场机遇。

可是,新的机遇在哪里?这几年,随着互联网的迅速发展,网络已经成为人们日常生活不可缺少的一部分,阿里巴巴、慧聪网、淘宝网等大型电子商务快速普及和发展,许多传统印刷企业也纷纷加入电子商务行业当中。

王一元敏锐地认识到,现在的这个互联网的大潮说不定就是印刷行业的一个最大的市场机遇。但是他也知道,能意识到机遇和把握这个机遇其实是完全不同的两个概念。反观自己的工厂,在电子商务开发这一方面,目前几乎还是一片空白。当然也不能说是他对此不关注,毕竟互联网这个看得见也摸得着的实实在在的大潮正在深刻地影响着社会和经济发展的方方面面,他不可能对此视而不见。主要的原因还是在于他不怎么了解互联网,不懂得互联网中的奥妙,不知道该如何去利用互联网这个工具。这次的讲座刚好给了他一个了解互联网与印刷企业两相结合的机会。

两场讲座安排在这个星期五的上午和下午。王一元和任学明在电话里说了自己想去听报告的事情,反正在南通项目尽职调查小组里,自己的任务已经接近完成。经任学明的同意,他在星期四下午就赶回了上海。

王一元在回上海的大巴上对互联网和电子商务思考了很久。他最后决定把肖云华、王丽萍两人也叫上,大家一起去听这个报告会。

这天的第一场讲座是"互联网时代传统印刷企业面临的挑战与机会",主讲的嘉宾是广东一家著名印刷企业的朱总。他说:"2000多年前,印刷术的出现为大规模的知识传播与分享创造了便利条件。2000多年后的今天,互联网模式开始深刻地影响和改变着这一传统产业。每一个处在风口的传统印刷企业都无法在互联网这一场历史性的社会和经济变革中独善其身,要么顺势而上,要么销声匿迹。互联网的发展带给了人们许多好处,但也还是为一些行业带来了困扰,印刷行业就是其中之一。网络、电子书等新型媒体迅速崛起,都在冲击着传统的印刷行业,甚至已撼动了传统印刷业的半壁江山。总体来说,目前已经可以看到,互联网的崛起对印刷行业已经造成了不可逆的侵蚀,印刷行业总体上将会持续衰落,这是基本的大势。那么,如何用互联网思维来完成我们自身印刷业务的华丽转型?"

接下来,一直被认为很有互联网思维的朱总结合他自己企业的经验,畅谈了他们公司独特的应对之道。他们公司逐渐从传统的MO盘、U盘来拷贝文件转向建立订单网站。公司先后自行研发出了订单系统、支付系统、全自动拼版系统、ERP系统、配送系统等。这些原本各自独立的系统最终组合成了一套高效简单的公司全流程作业系统。现在,日接单量从最开始的几十个到现在的上千个,而公司的运营成本却是大大降低。所有的客服工作、订单审核、订单布产、拼版、印刷生产指令等繁重复杂的印前工作,仅仅五个人就能快速完成,基本上每天晚上9点截稿,9点半就能完成排产下班。

他再进一步阐释:"我们公司凭借的就是流程简单化、服务本地化、生产标准化、管理扁平化来提高效率、节约成本,将流程复杂的印刷产业推向一个极简模式,从而实现了工作时间12小时送货上门的快速、专业的服务。对于将时间视为产品生命周期重要影响因素的新生代印刷企业而言,这样的服务恰恰是最理想的状态。所以说,我们之所以能够在同质化严重而且竞争激烈的印刷行业中脱颖而出,独占鳌头,领先驶入快车道,包括我们公司的每一次业务升级,都离不开对互联网思维的深刻理解。"

下午1点半,讲座继续进行。这次的主题是"互联网时代的印刷企业战略转型",演讲嘉宾是印刷行业协会的秘书长,姓刘,也是北京一家大型印刷企业的负责人。

刘总介绍:"当前,我国印刷业正处于产业结构优化调整的过程中,洗牌与发展并存,产业发展存量不断优化。特别是在互联网背景下,印刷电商不断涌现,运营模式不断更新,分工有了巨大调整。转型升级是每个传统行业的必经之路,印刷行业不会因任何原因而幸免,多年前'要想富,做印刷'的说法如今已基本不复存在。比如说,印刷行业中的图书出版业,除了教科用书,几乎家家图书出版商都被当当网、亚马逊整得苦不堪言。亚马逊经常打对折,那书卖得比纸都便宜。还有,比如说Kindle电子书在年轻群体中的普及无疑使图书行业雪上加霜。现在,除非是高端图书印刷企业,其他的其实都只挣点血汗钱。印刷企业转型是必须的。传统印刷的业务渠道与方式已不足以满足现有的市场需求,其生产流程与执行细节在效率、人才需求及应用方面也已失去优势。面对90后市场消费习惯与工作方式,印刷行业在市场销售方式以及内在生产和人力资源等方面将会发生天翻地覆的改变。面对行业革命的到来,印刷企业主动地去改变是必须的。"

接下来,刘总还就企业转型升级的常见路径、印刷行业转型升级的成功案例、转型升级的现状和困难作了一些阐释性的说明。他说:"所谓'穷则变,变则通,通则久',已经有越来越多的印刷企业开始尝试新模式和新路径。印刷企业搭建互联网平台的方式有自建平台、借助第三方综合电商平台和加盟专业电商平台等几种常见的方式。"

他总结说:"抓住新形势下的这些机会,转变思维,那对企业来说就是机遇。如果思维不转变,机会在眼前也看不到。正像著名的张瑞敏先生说的那句话,'自杀重生,他杀淘汰'。每一次经济触底的过程都会让一部分真正有实力、有智慧、有魄力的中小企业发掘出全新的增长空间。这一部分走出迷茫期,走向转型升级创新的企业就有望从传统企业嬗变成'新型企业'。"

听完讲座报告,王一元仍意犹未尽。在回吴泾的公交车上,他对王丽萍交代说:"明天的业务部聚餐,你要提前给她们几个打电话,主题就是讨论这个电子商务和我们工厂到底该怎么去做。还有,老肖,这次聚餐你也一起来。"

星期六的业务部聚餐自从由王一元提议开始实行以来,除了少数几次,因为他没有时间而中断过,基本都会按时举行。以至于现在,即使王一元没空参加,王丽萍、杜于乐姐妹、周婉秋她们四个也会在这一天找时间聚上一聚。

这次是杜于乐找地方,在徐家汇附近的一家专做上海菜的饭店。令王一元意外的是,胡雪竟然跟着周婉秋也来了。

见了面,王一元笑了笑,说:"是这样的,昨天我们几个去听了两场讲座,讲的都是互联网和我们印刷企业转型和升级发展的关系。王丽萍,你先把主要意思和大家伙说说。"

杜于乐却说道:"这样,你们先说,我和小王先下去点菜。"王一元站起身,谦让了一下,就随杜于乐一块出了包间。

点菜的时候,杜于乐问王一元:"小王,你的那位英语老师呢?今晚上怎么没来?"

王一元就向师傅讲了康宁带学生去英国交流的事情。杜于乐又随意地问道:"那这位胡小姐和你又是什么关系?"

"呵呵,师傅,你可能弄错了。我和这位胡小姐纯粹只是朋友关系,在生意上有过几次合作。像上次的葡萄盒子,还有柑橘盒子,都是她们公司设计的。"王一元道。

杜于乐点了一条黄鱼,吩咐服务员清蒸,然后说道:"小王,我只是要提醒你,虽然说现在你们年轻人谈朋友更加自由了,但我还是要告诉你,你作为一个男人,一定要负责任,绝对不可以脚踏两只船。"

菜开始一个个地端上来,大家一起喝酒吃菜。胡雪问王一元:"老王,这里可是大上海,现在的互联网都已经无处不在了,怎么你们工厂直到现在才想起来要做这个电子商务的事情?不觉得太晚了一些吗?"

王一元呵呵一笑,刚想要说话,王丽萍却是抢先回答道:"胡姐,你也知道,我们工厂到现在,满打满算也只有不到一年的时间,去年9月中旬才开工的。一开张,这么多人要吃饭,所以就光顾着四处去寻找业务了。当然,最关键的是,我们几个,包括老王,还有老肖,对这个互联网都不太熟悉。"

周婉秋还有一些抱怨,打岔道:"所以老娘今晚上才请了这位胡大小姐过来喝酒的。你们可能不知道,胡雪她们公司,有一项业务就是专门给人做网站建平台,在互联网上做推广。"

王一元一听,看着胡雪问道:"你们广告公司真有这项业务?"

胡雪点点头,说道:"做网站前几年很红火的,我们以前还设有专门的一个部门,但这几年业务已经很少了。建网站搭平台这项工作,技术含量其实并不高,门槛比较低,很多企业自己就能做,所以我们这个部门现在主要是帮助客户在做互联网上的推广这一块。"

王一元拿起酒杯,笑着说:"真的是踏破铁鞋无觅处……"

周婉秋却是接过话头,高声说:"蓦然回首,那人却在灯火阑珊处。老王,你是不是想表达这个意思?"

大家继续喝酒,电子商务开发这件事情就这样轻轻松松地落实了下来。王一元感叹道:"胡雪,看来我还是对你们广告公司了解得不够啊。要是我们早知道电子商务做起来没有我们想象中那么复杂,早就找你们来开发了。"

回吴泾的路上,王一元问肖云华:"老肖,这回又增加了不少单子,特别是周婉秋的业务,工厂的安排都能做得下来吗?"

肖云华打了一个很长的酒嗝,揉搓着脸说道:"周婉秋要做的那个汽车厂工作联系单,我已经看过了,插进来应该可以。只是,接下来食品公司单子,如果印刷量大的话,工厂的安排还得再做调整。"

王一元对坐在前排的王丽萍说道:"这个星期的业务和生产的协调会,你把业务上要做的单子根据轻重缓急重新排列一下。工厂方面,老肖,我看这次就多增加几个代表,我们多听听员工们的意见。"

过了几天,王一元正在喜泰路的办公室和任学明商量关于南通房地产开发项目前期调查报告的事情,一个电话打进来,显示是长兴岛海潮柑橘合作社老朱。王一元按了接听键。

只听得老朱在电话里说道:"小王吗,我是长兴岛老朱。"

王一元连忙说:"朱总好,很久都没有你的电话,你的几百亩柑橘,今年形势怎么样啊?"

老朱笑呵呵地说道:"现在看起来还是蛮好的,橘子今年是大年,肯定会大丰收的。我打电话给你,就是想问问你,你们设计的柑橘包装盒大概什么时候能出货送过来?"

王一元不解地问道:"老朱,不是离柑橘上市还有一段时间吗?怎么今年会提前?"

"哈哈,是的啊。今年雨水、天气都很好,所以第一批橘子上市估计会提前10天左右。"老朱在电话里有些高兴地说道,"现在就已经开始有商贩往我们这边的柑橘基地跑了。很多小贩看到你们生产的这个包装都大感兴趣,所以我特意打电话给你。"

"呵呵,原来是这样。"王一元想了一想,说道:"这样,我这几天会再来崇明岛一趟,看看你们柑橘的实际情况,把你们要的包装盒的数量确定一下。至于什么时候送货,你等着我来了再说,好伐?"

等王一元挂了电话,任学明揶揄道:"怎么,卖葡萄还不够,现在你又要开始打算卖橘子了?"

"崇明岛的橘子,挑选得好,还是蛮好吃的。"任学明笑着说道,"就是品牌价值和包装,还有推广手段和方法上没有发挥出来,要不然完全可以成为一个有我们上海地域特色的中高端的农产品品牌。"

两人说到了咨询公司报告的撰写,任学明的意思,这次王一元要分担和参与进来大部分的工作,一方面是给王一元一次锻炼的机会,反正最后有自己和杜建峰把关,应该不会有什么大的方向性的问题出现;另一方面,当然主要还是房地产公司吴总对王一元的看法和评价。要知道,领导的喜恶对咨询公司来说可比其他各式各样的前置条件更重要。

王一元当然是一如既往地坚决推脱。他说道:"老任,你就不要再赶鸭子上架了。我知道自己的斤两,绝对不敢在你们和房地产公司的那些专家面前班门弄斧的,求求你们放过小弟我吧。"

任学明开王一元的玩笑,说:"我记得去年的这个时候,你有一篇文章,叫做什么'一站式印刷解决方案'。你这次又提出来'一站式生活体验'的概念。呵呵,你和这个'一站式'看来还真是有缘啊。"

王一元笑道:"老任,你是笑话我根基不深,就只会这一板斧?不过,不瞒你说,呵呵,其实我也就是三脚猫的功夫。"

任学明哈哈大笑道:"依我看,你这完全就是一招鲜吃遍天,老哥我十分佩服你的。"

第三章

　　崇明岛虽然属于上海,却离上海市区很远,过去一趟,要转好几趟公交车,还要搭乘轮渡过长江,非常不方便。星期六一大早,王一元从吴泾出发,先坐公交车到上海体育场,然后转旅游集散中心的旅游五号线,将近一个半小时,到达宝杨路码头,再转乘轮渡,晃晃悠悠地抵达崇明的堡镇,最后再转当地的公交车去绿华镇。

　　崇明岛位于长江入海口,四面环水,这种"海岛效应"的气候使崇明柑橘自20世纪80年代开始得到迅速发展,并创造出了柑橘在北缘地区生产栽培的奇迹。崇明柑橘的主要产区就分布在绿华、长兴岛和横沙岛等乡镇。特别是其中的绿华镇,是上海市著名的"柑橘之乡"。

　　到达绿华镇上,已是差不多下午2点半。刚一下车,一股酷暑的热浪立马扑面而来。王一元下意识地张开手臂,一边遮挡太阳一边不停地扇风。

　　早上买的两瓶水早已喝完,一直到这会儿,王一元才真真切切地感觉到自己有些饿了。要知道,不要说中午饭,王一元连早饭也只是在集散中心的商店里匆匆忙忙买了一个素菜包子吃。他四处张望,看到车站大门口不远处有卖崇明糕的摊位。他大步走过去,让摊主切了一小块糕,又要了一瓶矿泉水,然后就蹲在摊位的遮阳伞底下狼吞虎咽地吃起来。

　　王一元来之前和这里一家园艺场的老板黄总打过电话,对方说会来人到车站接自己。天气太热,才蹲下来一会儿的工夫,王一元就汗水涔涔了,肩上背着的公文包好像也变成了一种沉甸甸的负担。

　　崇明糕是崇明地方特产,在糯米做的米糕里面配有枣、白糖等,清香松软,糯而不粘,是崇明当地的特色风味小吃。王一元吃过后,觉得还没吃饱,于是又向摊主要了一小块。吃完糕点后,他咕咚咕咚地灌下了大半瓶水。

　　吃饱喝足,王一元来了精神,觉得太阳也没有那么晒了。他正了正背包的肩带,要了一根绿豆棒冰,边吃边和摊主有一句没一句地聊天。

　　绿华前潮园艺场的黄总亲自开着桑塔纳到镇上来接王一元。黄总快60岁了,高高壮壮的,看上去不太修边幅,穿着也是农村常见的模样,裤腿还向上挽了起来,说话声音也很大,但是看得出来,他明显精神头十足。

到了目的地,黄总一直把车开进了园艺场的橘林里边。他向王一元解释:"小王,我们先参观橘园。你稍等一会儿,还有我的几个老伙计,其他几个园艺场的小老板,也都会过来的。"

两人下了车,黄总一边介绍柑橘园的情况一边带着王一元在橘林里参观。放眼望去,只见在一片开阔的田野中间,极目所见全是一大片一大片郁郁葱葱的橘林,橘树上正挂满了青黄之色的累累橘子。偶尔还能看见几个工人正在橘林间浇水、施肥。

王一元本来就很喜欢橘子。他随手摘下一个看上去已经基本成型的橘子,使劲地把橘子皮剥掉,里面的果络粗大,再看果瓣,硬生生的,很紧实,显然是还没有完全成熟,放进嘴里一咬,味道很酸。

黄总手机响了。接完电话,他对王一元说道:"小王,我们上办公室,老伙计们都来了。这样一来,你也省得四处跑业务了。这大热的天气,你遭罪了。"

说是办公室,其实就是黄总的家。在橘园边角上有一栋两层小房,下面的四间房中有一间改成了办公室。另外,在房屋的右手边还搭建了一个很大的铁皮房,那里是采摘橘子时用来对橘子进行挑选和初加工的地方。

有六七个年纪和黄总差不多的人正站在房子外面。王一元连忙小跑着过去,和他们打招呼。这些老板,王一元都在上次的农业合作社会议上见过,大家说话也就随意一些。

老太太也在大门口等着,王一元连忙和她打招呼。老太太咕嘟咕嘟地说了一阵,只是她的崇明口音太重,王一元基本没有听明白她到底说了些什么。

老黄在一旁高声地说道:"老太婆,你去弄几只小菜,搞一点老白酒,今晚上我们几个一起吃饭。"他说完后,又低声对王一元说道:"老太太耳朵有些背,又不会说普通话,你别介意。"

老黄的办公室里倒是弄得像模像样,墙面粉刷得雪白雪白的,当中一张大号的老板桌,正对办公桌的墙上挂了一幅很大的橘树油画,靠里的墙角上还设置了一组皮沙发和茶几,茶几上有全套的紫砂泡茶的装备。

王一元开玩笑地说道:"黄总,你这办公室,一看就是大老板的派头,有腔调的。"

黄总呵呵一笑,说道:"我们这是乡下,和你们城里不好比的。这些办公用的桌椅也就是摆在这里,充充门面。平时,我们基本都在橘园里面要干农活的。"

王一元笑着说道:"你们的小孩呢? 不和你们住在一起?"

一群人里,年纪比较大的老陆不紧不慢地说道:"他们年轻人早就跑光了。现在的年轻人,还有谁能受得了这份干农活的苦?都跑到县城里或者是上海去了。在那边干活轻松,又有面子,钱挣得还多。"

几个人一边喝茶一边聊天,不一会儿就说到了橘子的包装盒上。

老黄告诉王一元,因为冬季冻害,还有土壤偏碱性、地下水位较高等因素,崇明的柑橘绝大多数是"宫川"品种,原产日本静冈县,在中国已经栽种了40多年。因受制于品种、口感等因素,这种柑橘的批发价和零售价一直较低。柑橘成熟的旺季,每斤批发价一般在四五毛到1元之间,所以说,其实橘农的收益并不高。

老陆说道:"可不是吗?我的果园里,栽种橘树超过200亩,种了好几年,收入都是只能保本。要是碰上一个严寒的冬季,可就连本都要倒贴进去的。"

卫前园艺场的老施说:"就在前几天,一个合作了好多年的搞橘子收购的贩子找到我们,他拿出来一个包装盒,问我们有没有那种类似的包装。我当时就问他:'往年不都是大车来、大车走的?还要包装干什么?'你们猜猜这个贩子说什么?他说,人靠衣装,这个橘子也一样。一有了像这个盒子一样的包装,就和人一样,就显得精神了。如果在橘子挑选方面再花点功夫,做成礼盒,不但送礼有面子,价格也能做得上去了。现在,时代发展了,和过去的消费方式和习惯相比较,已经有了很大的变化,包装确实也是很重要的。等等,我还把那个贩子的包装盒带过来了,我去车上取。小王,还有我们大家,都可以参考一下这个包装盒子的。"

不一会儿,老施就出去从车上拿了包装盒进来。王一元一看东西,不禁乐了,原来老施手里拿着的纸箱竟然是自己工厂生产的马陆葡萄五斤装的包装盒。

瞧见老黄他们惊讶的模样,王一元好不容易才止住了笑,说道:"这个马陆葡萄的包装盒,本来就是我们工厂设计和生产出来的。"接着,王一元向他们简单地讲述了这个葡萄包装盒设计和生产的来龙去脉。

听完王一元说的这个马陆葡萄包装盒的故事,老黄几个人都哈哈大笑。老黄开玩笑地说:"老施,这回看来,小王他们工厂设计和制作生产的柑橘包装盒,你一定要多预订一些了,要不然你的那些商贩客户不好打发的。"

"一定,一定要多订。"老施大声说道,"讲实话,上次在县城听小王你们的那个报告,当时我其实还没有觉得这个柑橘的包装有多重要,只不过是因为看着别人订了不少你们的包装盒,我才跟风预订了600套。现在看来,我这回起码要再增加一倍的数量。"

老黄想了想,说:"这个小王的包装盒,设计得确实好看,也很符合我们崇明柑橘的特点。我这次也多要一点,算是有备无患。反正就是今年没用完,明年也还是可以继续用的。"

几位老板都附和说有道理。老黄接着看了一眼王一元,说道:"关键是这个价格,不算很贵,我们也能接受。当然了,小王,你要是能把这个包装盒的价格再降下来一些,我们就更乐意了。"

王一元说:"老黄,你们放心。我这次来崇明岛,主要就是来和你们这些大老板确定这个包装盒的数量的。你们也知道,只要这个订购的数量能上去,我们工厂的生产成本也会相应地往下降一些的。"

老黄他们没有作声,都不动声色地看着王一元,等着他往下说。

王一元真诚地说道:"老黄,还有老施,你们都在这里,我王一元保证,降下来的这些成本,我们工厂一分不要,全部补贴给大家,都让利给大家。我们就算是交个朋友,把这个最终的出厂价格降下来,以后你们在印刷和包装的生意方面多照顾我们一些,可以的伐?"

王一元这么一说,并且做出了承诺和保证,其他的老板也是纷纷说好。这样一来,在这个崇明柑橘包装盒的预订数量上,每家种植大户都有了成倍数的增加,特别是老黄,一下子就增加到了1500套。

皆大欢喜。特别是老施,他高兴地连连说道:"你这个小王,我看还是很上路的,这笔生意做得好,有腔调,赞的!"

王一元拿出工厂统一的格式合同,和老黄、老施他们这些柑橘种植大户分别签订了合同。当然,在原先议定的价格后面,也白纸黑字地特意注明,随数量变化,只减不增。

时间过得很快,王一元看看手机上面的时间,已经快到5点半。他想着还要去长兴岛和横沙岛上的几家客户,于是就想告辞。他说道:"老黄,老施,还有各位大老板,时间不早,我得走了,要不然都赶不上轮渡了。"

老黄却是先问了王一元的行程,然后想了一会儿,说道:"小王,是这样,来者是客。你好不容易才来一趟我们崇明岛,老太婆饭菜都快弄好了。今晚上你就住在我们这里,明天早上,我开车送你到长兴岛的渡口,肯定不会耽搁你明天业务上的安排。这样可以吧?"

王一元觉得,虽然大家都认识,可是还远没有熟识到住宿到人家家里的程度,于是他很不好意思地连连推脱,说是不敢打扰了老黄一家。可耐不住老黄、老施他们几个人的劝说和挽留,王一元最后还是很难为情地留了下来。

第二天一大早，吃过早饭，老黄开车把王一元送到南门港客运码头。王一元买了船票，搭乘客船过长江去长兴岛。

在长兴岛客运站的出口，海潮柑橘合作社的老朱一看见王一元就挥挥手，大声说道："小王，在这里，在这里！"

在去合作社橘园的路上，老朱一边开车一边问了王一元昨天在绿华镇的业务情况。王一元简要地说了一遍。他有些奇怪地问老朱："怎么你们橘园的名字一个叫'前潮'，一个叫'海潮'，难道都是潮字辈？"

老朱听王一元这么说，禁不住笑道："呵呵，可能是因为我们离大海都很近的缘故吧。老黄和我都认识很多年了，经常在一起卖橘子。你可能不知道，其实我们属于宝山区，他们才是正宗的崇明县管的。上次那样的会议，我们就只好以崇明三岛橘农的身份参加了。"

老朱快60岁了，一直生活在长兴岛的农村，他的普通话比王一元说的还要不标准，本地口音很重，声调上也和上海城区不一样，带有浓郁的长兴岛本地特色。王一元听起来有些吃力，需要认真倾听，才能连蒙带猜地明白个大概。

到海潮柑橘合作社，两人下了车，先去橘园参观。王一元走进橘园，只见入园不远处是人工挖的一个四五亩大小的湖，湖中有成群的鸭子，甚至还有几只白天鹅。

挖湖多出来的淤泥，依势造坡，再顺坡植草。湖的四周是笔直刺天的高大水杉，水杉树下零星地摆着雪白的凳椅，再配上有一些五彩的沙滩伞。橘园内还饲养了许多小山羊、兔子等，还有儿童垂钓池，以及一些与健身相关的娱乐设施。

湖的旁边，通过一道水闸，连接着一条很长很长的自然河道，弯弯曲曲地通向远方。河两岸是茂密的水杉与宽阔的柑橘林。

"新苞绿叶照林光，竹篱茅舍出青黄。"那是苏轼《咏橘》中的意境。到了这个新开发的橘园休闲之地，王一元也有了一种要追寻苏先生意境的感觉。

王一元朝老朱大声笑道："景不在多，有水则灵。这里简直就是老朱你的世外桃源啊。地方蛮好的。看得出来，在这个橘园环境的设计和布置上，老朱你们应该花了不少心思。"

老朱呵呵笑道："橘园里这些才刚刚开发建设，所以一切都是新的，显得还有些不成气候，不过以后会更好的。"他带头向湖边水杉树下的一张桌椅走过去。待王一元他们走近，只见有一个红衣白裙的女孩子正倚靠在树干上，笑盈盈地望着他们俩。

老朱向王一元介绍："小王，这是我女儿，整片柑橘园的规划和设计都是她在操作的。我都老头子了，不要说做，想也想不出来这些新鲜事的。"

小朱伸出手,笑道:"朱盈盈,欢迎光临。"

王一元和朱盈盈握了手,说道:"讲实话,你们这个橘园是我见过的最美的柑橘园了。我只是没想到,竟然是由你一个女孩子来规划设计的。"

老朱说道:"呵呵,我们家的这个盈盈,从小就喜欢涂涂画画,大学也是上的设计专业,在上海理工大学,已工作了两年多。我因为年纪大了,管理这个橘园有时候力不从心,就把她叫回来帮忙。"

"哦,理工大学的设计专业?"王一元开玩笑地说道,"那我们就是半个同行了。"

人工湖和河道交接处靠近闸门的地方有一个小型的码头,河道里有一条电动游艇和几只小木船。朱盈盈说道:"这条河直通外面的长江入海口,很长的,我们可以上游艇,看看整个橘园的景色。"

三人上了游艇,老朱亲自驾驶。行驶在宁静的河道上,河道两边高大的水杉树和橘林纷纷往后退去。游艇前行带过来的阵阵凉风吹散了暑热,使人舒畅了很多。游艇所过之处,不时有野鸭和鹭鸟从河畔芦苇丛中掠起,嘎的一声,又落在了小船的不远处。

"这些都不是我的功劳,是我女儿想出来的。这里的河道原来没有人去专门整理,都是杂草丛生,人都进不来的,更不要说是船了。"老朱放慢了船行的速度,搓搓手说道。

王一元看着四周的景色,站在船舷边上,有感而发:"你们这里有优良的生态环境,还有这几百亩橘园,我看尤其适宜发展旅游业,让喜欢郊游的市民来橘园里面,采橘赏景吃农家菜,还可以这样坐在船上,欣赏自然纯粹的山野乐趣,生意应该会蛮好的。"

朱盈盈笑着说道:"王经理,你这一点,和我的想法不谋而合,我其实就是这么想的。"她继续说道:"这里的河道,我们有请专业的挖泥清理公司加宽和加深的。"

三个人坐了下来,任由船在河道里晃悠。老朱边抽烟边说道:"想法是不错,我也很支持,但我觉得还不是时候。"

王一元不理解。朱盈盈接过话头,说:"我爸的意思,这里离上海市区比较远,我们长兴岛上人口也不是很多,所以如果要做这个农家乐的柑橘主题游乐项目,主要是很担心客源,要是没有人来,那我们这些投入就都白搭了。"

老朱说道:"关键还是资金问题。小王你也知道,现在这个柑橘的价格便宜得来,好像不要钱似的。所以,你别看我做了这么多年的柑橘,其实钱是真没有落下多少的。"

等老朱抽完烟,继续开船往前行,三个人慢慢地就讲到了柑橘的包装盒。这时,朱盈盈看向王一元,对他笑着说道:"王经理,我是做设计的,还是比较认可你们这个崇明柑橘的包装盒设计和制作,不过我们还有一个想法,不知道可不可以说出来?"

"嗯,不就是一个柑橘的包装盒吗?有什么不能说的?"王一元感到奇怪。

朱盈盈清清嗓子,这才说道:"其实也不是什么难为情的事,我和我爸商量下来的意思,就是想做你们这个柑橘的包装盒在我们长兴岛和横沙岛的总代理。我的想法是这样,我们合作社原来订购了1 000套,这次我们自己增加到2 000套。所以,长兴岛和横沙岛这两个地方,我们保底5 000套,你就给我们全部9折,5 000套以上的部分,85折。"

朱盈盈解释说:"王经理,如果我没猜错话,你们工厂在我们这两个岛上原先的预计大概也就是在三四千套左右吧。这样一来,你们虽然在单个的价格上让出来了一些,但是我们把数量做上去了,你们也不用再来回跑了,应该还是划算的。"

"老朱,你这个女儿是一把做生意的好手。"王一元朝老朱说道。他心想,这个小姑娘不简单,心思玲珑,很有想法,特别有商业意识和头脑,还敢说敢干。如果假以时日,这样的一片橘园迟早被她干出一番崭新的模样出来。

老朱回过头,呵呵笑道:"我就这么一个宝贝女儿,以前都是把她当男孩子来养的,所以盈盈到现在,在这个为人处世、工作业务的处理方面,有一些小男娃的性格,你不要见怪。"

王一元沉吟了一会儿,对朱盈盈说道:"完全可以,朱大小姐,就按照你的意思签合同。"

这回轮到朱盈盈奇怪了,她睁着大眼睛望着王一元,不自信地问道:"王经理,按照一般的做法和套路,你不是应该还要和我们讨价还价的吗?你这样就算是最后同意了?"

王一元一笑,却说道:"要把这个橘园的农家乐游乐项目最终做成,我的建议,除了这个交通不利的因素,在其他的方面,诸如社会宣传,特别是网络推广上,是不是也可以想想办法?我前几天去听过两场关于互联网思维的讲座,很有启发。小朱,这个互联网,你们年轻人应该比较熟悉,容易弄懂的。"

朱盈盈说道:"熟悉是熟悉,但是怎么实施和操作,又是另外一回事情的。互联网上怎么做推广,恐怕还得请专业的人员来做的,我自己怕是做不好。"

王一元说:"互联网上的推广是迟早一定要做的,这个是大势。再说了,现在出来游玩的,大部分都还是小年轻居多,这一部分的客户刚好与互联网上的推广对象相吻合,所以说,不仅仅是必须要做,并且是越快越好、越早越好。"

朱盈盈非常赞同王一元的建议，但她还是有些难为情地说道："关键还有一点，我们合作社现在钱不够用，资金也很有限，很多地方都要花钱的。"

王一元想了一会儿，说道："我有一个这方面比较要好的朋友，她们广告公司专门有人做这一块业务的，这几天就在我们印刷厂帮助我们做这个事情。我回去帮你问问，看看有没有优惠，到时候我和你联系。"

晚上回到工厂，王一元从背包里拿出来一大沓已经签好字的合同单。王丽萍接过来一看，说道："老王，这次你老鼻子了，崇明岛这趟你没有白去。老肖，看来工厂又要忙活好一阵了。"

"还真是一个难题，上次招工人，还是我胆子小，少招了。"肖云华接过王丽萍递过来的合同单，大致扫了一眼，说道，"幸亏当初听老王的话，留了一手，大概还有十几个人的电话，现在应该都还在的。"

王丽萍笑道："老肖，你还是要再多做准备。前几天吃饭时已经说过，谢雨琪的银行业务，周婉秋日资食品公司的业务，还有金山思雅日化的化妆品盒子，这些都是长单，加上这次的柑橘包装盒，你要一起考虑进去的。"

王一元说道："那就先进10个工人吧。老肖，工厂还有其他的困难吗？"

"暂时没有，有困难也先克服着。都快要到年底了，看看情况再说吧。"肖云华道。

"老肖，我在回来的路上就想到了一件事。我觉得，我们现在业务方面的发展还算是好的，反而迫切要解决的问题就在工厂。我们不能总头痛医头、脚痛医脚。就是要狠练内功，从业务和工厂的长远发展考虑。咱们工厂内部的规划或者是产线的调整，真的有必要重做规划、重新安排。"

肖云华问道："老王，你想怎么调整？"

喝过一口白开水，王一元挠挠头说："我是这样想的，现在车间的使用面积不是稍显紧张吗？我就在想，车间后面的大半部分，是不是也可以把两层都全部搭建起来，搭建后可以用一部简易的电梯，上下货物使用。"

"我也是早就有这个想法了，觉得很有必要。"但是肖云华接着担忧地说道，"只是现在生产任务很紧张，工厂内部做这么大的改动，恐怕会影响生产和交货的。"

王一元说道："不是现在就改动。我觉得把时间放到'十一'期间比较合理，也比较可行。在这之前，先做好整个生产车间的统一规划。到底该怎么弄，我们几个都想一想，尽快把这个改造计划拿出来。"

王丽萍也赞同王一元的意见，说道："把车间的后半部分全部搭建起来，这倒是一个非常好的办法。这样一来,不仅面积上扩大一倍,能扩充达到1 000平米左右,最起码几年内应该是足够使用了,花钱还不多,是一个好主意。"

"我只是一个建议,具体怎么弄,还得老肖你想办法。"王一元又看向王丽萍,说,"你也不要闲着,老肖的规划出来之后,你要多找人报价,找合适的搭建商,并且把这个预算早点拿出来。"

肖云华还是很有顾虑,说道:"老王,这次可是一个大动作啊,一定要预先想好了,不能出大岔子,不然工厂生产上会出乱子的。"

王一元呵呵一笑:"老肖,你先不用怕这怕那。反正是一定要做,迟做不如早做。早做不如现在就做。我们还是要发挥人民群众的力量。这个月底前把重新规划的方案拿出来,让大伙提前参与进来,群策群力,尽量把对生产的影响降到最低,我觉得应该是有办法的。"

王丽萍顺手拿过蒸糕,说:"我拿去食堂蒸蒸,让大伙尝尝。这些事等会儿再说,咱们先去吃饭。"

到了食堂,却见周婉秋、胡雪和她们公司的一个女员工都在食堂等着王一元过来开饭。王一元有些吃惊,说道:"不好意思,让你们久等了。胡小姐,今晚怎么肯来我们这种小地方吃饭了?"

胡雪笑道:"今天下午周婉秋来工厂,说是要给客户送货,刚好我有空,她就把我叫过来了。"

周婉秋插话:"是这样,今天是送汽车厂的货,他们现在是生产旺季,东西要得多一些,是临时让我给他们补货的。"

胡雪说道:"我想着,你们不是要建网站做电子商务吗?就把我们公司的小刘也一起叫过来,先让她熟悉一下你们工厂的基本情况。对了,这是小刘,刘敏。"

王一元和小刘握了一下手,说道:"麻烦你了,小刘,你要是有什么需要帮助的,就找我们工厂的王丽萍,今天你们大概也都认识了吧?"

小刘点点头笑道:"王经理,以后你多关照啊。"

王丽萍正端过来一大盆的猪肉炖粉条,陆续又上来几个菜,有蘑菇炖鸡、地三鲜、拔丝地瓜,最后是一道大菜——哈尔滨锅包肉,是由大厨李广林亲自端上来的。

胡雪看到这些菜,口水都要流出来了,馋得大声说道:"今晚上能大吃一顿了!早知道你们工厂有这么多好吃的,中午我们还去镇上吃饭店干啥?呵呵,让我先吃一点,解解馋。"说完,她就拿了筷子,夹起来一块地瓜,白糖做的丝拉起来好长。

王丽萍招呼大家一起吃。她说:"咱们家大李难得秀一回厨艺,大家捧个场,下次他才有信心再给大家服务。来来,大家都趁热吃。等会儿凉了,这个丝就拔不起来"

一块拔丝地瓜下肚,肖云华烫得嘴巴"嗞嗞"直叫,好一会儿才说道:"李广林,你还去当什么电工,我看你干厨师得了,不要浪费了你这好手艺了。"

李广林要给王一元倒白酒,王一元却把杯子拿开了,说道:"今晚上不能再喝了。这两天在崇明没少喝酒,差点都回不来了。你让我休养一下,今天晚上我就喝一点橙汁。"

周婉秋赶紧把橙汁给王一元倒上,说:"大哥,这次你辛苦了,崇明岛晚上一片荒芜,你晚上没有出去花擦擦吧?"

肖云华呵呵一笑,说:"周婉秋,这也是你该管的事?我们老王,单身汉一个,就是出去弄点花酒吃吃,一个大男人,也是正常的吧。再说了,老王要模样有模样,挺好的一个帅哥,还用得着去找那种地方吗?"

胡雪有感而发:"老王,你们这里蛮好的,不仅有这么多好吃的,主要是这个吃饭的气氛,很有一种家庭聚餐的感觉,其乐融融,下次我还要来的。"

王丽萍说道:"胡姐,欢迎你经常来的。我们也是穷快活,要知道在这个上海,工作、生活等各方面都压力山大,所以我们小人物就自个儿找找乐子,吃吃喝喝而已。"

王一元呵呵一笑,说道:"胡雪,今天是有你们几个客人在,平常我们也没有这么丰盛的。不过,你说到的气氛,这你倒是说对了,我们就是想有一种小家庭的感觉。想想我们来自五湖四海,相隔千里,现在一起相聚在上海,能在一起共事,还真是缘分。"

酒喝到一半,王一元想起来朱盈盈说的互联网推广的事情。他对胡雪说道:"刚好还有一个事,想跟你商量一下。"胡雪停下筷子,看着王一元。王一元便把海潮合作社橘场农家乐项目想在互联网上做推广的事情简单扼要地说了一遍。

胡雪听完后说道:"你让我想想。只是这样的项目,讲实话,我们以前没有接触过。你给我时间,等我们有了思路,到时候再和你联系。"

"我还有一个建议,因为不成熟,所以没有和他们橘场的人讲过。"王一元放下碗筷,对胡雪说道,"我的意思,你给他们做推广的时候,可以考虑一下对他们的橘场重新做规划和调整。"

"怎么,他们现在做得不好吗?"胡雪问道。

"也不是这个意思。"王一元解释道,"小朱在设计上虽然是科班出身,不过到底参加工作的时间不长,在实际操作等方面还是有欠缺的。特别是这个橘园农家乐游乐园项目的选择性开发上,你们是广告公司,见多识广,可以在这些方面提出专业的建议。"

胡雪说:"说得直接一些。"

王一元说:"比如增加一些游客喜欢的热门项目、针对特殊的人群提供不同的服务,等等。当然,这些只是我的一些想法,算是抛砖引玉吧。我让小朱把他们橘园现在的状况用图片和文字等方式邮件给我,到时我把资料给你,你们先看看。"胡雪答应了。

此后一连好几天,刘敏挂着相机,拿了一个大大的记事本,在工厂车间里忙忙碌碌,进进出出地收集相关的素材和原始数据,为接下来网站的开发设计做准备。

王一元找机会问王丽萍:"说说你对这个刘敏的印象。"

王丽萍正在整理业务数据,头也没抬就说道:"这小姑娘倒是蛮好的,很勤快,也很细致,电子商务方面的工作交给她去做,应该没有问题。"

"如果可以,我们干脆把她挖过来,专门做网上这一块的业务,不就简单省力了吗?"王一元说,"我也暗地里观察她好几次了,还是比较看好她的。"

王丽萍对王一元这个异想天开的想法也是大吃一惊。她放下了手里的资料,奇怪地看了王一元好几眼,但转而一想,觉得却也不失是一个可行的好办法。但她还是很有顾虑,吞吞吐吐地说:"我们这么做,对胡雪好像不太地道,这样挖人合适吗?"

"她人都已经在我们这里了,时间的长短还不是由我们说了算?"王一元靠近王丽萍,轻声说道,"一个字——拖。反正做网站、注册做电子商务,还有推广等等,这些费用都是和她们公司事先谈妥了的,和时间没有关系,要一直服务到我们满意为止。只要我们觉得不满意,这个刘敏就必须留在我们这里。"

"你是说,对这个刘敏用'拖'字诀,使她最终留下来?"王丽萍马上会意,问王一元。

王一元呵呵一笑,狡黠地说道:"差不多就是这样。"

王丽萍取笑王一元,说道:"呵呵呵,还是老王你厉害,说你老奸巨猾,真的是一点都不冤枉你,连老朋友的人都敢下手,厉害的。"

"不过有一点,我们不能做得太明显,还是要以安抚为主。"王一元又叮嘱王丽萍,说,"反正只有一条,最后是要让这个刘敏心甘情愿、高高兴兴地留下来,我们的目的就算达到了。"

"老王,这点你完全可以放心。我可以保证,这个刘敏,只要她这次的工作表现出色,咱肯定会把她愉快地拿下的。"王丽萍哈哈一笑,话锋一转,说,"但是,咱话也说在前面,到时候该和胡雪怎么解释,这是你的任务,这个恶人我是不去做的。"

这期间,任学明给王一元打过好几个电话,都是一个意思,希望王一元能尽快参与到南通综合体项目中来,咨询公司关于该项目前期调查报告的撰写已经进入定稿的阶段。

第三章

其实，这次项目报告的撰写，王一元还是有自知之明的，他知道自己的斤两，所以是能不参与就坚决不参与。在电话里，王一元以工厂事务多，抽不开身为由，和老任推脱了好多回。

王一元还和杜建峰通电话，说起自己的顾虑。他把自己的立场跟杜建峰说得很清楚，之所以不想过多参与进来的原因，主要是担心因为自己水平的限制，最终影响到调查报告的质量，而使咨询公司失去应有的水准，到时候大家都会很难堪的。

但这一次显然又有不同，当然，其中主要还有吴总亲自点兵的因素。每个人都知道，这个项目的最终拍板的权力在吴总这里。这次的前期尽职调查报告能不能通过或者能否引起吴总的兴趣，这才是咨询公司要考虑的主要因素。

而王一元还不知道的是，任学明和杜建峰他们两人之所以三番五次地邀请王一元加入咨询公司，其实还另有打算。原来，这几年来，依托老任和老杜的社会和商业关系，咨询公司算是弄得风生水起，接连承接了好多个大项目。所以，他俩对公司接下来的发展，期望值越来越大，尽力想要公司更上层楼，做大做强。这样一来，必然就会对公司现有项目做一些切割，要培育新的增长点。经过他们的深思熟虑以及不断的比较试错和诸多的讨论，逐渐形成了几个重点考虑的方向，比如说，咨询公司最近开始发力的房地产板块就是重中之重。

正如任学明曾经说过的那样，这是一个房地产发展的美好时代，他当然不允许自己和公司错过这个已经拉开序幕的崭新的房地产时代。

他们之所以看好王一元，主要还是因为他年轻。年轻人，敢想敢干，不用瞻前顾后，思路放得开，没有多少束缚，做事方面也不循规蹈矩、亦步亦趋。这恰好是他们两个目前所欠缺的。还有，王一元会写文章。他们俩都觉得，在这一方面，王一元虽然起点较低，但学习和思考的能力比较强，他不仅有自己独特的视角和思路，还能出其不意地冒出一些新理念、新说法，迅速地抓住别人的眼球。而关键的一点，从为人处世方面来看，王一元比较靠谱，性格方面也简单直接，没有那么多的花花肠子，做事有章法，属于稳打稳扎，要么不出手，一出手必有结果、说到就能做到的类型，不像很多搞咨询的人，满嘴跑火车，让人反感。

这些都是咨询公司目前所急需的。当初咨询公司的人员搭建，很多都是任学明和杜建峰的旧部，这么多年配合下来，思路以及行为处事等许多方面现在都已有了他们两人深深的烙印。

杜建峰他俩当然对王一元的优缺点也很了然。这一年半多交大的研修班课程，所谓"人以群分，物以类聚"，他们和王一元相处下来，觉得很对他们两人的脾气，可以说是越看越顺眼,越来越欢喜。所以,杜建峰曾不止一次地和任学明建议,要想办法把王一元拉到自己阵营这边来,作为咨询公司后备的主要力量培养,如果可能,以后完全可以作为咨询公司的合伙人。这次的南通项目就是给王一元的一块试金石,他到底是骡子是马,这就是一次拉出来试试的绝好机会。

任学明在电话里笑话王一元,说:"小王,你可是吴总亲自点的将,不能临阵脱逃的。要不然,我们怎么向吴总交代?"

王一元推脱不过,只好不太情愿地答应下来。任学明开他的玩笑,说:"小王,你也不要不高兴,这次项目做完,我们会给你回报的,并且一定让你感到惊喜。"

"呵呵,老任啊,我现在不需要有什么惊喜,但愿能最后平平安安地完成任务,我就已经很满足了。"王一元在电话里笑着说道,"说实话,老任,我还是怕难当大任啊。"

刚好这个双休日交大的研修班有课,就在交大附近找个房间,咨询公司特意安排过来两人,加上任学明、杜建峰、王一元,五个人通力合作,通宵达旦地做出完稿。

最后,王一元拗不过老任和老杜的再三要求,只好硬着头皮上阵,作为该方案的第一报告人,在房地产公司做了正式汇报。现场有许多专家学者和政府官员。他一开始有些紧张,站在报告桌后面,不由得往下咽了好几次唾沫,手里拿着激光笔也一再打滑,仿佛随时都有可能掉下去似的。但吴总的一番开场白立刻让王一元放轻松了。

吴总笑着说道:"我这里先插几句话,也可以说是提两个要求。一是,我们的这位报告人王一元先生,请你作报告的时候,语速稍微慢一点,家乡话的味道请尽量少一些;二是,要求我们在座的各位一定要做好准备,打起十二分的精神,要不然最后没有听懂或者没有听清楚,我可是预先给过你们提醒的。"

会场里一片善意的笑声。最终,这次报告顺顺利利地通过了专家委员会的评审,获得了现场专家的一致好评,特别是对报告中提出的"一站式生活体验"的概念,更是赞誉有加,都认为这是该项目真正的点睛之笔。

"十一"假期的最后一天,工厂上下齐心协力,一直弄到晚上11点多,才基本完成整个工厂的调整和清理。等最后的胶糊机移动到位,王丽萍一屁股坐在了旁边的废纸堆上,苍白着脸,摊开手脚,累得连话也不想再多说一句了。

王一元对蹲在切纸机底下忙着接线调试的李广林说:"大李,这次真的要多谢谢你的帮忙了,要是没有你这个电工的帮助,我们今晚上还不一定能完成呢。"

"我倒是还好。只是这电路,除了主线,其余基本都是动过了的。接好电后,机器都得重新调试,可能还得需要一段时间。"李广林穿着厚厚的电工服,仍然蹲在机器后面,呵呵笑道,"不过你们放心,明早上班,全部机器都能好好交付使用的。"

工厂车间调整以后,第二层加盖了一个差不多70个平米的大办公室,但是还剩下一大片区域,大概得有小300个平米,暂时没有安排。

肖云华开玩笑地对王一元说:"老王,我看我们完全可以上马一套小型的纸箱设备,地方应该是绰绰有余的,反正投资也不是很大,我觉得还是划算的。"

说者无心,听者有意。王一元仔细一想,觉得肖云华的这个建议确实不错。关键是,谢老板最近同意了让王一元接受他处理下来的资产。原先纸箱厂的业务员胡建国已经先加入进来,还有谢老板答应的一些订单,都会一步步转移过来。另外,纸箱的生产方式和其他的印刷品有很大的不同,其原材料,也就是纸箱用的瓦楞纸,一般都是根据客户的要求,由纸厂直接切割好相应的大小后再直送到工厂来生产的。所以,纸箱的生产制作过程相对于印刷来说,简单了许多,没有多少技术含量,在生产方面应该不存在什么大问题。

王一元找来王丽萍、肖云华一起商量。他说道:"反正地方空着也是空着,就是自己不做,接下来进来的纸箱业务也是要分发给别人来做的。所以,我想来想去,不如自己来做,至少利润什么的要划算一些。"

肖云华和王丽萍都表示赞同。肖云华说:"只是,这个纸箱的设备到哪里去弄?"

王一元呵呵一笑,说道:"机器设备都不是重点,又不是什么高科技的东西,只要有钱,没有买不到的。我去找谢老板打听打听,就都知道了。我还有一个建议,就是我们没必要添置全新的设备,只要能使用,我感觉二手的更划算一些。"

王丽萍笑了笑,说:"我也是这个想法。只是操作的工人上哪里去找?"

"很简单粗暴,去其他的纸箱厂挖一两个过来就行。"肖云华大气地说道,"纸箱的操作不复杂,我也略知一二,要是实在没人,去隔壁纸箱厂培训几天就会了。"

王丽萍朝肖云华比划着大拇指,笑话道:"老肖,你现在硬气得,一个字,牛!"

于是,王一元去找纸箱厂的谢老板了解纸箱机械的情况。谢老板对王一元的这个想法表现得一点也不意外:"我今天刚好有空,这样,我先去看看你们的场地。这段时间,知道你们厂房内部在改建,我也过去参观一下。"

看过工厂二层的办公室和空地,谢老板说道:"小王,还是你们年轻人有想法,有魄力。我要是你,这么短的时间,不一定下得了手的。只是你这个面积,如果要用来做纸箱,怕还是小了些的。"

王一元笑着解释说:"我们就只是想弄一个小型的纸箱流水线,主要就是想做一些常规的箱子。"

谢老板踱开方步,沿着墙根走了一遍,说道:"嗯,应该可以安置得下一套小型的纸箱流水线。那你们的机器设备是计划要买全新的?"

"呵呵,我们哪里有那么多钱?"王一元笑道,"我们想节约一些,计划买一套二手的设备。我刚才找你,就是想向你请教,打探一下二手设备的行情。"

谢老板想了想,说道:"二手的价格,要是运气好,原价的一两成就可以拿下来。简单一点,一条瓦楞纸箱的生产线,有一台半自动的水墨印刷机、一台开槽机、一台订箱机,再加上两三个工人就可以了。至于其他的机器设备,像轧车、裱糊等,利用你们现有的就行。"

王一元顺势问谢老板:"到哪里去弄这些二手设备?谢老板你有渠道介绍吗?"

"嗯,让我想想,前一段时间好像是有老乡说起这事的。"谢老板用手在头上往后梳理了几下他已不多的头发,想了一会儿才说道,"我回去打电话,找人问问看,有消息再告诉你。"

王一元笑了笑,说道:"谢老板,我们还有一个想法。你也看到我们新装修的办公室了……"

谢老板笑道:"小王,我知道你的意思。没关系,你们从喜泰路办公室搬回来好了。我能理解,完全没有意见的。"

没过几天,谢老板还真给介绍了一套小型的纸箱设备进来,设备齐全,并且价格也合适,机器只要调试过就可以使用了。

朱经理到印刷厂,还带来了一个小姑娘,说是公司业务部的小李,叫李燕。王一元先领着他们在一楼的车间参观,介绍了工厂的大致情况。一行人上二楼,其时肖云华带着几个工人正在忙着调试纸箱的机器。王一元向朱经理介绍了肖云华。肖云华把手在衣服上擦了擦,不好意思地说道:"呵呵,朱经理,手就不握了吧,我的手上有机油。"

朱经理显然对纸箱的生产流水线更感兴趣,他绕着机器设备看了好几圈,详细询问了各种机器设备的用途以及纸箱生产和质量控制等相关情况。

进了王一元的办公室,朱经理一坐下就说道:"今天上午,我们到市区开会,所以顺便过来看看你们工厂。你们扩大规模了?以前好像没听说过你们有做瓦楞纸箱的啊。"

王一元给两位泡上茶,又从抽屉里拿出一包"中华"顺手丢给了朱经理:"我不抽烟,你自便吧。这个纸箱,是我们刚上的项目,现在还在生产调试中。只是,我们现在手里并没有多少单子,你老兄是不是应该多照顾一些?"

"呵呵,那是当然。"朱经理拆开香烟盒包装,抽出来一支烟点上,抽了一口,吐出几个烟圈,往后一躺,惬意地说道:"你们那个王小姐呢?我没见着她啊。"

李燕站起身来,用手在鼻子底下扇扇,说道:"受不了你们男人抽烟,我出去走走。"说罢,对王一元笑了一下,就一个人独自下楼了。"

王一元凑近朱经理,猥琐地笑了笑,说道:"老朱,你怎么又换口味了?"

"哈哈,哪里哪里!小李是我同事,小王,你不要乱说。"朱经理又抽了一口,徐徐地吐出烟雾后,说道,"不过,小王,以你的眼光,觉得我们那位李小姐长得怎样?"

"呵呵,老朱,你说实话了吧。"王一元轻声笑着说道,"我的评价不重要,只要你觉得开心就行。"

"行了,不和你贫了。我和你说件正事。"朱经理又大吸了一口香烟,然后把烟屁股插在了烟灰缸边上,才不紧不慢地说道,"还真是巧了。我这次来,就是想和你谈谈瓦楞纸箱业务的。我这里有清单和价格,你仔细核算一下,只要是你们工厂能做的,我尽量以后都安排给你们。"

朱宇宏从包里拿出几张A4纸,递给王一元。王一元接过来一看,汇总清单上都是各种各样大小不一、品牌各异的纸箱,标注了各种不同规格。从瓦楞的用纸来看,有三层的,也有五层的,有单色的,也有彩色的,每个品种后面都附有相应的价格。仔细看过以后,王一元老老实实地说道:"老朱,这个报价,我也是刚接触,还不是很熟悉。今天,我怕是没有办法给你现场报价的。"

"我也没有说要你现在就确定。"朱经理又抽出一支烟,吸了几口,说道,"你这几天报给我就行,我车上都有相关的样品,等会儿下去取过来。"

王一元会意,从抽屉里拿出一整条"中华",用报纸包了,递给朱经理,说道:"那就请领导多多品尝,提提意见。纸箱也还是老规矩,你懂的,尽可以放心。"

"哈哈,王兄办事,我当然懂,自然是非常放心的。好了,我走喽。"朱宇宏拿了报纸包着的香烟,款款下楼。

王一元从朱经理车上取了纸箱样品,然后一直把他们俩送到大门外,目送着他们的小车开远。

晚上吃饭的时候,王一元和大家讲了朱宇宏要做纸箱的事情。王一元问肖云华纸箱的生产线大概什么时间能投入正式使用。

"不出意外的话,应该大概就在这几天吧。"肖云华边吃饭边回答道,"我们可以先小批量地进一批瓦楞纸板回来,不要到时候没办法批量试机。"

王一元接着问道:"那个胡建国在车间实习得怎么样?"

王丽萍说:"还行吧。只是他年纪到底大了些,接受新事物明显不如年轻人,甚至都比不上刘敏那个小姑娘。"

"这个胡建国也不容易,我们大家也有过这样的一段时间,将心比心,多体谅他一些。"王一元说道,"那这次的试机,就考虑胡建国的业务,从里面拿出来一个合适的先实验。老肖,你先跟胡建国沟通一下,挑一个简单一些的,然后让王丽萍给纸板厂订购纸板。"

肖云华点点头,表示同意。他接着对李广林说:"大李,吃完饭后,麻烦你再去看看纸箱生产线的电路,今天跳了好几回闸,不知道是什么原因。"

天气一天天地冷了起来,王一元骑在电瓶车上,时间一长,手和脸都快要冻僵了。在等待红绿灯的间隙,他把手从戴着的手套里抽出来,交替着使劲揉搓了好几下,摸摸脸和鼻子,又张大嘴,朝手掌狠狠地哈了一口热气。他要去七浦路的鞋业市场找胡总,顺便去拜访市场里的秘书长,还有几个使用鞋盒的大客户。等逆着风骑到了市场,他锁好电瓶车,又用一条粗大的铁链锁加固在前轮上。

市场里面的热空调开得很足,刚一进去,立刻就感受到了如初夏般的温暖,身上的寒气马上就一点点地消融了。王一元在地上用力地跺跺脚,活动活动稍显麻木的神经。

胡总这段时期的业务开展一直很顺利,特别是休闲鞋的市场,势头发展良好,大有赶上运动鞋品牌的趋势。他一看到王一元进来,就笑靥如花地说道:"小王,今天让你过来,是有好消息要告诉你。"

"是吗?还有我的好事情?"王一元很疑惑地问道。

胡总看了看王一元的脸色,有些吃惊,关心地问道:"小王,你是怎么过来的?"

王一元回答说:"呵呵,当然骑电瓶车啊。"

胡总一听,大声说道:"那我们先喝茶。看看你的小脸,被冻得青一块紫一块的。小王,你可怜呦,骑着个电瓶车,在大上海风里来雨里去,特别是这大冷天的,真是遭罪了。你先喝点热水暖和暖和。"

喝过茶水,在房间里待了好一会儿,王一元才算是从里到外彻底暖和起来。秘书长先生带着四五个王一元熟悉的人,一起进了胡总的办公室。

大家寒暄了一阵,这才开始步入正题。秘书长看着王一元,笑着说:"小王,是这样,今年是我们整个七浦路专业市场的三年一次的商户代表大会。按照既定的议程,会议的最后一天是各项奖项的颁奖典礼,有区里和市里的领导参加。我们鞋业的最佳辅料供应商,由胡总提议,最终决定把该奖项颁给你们印刷工厂。"

王一元听秘书长这么一说,大感诧异。他有些惊奇地说道:"秘书长,我知道我们工厂的状况,这个奖项,我们不是不想,而是愧不敢当啊。"

"哈哈,这个奖项,小王你就不要推脱了,这是已经决定下来的。"秘书长笑着说道,"会议的时间定在元旦前的三天。我们还有一个想法,就是想让你作为这一批优秀供应商的代表,上台讲几句话。"

王一元有些发憷,暗想,这是你们七浦路各市场的专业联合会议,让我这么一个小工厂的代表上台发言,资格够不够暂且不说,只是自己和这个会议风马牛不相及,自己贸然去参加,又算是怎么回事,别人又会有什么议论?

王一元不解,把目光看向了正在忙乎着泡茶的胡总。老胡停下来,笑着说:"小王,你可能还不太理解。说是让你发言,其实是一个变相的说法。你可以在会议期间分发你们工厂的相关的资料,还可以在发言时直接给你们工厂做广告。也就是说,完全是一次推介你们工厂和你们产品的绝好机会。"

他还说道:"不过有几点要提醒你。一是时间有控制,每个代表只安排20分钟;二是在座的都是各个专业市场的销售大户,当然也是你们工厂的潜在大客户,所以说该怎么讲,讲些什么,要达到一个什么样的效果,小王你还是要花心思去准备的。"

王一元心思玲珑,这下子彻底明白过来。原来这次讲演,其实就是秘书长、老胡,还有在座的这些老板送给自己的一份新年礼物,让他利用开大会,在资源相对集中的情况下,有的放矢地对七浦路所有专业市场的销售大户做一次关于自己工厂产品的推介。尤为难得的是,因为有了这次大会和年度市场优秀供应商的背书,这个推介的效果肯定比他自己一家一家商户地去单独跑要好许多倍。

他站起来,对秘书长,还有在座的所有人鞠了一躬,连声表示感谢。他真诚地说:"我一定好好准备,再一次谢谢你们的好意。"

回工厂后,王一元把大家都召集过来商量这事。周婉秋笑道:"哈哈,老王,你要发财了。这还有什么好说的?这么好的机会,我们要一鼓作气,争取把七浦路所有市场的印刷业务一举全部拿下。"

王丽萍也觉得这次机会非常不错,高兴地说:"七浦路我们前后做了一年多,也应该到收获期了,这次看来是要有真正的出头之日了。"

王一元虽然心情不错,却还是有他的担心。他说:"我回来的路上就在想,我要再去争取一下,尽量在这次会议的主场地弄一个小展位,做一个小规模的现场展示,哪怕是花钱也行。这个展示要能很好地体现我们的实力。具体该怎么弄,大家都来出出主意。"

肖云华说道:"还有一个半月多一点的时间,准备方面应该来得及的。"

"这又有什么难的?交给胡雪她们去做不就得了。"周婉秋嘲笑道,"这算多大点事?老王,专业的事情要交给专业的人来做,你不会不理解这一点吧。"

这倒是提醒了王一元。展位设计等方面自己不在行,完全可以找胡雪她们公司来设计制作啊,又何必自己什么事情都亲力亲为,说不定效果还不好。于是,找胡雪的广告公司帮忙这件事就这样决定下来。周婉秋还自告奋勇,说是由她来负责与胡雪公司的沟通。

星期天交大研修班的课程结束,这次班主任于老师仍然是留下王一元来打扫教室卫生。任学明和杜建峰早上就说好要和王一元一起吃饭,所以也不得不留下来一起做卫生。

任学明活动活动筋骨,扭了扭腰,说道:"小王,于老师对你老好的。比如说这个教室的卫生,十之七八都是吩咐给你来做,搞得来我们都觉得班主任很偏心的。"

卫生做完,三人出了校门,在马路对面的一家酒店要了个包厢,一起喝酒。点好菜上楼,进了包间坐下,王一元担心地问:"你们都喝酒,谁来开车?"

任学明放下擦过脸和手的湿巾,揶揄道:"有司机会开的,呵呵,而且还是豪车的司机。"

王一元知道他两个今天肯定又是搭乘地铁过来上学的,于是说:"两位老哥,今天有什么好事情,一大早就招呼我说晚上喝酒?"

任学明呵呵一笑,说道:"小王,你想多了,不要以为每次找你喝酒就是有事。今天晚上,我们就真的只是聊天喝酒。你要知道,这一瓶葡萄酒还是老杜珍藏了很多年的。"

等菜的间隙,任学明亲自拿过开瓶器和醒酒器,把红酒打开,拔出软木塞,慢慢地把酒全部倒进醒酒器里,然后轻轻地拿着醒酒器的瓶口晃荡了几下。他笑了笑:"让红酒先'呼吸'一会儿。"

酒过三巡,杜建峰说道:"崇明的那个橘子包装盒,你最终还是做成功了。这个包装盒看起来简单,但你能发现这个机会,敢为人先,还能最终把它做起来,不容易的。来,我们给你祝贺一下,喝一杯!"

三人都干了。任学明放下酒杯,说道:"还有一件事,我们想征求一下你的意见。"

王一元知道,今晚喝酒的重点到了。他拿过红酒,给每个人的酒杯都倒上约四分之一,然后微笑着看着他俩说道:"只要不是鸿门宴,你们尽管说。"

"呵呵,鸿门宴?你太高估我们了。我们既不是项羽,你也比不了刘邦。"杜建峰笑道。

任学明说:"是这样,小王。我们那个房地产公司南通项目的咨询报告,就是你上台宣讲的那个,最终通过了评审。这个项目完了后,这一笔咨询费一共30万,已经进入咨询公司的账户了。关于这笔钱该怎么分,你有什么想法?"

"这么多钱?真的假的?"王一元半信半疑地问道。他心里不由得暗暗想,难怪那么多人都在说搞房地产赚钱,看来确实是真的。想想任学明他们咨询公司,就这么一个和房地产开发沾了一下边的所谓咨询,就能得到这么大的好处。如果要是实打实地搞房地产开发,不知道其中能有多大的利润。

杜建峰在一旁补充说:"这些,你丝毫不要怀疑。而且,还因为我们这次的良好表现,咨询公司和吴总的房地产公司签下了三年的咨询服务合同。"

王一元坦诚地说道:"我没有什么想法。这笔钱本来就是你们咨询公司应该得到的,我怎么会有什么想法?"

任学明说道:"小王,那你错了。这次之所以能顺顺利利地完成任务并最终和吴总他们公司长期签约,我和老杜都认为你功不可没。讲实话,要是没有你提出的那个'一站式'生活理念,我们这次的咨询服务就会大打折扣,也不一定能拿到他们的后续合约。"

杜建峰插话说:"特别是房地产公司的吴总,他对你的印象非常之好,后来你缺席的几次活动,他都会特意问起你。"

"呵呵,这些都不值一提,我当时只不过是临场发挥而已。"王一元谦虚地道。

"是这样,我和老杜的想法是在咨询公司内部成立一个专门服务房地产的部门,这一块的工作就由你来牵头。"任学明说道,"当然,你也不要有过多的负担,业务上面还是主要由我们来做,你主要就负责内部研究和发展这一块的工作。"

话说至此,王一元已经没有再推脱的可能了,也不好意思再说拒绝的话。他只好难为情地说道:"老任,老杜,你们这是一定要赶鸭子上架啊。"

"不仅是要上架,还要生出金蛋来。"杜建峰笑了笑,说道,"我和老杜的想法,你干脆加入咨询公司合伙人的序列,这次的30万咨询费,其中你应得的部分,折算成你在咨询公司的股份,占总股本的15%。"

"还有意见吗?"任学明盯着王一元,笑眯眯地说道。

"哪里还能有意见?"王一元觉得受宠若惊,只好接受这样的安排。

一直到聚会结束,王一元的心里都还是七上八下的。他当然知道,任学明的咨询公司之前就只有他和杜建峰两位合伙人,现在自己成为第三位合伙人并且他们还送给自己那么大比例的公司股份,这些到底意味着什么,他心里面自然清清楚楚、明明白白。

因为要赶地铁,一瓶葡萄酒喝完,三人都没有再继续。吃完饭,王一元一直把他俩送到5号线剑川路地铁站。任学明和他告别,拍了拍他的肩膀,说道:"小王,你要是感觉有压力,那就对了。有压力才会有动力。有很多事情,其实都是在不断的重压下硬生生挤出来的,关键是要始终扛住。"

这一晚回工厂,王一元特地提前两站下车。他想一个人走一走,平静一下起起伏伏的心绪。他现在的心情用"纷繁芜杂""百感交集"来形容,一点也不为过。

已是入冬的天气,海通路上空荡荡的,只偶尔有一辆汽车疾驰而过,顿时带起一股大风还有地上的灰尘。有一个白色的塑料袋竟然被刮起来后又是被天上的一阵朔风吹扬而起,"呼呼"地直接冲向了黑暗的天空,不知道飘向了何方。

海通路的两旁是整整齐齐的高大香樟树。昏黄的路灯光一团一团地照在柏油马路上,在冬天的晚上给人一种安详宁静的温暖。除了自己的脚步声,王一元仿佛还能听见自己的心跳声。

我能扛得住吗?王一元的心里充满着无限的遐想。他沿着海通路,一脚深一脚浅地走着,坚定地一路往前。

这个周六的业务部聚餐就在工厂内部解决。这是王一元的提议,他是想让师傅杜于乐和谢雨琪她们俩能过来看看工厂的变化,主要还是想让她俩对工厂新开辟的纸箱流水线有一个直观的了解,方便开展新的业务。

周婉秋这次表现得出乎意料地积极,星期六上午就和王丽萍、刘敏、李广林去了镇上的菜市场大采购。下午,她们四个就一直在纸箱厂的食堂忙活做饭炒菜。

等杜于乐姐妹一到工厂,王一元和肖云华先领着她们进车间参观。这是姐妹俩在车间改造后第一次进来。她们对车间的变化感叹不已,特别是看到二楼新上的纸箱流水线,更是觉得简直不可思议。杜于乐说:"前面几次聚会,只听说工厂做了比较大的改造,今天眼见为实,我们是真没想到,这个变化是如此之大,简直就是翻天覆地,旧貌全换新颜了。"

王一元说道:"光有感叹还是不够的。这次特意让你们来工厂,就是想让你们也出出主意,看怎么样才能把这个纸箱的业务做起来。如果只是工厂目前的这点业务,远远不够生产线吃饱的。"

"这个我倒是想起来了,以前我们与台沪公司签订的同业竞争禁止协议应该是不包括纸箱这部分业务的,我看可以在这方面想想办法。"杜于乐说道。

"不行的。只要是台沪公司以前的客户,在协议期内,我们碰都不要去碰,这点我跟肖总当初是保证过的。"王一元说,"我们再想想其他办法。你们把纸箱这件事放心里,随时想着我们有这个业务就行。"

吃饭地点选择在王一元的办公室。菜上来,有王丽萍夫妻俩做的酱炖大鱼、西红柿炖牛肉、筋头巴脑炖萝卜。周婉秋这次烧的是几个地道的苏北菜,有清炖蟹粉狮子头、梅干菜扣肉、蒜泥拌茄子。刘敏是山东临沂人,她做了一盘辣子炒鸡和一份辣椒炒肉。

谢雨琪看着这些美食,口水都要流出来了。她夹了一小块扣肉,放进嘴里先吃起来。一会儿,她就忍不住大声说道:"哇,这么多好吃的,真是的,早知道你们这么会做菜,还去什么外面的饭店吃啊。"

肖云华这回贡献了三瓶"稻花香"。王一元说道:"我们四个大男人,这三瓶白酒,今晚上要喝了的。"他特意对胡建国说:"老胡,你不用客气,尽管吃喝,以后熟悉了就好了。"

王丽萍她们几个女的却是不愿意喝饮料,说是男女平等,一定要和男人们享受同样的待遇。周婉秋也说道:"现在提倡男女平等,你们不能搞性别歧视的。再说了,这么大冷的天气,老娘在厨房忙活了一个下午,现在连酒也捞不上一口喝喝,那还不亏死了?"

最后,所有人都一起喝白酒。王一元笑话说:"我怎么感觉是到了梁山忠义堂,大碗喝酒,大口吃肉,都是一屋子的女侠和好汉呢?"

肖云华笑道:"你们都是做业务出身,肯定都能喝的。今晚你们尽管喝,酒我管够。"

"呵呵,老肖这回大方了,那我们今天晚上要敞开了肚子吃喝。师傅,谢雨琪,还有周婉秋、胡建国你们几个,到时候我找司机送你们回家。"王一元说道,"来来来,我们一众英雄,先干一杯。"

一小杯白酒落肚,杜于乐说道:"怪不得都说高手在民间,这些菜都蛮好吃的。我看以后完全可以在工厂里多搞搞聚会什么的,这样还可以增加对工厂的熟悉了解,一举多得。"

酒桌上热闹的间隙，王一元问谢雨琪，说："快到年底了，你们银行可能要更忙碌了吧？"

"是啊，现在乱七八糟的事情，每天都很多很多的。"谢雨琪回答说，"老王，你有事？"

王一元笑了笑，说道："我就是想问问，你们银行礼品采购这一块的业务多吗？"

谢雨琪正在吃菜，想也没想就随口说道："很多的啊，比如说开卡礼品、促销礼品、活动礼品、VIP客户礼品、银行积分礼品，还有像银行商务礼品、银行福利礼品、钱币礼品等等，多得来要死的。"

周婉秋听到"礼品采购"这几个字，放下了筷子，就看着王一元和谢雨琪对话。

王一元接着问道："那你们银行的采购流程是怎么样的？"

"这个采购是由我们总行的推广销售部负责的，支行不能单独采购，只能接受总行的命令。"谢雨琪说道，"至于这个采购的流程，首先得由业务部门先提出需求，报行领导审批，交采购部采购，然后入库，最后由业务部门领用。"

谢雨琪接着说道："老王，你要是有门路，完全可以给我们介绍的。我的那位上司，最近就在为这事发愁，搞得来焦头烂额的。"

王一元说："不是我。那个胡雪，就是上次我们一起吃过饭，开广告公司的那位，你还有印象吗？"

谢雨琪点点头，说道："知道啊，不就是给你们做网络推广的那个山东人嘛？怎么了，她想做我们银行礼品的业务？"

"是这样的，胡雪她们公司一直都有做礼品这块业务的，有好多年的经验了。"王一元继续说道，"她们广告公司做过很多大单位的，像银行里面就做过建设银行、农业银行、浦发银行等等。你要是有机会，不妨向你们银行推荐推荐胡雪的公司。"

谢雨琪手里还拿着筷子，她想了一会儿，利索地说道："那行，下个周二的上午，你转告胡雪，让她来我们单位找我，我带她直接去见我们大领导。"

王一元一听这话，高兴地说道："爽快！来，我敬你一杯，算是先替胡雪谢谢你了。"

"不过，丑话说在前面。我在单位，人微言轻，能不能成，我不打包票的。"谢雨琪拿起酒杯，正色道。

"那是自然，当然还是要看胡雪的造化。还不能对你的工作有任何不好的影响，这些我都会和胡雪说清楚的。"王一元道。

周婉秋端着酒杯，走到谢雨琪身旁，说道："小谢，今天晚上不和我斗嘴了？老娘我还很想和你唇枪舌剑一番呢。"

第三章

她们两个人一饮而尽，谢雨琪揶揄道："周婉秋，你就是敬酒不吃吃罚酒，与正常人不一样。我算是服了你了，竟然还有你这种找挨揍的人。"

第二天是星期天，王一元睡了一个懒觉，一直到中午才起床。刚洗漱完，肖云华来叫他过去打牌，说是三缺一。王一元正饿着，只想着先去找点东西垫垫肚子。

肖云华却说道："王丽萍那里有昨晚的剩饭剩菜，微波炉热热，够你吃一顿的。"

不过，王一元还是按照老习惯，走着去工厂车间巡查了一遍。工厂后道车间里有不少工人正在加班，王一元走过去，见是周婉秋的单子，还是那家日资食品公司的外包装袋。在印刷车间，只有一台双色机和一台商标印刷机在开动。朱峰戴着专用眼镜，在荧光灯下聚精会神地对色，机器旁还有一个工人正在忙着上版调试。

王一元没有去打搅他们。回到宿舍，他走到王丽萍的房间，随便囫囵扒拉了几口剩饭后，在早已准备好的牌桌上坐下来。他和肖云华一对，王丽萍和她老公一对，四个人开始打"八十分"。

王丽萍随口一说："老王，昨晚上你帮胡雪拉生意了？"

王一元点点头，刚好轮到他出牌，他甩出三个四带二对，说道："嗯，胡雪很早以前就和我说过，让我介绍谢雨琪她们银行的礼品生意给她。"

过了一轮，王丽萍又问道："老王，你和在英国的英语老师现在怎样了？"

王一元平静地说道："现在我也不知道，只好随她去吧。"

"怎么说得这么消极？你和康宁，情况有变化？"肖云华插话道。

"呵呵，我是说，我现在也没法判断。"王一元喝了一口茶水，缓缓地说道，"她去了好几个月，因为时差，她又忙着上课，还有相关的讲座，很忙的。搞笑的是，她们这么大一个学校，凡是工作期间，所有教师都不能上网。你们说说，我和她要怎样才能联系得上？"

王一元跟着上家出了一对九，继续说道："到现在，只有电子邮件联系得比较多。不过，我感觉邮件也慢慢变少了，两个人之间好像没有以前的那个味道了。"

"所以说，时间才是最大的敌人，它确实能改变很多东西。"王丽萍说道，"特别是你和康宁，两地分隔得这么遥远，还有这么大的时差，双方的感情当然会慢慢消退，以至于最终平平淡淡起来。"

"那我好像也没有什么好办法啊。"王一元有些惆怅地说道，"我和她说过，不要因为节省话费和流量而舍不得使用手机，我甚至还建议她去买一个当地号码的手机，费用都由我来负担，这样方便联系，可是她都拒绝了。"

"老王,你觉得那个英语老师仅仅是为了节省吗?"趁洗牌的时间,李广林说道,"王一元,你要好好想想,她是要在那里待一年时间的,换一个当地的手机号码不是很正常的吗?"

"是啊,大李说得很有道理啊。"王丽萍也奇怪地说道,"不会是你们中间发生了什么事情,老王你还不知道吧?"

"没有的事。我们之间发生什么事情,我还会不知道吗?"王一元呵呵一笑,直截了当地说道,"康宁还是很单纯的,她没你们想的那么多心思。"

可话虽这么说,但王一元的心里还是突然间被李广林的话猛地触动了一下。他也觉得,李广林的话有道理。但是,如果大李说对了,那他和康宁之间就已经出现了裂缝。

那这条裂缝又是从什么时候出现的呢?深思之下,他猛然间觉得,更为可怕的是,自己身处其中,竟然无知无觉,一直都没有及早发现,哪怕是一点点的苗头和迹象。

这样一联想,王一元自己都觉得有些恐怖。他接连打错了好几张牌,心思显然已经不在扑克牌上。他把手里的牌往桌子上一推,身体往椅子上一靠,处变不惊地说道:"睡觉多了也不好,感觉自己好像到现在也没有清醒过来似的。"

"老王,你这是心不在焉。"李广林不好意思地说道,"刚才是我乱说的,你别往心里去。"

"没事,不是这个事情。"王一元不愿再和他们说自己和康宁的事情,于是转移了话题,问肖云华道:"今天车间加班的人不多啊,业务不满足?"

肖云华却是呵呵一笑说:"老王,工人也要休息的。都快一个月没放假了,他们都对我意见很大。所以,今天除了一两个实在要紧的单子,其余人都放假了。还有一个事情,就是这个朱峰,我想把他提拔到工厂前道的生产主管上来,当然仍然是不脱产的。"

"理由呢?"王一元问道。

肖云华心中有数,说道:"理由两个:一是印刷车间两班倒,机器基本都没怎么停过,所以两班各设置一个生产管理,利于工作;二是这个小伙子业务扎实,还有文凭,是个很好的生产管理后备人才。"

王一元这才哈哈笑道:"老肖,你有很大的进步啊,懂得发现和培养人才了。这件事情,你考虑得很好,以后也都可以这么办。我觉得,只要是人才,我们都要人尽其才,搭好台架子,给他们尽情施展的舞台。"

晚上,王一元盖着被子,正半躺在床上看书。电话响了,王一元拿起手机一看,见是胡雪的电话,赶紧接通了。

"老王,谢谢你。"胡雪在电话里说道,"今天,我们忙着准备去谢雨琪她们银行报价的资料,所以一直也没跟你说谢谢,很不好意思的。"

王一元呵呵笑道:"我昨天晚上只不过多问了谢雨琪几句话而已,其实没有什么要你特意来谢谢的。"

胡雪在电话里说:"昨晚的情况,周婉秋都和我说了。要不是你,我们可能还没有机会做进去的。对了,事成之后,我请你吃饭。"

"怎么,要是事情没成,就不能一起吃饭了?"王一元开玩笑说,"胡雪,我们都认识这么长时间了,好像在一起单独吃饭还是不多的。要不我请你吃饭?"

"好啊,那就下个星期吧,时间、地点你定好了。"胡雪显然有些高兴地说道。

"怎么,这回我不用排队了?简直有些受宠若惊啊。"王一元在电话里继续开玩笑,"还有那个周婉秋,到底算是谁的人马?她怎么老是去向你汇报工作?"

"这是秘密,你自己想去吧。我还有事情要忙,先挂了。"胡雪在电话里微微一笑,就真的挂断了电话,留下王一元还半躺在床上,一时间怔在了那里。

打电话时,周婉秋其实就在胡雪的旁边,她差一点没忍住笑出声来,胡雪才匆匆忙忙地结束了通话。挂了电话,胡雪笑道:"下礼拜和王一元吃饭,你去不去?"

周婉秋不怀好意地说道:"当然要去的。他不是刚才抱怨我不是他的兵吗?老娘我得让他知道到底是不是这样的。她白了胡雪一眼,说道:"我看这段时间,这个'大白'很少提他的那位英语老师了,估计他们要黄。胡雪,你这时候要趁虚而入,才有机会的。"

"什么我有机会?"胡雪笑着说道,"只是这个王一元,感情方面怎么这么不顺利?我以前听你说,好像他之前也谈过一个你们江苏女孩子的。小周,我们都是外地人,大家为了在这个城市能生存下去,其实都是挺不容易的。这个老王,还没成家,两个鬓边都开始有白头发了。别看他一天到晚都是东奔西走,在外面好像活蹦乱跳的样子。有好几次,我看他其实都是勉力为之的。唉,也真是罪过,可怜这孩子了。可是,怎么我还听说这个老王还欠着一屁股的债呢?"

周婉秋说道:"哦,这个我知道。就是他的这个工厂,都是从他的上任台湾老板的手里接过来的。老王他自己又没什么钱,只好分期付款,总共5年,每年14万,现在才付了第一期。"

"他还欠着这么多钱吗?"胡雪也是大吃一惊,脱口就说道,"看不出来,他还真的是名副其实的'负翁'啊。你这样一说,没有女人愿意跟着他,看来也是情有可原了。"

"要是你,你也不愿意?"周婉秋顺嘴问道。

沉默了一会儿,胡雪缓缓地说道:"小周,我们在上海这个大城市,要是口袋里没有钞票,这是一个什么样的体验,你会不知道? 在现实面前,所谓的爱情就像我们小时候曾经玩过的肥皂泡泡,看上去五彩缤纷,可谓漂亮,却往往最不堪一击,甚至一个不小心还会沾上一手的肥皂沫,想想都滑腻死了。"

周婉秋反驳道:"但是,胡雪你想过没有,人太现实了,有时候也会扼杀掉美好的想象,使人蝇营狗苟,看不到诗和远方。胡雪,你不会也看不上老王吧?"

胡雪看着周婉秋,想了一会儿,说道:"也不能说是看不上,不过他太穷,这也是事实。"

"胡雪,你有听过'凤凰男',还有股票市场里绩优股的说法吗?"周婉秋却是一本正经地说道,"这个男人就跟股票一样,也分几种,有的是绩优股,有的是潜力股,还有的则是垃圾股。找男人也跟炒股一样,要看准才入手,否则钱没赚来,反倒血本无归。"

胡雪歪着头,想了想说道:"你说的还有点意思。"

周婉秋说道:"如果要说是因为穷,这我倒是相信,只不过那也是以前的事了。现在他们印刷厂,虽然规模是小了一点,我看生意都是挺好的。你晓得吧,现在经济确实开始有滑坡的迹象,我以前待过的印刷厂,生意都是一天不如一天。特别是我的上家,做出口美国的业务,很多单子,客户宁愿赔钱,也要直接砍掉。"

"这些都太深奥。"胡雪往座椅后一躺,有些疲惫地说道,"那个王一元不是在读研究生吗? 下礼拜吃饭时找他问问,到底是怎么回事,接下来我们生意应该要怎么做。"

"哈哈,你们两个不要在一起就总是谈经济、谈工作,要谈谈感情,晓得不?"周婉秋嘲讽胡雪,"不要总是搞得仅仅只是生意伙伴,一定要发展其他关系才来事的。"

"你还说对了。对于王一元,我和他太熟悉了,"胡雪不好意思地说道,"我怎么都觉得不好意思朝他下嘴。"

周婉秋盯着胡雪问道:"至少是有好感的,对不? 胡雪,我告诉你,你要是不速战速决,这个'大白'肯定明天还会有更多的女人扑上去的。道理很简单,他更有钱了。在上海,有钱人还会缺女人吗? 我不就是一个活生生的教训?"

杜建峰打电话给王一元,说是有一份咨询公司最新的资料已发到了他的邮箱。他还特意叮嘱,让王一元一定要好好看看。

王一元当时正在奉贤送货。这是一家专门做家纺的工厂,规模很大,品牌在家纺行业有较高的知名度,自然,他们包装上用的东西也很多。王一元他们原本只是做这家家纺公司的一部分不干胶标签。这次过来,王一元特意带上了胡建国,就是想要做他们的包装袋。

家纺公司的物料采购部经理姓罗,叫罗斌,青浦本地人,戴着一副眼镜,斯斯文文的模样。因为很多次送货都是王一元亲自过来,所以和他还算是比较熟悉。不过,因为业务量少的关系,两人也谈不上有多少深交。

送货结束,王一元他们两人到办公室找罗经理。罗经理倒还客气,亲自给他们泡了茶。但是一说到包装袋的事情,他明显有些推诿起来。

王一元递上工厂印刷方面的相关介绍资料,笑着说道:"罗经理,我们先不说你让不让我们做单子的事情,我们只是希望你能给我们一个机会,邀请你们上我们工厂去看看,考察考察。"

"好的呀,等下次有了空闲,一定会去的。"罗经理说道。

王一元当然知道他话里的意思,也知道再这样说下去,不仅尴尬,还无济于事。于是寒暄了几句,他们就礼貌地告辞了。不过,王一元并不是回自己的工厂,而是又进了家纺公司的仓库。他和库管朱伟成混得还不错,想着再去向他打听一些家纺公司消息。

"小王,你怎么又回来了?落下东西了?"朱伟成40多岁,本来就是这里的村民,最早因为家纺公司征地,所以就进公司了,已有近10年的时间,算是这家公司的老员工了。但老朱他人很正直,还保留有一份农民的淳朴和本真。可能同样是农村出身的缘故,两人都觉得比较投缘,这也是王一元愿意多和他交往的原因之一。

"呵呵,老朱,我也是没办法才回来的。"王一元塞给老朱一包"中华",唉声叹气地说道:"我是想着多做一些你们公司的业务,结果刚才去找罗经理,又被他打太极给推回来了。"

这个老朱没有别的什么爱好,就只有两样东西是每天必须的,一是烟不离身,二是酒不离口。但也奇怪,老朱虽然很好这两样东西,却不像那些对此有瘾的人那样几乎每时每刻都离不开。按理说,这两样都是仓库的大忌,但老朱很有节制,自有他自己的办法。抽烟是从来不在仓库里抽,都是另找地方,或者是卫生间,或者是中午回家吃饭的时候;酒也从来不在工厂里喝,只是晚上才抿上几口。

老朱小心地撕开香烟包装盒外面的薄膜,却没有把烟抽出来,只是把整包的烟拿在鼻子底下嗅了嗅。他陶醉一般地说道:"小王,好烟到底是好烟,味道老好的。只是可惜了啊。小王,你知道,我只不过是一个看仓库的糟老头,在公司里人微言轻,起不到什么作用。"

"老朱，一包烟而已，我再怎么样，也还是送得起的。"王一元笑着说道，"老朱，不要以为我送你烟，你就觉得我有事要求你似的。没有任何事，来看看你，也是可以的吧？最近公司的生意怎么样啊？"

"嗯，怎么说呢？"老朱从旁边的柜子里拿过来两个茶杯，用开水涮涮，又放进茶叶，倒了开水泡上。王一元连忙走过去把茶杯端过来，再分了胡建国一杯。

老朱把剩下的茶叶收拾好，说道："公司今年上半年的生意还是挺好的，大概到8月后就一个月比一个月差了。我这里的辅助用品都有数的，比如这个包装盒，整个加起来，相比最好的时候，现在至少每个月少了三分之一。"

"几个月的时间就减少了这么多？"王一元感到很奇怪。

老朱戴上老花眼镜，从抽屉里拿出发货记录本，一五一十地说道："是啊，你看看，光是这个抱枕的包装盒的出货量，相比之前的5月，直线下降了有一半多的。"

"这么严重？不到半年就减少了50%，怎么会这样？"王一元问。

老朱说道："主要还是因为出口不好。我们公司的产品，很大部分都是出口，主要是欧美的一些发达国家。现在，这些地方的出口情况都不乐观。听说，出口美国的单子最不好，接连有好几个大单都被取消，所以现在一天不如一天了。"

王一元拿起茶杯，吹了吹茶水上面的泡沫，说道："那你们老板不要急死了？"

老朱缓缓地说："可不，已经连续开过好几个全厂的员工大会了。意思就一个，说是公司接下来要开源节流，甚至连裁员也是说不定的。现在，公司已出来了几条办法，其中有一条说是硬性的规定，各个部门条块的费用都要求在去年的基础上降低15%～35%。"

王一元说道："老板也是不好当的。"

老朱却说道："要是说办公室、接待费用等方面，降个百分之几十还说得过去，可是你想想，小王，像我们这种仓库部门，费用怎么去降低？总共就4个人，难道要硬逼着我们走掉一个？"

王一元问老朱道："你们物料采购的这一块也有这个要求吗？"

"当然有啊，我们就是属于这个部门的。"老朱说道，"现在，我们的那位罗经理怕也是火烧屁股了吧。"

"可是，我们刚才去见他的时候，他还是一副谈笑自若的样子啊。"王一元疑惑地说道。

"他就那个德行。因为他是'四眼'，隐藏得很深的。"老朱对罗经理似乎很有意见，说，"罗斌这个青浦的乡下人，别看他整天笑呵呵的，其实心思很重，轻易不会显露出来。"

老朱继续说道:"我们整个的物料采购这块,公司已经明确下来,至少是降低20%,你说他能不着急?他表面上的不急不躁,那都是假的,做给人看的。"

老朱的这些话,表面上看上去和王一元关系不大。以印刷厂和家纺公司目前的业务量,一年下来也就么几万块的往来,即使是要降,不管多或者少,对工厂也没有多大的直接影响。但王一元还是把老朱的这些话听到心里去了。他忽然间觉得,这次家纺公司因为业务量的下滑,进而会对公司的供应商进行价格的重新协商和要求,只要是有求于人,他觉得就是一个机会——一个与家纺公司拉近关系,从而做大业务量的好机会。

王一元安慰了老朱几句,说道:"老朱,你能给我几个你们公司现在正在用着的包装盒吗?没有其他意思,我只是拿回去分析分析,看看到我们工厂到底能不能生产。"

"你这个要求,按理说是没有任何问题的。"老朱似乎有些为难地说道,"只是我们仓库里有几十个品种,你确定你每一样都要拿样品吗?"

王一元见状,不由得笑出声来:"哈哈,老朱,你可能理解错了,我要那么多干什么?只要两个,你们用量最大的两个就行。"

"呵呵,小王,你刚才把我吓了一跳。"老朱摸了摸脸,说道,"只要两个?我可以做主的,那就你自己去挑选好了。"

跟送货车回去的路上,胡建国想了很久,最后还是忍不住问王一元:"老王,你后来又向老朱要了这两个包装盒,拿回来有什么其他考虑吗?"

王一元呵呵一笑,说道:"老胡,你想啊,他们家纺工厂不是计划着要削减供应商的价格吗?那么这样一来,这些包装盒肯定是要往下减价的。"

"可这些盒子的价格怎么减?"胡建国还是疑惑地说,"纸张、机器、人工的成本都是死的,按照仓库老朱的说法,至少要调低20%,恐怕是很难做到的。"

"问题就在这里。"王一元说,"如果那些供应商做不到这点,只要我们能办到,不就是说我们业务打进家纺公司就很有希望了?"

胡建国犹犹豫豫地说道:"只是,我们怕也是很难做到这20%啊。"

"所以,我才拿了这两个包装盒的样品,回去工厂好好研究研究。"王一元说道,"讲实话,我现在也没有什么好方法,好像不管怎么看,都不知道该从哪里去节省成本。"

晚上,王一元在公司食堂一边喝酒吃菜一边讲了下午去家纺公司的经过。老肖站起来,走过去仔仔细细地翻看了王一元放在办公桌上的样品,说道:"老王,这个是白卡纸套白板纸,外面还有一层覆膜,轧车还要加上提手,成本上面怕是没有多少可操作空间。"

王丽萍也走过去,拿着纸盒翻来覆去看了一圈,和肖云华对视了一眼,也说道:"确实是这样,老肖说得对。"

"这个你们不说,我也是知道的。"王一元和李广林碰了一下,喝进去一大口酒,笑着说道,"你们就不要说困难了,大家都想想办法。至少20%,如果做不到这一点,恐怕这次就没有多少希望了。"

"怕是很难啊。"肖云华晃晃脑袋,"我们先喝酒,等喝多了,办法或许就想出来了。"

王丽萍问肖云华:"老肖,酒喝多了,你还想得出来?你不都是醉酒后一觉就会睡到大天亮的吗?"

"对啊,在梦里想啊。"肖云华呵呵地笑道。

这时候,王一元想起杜建峰下午发给自己的邮件,记得他还特别叮嘱自己一定要看。到底是什么邮件这么重要?吃完饭到办公室,他打开电脑,调出来邮件,打开一看,原来是他转发的一篇他们北京总公司投研部的文章。

王一元一看标题,却是吓了一跳。只见屏幕上赫然是"爆发系统性世界金融风险的可能性正在加剧(上)",很抓人眼球。

文章说,从美国去年下半年开始显示出来的次贷危机引起了华尔街风暴,现在已经开始向全球性的金融危机加剧演变。这个转变的过程,其发展之快、数量之大、影响之巨,可以说是我们始料不及的。次级房屋信贷危机爆发后,投资者开始对按揭证券的价值失去信心,从而引发流动性危机。即使多国中央银行多次向金融市场注入巨额资金,恐怕也无法阻止这场金融危机的爆发。

文章指出,对中国国内而言,拉动中国经济发展的"三驾马车",出口由于外部环境的恶化,已经增速放缓;投资则受到从紧政策的影响,增速也已放缓;消费由于目前CPI高启,居民实际可支配收入降低,同时由于股市和房地产下跌,居民财产性收入降低而受到影响。而在事实上,美国的次贷危机发生以来,由于来自美国的需求锐减已经导致了珠三角大批企业的破产和倒闭。

文章的最后还列举了这次次贷危机爆发以来全世界金融市场方面的几个重要而动荡的时间节点,看上去分外触目惊心。

这篇报告虽然不是很长,但王一元看得心惊肉跳。一行行大致看完,他拍拍头,大大地吐出一口气,说道:"上面写得太他妈的吓人了,真的有报告里说的这么严重吗?"

肖云华凑到电脑旁,问道:"老王,什么东西这么大惊小怪的?"

"先等等,我把这篇文章转发给你们,都可以去仔细看看。"王一元捂着脸想了一会儿,说道,"还有,王丽萍,你现在就去你办公室,把这篇文章转发给我们所有的客户,包括肖景东肖总,还有那些潜在的客户。"

他特意嘱咐道:"就以我们公司的名义,不过文章前面标题的地方,标注上是来自央企的内部报告,把杜建峰他们央企的名字完整地写上去。"

王丽萍不仅有所有客户的网上联系方式,潜在客户的名单也都有。交代完这些,王一元打电话给杜建峰,问:"老杜,你发给我的报告,我仔细看过了。报告的真实性,我肯定不怀疑,但真有上面说的这样不堪吗?"

杜建峰在电话里说道:"小王,你可能没有切身经历过1998年发生的那场东南亚金融海啸啊。我告诉你,现实事态只会比报告里的更严重。事态总是在不停地发展变化,同时,有很多的话是不适合写在报告里的,只是我们单位上口头传达的。"

王一元不解地说:"我怎么感觉对我们国内的经济活动的影响也不是那么大?至少在当下的上海,还是一派欣欣向荣的景象。"

"每一次金融危机的传导都有一个过程,或快或慢,但是总归一定会来的。"杜建峰解释说,"这次的危机也是这样。现在,对于一些做出口的企业,特别是主要做出口美国的一些企业,已经感受很明显了。我们研究部门掌握的情况,比如像出口比重较高的广东珠三角地区,很多的出口企业已经开始大面积地倒闭了,并且很多企业的倒闭似乎都是发生在一夜之间。"

"老杜,那我们在这种情况下应该怎么办?"王一元问。

"你问我,我问谁去?"杜建峰说道,"怎么办?恐怕在这场危机彻底爆发前,任谁也没有好办法。就是有,也只不过是头痛医头、脚痛医脚罢了。所以,你看报告后段列举的很多国家,包括他们的央行,都是做了许多的实际应对动作,但是到目前为止,没有一个有实际效果的。"

"一个字,只有等。或者说,用一个'熬'字可能更准确一些。"杜建峰简明而又直接地说道,"小王,我送你9个字做为参考:深挖洞,广积粮,缓称王。"

王一元把这9个字琢磨了一番,说道:"前面两句还好理解,就是说要我们储备应该储备的东西,准备过冬。老杜,最后一句'缓称王'又是怎么个说法?"

杜建峰说:"'缓称王'就是在当前这种比较复杂和危险的大环境中,心态要镇定、随和。深沟坚城,低调自守,活下来比什么都重要,不要去争当什么第一,太过高调。历史的经验,当第一容易死得快。"

"至于怎么应对,我们单位的投行部门还会有下文的,到时候我也会发给你参考。"杜建峰最后说,"总之一句话,小王,你现在就要好好想想接下来该怎么过冬吧。"

放下电话，王一元怔怔地坐在那里，很久都没有动弹。是啊，接下来该怎么办？又怎么度过这个现在还不知要多久的寒冬？

王丽萍群发完邮件，走了进来。肖云华说道："老王，我们该怎么办？工厂好不容易才弄到现在这个程度，不会一下子就要打水漂了吧？"

李广林插话说："98年的那场金融危机，我印象深刻的。我爸下岗了，如果不是我妈是机关单位，说不定也下岗了。我爸在家找工作找了快半年也没找着。当年公务员的工资也少，最后我爸不得不去开公交车先挣点钱。那时候，我所在的城市，基本上很多人都下岗了。就这么一个公交车司机的工作，还得去打点关系。要知道，开公交车可是早上4点干到晚上10点啊，一天下来很辛苦的，老吃力了。"

"这么大的央企都发出预警了，这场金融危机看来是要逃不过去了。"王一元缓缓地说道，"不打无准备之仗，看来我们也得及早储备食粮，准备过冬啊。"

"怎么准备啊，老王？"王丽萍问。

王一元沉吟了一会儿，说道："我看这样，三条腿走路：一是客户的货款资金尽快回笼，这个就由我去负责；二是供应商的货款尽量延长，最好是至少半年以上，由王丽萍你先去和供应商协商，必要时我和老肖都出面，并且要用合同的形式固定下来；三是工厂内部还是要注意节省，机器先不买，人员也暂时不要有新的进来了。"

肖云华表示认同，但他说："不过，这个纸箱的流水线可能还是得找一两个熟手进来。要不然，纸箱的品控等方面都会有问题发生的。"

"那就只找一个吧。"王一元说，"业务上也是一样，我尽量会谨慎一些，对于付款不太好或者总是拖拖拉拉的客户，我们也清理掉一批。反正就一句话，想办法要使自己最后能活下来。"

四个人又就这个话题说了很久，正准备要散，王一元的手机却响了。这么晚了，还会有谁打电话过来？王一元嘀咕了一句，站起身从办公桌上拿过手机一看，竟然是肖总的电话。

王一元赶紧按下了免提键。肖总问王一元："小王，你刚才发给我的报告，我看过了，很有分量，也很有见地，写得好啊。"

王一元问肖总："我也有一个疑惑。虽然说这个金融危机的可能性正在加剧，但是真要传导到中国，应该可能还得有一段时间的吧？"

"是的，小王，你说得没错。不过，这个时间恐怕已经迫在城下了。"肖总说道，"小王，你可能知道，台湾的电子类产品主要就是出口。我这段时间都在台湾，考察了包括台北、新竹等几个主要高科技园区，但是现在，几乎整个行业都已经被波及到了。特别是对美国的出口,基本都停了。现在,很多的电子工厂都处在停工或半停工的状态。恐怕接下来就该到欧洲,还有世界各地的业务了。我们昆山印刷工厂也是一样,去年才新上的那几个项目,主要做的出口,现在因为业务不饱和,都半停了。小王,你们也要引起警惕啊。听我的话,早做对策,小心无大过,这句话任何时候都不会有错的。"

  王一元这几天一直在考虑家纺公司包装盒的事情,可是想尽了各种办法,计算出来的价格都与降低20%的要求相差甚远。最后,王一元都产生了放弃的想法。

  因为一再受阻,王一元就先把这事放下了。接下来,他就把自己近期工作的重点都放在了货款的回收上。可能是因为受了杜建峰公司内部研报的强烈刺激,他更觉得这事十分的紧迫。

  王一元马不停蹄,以每天两至三家的速度,打着马上就是新年的名义,一方面是拜访各业务单位,和各色人等拉拉关系,顺便送出去一些或大或小的礼品,另一方面就是催收货款。幸运的是,可能这些业务单位今年的生意大都不错,或者说还没有受到美国次贷危机的影响,所以回款方面倒是比较顺利,基本达到了王一元最初的设想。

  王丽萍与供应商的谈判也基本到了尾声,最好的结果是与印刷厂一直合作的纸厂和油墨商均答应了长达一年的账期,只不过都要求印刷厂以承兑汇票结算。只有纸箱板厂还没有最后谈下来。当然,这也不能怪到王丽萍头上,因为和纸箱板厂是刚开展业务,双方都还谈不上有多少信任。不过还好,最后对方也答应给印刷厂三个月的结算账期。

  肖云华不知通过什么办法,从外面招进来一个纸箱的熟练工。这样,纸箱流水线的生产开始稳定下来。可是,这就有了一个新的问题——纸箱现有的订单严重不足,根本保证不了流水线生产的需要。

  这条纸箱生产线的产能,正常情况下,一个白班三个人就能生产近千个纸箱。可现在仅有胡建国带过来的业务和一些零零散散的小单,显然远远不够。

  王一元本来还对刘敏的网上业务寄予很大希望,但一段时间下来,他觉得网上业务的开发还是需要时日去培养,过程也远没有原先想象的那么容易。

  一个个问题接踵而来,怎么办?纸箱流水线的生产成了一个让王一元头疼的问题。因为机器连白班都吃不饱,工人自然就不用加班,这样一来,不仅他们月底的工资要比别的班组少很多,而且还得时不时被临时安排去后道车间帮着干活。这些对工厂管理来说也都不是长久之计。

"再往左上一点点,好,好了。"随着王丽萍的一声喊停,最后一张照片镜框稳稳妥妥地挂在了王一元办公室进门左边的墙壁上。照片一共有三张,分别是王一元和副市长以及赵志平、谢成华两位教授的合影。

"王一元,你照片里照得蛮好的,给我们印刷厂争得了荣誉。"肖云华退后一步,仔细地端详着照片,朝王一元伸出大拇指,由衷地说道。

"哈哈,那天,王一元是出尽了风头的。我当时就在想,我怎么不敢上去也和副市长合一张影?要不然,现在也可以嘚瑟一下了。"王丽萍悻悻地说道。

"嗯,小伙子还是蛮上镜的。王一元,你不要太阳光哦,生机勃勃,不错。"周婉秋笑道,"要是在旁边加上一个美女陪着,就更得意了。"

"好了,不要再说笑了。今天我们一起动手,弄一顿好吃的,不醉不归,好好过一个元旦。"王一元高兴地说道,"一年就这样过去了,虽然说有风风雨雨,但也还好,我们终于是昂首挺胸地过来了,值得纪念一下。"

前几天的七浦路市场商户代表大会,因为有两位经济学家的参与,所以开幕式当天的日程安排就与往年有所不同。往年,上午是开幕式,然后是协会的会长做工作报告,下午是自由分组讨论。而今年下午的分组讨论改成了经济形势报告会。这个经济形势报告会就是由王一元向秘书长建议并得到上级认可后,以七浦路市场、咨询公司,还有杜建峰他们公司以及印刷公司四家单位的名义,一起来合作主办。

这两位经济学家,一位是赵志平研究员,是杜建峰他们央企投行部门的副总经理,在投行这一块,全国都很有知名度;另一位是财经大学的著名教授谢成华,国内经济学界鼎鼎有名的大人物,是通过咨询公司的关系邀请到的。

副市长先生是下午出席活动的。在报告会之前,副市长还特意抽出时间,专门接待了赵志平和谢成华两位教授,并进行了简短的谈话。

在进入主会场的时候,副市长一眼就看见了王一元他们印刷厂的临时展台。印刷厂的这个展位,胡雪她们很上心,设计出来的效果相当出彩,既和会议的整体环境很协调,又显得很大气,整个展位透着一股浓浓的书香气息。副市长被吸引住了,不由得停下了脚步,慢慢地绕着展位走了一圈。他对旁边的会长和秘书长说道:"想不到在开大会的地方还有这样形式的推介,我倒还是第一次见识。这个创意很好。"

他转过身,对站在展位里的王一元说道:"小伙子,你们主要是展示什么的?效果怎么样?"

王一元连忙走出展台迎了上去,双手紧紧地握住副市长的右手,简单地对展位做了说明。他笑着说道:"市长,我们做这个展示,虽然是临时的,但是效果相当的好。上午到现在,资料已经发出去200多份了。"

副市长哈哈笑道:"小伙子,你不用紧张的。处处都有商机嘛,我们都要抓住。你们的这个想法很好,值得表扬。"又说了几句勉励的话,副市长就被簇拥着往会场里去了。

待副市长他们一行进了会场,王一元还傻傻地站在展位前面,心脏"咚咚"地跳个不停。他忽然意识到,我刚才竟然和副市长握手了?他有些不相信地举起手掌心,懵懵地看了很久,很久都没有回过神来。

胡雪悄无声息地走过来,朝王一元扬了扬手里拿着的单反相机。王一元不由得吓了一跳,往后退了一步。他两只手互相摩挲了几下,还放在鼻子底下闻了闻,朝胡雪呵呵笑道:"现在还手有余香的。想不到市长这么有亲和力,就像是长辈和老师似的。"

胡雪笑道:"呵呵,就你那糗样,照片我都拍下来了。"

这次经济形势报告会的效果非常好,完全超过了市场协会和咨询公司的预期。这从两点就可以充分体现出来:一是现场的掌声还有充满善意的笑声,两种声音完全可以用"隔三岔五""经久不息"来形容;二是演讲完后赵教授和现场听众的互动的热烈程度。到最后,原定4点半结束的报告会一直延续到了6点半。

会议开了3天,王一元就在展位里站了3天,每天都是不停地发资料,回答各种咨询的问题。当然,展位里不仅有印刷厂的资料,还有咨询公司的资料。咨询公司也每天派人过来,专门负责解答问题。

协会这次刚好换届,在秘书长的陪同下,前后两任会长对王一元的印刷公司还有任学明的咨询公司对这次报告会的帮助表示非常感谢。王一元也趁此机会,和市区两级的各位领导、工商联的主席和副主席,以及协会的主要领导,还有市场的商户代表等合影。王丽萍、周婉秋、刘敏三人轮流负责后勤。

在会议的最后一天,周婉秋高兴地说道:"老王,这次我们来这里来对了。光是我们印刷厂的资料,就累计发出去超过600份。要知道,这次会议的代表才120人。明年,我们在这里的各个市场,看来要大展身手了。"

王一元还弄清楚了咨询公司推广的一些门门道道。就像任学明说的那样,如何去寻找和挖掘客户也是咨询公司的重中之重。这次七浦路市场的商户代表大会都是什么人在参加、他们的背后是不是还有着更大的商业利益链条、参会的领导规格怎么样、市场在行业内的影响有多大等都是拓展咨询业务的好机会。

不过,三天下来也是把王一元累得够呛,以至于最后回去的时候,下电梯时都觉得两个腿肚子一直在微微颤抖,更不要说是自己走路了。

胡雪元旦这天本想在家好好休息的,但是经不住周婉秋在电话里的死缠硬磨,下午三四点钟就来到印刷厂。等她一到,王一元他们的元旦聚餐就正式开始了。

　　今天,纸箱厂和印刷厂都放假,食堂没有开火,刚好方便王一元他们做菜。菜肴很丰盛,除了王丽萍的东北菜、周婉秋的淮扬菜,肖云华还做了他们湖北有名的粉蒸肉。王一元也下厨,做了一个剁椒鱼头和小炒肉,摆了满满的一大桌。

　　肖云华这次没有再拿他的"稻花香",而是贡献出两瓶"贵州茅台",胡雪带过来两支葡萄酒。可李广林还嫌不够,又从他的宿舍里翻出来两瓶高度的东北高粱酒。

　　摆好碗筷,众人围桌而坐,准备开吃。王丽萍说道:"老王,今天是个好日子,你先来说一个祝酒词吧。"

　　王一元笑着说道:"我倒是有个建议,我们就按照年龄,从大到小,每个人都说几句,说完大家就喝一杯,怎么样?"大家齐声附和。

　　老肖先说。肖云华不好意思地站起来,微微一笑,说道:"这样吧,我说一副对联:才见肥猪财拱户,又迎金鼠福临门。我祝愿大家,新年吉祥,一起发大财!"

　　六个人碰了第一杯。第二个发言的是李广林,他站起来也说了一副对联,道:"火树银花迎金鼠,山珍海味列玉盘。咱还是恭喜诸位,身体健康,大发其财!"

　　第三个是王丽萍。她拿起葡萄酒杯,说道:"刚才咱家大李的话,就是我自己的心里话,再一次恭喜大家,新年红红火火,发大财!"

　　再下面是周婉秋,她说道:"本来,我是不太喜欢在这种场合讲这种肉麻话或者豪言壮语的,不过今天高兴,我也祝愿大家新年心想事成,新年发大财。"

　　下面轮到王一元。他站起来说道:"首先,我要非常感谢你们这帮兄弟姐妹们的并肩作战,这一年真的辛苦你们了。既然都说对联,那我也来一副:十二时辰鼠在首,一年四季春为头。我祝愿,在新的一年里,让我们再接再厉,大口喝酒,大碗吃肉,取得更大的胜利! 来,一起干了这杯!"

　　胡雪一开始还不想讲话,但经不住大家劝,也站起来说道:"不好意思,今天我只能算是借花献佛了。祝愿大家在新的一年里心想事成,吉祥如意,发财满满。"

　　一轮说完,一瓶酒就这样下去了。办公室里有空调,大家从里到外都是暖融融的。王一元又和每个人分别敬酒,与每个人都干了一小杯。

　　王丽萍端起酒杯,笑着道:"这一杯酒,我要先敬大家,特别是要敬老王和老肖。不过,今天我因为高兴,在敬酒之前,也是有感而发,我还想要多说几句。"

　　其他人都停下来听王丽萍说话。王丽萍充满真情地说道:"我、老王、老肖,我们这几个人在一起创业这一年半多的时间,虽然紧张忙碌了一些,但讲实话,这其实也是我在上海这么多年以来最快乐、最舒心的一段时间。真的,我觉得刚才老王说得很对,我们就像兄弟姐妹一样。我非常高兴,也很幸运认识了你们,并且还有机会和你们一起共事。"

话没说完,王丽萍把旁边坐着的李广林也拉起来,说道:"所以,我,还有咱家大李,今天一定要和老王,还有老肖干了这一杯大的。"

四个人一饮而尽。王一元放低了声音,深情地说道:"其实,我也要感谢你们。没有你们,也就没有印刷厂的今天,我自己也不知道又流落到哪里打工去了。对了,李广林,再满上,我们几个再喝一杯。"

周婉秋站起来,端着酒杯说道:"看大家都很高兴,我其实不应该说什么风凉话的,但我还是忍不住想要说出来。我也要敬老王一杯,好的话他们都说过了,我就祝你生活幸福,找到一个好老婆吧。你再这么单身下去,我们看着都是怪可怜的。"

"小周,你真是哪壶不开提哪壶。"王丽萍说道,"大家都知道,你说的这件事,不仅是我们老王的心事,也是我们大家的心事。在这种场合,就你还敢提出来。来来来,先自罚三杯。"

酒喝得高兴,王一元脱了外套,打开手机上的音乐伴奏,敲着碗边,即兴来了一小段苏州评弹。肖云华他们听完,觉得还不过瘾,又是极力撺掇着王一元唱了一段他们湖南老家的花鼓戏《补锅》。大家一起叫好鼓掌。

王一元这几天是真的高兴。第一当然是因为又是一年的元旦,新年伊始,还有就是因为前几天在七浦路市场大会上的收获。第二件值得高兴的事情是思雅日化纸箱的事情终于落实了下来。按照后来朱宇宏清单上的价格,王一元、王丽萍、肖云华仔仔细细地核算过,应该还是比较满意的。关键是,这些纸箱基本都是长单,所谓细水长流,虽然不至于一夜暴富,但是对于工厂纸箱生产线而言,加上原有的业务,就能有一个基本的生产保障了。第三件好事,王一元还没来得及和王丽萍他们说,就是过完元旦,房地产公司的吴总又邀请他们咨询公司做一个浦东新项目开发的前期调查和可行性研究。王一元的想法是,趁这次机会,一定要想办法把吴总他们房地产公司的印刷业务拿下一部分来。

新年就这么悄没声息地到来了。随之而来的还有浓浓的寒意。这个寒意,不仅仅是指天气寒冷,更多的是指经济方面的"冷"。美国次贷危机进而引发金融危机的风险在逐渐增大,同时对国内的影响也已经显现出来。在报纸、电视、网络媒体上,曾经非常有名的企业和银行不断传出亏损,乃至关门倒闭的消息,各国央行出手干预救市的新闻报道逐渐多了起来,连一向谨慎的央视财经频道也在经济半小时栏目中做了一系列次贷危机的相关报道。

1月2日和1月3日两天,王一元在交大上课。这次上课也是这个学期的最后一堂课。3日的课程也因为国内外经济形势的显著变化而稍有调整,临时增加了美国经融危机这一部分的小组讨论。讨论的主题赫然是"一旦经济寒流来临,我们该怎么办?如何应对?如何安稳地度过这个寒意扑面而来的冬天?"也就是说,到底该怎么过冬?杜建峰还是坚持他以前和王一元说过的观点,要"深挖洞,广积粮,缓称王"。全班讨论到最后,大家都非常同意杜建峰的判断和看法。

3日晚上,任学明、杜建峰、王一元三人在上次的小饭店要了一个包间。一年又过去,新年到来,算是小小地庆祝一下。任学明还特意讲了这次吴总房地产公司尽职调查报告的事情,三人商量好时间。

任学明开玩笑道:"王一元,这次是你亲自带队伍上山,这个第一次,可不能让我们失望哦。"

王一元回工厂后就抓紧做了两件事情——未雨绸缪、开源节流。其中,第一条就是继续抓紧收钱。上个月的收钱,还仅仅只是王一元自己这一块的业务,而这一回,不仅是自己的业务,而是要求所有的业务,包括周婉秋、杜于乐和谢雨琪银行的业务;第二条就是全面收紧钱袋子,开源节流,所有的花销都要求按时报告,压缩一切不必要的开支,抛开一切面子上的不实在的东西。同时,给所有员工都做了目前经济形势的传达,尽量做好这次危机的对冲。

忙忙碌碌,时间就过得格外的快。又到了一年年终盘点的时候。王一元仔细看过报表,又递给了肖云华。他对王丽萍问道:"账目准确吗?"

王丽萍用力点点头,说道:"你去年也是问的同一句话。只是有一点不同,你们今年好像没有去年那么惊喜了。"

一旁的肖云华看完报表,抬头说道:"呵呵,我们还是很惊喜的。想想也确实是应该高兴,相当于一年半的时间,我们就赚了一个工厂回来,也相当于我们当初的投资都差不多翻了一倍半了。"

王丽萍说:"要是这样理解,也基本上没有毛病。不过有一点,老肖你还是算错了的,这里面你们都没有考虑到机器设备等折旧的因素。"

"折旧?"肖云华笑着说道,"依我看,这些机器设备通过这一年多的运转,比当初进来的时候更加好使了。"

"老肖,还有王丽萍,你们说说,这笔钱应该怎么分配?"王一元有些担忧地说道,"现在看来,明年的经济形势更是让人担忧啊。"

"还分什么分,都放在公司里,不是赚得更多吗?"王丽萍笑着说道。

肖云华说:"我也是这个意思。有钱不赚是傻瓜,到哪里去找这么好的机会?"

王一元考虑了一会儿,说:"我看这样,员工都要回家过年,总归要带些钱回家的。一分钱难倒英雄好汉,这个我是有过体会的。我建议,员工们这次的奖金就增加到2个月的工资的基准,比去年多一个月。剩下的钱作为公司的流动资金使用。年终的员工大会和股东大会还是要开的,在股东大会上还要把账目一清二楚地都公布出来。"

"都公布出来,我们难道不去打一点埋伏?"王丽萍笑了笑,小声地说道,"比如说,设置一个小金库之类的?"

王一元摆摆手,说道:"没有必要。工厂的一切全部对股东开放。你们想想,我作为大股东,对此都是没有任何保留,甚至连财务方面也是不插手的,那还要设置什么小金库?一切都是明明白白,做人就是要这样坦坦荡荡。"

想了想,王一元又说道:"但这一次的年底聚餐会,工厂以外的人就不请了,反正年前我也对他们专门拜访过。至于怎么吃这顿年夜饭,还是王丽萍你去张罗,我倒是觉得可以适当地奢侈一下。"

今年过年相对去年要早一些,2月6日就是大年三十。工厂放假定在2月4日,但是实际上,因为有些员工要回外地的老家,所以从一月底就陆续有员工请假回家了。

火车票非常紧张,很不好买,肖云华和王丽萍夫妻俩去了好几趟吴泾镇上的火车票代售点,甚至最后去了上海火车站等了半天,也是没有买着回老家的车票。

王一元想起在浙江北路印刷一条街旁边小巷摆饭摊的老刘。他马上找出老刘的电话,竟然一打就通了。两人在电话里寒暄了一阵,王一元说了想请他代买三张火车票的事。老刘倒是爽快,快人快语地说道:"你一会儿把这几个人的身份证号码发短信到我手机上,我先去试试看。"王一元连连在电话里表示感谢。

16日,王一元按计划和任学明去了吴总的房地产公司。他们这次的任务就是房地产公司在浦东外高桥一个综合项目的可行性研究报告的调研和撰写。吴总在办公室单独接待了他们两位。

吴总先是讲述了这个项目的大致情况,然后说道:"具体的状况会有我们项目的相关人员给你们详细介绍,我就闲话不多说了,只讲两个要求。按照常规的程序,我们国家的商业银行、国家开发银行以及其他境内外的各类金融机构在接受项目建设贷款时会对贷款项目进行全面、细致的分析评估,银行等金融机构只有在确认项目具有偿还贷款能力、不承担过大的风险情况下才会同意贷款。"

任学明点点头,接口说道:"以现在的经济形势,大家都知道的,这个贷款的难度,我估计会越来越大。"

吴总说道:"所以啊,我们作为项目投资方,就需要出具详细的可行性研究报告,银行等金融机构只有在确认项目具有偿还贷款能力、不承担过大的风险情况下才会同意贷款。这就是我的第一个要求,就是这份可行性研究报告在进行相关贷款时能发挥关键作用。"

停顿了一会儿,吴总继续说:"第二条,就是希望这份可行性研究报告能特别适用于企业融资和对外招商合作。所以要求研究报告市场分析准确、投资方案合理,并且还要提供有竞争分析、营销计划、管理方案、技术研发等实际运作方案。"

话说到最后,吴总沉吟了一会儿,看了看王一元,又笑着说道:"当然,要是这位小兄弟,嗯,是叫王一元,是吧?这次还像上次南通项目那样,有新的理念和想法提出来,我们就更是皆大欢喜了。"

任学明停下了记录,笑道:"吴总,我们努力,尽量不负众望。"

吴总又看向王一元。王一元也只好鼓足勇气,表态说:"我们一定尽力而为,让吴总和房地产公司满意。"

吴总哈哈大笑,说道:"你们不能只是光哄我高兴,特别是小王,这次尽职调查由你来负责,我可是要看到你们真枪实弹的结果的。"

从房地产公司大楼出来后,王一元仍有一些担心,他底气不足地对任学明道:"老任啊,我怎么感觉这个责任特别重大啊,要不还是由你来牵头吧?"

"小王,其实也没有什么好担心的,你先不要有心理负担。"任学明说道,"等你做过这一次,熟悉了以后就好了。这次项目小组的成员都是你熟悉的人员,应该不会有问题的。再说了,这次吴总给的时间很充裕,报告要到过完元宵节后才交的。"

话已至此,王一元只好硬着头皮,强忍内心的担忧,装模作样地带着项目组成员一行四人去了外高桥的项目做尽职调查。和南通的项目一样,组员还是康立新、陈志光和刘萍,他们在项目所在地待了整整五天,紧赶慢赶才完成了项目的前期调查。因为接近年底,剩下的事情只好约定了时间,等来年再做。

王一元睡得正香,噼里啪啦一阵阵鞭炮的声音响起,他猛地惊醒,坐了起来。他茫然四顾,只见房间里其余的三张床上,被子、衣服都叠得整整齐齐,人却一个都不在。

第三章

从枕头下摸索了一会儿,他才把手机掏出来。打开手机一看时间,正是大年三十晚上 11 点 55 分。他觉得有些渴,想开灯,等伸出手,才想起来电灯的拉线开关在进门靠 1 号床的那一边。他又揉了揉稍显干涩的眼睛,终于对房间暗淡的光线渐渐适应过来。

王一元掀开被子下床,一股强烈的寒意迅速地包围了他,如坠冰窟。幸好水瓶里还有热水,他倒了一杯水放在床边的条几上,马上又退回到被子里半躺下来。太冷了啊,他不禁打了几个哆嗦。这时候,脑袋彻底清醒过来。他想起来这里是阿育王寺里专门安排给居士住的房间,自己是前天下午才风尘仆仆地到达这里的。

腊月二十八的下午,王一元把工厂托付给旁边另一家工厂的熟人看管,自己随身就带了一个小包和几本书,火车再转汽车,赶到了阿育王寺。他先在寺庙轮流祭拜一遍,然后找到寺庙专门安排信众的管家和尚,向他说明自己想在寺庙住几天。

管家和尚一口就答应了,说是临近春节,来的居士不是太多,但是春节这段时间来上香的游客肯定会大量增加,寺庙正缺人手,他问王一元愿不愿意做一些力所能及的活计,也就是做义工。和尚说道:"寺院的一切都是十方供养的,如果没事住在寺院里,很消耗自己的福报。而在这里做义工,既能在做义工的过程中为自己培植福报,也可以静心修养。"

房间外面鞭炮和烟花的声音此起彼伏,一阵响过一阵。王一元睡不着,喝了一口热水,干脆披衣下床。他没有开灯,小心地将门推开。外面正在下雪。大片大片的雪花从昏暗的天空中纷纷扬扬地飘落下来,全都笼罩在白蒙蒙的大雪之中。

王一元倚在门边上,紧了紧身上的衣服,只是静静地看着眼前的这个白茫茫的世界。

乱山残雪夜,孤独异乡人。点点扬花,片片鹅毛。晚上的雪,深切切的。雪花形态万千,好像有千丝万缕的情绪似的,像海水一般汹涌,仿佛能够淹没一切。

王一元弯下身子,捧起一小团雪花,小心翼翼地呵护它们,一种清凉顿时遍布全身。可是还没等靠近脸庞,手上的余温就将它们大部分都融化了。

雪,还在下,无声无息,越来越密,在空中无休止地散落着。成片的耀眼的纯白张扬着,空气仿佛也变得格外清新。王一元仿佛看见一丝丝藏头露尾般裸露的诱惑,如融化的雪花般,缓缓沁润在了自己心里最深处的某一个地方。

瑞雪兆丰年。王一元想,或许在这场大雪之后,又一个崭新的春天就来了。

手机屏幕上显示有超过 200 条短信。王一元就这样倚在门框上,随意地翻看。等他一条条全部看过,却没有发现有自己最希望看到的那个发信人。他想,她总不至于因为在遥远的英国,连国内过大年的时间都忘了吧?

可再一次全部翻阅一遍,他确定这些发信人里面确实是没有康宁。迟疑了很久,王一元还是小心翼翼地发了一条短信给康宁,可是等了很久也没有回音。他打开手机上的QQ,康宁的头像显示灰色,说明她现在也不在线上。她到底在哪里?现在又在忙着什么?王一元突然之间发现,自己似乎对康宁目前的一切是那么的一无所知。

王一元怔怔地站了好久。屋外漆黑如墨的空中,弥漫的大雪仍然在一重重地抛洒而落,盈盈地在空中不断演绎,仿佛渲染了一切,向着小房遮蒙下来。整个一片白茫茫的,都是白的,像冻结了似的,并且像漆一样地发光。

冷风催我醒,原来共你是场梦,像那飘飘雪泪下,弄湿冷清的晚空。百无聊赖,王一元拿着手机翻看短信,再往下翻,看到了肖晓晓的短信。这次,她只是很生分地发了一条普通的祝福短信。王一元沉吟了一会儿,另外复制粘贴了一条祝福短信给她回了过去。只一会儿,"滴"的一声,肖晓晓很快就回了过来,她在短信里问道:"方便吗?"

王一元知道肖晓晓可能有话要说,于是拨通了她的电话。铃声只响了一下,电话就接通了。那边的肖晓晓显得很谨慎,轻声地问:"你在干嘛?怎么还没睡?"

"睡不着啊。"王一元揉了揉头,说道,"我们很久没有联系了啊,刚才看到你的短信,就试着给你回了一条。怎么,没打扰到你吧?"

"是很久没联系了啊。不过,我是有发短信给过你,可你倒好,从来都是不回的。"肖晓晓在电话那端狠狠地说道。

肖晓晓恼恨而又撒娇般的声音在这寂静的夜晚显得非常清晰,又格外抓人心魄。恍惚间,两年前的那个元旦的晚上,一个活泼的肖晓晓仿佛就在眼前。

"谢谢你还是这么亲切地称呼我。"王一元有些哽咽,伤感地说道。

"你在哪里过年?"肖晓晓听出来王一元情绪消极,小心地问道,"你……一个人?在哪里?"

王一元顿了一下,笑着说道:"其实在哪过年都不重要……"

"关键看是和谁过年,对吧?"肖晓晓接过话头,继续问道,"我知道你又有了新对象,难道你不在上海过年?"

王一元在电话里长叹了一口气:"唉,一言难尽啊,不说也罢。"

"怎么,你碰到心事了?"肖晓晓关切地问道。

"咳,不要总说我了,你现在情况怎样啊?"王一元在电话里笑了一笑,说,"我年前和谢东通电话,说是你和你们公司现在遇到了很大的困难?"

"嗯,确实是有一些困难,我也是每天都焦头烂额的。"肖晓晓笼了笼垂下来的头发,说道,"主要还是这个美国的金融危机,现在我们的出口几乎停滞,工厂因为靠近市区,也正在面临拆迁。"

"晓晓,我真心劝你早做准备,要未雨绸缪啊。"王一元真诚地道。

听到王一元叫的这一声"晓晓",肖晓晓心中的某处柔软突然之间被"嘣"地刺激了一下。停顿了一会儿,肖晓晓感叹道:"我回家做了两年,真是太累了,有时候真想回到以前在上海打工时无忧无虑的生活。关键还是没有多少人帮助我。你想,我一个弱女子,这么大的家业突然间交给我,我怎么能管得过来的?"

"怎么?你不是老板吗?杀伐要果断一些,一些宵小之徒,杀一儆百,威信就建立起来了。"王一元笑道,"再说了,我是老板,我怕谁?"

"你不知道实际状况,很多事情都不是我原来想象的那样。"肖晓晓长叹一声,说道,"公司到现在,我感觉到处都是窟窿,按下葫芦浮起瓢,一天天的,本姑娘都快被这些乱七八糟的事情给弄晕掉。关键是我自己也是水平有限,有很多事情都要去摸索。有时还得装模作样,不能让别人看出破绽。"肖晓晓无奈地笑道,"呵呵,所谓大老板,都是些表面风光,我只是一个小女子罢了,是真的太累了。"

王一元随口说道:"我理解你现在的处境,要不要请一个专业的咨询公司来帮助你?"

"是吗?那你和我想到一块了,我还真有这个想法。等开春上班,准备请一个专门的咨询公司来给我们做一次完整的企业诊断咨询和战略规划设计。"肖晓晓话锋一转,说道,"你不是在交大读书吗?看看能不能有这一方面的便利和资源?"

王一元笑道:"如果你真要请咨询公司的话,那你找对人了。"于是,他把任学明的咨询公司向肖晓晓做了简单的介绍,不过他没有说自己在其中也占有股份的事情。

又说了一些寒暄的话,两人挂了电话。肖晓晓的妈妈走了进来,问道:"晓晓,和谁打电话?我进来看你几次,你都是电话不停的。"

"王一元,就是在上海的那个。"肖晓晓平静地说道。

"哦,是这小伙子。他现在怎么样了?"晓晓妈妈说道,"这大过年的,和你还打这么长的电话?"

"妈——"肖晓晓撒娇地说道,"你让我静一静。我和他现在没有什么关系,仅仅就是打打电话。"

"晓晓,都是家里委屈你了。"晓晓妈妈站定,看着晓晓说道,"其实现在公司的状况,你们就是不说,我也是知道的。但是,你爸爸现在这个状况,妈妈也帮不上你什么,只能辛苦你这个小丫头了。"

"妈,我的想法,过了这个年,我们去请一个专业的咨询公司来,帮着公司做一次战略规划设计。"肖晓晓看着窗外此起彼伏的烟花,轻声说道,"公司如果还是不能成,干脆就关了公司。我就是再去打工,也会养活你们二老的。"

"傻孩子,不要这么悲观,还远没有到这个程度,对自己要有信心。"晓晓妈妈慈祥地说道,"你想想,当初你爸爸在那么艰难的状况下都能把工厂建立起来。我们现在都是相信你的,虎父无犬女嘛。"

天气太冷,王一元重新又回到床上,半拥着被子躺在床头。很多的往事、很多的人开始在他的眼前浮现。特别是康宁和肖晓晓,他来上海后接触最多的两个女人,就这样交叉着出现在了他的脑海中,来回辗转挪腾。

王一元有些心绪不宁,随手翻开放在床边条凳上的佛经。佛说:"万发缘生,皆系缘分。"偶然的相遇,蓦然回首,注定了彼此的一生,只为了眼光交会的刹那。

年初四,王一元就赶回印刷厂。因为工厂年初六上班,这天已陆续有员工回厂。员工和王一元大都很熟悉,有一些和他在一起已经有将近三年的时间。这次过年回来,他们中还有很多人送给王一元一些他们老家当地的土特产。

王一元对员工的这些东西一一笑纳了。但是,因为纸箱厂要过完元宵节才上班,所以员工的吃饭倒成了新年后第一个要解决的现实问题。

和谢老板电话商量后,谢老板同意王一元使用他们的食堂。但是做饭的炊事工也要过完节才来,所以这段时间就没有厨师了,要靠印刷厂自食其力了。不过,这个倒不是什么困难的事,厂里的员工大多来自农村,做饭做菜本来就没有什么问题。

王一元打开纸箱厂食堂的大门,有几个女员工自告奋勇做了厨师。然后,王一元又带了几个男员工上镇上超市买菜。大家就这样合着伙吃饭。

第二天下午,王丽萍和肖云华先后回到工厂。王丽萍一回来,王一元就轻松了许多,这些生活上的事情自然就由她去安排。他把自己一个人关在了办公室,想着工厂今年要做的很多事情,先安静地思考一下,计划着下一步到底该如何去办。

晚上大家一起围桌吃饭,加上员工,有十五六个人。说到今年的经济表现,每个人都七嘴八舌地讲述了自己在老家的所见所闻。来自江西赣州的一位员工说,他们那里很多原先在广东打工的老乡,现在都待在家里,也不知道该到哪里去找工作。还有一个熟悉的做后道的胡姐,是前台沪公司过来一直在这里工作的老员工,还和王一元正经地笑着说:"老王,要是我们工厂有招工的机会,你一定要优先照顾我们这些老员工的亲属。"

这些使王一元更加意识到了金融危机影响的严重性，也加重了自己的担心和忧虑。他经过慎重考虑，在开工那天的下午召开了新年的第一次业务和工厂的联席会议。他着重提出今年工作的重中之重就是要开源节流。与会人员都纷纷发表意见，非常赞同他对目前经济形势的判断和应对的办法。

王一元提出来两个思路：一是工厂继续压缩开支，二是业务方面要抓紧开拓新的客户。接着，他把近期的业务工作重点做了分解：一是着重放在七浦路市场的业务开发，决定趁热打铁，争取把其他专业市场的业务也一并拿下；二是网上电子商务的开发，刘敏要继续抓紧，同时工厂也继续加大投入，争取能早日做出业绩来。

肖云华点点头，带头说道："老王的这些想法和做法，我都是举双手赞成的。我在这里代表工厂表个态，工厂这块今年要勒紧裤腰带，并且想办法在内部再优化组合，减少浪费和损耗，我们一定说到做到。"

王一元笑了笑，说道："老肖，你也不要太有负担，该花的还是要花，只不过是一定要花在刀刃上来。但是有两点，一是生产质量，一是安全，一定不能有任何放松，还要时时刻刻引起注意。我的看法，既然经济形势不好，客户就会显得更加珍贵，说不定其中就会有些客户会因此而翘尾巴，对产品质量和交货时间提出更高的要求，这些我们要有心理准备，至少工厂不能在这方面有任何差错。"

"像老王说的这种客户是一定会有的。"肖云华说道，"工厂的安全、机器设备设施的保养和维护，这些都是工厂的日常工作。至于产品质量、交货时间，我们也肯定会想尽办法去做最大保证的。但话要说回来，如果客户真要是鸡蛋里挑骨头，横竖都不对付的话，你们业务这块也要帮忙挡一挡，总不能见死不救吧？"

"那是当然的，我们业务这块，什么时候孬种过？"周婉秋大声嘲笑道，"老肖，你真的成熟了啊，都学会推卸责任了啊，怎么搞得来和上海小男人一样，事情还没开始干呢，倒是把责任先推卸得一干二净了？"

王一元拿出来一个花名册，说道："这些都是上次七浦路市场商户大会做展示，我自己整理出来的一份资料清单，上面包括客户的姓名、地址、电话等，有一些还标注有客户的需求和个人喜好等方面的详细情况。"

王丽萍插话说："我那里也有一份类似的，只是还没有最后整理出来，争取这一两天拿出来。"

"很好。"王一元高兴地继续说，"那我们就按图索骥，争取在七浦路的这些专业市场里打响我们新年的第一枪，打出一场漂亮的胜仗来。"

统一了认识，王一元又决定把工厂所有的业务员，包括周婉秋、王丽萍、胡建国也一起派出去，并对七浦路这些专业市场包干到人，每个人都有大致的区域划分。周婉秋呵呵一笑，说道："老王，你辛辛苦苦开拓出来的市场，就让我们这样捡便宜了？我们这样做下来的业务最后应该算在谁的头上？"

王一元想了想，说道："谁做下来算谁的。再说了，不管归谁，最终都还是公司的。"

王丽萍笑话周婉秋，说："周姐，就你小聪明，这回挨瘪了吧？不管个人能力有多强，总归是在一个集体里的，不要总想着个人得失和个人英雄主义。"

周婉秋白了王丽萍一眼，说："王丽萍，你这人也真是，怎么就看不出来我说的是玩笑话？不管怎样，有了这些清单，就如鱼得水，我肯定会去冲锋陷阵，到时候让你们好好看看老娘我的风采。"

回到宿舍，房间里冷冰冰的。王一元先把电取暖器开起来，然后踢腿伸腰，运动了一会儿，房间的温度开始往上升，他终于慢慢地全身暖和过来。等不再那么冷了，他坐在书桌前，又取出来年前房地产公司外高桥项目的所有调研资料，哈哈手，然后仔细地一页页往下看。

其实，对王一元来说，房地产公司的这份可行性研究报告，除却项目规划方案的优选、开发进度安排和项目投资估算这三大块，其中的数据可能需要用到专业的知识和实践经验，至于其他的内容，对他来说倒没什么太大的难度。

大型的房地产开发项目，其建设期长、投资额大，一般需要进行分期开发，这就需要对各期开发的内容同时作出统筹安排，对开发进度进行合理的时间安排。

项目规划方案的优选主要包括选定方案的建筑物布局、功能分区、市政基础设施分布、项目的主要技术参数和技术经济指标、控制性规划技术指标等。报告书的内容还涉及项目的成本费用、资金的筹集方案和筹资成本估算以及整体项目的财务评价等。

按照吴总的要求，这次的可行性研究报告主要重点还是放在了财务评价，从项目角度对项目的盈利能力、偿债能力和外汇平衡等项目财务状况进行分析，借以考察项目的财务可行性。其中内容主要包括了项目的销售收入和成本预测，预计损益表、资产负债表、财务现金流量表的编制，债务偿还表、资金来源与运用表的编制，财务评价指标和偿债指标的计算，如财务净现值、财务内部收益率、投资回收期、债务偿还期、资产负债率等。

当然，这些特别专业的事情，咨询公司里自然会有专业的人员去把控和配合，比如这次项目小组里的康立新擅长的就是项目预算，陈志光负责财务和成本处理，刘萍负责精算,三个人都有着比较深厚的专业知识和丰富的实践经验。

王一元觉得,现在外高桥这个地产项目可行性研究报告的关键就是如何来对这个项目整体做出概括的分析和评价,然后提纲挈领,怎么样才能提炼出一个深入人心的总体开发理念。

看了很久,王一元头脑纷繁芜杂。他想,还是得把任务分解下去,让项目组的几个人各自负责擅长的部分,然后自己再做统分,求同存异,再穿针引线地把各个部分有机地穿插起来。他心里做好决定,今明两天一定要选个时间,和这些人见上一面,开一个短会,把相关的任务先布置下去。

坐久了很不舒服,脑袋里也是想得生疼。王一元干脆站起来,走到窗户前往外看。窗户玻璃上有一层厚厚的雾气覆盖在上面。除了外面走廊上朦朦胧胧的灯光,其他的什么也看不见。随着房间内温度慢慢上升,窗户上的水雾开始积聚。没过多久,这些凝聚的水珠结成线,一条条地缓缓往下淌去。

王一元一动不动,就只是呆呆地看着这些移动的水珠。他伸出来手指,信手就在玻璃上面勾勾画画起来。但是等手指上的线条勾勒完,他定睛一看,却发现玻璃窗上形成了4个歪歪扭扭的英文字母"KN""XX"。

王一元心里猛地一惊,整个人一下子就怔在了那里。他脑子里突然间一片空白。他最想不明白的是,刚才写下的这些字母纯粹是一种无意识下的反应,其实连他自己也不知道为什么会去画这些线条。哦,会不会今天是情人节,见景思情,在自己的潜意识里还是有着和她们俩的美好回忆和片段?

王一元拿出手机,给康宁发过去一条短信,又调出手机上的QQ,头像仍然是灰的,但王一元也发了一条相同内容的消息。他甚至还调出来以前经常联系的邮箱,也发过去相同的内容。

可是结果都一样,恍如石沉大海般,无声无息。王一元又想起康宁的表弟小陈。他想和他打电话,问问到底是什么情况,怎么突然之间就音讯全无了。可等到调出康宁表弟的电话号码,王一元看着这一大串的数字想了很久,又轻轻地把它们一个个地删掉了。

窗户玻璃上的字母,这时候开始融化,慢慢的,慢慢的,最终都化于无形,变成了一颗颗的水珠,随着水流淌下来。王一元抬起手臂,在空中稍微停顿了一下,最后还是毅然决然地抬起手,用衣袖把玻璃上的水汽全部擦了个干净。

王一元用手指头点了点,玻璃上面什么也没有留下,有房间外面的光线透射进来。擦过后的玻璃还真是透明敞亮,他心里想道。

王一元在新都大酒店下车的时候,康立新已经在大门口迎接他。他快步走了过去,用力地握住康立新的手,微微一笑,说道:"不好意思,我迟到了。"

"没事,我们也是刚来没多久。住宿都弄好了,陈志光和刘萍都在房间里等着我们。我们现在上去?"康立新问。他年纪和任学明差不多大,是河北唐山人,毕业于上海立信会计学院,曾经在上海一家著名的国企里做成本会计。任学明本科毕业和他同一年,也是分配在这家国企里做管钢筋水泥仓库的活计。因为都是外地人,又在同一间宿舍里待过两三年,两人私下的关系自然不错。只是可能因为生性本分老实,甚至有些木讷,兼之不爱表现,也不好出风头,所以尽管康立新在单位业务能力突出,多年来却只是在原地踏步,没有得到重用。反观任学明,则完全不同,工作不到三年,他考上了母校的研究生,毕业后在几家世界五百强公司几经辗转,现在不仅当上了一家著名金属期货公司的高级主管,还创建了自己的咨询公司,混得风生水起。

碍于面子,康立新虽然和任学明经常有联系,却是从来都没有开口求他办过任何事情。不过,任学明算是很讲义气,心里知道康立新的状况,终于主动说服了康立新辞了国企的工作,加盟咨询公司。

康立新对王一元和任学明的关系,还有王一元咨询公司合伙人的身份,自然知道得多一些。他当然也知道任学明和房地产公司的吴总对王一元的看重,所以他虽然比王一元要大很多,但他对王一元一直比较客气和尊重,也比较包容。

十二楼的这间房是套间,分别有两个卧室和一个客厅,还有一个小小的工作区。茶几上,还有书桌上,都摆满了这次报告相关的资料和文具用品。夸张的是,竟然还带有三个大大的计算器。

王一元笑道:"怎么了你们几个,把办公室都搬到这里来了?"

刘萍笑道:"王经理,你选的这个地方真的是蛮好的。这也是公司头一回在这样的高级酒店里办公。"

陈志光也笑道:"王经理年轻,就是有魄力,舍得出血,我们这回算是沾光了。"

刘萍又说道:"不知道是不是因为环境好的缘故,我们三个的效率都很高。这不,才几个小时的时间,这份报告的轮廓就已经出来了。"

康立新呵呵一笑,说:"高效率那是当然的。酒店这么贵,我们最起码得把这个房钱赚回来吧。"

王一元打着哈哈,说道:"只要你们高兴,我这酒店就选得没错。我刚才在路上还在担心,怕你们不满意。不过,你们放心,这次住酒店的钱,要是你们任老板不愿意出,我一定会去找他的。总不可能给公司干活,还得我们自掏腰包的吧?要是这样,还上哪儿说理去?"

玩笑归玩笑,王一元接着说道:"不过,这么高级的酒店也不是白住的。我的要求,最迟明天下午,一定要把初稿拿出来。各位,都没有意见吧?"

接着,王一元开始布置,说:"现在到晚上,我们先把这个可行性研究报告的各个组成部分,按照我们以前在南通项目上的做法,还是各自负责一部分,先把各个部分的轮廓立起来。明天上午,我们一起讨论,看看再怎么合成。"

大家都同意了。每个房间里都有书桌,四个人都带了笔记本,酒店房间里有网络,插口也多。于是各就各位,大家都紧张地忙碌起来。

新都大酒店是一家五星级酒店,王一元对它并不陌生,前年国立袜业的签约会就是在这里举行的。也正是因为那次台沪公司和国立袜业的签约,王一元在上海才算是真正立足,也才有了后面的发展。之所以这次还是选择这家酒店,王一元有一个考虑,就是觉得这里是自己的风水宝地。这次,四个人集中起来在这里撰写这份报告,他就是想看看能不能再沾点福气,弄出一份像模像样的报告来,打响自己在咨询公司的头一枪。

当然,另外的考虑就是现在正是酒店的淡季,王一元让王丽萍在网上查过,这家酒店现在的价格甚至比平时还要便宜将近三分之一。反正费用也不多,又能有一个安静的好去处,于是他就让王丽萍以自己的名义定下了一个套间和一间大床房。

其实这份报告,去年年底去外高桥项目现场考察过后,王一元当时就有交代,要求每个人在春节期间都要继续工作,所以每个人都早有准备。到晚上快7点,每个人负责的部分就已完成了大部分。

刘萍摘下眼镜,用手揉了揉眼睛,说道:"咳,总算是有个大致的眉目了。王经理,现在都快7点多了,我们的肚子都咕噜咕噜地唱空城计了。"

康立新和陈志光都先后停了下来,拿眼睛看着王一元,表达的是和刘萍差不多的意思。王一元见状,也停了下来,笑着说道:"你们都弄得差不多了?"

三个人点点头。王一元笑着说:"还是你们专业一些,我还差上许多。不过,既然大家都饿了,那我们就先吃饭。这次,我们就在饭店里吃,你们看看这个饭店里有什么特色菜?"

刘萍马上说道:"王经理,好吃的倒是不少,就看你同不同意了。"

"是吗?看来你们都已经做过功课了?"王一元笑着说道,"今天晚上只要不是很过分,我们都可以去试一试的。"

"那就太好了,绝对不会过分的。"刘萍说,"四楼有一个海鲜自助餐厅,299元一位,不过他们现在有优惠促销,四免一,我们刚好四个人,可以免除一个人的费用。"

陈志光在边上说道:"中午来的时候,我们的刘小姐就看中了,但她又舍不得花钱,说是要等你王经理来了以后晚上狠宰你一顿。"

"你们都早就计划好了?"王一元呵呵一笑,说,"那还有什么好说的,现在就满足你们这个愿望。不过……"

话还没说完,刘萍却是高兴地插话道:"不过,吃完以后,晚上还得加班,对不对,老王同志?"

康立新哈哈笑道:"哪儿那么多的废话?我们吃了再说。走,现在就去。"

到晚上11点半,几个人都是累得人仰马翻,一个个都显得很是疲惫。王一元一一问过进度,知道他们基本完成了自己所负责部分的工作,于是最后作了简单的交代,便让各自回屋睡觉。

趁陈志光洗漱的功夫,王一元和康立新在房间随意聊天。过了一会儿,康立新说道:"王经理,明天赶早我来叫你,咱们一起去爬佘山,怎样?"

第二天早上6点,康立新就把王一元叫醒了。两人简单洗漱了一下,就下楼去爬佘山。酒店后面是一个很大的花园。穿过花园后门,从这里出去就到了西佘山的脚下。

冬天的佘山依然是满目葱绿。山道依山壁而上,石板路上铺满了落叶,石阶和坡道间隔连绵,走在上面,感觉倒也不算十分陡峭。走着走着,王一元联想起来自己老家农村盘旋蜿蜒的山道,竟然有了一丝丝的思乡之情。石条铺就的小路两侧有很多高大浓密的香樟树,上面都挂了铭牌,有一些已经差不多有近百年的时间了。路旁最多的就是竹子和一些常绿植物,让这整个小山显得甚是清静。

王一元一边往山上走,一边呼吸着清新的空气。他不时地伸展躯体,放松身心,一扫冬日的萧条和阴霾,觉得心里甚是清爽。

王一元以前来过佘山。山上有两大标志性景点,一是佘山天文台,二是被誉为"东亚第二大教堂"的圣母大教堂。佘山天文台因为要另外买票,王一元和康立新便没有进去。再往上走就是巴洛克风格的大教堂。

大教堂旁边有一处平台,这就是佘山的山顶了。到了山顶,站在这个所谓的"上海之巅"登高远眺,别有风景。只见不远处东佘山玲珑婀娜,胜迹相连,广袤的田野,漂亮的别墅群,还有更远处松江新城那片朦朦胧胧若隐若现的现代化高楼群,都如入画卷。

上午在房间里继续工作。中间休息听了康立新说的爬山的经过,刘萍忍不住说道："呵呵，这就是我想要的生活啊。工作愉快，环境又好，要是还能和自己的家人一起生活在这里，不知道该有多美好。"

"你还在做梦？刘萍，你醒醒吧。"陈志光挖苦刘萍，"你要知道，工作是工作，生活是生活，就更不要说自己的家了，这三者之间是相对独立的。"

工作、生活、家？王一元听到他们的对话，突然心中一动，灵感"砰"的一下就爆发开来。他站起来高兴地大声说："好，很好！我们这次外高桥项目的主题理念就叫做'工作/生活/家，你想要的，都在这里'。"

他有些兴奋地说道："你们想，这次吴总房地产公司的项目，其实就是一个大型的综合开发项目，是一个集合了大型购物中心、甲级写字楼、五星级酒店、高档公寓及住宅等诸多功能为一体的大型城市综合体。我们这次的可行性研究报告，我认为就以'工作/生活/家'来作为这个城市综合体项目的抓手和切入点，以点带面，穿针引线，从而把整个的报告有机地结合起来。"

康立新他们听王一元把这些话说完，都思索起来。康立新先说话："王经理，我觉得这个创意很好，有实际和现实指导意义，又能达到和满足房地产公司对这个项目的预期。"

陈志光和刘萍也表达了相似的观点和看法。康立新又说道："这个想法有创新，能提纲挈领。这下好了，接下来的工作就通顺了，只要照着这个思路去排列组合，应该就是一个好报告了。"

徐家汇辛耕路车站旁边有一家黄山骨头汤菜饭店，王一元在转车的时候走进去要了一份骨头汤，又特意加了两块素鸡。可能是真的饿了，他在稍显逼仄和破旧的小店里吃得津津有味。

手机短信的声音响了。王一元本不想看，因为今天节日，照例又是一大堆祝福短信的轰炸，没有什么实际意义。后来一想，怕万一耽误事，他还是从口袋里掏出来手机。屏幕上显示的却是肖晓晓的短信："元宵节快乐，你在干嘛？"

王一元想了想，给她回过去一条短信："同乐同乐。我正在吃菜饭。"

刚发过去，手机铃声却响了，是肖晓晓的电话，王一元接听了。只听见肖晓晓说道："怎么，今天这么重要的节日，一个人在吃骨头汤菜饭？"

王一元禁不住吃惊，心想，都说女人的第六感厉害，看来还真是这样的，相隔好几百里之地，都能猜测出自己是一个人在吃饭。他不由地道："你怎么就肯定我是一个人？"

"呵呵,这还要用得着猜吗?"肖晓晓在电话里笑道,"今天元宵节,凡是有家的肯定都是早早就回家团聚了,就是不回家的,也都是去饭店团聚,又有谁会拖家带小或者呼朋唤友去吃骨头汤菜饭的呀?"

肖晓晓悄声地问:"你不会说你现在是在七宝的那家吧?"

王一元一听这话,想起以前和肖晓晓在七宝吃菜饭的场景。他故意开肖晓晓的玩笑,于是说道:"今天到这边办点事,刚好转到了这里,就过来吃了。"

电话里沉默了很久,肖晓晓才说道:"好吧,其实那里的骨头汤也是很好吃的。"

王一元继续开玩笑:"店虽然还是这家店,只是好像感觉味道没有以前的好吃了。"

又是一阵沉默,肖晓晓却是话锋一转,说道:"和你说一件正事。我计划3月1日左右,利用双休的时间来一趟上海,主要还是请咨询公司的事情。你上次说你有熟悉的人,到时候我们能见上一面吗?"

王一元说道:"当然没有问题,到时候我带你去好了。这家公司我比较熟悉,靠得住的。"

又简单说了几句,肖晓晓就把电话挂了。王一元尽管还有许多话想要说,但既然人家都已经挂了电话,也就作罢了。他心里想,也不知道晓晓到底现在是什么状况。算了,还是等她来上海,再找机会见面聊吧。

王一元想给任学明和杜建峰打电话,问一问这个企业管理咨询的事情,但一看时间,可能人家正在合家团圆,就又重新把手机塞进了口袋。

龙吴线开了没多久,肖晓晓却又是一个短信进来。王一元打开一看,没头没脑的只有五个字:"死猪王八蛋。"

看到这个称呼,坐在公交车最后一排的王一元不由得百感交集,唏嘘不已。

这个称呼是专属于肖晓晓一个人的,从两人感情萌发时,她就是这样称呼王一元,一直到现在也未曾改变。只是想起来这么长时间过去,称呼犹在,人却早就不是原来的那个人了。

一路上,王一元都在想着和肖晓晓的往事。好几次,他都掏出了手机,想给她发短信,但是每次到最后都放弃了。

车到终点站,王一元走路回工厂,他想在路上理理思路,让自己的内心静一静。

工厂今天特例没有加班。王一元走到宿舍,正在开门,隔壁的肖云华却打开门,探出来一个头,笑着说道:"老王,你终于回来了。走,李广林他们两口子还在等着我们俩过去吃元宵呢。"

李广林正在烧水,一听到敲门声,他打开门,肖云华和王一元一起进来。房间里开着取暖器,倒是很暖和。王丽萍说道:"今天元宵节,王一元,我们等了你一天。这样吧,我们就吃汤圆当夜宵,算是过节吧。"

李广林笑着问王一元:"老王,你这么迟才回来,晚上吃了什么好吃的?"

王一元尴尬地一笑,说道:"哪有什么好吃的?等车的时候随便在路边上吃了一点,对付了一下而已。"他简单地把今天去七浦路市场参加大商户茶话会的情况说了一下。

李广林开玩笑,说:"看看你和老肖,讲起来还都是当老板的,其实你们都还没有我生活得舒坦,老婆孩子热炕头,除了孩子在老家,我现在是基本都全了。不像老王你们两个,搞得来像农民工大哥一样的。"

"呵呵,你这是侮辱农民工大哥了。"王丽萍笑道,"其实,特别是老王,连农民工有时候都不如。最起码,农民工还有一个上下班、准点吃饭的概念。看看老王,每天都是上蹿下跳,忙得一塌糊涂的,就连吃饭,很多时候都吃不上一口热乎的。"

王一元笑道:"今天元宵节,不带你们两口子对我这样夹枪带棒的吧。看来,要吃你们一碗汤圆,还得有很强的心理准备啊。"

汤圆有好几种口味,王一元只吃芝麻的。他嫌不够甜,又放进去几勺白糖。他问肖云华:"老肖,现在工厂单子应该能满足吧?"

"岂止是满足?现在主要的矛盾就是两件事。"肖云华囫囵吞下去一个汤圆,烫得他龇牙咧嘴的,直呼呼出气。

李广林笑话他:"老肖,汤圆还有很多的,今晚我们管够,你慢慢吃。"

肖云华说道:"一是思雅日化的瓦楞纸包装盒,打样已经全部完成,现在生产都来不及做,搞不好,这个纸箱的生产线也得两班倒了;二是周婉秋的汽车厂也拿过来不少东西,正在忙着一件件打样。"

王一元笑了笑,说道:"我知道。我再告诉你一个好消息。明天开始,所有的业务员就全要上七浦路的市场,看看最终能不能达成我们最初的预想,争取把他们市场大部分的印刷业务给拿下来。"

王丽萍笑道:"老肖,你要做好准备哟。到时候要是生产不出来,我们可拿你是问的。"

"放心,我肯定会尽力而为的。"肖云华说,"只是这个纸箱厂不上班,工厂每天都得至少两个人去炒菜做饭,也是很浪费时间的。"

"是吗?他们纸箱厂还没上班?工人也都没来吗?"王一元感到有些奇怪。

王丽萍说道:"是的,他们定在18日开工,没有几天了。工人倒是来了几个,听他们说纸箱厂因为生意不太好,好像还得裁员。"

肖云华看着王一元,说:"老王,要真是这样,他们这些现成的老手,我们要不要挖几个过来?"

王一元想了想,说道:"还是先看看情况吧。只是我也没想到,他们纸箱厂的订单竟然下落得这么厉害。这才过了多久的好日子?这个谢老板接下来肯定要不好过了。"

第二天上午,王一元召集业务人员开会。他先是介绍了茶话会的基本情况,然后说道:"这次,我们对七浦路市场的业务还是采用老办法,拉网式的'扫大街'。这次'扫大街'一定要不留死角,一家一家全部都要求过滤一遍。七浦路各种类专业市场这么多,每个市场又是这么大,商户也是非常多,所以说,我们的准备工作一定要充分,比如说我们工厂的说明书、每个人的名片资料等等……"

周婉秋阴阳怪气地打断了王一元的话,大声说道:"老王,这一天我可是等了好久了。你说的这些,我们都知道的,不需要啰嗦了。我们现在只想着冲锋陷阵,把这个山头给它马上攻下来。"

胡建国看着眼前的状况,笑了笑,没有出声。他只是在不停地在做着笔记,也不知道他到底在记事本上写了些什么。

等布置好任务,王一元特意对刘敏说道:"小刘,这次我们都出去,你不仅要干好自己的本职工作,还有一些业务助理的事情,你要好好担起这个担子来。"

刘敏微微一笑,说道:"王经理,你放心好了,这些王姐有教过我的,我一定不拖你们后腿的。"

王一元剥开一颗夏威夷果,放进嘴里嚼了嚼,奇怪地说道:"好像也没有什么特别的味道,和我们平常吃的也差不多啊。"

"小王,你这就有些过分了,人家老任几千里的地方好不容易背回来,你就这么轻描淡写地一口就否决了?"杜建峰笑了笑,说道,"你再仔细尝尝,不觉得奶香味比我们在国内买到的更浓一些吗?"

"呵呵,老杜,你也不要自欺欺人了。其实,我也觉得都差不多的。"任学明呵呵一笑,说,"反正味道也不咋样。本来还带来了有几块巧克力的,就不拿出来了吧。"

杜建峰哈哈一笑,说道:"老任,你还和我们要心眼?太不厚道了吧,赶紧麻溜地拿出来。"

任学明掏出6块巧克力,说道:"这个巧克力里也有夏威夷果仁的。"

三个人都禁不住哈哈大笑了起来。今天是星期六,也是王一元交大课程研修班的最后一个学期的开学日。中午吃饭,三个人又聚在了一块。

杜建峰笑着说道:"小王,都给你吧。我血糖高,不适合吃巧克力的。老任,还是说说你这趟旅游又有什么特别的收获吧。"

任学明喝了一口浓茶,说道:"要说收获,还真有。当然,旅游本身是主要方面,夏威夷这个地方还是蛮有看头的,是一个旅游的好地方。要说特别的地方,这是我第二次去夏威夷,我感觉这次去那里,度假的人少了很多的,基本上,除了我们亚洲的游客,不要说美国人和欧洲人,连西方人都很少。后来,我了解了一下,游客至少少了有一半。"

杜建峰感慨地说道:"这次次贷危机的影响在美国正愈演愈烈,迟早会有一场金融危机发生,恐怕很快就会传到我们国内,并且我觉得,其速度之快、影响之深、破坏力之大,恐怕都会远远超过我们的预估。"

三个人说着说着,就讨论起来房地产公司的可行性研究报告。任学明从包里拿出两份打印好的报告,说道:"小王,你主持的这份报告我看过了。我的评价,两个字,很好,特别是遣词造句,读上去很舒服。这份报告大大超过了我的预期,总体基本可用。"

杜建峰也说道:"这次报告的着重点放在了财务评价上面,我觉得是很恰当的。以现在的经济状况,还有接下来更严重的金融危机冲击的情况下,吴总的公司虽然说是国有重点大型企业,但是在融资和向银行贷款方面,可能还是会成为这个项目最后成功与否的关键。"

任学明笑着说道:"至于报告最后结论中提出的'工作/生活/家'的理念,我个人觉得很契合这个项目的开发理念和吴总对我们的期待,应该说提炼得很不错的。"

王一元说道:"老任,都是自己人,好的方面就不要多说了。你刚才说是基本可用,说明这份报告还存在不足的地方,你多给我说说。"

"呵呵,今天就我们三个人,那我就多说一些。主要还是我自己这些年的体会,你权且听着,看看有没有用处。"任学明呵呵一笑,说道,"当然,纯粹是个人体会,只供你参考。"

他说道:"这份报告的不足之处主要还是在项目预期的大数据方面,特别是项目投资风险评估、投资收益率、投资回收期等方面。现在整体的经济环境有了新的变化,而这份报告在投资和收益风险等部分的评估方面的前瞻性显得还不够,数据上的说服力还稍显不足。"

王一元心服口服,由衷地说道:"老任批评得对。以前做南通项目的时候还不觉得统筹的重要性,这次由自己单独操盘,我才真正知道,做好这个项目的负责人其实是多么的不容易。"

"是的。如果仅仅是作为项目组成员,只要做好自己的本职工作就可以了,至多也就是再帮帮别人一下。"杜建峰说,"但要是作为项目的总负责人,光是自己会写、会算是远远不够的,关键还得把队伍带动起来。当然,至于能把队伍带到什么程度,那就完全取决于这个领导人的能力和眼光了。这就是我们常说的'心有多大,舞台就有多大'。特别是眼光,我们说'站得高,看得远',就是这个道理。"

任学明说道:"小王,你因为对房地产这行还不熟悉,所以不免生涩一些。这些都是正常现象。有一个积累的过程。这个时候,团队人员怎么使用,怎么取长补短,你要去着重考量。"

杜建峰想了想,安慰王一元道:"小王,你不要有思想负担,更不要有技不如人的想法。想当初我们入这行的时候,还远远没有你现在的水平。"

"呵呵,这倒是真的。"任学明感慨地说道,"咨询公司成立之初,就我们两个人。那个时候,网络也不是很发达,要查个资料都相当困难。好在可以利用单位的资源,要不然就只好去图书馆查资料。"

杜建峰笑着说:"我们俩有时候去上海图书馆,早上去,晚上回,一待就是一整天,以至于后来都和他们复印的工作人员熟悉了,还给我们优惠呢。要不然,光是复印的费用,当时对我们来说都是一笔很大的开支。"

王一元笑了笑,诚恳地说道:"起步阶段都是不容易的。那这份报告又该怎么修改?"

任学明说道:"这样,只不过是一些数据上的修正,花不了多少时间,我就代劳了吧。我这几天和吴总联系,看看他们什么时候可以安排论证。小王,这次的论证会可就由你来安排了。"

下午上课前,王一元说道:"我有一个朋友,回老家继承家业,在镇江,现在公司遇到了一些困难,想找一家咨询公司做个诊断。我推荐了我们公司。我就是想问问,这个相关的流程该怎么走?"

任学明说道:"你让她把公司的一般资料和资产科目等材料先拿过来让我们看看,我们先了解一下公司大概的情况再说吧。至于后面的流程,大致都是差不多的。不过,在出方案之前,我们要先去他们公司实地考察的。"

杜建峰见状,拿来纸和笔,把咨询公司的业务流程详细地向王一元介绍了一遍。王一元赶紧说道:"老杜,你慢点说,我先记一记,不要搞混了。等会儿我就和她打电话,这几天就让她把相关的资料寄过来。"

任学明和杜建峰都笑了。任学明嘲笑说:"你不用记的,咱们公司都有现成的资料。你作为咨询公司的合伙人,至少到现在还不合格。"

七浦路市场的业务开展得比较顺利,大概用了5天时间,所有市场的商铺就全部扫过了。当然,究竟结果如何,就只有静待佳音,靠时间来检验了。

王一元只在市场待了一天的时间,就是第一天星期五;星期六、星期天,他在交大上课;星期一,朱宇宏找他有事,去了金山的思雅日化;最后一天,他要应付工商的上门例行检查。

这次的业务活动中,周婉秋在其中发挥了重要的作用,包括王丽萍和胡建国的调配、现场业务的调整等,都是由她在负责,事实上独当一面地承担了业务部经理的角色。

周婉秋知道王丽萍是第一次实打实地跑业务,所以她先花了近一个上午的时间,教王丽萍和胡建国业务上的技巧和方法,比如怎么和客户套近乎、用什么样的语气去和对方交流、被拒绝该怎么办等。

她反复强调说:"我们出来做业务,就是代表了公司的形象,业务方面一定要表现得专业一些,这一点是绝对不能拖公司后腿的,更不允许有损于公司的事情发生。"做完这些,她还是不放心,又亲身示范,带着两人接连跑了几个商铺,才放手让两人单独行动。

不过,周婉秋还留有后手,她规定了中午饭和晚饭的时间,到点就电话通知大家找地方集合,然后把各自的业务开展情况以及业务过程中遇到的问题汇总起来,现场一个个地解决。集合的地点,周婉秋一般选在咖啡馆,每人叫上一客饭,一边吃饭一边聊聊各自的业务状况,然后喝过一杯咖啡,再接着出去跑业务。

第一天晚上统计发现,王丽萍和胡建国两人跑的商户数量也就和周婉秋平分秋色。特别是胡建国,竟然都没能跑过王丽萍这个新手。

周婉秋笑话胡建国说:"老胡,你今下午跑得慢了些。你要放开,不要搞得像大姑娘似的,扭扭捏捏。要是接下来你还这样,业绩恐怕是跑不出来的。"

其实,胡建国跑得慢,主要还是没有彻底放下身架。他是上海本地人,虽然是在纸箱厂做过一段时间的业务,但他总觉得一个大男人,又一把年纪了,还这样在大庭广众之下去一家家商铺谈业务,觉得很不好意思,拉不下脸面。这样一来,他自然速度慢,效果也大打折扣。

王丽萍倒还好，虽然是第一次走上业务第一线，不过这次的任务说起来也不是很复杂，只是一家家地发资料，顺便聊上几句，只要脸皮厚一点，说话客气一点，加上女人在这方面天然的优势，基本上还是能够比较好地完成任务的。

可是，周婉秋却不这么认为。她一再告诫说："为什么同样是发资料、'扫大街'，有的业务员能做出效果来，有的业务员却做不出什么成绩？其实，这里面还是大有学问的，关键还是在业务员身上。针对不同的客户，要有不同的方式方法。这些，我和你们多说无益，还得靠自己去摸索和体验。不过，道理就是要随机应变，正所谓'到什么山头唱什么歌'，指的就是这个意思。"

周婉秋当然看出了胡建国的短处，也知道他心里的真实想法，所以后来就对市场的划分做了调整，只分配给他一个市场，其余的就由自己和王丽萍两个人分头跑。

又到了中午喝咖啡的休息时间。胡建国觉得和两个女人在一起喝咖啡有些尴尬，搭不上话，于是就找借口先走了。

王丽萍笑话周婉秋，说道："周姐，我们这几天是来这里喝咖啡还是来跑业务？"

"呵呵，你说的都对。"周婉秋笑了笑，说道，"王丽萍，你说说，我们这么辛辛苦苦地跑业务是为了什么？"

王丽萍往咖啡杯里倒了一些奶精，用勺子轻轻地搅匀。

周婉秋说道："说到底，我们就是想多赚些钞票。那赚钞票又是为了啥？还不是为了改善生活？所以，我们做业务的时候就要想尽一切办法去把业务开发出来。但是话又说回来，适当的生活上的享受也是要有的，这就叫做工作、生活两不误。"

王丽萍问周婉秋："周姐，你以前也像现在这样上大街发宣传资料吗？"

"呵呵，这算得了什么的？老娘我当初来上海的时候，还在地铁上发过小广告呢。"周婉秋抿了一小口咖啡，说道，"就是那种一日游的广告，一张名片或一张海报。每天要发够3 000份才有钱好赚的。"

王丽萍笑话道："呵呵，想不到周姐你还有过这样黑暗的时候。我这一天走下来，腿都是酸得不得了，好像都不是自己的腿了。"

"呵呵，这就是黑暗时刻？"周婉秋不屑一顾地说，"走走路这些还不是要紧的，关键是有时候车站的工作人员看到我们，不由分说就过来驱赶我们，这时候我们四散逃窜，如丧家之犬般，还得要保住身上的宣传单，不能弄丢。所以说，我们这次来七浦路'扫大街'，算是条件好的。你有没有感觉到老王之前几次参加市场的相关会议所体现出来的效果？"

王丽萍说道："是能体会到的。他参加那几次会的效果还是蛮好的，很多市场里的大商铺一听我介绍说是新台沪印刷厂,不仅不赶我们走,还对我比较客气,有的甚至还给我热水喝,让我进去坐一坐。"

周婉秋靠近王丽萍,轻声说道:"老娘我发现还有一个好办法,就是买那些商铺的东西。你看看,我都买了好几样东西了。这些东西反正都是要买的。和谁买不是买?还对我们开展业务有帮助。"

王一元送肖晓晓到楼下,看着她和谢东、朱许英坐上小车离开后又返回了咨询公司会议室。

杜建峰正在收拾东西,一见王一元回来,笑着问道:"小王,你说实话,你和这位肖小姐到底有没有关系?"

王一元一听这话,不置可否地笑了笑,没有说话,拿过会议桌上自己茶杯,咕噜咕噜地灌进去一大口茶水。

任学明刚好从外面走进来,说道:"小王,刚才这位肖总,你应该熟悉的吧?"

王一元笑了笑,说道:"刚才老杜还在问我同一件事。我再说一遍,这位肖总是我以前一个大客户的业务助理,认识有好多年了。"他放下茶杯,接着说道,"要说熟悉,以前她在上海工作的时候还是比较熟悉的,这两年她回镇江老家做了老板,今天我也是第一次再见到她。"

"呵呵,此地无银三百两。"杜建峰说道,"刚才双方交流意见的时候,我看这位肖小姐的眼神偶尔看向你的时候,明显感觉不一样,看得出来,有一种小情人的意思在里面,满满的都充满了柔情。"

任学明笑道:"是吗?这我怎么没有发现?对了,我们先不说这些无聊的八卦了。回到正事上来。老杜,你先说,这位肖小姐公司的咨询项目接下来该怎么办?"

"那还怎么办?走常规程序就可以了。"杜建峰故意大声说道,"我们先组一支队伍,进驻他们公司,深入地考察了解一番。至于最后要不要签单,先看了现场再说。"

任学明又看向王一元。王一元赶紧举起双手表态,说:"我只是作为介绍人,这次我不参与其中,就按照咱们公司的规矩办好了。"

任学明却是呵呵笑道:"小王,这次咨询活动,你恐怕是躲不开的。半个月前你还在向我们了解咱们公司的咨询流程,这次刚好是机会,你可以在实践中加深了解和熟悉业务。这么好的机会,你不去可不行。"

"是啊,小王,这一回可不像吴总的房地产报告,你说你是外行,还可以理解。这次的项目完全是企业管理方面的课题。再说了,我们在交大研修班不就是学这个的吗?

这回有用武之地,刚好可以检验我们的学习效果。"

"我们都是熟人,还是回避一下比较好。"王一元还在据理力争,说,"这个企业咨询诊断,你们两位拿手,你们不会这次又想着推脱掉吧?"

王一元又诚恳地说道:"因为这位肖总曾经是我熟悉的好朋友,又是她求到我头上来,我才向咱们公司推荐的。就算是我求求你们了,公司这次一定要派出精兵强将,好好把这个项目做起来。老任,老杜,最好是你们两位出面,牵一下头,老将出马,一个顶俩,就算是你们帮我的忙吧。"

"看看,马脚露出来了吧?"杜建峰笑道,"好了,王一元,你不要矫情了。我就实话告诉你,这次的咨询,我和老任都会去的。你要是有时间,也希望你能一起去。"

老任说道:"小王,你之前给过我肖总他们公司的相关资料,我有复印给老杜。我们,还有公司的同仁,最后意见都很统一。一是这项目本身的体量足够大,他们公司不管现在处境如何,遇到了什么困难,其中牵扯到多么复杂的情况,总归是镇江数得着的一家大户,所谓家大业大。就这一点而言,这个项目就足够有吸引力。"

任学明站起来,在自己的腰上捶打揉搓了一会儿,继续往下说:"这几年,随着互联网的深入发展,传统企业,特别是传统制造企业都在提倡转型发展和促进产业结构的升级调整,以提高企业竞争力。但从各地的实践来看,效果都不是十分理想。那么,旧制造企业如何转型升级?我们完全可以把他们公司当作一只麻雀,进行深入的剖析,并且在这个基础上再提出切实可行的方案来。"

杜建峰插嘴道:"老任的意思是说,这个项目如果做好了,对于二三线城市的工厂的转型升级具有重要的现实意义和借鉴意义。"

任学明说道:"这次的项目是完全值得我们公司去做的。同时作为经济工作者,我们也应该做好这个项目。所以,你不说,我和老杜也都会去的。"

王一元站起来,对他们两位表示由衷的感谢。

任学明说道:"哈哈,小王,都是一家人,就不要互相吹捧了。还有一件事,前几天房地产公司的可行性研究报告通过了专家的评审,我们也没有组织庆祝一下,要不,就在今天晚上,公司开一个PARTY,好好庆祝一下?"

吴总房地产公司的可行性研究报告后经任学明和杜建峰的微调,特别是数据方面的完善,在房地产公司组织的专家评审会上取得了与会人员的一致认可。

评审会后,吴总还专门开了一个公司内部的小范围论证会,邀请王一元参加,与会的全部都是房地产公司的战略、品牌和研发等方面的骨干力量。这些部门与王一元的项目小组进行了一些工作方面的对接和交流。

吴总做了总结发言。他对王一元这次的研究报告再次表示了肯定和赞扬，还特别对报告中提炼出来的"工作/生活/家"理念表示认同。他甚至开玩笑说："我们公司也有这么多的企划和市场的人员，为什么就拿不出来这样一个简单、直白又叫得响的口号？这一点要引起相关部门的注意。如果实在不行，我看还不如干脆把这位小王同志挖过来，这样公司还能节省一大笔咨询费用。"

虽然离这次的报告会已经过去好几天了，但王一元的心里还是深有感触，很为自己的第一次操刀能得到认可而有些小激动。所以，听到任学明说要庆祝一下，当然也就高兴地答应了。

可是，王一元刚答应任学明参加晚上的聚会，谢东的电话就打进来了，王一元赶紧接听了。

一听说王一元还在咨询公司，谢东急促地说道："老王，你赶快过来吧，我们就在刚才咨询公司大楼的街对面等你。"

王一元感到很奇怪，说道："你们刚才不是已经开车走了吗？怎么又回来了？"

"别那么多废话了，赶紧下来！我们都在等着你。"谢东没好气地说道。

王一元只好跟任学明和杜建峰编了个理由，推掉了聚会。

肖晓晓的奔驰车在街对面的马路边打着双闪。王一元走过去，只有副驾驶空着，只好坐下。谢东说道："老王，我们去你工厂看看，你给司机指路。"

王一元和司机讲了工厂的地址和大致的路线，司机拿出地图对照了一下，说知道了。车开动后，他回过头对肖晓晓笑了笑，说道："小肖，好久没见了啊。"

朱许英和王一元也比较熟悉，她笑话王一元道："小王，怎么两年多没见，这么生疏了？还这么客气地称呼'小肖'，那你怎么不直接叫'肖小姐'，就和你刚才在那个咨询公司里的叫法一样？"

王一元显得很不好意思，觉得脸上一阵发热，窘得后背上好像都要出汗了。他看着车子前面的街道，呵呵一笑，尴尬地说道："咳，刚才不是在有很多人的正式场合嘛。"

听到王一元这样称呼自己，尽管今天都听了一天了，肖晓晓心里还是非常失落。今天的见面，一直到现在，王一元都表现得不喜不悲，看不出来他心里到底是什么想法。

她绝对没有想到，两个人这么长时间后再次遇见竟然是在这样中规中矩的工作场合。她更没想到的是，即使是在车里，有这么多熟人在的情况下，王一元还是叫她小肖。仿佛有一道无形的鸿沟横亘在两个人的中间。

肖晓晓看着这个自己曾经很喜欢的男人平静的样子，心里却是百转千折。这声

"小肖"彻底击中了她心中最柔软的地方。陌生竟然能让人心如此疼痛。

是小心翼翼地跨过去还是依旧保持距离?

朱许英继续笑道:"小王,那你再说说,晓晓是变漂亮了还是变丑了?"

王一元装作没听见,眼睛盯着前方,不时地给司机指点一下方向。车厢里一时间竟然安静下来。朱许英还要说话,肖晓晓不着痕迹地拉了拉她的衣袖,用眼神朝她示意了一下,又朝王一元努努嘴,朱许英也就没再说话了。

过了很久,还是王一元没话找话,首先打破了沉默,回过头笑着问谢东:"几年都没有到我那工厂去过,今天怎么突然间就想起来了?"

谢东呵呵一笑,说道:"小王,你这是讽刺我们对你关心不够吗?以前没来,不等于我们不关心你,只是时机未到而已,这不,现在不就来了吗?"

朱许英也附和说:"这也要怪小王你自己,从来都没见你邀请我们去参观。我和谢东脸皮薄,哪里好意思主动要求去看?"

"呵呵,你们两口子脸皮是够薄的。"王一元笑道,"不过,我丑话说在前面,我们工厂还只是个小厂,很简陋的,等会儿你们不要笑话。"

肖晓晓基本没说话,一个人靠在后座上,一只手挽着朱许英,用眼睛的余光不时地向王一元瞟上一眼,满满的都是纠结。她一路上都在想一个问题:"我这是怎么了?这个男人和我还有关系吗?我为什么还要对他这么关切?"

等到了工厂的院子,一行人下车。谢东靠近王一元,轻声说道:"你不要特意介绍我们,就说是客户过来参观工厂。如果实在要说,介绍我就够了。"

王一元有些狐疑地看了看谢东,又盯着落在最后的肖晓晓看了看,见他们没什么反应,也就没再说什么,领着他们先进一楼参观。

谢东又凑到王一元身边悄声地说道:"来参观你的工厂是晓晓的主意。本来我们都打算要去酒店了,走到半路,她又让司机转回来了,说是一定要看看你现在的境况。"

王一元边走边讲解,谢东不时地插上一两句话。王丽萍迎了过来,于是王一元按照刚才谢东的吩咐作了介绍。一听说是利达机械公司,王丽萍想了一会儿,笑道:"哦,我想起来了,你们是我们原来公司的大客户。"

谢东开玩笑地说:"你还记得我们公司?"

王丽萍说:"当然记得,你们公司印刷品的所有打样都是我经手的,当然有印象了。"

一楼转悠了一圈,又上二楼。先去了瓦楞纸车间,肖云华正在生产线上和工人在一起忙碌着干活。他看到王一元领着客人进来,也走过来打招呼。王一元又向谢东作了介绍。

谢东奇怪地问道:"你作为一厂之长,也要亲自干活?"

肖云华有些不好意思地笑了笑,回答说:"瓦楞纸的生产线忙,熟练的工人还不够,正在招着呢。我们是小厂,就只好自己顶上去帮忙了。"

一行人走进大办公室,今天周婉秋也在,正在座位上忙着准备打样的印刷品。这段时间的打样不尽如人意,也不知道是沟通的原因还是工厂的原因,好几个打样都没有得到汽车厂的认可,弄得她一肚子的火气,正没地方撒。她一看到王一元,刚想张嘴说话,看到王一元后面跟着好几个人,只好又硬生生地把话咽了回去。

王一元特意把谢东他们带到刘敏的办公桌前,说道:"我们最近新上了电子商务这一块的业务,你们可以多了解一下,给我们提一些意见。"

刘敏的操作很熟练,几个人看过后,都表示很赞同印刷厂的这个做法。谢东说道:"是要特别重视这个互联网的发展。我的感觉,电子商务是一个大趋势,这是谁也没有办法逃避的,一定要做,迟早得做。"

王丽萍说道:"我们电子商务这一块组建的时间还不长,但是作用已慢慢地显露出来了,现在已经有零零散散的单子进来了。"

王一元介绍道:"我的想法,其实也不仅仅只是一个电子商务,另外还有一个重要的作用,就是以后公司的所有业务和工厂管理方面的操作,我们都可以在网络上完成,完全透明化,这样便于管理,还能节省大量的时间,提高效率。"

"这个想法倒是蛮好的。"谢东笑着说道,"只不过,说起来容易,做起来难啊。关键是方案要切实可行,老板一定下得了决心,员工一定要坚决贯彻执行,不能够三分钟热度。"

朱许英听到谢东这么一说,不自觉地就朝肖晓晓看过去,只见她仍然是一副不为所动的模样,就暗暗地叹了一口气,这才放下心来。

一行人又到王一元的办公室。谢东一进门就发现了挂在墙壁上的大照片,走近一看,不由得大声说道:"小王,你现在了不得啊,怎么副市长还和你握上手了?"

跟在后面的朱许英作势打了一下谢东,笑着说:"谢东,你怎么说话呢?来,让开,我们也看看。"她拉着肖晓晓往前面一瞧,说道,"呵呵,还真的是啊!晓晓你看看,这王一元笑得,真是狗窦大开啊。"

肖晓晓靠近照片,只见上面的王一元西装革履,和副市长握手也是不卑不亢,又显得憨态可掬。她仔细地看了看,忽然觉得王一元穿的这身衣服很眼熟。她想起来了,这西服正是她给置办的。一丝惆怅慢慢升起,在她的脸上荡漾开来。

肖晓晓仔细看，发现照片里王一元的衣摆皱皱巴巴的。她心里不由得想道：他不是后来又谈恋爱了吗？怎么看上去还是没有人照顾的样子？

"小王，你人比较高大，五官又好，穿上西服显得特别帅气，怎么不见你平常穿啊？"朱许英问王一元道。

王一元摸了摸鼻子，有些尴尬地说道："呵呵，我就只有这一套好一点的服装，一般都是在箱子里放着的。"

王丽萍从柜子里拿出茶叶，给他们几位泡好茶后就出去了。王一元就把去七浦路市场参会做推广的事情简单地说了一遍："刚才照片上那位赵志平教授，就是刚才咨询公司的杜总他们北京总公司的著名经济学家，也可以说是杜总的顶头上司。"

"还有这么一层关系在里头？"谢东说道，"如果要是这样，这次晓晓的咨询应该可以考虑一下这家公司的。只是，这次安排去晓晓公司考察，这位杜总会去吗？"

"喝茶，大家喝茶。"王一元客气地让道，"你们走了后，我和咨询公司的大老板任总，还有那位杜总都确认过，他们俩肯定都会去的。"

王一元稍微加重了语气，特别强调说："并且他们俩还说了，准备把小肖你们公司当作一个现实的样本，在这个基础上，把它作为一个关于传统实体产业如何转型升级发展的重点课题来研究。"

"这就好，看来这家咨询公司还是比较专业的。"谢东又说道，"小王，看上去你和他们两人的关系还不错，你们是怎么认识的？"

朱许英说道："小王之前就和晓晓说过的，这两位老总是王一元交大学习班的同班同学。"

谢东笑问道："王一元，王大老板，今天我们看了你的工厂，感触颇深啊。想想两三年的时间，能发展成如今这样，不容易的，肯定也是吃过不少苦头的吧？"

王一元呵呵一笑，说道："实际上，工厂也不全是我一个人的。我们是股份制，基本上工厂的第一批员工都有股份，只不过是我占大头。辛苦倒是真的，但还算是比较顺利。"

朱许英揶揄道："小王，你和我们讲实话，这间工厂，你一年能有多少收入？"

王一元没有任何隐瞒，把上年度工厂的情况简要地说了一下。几个人都很感慨。

谢东说道："小王，我现在都还清楚地记得你第一次来我们工厂送货的样子。讲实话，我当时都把你当作送货工人了，就觉得模样还不错。特别是你的穿着打扮，真的和农民工差不多的。"

"呵呵，小王，我怎么现在看你还是像农民工兄弟呢？"朱许英笑话道，"怎么说大小也是个老板了,衣着方面要稍稍注意一些,不是说干净整洁就可以的。比如说,你穿上西服,形象不就很好吗?"

肖晓晓附在朱许英耳边说了一些什么,朱许英听了很诧异,肖晓晓接着又解释了几句。一会儿,只见朱许英清了清嗓子,对王一元说道:"小王,时间也不早了,我们要走了。"

王一元看了看手机上显示的时间,说道:"差不多到晚饭的时间了。这样吧,如果小肖,还有谢东,你们俩不嫌弃,我请客,晚上在我们吴泾镇上吃一顿再走吧。"

朱许英笑着说:"晓晓的意思,就不在你们这里吃了。她在徐家汇住宿的大酒店已经定好餐了,请大家伙一起去。"

王一元说道:"呵呵,那我就不去了吧,免得来回折腾。反正以后还有机会,到时候我再请你们。"

谢东不怀好意地说道:"小王,怎么去吃顿饭还扭扭捏捏的?是不是要到沪松公路的农家乐小院,你才肯去啊?"

王一元一时不好接话,只是不好意思地挠了挠头。肖晓晓这时候开口说道:"王一元,一起去吧,我们都好几年没见了。还有我师傅孙雯姐,下班后也会过去,在那里等着我们呢。"

朱许英走近王一元,悄声说道:"小王,怎么了?现在连和晓晓吃顿饭的面子也不给了?亏她以前还和你好过那么一小段时间呢。"

王一元拿眼看了看肖晓晓,只得勉勉强强地答应了。他走出去和在大办公室的王丽萍说了一声,王丽萍也过来和他们一一打了招呼。于是,一行人下楼。

刚要上车,肖晓晓又说话了:"等等,王一元,我还有东西要送给你。"

王一元懵了,过了一会儿才讪讪地说道:"是吗?你还有东西要给我?"

打开车子的后备箱,肖晓晓拿出一个包装袋,说道:"这是我老家亲戚做的一床蚕丝被,是正宗桑蚕丝,自己手工缫丝做的,送给你吧。"

王一元伸手要去接,肖晓晓却回避了,低着头轻声说道:"我还想去你现在住的宿舍看看,你不会介意的吧?"

听到这话,王一元一下子怔住了,百思不得其解地看着肖晓晓的眼睛,想了很久也不知道她这话到底是什么意思。

朱许英走过来轻轻推了推王一元,笑道:"怎么了?你不会是金屋藏娇了吧?我们倒是有兴趣去见识一下。小王,别站在那里像根木头桩子一样,还不在前面赶快带路?远不远?要开车吗?"

王一元这时候反应过来了,连忙指着远处的宿舍楼说道:"不远不远,就在后面,穿过这片厂房就到了。"

　　朱许英抬起头看了看,大致明确了方向,说:"那还是先上车吧,坐车过去方便一些。"

　　车到宿舍楼下面,王一元下车,从后备箱里拿出蚕丝被,想赶快放进宿舍去。车子左后门也打开了,肖晓晓钻出车来,看样子是真的要跟着他一起上楼了。王一元看了看肖晓晓,觉得她今天好生奇怪,但又不好意思直接拒绝。就这样,两人一前一后,上了三楼王一元的宿舍间。

　　王一元掏出钥匙,打开门进去,把被子放在了床上。王一元一转身,却被肖晓晓张开双臂紧紧抱住,还低着头抵在了他的胸膛上。

　　王一元整个人一下子就僵在了那里,石化了一般动也不动。他不知道肖晓晓到底是什么意思,所以不敢有任何举动。

　　"你让我靠靠,就抱你3分钟。"肖晓晓抱得更加紧了,轻声地说道。

　　王一元看着抱着自己的肖晓晓,几年前的元旦晚上,两人在七宝广场上第一次相拥的那一幕又清晰地浮现在眼前。他一时感慨,恍惚间也想要去拥抱肖晓晓。这时,肖晓晓抬起头,快速地在王一元的脸上亲了一下,松开了抱着的手,人一下子就离开了王一元。她拢了拢长发,理了理衣服,没有再看王一元,只是兀自说道:"我们赶紧下去吧,他们还都在楼下等着呢。"

　　两人一前一后地下楼,坐进车里,朱许英和谢东朝他们俩看了好几眼,但都没有作声。肖晓晓坐下后还是挽着朱许英的手臂,然后整个人靠在了后座上,闭上眼睛,也不知道她究竟在想些什么。

　　一路无话。车子到了大酒店门口,有迎宾小姐过来。肖晓晓第一个下了车,朝她说了几句话,迎宾小姐便带着一行人往二楼的餐厅走去。

　　这是一个大包间,除了有饭桌,还有一张供客人喝茶聊天的茶桌,桌子上面摆满了茶具。孙雯正坐在旁边的大沙发上,已经在等着他们了。一见到孙雯,几个人免不了又是一阵嘘寒问暖。

　　孙雯拉着肖晓晓的手,仔仔细细地端详了好一会儿,说道:"晓晓,这么多年没见,你变得更加漂亮,也更有女人味了。"

　　肖晓晓笑了笑。孙雯接着说道:"就是好像瘦了很多。看来,你这个家族企业的重担不好挑啊。"

　　朱许英在一旁说道:"是啊,这几年苦了我们晓晓了,可怜的孩子啊。说是当上了大老板,其实那些花花绿绿的东西都是给外人看的,我们知道,晓晓确实辛苦的。这么大的产业,又没有几个实心实意帮助她的人,甚至还有人想着要造反夺权呢。"

"晓晓,你说说到底是怎么回事。私人企业里竟还有人敢造反夺权?"孙雯大吃一惊地问道。

"呵呵,没有那么严重,师傅。"肖晓晓笑了笑,说道,"大家赶快上桌,先吃饭,边吃边聊。中午饭就没怎么吃,我们先吃点东西,再说这些烦心事。"

菜很丰盛。肖晓晓点了很多硬菜,还特意给王一元点了一个湖南菜——剁椒鱼头。王一元想活跃一下气氛,于是笑着说:"嗯,我也尝尝大餐,看看和我常吃的骨头汤菜饭,到底是哪个味道要好?"

孙雯挖苦王一元道:"小王,你不够男人。我多次和你讲过,要你多关心一下晓晓,哪怕是发个短信也行,可是你做到了吗?"她端起来酒杯,和王一元碰了一下,接着说道:"就你这点气量,亏晓晓还对你那么好。要知道,晓晓对你很关心,老是向我打听你的消息。"

孙雯这么一说,朱许英和谢东也一起对准了王一元火力全开,或明或暗地把王一元说得一无是处,驳得体无完肤。

朱许英甚至说:"王一元,我不是说你,就你这德行,找得着老婆才怪!哦,对了,依我看,这桌上的剁椒鱼头,要不还是让服务员先撤了吧。"

王一元被他们说得很是汗颜,浑身不自在,但是又不好做什么解释,怕招来更多的抱怨,于是只得讪讪地坐在角落里,脸上挂着笑容,一副虚心接受的样子。

肖晓晓一直都没有说话,但也没有阻止朱许英他们。她心里暗暗高兴,心想:刚才我抱着你的时候真像抱一个木头桩子,无动于衷的,也不知道抱我一下。呵呵,这下活该了!

最后,还是谢东看不下去了,连声说道:"好了好了,今天的批判会就到此为止了。王一元也不容易,可能也有他的苦衷,我们就不要再给他戴上这个陈世美的帽子了。"

"呵呵,他还陈世美?晓晓也不是他的糟糠妻啊。谢东,你说的什么乱七八糟的话?"孙雯笑道。

"反正就是这个意思。"谢东举起来酒杯,说道,"我们先干一杯。再说了,我们有一说一,当时这事也不能全怪在王一元头上。"

朱许英放下酒杯,微笑着说道:"做业务的,我知道,往往都是虚心接受,屡教不改的。我们今晚就不说小王了,暂且饶你一回。"

几个昔日的好友相聚,大家当然非常高兴,你敬我一杯,我敬你一杯,一时间好不热闹。只有王一元一个人,因为有了心事,显得有些落寞和孤单,不过他还是强打起精神,至少在表面上没有显露出来,还是和大家打得火热。

中途,王一元去卫生间。刚进去,手机短信的声音就响了。他只好停下动作,掏出手机一看,却是肖晓晓的短信:"等会散了,你先走,再自己一个人回来,我在房间等你,有事问你。2717。"

王一元心中虽然对肖晓晓今天的表现狐疑不定,但还是照做了。

酒足饭饱之后,肖晓晓把他们送到酒店大门口。司机把车开了过来,肖晓晓吩咐司机让他送孙雯他们三个回家。

谢东问王一元怎么回去。王一元摆摆手说道:"这里旁边就有公交车直接到吴泾,我当然去坐公交。"王一元和他们一一告别,就假装往公交车站走去。

眼看着谢东他们坐的奔驰车驶上大街,消失在了夜晚五颜六色的车流中,王一元转身就往回走。到27楼,他刚按下肖晓晓房间的门铃,门就悄无声息地打开了。

王一元走了进去,肖晓晓关上门,说道:"你随便坐。还想喝点什么?有咖啡,有饮料,也有白酒和葡萄酒。要不,我们再喝一点葡萄酒吧?我看你刚才有心事,没见你怎么喝酒。"

王一元点点头,没有入座,就站在那里。过了好一会儿,他才好像鼓足了勇气,嗫嚅着轻声说道:"晓晓,刚才孙雯他们批评我,说得都很对,我也觉得是真的对不起你,我是不够关心你。"

这回轮到肖晓晓懵住了,她站在原地一动不动,呆呆地看了王一元很久。她放下酒瓶和酒杯,走过来靠近王一元,猛地就跳上来双手勾在了王一元的脖子上,踮起脚,没头没脑地就在王一元的脸上亲吻了起来。

乱吻了一阵后,肖晓晓停了下来,把头靠在王一元的胸膛上,不多一会儿却是轻轻地嘤嘤哭泣了起来,一开始声音还很轻,断断续续的,慢慢地就声音越来越大、越来越大,最后竟然嚎啕大哭了起来。她用力地捶打着王一元的胸膛,边哭边大声喊道:"你就是个死猪王八蛋!你就是个死猪王八蛋!"

王一元一动也不动,一声不吭地由着肖晓晓发作。肖晓晓一放声大哭,王一元才终于明白过来,肖晓晓恐怕是真的遇到大困难了。王一元心里想,晓晓在某些方面其实真的蛮可怜的,工作和生活中有了不如意的时候,都没地方可以发泄,现在好不容易有了他这个可以发泄的对象,于是这么多年来积攒下的负面情绪就全部爆发了出来。

捶过、打过,又痛哭了一场,肖晓晓似乎用尽了全部的力气,慢慢地停歇了下来。过了一会儿,肖晓晓的举动更是令王一元大跌眼镜。只见她撩起王一元的外套,直接就往自己脸上擦,鼻涕、眼泪都擦在了上面,擦完后还抬起头朝王一元笑了笑,说道:"不好意思,刚才失态了。你不会笑话我吧?"

王一元哭笑不得,只能陪着笑脸说道:"晓晓,你遇到难题了吧?"

肖晓晓吸了吸鼻子,言不由衷地说道:"还好吧。"她又狠狠地瞪着王一元说道,"你真是个死猪王八蛋!这会儿怎么不叫我肖小姐了?"

王一元讪讪一笑,说道:"你先坐,我去拿酒,咱们就边说边聊吧。"

"就你能喝!这都什么时候了?我哪里还有心情和你喝酒?"肖晓晓在椅子上坐下来,有气无力地说道,"吃饭的时候,我表姐说我在老家很可怜,她说得一点都没错,我只有比她说得更惨。"

王一元点点头,表示非常理解。肖晓晓说道:"我还是先洗漱一下,刚才把妆都哭花了。眼泪鼻涕都弄在你身上了,实在是不好意思。呵呵,你活该!"

再出来,肖晓晓换了一身睡衣,头发高高地盘在后面,显得更加自然大方,而又透露着一股野性的魅力和娇媚。她坐下来,拿过来酒杯,和王一元碰了一下,然后一饮而尽。肖晓晓嘟囔着说道:"你们其实都是不可能真正理解的。你想,我一个连企业究竟是什么都不懂的女孩子,一下子要挑起这么重大的责任,这其中的艰难和辛苦,你可以理解吗?很多次,我都想着要放弃这一切了,觉得还不如一个人出去打工更轻松自在。真的,我很多次都是这么想的。但是,每次看到我爸在轮椅上因半身瘫痪而动弹不得的样子,还有我妈那惊慌无措、举目无助的眼神,我又一次次地说服自己,强迫自己留下来。"

王一元放下酒杯,问道:"那朱许英说你们企业内部有人想夺权,又是怎么回事?"

肖晓晓"咕咚"又喝进去一大口酒,平复了一下心情,这才把整件事情的来龙去脉说了一遍。

原来,肖晓晓的爸爸原先是一家纺织企业的销售。上世纪80年代中期,企业改制,因为他有一定的销售渠道,于是联合了四五个人,一起承包了这家印染厂。因为他不懂技术,所以从其他工厂高薪挖过来一个高级技工。一开始,大家合作得比较愉快。只是头几年工厂发展得并不是很好,于是其他股东相继退出了,他就把股份全部接收了过来。到了90年代,因为销路好转,工厂竟然一下子红火起来。工厂扩大了将近10倍,在郊区圈了一块50多亩的地建设了新厂区,还上了服装生产的业务,主要用于出口。因为晓晓爸爸一直都在市场一线,出于信任,又是老乡,于是将整个工厂都交给了这位懂技术的技工管理,并且升他为厂长,待遇不菲。没想到,这位厂长贪心不足,竟然暗地里做了许多手脚,趁他爸爸在外忙碌的机会,在工厂内大量培植自己的势力。

这么多年下来,整个工厂的管理层基本上都成了他的亲信。现在,晓晓爸爸这么突然病倒,给了这个厂长最好的机会。肖晓晓现在对工厂的管理基本上是水泼不进、针插不进。这位厂长甚至还放出话来,坚决要求公司让渡给他相当的股份,说是他也为公司立下了汗马功劳,不能这样亏待他,甚至说是晓晓爸爸曾经对他有过类似的承诺。可是,晓晓爸爸已经瘫痪在轮椅上,手不能写,话不能说。所以,晓晓爸爸到底有没有答应过这位厂长,自然也就无从考证。

听完,王一元想了想,说道:"现在摆在你面前的其实是三个困难:一个是这个亏损的工厂怎么升级改造以创造利润;二是腾笼换鸟,工厂怎么搬迁;三是企业的内部管理,特别是这位厂长该如何安排处理。"

肖晓晓点点头,说道:"其实还有一个问题。我觉得自己还是驾驭不了现在企业的发展形势。从心里面来讲,我经过这两年多的亲身实践,自认为还是不太适合做这个所谓的老板。每天都被架在火上烤的滋味,你明白吗?所以说,我还有一个想法,要么请职业经理人,要么干脆把企业卖掉,一了百了,省得再去操那份心了。"

王一元笑了笑,说道:"你说的这个方法,虽然是一时的气话,但我倒是觉得也算是一种办法。"他想了想,又说道:"只不过你家里人大概是不会同意的,也难以接受。你想想,这爿工厂到底是你家里人,特别是你爸爸一辈子的心血。"

"那你给我出出主意。说实话,我是真不想干了。"肖晓晓扭了扭身子,气鼓鼓地道。

王一元想了想,没有作声。肖晓晓突然说道:"要不然,你去我那里做总经理,做我的职业经理人?你放心,我肯定不会亏待你的。再说,你在上海能白手起家,把这一个小小的印刷厂经营得这么好,如果给你一个更大的舞台,你应该会做得更好的。"

王一元显得有些不好意思,讪讪地道:"这个没有可行性。再说了,我们已经分开了,名不正言不顺,这样不合适。"

"呵呵,我有说过分手吗?"肖晓晓拿过手机,翻了很久,翻出来一条短信,举到王一元跟前,轻声细语地说道:"你睁大眼睛看看,我当时说的是'暂时',我又哪里说过要分手了?"

王一元说道:"这难道有区别吗?晓晓,你要相信,这次咨询公司去你们企业,一定会想出办法来的。"

肖晓晓又站起来,不满地说道:"你不提这家咨询公司也就算了,提了我倒要问你,看你们下午那个热乎劲,你和这家咨询公司到底有没有关系?你以为我这两年老板都白当了?"

第三章

王一元想了想,决定还是实话实说。他把自己和任学明、杜建峰还有咨询公司和自己的关系都明明白白地说了出来。他说道:"这回,你可以相信我的话了吧?天网恢恢,坏人一定会得到报应的。"

肖晓晓却说道:"不过,我有一个要求,去我们企业现场考察的时候,你一定要来。要不然,我是不会和这家咨询公司签合同的。我还要再次提醒你,这次咨询,我可是把所有的希望都放在你这儿了。不能让我失望,明白吗?"

王一元从浦东取样回到吴泾的印刷厂,天已经黑了。他首先去车间看了一圈,没有见着肖云华。在二楼的大办公室,他意外地发现周婉秋竟然还在,正在电脑前一动不动地盯着屏幕。王一元凑近一看,原来电脑上是汽车公司一个样品的示意图。

看到突然间凑过来一个大脑袋,周婉秋吓了一跳,拍着胸说道:"老王,你这轻手轻脚的,不要吓我好不好?老娘我小心脏都要跳出来了。"

王一元笑了笑,说:"你怎么还没回家?老肖和王丽萍他们呢?我怎么在车间也没见着他们?"

"他们两个今天做大厨去了。"周婉秋回过神来,没好气地回答道。

王一元感到奇怪,问道:"什么意思?今天是星期一,又不是双休日,他们俩怎么还下厨了?"

"你真不知道啊,老王?"周婉秋关了电脑,说道,"纸箱厂又放假了,说是业务严重不足。这一回,可是连他们的食堂也放假了,我们没地方吃饭,只好自己动手了。"

"是吗?纸箱厂才上了多久的班,又放假?"王一元还有一些怀疑,说道,"走,我们去尝尝王丽萍他们做的大锅菜。"

这个时候,正是工厂员工的晚餐时间。王丽萍、刘敏、肖云华和两个后道的女员工在食堂正忙得不可开交,连李广林也没闲着,在旁边打饭。虽说初春的天气乍暖还寒,但每个人的头上都冒着大汗。

王一元和周婉秋见状,洗过手赶快过去帮忙,又忙活了半个多小时,才算是把晚餐对付过去了。王丽萍瘫坐在靠椅上,大张着嘴直呼呼地喘气,连说话的力气都没了。

肖云华凑过来说道:"这个食堂放假,他奶奶的谢老板昨晚才来通知我们,搞得我们是措手不及。早餐是我们直接在外面买的包子、油条和豆浆,中午和晚上都是我们自己出去采购回来做的饭菜。"

这怎么来事?王一元想了想,马上打电话问谢老板。电话拨通,不想谢老板说他人在无锡的汽车配件厂。他解释说:"纸箱厂放假是我通知的,但我并没有说食堂也放假,有可能是传达的人搞错了。"

王一元说了他自己的想法:"谢老板,食堂不开火不行的,要不我们工厂来负担一部分食堂师傅的薪水?"

谢老板在电话里说道:"那倒是没必要。小王,你放心,明天早上一定会让食堂的工人上班的。"他还特意嘱咐王一元把印刷厂就餐员工的人数告诉他,统一由他来安排。

收拾了一下,几个人就坐下来吃饭。周婉秋说道:"老王,我其实也不想说老肖的坏话,但是这一段时间工厂的打样老是出错,现在汽车厂都对我有意见了。"

王一元拿眼睛看向肖云华。肖云华停下筷子,解释道:"确实是我们工厂的错。原先打样的员工这段时间生病请假,新手不太熟练。刚好这一段时间我事情也多,每天都要去楼上的瓦楞产线上帮忙,就疏于监督了。"

王一元想了想,说道:"老肖,我看这样吧,本来说好是不招工人的,但现在瓦楞产线确实也紧张,就破个例,去招几个工人吧。工厂的管理上你要想尽一切办法,无论如何都要把生产和质量抓好,这是工厂的根基,时时刻刻都不能动摇。另外,关于这个打样的问题,我看王丽萍你也多去了解一下。你是老手,看看问题到底是出在哪里。总这样出问题,不仅是小周的业务难做,对我们工厂的形象也非常不好。"

王丽萍点头答应了。吃了一口菜,她又说道:"老王,昨天你当着这么多的客户吹牛皮,说是以后工厂的所有业务和工厂管理方面的操作都要在网络上实现。你说说是不打紧,害得我们小刘一个晚上都是没有睡觉,连夜想方案。"

王一元哈哈一笑,说道:"是这样吗,小刘?"

刘敏的脸微微一红,点了点头,轻声说道:"这个软件做起来也不难,只是需要时间。以前在胡姐的广告公司,有可以借鉴的一些模板,我准备去取过来参考。"

肖云华笑道:"要是都像小刘这么想,我们工厂还愁发展不好吗?我看,小刘绝对是个好同志,值得表扬。来,这一块大猪蹄子就给你了,胶原蛋白很养颜的。"

几个人都大笑起来。王一元表扬刘敏,但他还是说:"小刘,你的工作重点还是要尽量放在电子商务方面。除了现在一些零零散散的单子,要争取再去弄它几个大单下来。"

王丽萍接过话头,笑道:"小刘现在就有好几个大单正在谈着。"

几个人一起看向刘敏。刘敏显得更加不好意思了,说道:"还正在谈,只是初步的意向,还没有确认,所以就没有和你们说。"

王一元突然间想起一件事来,说道:"今天奉贤家纺厂的仓库老朱打电话给我,说是让我们明天安排给他送标签。我就想起来,去年我从他们家纺厂拿回来的两个包装袋样品,我们后来一直也没想到有什么缩减成本的好办法。怎么样,你们几个不会是都忘记了吧?"

肖云华笑了笑,挠挠头道:"忘记倒是没忘记,只是方法确实还没有。你让我们再想想?"

王一元又问李广林:"你今天怎么下班这么早?平时你到家不都得6点半以后吗?"

李广林憨憨地笑了笑,说道:"现在出口不太好,工厂没有以前那么忙,所以调整到下午4点半下班。"

吃过饭回到宿舍,王一元打开门就看见了肖晓晓送给自己的蚕丝被。到底是怎样的一床被子,还值得肖晓晓从老家带过来给自己?他就在床上打开包装盒,把里面的被子拿了出来。

王一元曾经在浙江湖州工作过一段时间。湖州是有名的"丝绸之府",所以他对蚕丝被也略知一二。他轻轻地摸了摸,又使劲地按了按,觉得这被子特别轻盈滑爽、蓬松轻柔,也很亲肤。他心里想,这么好的东西送给我,看来这个肖晓晓真是有心了。只是现在天气热了,不能用了。于是,他想把被子装进包装袋里,先收起来。却不料被子蓬松后变得大很多,他使劲一塞,只听得"扑哧"一声,包装盒裂开了一个小口子。

王一元把裂开的地方翻过来一看,不由得笑了:"他奶奶的,用这个破瓦楞纸做包装盒,也不知道外面要覆一层塑料薄膜,这样偷工减料,那还不是很容易就被扯开了吗?"

突然,王一元灵光一现。对啊,那个奉贤的家纺厂一直说要缩减辅料的各项成本,那这个白卡纸做的包装盒,不是也可以用瓦楞纸加覆膜来代替吗?

"对了,我现在就去找老肖,看看这个方法到底可不可行。"王一元沉吟了一会儿,就走出了自己房间,直接敲响了肖云华宿舍的房门。

肖云华正在和老家的家里人打电话,听到"咚咚"的敲门声,不禁回头大声喊道:"谁啊?这大半夜的,还敲这么大声!"

只听见王一元在门外高声说道:"是我,老肖你开开门,我有事找你。"

肖云华赶紧和家人说了几句就挂了,打开门让王一元先进来。王一元一进来就说道:"老肖,奉贤家纺厂的包装盒,我找到替代方案了。走,你现在就去我房间,我给你看一个样品。"说着就去拉肖云华。

"等会儿等会儿,我先拿了房间的钥匙。"肖云华哭笑不得地说道,"老王,你不要发神经了,好吧?刚才吃饭的时候你还说没有什么好办法呢,这才多久的功夫?"

王一元把床上放着的被子包装盒拿起来,对肖云华说出了自己的想法:"老肖,我现在就去办公室拿家纺厂包装盒的样品,你先在这里好好看看这个包装盒的材质和工艺。"

不等肖云华回答,王一元就大步走出去了。等他拿了样品回来,王丽萍和李广林也在自己房间里了。肖云华接过王一元手里的样品,仔细地和被子包装盒做对比。

王丽萍说道:"我觉得老王的这个替代方案还是比较靠谱的,应该可行。"

肖云华又在桌边坐下,拿出尺子,把样品的长、宽、高都好好量过,然后开始算价格。王一元见状,说道:"这样,为了更加准确一些,我和王丽萍也各自算一遍,然后我们再对数。"他想了想,又说道:"我们把原来样品的价格也算一次,看看到底能不能把价格降下来,又到底能降下来多少。"

没多长时间,三个人都把价格算出来了,互相对了一下,大致差不多,然后再与样品的价格比较,确实降下来不少,大概30%的样子。

"看来是个好办法。"肖云华捏了捏样品,想了想说,"只是,用瓦楞纸做出来的样品不知道能不能达到他们家纺厂的要求。"

王丽萍笑道:"那我们先做出样品来看看效果,不就知道了?"

王一元说:"对。明天下午本来就要去家纺厂送货。这样,就明天上午把样品做出来,先看看,如果觉得还可以,到时候老肖你和我一起去,看看他们家纺厂的反应再说。"

"明天上午太赶了吧?如果要保证质量,怎么也要到中午左右了。"王丽萍问肖云华,"今晚是安排谁在打样?我现在就过去。"

肖云华说:"等等,我和你一道过去。不过,老王,我们自己厂内的打样还好说,关键是还有这个刀版,我还得赶紧给做刀版的师傅打电话,让他们帮忙连夜赶制出来。"

王一元对肖云华和王丽萍说道:"瓦楞纸的选择上,还有这个覆膜的厚度,生产的工艺等方面一定要注意,得保证这个包装盒的提重。"

肖云华、王丽萍夫妇走了以后,王一元掏出手机,想给家纺厂仓库的老朱打个电话,但看了看屏幕上显示的时间,又放弃了。他想,时间很晚了,反正明天会去他们工厂,还是到时候和他见了面再说吧。

王一元想打电话给老朱,主要是想问问家纺厂现在的形势,特别是去年底他们工厂提出来的各部门压缩成本的事情现在到了什么程度了。另一方面,家纺厂物料采购部的经理罗斌,虽然努力过多次,但是王一元一直没能和他处好关系,所以想着让老朱穿针引线,看看能不能和罗经理的关系处得更融洽一些。

一夜无眠。第二天上午刀版送了过来,肖云华和王丽萍一直对这个包装盒的样品全程跟踪,终于在下午2点左右,打出了完整的样品,一共是5个。

新的样品大小和原来的一样,只不过提在手里轻巧了许多。王一元用力在包装盒的几个角上按了按,又试过了提重,确定了没有任何质量方面的问题。三个人也都觉得,如果是从实用角度来说,新样品应该可以替代掉原来白卡纸做的包装盒。王丽萍揉了揉眼睛,抚了抚额头上的头发,说道:"干了一个晚上加一个上午,但愿这次家纺厂能选中吧。"

王一元和肖云华赶紧上车,一路疾驰,就往奉贤的家纺厂赶。到了家纺厂,王一元拿了标签,肖云华提了两个样品跟在后面,两人先去找罗经理。

在物料采购部办公室,罗经理正盯着桌子上的一大堆包装盒样品,愁眉紧锁。供应商打了好几次的样,甚至自己还亲自去了供应商的工厂现场督战,可是几个月过去了,还是没有理想的物料供应新方案拿出来。这些打出来的新样品,总体上还是换汤不换药,当然价格上也和原来没有多大变化。离老板下达的辅助物料成本至少削减20%的目标相去甚远。

王一元敲门进去,打过招呼后,把样品放在了罗经理的办公桌上,说:"罗经理,是这样的,我们工厂新开发了一种制作包装盒的新工艺,不仅能大大节约成本,而且交货的质量和速度等方面还能有提高。我们听说你们工厂有这个降低物料供应成本的想法,所以我们按照你们原来的包装盒的要求,制作了一个样品,想请您给我们指导指导,给点意见。"

罗经理还是不动声色,笑眯眯地说道:"小王,价格方面怎么样,能说说吗?"

王一元说道:"我们经过比较严格的测算,这个新做出来的样品比原来的包装盒,价格上可以再便宜20%左右。"

罗经理缓缓地说道:"你们的这个想法和制作工艺倒还是蛮好的,只是到底能不能用,我是不能做决定的,还得要我们大老板同意。"

罗斌虽然一直都是笑眯眯的模样,但却是油盐不进、软硬不吃。他再三强调自己人微言轻,在这件事上无法做主。不过,他也一再表示,一定会把这件事情向老板汇报,让王一元回去等消息。

老朱正在仓库盘点。他一见到王一元,大声说道:"小王,你来得正好,这排柜子的最上面有一些缝纫线,帮我搬下来。你个子高,再搬一个矮凳,应该够得着。"

王一元连忙放下手里的东西,搬了一个凳子走到柜子旁边,然后踩上去,把柜子顶上的缝纫线全部拿了下来。老朱和账册上的数字核对过，确定没有错误后，又一个一个地递给王一元，让他按照指定的顺序再摆好。

做完这些，老朱进行标签收货，把每个品种的数量都记录下来。王一元问道："老朱，以前这些盘点的活计不都是由那个彭阿姨干的吗？"

"没有办法啊。工厂现在减员增效，我们仓库也有任务指标，所以这位彭阿姨过年之前就回家等通知去了，至于什么时候还能再过来上班，现在谁也不知道。"

"是吗？你们工厂还来真的了？"王一元感慨道，"这位彭阿姨，我见过的，不仅人和气，工作也是很认真负责的。我去年底来的时候听你说起这事，没想到这刚过完年，刀子就落到头上了啊。"

"都是姓罗的弄的。"老朱停下笔，大声说，"姓罗的不在供应商那里打主意，倒是把板子都打向了我们，什么玩意儿！这里面肯定有什么见不得人的东西。"

这天上午，家纺厂减员增效的全体员工大会由林副总主持，并且作了相关工作的动员和部署。非同寻常的是，公司大老板周总罕见参会，并且做了重要发言。他说道："现在是公司发展的特殊时期，开源节流将是公司接下来的一项长期而紧迫的任务。就节流方面来说，公司生产流程的改造、岗位职责的精简是'减员'的有效手段，中层和基层管理者领导力的提升以及员工工作热情的激发是'增效'的有效手段。在不增加设备投入、不提高生产成本的前提下，目的只有一个，就是提高企业的竞争力。"

大会开完，下午是各部门的会议，公司大老板和林副总也参加了。不过，他们有言在先，今天只是来了解情况，不发表任何意见，部门的会议该怎么开还是怎么开。

这次的部门会议，罗经理说得慷慨激昂、落地有声，中心意思就是要坚决贯彻、落实公司上午的会议精神，坚决拥护公司的权威和决策部署。只是，说到怎么贯彻落实，其实就是一条，仓库部门还要再裁减一名员工。

罗经理还留了一手，没有当场公布裁员名单，说是等明天一个一个地谈话后再做决定。小会议室里鸦雀无声。因为关系到每个人的切身利益，所以没人愿意做这个"出头鸟"，主动站起来说话。

林副总为了调节气氛，说道："大家对罗经理的决定怎么看？或者是心里面还有什么想法，大家可以一起商量。今天刚好老板也在，每个人都可以把心里话说出来。"

还是没有人说话。林副有些尴尬，只得说道："既然大家都不主动说，那我就点名了。点到谁，谁就来说说自己的真实想法。罗经理，好吧？"

罗经理点了点头,笑道:"那是自然,我当然是欢迎大家一起来平等对话的。"

林副总指了指朱伟成,说道:"老朱,你工龄相对来说是比较长的了,是老员工,那你就带头先说。"

老朱看了看老板,又看了看林副总和罗经理,笑了笑,说道:"那我就说了。是这样的,原来我们仓库有5名员工,过年前刚刚裁减了一名,只剩下我们四人。我们仓库的工作量,我想诸位都是晓得的,少了一个人,我们四个现在就够忙的了。刚才,罗经理说又要裁一个。我不知道罗经理裁员的依据在哪里。"

罗斌明显很不高兴,但又不好当场发作,只好阴沉沉地说道:"朱伟成,你是老员工,按道理不应该这么说话不顾大局的。不过,你既然这么问了,我就回答你。很简单,就是按照公司的要求,我们部门要达到降低20%左右的成本的目标。"

"罗经理,你既然这么说,那我还想问一句。对我们仓库来说,就只有减员这一条途径吗?公司上午说不是还有'增效'这个方法吗?比如说,采购成本等方面。"老朱不依不饶,又追问道。

"老朱,这个成本,你应该也是比较清楚的。公司的所有采购,其中有可能节省的成本,我们都已经压缩得不能再压缩了。"罗经理理直气壮地说,"所以,现在我们就只有向内部要效益这一条途径,在人员的调整和优化组合方面下功夫。讲实话,你们仓库裁员,我也是很难过的。但现在公司就是这么一个情况,我也是不得已而为之,还请大家能谅解公司和我的难处。"

老朱又问道:"罗经理,你是说,我们公司采购的原材料、辅助材料在进价方面已经没有空间了,是这样理解吗?"

"完全可以这样理解。"罗经理呵呵一笑,说道,"老朱,你是仓库的老员工,也是班组长,在这点上应该也能有体会吧?你看那些供应商,哪次过来交货不是抱怨他们利润低,要求我们公司涨价?这也就是说明我们的采购价格还是比较低的,也是合理的。当然,我这也是为我们公司考虑。"

"好的呀,罗经理,你说这话要对自己负责的。"老朱高声说道,"我们有罗经理这样处处为公司着想的中层干部,是公司的大幸啊。你看看,老板都要笑开花了。"

大老板看出其中的猫腻,想了想,说道:"老朱,你心里有什么事情,不要藏着掖着,也不要怕打击报复,尽管说出来。"

没过多久,家纺厂老板亲自带队,带着家纺厂相关部门的一大拨人,其中就包括老朱,浩浩荡荡地到了印刷厂调研考察。

这次的考察过程和安排,王一元之前和老朱通了很多次电话,所以准备得相当充分。不过,在当天考察的时候,两人非常注意分寸,保持了一定的距离,既显得比较熟悉,又不让人觉得过于熟络。

家纺厂周老板对老朱推荐的王一元他们印刷厂的包装设计很重视,当然不仅仅是因为成本,尽管成本也是非常重要的,毕竟确实比原来下降了许多。

周老板看过印刷厂后,这间工厂的现场管理给他留下了非常深刻的印象,甚至是暗暗心惊的。一是车间管理。车间虽然不是很大,在印刷厂中最多算是中等规模,但是车间的现场管理,特别是干净整洁、井井有条的工作环境,让他眼前一亮。二是整个工厂的管理层,除了肖云华一个人,其他主管都是不脱产的。也就是说,他们既是管理者,也是具体的生产操作人员,所以在管理上有一种天然的优势,就是对生产工艺和生产程序非常熟悉,这样也就大大提高了工厂的管理效率和作业水平。周老板心想,五六十号人的工厂,也算是不小的一爿厂了,这么多的工序、工位,还包括质量和仓库的进出货,靠一个人完全管理,关键是这个人还觉得不是很累。这是一个创举,这其中肯定有奥秘。三是管理人员的年轻大大超出了周老板的想象。就这么三个外地的年轻人,在这么短的时间内,几乎是白手起家,能发展到如今的规模,是十分不容易的。这位周老板也是自己创业的,对此很有感触。他看这三个年轻人,仿佛看到了当年的自己。四是工厂员工从上到下所表现出来的一种很明显的昂扬向上、团结默契的精神风貌和工作状态,并且看得出来都是发自内心的。后来,他了解到工厂实行的是股份制,基本上所有员工都有持股。他对此表现出了更大的兴趣,接连问了王一元他们很多股份制方面的问题。

看过车间,又在会议室听取了王一元他们工厂关于个性化一站式客户印刷管理解决方案的汇报。报告会的效果非常好,双方还就双方都关切的话题进行了比较深入的讨论。

不知不觉就到了中午吃饭的时间,王一元顺势邀请周老板一行去食堂就餐。周老板他们本来没有打算在印刷厂吃饭,但他一听王一元说是去食堂吃饭,想了想,就答应了。

这次的午餐,王一元特地没有去做额外的安排,就和平常一样,只是多烧了几个上海本地的菜肴,另外就是食堂的整体环境,派工人从里到外进行了仔仔细细的清理打扫。

每个人都是拿了餐盘、餐具,自己去窗口打菜盛饭。自然,周老板也是一样。王丽萍本想过去帮周老板的忙,但被王一元悄悄地制止了。

王一元对周老板说道:"周总,因为是工作时间,我们就吃个便饭,酒之类的也下次专门请您喝吧,请您理解。"

周老板摆摆手,连声说道:"这就很好,这就很好。"他显得胃口大开的样子,吃完后少见地去加了米饭,还在米饭上面浇了一些肉汤。按说,食堂的就餐条件说不上很好,但是这顿饭,家纺厂的每个人都吃得津津有味,也不知道是不是因为有老板带头的缘故。

当天晚上,老朱给王一元打电话,说了他们老板在回去的车上说的话。周老板的意思,以后可以加大和印刷厂的合作。老朱在电话里笑道:"小王,你今天的午餐特别出彩啊。估计也只有你能干得出来。讲实话,我一开始都替你捏一把汗。"

王一元故意笑道:"老朱,我们一般都是这样吃的啊,我就有些不明白了,你们老板平时怎么吃饭的?"

"呵呵,吃食堂?我们老板都是有专门厨师做饭菜的,晓得不?你要知道,不要说是食堂,以前他连工厂都是不太来的,都是在市区的大酒店里面谈生意的。"老朱说道,"只不过是因为现在行情不好,他才把重心转回了工厂管理上。"

王一元问道:"那你们老板今天回去的时候还说了什么?没有批评我们招待不周吧?"

"我们老板的原话是'这么多年了,今天再次吃了一回真正的食堂'。所以说,你算是歪打正着了。"老朱似乎有些感慨,说道,"老板这次把功劳都算在了我的头上,我也是沾了你的光。听说厂里准备升我做部门副经理。"

至此,对奉贤家纺厂的业务开拓尘埃落定。现在,家纺厂的这些印刷品如何生产出来反倒成了印刷厂面临的最大难题。主要还是厂房太小。按照家纺厂前几年的采购量来预估,哪怕是他们今年的生意不好,一年下来也会有超过300万的采购量。如果接下家纺厂的这单业务,地方就不够用了。

螺蛳壳里做道场。王一元也没什么好办法。好在,现在还在打样确认期,大规模的生产任务还没有正式开始。于是,他把主意打在了纸箱厂的生产场地上,准备租借他们的一部分场地。他有预感,按照现在的经济形势,纸箱厂的谢老板早晚会来找自己的。

第四章

关于管理咨询的事情,肖晓晓又是打电话又是发短信,来催促过好几次了。这天,王一元利用双休日在交大上学的时间,和任学明、杜建峰再次说了肖晓晓公司的事情。这个学期是王一元在研修班学习的最后一个学期。按照课程安排,学员这学期主要是做课题研究、撰写毕业论文。

任学明的想法是他们三个人组成一个课题组,把这次肖晓晓公司的调研和课题研究结合起来,看看能不能在"二三线城市中传统实体企业如何转型升级"这个课题上有所新发现,甚至是提出新建议。杜建峰和王一元表示同意。

班主任于泽远老师听取了任学明他们三人的想法,觉得此方案确实可行,并且有很强的现实意义和指导意义,当即表态支持。他主动表示愿意担任这次考察任务和课题组的导师,还说要争取把这个课题提交给经管院,说动学院出面,对这个项目和课题给予最大的支持。这种支持将不仅仅体现在这次调研的经费上,更体现在相关的后援专家组的咨询支持等方面。

任学明和于老师等几个人商量的结果最终以研修班报告的形式正式上报了学院。没多久,批示下来了,学院决定这次考察就由班主任带队,以交大经管院和咨询公司的名义,各自抽调相关的人员,组成一个考察小组。

王一元特意打电话给谢东,大致说了要去肖晓晓公司考察的事情,希望在自己走之前能和他们夫妻俩、孙雯见上一面,有些事情想当面请教。谢东当然爽快地答应了。

第二天下了班,王一元在沪松公路旁边的一家上海菜餐馆等到了他们三人。席间,孙雯开玩笑说:"小王,你这次去镇江,看来是要英雄救美啊。"

王一元有些难为情,不好意思地笑了笑,说道:"讲实话,这次去肖晓晓的公司,最终能帮到什么程度,我现在也不知道。"

谢东说道:"小王,你不要有任何负担。慢慢来,急不得的。这种事情本来也只能是徐徐图之的。"

王一元咳嗽了一下,说道:"肖晓晓肯定是美人,可惜我不是她的英雄,是被她一声不吭地一脚给踹了的。"

朱许英说道："哟哟哟，小王，你不会是自惭形秽了吧？还在假装正经，一口一个'肖晓晓'，搞得来大家都像陌生人似的。"

谢东和王一元单独碰了一杯，说道："小王，你现在这么说话，我就更加放心了。终究是还能把那件事拿来开玩笑，看来你已经把过去的事情看开了，也放下了。所以说，你这次是轻装上阵，我们都希望你能旗开得胜。"

王一元又和他们三人说了自己的真实想法和计划。他说完后，谢东沉默了一会儿，说道："小王，还是委屈你了。肖晓晓有你这样帮忙的朋友，是她的荣幸，我们也为有你这样两肋插刀的朋友感到高兴。来，我们再干一杯。"

按照王一元刚才说的意思，他本人将不随大部队出发，而是提前一个星期，以一个应聘者的身份，想办法直接进入肖晓晓的公司，直接下到工厂基层。这样可以摸一摸这个工厂的真实情况，好为以后的对症下药打下基础。他觉得，自己是外地人，应该不会引起工厂方面的特别注意，不会打草惊蛇，惊动到钟厂长，这样有利于后续工作的开展。

朱许英和孙雯虽然对王一元的做法大感惊讶，甚至觉得有些异想天开，但都对王一元的想法和出发点表示认可。

王一元说道："只是这样一来，还有三个问题，也是我今天请大家一起来的目的。一是我的时间不多，最多一个礼拜，这是最大的难题。在这么短的时间内能掌握到多少有价值的东西，不能肯定。二是不知道纺织厂里肖晓晓靠得住的还有哪些人，如果要是还有那么一些就更好了，就能够快速地掌握真实的相关情况。三是，在这一个星期的潜伏期内，我基本上不会和肖晓晓见面，更不要说是直接联系了。万一我有什么事情，会和谢东你联系，由你来当这个桥梁。谢东，你应该愿意的吧？"

孙雯有些担心地说道："小王，你这样做不会有危险吧？"

"危险？那应该不至于吧。"王一元停顿了一下，笑道，"朗朗乾坤，青天白日，就这么一个小小的纺织厂，哪怕是这个姓钟的厂长再怎么厉害，应该也不至于有什么危险的。倒是这个肖晓晓，你们一定要和她说明白，在这期间最好不要和我有任何的联系。如果时机成熟，我自然会和她联系的。"

朱许英说道："小王，我有一个表弟，是肖晓晓一个乡下远房小姨的儿子，在她的纺织厂里干机修的工作，倒是很吃得开，对每个车间的情况都比较熟悉。要不，我和他说，就说是他介绍你进去他们纺织厂的？"

王一元笑道："这样，那我干脆就以一个机修学徒的身份进去好了。以前我在宁波的服装辅料工厂做过，对这个纺织机械方面多少知道一些的。"

孙雯"扑哧"一乐，说道："呵呵，哪里有你年纪这么大的机修学徒？再说了，你长得太白，与这个机修的活计太不相称了。"

谢东笑道："呵呵，这倒应该不是什么问题。一个机修的学徒，没有多少人去特意关注的。如果真要是有人问，就说是表弟以前工作时认识的朋友，现在潦倒了，所以才来工厂学机修。"

朱许英当场就打电话给肖晓晓，说了王一元将要去她的纺织厂"潜伏"。她刚说完，肖晓晓在电话里就哈哈大笑起来，声音在整个的包间里都清晰可闻。王一元甚至都能想象出肖晓晓笑得前仰后合的样子。

肖晓晓好一阵子才止住笑，问道："这个主意真的是王一元他自己提出来的吗？"

在得到肯定的答复后，肖晓晓在电话里咬牙切齿地高声说道："苍天有眼啊，哈哈哈！平时趾高气扬，一副爱答不理的模样，想不到也会有今天啊。"

笑过后，肖晓晓又说道："好好好，他这个机修学徒，我们公司算是勉勉强强地接收了。人事部有我的人，我会交代下去的，一路绿灯。"

朱许英和孙雯都笑得花枝乱颤。谢东是一道同情的目光看向了王一元。

王一元讪讪地轻声说道："要不，我还是不去了吧？看样子，前方正是龙潭虎穴，我怕一个不好，就会落入虎口，实在是太危险了。"

孙雯他们三个却是齐声说道："王一元，你敢不去？"

王一元睡得正香，突然被一道强烈的白炽灯光弄醒了。只听一个沙哑的声音在耳边高声说道："老王，老王，快起床，我们到上班时间了！"

王一元心里一惊，马上拥着被子坐了起来。他用手在眼睛上揉了又揉，然后打了一个长长的哈欠，才好不容易睁开眼，看了看自己正坐着的床铺——这是一张钢制的两层床铺。

他一下子惊醒过来：这里是镇江，是肖晓晓公司的宿舍。

王一元从枕头底下掏出手机，看了看屏幕上显示的时间，晚上10点还差15分钟。他长长地吐出一口浊气，嘟囔道："这么小的宿舍，怎么装了这么大功率的白炽灯？"

朱许英的表弟也姓朱，是印染厂晚班的机修工，大家都叫他小朱。其实，他年龄比王一元还要大上几个月。王一元下午找到他的时候，叫他朱师傅。不过，小朱对这个称呼不太习惯，坚持让王一元随大流，仍然叫他小朱。

纺织厂的宿舍大概十来个平方，因为宿舍少，所以一间房里挤了12个人。房间里脏乱不堪，住的又都是男人，所以有一股难闻的味道。不过，宿舍分配上还算比较合

第四章

理,晚班的都住一起,和上白班的在不同房间,所以还算比较清净。

王一元今天差不多是一整天的舟车劳顿,起得又早,早已疲乏。等办好入厂手续,在宿舍吃了一碗方便面,他就上床睡觉了。

肖晓晓的这家纺织厂其实是由两个相对独立的部分组成的,即印染厂和服装加工厂。厂里有食堂,晚上也供应饭菜。跟在小朱后面去食堂的路上,王一元还有些迷迷糊糊,虽然是小睡了一会儿,但现在还是没有多少力气。在食堂窗口,他只要了一碗粥,又拿了一小碟咸菜。

小朱见状,多拿了两个肉包塞给王一元,说道:"老王,我们是要干通宵的,你不多吃点,现在的天气还冷,到时候又冷又饿,晚上会很难熬的。"

王一元接过包子,感激地对着小朱笑了笑。等到在座位上坐定,小朱小声地对王一元说道:"因为环保等一些特殊的原因,我们印染厂这部分的工人一直都是上晚班的。"

王一元愣了一下,随即就明白过来了。他又小声地问小朱:"我们是干机修的,是辅助的岗位,值晚班应该会有个打盹的地方吧?"

"呵呵,打盹的地方确实是有,但都是领导的地方。"小朱夹了一块红烧肉,放在嘴里使劲嚼了嚼,说道,"还有,老王你要知道,打盹如果被抓住了,要罚款50～100元,我们一个晚上搞不好就白干了。"

吃过饭,两人去车间。进车间之前要先去衣帽间换衣服。每个人都有自己专用的箱子,取出箱子里专门的防护服穿上,才能进车间。小朱从他的抽屉里拿出一套新的防护服,丢给王一元,说道:"知道你要来,我前几天就去多领了一套衣服。你穿上试试,要是觉得不太合身,明天再去换。"

来镇江前,王一元再三和谢东、朱许英叮嘱,不能向任何人透露自己的身份。所以,即使是小朱,也只知道王一元是自己表姐夫介绍的,其他也是一无所知。

印染厂有练漂、染色、印花和整装四个主要生产车间。每个车间的每个班配备2个维修,如果遇到比较大的问题,则由当班的8个维修工人一起想办法解决。

刚进入车间,王一元就打了一个大大的喷嚏,一下子就觉得鼻孔里有什么东西钻进来,黏附在了鼻腔里,很痒,很刺激。眼睛一开始很不适应,仿佛有什么东西烙在眼睛里,一阵阵的疼。

小朱却是毫不在意,他介绍说:"印染厂会有大量粉尘,还可能接触到化学药剂。"王一元跟在旁边,揉揉眼睛,点点头,没有作声。

"这些印染料一般都含汞、砷、铅等元素,大部分具有挥发性。"小朱接着轻声说道,

"我们会吸入一部分,对人体是有害的,长期工作会导致'尘肺',还有就是慢性支气管炎、肺气肿,所以我们必须要做劳保措施。"

过了很长时间,王一元才对车间里的环境慢慢地适应下来。车间环境显得比较杂乱,每条过道上到处都堆放着棉纱和坯布的成品和半成品,还有火碱和一些王一元说不出名字的化工原料和药剂。

小朱负责的是印花车间的机器维护,和他搭档的是周吉安,是一个快40岁的大哥,也是小朱当初进厂时的师傅。他没有穿防护服,特别能抽烟。王一元从见到他,就只觉得他手中的香烟好像从来没有怎么断过。老周这个人看上去就比较滑头,基本上车间的机修活计都是指使小朱去干。他的理由也很充分,说是充分锻炼小朱的能力,加上现在又有了王一元这个机修学徒工,他就更是如此了。而他自己,得了空闲,基本就只在两个地方:一是机修的工具室,工具室的后面有一个小房子,里面有一张床,可以临时休息;二是那几台转移印花机的旁边。

王一元一开始对老周的做法不是很理解。小朱说道:"转移印花机那里都是一些娘们,我师傅睡好了觉,养足了精神,就去泡妞了。"

这天晚上,车间机器的运转基本正常,没有发生什么大问题。王一元和小朱两人只是在车间里来回巡视,有时也和操作的工人开开玩笑,帮帮忙,一个晚上就快要过去了。

小朱说道:"我们工厂,现在一般只开机到早上6点左右,白天不开机,再过一会儿也就没我们什么事了。不过今天,前面服装厂的一个哥们请假,我还得去代他的班。"

"那我也跟着你去吧,反正下了班也没什么别的事情。"王一元笑了笑,问道,"小朱,怎么我看了一个晚上,也没有看见车间主任什么的主管进来啊?"

"哦,你说的是主任啊?他们晚上基本不来的。如果运气好,或许早上能在食堂碰见。"小朱习以为常地说道,"厂长也是一样,他们都是一伙的。干活的都是我们这些工人,他们怎么会来?"

王一元又问道:"晚上这个印染厂车间里的工人也不少,做头的一个都不来现场,要是万一有个什么事情发生,又该找谁去?"

"领导们的电话号码不都在墙上吗?有班组长、车间主任的,还有生产副厂长的,都在上面,打电话过去不也方便吗?"小朱呵呵一笑,说道,"走,收拾一下,我们吃早饭去。这些都不归我们管,没我们什么事。"

一起吃过早餐,小朱直接去服装厂上白班了。王一元则找了一个无人的角落,打

第四章

电话给王丽萍,询问印刷厂的情况,知道工厂没啥大事,才放下心来。等这个电话打完,他本来还想打电话给肖晓晓,但想了一下,又觉得现在自己初来乍到,好像也没多少有价值的消息要说,于是作罢。

上班时还不觉得,一休息就觉得严重缺觉,王一元赶紧回宿舍睡觉。可是,只两个多小时,因为生物钟,他就醒了过来,而且再也睡不着。他干脆起床,简单地洗漱了一下,穿上了昨天办理入厂手续时人事部给发的工厂制服,然后打电话给小朱,知道他在服装厂尾部的大烫车间,便下楼去找他会合。

等下了楼,王一元才想起自己只知道服装厂的方位,却不知道大烫车间的具体位置。此时正在工作时间,偌大的厂区内,路上竟然找不到人,大门口的保安又很远,他实在不愿意走过去问路。

正踟蹰间,刚好碰到一个出来倒废品的工人。经他指点,王一元终于找到了大烫车间。他整理了一下着装,刚要从旁边的偏门进去,一个中年女人从里面出来,看到他正往里走,就把他叫住了:"你是哪个岗位的?进来我们车间干什么?"

王一元一看,只见是一个穿着同样工厂制服的中年妇女,手里抱了一大堆的T恤成品,正瞪着自己。他呵呵一笑,说道:"我是厂里的机修学徒。小朱师傅在里面,我是来找他的。"

"我好像不认识你。"中年女人一副公事公办的模样,粗声粗气地说道,"这样,你站在这里等等,先不要进车间。我去叫小朱,让他来领你。"

这时候,肖晓晓正在自己的办公室里纳闷:这个王一元,从昨天到现在,来了有快一天了,怎么电话、短信都没有?也不知道他昨晚住在哪儿了。来之前只说叫我们不要联系他,可都到了我的地盘,竟然真的连泡儿也不冒一个,这不是为难我吗?到底情况咋样了?

实际上,这次王一元的工作安排,肖晓晓都是通过公司人事部的杜秀来安排的。杜秀和她从小在一条街巷长大,又是她在小学和初中的同桌,只是后来上了不同的高中和大学,但两人的关系一直都很要好。杜秀大学毕业后四处寻找工作,后来通过肖晓晓爸爸的关系进了纺织公司。但是,肖晓晓却把自己与杜秀交好的事情瞒了下来。这个关系,公司里知道的人不多,就连钟厂长也不一定知道。或许,连肖晓晓也没想到,当初自己无心插柳,而今倒是成了她在公司的一大助力。她马上发短信给杜秀,想了解王一元昨天到了公司后的所有情况。

因为早就知晓肖晓晓的真实想法,对于王一元的到来,杜秀自然非常重视,对他进厂这件事处理得不留一丝痕迹。当然,几年的工作下来,杜秀在公司的每一个车间、每一个班组都有信得过的耳目。

今天早上上班的时候,杜秀就分别找了些相关的人,所以说对王一元的情况很清楚。她编了一条长长的短信,把王一元一天来的相关情况都汇报给了肖晓晓。

肖晓晓看过短信,先是一乐:这个人怎么还玩真的了?当然,她心里其实是非常高兴的,甚至还有那么一丝丝的甜蜜。她想:他这样认真做工作,至少说明他对我还是比较上心的。所以说,不管结果怎样,只要有他这份心意,我也满足了。不过,她一想到家里现在的状况,特别是妈妈以前对待王一元的态度,她又不免心事重重起来。

在座位上想了很久,肖晓晓又想起一个问题来:以公司宿舍那样的条件,这个王一元现在大小也是个老板了,他能习惯不?特别是加夜班,他能适应吗?

肖晓晓站起身来,走到窗户前。她好几次拿出手机,翻到王一元的电话号码,但是又犹豫着放下了。小样,就算是治治他的心气,给他一个锻炼的机会吧,肖晓晓自己安慰自己。

"刚才把你挡在外面的那个女人叫张韵玲,是大烫车间主任。"小朱把王一元接进来后,因为机修的事情并不是很多,于是他找了一个较为安静的角落,絮絮叨叨地对王一元介绍了服装厂的大致情况,中间还穿插着说了些不为人知的事情。

王一元笑道:"我刚进入工厂,你现在说的很多人和事我都对不上号,你让我这几天先熟悉情况再说吧。我的想法,小朱你要是同意,再过两天,我请你和你的朋友们吃饭,我们到时候好好聊聊。你看怎样?"

小朱的回答很干脆:"行,就照你说的办!过几天就是工厂调休了,有一整天的休息时间,到时候我叫上厂里的一帮兄弟姐妹们,我们喝个痛快,算是为你接风洗尘。"

又是一天下来,服装厂的几个车间,包括布料、物料进厂检验、裁剪、缝制、锁眼钉扣、整烫、成衣检验、包装入库等几道工序和生产部门,王一元都一一看过,做了大致的了解。当然,比如设计、打样制图、财务、物供、安全等一些靠前的部门,以他现在机修学徒的身份是没有办法接触很多的,自然也就没有多少深刻的印象。

因为生产订单不足,整个服装厂的产能没有得到充分的利用,甚至是一个白班的产能也不能完全满足。从生产现场看,很多机器设备上都覆盖了一层塑料布,停在那里,纺织厂整个生产车间明显生气不够,甚至有些许落败的景象。

对王一元来说,这个服装厂和以前自己见过的宁波服装厂比起来,无论在设施设备、员工的基本素质和精神面貌、生产现场的管理等诸多方面,其差距都是显而易见的,感觉根本就不在一个层次上。只有大烫车间,虽然工人不是很多,但相对来说还算是比较干净整洁的,活计安排得井井有条,特别是工人敬业负责的工作态度,给王一元留下了深刻的印象。这个大烫车间,还有这位姓张的车间主任,是肖晓晓公司中的一枝独秀了,王一元禁不住在心里嘲笑道。

也不知道这个肖晓晓平常有没有经常来车间。她自己是大学毕业,又在上海见识过真正的大厂,要是她看到自己工厂现在的这个状况,不知道她又会有何想法?难道她就这样放任工厂自流?

王一元不止一次地想:这些都是肖晓晓家的产业,都是她爸爸辛辛苦苦这么多年留下来的心血,她不可能破罐子破摔吧?如果真是这样,那也太败家了。以前还没什么实际的体会,现在看来,富二代也不是那么好当的啊。如果接班人对企业管理没有多少兴趣或者在这一方面有所欠缺,那么这对于上一辈的创业者和接班者而言都是一个两难的选择。加上肖晓晓又是一个女孩子,性格又偏软弱,她硬着头皮去接父亲的班,应该也很纠结、很辛苦的。呵呵,赶鸭子上架,她也是很为难的吧。这些富二代,表面上看都是含着金汤匙出生的,从小在光环中长大,但如果不是自带有光环,这些外在的繁华都会一层层地脱落,直至落入凡尘,甚至就此万劫不复。

王一元还想起一句话:"落毛的凤凰不如鸡。"如果自己没有能力,那就得直面残酷无情的现实。唉,真是家家都有一本难念的经啊。

回宿舍后,小朱打来一大盆开水,分在两个盆里,倒上一包像盐一样的东西,又用手探探温度,再兑上一些凉水。他说道:"老王,来来来,这两天辛苦,我们泡泡脚。"

王一元坐下来,脱了鞋袜,把脚慢慢地放进盆里,立刻就有一种说不出的舒服。他说道:"这两天在车间走来走去,脚后跟都快要磨出茧来了。泡脚确实是蛮舒服的,你刚才放的什么东西在水里面?"

小朱说道:"专门用来泡脚的,是我从城里洗脚城通过关系拿出来的。你放心泡,要是水温不够,这里还有开水,你自己加。"

泡了一会儿,小朱说:"老王,我和兄弟姐妹们打好招呼了,就明天晚上,我们一起聚餐,乐一乐。"

王一元动了一下脚,笑着说道:"好啊。不过有言在先,客由你们请,钱得由我来付,你们都不要和我争。"

"这怎么行?这次是我们为你接风洗尘,欢迎你加入我们的队伍。"小朱说道,"怎么能让你来掏钞票呢?你是不是看不起我们?"

王一元见小朱这样说,就没再就这个话题往下说。他又问道:"参加的都是谁啊?"

"呵呵,到时候你就知道了。"小朱拿过开水壶,掺进去一些热水,说,"老王,不是我吹牛,真的,整个工厂,老哥我人缘还算是可以的。这次参加的这些人,大概有五六个人,都是我的铁哥们,比如说张韵玲。"

"张韵玲,你的铁哥们?"王一元大吃一惊,说道,"小朱,你先和我说说,这个张大姐到底什么来历?"

小朱朝王一元笑了笑,说道:"你不相信? 真要说关系,我和这娘们的关系还真是不错。我也不怕告诉你,我们都是乡下一个小组的,她婆家和我们家还有一层亲戚关系在里面的。"

王一元点点头,说道:"这个张大姐,我怎么有一种感觉,就是她好像和其他的车间主任不是一路人呢? 工厂这么大,讲实话,我就只觉得大烫车间还算是有点模样,至于其他的车间,我就不说了。"

"老王,你眼光还挺毒的,一眼就能看出服装厂的大概来。"小朱左右看了看,见宿舍里没人,他这才轻声地说道,"这个张韵玲,可是老有来头了。"

原来,这位张大姐从服装厂建立的时候就招进来了,是服装厂的第一批员工。作为重点培养的技术骨干,张韵玲和另外两个工人还曾经由工厂统一安排去常熟的一家大型服装厂接受过专门的培训。学成回来后,张韵玲她们三个人被安排到了服装厂的不同岗位。按照厂里最初的想法,就是她们三人以点带面,让服装厂尽快地走上轨道。这个目的当然达到了。作为鼓励,张韵玲还升任了缝制车间主任。

钟厂长那个时候还不是厂长,只是印染厂的负责人,人老实,工作上很勤恳,还比较懂业务,所以逐渐得到了肖老板的信任。肖老板因为要负责公司的所有业务,很多时间都在外面应酬。他觉得这个姓钟的技术员表现还不错,所以慢慢地放手了服装厂的管理,最终将整个工厂完全托给了钟厂长。但是,肖老板不久以后就发现,钟厂长和张韵玲根本就不是一路人,在工作上矛盾迭出。后来,囿于肖老板的权威,他们两人还算是井水不犯河水,至少在表面上风平浪静,还过得去。

肖老板身体好的时候曾经有意要把印染厂和服装厂分开,由姓钟的和这位张韵玲各管一摊,服装厂这块的事情就由张韵玲负责。可是人算不如天算,谁也没想到,一夜之间肖老板就中风偏瘫,竟连话也说不出来了,这事就放下了,从此再没有人提。

别看这位张大姐在技术、生产管理上非常不错,也得到了一些人的拥护,但她对于搞人际关系,特别是人事斗争,就和姓钟的就差远了,根本不是姓钟的对手。就在肖老板不能主事的这短短一年多里,两人明争暗斗不断,弄到最后,张韵玲从缝制车间被调整到了大烫车间,不仅又苦又累,而且收入上也少了很大一截。

小朱连连叹气,说道:"唉,这位张大姐也是苦命。她老公以前在我们这里附近的另外一家印染厂工作,几年下来,落下了一身的毛病,还得天天吃药。"

"什么毛病？和印染厂有关系吗？"王一元问道。

"当然有关了，全都是印染厂的那些化学药剂惹的祸。她老公现在双手的关节畸形了，干不了重活，有时候还需要人照顾。"小朱答道。

"这应该可以去找厂家索赔的，劳动法里有保证工人身体健康这一条的。"王一元认真地道。

小朱却是不以为然地笑了笑，说道："他们本来是想要去找印染厂索赔，可是几年前人家工厂就搬迁到安徽去了，上哪里去找？只好自认倒霉了。只是可怜了我们张大姐，上有老下有小。要不是这个原因，估计她早就撂挑子走人了。她要是去苏州、无锡那边，凭她个人的本事，怎么也挣得比现在多很多的。"

王一元想了想，说道："要是真像你说的这样，那这张韵玲还真是个人物，能屈能伸，关键是还能出淤泥而不染。人才难得啊！"

小朱只是微笑，并没有搭话，自顾自地两脚互相搓着。

王一元哈哈一笑，说道："这样，小朱，如果你现在把你所知道的关于工厂的所有情况都告诉我，那明天的聚餐，我们一定找一个好地方。现在不正是河豚鱼上市的时候吗？到时候，我肯定让你们吃个够，全部由我买单。怎么样？"

"真的假的？"小朱脸上漾开笑容，笑嘻嘻地看着王一元说道，"你知道吗？那玩意儿可不便宜的。就你现在挣的几个钱，怕是吃不了几条吧？"

王一元笑笑，语气坚定地说道："小朱，你先不要管我挣多少钱，反正几条鱼的钱，我一咬牙一跺脚，还是能付得起的。"

小朱见王一元神情镇定的模样，沉默了一会儿，点了点头，说道："那你开始问吧。"

王一元说道："还有一件事我想不明白。听说肖老板的女儿接班了，她怎么会放任这些事情不管，任这个所谓的钟厂长在里面兴风作浪、胡作非为呢？"

"呵呵，老王，你小声一点说。这些话要是让其他人听见了，报告给了姓钟的，那你这个机修学徒怕是要马上滚回老家了。"小朱轻声说道，"还是那句老话：'人为财死，鸟为食亡。'自古以来就是这个道理。我听说，原因主要有两个。一是说，老板突然发病，姓钟的趁老板全家惊慌失措的那段时间，通过不为人知的种种手段，迅速地接手了本来由老板负责的那些业务。"

王一元说道："这个姓钟的，倒是挺聪明的。第一步就是打蛇打七寸，手段耍到了要点上。"

小朱说道："这其中到底有什么猫腻，我不太清楚。但是我还听说，公司的几个大客户不久之后就突然反水，说是只听这位姓钟的，其他人，包括新的少主，他们都一概不认。"

王一元拿过暖瓶,给两人的盆里分别加了一些热水。小朱笑了笑,说道:"老王,你不会以后也去告我的密吧?我以前在厂里都是夹紧尾巴做逍遥派的,和公司各方面的人都还相处得过去,所以才知道这些消息的。"

"少废话,往下说,以后少不了你的好处。"王一元使劲瞪了小朱一眼,开玩笑地说道。

小朱说道:"我甚至听说,说是少主派财务去一家客户处对账,对方都直接拒绝了。并且,这个财务一回来,姓钟的就找理由,说她办事不力,给直接炒了鱿鱼。从此以后,公司上下对这个姓钟的就不敢去招惹了。"

王一元说道:"那你说的第二个原因呢?"

"最主要的是,这里面关系错综复杂,水很深的。"小朱顿了顿,说道,"你没看到印染车间里到处都堆放着成品和半成品,特别是那些化工原料和辅助试剂?"

王一元想了想,好像确实是这样的,当时自己还觉得有些奇怪,搞得连消防通道都堵了,如果万一出了什么安全事故,后果不堪设想。

"这些东西都是大进大出的原辅材料,谁知道其中又有多少猫腻?"小朱放低声音说道,"我因为信得过你,我才告诉你。这些东西养肥了多少人的腰包和胆子啊!我的师傅,就是那个周吉安,原先也是心高气傲的一个人,后来迫于现实的压力,成了姓钟的一条忠诚的走狗,和他们同流合污了。老王,你想想,连他都这样,就更不要说其他工人了。"

王一元想了想,说:"一般来说,工人们都很现实的,谁能给他们好处,他们就听谁的。大部分人都是这样。"

小朱说道:"就你刚才说的那个少主肖小姐吧,她一个柔柔弱弱的女人,连婚都没结,后面没有一个撑腰的人,她自己又不太懂企业管理方面的东西,又怎么管得了这么大的企业?好了,现在张韵玲都被踢到一边去了,姓钟的这个家伙就更加肆无忌惮了。听说,他还在四处叫嚣,要公司无偿赠与他股份。就这件事,现在和少主肖小姐也弄翻了,僵在了那里。虽然表面上是一团和气,但两人早已心生龃龉。"

王一元没有作声,连盆里的水已经变凉也没有感觉到。

小朱又叹了一口气,说道:"姓钟的搞的那一套,我看现在变本加厉了。简单来说,就是一句话,叫做'顺我者昌,逆我者亡'。搞来搞去,现在弄得公司里乌烟瘴气。关键是现在经济形势不好,外面的工作不好找啊,要不然,我们早走了。老王,你不也是因为工作不好找,找了我表哥,才捞着这份工作的吗?"

王一元沉吟了一会儿,说道:"你这么一说,这位张韵玲大姐倒是勾起了我很大的兴趣。下次你找机会,我想当面再找她详细地了解一下她现在的想法。"

"这当然没问题啊。"小朱笑了笑,开玩笑地道,"不过,你现在还只是一个机修学徒工,人家大小也是一个主任,她会鸟你吗?老王,不要癞蛤蟆想吃天鹅肉了。哦,不对,你不应该是癞蛤蟆,应该算是小白脸。"

王一元笑道:"小朱,你不要开我的玩笑了。我还有最后一个问题……"

"老王,看样子要吃你一顿河豚鱼还真是不容易啊。"小朱故作姿态,扭扭捏捏地说道,"这些和你修理机器又有什么关系?难不成,你还是'十万个为什么了'?"

"保证是最后一个问题。"王一元说道,"就是这个钟大厂长,我来了有三天了,怎么在车间里一次都没有见过他?"

"你想见他?老王,你这脑袋里到底在想些什么?"小朱非常费解地问道:"你刚才说要见张韵玲,我还可以理解,可能是你想和她拉拉关系,以后对你的工作或许还有一些帮助。姓钟的这个人,现在的精力不在工厂,都在外面搞花头。工厂里如果没有什么大事,他基本不来,都是姓钟的一帮手下在看着的。"

王一元气愤地说道:"看样子,这个人还真是想在公司里鸠占鹊巢,妄想着当家作主啊。这世界上还有比他更无耻的人吗?简直就是个人渣!"

"'人渣'还不足以形容他。是人渣中的人渣,人渣中的战斗机!"小朱咬牙切齿地说道。

说完后,两个人互相看了一眼,都用手指着对方,忍不住哈哈大笑起来。

没想到,王一元想见一见这位钟大厂长的愿望在第二天早上竟然实现了。

这天晚上,王一元和小朱还是在印花车间当班。一般来说,机修基本上也没什么大事,所以两人只是在各个机台间来回巡视,要是碰到一些小毛小病之类,顺带就解决了。周吉安和往常一样,在车间露了一下脸,就去了机修房后面的房间里睡觉。

到后半夜的1点多,小朱拿来2桶方便面。王一元撕开包装,正往里面倒开水,只听得"砰""砰"的两声炸响,如惊雷般在工厂内突然响起,然后就是慌乱的人群发出的尖叫声。

王一元拿着开水瓶的手不禁抖了一下,开水倒在了桶外面,从桌面淌到了地上。他赶快放下热水瓶,第一反应就是站直了身子,紧张地往自己负责的印花车间里四处张望。小朱到底有经验,他听到声音后并没有表现出太多的慌乱,只是竖起耳朵仔细地听了一下传过来的声音,突然大叫一声:"不好,可能是染色车间出大事了。老王,我们马上走,一起过去看看。"

这时候,车间里的其他人也反应过来,都放下了手里的工作,纷纷向隔壁的染色车间涌过去。染色车间门口已围了不少的工人,但是都只站在门口,没有人进去,王一元低头一看,只见一种墨绿色的染料液体正冒着热气从门口流出来,工人们都避之唯恐不及。

小朱带着王一元好不容易挤到门口,就感到一股股热浪扑面而来。他悄悄地对王一元说道:"印染车间的高温缸发生了喷爆。"

王一元这才知道,原来是因为染色工缸盖没有关到位,被高温爆开,染液、布料从染缸喷爆而出,布料甚至飞出有十来米远。事故现场非常恐怖,大半个车间都是被喷染得一片狼藉,惨不忍睹。

"阿弥陀佛。不幸中的万幸,幸好没伤到人。"小朱又小声地说道,"如果要是伤到人,就必死无疑了。真要是那样,公司怕是没那么好收场了。"

发生了这样严重的生产事故,王一元本来想打电话给肖晓晓,但他转念一想,又觉得不太合适,就放弃了这个念头。应该会有人去通知她的吧。而且,先不管事故的大小,王一元倒是想看看钟大厂长如何来处理这起事故。

染色车间的周主任正在不停地打电话,估计是打给钟厂长。可是他打了很久,电话里始终只传出一句不带任何感情色彩的话"您拨打的电话已关机"。

钟厂长的电话一晚上也没能打通。好在,这时候的气温还比较低,染色车间的高温终于慢慢地降了下来。周主任组织他们车间的工人,还有其他车间过来支援的人,加上几个机修工,大家齐心合力,在第二天凌晨快下班的时候,终于把车间收拾出了一个大概。

早上7点左右,王一元跟着众人,正在染色车间做最后的清理。伴随着门外一声汽车紧急刹车声,一个高高瘦瘦的50岁左右的男人走了进来。车间主任首先反应过来,赶忙一路小跑了过去,嘴里不停地颤声说道:"厂长,厂长,您终于来啦!"

钟厂长站定在那里,朝四周看了看,面色沉了下来。他两手叉在腰上,对着跑过来的周主任高声喝道:"小周,你干什么吃的?昨晚上怎么又发生生产事故了?"

周主任哭丧着脸,只差眼泪和鼻涕往下淌了。他嘶哑着声音,断断续续地把昨晚发生的事情简单地叙述了一遍。钟厂长余怒未消,又是大声喝道:"老子上次就跟你说过,让你管好你的手下。你心慈手软,舍不得这个,舍不得那个。这下好了,活该你倒霉了!"

周主任站在那里,一句话都不敢再说。钟厂长接着说道:"这次不管是谁,操作的染色工一定要辞退掉,没有商量的余地。还有,小周,我现在再一次警告你,你的什么七大姑、八大姨,就到此为止,以后一个也不允许再进来了。"

周主任听厂长这么一说,刚想要说话,就被钟厂长生生地打断了:"好了,好了。小周,你现在还有什么话要说?车间被你管理成这样,搞得乌烟瘴气、乱七八糟的,你敢说你就没有一点责任?就算是染色工操作不当,小周你也是负有管理责任的。另外,还有当值的现场班组长,事发时又在哪里?我一定饶不了他们!小周,你不要告诉我他们又是找地方去睡觉了。"

几个班组长都站在一边,低着头,战战兢兢的,连大气都不敢出,看都不敢往钟厂长的方向看一眼。

钟厂长看了看四周,沉默了一会儿,终于不再显得那么暴躁了,情绪稍微平静了一些。他又说道:"不要再丢人现眼了,赶快把扫尾的工作完成。做完这些后,班组长以上的人员全部到车间的办公室开会。"

说完后,钟厂长拍拍屁股,铁青着脸,一转身就往车间办公室走去了。整个的训话过程其实很短,前前后后还不到 10 分钟,但他的气势,还有处理事情雷厉风行的态度和做法,还是给王一元留下了深刻而鲜明的印象。

清扫整理完车间后,已经过了下班的时间。王一元和小朱换了衣服,走去食堂吃早餐。王一元看似随意地对小朱说道:"今天总算是见着钟大厂长本人了。只是,从他早上的表现来看,好像和你们说的那个恶人的形象大有出入啊?"

"呵呵,你今天只看到了他厉害的一面。"小朱笑了笑,说道,"不过,老王,你想想,要是真没有两把刷子,姓钟的能镇得住我们这么大的工厂?有一说一,如果仅仅是从工作方面来说,讲实话,这个姓钟的,论工作能力,其实还是可以的,至少也应该算是合格的。"

王一元想了想,说道:"姓钟的今天表现虽然不错,但是我也看出来了,其中表演的成分居多,他或许是想演戏给某些人看。至于他到底想怎么样,我们还要看他后续的做法,才能去判断,才能最后下结论。"

"老王,没看出来啊,"小朱笑道,"你个机修工,还能从这件事中悟出来这么多的道道来?依我看,你做这个机修学徒是委屈你了啊。"

王一元呵呵一笑,说道:"我以前看电影,电影里面说了,想要让小弟听话,做大哥的一定是给一棒子再丢仨甜枣,这些都是江湖上的习惯做法。搞不好,这个姓钟的也是把公司当作他的江湖了。"

"只是可惜啊,这一亩三分地到底还不是他的江湖啊。他有些太盲目自大了。"王一元感叹一声，拖长了声音轻声说道。

小朱回过头对王一元说道："下午，我还要去服装厂的缝制车间去顶半个班，你去不去？"

王一元快走一步，跟上小朱，笑呵呵地说道："去啊，当然去啊，缝制车间里面有好多年轻妹子，怎么不去？"

因为今天工厂调休，所以这天下午4点工人就全部下班了。小朱说的几个聚餐的人是3男3女，加上王一元，总共7个人。一行人在工厂大门外的马路边叫了2辆车，由小朱在前车带路，开往附近的一家农家乐。这家农家乐离工厂并不是很远，大概不到20分钟的车程。

到了农家乐，老板拿着点菜的本子迎了上来。小朱显然和他比较熟悉，两人寒暄了几句，老板就招呼几个人先到大厅点菜。大厅的正中间有好几个大的木制水桶，里面养着大大小小的河豚鱼，每个鱼桶上面都插有价格标签。

王一元看了看价格，只见上面标有3种价格：299元2条、399元2条、499元2条。他接过老板递过来的菜单看了看，问老板："河豚鱼要怎么做才好吃？"

老板看了看王一元，笑道："我们这边基本上就是两种做法，一种红烧，一种白汁。"

王一元俯下身，走过去分别看了看不同鱼桶里河豚鱼的大小，对小朱他们说道："大家都过来看看！要不我们挑中等的，来6条，3条红烧，3条白汁？"

小朱还没说话，张韵玲先说了："小王，不要点太多了，价钱不便宜，我看我们就点2条吧，尝尝味道就可以了。"

王一元站起身来，笑了笑，说道："这怎么行？今天我们说好了专门来吃鱼的。再说了，这么小的鱼，2条我们7个人分，怕是连味道都尝不出。"

小朱微笑着说道："你既然这么说，那这样好了。老王，你花钱就你做主，点多少随你的意。你看怎么样？"

最后点了6条河豚鱼，然后又点了几个镇江的特色菜，还有几个当令的时蔬。王一元一看菜单上有新鲜的芦蒿，还特别点了这个菜，让老板清炒。去包间的路上，小朱笑嘻嘻地说道："今天我们有口福了。只是老王，花你这么多钱，我还是觉得有些不好意思的。下次一定由我来请，好吧？"

张韵玲在后面忍不住笑了，开玩笑说："老王？什么老王老王的，他年纪有我们大吗？怎么不见有人叫我老张？我觉得还是叫他小王要好听一些。"

大家都各自找座位坐下。张韵玲问王一元："小王，听小朱说你是湖南人，这个河豚鱼是我们镇江这边的特产,那你以前吃过吗?"

王一元微笑着说道:"这也是我第一次吃河豚鱼。我还记得以前初中读书时课本里有过这么一首诗:'蒌蒿满地芦芽短,正是河豚欲上时。'这就是我对河豚的第一印象。"

"哈哈,老王,你就先不要背诵你的诗文了。我再给你介绍一下我的这几位好哥们、好姐们。"小朱站起来说道,"张大姐我就不需要再介绍了。只是还有这两位大姐,你虽然认识,但她们三个有什么关系,你可能不一定知道。"

这时候,张韵玲笑了笑,快人快语道:"我们其实也没什么好介绍的。我们三姐妹只不过是服装厂的老员工,一块进的工厂,又是第一批送出去培训的三个人而已。"

王一元一下子反应过来,连忙站起来说道:"原来都是服装厂的第一批资深老员工。我刚到,以后还要向你们多学习。"

"什么资深老员工,现在不顶用啦。"其中的一位大姐心中明显不平,说道,"你看看我们三个,一个去了大烫,一个去了包装,还有一个在检验。我们现在都是靠边站,早就不吃香喽。"

没过多久,菜陆陆续续地端了上来。王一元想起来传说中的镇江锅盖面,于是要了一锅,还要了一些饮料和几瓶黄酒。等菜全部上齐,他吩咐服务员不叫不用进来,便关上房门,几个人高高兴兴地喝酒聊天。

话匣子一打开,便再也停不下来。在座的除了王一元,都是纺织厂里的老员工,对公司的情况比较熟悉,甚至是一些不为外人知道的东西,也都被一一抖了出来,说了个痛痛快快。王一元基本是听他们说,只是在一些不太明白的地方才偶尔插上几句话。

这一顿饭吃到晚上快10点,农家乐都要打烊了,几个人才酒足饭饱,又一起打车回公司。几个男的都喝得有点多,王一元也是硬撑着到了宿舍楼下,突然间肚子里翻江倒海,一个没忍住,胃里的东西全吐了出来。

吐过以后,王一元反而感觉身体清爽了许多,胃也舒服了一些,没有那么胀了。他自嘲地笑道:"真是可惜这些河豚鱼了。"

小朱也是步履蹒跚,他似笑非笑地说道:"老王,你不要再吐了,连我的河豚鱼也要被你勾出来了。花了这么多的钞票,嗯,不行,我得再把它咽回去。"

王一元自从到镇江后,这几天的神经都是绷得紧紧的,这天晚上才得以稍微放松。回到宿舍,他倒头就睡,一直呼呼地睡到第二天日上三竿。等他醒来,宿舍里就只剩下了他一个人,连小朱也回家了。房间里唯一的一张书桌靠近小朱的床铺,上面摆着2桶方便面。他走过去一看,只见下面还压了一张纸条,上面写着:"老王,我回家了,晚上上班前回来。方便面是给你准备的,怕你误了食堂开饭的时间。"

王一元拿起衣服,走到走廊尽头的卫生间洗澡,却没有热水,他只好用冷水将就一下。吃过泡面,他掰着手指头算了算时间,加上今天,自己已经在这里待了5天的时间。时间过得真快,好像什么事都没干,自己镇江之行的计划竟然就快要结束了。他静静地坐在自己床位上想了想,决定把自己这几天的所见所闻以及自己的体会和建议写出来,提供给肖晓晓和任学明他们作为参考。他心里想,这个汇报稿作为自己的这趟镇江之行的一个总结,算是暂时画上一个句号吧。

王一元先酝酿了一下情绪,然后把报告稿的思路理了理,在心里大概成型后,才下笔开始写。这次的报告稿写得很快,中间基本没有什么中断,一口气就写了有大概6000字的样子。写完以后,他又前前后后地看过,对一些地方作了些修改,直到自己觉得初步满意,把自己想说的话基本都写了出来。他看了看手机上的时间,已经快到下午3点钟。

王一元打电话给任学明,两人在电话里就肖晓晓公司现在的基本状况做了比较细致的交流和分析。任学明听了王一元的建议,觉得这次的调研也是非比寻常,其中有很多不太好的东西若隐若现地显露了出来。

任学明当然对这次的镇江调研非常重视。这其中除了有自己真心实意想做一番研究的因素,更是因为这次调研有交大经管院的名义,又是班主任于老师亲自带队,绝对不允许出现任何闪失。

两人在电话里商量后的结果主要是三个:一是任学明要带两个对财务方面特别熟悉的人过来镇江;二是任学明也先行一步,第二天中午就赶到这边打前站,先和王一元、肖晓晓做一次深入细致的交流;三是这次考察的名义到底是什么还需要好好斟酌,既要不打草惊蛇,又要能大张旗鼓地展开相关的调研。

肖晓晓接到王一元的电话,很意外,也很高兴。她笑道:"王一元,你过来我的工厂这么多天了,这会儿终于想起我,肯打电话给我了?"

王一元在电话里呵呵一笑,说:"还是有事一定要和你当面说。"于是,他把刚才和任学明讨论的结果简单地说了一下。

肖晓晓一听,认真起来,有些着急地问道:"那你怎么打算?"

王一元笑了笑,说道:"我想这样,我现在在车间的任务算是基本完成了,所以今晚开始我就不住在工厂里了,准备到市区去找一个地方住下。我安排好以后,我们见个面,先和你说说情况,再考虑下一步该怎么做。"

肖晓晓沉默了一会儿,说:"你到了我的地盘上,还跟我这么客客气气?"等了一会儿,不见王一元有什么动静,她长长地叹了一口气,幽幽地道:"王一元,还是我给你订好房间,派车过来接你吧。"

"那就谢谢你了。车就不用了,我自己想办法过去好了,这样保险一些。"王一元说出这句话,连自己都觉得有些虚假,于是又赶紧补充说道,"其实,我在你工厂这几天的时间,辛苦你了,小肖。真的,你其实非常不容易的。"

再一次听到"小肖"这个称呼,又听到王一元煽情的话语,肖晓晓一时间就愣在了客厅里,忽然间百感交集,情绪一下子低落了下来,泪水瞬间就流了出来。这个人这么的公私分明,明摆着就是想告诉她,他还是有很多东西并没有忘记,他其实都很在意的。肖晓晓没有再说话,就恨恨地挂了电话。她抹了抹眼泪,一屁股在沙发上坐了下来,不一会儿就双手掩面,竟然嘤嘤地哭泣起来,而且哭声越来越大。

晓晓妈妈正在厨房忙碌,听到女儿的哭声,赶忙走了出来。刚要走过去,肖晓晓却是朝她摆摆手,似乎不愿意让她靠近。妈妈于是站在了那里,不知道到底发生了什么事情,只好关心而焦虑地看着肖晓晓。

王一元正举着电话,却是突然之间就被挂断了。他放下手机,看了看屏幕,无奈地笑了笑,又摇摇头。在桌子旁边坐了一会儿,他就起身去收拾东西。其实也没有多少东西好收拾的,垫子、床单、被褥,还有一些日常的生活用品,这些都是他来镇江后新买的,但是也不可能再带回上海去。他心想,这些东西就都留给小朱吧。几天相处下来,他这个人其实还是蛮不错的。

桌子上还有一桶方便面。王一元想了想,下楼到工厂大门口的商店买回来了一整箱的方便面放在桌子上,还给小朱留下了一张字条:"小朱,家里有事,我先走了,谢谢你的方便面。这些东西,你要是不嫌弃,就留个纪念。"

看了看宿舍,王一元背上公文包,然后头也不回地走了出去。在工厂大门口,他叫了一辆车,正想着该去哪里,肖晓晓的短信进来了。短信只有短短的一行字:"镇江国际饭店,报我的名字。"

到了市区,王一元看见一家打印复印店。他问过司机,知道这里已经离自己要去的饭店不远,于是就让司机靠边把他放下了。

王一元是第一次来镇江,几天前到的时候是从火车站直接去的工厂,除了当时一下车就闻到空气中飘着的香醋味,他对镇江谈不上有什么印象。他想着把自己手写的报告稿打印出来后,就一路遛遛达达去酒店,顺便还可以欣赏一下镇江的夜景,说不定还能在路上碰到什么有趣的事物。

直到妈妈来楼上叫吃饭,肖晓晓才最终下定决心。她对妈妈说道:"妈,我今天晚上还有事情,要出去一趟,就不在家里吃饭了。还有,可能要晚点才回来,我自己来回,不要司机来接。"

"这孩子,都到吃饭的时间了。"妈妈关心地说道,"什么事情这么着急赶着去?"

"妈,这几天,上海那边咨询公司和上海交大有教授要过来考察调研,我和你说过的呀,现在我得去看看食宿准备得怎样了。"肖晓晓又撒娇般地笑道,"下次,我一定吃妈妈你做的饭菜,好伐?"

等稿子打完,已是华灯初上。付过钞票,王一元问打印店老板去国际饭店怎么走。老板带着他走出店面,热心地给他指了指方向,说道:"你沿着这条路往前走大概200米,有一个十字路口,你再向右前方看过去,就能看到那个国际饭店屋顶上亮着的大招牌了。"

肖晓晓他们公司是国际饭店的贵宾级客户单位,所以她和这家饭店的人比较熟悉。她去前台询问了一下,却发现王一元到现在了竟然还没有过来登记。下午这么长时间,这个人又跑到哪里去了?她赶紧给王一元打电话。王一元在电话里说道:"你怎么在饭店了?我现在已经到了饭店旁边的步行街,也快了,马上就到。"

没过多久,王一元终于从酒店的大门口走了进来。肖晓晓一看到他的身影,自己心中的某根弦仿佛突然被一种什么东西拨动了一下似的,竟然生出一丝丝的紧张,又有一点点莫名的兴奋。

王一元见到肖晓晓,连忙走过去笑着说道:"不好意思,我路上去打印店打印了一份东西,所以就耽搁了。你等多久了?"

"你去了打印店去了好几个小时?"肖晓晓有些奇怪地问道,"走吧,先去你房间把东西放下,洗漱一下,然后我带你去楼顶的旋转餐厅吃饭。"说完,肖晓晓很自然地向王一元跨了一小步,张开手就想去挽王一元的胳膊,但是王一元一低头,假装去提手里的包袋,很巧妙地小心避开了。

办好入住手续,进了电梯间,王一元笑了笑,说道:"我们就不先去房间了,还是先吃饭吧。今天到现在我就只吃了一桶方便面,确实有些饿了。呵呵,你要是不叫我,刚才我在路上就解决了。"

"呵呵,你一天没吃饭,还怪上我了?"肖晓晓往前走了一小步,再次鼓足勇气挽住了王一元的胳膊。这回,王一元倒是没再闪躲,只是稍显生硬地任由她挽着了。

"死样!这回怎么不躲开了?"肖晓晓笑嘻嘻地抬起头,盯着王一元的眼睛说道。

"刚才人多,我怕你掐我。"王一元有些不自然地说道,"咳咳,你这样好像不太好吧?"

"怎么就不太好了？"肖晓晓却是挽得更紧了些，甚至两只手都吊在了王一元的胳膊上，但她还是忍不住笑出声来，"我掐你？你用这个理由搪塞过我好几回了。拜托，大哥，还有没有新鲜一点的说法？"

两人都没有再说话，肖晓晓把头靠在了王一元的胳膊上，甚至还闭上了眼睛。王一元低头一看，唇红齿白，五官分明，黑发自然洒落。现在的肖晓晓比起两年前来，似乎是更精致、更成熟，也更妩媚了。

电梯很快就到了顶楼，肖晓晓已订好了位置，是一个角落里不太引人注意的双人座。她说道："我们吃鱼吧，镇江这里有个叫扬中的地方，特产河豚鱼，这个饭店的做法很好。"

"其他什么都行，就是不要再吃这个河豚鱼了，昨晚上我都吃得吐了。"王一元赶紧说道。他把昨晚请客吃鱼的事情简单地说了一遍。"你不知道，我做这些也算是舍命为工作了吧。"他叹道。

"哪有你这个说法的？"肖晓晓笑道，"我们这里只有舍命吃河豚鱼这一种典故。"

"呵呵，性质都是一样的。"王一元开玩笑道，"不过话说回来，其实这些都还是为了更好地服务你们公司。所以，昨天晚上的这个饭钱，你要给我报销的。"

"报，一定报！"肖晓晓哈哈大笑，又说道，"死样，你信不信本姑娘连你也整个地给报销了？"

说笑了一阵，饭菜都陆陆续续摆了上来。肖晓晓要了一瓶红酒，对王一元说道："我也不跟你客气，今晚就这一瓶红酒，不能多喝。"

王一元从包里拿出打印好的稿件，递给肖晓晓，说道："酒先停顿一下，不急着喝。趁现在脑子还清楚，这份材料，你先看看。"

"什么东西？你搞得这么郑重其事。"肖晓晓接过稿子，只看了一下就蛾眉紧蹙，没有再往下看，而是急促地直接朝后一边翻页一边不停地扫视而过。待一一翻过，她静静地窝在沙发里，又从头至尾仔仔细细地把文稿全部看了一遍。

王一元转过身，看着旋转餐厅外面的万家灯火。市区内正是一片繁华。

肖晓晓看完，又坐在那里想了一段时间。她抬起头，对王一元说道："你下午去打印店，就是因为这个文稿？"

王一元点点头，说："这份是给你的，你拿回去好好再看看。明天等任总来了，我们三人再一起讨论接下来我们到底该怎么办。"

"都是事实？"肖晓晓又问道。

"应该都是。"王一元肯定地点点头，说道，"当然，我的时间还是短了些，可能有不严谨的地方,但绝对都是实事求是。"

"那你的这些结论和建议又怎么解释?"肖晓晓进一步问道。

王一元沉吟了一会儿,说:"小肖,这些建议也都是我的真实想法。给你的这些建议,有些是从你们公司的角度,有些是从大局的角度,甚至是从经济发展规律的角度。但有一点,其中可能掺杂有你我之间的私人因素,但我绝对没有从自己的利益出发,把我自己的想法强加于你的意思。也就是说,写这些东西,纯粹是就事论事,不涉及其他,尽量做到公平公正。"

肖晓晓睁大眼睛,看着王一元,轻声说道:"你还是叫我晓晓吧。我们之间没必要搞得这么生分,我会很难过的。我自己确实也感觉公司目前比较困难,但是王一元,你答应过我的,你要管到底,你现在不会想着就此放手不管了吧?"

"你就这么相信我?"王一元问道,"呵呵,你就不怕我把你们公司给带沟里去?"

"带沟里就带沟里。只要是你带的,我一切都认。怎么样,你怕了吗?"肖晓晓任性地道。

"我怕什么怕?反正搞砸了也不是我自己的公司。"王一元呵呵笑道,"我在印刷厂那边还有一亩三分地,不至于饿死的。"

"那我也不怕。真要是带沟里了,我就卷起铺盖,去你的印刷厂等吃饭,看看到底谁吃得过谁。"肖晓晓开始耍赖了。

王一元看了看手机上显示的时间,说道:"时间不早了,今晚上就这样吧。"他摸了摸脸庞,打了一个大大的哈欠,故作疲倦:"昨晚为了赶稿子,一个通宵都没怎么睡觉,现在困得很。"

肖晓晓刚要说话,王一元却已经站了起来,提上包,说了一声再见,就大踏步地走了,剩下肖晓晓一个人坐在原地,目瞪口呆,说不出话来。

这么不懂得风情,真的是活该他单身!肖晓晓心里有些恨恨地想道,只可惜本姑娘我今天的精心装扮了。

第二天,任学明一到镇江,顾不上休息,就和王一元、肖晓晓开始讨论接下来的安排。还是在王一元的房间。这是一间小套房,外面有会客室,桌子上摆了王一元的文稿。

这份文稿,任学明早就看过,昨天王一元在打印店用QQ传给他的。任学明说道:"王一元,你先谈谈你这一个礼拜潜伏下来的想法。"

王一元想了想,说道:"公司的现状,上面都有分析。一些比较上层的方面,当然是老任你们过来要做的主要工作,我这次没有接触,所以我主要说印染厂和服装厂的事情。我的主要意思就这么几个方面。一是如何有步骤地慢慢收拾这个钟大厂长。这是公司的一个毒瘤,迟早害人害己,所以无论如何,哪怕是公司付出一定的代价,也要把他给割掉的。但是具体要怎么割?"他提出,一是敲山震虎,二是暗度陈仓。要先想方设法地弄掉钟厂长的后台,剪除掉其在公司内的爪牙,清除其势力和影响。他继续道:"这两点,我们都可以从财务方面入手。主要就是查两个方面:一是暗地里查工厂的所有采购,特别是大宗原辅材料的采购,然后顺藤摸瓜,彻查在这个链条上依附着的所有大大小小的蛀虫。二是查清楚公司的所有业务往来。这一条可以或明或暗,明面上就以对账的形式进行。这个姓钟的现在不是挟业务以自重吗?好,我们现在就要去收拾这些所谓趁机捣乱的客户。客户其实都是势利眼,他们现在都是属于无理取闹。只要我们有理有节,实在不行就让企业法律顾问直接发律师函,看看他们到底想干什么。别看他们现在嚣张,在法律面前就蹦不起来了。反正一条,不可以长久地惯着他们,我们也不用怕事。"

至于印染厂,王一元的建议是趁现在公司腾笼换鸟的机会彻底关停。他认为,这既是现在环保趋严的宏观大势所趋,也是趁机剪除钟厂长左右手的一大助力和抓手。当然,如果姓钟的识相,也还是可以给他一条生路的。大家毕竟合作一场,可以好聚好散。他要是愿意,就把印染厂以优惠价处理给他,但有一点,一定要搬离现在的所在地,从此以后井水不犯河水,互不相欠,各自多福。

任学明插了一句:"这个姓钟的要是不愿意,想着要鱼死网破拼到底呢?"

"前面我们不是在查账吗?"王一元说道,"只要有了扎实的证据,如果姓钟的把钱吐出来,咱们暂且放他一马。还想鱼死网破?呵呵,那就只好把他送进去了。"

关于服装厂的规划,王一元的意见是缩小规模,利用这次搬迁的机会进行技术和设备的更新改造和升级换代。他分析,现在中国正式加入世贸组织才没几年,今年虽然是遇上了金融危机,但是这些困难总归会过去,以后服装行业应该还是有机会的。

他还建议,趁此机会,完全可以在服装厂搞搞股份制的试点。至于服装厂管理层的人选,当然要重新洗牌,可以重点考察或者借助张韵玲等人的力量,打一个翻身仗还是完全有可能的。

说完这些,任学明和肖晓晓都沉默了下来,思考着王一元的这些建议到底可不可行。

王一元笑了笑,卖了一个关子,说道:"其实,晓晓你们公司还有一个更大更好的机遇,我没有写在报告里。"

肖晓晓瞪眼看着王一元。任学明笑道:"还有什么?"

王一元说道:"就是这块工厂的地皮啊。现在因为江苏省规划要修建沿江高速,听说镇江南的交通枢纽就要建在工厂附近。如果工厂都搬走,空出来这么大一个地方,好几十亩地,要是搞搞房地产开发,应该是前途无量的。"

肖晓晓点点头,说:"我们省里和市里是有这个规划的。"

王一元又说道:"我要是没估计错,之所以姓钟的突然之间想要公司股份,可能也是打的这个如意算盘。想想也是,多好的一块肥肉挂在那里,谁又不想扑上去咬一口?"

任学明笑道:"小王,你这是要准备和一些人拼刺刀啊。呵呵,一块肥肉,想想也是,谁不想去咬一口?"

"不,我不会和他们明着来的。对付像钟大厂长这种宵小之徒,我的想法,最好还是以其人之道还治其人之身。"王一元笑道,"只是可惜啊,我今晚上就回上海了,看不到他们的下场喽。"

任学明说:"小王,你来都来了,还不多待几天?"

"我都出来一个星期了,再不回去就恐怕回不去了。我票都买好了。"王一元又说道,"呵呵,只有暗地里捅他们刀子,并且一定要刀刀见红。不然,等他们疯狂地反扑过来,伤人一千,自损八百,搞得自己也不好受,划不来的。"

肖晓晓在一旁,仿佛定在了那里,只看着王一元他们说话。任学明问她:"肖小姐,你个人的想法呢?"

谁知肖晓晓连想也没想,竟然脱口而出道:"我都听王一元的。"

这话一说出来,把任学明和王一元都吓了一跳。特别是任学明,滴溜溜转着两个大眼睛,眼睛似乎都要从眼眶里掉下来了。

肖晓晓突然间反应过来,自己也觉得有些失言。于是,她又掩饰地笑了笑,断断续续地补充说道:"方案既然是王一元提出来的……我觉得也还可以,有操作性的。任老师,你觉得呢?"

任学明只觉得房间的气氛一下子有些诡异和奇怪。他狐疑地看了看肖晓晓,又转过头盯着王一元看了看。王一元却是不置可否,双手一摊,作了一个他也不理解为什么会这样的动作,甚至还吐了吐舌头。

"好吧。这件事就先放一边,等会再说。"任学明有些无可奈何地说道,"还有一件事,就是明天于老师率队过来考察,我们怎么安排?"

王一元和肖晓晓终于都悄悄放松下来,听任学明往下说。

"是这样,"任学明清了清嗓子,说道,"本来我们咨询公司和交大经管学院做这个课题,一直都没有想到要和肖小姐你们这里的地方政府或者机关打交道。也不知道是哪个环节走漏出了风声,现在好了,你们市里的发改委和政研室已经知道了。他们觉得这个课题选择得好,很贴合你们这里的实际情况,如果课题做好了,对你们当地的政策法规都有相当的促进作用,于是都坚决要求参与进来。"

王一元觉得这个事情有些奇怪:"他们又是怎么知道消息的?"

"其实这个也很好理解。"任学明笑道,"你想想,我们交大的学生遍天下,这里市发改委的一个副主任,还是于老师当年的得意门生。"

肖晓晓也感到惊讶,有些担心地问道:"那我们怎么办?怎么接待安排?"

王一元想了想,说道:"这是一件好事,关键是看我们如何顺势而为。这个政研室还好说,属于政府的参谋部门,但是这个发改委却是一个要害的部门。工厂以后要腾笼换鸟,厂房搬迁,技改立项或者是技术改造升级等等方面,都少不了向发改委报项目,要他们批准的。这次他们能主动过来寻求合作,对肖小姐的企业来说是一个绝好的机会。要是还能因此而被列入发改委的相关产业升级改造的项目里去,那就更好了。"

"恐怕不会是我们想象的那么容易的吧。"肖晓晓底气不足地说道。

任学明给她打气,说道:"事在人为。既然我们有了这个机会,就应当去努力争取的。"

"王一元,你还是说说我们明天具体该怎么办吧。"肖晓晓有些着急地问道。

"这难道不是应该问你们公司办公室的吗?"王一元笑了笑,说道,"基本上就是这几点,一是赶快组织制作相关的汇报材料,特别是要把重点放在传统产业升级和技术改造上面,这是当务之急。"

肖晓晓说道:"材料我们倒是有所准备,就是不知道行不行。任总,还有你王一元,得替我们把把关的。"

任学明又看了看王一元,点点头答应了。

王一元想了想,说道:"既然又有了市发改委和政研室这个重要的助力,我们一定要把这次的调研做得大一些。前面我也说了,要一明一暗两条腿走路,这下就更好了,声势越大,越可以麻痹一些人。趁此大好的机会,抓紧收集证据,并且一定要落实。争取到最后打他们一个措手不及,没有还手的机会,最后一锅端。"

任学明也笑道:"小王,你这算盘打得够精的啊。有市里的领导在,这些人绝对不敢太胡作非为,应该会有所顾忌的。这样,我再助肖小姐一臂之力。我们这次的调研对外公开,但是又不说结束的时间,这样一来,给你们充裕的时间来做这件事。"

正说着话,房间的门铃响了。王一元开门一看,见是肖晓晓的秘书小夏。小夏是进来向肖晓晓汇报明天考察团的接待工作的。

任学明对王一元说道:"这样,肖小姐在这里安排工作,我们两个到里面房间说说话。"王一元知道任学明可能对自己有话要说,就跟在他身后进了房间。

"呵呵,小王,你和我还打马虎眼?"任学明一关上房门,就笑嘻嘻地问道,"你和这位肖小姐肯定是有关系的,不会是还有一腿吧?"

"老任,你这话可不能乱说。"王一元笑了笑,说道,"真的不是你们胡乱想象的那样。"

"算了,这也是你的私事。男未娶,女未嫁,也算是正常的。"任学明说道,"只是这个肖小姐,我们刚才说的这些事,她能不能最后扛得起来?"

王一元说道:"这也正是我所担心的。肖小姐你也接触过两回,她就是一个柔柔弱弱的小女子,要不是实在没有更好的办法,她来当这么大企业的接班人其实是勉为其难的。"

"是有些为难的。唉,这个富二代哪有我们认为的那样美好?"任学明似乎很有感慨,说道,"可是不接班,让职业经理人过来管理,这个姓钟的就是一大教训,都是两难啊。"

"老任,我一会儿就回上海了。"王一元认真地说道,"镇江这里的事情,到时候你和老杜多担当一些。这个肖小姐,担事可能差一些,不过让她干一些具体的事情应该还是没有什么问题的。"

"不过,小王,我还是建议你,现在就必须要考虑,肖小姐公司的这些烂事弄完,又该找谁来负责这家公司。一定要未雨绸缪,不能一段时间后公司又重蹈覆辙。"任学明道。

王一元点点头,问老任:"你这次带过来查账的三个人是谁?我见过吗?"

"你都见过的,其中还有一个执业注册会计师,不仅有证,还能直接签字盖章的。这个你倒是不用担心的。"任学明说道,"我现在最担心的还是不要打不着狐狸,最后倒惹一身骚啊。"

"是得早点想辙。"王一元说道,"这一点我来解决,你就负责一定要把这个账目往来查个水落石出,至于查出来后怎么做,由我来想办法。老任,你看行吗?"

任学明想了想,点头答应了。他又说道:"对了,小王,还有一件事差点忘了和你说了。刚才你说可以在现在的厂房场地搞房地产开发,我才突然间想起来的。是好事。

前几天和房地产公司吴总碰面的时候,他特意问起来你现在的情况,说是他们公司现在房子不太好卖,问你愿不愿意去他们公司兼职做销售。"

"兼职销售?难不成是让我去卖房子?"王一元不理解地问道,"难道吴总他们公司还缺卖房子的?"

任学明解释说:"就是在双休的时间,带一个小组,去他们的各个售楼处去做调研,以第三方的角度,看看这个房子,还有那些个商铺,到底该怎么卖或者怎样去做推广,以我们咨询公司的名义过去,你想不想去?"

"不用想了,我答应你去。"王一元直接说道,"讲实话,我对咨询公司,内心里还是很愧疚的。再说了,你让我负责的这个房地产板块的业务,到目前为止也没有做出什么业绩来,心中不安啊。"

"知道就好,还算你有那么一丁点的良心。"任学明故意嘲笑道,"我还以为咨询公司的这一茬你都给忘记得一干二净了呢。"

王一元想了想,还是说道:"老任,我还有事情想向你和老杜请教。我已经想很久了,就是关于我的印刷公司将来到底该如何发展,你们都向我提提建议。"

"呵呵,这可是要有咨询费的。"任学明笑道,"回去就和你说这事。不过,我也和你讲实话,你印刷那一块的业务,我和老杜其实都早有研究了。"

"是吗?你们俩早就盯上了?"王一元开玩笑地问道,"怎么一直都没见着你们说?"

任学明笑了笑:"你刚才的这句话,其实我们等好久了。我们就是想着让你自己先说出来,谁知道你竟然让我们等你这么长的时间。"

王一元要去火车站,本想着反正不远,自己打车过去,但是肖晓晓执意要自己开车送他。于是和任学明还有小夏他们打过招呼,两人出了房间,下电梯去地下层取车。

在电梯里,王一元对肖晓晓说道:"接下来就够你忙的了。我有一个主意,想着说动谢东,不管他是请假还是以休年假或者是什么方式,过来帮助你一段时间,你同意吗?"

肖晓晓还是挽着王一元的胳膊,轻声说道:"我听你的。只不过,我心里面还是希望你自己能过来帮助我的。"

"你听我的?小肖,你不要再吓我了。"王一元故作惊讶地说道,"你没看到刚才你在房间里说这话的时候,老任脸上的那个表情?小肖,你还是要听你自己的。"

肖晓晓幽幽地说道:"这就是我自己的真实想法啊。王一元,你难道不相信?"

"我当然肯定会再过来的,不过不是现在。"王一元说道,"等账目查清楚了,怎么和这个姓钟的最后摊牌,你可以交给我来做,由我来出面。我一定会帮着你彻底扫除公司里那些乱七八糟的障碍。"

肖晓晓似乎挽得更紧了一些,说道:"反正不管怎样,你都答应过帮我的。"

王一元又说道:"只是现在我不适合再出现在你们公司,这样会引起一些人的警觉,打草惊蛇。如果谢东能过来坐镇,应该就乱不到哪里去了。我估计这个时间应该也不会很长,半个月左右就差不多了。"

"电话我来打,你具体和我表姐夫说,行吗?"肖晓晓抬起头,看着王一元说道。王一元点点头。

肖晓晓拨通了谢东的电话,说了几句客套话,她就把手机递给了王一元。

王一元在电话里把肖晓晓公司现在的状况以及接下来的计划和可能要发生的事情简单地说了一遍。他最后说道:"谢东,我打这个电话给你的意思,就是小肖公司现在到了一个比较关键的时刻,正需要大家的帮助。"

谢东听了王一元的话,觉得事态确实比较严重。王一元说:"要不这样,我11点多的火车到上海,我也不直接回工厂了,就在火车站附近找一家宾馆,我们今晚上就谈这事?"

肖晓晓一直挽着王一元的胳膊,送到火车站的检票口。临排队检票的时刻,她踮起脚尖,抱住王一元,在他的嘴唇上重重地吻了一下。

王一元被弄得有些不好意思,轻声说道:"大庭广众呢。"肖晓晓不管不顾,又在王一元脸上毫无章法地一通乱亲。王一元感觉脸上有些特别的感觉,用手轻轻一抹,却是淡淡的口红印迹。

直到王一元下了廊道,挥挥手,转身不见,肖晓晓仍是怔怔地站在原地,有泪水从眼睛里悄悄地流淌了出来。她心里却在怨恨,这个人,刚刚怎么也不抱抱我?

第二天早上8点半,肖晓晓吃过早饭,收拾了一下准备去公司。今天考察团会过来,下午要去车站接于老师一行,明天上午在公司还安排了一个简短的考察团见面会,政府方面也会有人过来的。虽然说相关的准备工作都已经完成,但肖晓晓还是想着再去从头至尾仔细地过滤一遍,看看还有没有什么遗漏或者不周到的地方。

推开大门,院子里却不见以往过来接自己的奔驰车,连司机的影子也没看见。正在狐疑间,肖晓晓一抬头,只见围墙外有人正朝自己使劲招手。

肖晓晓定睛一看,见是朱许英。她三步并作两步,连忙走了过去,隔着老远就惊喜地说道:"阿姐,你什么时候回老家了?"

驾驶位置的车门打开,谢东笑嘻嘻地从车里钻了出来。肖晓晓大感吃惊,目瞪口

第四章

呆地问道:"姐夫,你……你不是昨天下午还在上海的吗?"

"你就不要大惊小怪啦。"朱许英拉拉肖晓晓的衣袖,说道,"你的那个司机,我们让他先走了,坐我们的车去公司吧。"朱许英和肖晓晓一家一直都走得比较近,司机以前就是专门给晓晓爸爸开车的,彼此也比较熟悉。

朱许英和谢东看见了后面跟着出来的晓晓妈妈,两人连忙上前打招呼。寒暄了一阵,朱许英说道:"小姨,马上要上班了,我们就不进去看望小姨夫了,代我们向他问个好。"

等上了车,谢东一边开车一边说道:"呵呵,晓晓,你肯定是想问我们是怎么忽然之间就出现的吧?"

肖晓晓转过头,盯着朱许英,却没有说话。谢东笑道:"我们是被王一元这小子给忽悠回来的。昨天,王一元在回去的火车上又和我们打了很长的电话,详细说了你公司这边,特别是这几天可能会发生的许多事情。"

朱许英也说道:"呵呵,确实是王一元他求着让我们连夜赶过来帮助你的。当然了,我们也很担心你。我们临时和单位说老家有重要亲戚重病请假,加上年假,我俩都可以待10天左右。昨晚和王一元也没有碰头,我和谢东直接买了车票就回来了。"

肖晓晓心里一阵悸动,同时也涌上来一阵阵温暖,突然间都忍不住要哭出来了。她抱住朱许英的胳膊,哽咽着说道:"阿姐,姐夫,我给你们添麻烦了。"

朱许英搂住肖晓晓。

谢东在前面笑道:"你们两个女人先别哭了,还有要紧事说的。我开车不方便,就让你姐和你说吧。"

朱许英整理了一下情绪,轻声说:"王一元的意思,有几个事情得马上要去做。第一个事情就是你的人身安全,他要我们特别加强对你的保护。王一元的说法,要防止狗急跳墙,不怕一万,只怕万一。谢东有同学也在我们镇江办工厂,所以我和谢东商量,先从他们工厂那边借十几个保安过来,我们对外就说是政府那边特意派过来给考察团使用的安保力量。现在他们已经在路上,到时候我们一起进你公司。"

"至于你们公司的安保,暂时不动。"朱许英特意嘱咐说,"但有一点,包括你和你的家,都不要让他们太靠近。还有,接送你上下班也一样,全部由我俩暂时代替。"

肖晓晓点了点头,表示认可。朱许英说道:"第二件事,就是借着考察团的名义,今天一上班就召集行政人员和财务人员开会。趁开会的时间,组织这些保安对财务的所有账簿、往来资料等等所有和财务相关的资料进行封存,并且立即全部转移到安全的地方,进行重点保护。"

谢东补充说道:"财务室也一样封闭,全部断电,特别是电脑,不允许任何人再接触。还有资金往来,也让公司先暂停几天。做这一切,都说是上面政府方面有安排,要配合统一行动。"

"王一元还有说其他的吗?"肖晓晓显然开始有些紧张,语气变得缓慢了许多。

朱许英说道:"他说,你要出具法人的委托书,授权上海过来的咨询公司人员以你们公司的名义去相关的客户单位对账。听王一元说,这次的对账是由咨询公司那个杜总亲自带队的。"

谢东插话说:"这个杜总,晓晓你认识的。也不知道王一元到底用了什么办法,竟然搬动了这么一尊大神过来替你查账。"

肖晓晓点点头,说道:"杜总是王一元交大读书的同学,听说是清华毕业的博士,还是一家央企上海公司的部门负责人,他也是咨询公司的合伙人。"

"呵呵,王一元这个鸟人,这回倒是正经花大血本了。"谢东笑道,"你不知道,晓晓,王一元昨天还专门请咨询公司临时安排一名律师过来全程跟进,他说信不过你们公司的法律顾问。"

"是吗?他竟然搞得来这么严重?"肖晓晓一直紧绷着的脸终于笑了笑,显然一下子轻松了许多,"呵呵,阿姐你们可能还不知道,王一元也是这家咨询公司的合伙人,而且还有一小部分股份的。"

"真的吗?那这个王一元隐瞒得也够深的啊。"朱许英嘲笑道,"幸亏我们晓晓没有和这个鸟人谈了,要不然要被他坑了。"

肖晓晓"噗"的一笑,说道:"你们俩一口一个'鸟人'。但我不明白,为什么要把王一元叫做'鸟人'?这不是骂他吗?为什么?"

朱许英笑道:"网上有一句话,说有翅膀的不一定是天使,还有可能是鸟人。'鸟人'的说法就是这么来的。晓晓你想想,是不是很像王一元这种人?"

谢东笑道:"晓晓,你家里不是一直都瞧不上王一元这穷小子吗?你怎么还这样替他说话?"

肖晓晓有些娇羞,又轻声地问朱许英:"那王一元有没有和你们说他什么时候还来镇江?"

"哟哟,晓晓,这分开才半天时间,你就想他了?"朱许英却是再次笑话肖晓晓,"再说了,你们俩不是在感情上早就分开了吗?"

肖晓晓小脸一红,不好意思地笑了笑,说道:"我也就是随便问问而已,阿姐你这么大惊小怪的干什么。"

"是是,是我们大惊小怪了。"朱许英把肖晓晓搂得更紧了一些,附在她耳朵边悄声说道,"王一元这个男人,绝对是值得你追的。加油,晓晓!"

早上7点半,王一元就出现在了印刷厂车间。其时,白班的工人已都上班,车间里是一片忙而不乱的景象。他在一楼全部巡视了一遍,才彻底放下心来。

还是自己的工厂好啊,省心多了。王一元心里想道。他刚要上楼,王丽萍从打样间拿了一大叠样品出来,一见到他,禁不住高声说道:"老王,你终于知道回来了啊。"

王一元伸出一根手指头,放在嘴唇上做了一个小声的动作,呵呵笑道:"王丽萍,你这是怎么说话的?难道我自己的家,我还不能随时回来了?"

王一元停下脚步,顺手接过王丽萍拿着的打样,问道:"这些都是奉贤家纺厂的样品?他们生产的订单现在下过来多少了?"

"嘘!"这回轮到王丽萍做这个噤声的动作,她靠近王一元,悄声说道:"轻点声,老肖在楼上车间里正忙呢。这几天也不知道怎么回事,机器老出故障,把他给急得都上虚火了。"

"是吗?那我得赶快上去安慰安慰他去。"王一元加快步伐,三步两步就上了楼。只见肖云华正蹲在瓦楞纸生产线旁边,聚精会神地盯着正在运转的机器。

"怎么回事?"王一元问道。

肖云华头也不回,随口说道:"还是这个传动的装置,总是跳闸,无缘无故地停机。修了有一天多了,时好时坏,不过现在看来应该是终于好了。"

说完后,肖云华才觉得有些异样,转过头,一看是王一元,他立刻就站立了起来,有些惊吓地笑道:"老王,你什么时候回来的?呵呵,我刚才还以为是谁呢。"

等周婉秋、刘敏到齐,加上肖云华和王丽萍,王一元召集他们开了一个简短的小会。

首先各自都汇报了自己业务的相关情况。从工厂业务汇总的数据,可以真实地感觉到,现在经济的不景气已经悄悄地延伸到了印刷厂。印刷厂以前业务快速发展的势头明显放缓了下来,甚至有一些客户,特别是和进出口有关的客户尤为明显。比如,周婉秋的日资食品公司,近期的业务基本是零,最近一个月都没怎么下单了,还有汽车工厂的业务量也是断崖式地下降。其他的大客户,虽然业务量暂时下降得不很明显,却出现了另外一个更不好的苗头,就是回款的时间和速度明显拉长了。不过也有亮点,就是刘敏负责的网上电子商务,这时候有了实质的进步,开始有一些相对比较大的业务单子进来,并且询价的客户也多了很多。

接下来该怎么办？几个人都是望向王一元。王一元摸了摸鼻子,笑道:"看我干什么？还是得多看客户。现在确实是非常时期,整个的经济大环境都是这样,我也没有更好的办法啊。"

讨论来讨论去,不觉间就到了中午。手机QQ"滴"的一声响,王一元打开来看了看,放下了。他又说道:"今天刚好是周六,业务部聚餐我好久都没参加了。今晚,我们几个人都去,好好商量一下吧。不过,你们继续想想办法,晚上都必须要发言的。"

周婉秋阴阳怪气地笑话王一元:"老王,你到外面风流了一个星期,回来就这样训示我们？都说你是去镇江见美女,怎么连香醋都不见你带一瓶回来？这么小气!"

王一元也笑道:"怎么,周小姐你现在吃醋了？晚上的聚餐会让你吃个够。白天实在是没时间,那几个大客户,我还得去求求他们多下单。"说完后,他就往办公室走。

"怎么？你真的是去见美女了？"周婉秋却是不依不饶,继续跟在他身后问道。

王丽萍赶紧拉住周婉秋的手,笑道:"周姐,你这么八卦干什么？王一元就是找女朋友,和你也是没什么关系的吧？"

一直忙到吃中饭,王一元低头又看了一下肖晓晓QQ上发过来的消息。这个时候,她应该是在和于老师率领的考察团见面。考察团的行程安排,王一元是一清二楚的,怎么她还有时间发过来这些没什么实际意义的消息？

王一元突然间想起来肖晓晓公司印染车间喷爆的事情,也不知道后来那个姓钟的是怎么处理这起重大安全事故的,现在又是什么处理结果。于是,他发短信给谢东:"说话方便吗？"

一会儿,谢东的电话就过来了。王一元接通电话,直接问谢东:"肖晓晓知不知道三天前发生在印染车间的一起重大安全事故？"

电话那头的谢东明显放低了声音,轻声说道:"我正想打电话问你呢。姓钟的手下拿了一份报告,找人事部杜秀盖章。杜秀一看,这份报告上说是印染车间发生生产事故,根据事责轻重,处理和嘉奖了一批人,还附上了获得嘉奖的名单。这起事故,从报告上看,事情不算太严重,最终受处分的其实只有一个人,据了解是当班的染色工,罚300元。其他的就全是嘉奖,从车间主任到普通员工,一个都不少。其中,车间主任因为处置及时,嘉奖了900元。呵呵,王一元,你可能想不到,名单里竟然还有你呢,奖金是50元。不过,这份报告,杜秀找理由先搁置在那里了。"

王一元拿了相关的资料和样品,一边打电话一边上车去奉贤的家纺厂。他在电话里详细地和谢东说了印染车间那天重大安全事故发生的全部经过:"谢东,我看是不是可以利用这个机会来一个敲山震虎,先给姓钟的一点颜色？打乱姓钟的部署,让他看不到我们的真正意图。"

谢东想了一会儿,说道:"我看可以。"

王一元说道:"我们还可以利用这个机会,先安排一个比较信得过的人进去印染车间当负责人。印染厂不是号称是姓钟的大本营吗?那我们给他掺上一把沙子,不臭也恶心他一下。"

"那你说安排谁上去?有合适的人选吗?"谢东问王一元。

王一元说道:"依我看,可以先让机修的小朱,就是大嫂的亲戚,让他临时负责这个车间的副主任工作。他对印染厂里面的情况比较熟悉,应该是可以的。"

"我看行。杜总一来镇江,就已经带着人马,加上小夏,去客户那边查账了。我等会和他还有任总联系,我们三个人加上肖晓晓,做这件事就是小试牛刀了,不会有什么难度的。"谢东在电话里笑了笑,又说道,"王一元,你就等着看戏吧。"

晚上的业务部聚餐会,气氛比以前更加热烈,因为谢雨琪升职为主管,具体帮助部门经理分管后勤和供应链,这样一来在她们外资银行也算是有了一席之地。

王一元还得到一个消息,是师傅杜于乐无意中说出来的。她说,有一个远房亲戚,做航空公司机供品的,正在四处寻找库房,要求在外环沿线一带,并且面积要得比较大。

这条消息之所以引起王一元的特别关注,是他想着如果哪天真的把纸箱厂的场地借了过来,那么大的一个地方,仅仅是他自己的印刷厂肯定是用不了的,到时候还要分租一部分出去,所以他才留意这个消息。

但是,一说到现在工厂业务的拓展,空气就仿佛瞬间凝固了。大家都是一筹莫展,想不出什么好办法。杜于乐也说道:"现在就是这么一个大的经济环境,谁来也没有用。只看谁能挺到最后,谁能挺到最后,谁就能赢。"

谢雨琪说道:"你想想,我们这么大的银行,你别看我刚升了一级,但到手的工资反而比以前还要少。你们知道吗?现在我们银行和很多外资企业一样,从上到下,从上个月开始减薪,职位越高,减得越多。现在,今年的校招全部停了。还有一个备用的计划,要是这个金融危机再这么持续下去,下岗分流怕也是无可避免的。"

王一元说道:"业务方面还是一定要抓紧的。现在市道不好归不好,但我们应该更加努力,所谓'勤能补拙'就是这个意思。今天,我走了家纺厂和金山的思雅日化,如果仅仅从单个的单子看,每个单子的量虽然下降了很多,但我还是想办法让这些客户多增加了一些品种。这样一来,从工厂的角度,总体的业务量其实就没有什么大的变化了。"

又是"滴滴"的一声响,手机QQ有消息进来。王一元想都不想,就知道一定是肖晓晓发过来的。肖晓晓这两天显然是有些紧张和兴奋,不管有事没事,只要一有时间,就忍不住和王一元发消息。这也不怪肖晓晓。想到肖晓晓公司里正在发生的事情和将要发生的事情,别看王一元在聚餐的时候一副云淡风轻的模样,其实他心里也是非常紧张的,还夹杂着一丝丝莫名的兴奋在里面。但他和肖晓晓不同,只要是和老任、老杜、谢东交接过的事情,他对于过程基本不再过问,只是静静地等待着最后结果。

回到宿舍,王一元先后给任学明、杜建峰、谢东打电话了解情况。

这几天,肖晓晓公司上上下下都在忙碌着接待考察团的事宜。特别是钟大厂长,按照公司的安排,在厂区内带头做清洁、清扫、整理等工作,根本就没有多余的时间外出。钟厂长虽然很不情愿,但这是他的工作职责,也只好应承下来。肖晓晓交代他的原话是"至少要在环境、工作场地等方面给交大和市里的领导留下深刻的印象"。但钟厂长背地里却对这种做法嗤之以鼻:"两年多了还只会做这些表面文章,难怪成不了什么大器。"

一切都按照王一元预想的方案有条不紊地推进。纺织公司财务室已经临时封闭,相关的财务资料另寻地方,已经安全地转移到了咨询公司会计们的手中,正在连夜进行审计。特别是杜建峰亲自带领的对账小组,在公司小夏的配合下,因为有公司的授权书,或许可能还有带了律师的震慑作用,已经取得了初步的成绩。今天下午走了两家客户,其中的一家开始有了松动的迹象。

杜建峰的安排是:这次对账就按照财务上查出来的一些蛛丝马迹,集中火力,只排查不超过5家的主要业务单位,至于其他的,以后都可以再补充落实。他在电话里还不忘笑话王一元说:"小王,老任和我说,你和这位肖小姐有暧昧关系,开始我还不很相信,不过现在看来确实是这样。你这么上心,不要不承认。"

王一元问道:"老杜,那个车间缸爆的事故,你已经听说了吧?我们怎么办?"

"就按照你的方案办,不过在操作上我们可能会稍有调整。你放心,我们几个大男人,还怕拿不下来一个小小的车间主任?"杜建峰笑道。

王一元问道:"怎么调整?能说说吗?"

"呵呵,你这么着急?"杜建峰在电话里笑了笑,说道,"不是有政府方面的人要来吗?我们可以借助他们的影响力,这样更简单省事。小王,我和你说,他们的这个车间主任,近一年来凡是他经手的账目,我们今天晚上就会查个底儿掉的。"

"你办事,我放心的。"王一元也跟着笑了笑,说道,"过几天我还会来镇江,这件事情弄完,我们不醉不休。"

任学明在旁边插话进来,说道:"小王,你还先别乐观,还是之前我说的那个问题。这家公司以后由谁来负责,你要提醒肖晓晓现在就要有预案的,千万不要到时候自乱阵脚。"

放下电话,王一元心里想道,是啊,该找谁来负责呢?这个肖晓晓有没有预案?她到底有什么想法?记得以前自己也和她说过这事,那现在还要不要再次提醒她?

王一元想了一会儿,还是打电话给肖晓晓,没想到电话却是朱许英接的。朱许英说道:"晓晓爸爸今天推到院子里晒太阳的时候,保姆一时照顾不周,从轮椅上摔了下来,现正在医院里救护。晓晓和谢东去拿药了。"

真是屋漏偏逢连夜雨。王一元有些着急地问道:"那晓晓爸爸严重吗?"

"严重倒还不算严重,现在已经转到普通病房。"朱许英说道,"保姆也是不用心,竟然自己去了卫生间,把我姨夫一个人丢在外面。巧合的是,晓晓妈妈当时去菜场买菜了,还是我姨买菜回来才发现的,所以就耽搁了一些时间。"

不一会儿,肖晓晓的电话就打了过来,王一元又问她爸爸的状况,还把任学明他们的担心也和肖晓晓说了。他说道:"晓晓,这个时候,你可得要挺住啊。"

肖晓晓强忍情绪,轻声说道:"我会自己注意的。至于负责公司的人选,我也在考虑之中。"沉默了一会儿,她又问道:"你什么时候还来镇江?"

"应该很快的。只要杜建峰他们查账的结果一出来,我就来镇江。"王一元察觉到肖晓晓声音有异,仿佛隔着几百公里都能感觉到她的强作镇定。于是,他又说道:"你把电话给谢东,我还有话和他说。"

谢东接过去手机,走出病房,找了一个安静的角落,然后对王一元说道:"小王,你有什么事情就说,我从病房出来了。"

"我感觉晓晓有些心情不太好。谢东你们两个要多看着她,开导一下。"王一元说道,"还有,公司接下来的人事安排,你们要提醒晓晓早做准备,以防公司有重大变动后没有马上用得上的人手。"

王一元强调说:"现在看来,搬走钟大厂长这座瘟神,只不过是迟早的问题。但是,拔出萝卜带起泥,所以说这个人事安排一定要做在前面,未雨绸缪。"

故事本身永远都比叙述的更加精彩。就在第二天下午,王一元正在客户处送货,谢东的电话打了进来。王一元这才知道,印染车间的周主任已经被当地公安分局经侦中队带走,算是肖晓晓一方暂时扳下一城。

这天上午,纺织公司欢迎考察团和当地政府部门的仪式开过,下午的第一次调研就是该工厂的基本情况介绍。纺织公司召集了全厂中层副职以上的人员参加了这次会议。会议开到一半,钟厂长正在抑扬顿挫地做着汇报,会议室前门被推开了。小夏后面跟了5个公安的便衣涌进来,其中4个人进来后就分别把住了两个窗户和前后大门。小夏走到肖晓晓旁边,弯下身附在她耳朵边说了几句。只见肖晓晓一下子就站了起来,然后走上主席台,对于老师、发改委的副主任、政研室的领导小声地说了几句话,才走向正站在那里的一名警察,握了握对方的手,轻声说道:"我知道了,你们就执行吧。"

会议室这时候鸦雀无声,钟厂长和工厂的干部都不知道到底发生了什么事情,每个人都是一副不知所措的表情。5名警察从不同的方向快速地朝周主任走去。周主任坐在座位上,隐隐感觉不对劲,却是没处可去,显得很无可奈何。有豆大的汗珠顿时就从他的额头上冒出来,两腿有些打颤,人也开始哆嗦起来。警察围住了周主任,其中一人从包中拿出一张逮捕令,在他眼前扬了一下,威严地说道:"周林平,你涉嫌贪污公司巨额公款、伪造账目和签字,现在你被逮捕了。请你签字。"

周主任一听这话,脸色一下子苍白起来,人整个地就往桌子底下瘫了下去。旁边两名警察见状,架住他的胳膊,把他拉起来,又夹住他跟跟跄跄往外走。旁边细心的人还看到,就在刚才周主任坐过的凳子上,还留下来一片大大的水印。

令人意想不到的是,当周主任经过钟厂长身边的时候,他突然站住了。只见他突然使劲地扭过头,朝钟厂长不管不顾地大声呼喊:"厂长救我!厂长,你可一定要救我啊!"

更令人意想不到的是,钟厂长竟然是一下子站起来,瞪着两只有些发红的眼睛,恨铁不成钢地狠狠盯着周林平。

整个会场再一次安静下来。

在许多人都还没有反应过来的时候,钟厂长突然对着周林平的脸上就是两个大巴掌,打完后还高声数落道:"你他妈的!我在工厂里说过无数次,让你们手脚干净一点,坚决不允许有贪污腐败。你现在看看,都听进去了吗?"

周林平脸上两边瞬间就都是一个大大的红色手印。他傻傻地呆在了那里,有些惊恐地望着明显是怒气冲冲的钟厂长,一动也不敢动。

"姓周的,你活该!我告诉你,谁也救不了你的!"钟厂长又大声说道,"还有,我警告你,你死了,千万不要拉我垫背。我不会管你,也是管不了你的。"

周林平最终还是像死狗一样被拖了出去。一会儿,会议室里重新平静下来。

肖晓晓面无表情,再一次走上主席台,和几位领导交换了意见。然后,她走下台来坐好,又看向钟厂长,做了一个手势,示意他继续汇报。

钟厂长这时候哪还有什么心思汇报?讲实话,刚才那一幕,特别是周林平上手铐的那一刻,他震惊非常,差点魂飞魄散,仿佛那"咔嚓"的一下也是重重地拴在了自己的手腕上似的一样难受。他好不容易才稍微平复了一下心情,终于结结巴巴地念完了稿子。

于老师先说话。他说道:"这样,工厂的具体情况汇报就先到这里,我们先休息一下。两位领导,你们看行吗?"

散了会,刚好公司中层副职以上干部都在,肖晓晓紧接着召开了全公司的中层干部会议,专门讨论周林平贪腐的事情。当然,因为周林平贪腐的相关证据现在并没有公开,一些还在公安的侦察稽核之中,但既然初步的结论和涉嫌的罪名都已经有了,所以也并不妨碍公司内部对周林平这件事情的批判和检讨。

这次会议的程序上,肖晓晓对钟厂长还是一如既往的礼让和照顾,并且把会议主讲的身份留给了钟厂长,自己只是担任会议主持人的角色。这时候,钟厂长已经稍微回过神来,又慢慢恢复了他平日的工作风格。他就事论事,把这个刚被抓走的周林平批得体无完肤,说他纯粹是咎由自取、罪有应得。

等钟厂长天花乱坠地说够了,肖晓晓把一份报告递给他,说道:"钟厂长,那你解释一下,这份请求公司同意嘉奖印染车间相关人员的报告又是怎么回事?"

钟厂长拿过报告一看,头立刻就大了起来。这正是几天前他签字后交上去的那份要求给予印染车间人员嘉奖的报告。钟厂长手里拿着这份报告,假装看了看,抬起头,把目光投向了肖晓晓和杜秀。

肖晓晓却是没有什么特别的反应,甚至还和钟厂长的目光硬硬地对碰了一下。

钟厂长还是假装镇定,说道:"小肖总,这份报告,当时我也是被这个周林平蒙骗了,轻信了他,没有掌握当时事故的真实状况。现在看来,这份报告还是草率了一些,所以我现在收回去,再对事故重新展开调查。"

"不用了。"肖晓晓面无表情地摆摆手,说道,"钟厂长,关于那天晚上印染车间的重大安全责任事故,我已经基本了解清楚了。这里还有一份那天晚上事故的具体报告。大家都可以看看,想想这件事故到底应该怎么来处理比较合适。"

尽管钟厂长还想百般狡辩,但是事实就是事实,这是谁也不能否认和抹杀的。最后,在肖晓晓的主导下,按照人事部杜秀提出的意见,对事故的相关人员,按照责任的大小,依照厂纪厂规,从严从重进行了处罚。

这也令钟大厂长非常郁闷,甚至可以说有些气急败坏。等他回到自己的办公室后，气得一屁股就坐在了转椅上，久久都没有动弹。他觉得仿佛全身突然间被掏空，有一种空虚无力的感觉。

今天下午接连发生的这两件事令他心里一直在想，以前这个小肖总，从来都没见她有过这么强势的时候啊。像今天这样，自己之前竟然毫无风声，这是前所未有的。还有，印染车间的安全事故，自己已经处理得很好，基本上把整个的事故都压在工厂内部来解决，那之后到底又是什么环节出了问题？

接连的失算，还有隐隐的对工厂失控的危险，让钟厂长的心思开始活动起来。还有，为什么刚出来印染车间的安全事故，没几天这个车间主任就被弄进去了？这其中要是说没有什么关联，又有谁会相信？所有的这些，到底问题出在哪里？钟厂长思量了很久，还是理不清头绪，却越想越害怕。多行不义必自毙。这个道理，年近五十的他是不可能不知道的。

是要想办法了。钟厂长心里暗暗地想道，要不然，下一个进去的说不定就是自己了。

可是，接下来的好几天，肖晓晓把考察团的所有接待任务都交给了钟厂长，这让他根本就抽不出时间来。不要说是出去办事，连工厂内部的事情都无暇照顾了。

王一元一直密切关注着肖晓晓公司，还有这位钟大厂长的一举一动。谢东也及时把王一元的想法第一时间就转达给肖晓晓。

又过了4天，任学明和杜建峰终于给王一元打电话了。他们只说了一句话："小王，你过来吧，是该收网喽。"

钟大厂长贪腐的材料都已装订成册，摆在了宾馆房间的桌子上。可是，对于采用何种方式和手段收网，几个人却有不同的意见。

第一种意见就是干脆把姓钟的给送进去，一了百了，省去很多不必要的麻烦。从现在已经掌握的证据来看，送他进去足够了。第二种意见还是先礼后兵。毕竟这位钟厂长跟随肖晓晓爸爸这么多年，没有功劳也有苦劳，而且实话实说，他也确实是为纺织公司的发展出过力、流过汗的。

谢东、任学明持第二种想法，王一元也是赞同，仍然坚持他曾经的想法。他说："从企业的发展来看，我的感受，很多企业其实在最开始的阶段都是相当困难的。再者说，纺织公司自成立以来这么多年，谁又能保证这中间就一定没有不为外人知的事情？而这个钟厂长，他就是最有可能接触和掌握公司的这些所谓的秘密的那个人。"

肖晓晓和杜建峰也是点头。王一元继续说道："得饶人处且饶人，没有必要去和一条落水的恶狗过不去。历史上的经验不止一次地告诫我们，落水狗在很多时候其实是不能痛打的。所以我觉得,只要姓钟的能真的悔改,把不该他吞进去的都能吐出来,我们可以对他网开一面。"

任学明笑了笑,说道:"公司老板肖小姐在这里,我们还是听听她的意见吧。"

肖晓晓笑了笑,说道:"王一元说得没错。"

几个人心知肚明地哈哈一笑。最后,大家统一了意见,决定先采用第二种方案,如果行不通,再考虑第一种方案。而这个具体的实施者则是落在了王一元的身上。

王一元对这个安排当然也没意见,这也是他早就答应了肖晓晓的。他笑着说道:"你们把这么艰巨的任务分配给我,我也是诚惶诚恐啊。"

谢东笑了笑,说道:"没关系,小王你大胆地去干。反正你没有老婆,也没有小孩,没什么后顾之忧,不用去怕什么的。"

王一元说道:"怕我倒是不怕。我的意思就是,这个安全方面,我们也要尽量考虑周全。"

"凡事小心为上,安全是得要好好商量一下的。"杜建峰说道,"不过,我们也不要太担心。我们从他经手的账目和这个人和外界的接触来看,他其实真正认识的有能量的人并不多,怕是掀不起什么大浪的。"

在饭店吃完晚饭,天色还早。肖晓晓、谢东、朱许英便约了王一元,说是去市区转转,看看镇江的美丽夜色。王一元一看这架势,便知道他们可能找自己有话要说,于是和任学明他们打过招呼,便随谢东他们一起去地下车库取车。

出了电梯去地下车库,谢东对王一元说道:"小王,是这样,我小姨夫还有我小姨他们想见你。"

王一元大感吃惊,停下脚步,满目狐疑地看着他们三人,不理解他们到底是什么意思。

肖晓晓脸上微微一红,显得有些不好意思。她走过来挽住王一元的胳膊,稍微用力拉了拉,说道:"没有别的事。你来了两回,也不去看看他们两位老人,不太礼貌的。"

王一元轻声说道:"晓晓,我们这次来镇江办事,纯粹就是因为我们,还有谢东,都是好朋友的关系。但是,要见你父母的话,我觉得还是没有这个必要的吧。再说,我们办完事情就走了,上海那边还有一摊子的事情呢。"

朱许英笑道:"王一元,你一个大男人,这么扭扭捏捏的干什么?不就是去见一见晓晓的爸爸妈妈吗?搞得我们好像要抢亲了似的。你放心,我们还不至于,好伐?"

谢东说道:"这几天,晓晓爸爸好像突然间清醒了许多,也不知道是不是他和公司有什么感应,知道公司近期有大事要发生。现在我们问他一些问题,他有时候能用轻微的点头和摇头来回答的。"

等到了肖晓晓家里,她爸爸已经被推到大客厅,晓晓妈妈也在等着他们。这是晓晓妈妈第二次见到王一元。纺织公司之前发生的许多事情,她其实并不知情,只是这两天,很多事情已经到了引而不发的时候,所以肖晓晓和朱许英对她详详细细地讲了这次公司所有事情的经过。也就是说,晓晓妈妈对于王一元在这次整个事件策划中发挥的作用和担当的角色,她还是很清楚的。

大家都是客客气气。说了很久,王一元才知道,原来今天的第二套方案也是晓晓爸爸赞成的方案。甚至,晓晓爸爸的意思,只要钟厂长退出,可以对他以前的所作所为,包括贪腐的钱财,既往不咎。公司这次哪怕是付出代价,也要把这个姓钟的清理出去。

王一元对晓晓妈妈说道:"好的,阿姨你告诉叔叔,有他这句话,我们心中有数了,知道接下来该怎么办了。"

晓晓妈妈点点头,说:"小王,真的非常谢谢你们了。晓晓是独生女儿,我们两边的家族上也没有几个真正可以帮得上的人。她幸亏在上海认识了你们这些朋友,要不然我们一家还要难过。"

王一元告辞出来后,肖晓晓又执意把王一元送往酒店,于是四人又一起上车。肖晓晓还是自然地挽着王一元的胳膊,坐在了车后座。

坐上车,王一元挪动了一下身子,说道:"宜快不宜迟,我们就明天上午,在公司正式和姓钟的面对面。晚上,我再和老任、老杜他们商量一下具体的细节,争取一次性把这个姓钟的给拿下来。"

晓晓妈妈在窗户里看着他们离去,特别是看到了肖晓晓和王一元的亲密动作,她怔怔地站了一会儿,说道:"这孩子真的是好孩子,只是可惜啊。"

第二天上班,钟厂长接到去会议室接受咨询的电话,还以为又是考察团的一次正常谈话。他只拿了泡着枸杞的茶壶,什么东西都没带,就大摇大摆地进了会议室。

不一会儿,王一元带了5个人也进了会议室。这4个人进来后就全部散开,把钟厂长给围了起来,其中还有人拿出摄像机开始拍摄。

王一元一个人坐在钟厂长的对面。钟厂长感觉有些异常,他看了看自己四周的几个人,有些不安地问对面的王一元:"请问你们是?"

王一元把手里的资料从桌面上推给钟厂长,微笑着说道:"钟厂长,你先看看这两份资料。"

钟厂长有些迟疑地把资料拿起来。资料一共是两份:一份是他经手签字的纺织公司内部的账目和一些资金往来的复印件；一份是相关客户单位提供的资金往来复印件，其中还夹杂有这些客户单位相关人员的证人证词。

钟厂长一开始看得很慢，不一会儿就翻得越来越快。两本厚厚的资料看完，他的脸色开始苍白起来。但他还是强作镇定，从座位上站起来，有些恼羞成怒地吼道："你们到底是什么人？怎么会有这些乱七八糟的资料？"

王一元盯着钟厂长，两手往下按按，平静地说道："钟厂长，不要激动，你先坐下来。"

钟厂长盯着王一元，却没有动。

王一元说道："这些都是事实，你有什么好激动的？钟厂长，你仔细看好了，每一项的账目上都有公司法人代表的签名，还有执业注册会计师和律师的印章。也就是说，对于这份资料的真实性，这一点根本用不着你怀疑的。还有，从我们在这会议室里见面开始，我们全程都有录像，这个你也看到了。所以说，请你好好说话，并且一定要想好了再说，这些都是以后的呈堂证据，到时候完全可以交给法庭使用的。"

沉默了很久，钟厂长终于悻悻地坐下来。他掏出香烟，"吧嗒，吧嗒"地接连抽了3根，这才有些泄气地说道："那，你们想怎样？公司又想怎么样？"

王一元呵呵一笑，说道："钟大厂长，不是我们想怎么样。前几天印染车间周主任的前车之鉴，你也是在现场的。你可以好好考虑一下，思考好了再回答我们。"

又吸了几口烟，钟厂长缓缓说道："我要见老肖总。"

"老肖总的身体状况，钟厂长你应该是知道的，他现在还不能见你。"王一元从包里拿出一份文件，说道："这是老肖总的全权委托书，上面有他的手印，并且经过了公证处公证。你可以看看。"

又沉默了很久，钟厂长抬起头，对王一元说道："我都是50多岁快60的人了，有家人有孙子，我不想进去。"

"那你又有什么想法？"王一元笑了笑，说道，"当然了，也不是你说不想进去，就不会让你进去的。你是想和公司谈条件？"

钟大厂长仿佛完全委顿，全然没有了往日的威风和干劲，好像一下子就苍老了许多。他有些嗫嚅地说道："我全部退回给公司，从此井水不犯河水，大路朝天，各走一边。"

王一元说道："你说的这些事，我还要征求公司现在的老板肖小姐的意见。"

沉吟了一会儿，王一元又说道："不过有一点，我可以现在就答应你，如果你真能做到你刚才所说的话，就先写下一份悔过书，公司可以不起诉你，也不把这些资料外传出去。"

钟厂长的眼睛里忽然间闪过一丝光亮。

王一元接着说道:"但是,你也知道,前面的周主任已经进去了,如果他吐出来有关你的什么事情,公司也是无能为力的。这一点还是要你自己去处理的。"

尘埃落定。看着钟厂长缓慢地站起身来,又步履蹒跚而去的身影,王一元好像也被一种特别不好的情绪感染了。他久久地坐在会议桌旁,一动不动,一句话都说不出来,也不愿意再说。

谁又能想到,刚进会议室时还是踌躇满志的钟厂长,才短短不到两个小时的时间,竟是一下子就显得苍老如斯,甚至连背影都有些佝偻起来?

王一元心里想,人很多时候就是这样,往往是在很多事情都发生以后才会连连后悔。早知如此,又何必当初?是啊,勿忘初心,方得始终。人生渐行渐远,可是谁又能够清楚地记得起自己当初最困难艰苦的时刻?可能就是因为走得太远,一些人渐渐迷失了自己,甚至于衍生出心里的恶魔,将原本的自己消失殆尽。

王一元的前面摆的正是刚才钟厂长写下来的两份文件。一份是他认同公司关于他贪腐调查结果的说明,一份是他自即日起因为身体原因而自愿辞去公司所有职务的声明。白纸黑字,还按上了大红的手印。

在钟厂长写下这两份文件之后,他和王一元还有一次简短的对话。

话是由钟厂长说起来的。他说:"小伙子,我不怪你,这肯定也是公司的安排。不过,今天小肖总没有来,我觉得是不应该的。她是怕我把她怎样,还是她有些看不起我这个老头子?"

王一元笑了笑,平静地说道:"小肖总很忙。我们也是公事公办,请你理解。"

钟厂长不以为意地轻声笑道:"是啊,到今年,我就在这家工厂忙碌了23年了。眨眼间就是23年啊,你们能理解吗?我想你们都不会真正理解的。"

钟厂长的情绪又低落下来,耷拉着头说道:"在老肖总还是业务员的时候,我就进了工厂。后来,我们两人配合,一个主外,一个主内,才有了公司今天的规模。你们不是有在摄像的吗?那你们就把我的这段话录下来。你们可以去问问老肖总,我老钟为公司的发展贡献了多少?"

沉默了一会儿,钟厂长有些怆然地说道:"可是,这么累死累活、没日没夜地干活,最终我得到了多少?我绝对没有想过,到头来留给我自己的竟然会是这样非常不体面的结局啊。你们说说,你们能理解我现在的心情吗?"

等钟厂长平复下来,王一元平缓而冷静地说道:"老钟,虽然我比你年纪小,不过我还是有句话要送给你。这句话是这样说的:'什么叫过错?过了就是错了。'"

"过了就是错了,这叫过错。呵呵,小伙子,你说得好啊。"临走前,钟厂长狠狠地瞪了王一元一眼,然后站起身就往外走了。

回过神来,王一元突然看到了会议桌上还放着钟厂长的水壶。这是一个塑料的透明水壶,看样子,应该已经使用很久了,上面杯盖的棱角都被磨得很光滑了。茶壶里面的枸杞已经被泡开,里面的茶水有些浑浊。

王一元连忙拿过水壶,打开会议室的门,在走道上追上了钟厂长,说道:"钟厂长你等等,你的水壶。"

钟厂长一怔,站住了。他缓慢地转过身来接过水壶,说道:"谢谢你,小伙子。"王一元转过身,刚要离开,钟厂长又说话了:"小伙子,我办公室里还有一些资料的复印件,我想请你转交给老肖总,可以吗?"

小饭店内,任子平直接拿起啤酒瓶子,"咣当"和王一元的啤酒杯碰了一下,揶揄地说道:"老王,现在上海房地产行业这么不好,你怎么竟然还自己主动钻进来了?"

"这哪里又是我自己可以选择的?"王一元笑了笑,便把吴总房地产公司的大致情况和他们公司委托的销售调研的情况简单说了一下。

任子平笑道:"这家公司我知道,它可是上海滩上房地产行业的第一方阵,正宗的老牌国企。老兄,你和他们搭上了关系,以后肯定会有很多好处的。"

和任子平碰了一杯,王一元接过话头来说道:"嗯,以后我们是要多联系。现在,我也开始接触房地产行业了,有很多不太明白的地方,还得来向你取经学习。你之前不就是副店长了吗?听说还是店长的后备人选,怎么现在又成了主管了?"

"唉,这个说起来就话长了。"任子平放下来酒瓶,沉默了一会儿,说道,"还是因为房市不景气的缘故。我还算好,总归工作保住了。公司都已经裁撤了不少门店和人员了。本来按照去年年底的计划,公司是要我今年上半年去另外开拓门店的,我是店长的人选。结果,因为现在大环境不太好,成交量很差,不仅新店没有开成,老店反而要被砍掉了,我只好调到另一家门店当主管。"

"行情确实是这样。我这调研得来的情况,确实是不太乐观。"王一元有些苦恼地说道,"我也是进去了快两个多月,至今为止都还没能想出一个什么好的方案。讲实话,我都有些不好意思,有时候都要刻意躲避他们吴总了。"

任子平说道:"我们中介也是。今年开春以来,受到这个市场浓重观望情绪的影响,现在过来看房子的人寥寥无几。我们许多业务人员一个月都难成交一单。上个月,四川大地震,单位组织捐款。我本来想多捐的,奈何现在收入太差,最后也只是表达了一点点的心意。"

王一元苦笑了一下,说道:"有心就好。思来想去,我就感觉,现在这个房地产行业,除了降价,好像还真没有什么立竿见影的好办法。可是,要真这么写调研报告,又觉得结论太简单,很是拿不出手。"

任子平笑道:"我们总公司也有一份研究报告,说到当前房地产的形势,只有两个词,一个是'等',另一个就是'降价'。这倒是和你的判断差不多的。"

王一元一饮而尽,说道:"是啊。只是这个等,又要等到什么时候?我怕是很多企业都等不起啊,拖着拖着说不定就死掉了。降价也不是什么好办法。前几天上海首例退订已拍得地块的消息,你应该知道的吧?"

他说道:"退订的那块地还曾经是'普陀地王',去年九月份才拍下来的。听说是没有在规定时间内交齐土地款,地块最终被政府收回了。依我看,可能还是因为这家公司对房地产行业的后市不看好,主动放弃的,甚至连前期巨额的投入也不要了。断臂求生,这也是没有办法的办法啊。"

"才一年不到的时间,就被市场无情淘汰了,想想也是蛮可惜的。"任子平灌下去小半瓶啤酒,又问道,"对了,老王,我还没来得及问你呢,你的那个印刷厂现在怎么样了?"

"印刷厂运气还不错,业务比去年还稍有上升。"王一元喝了一大口啤酒,说道,"前几天,我们还把工厂隔壁的一家纸箱厂给整体收购过来了。总体来说,还算过得去吧。"

"是吗?那就好。只要是能过得去,能存活下来,以后就有希望。"任子平拿起来酒瓶,和王一元重重地碰了一下,"找个时间,我也去你的印刷厂取取经。实在是惭愧,你的印刷厂,我到现在都还没有去过。"

王一元问道:"来之前,我拨打宋立新和老杨的电话,竟然是空号,怎么回事?"

任子平感叹了一声:"主要还是经济的原因吧。入不敷出,时间久了谁都会熬不住的。当然也还有其他的原因,不过说来话长,下次有机会和你说吧。"

两人不免又是一阵唏嘘感慨。任子平说道:"老王,我们以前院子里出来的人,现在就只剩下我俩了,以后我们一定要多联系、多见面。"

王一元说:"讲实话,我还是很怀念大家一起在院子里喝酒吃肉的那段时间,虽然是穷一点,但是在一起开开心心是真的。小任,其实我还有一件事情想让你帮忙。我好像记得你原来是上海大学毕业的,去年听你说又在读同济大学的研究生,是吗?"

"不是研究生,我还没有那个能力和水平。"任子平笑了笑,说道,"是利用业余时间去进修了一个第二学位。这不,我原来学的是社会学专业,而我现在做的是房地产中介,没有一点专业知识可是不行啊。"

"我知道同济大学在上海的建筑和房地产等行业人才辈出。"王一元笑着说道,"我的想法,你能不能帮我一下,进入你们的这个圈子,让我也学习学习,更好更快地熟悉房地产业务。"

"老王,我还以为是什么困难的事情呢。这又有何难?"任子平拿起酒瓶,和王一元碰了一下,笑道,"我们有好多个相关的QQ群,比如说设计、土建、施工、中介、销售,还有行业内部消息等等,基本上都是同济出来的人在组织的。我先拉你进去,如果到时候群里有什么线下活动,你多去参加几回,大家就都熟悉了。"

王一元拿出手机,由着任子平把自己拉进那些QQ群里。这些群,人数都很多,有一些还真是非常热闹。不一会儿,QQ上就"滴滴"的声音此起彼伏,响个不停。王一元嫌吵,就把QQ消息的声音关掉了。

任子平开玩笑道:"老王,这些群里的消息,你只要仔细去看,把里面的内容弄懂、搞明白了,别的不敢说,不出三个月,你至少可以成为半个房地产专家。我当初就是这样过来的,这些个群里的消息有时候还是蛮有用处的。"

"那我可得好好学习了。"王一元放下酒杯,说道,"你下午还有事吗?要不随我去我们工厂看看?"

说去就去。等两人到吴泾的印刷厂,王一元先带着任子平在老厂房参观。看完一楼,再往楼上办公室走。这时候的二楼,瓦楞纸的生产线已全部搬去了原先谢老板的纸箱厂,所以二楼除了几间办公室和会议室,显得有些空空荡荡。

进了新厂房,王一元抬头就看见肖云华正在车间里走来走去,忙着调试机器设备。王丽萍也在旁边,正站在日光灯下确认刚做出来的打样。

意外的是,谢老板居然也在车间里。王一元连忙走过去,笑道:"谢老板,你还亲自指导我们工作来了?"

王丽萍见状,走过去接待任子平。肖云华在旁边接话,说道:"今天是我专门请谢老板过来的。这些瓦楞纸的生产设备,停放的时间久了些,对这些小毛小病,我不是很在行,谢老板他技术好,所以专门请他过来帮我们解决问题的。"

"还有一件事,小王。就是这个无锡汽配厂的合同变更。"谢老板想了想,说道,"接下来,我计划回老家江西一段时间,在走之前,我和你一起去一趟无锡,把这些事都和你交接清楚了。来回有一天的时间足够了,应该不会有什么问题的。反正就是变更一下公司法人,在他们那里做个登记,备个案而已。小王,你一定要好好干,不要让我的这些机器设备闲置了。想想都是罪过,讲实话,我从来都没有想过,有一天我老谢也有干不下去的那一天。"

王一元说道:"谢老板,我尽力而为吧。现在这种形势,你比我还要清楚的。就说刚才无锡的项目,这几个月都基本没有单子进来。还有你以前的那些客户,也是早跑了一多半。现在,我们再想去把这些业务找回来,还不知道要多花多少力气。"

谢老板摸了摸额头,有些沮丧地说道:"我现在非常后悔当初没有把你再三的劝告听进心里去。现在好了,也只能说是我自作自受了。不过讲实话,现在经济的大环境就是这样,这也是谁也没得办法的事情。要不然,我也不会半卖半送的,把整个工厂以这么便宜的白菜价处理给你了。"

王一元笑道:"老谢,你把这烫手的山芋交给我,我现在压力山大啊。不要说一下子增加将近20个工人的开支,光是这么大厂房的租金,还不知道能不能赚得回来呢。"

"你说的这些,我都可以理解的。"谢老板沉默了一会儿,开口说道,"这样吧,我这几天反正闲着也是闲着,我就带着你跑跑我们原先的那些客户。我们一家一家地跑,看看最后能找回来多少是多少吧。"

一听说王一元要再去长兴岛,周婉秋嚷嚷着也要跟着一起去。她说道:"讲起来,朱盈盈她们柑橘游乐园快一年没有去过了,这次老娘我一定要去的。"

王一元笑了笑,说道:"现在七浦路市场过来那么多的业务,还不够你忙活的?"

"我忙活啥啊?"周婉秋明显有些不满,嘟着嘴说道,"老王,现在老娘算是明白了,这几个月七浦路的业务做下来,其实很大一部分都是你开发的单子,业绩最后都是算在你头上的。"

"小周,你要是这样想就不对了啊。"王一元揶揄她,笑了笑说,"谁让你是我们工厂的业务部经理,你要是都不管,又该找谁呢?"

不想周婉秋却又说:"不过,我之前可听胡雪说过,那个小朱她们的柑橘游乐园现在的开发进展并不是很理想。听说是资金链断了,原来规划的很多设想都停工了。游乐园,我们也有投入的。"

王一元问道:"是吗?你和胡雪都在那里有投入,我怎么会不知道?"

原来是王一元介绍广告公司给游乐园做推广,结果胡雪看上了园艺场这个地方,经过说项,最后她拿出10万的现金,周婉秋拿出5万,加上她们广告公司做规划设计和推广的费用,总共折算成20万的等值货币,换成游乐园10%的股份。

第四章

可是,等王一元、周婉秋、胡雪一路辛苦地到了柑橘园现场,这才发现实际情况远比之前朱盈盈在电话里和胡雪她们说的要严重很多。可以说,游乐园项目现场的糟糕简直有些超乎他们三人的想象。

一眼看去,整个柑橘园里的游乐项目几乎都是一片狼藉,甚至连施工的机器也还都在。特别是已经打好一半地基的小木屋所在地,有几栋房子就这么歪歪斜斜地摆放在了泥土里,任由风吹雨打,在午后太阳光的直射下显得特别的落败,和四周的环境很不协调。

胡雪显得比任何人都要着急,她急切地问朱盈盈:"这又是怎么回事?"

朱盈盈这次看上去很憔悴,全然没有了上次王一元见到她时的阳光和活力。她讲话甚至都有一些蔫蔫巴巴,明显底气不足。她说:"我们做橘园的时候,向我们这里的信用社贷过款。两个月前到期,本来说好让我们先把钱给还上,再贷款给我们的。"

说着说着,朱盈盈都快要哭出声来,哽咽着继续说道:"可真的等到想办法东拼西凑把钱给还上了,他们却不再放贷给我们了,任我们好说歹说就是不行。所以,工地一下子没有了钱周转,所有的工程就先停了下来。"

王一元想了想,说道:"那他们信用社这是典型的抽贷啊。你们都是本地人,应该对你们的信用状况等都是很清楚的,他们还这么不讲道理?"

老朱在旁边也是唉声叹气,说道:"后来,我们想尽了各种办法,甚至想把自己家住的房子也抵押了。但是,我们的房子是农村的宅基地,不能做贷款抵押。橘园土地也都是租赁的,更谈不上有多少固定资产。唉,难啊。"

王一元几个人还是先在橘园走了一圈,然后一行人又坐上了小艇,沿着河道往外开。等船开动,王一元站在船头说道:"这么美丽的风景,是蛮可惜啊。他们信用社这么一搞,那我们的这个搞了半拉子工程的柑橘游乐场项目就糟糕了。"

胡雪还是有些不甘心,问朱盈盈:"那就没有其他更好的办法了?"

朱盈盈勉强一笑,说道:"能想的方法我们都想到了。对不起了胡姐,让你们也受连累了,真的很对不起你和周姐。"

老朱在一旁叹气道:"现在园艺场困难,把这个库存的柴油用完,这条机动船暂时也不再使用了。"

一行人都是默不作声,全然没有了上次来时的兴奋,就连一直快人快语、雷厉风行的周婉秋也是少有的安静,全程都没怎么说话。船开回来后,王一元还是决定在园艺场住上一个晚上。老朱他们去准备晚饭,王一元独自一人在橘园的游乐场找了一个小板凳,静静地坐了很久很久。

晚餐的时候，王一元和老朱碰了一杯崇明老酒，问道："老朱，现在柑橘园的游乐项目弄到现在这个程度，要是舍弃了，真的是蛮可惜。那我就想再问你一下，如果要是把它继续完工，大概还需要多少资金？"

老朱说道："其实也不多，要是再有50万进来，应该也就差不多能基本扫尾了。"

朱盈盈在旁边插话："我们很多的材料，比如说小木屋，我们都已经定制好了，付过一部分预付金的。至于其他，你们也看到了，很多的地基，还有路面硬化、园林景观等，还有一些基础的工程，其实都已经快差不多了。"

王一元看向胡雪，问："这个游乐项目的规划设计是你们广告公司帮着做的吗？"

胡雪点点头："整个柑橘园艺场的规划和设计都是我们和朱盈盈一起做出来的。"

放下酒杯，王一元又问胡雪："我记得去年我们来的时候，你也说过是由你们广告公司来负责实施项目的推广和策划，那现在这个推广的效果怎么样了？"

胡雪说道："我们在网络上推广做了不少了，应该说效果还可以的。虽然说现在柑橘都还是刚结果不久，不是最好的观赏时节，但还是有好几个旅游团要报名过来参观。"

朱盈盈说道："是有好多拨的，我们后来还接待了不少学校组织的春游。"

胡雪说："但是，存在的问题也很明显，这里交通不太方便，又没有什么配套设施，比如说住宿等，所以留不住客人，游客基本上都是一日游。从现在的情况看，游客对我们的这个柑橘游乐场，在效益方面的拉动效应并不明显。我们做的小木屋项目，出发点就是想开发游客的第二次消费。"

王一元想了想，说道："讲实话，我其实对柑橘园艺场的项目一直都很看好的。老朱，还有朱盈盈，你们看这样行吗？现在，项目总共的资金缺口就是50万元，我想办法给你们凑30万，就算是我的投资吧。那剩下的20万，我倒是还有一个想法。"

朱盈盈终于笑出声来，高兴地说道："王一元，你这就是雪中送炭，帮了我们的大忙了。我们一会儿计算一下股份，肯定优惠给你。我也用老白干，先敬你一杯。"

周婉秋在一旁问道："哎，哎，你们先别着急喝酒。那这个剩下的20万，老王你又有什么好的想法？"

王一元说道："我的想法是这样的。现在，我们国家不是正鼓励发展农村旅游业嘛？所以，像农家乐、休闲农庄在农村开始逐渐兴起，城里人呢，也都喜欢到乡村旅游、度假，感受不一样的环境，住有特色的农家屋。"

见大家都表示认可，王一元继续说道："那我们就把这些有格调的小木屋，拿出来其中的一半，也就是20座，通水通电，使它具备基本的生活条件，然后再通过网上出租。"

"至于租金嘛,"王一元想了一下,说,"就暂定一年1万元钱,其他配套的项目,比如说柑橘、有机蔬菜采摘、钓鱼、坐船等项目在一定范围内免费。胡雪加大一下在网上的推广力度,先只一年的租期,我们先看看市场反应怎么样,是不是能接受这种方式。我以前看到过有类似的新闻,要是能行,不就是20万吗?"

几个人都觉得王一元的这个主意很新鲜,七嘴八舌地讨论起来。朱盈盈还是有些担心:"要是还不行呢?资金还有那么大的缺口呢。"

王一元两手往外一摊,笑道:"那就这样好了,网上的推广销售以一个月为期,小木屋租出去多少算多少。资金不够的部分,就由我来填补,也算作我的股份好了。"

不想,这话竟然一语成谶。后来,不管胡雪怎么努力,还是只推销出去零零星星的几幢房子,加上原先的预算又远远不够,所以到最后,王一元前前后后为了这个项目掏出将近40万。老朱为感谢王一元,就把这些投入全部折算成股份,王一元算是大股东,和老朱他们家的股份数一样。王一元拗不过,也只好笑认了。这些都是后话。

老朱拿起酒瓶,亲自给王一元倒酒,笑道:"小王,没想到这次到了到了,最后还是你主动过来支持我们。你这份情意,老头子我今天记住了。"

倒完酒,老朱却说道:"不过,有一些话,我觉得还是要和小王你说清楚的。一个就是,柑橘园的收益,你应该知道,看上去好像面积很大,其实一年到头是没有多少收益的。再一个,我们说接下来的这个游乐场项目。现在的经济大环境也不太好,再说我们这里的交通条件、生活配套等各方面还是存在有很多的困难。所以,这个项目最后到底收益会如何,我们也不敢有什么想法。小王,你现在还能来投资吗?"

所有人的眼光都看向王一元。王一元想了想,认真地说道:"讲实话,就凭老朱你刚才说的这番话,我觉得就值得投资。你这里,我来了三趟了,老朱你给我的印象,始终感觉你就是一个靠得住的忠厚长者。所以说,哪怕这次亏了,我就权当以后来这里养老,算提前预定了吧。不过,老朱我倒想起来还有一件事,就是这个园艺场的大地租赁合同,你要跟你们村里打好招呼,签的时间越长越好。"

"这个好说的,村里人都是乡里乡亲、沾亲带故的,好说话的。"老朱站起来,高声说道,"哈哈,来,今天高兴,我们先连干三杯。"

朱盈盈这时候也恢复了一些以前活泼灵动的本性,笑道:"王一元,你不知道,讲起来我也是很罪过的。就因为这个项目,这一个多月的时间,我老爸不知道一个人喝了多少闷酒了。现在好了,王一元,你就陪我爸多喝一杯吧。"她转过头,又对老朱说道,"老爸,老白干虽好,可不要贪杯哟。"

房地产公司的吴总攀着扶梯,往上一跃,就出了泳池的水面。一直在旁边伺候的服务小姐赶紧把浴巾递过去。吴总拿了毛巾,随意地在头上擦了几下,丢给服务员,然后走向不远处树荫下的凉椅。

任学明、杜建峰也是赶紧出了泳池。只有王一元动作最慢,他这时候还在泳池的中间仰泳,自己游得一时高兴,没有看到他们都已经上岸。等他也走去树荫下的时候,吴总他们三人正喝着冰镇的饮料。

吴总忍不住笑话王一元:"小王,你游的是什么啊?看看你那游泳的姿势,哪有你那样游的啊?"

王一元边用毛巾擦水边笑了笑,自嘲道:"呵呵,吴总,我是农村长大的,根本就没有正规地学过游泳,只会狗刨式。"

七月流火,现在已经进入了炎热的夏季。这是一家在嘉兴5A级风景区内的度假酒店,里面高松大柏,还有大片大片的绿草地,倒是显得格外阴凉。最有特点的是,每套别墅客房还配套有宽敞的室外泳池。

吴总一边喝饮料一边问王一元:"你这个星期的调研结论又是什么?不会还是那两个字——'等'和'降'吧?"

"哈哈哈,吴总,你可能不知道,这是小王的工作特色。他的报告基本都是言简意赅,没有花里胡哨的东西。"任学明一笑,差点噎住。他咳嗽了一下,说道:"不过,话也要说回来,他的报告里基本都是干货。"

"是吗?"吴总喝了一大口可乐,说道,"小王这样做,其实我还是比较喜欢的。我在公司一直都倡导要认真工作,闲话要少说。每天工作那么忙,哪还有听闲话的时间?"

王一元讪讪地说道:"吴总,又被你说对了。不过这次,我另外加了几个字的。"

"哦?终于是有变化了?"吴总大感意外,充满兴趣地问道,"想想也是,付给你们这么多的咨询费,你那两个字都一成不变地卖了我有快4个月了吧?"

任学明在一旁笑笑,说道:"小王,今天吴总的问题都由你来回答。就算是你进入这个房地产行业的一个阶段考吧,主考就是吴总。"

王一元笑了笑,说道:"我真不知道今天还会有考试的,本以为是来游玩的呢。要是早知道有考试,我断断不敢跟着你们来的。"

吴总朝王一元笑了笑,说道:"他们两个都是开玩笑的,小王你不要当真。你心里怎么想的,就怎么说出来,继续往下说。"

"静观其变,降得先机。"王一元解释说,"我们的判断,成交量的长期低迷一定会使上海楼市的部分开发商难以承受，变得压力沉重，一场看不见硝烟的价格战必将不可避免。理由有二：一是近期央行和银监会重申严格控制房地产贷款，这让开发商们对'救市'的期望成了泡影；二是持续低迷的成交量让开发商的资金链越绷越紧，出于资金的压力，上海楼市的降价趋势已经较为明朗。"

"支持的数据呢？"吴总问道。

王一元回答说："有调查数据显示，上个月，也就是6月，上海房产成交量同比环比收缩都很明显，达到30%。在宏观调控政策的累积性效应下，半年来房价涨幅趋缓，只有不到1%。数据上明显可以看出，现在整体市场已经开始进入调整轨道。"

王一元进一步解释道："'降得先机'就是说，谁先降价，谁就先得益。这是显而易见的。现在的关键就是看由谁来打响上海降价的第一枪。"

吴总想了想，说道："有道理。今年年初，万科在上海不是有过一次花式降价的吗？听说，他们回笼资金的效果确实不错。"

任学明和杜建峰在旁边也连连点头。吴总又说道："小王，你这些数字倒是记得还蛮准确的。现在的市场，基本上就是这么个状况，房地产公司都是难做的啊。"

王一元说道："确实如此。事实上，对于开发商们而言，当前的首要问题就是资金链过于紧绷。接下来过了8月，马上就是房地产行业传统意义上的'金九银十'。从某种意义上来说，这是缓解资金状况的一个机会。"

吴总不时地点点头，表示认同王一元的说法。

王一元继续说："但也是因为经济环境发生了变化，所以开发商们期望的刚需和投资客也都会比较谨慎。因此，为了争夺有限的客户，打破交易萎缩、买卖双方观望对峙的楼市僵局，'金九银十'期间上海楼市开发商的降价促销幅度有可能增大。在目前的环境下，开发商如果主动降价回笼资金，将会有助于自己熬过楼市的'冬天'。所以，我们才说'降得先机'。"

"啪，啪，啪"，等王一元说完，吴总稍微停顿了一下，带头鼓起掌来。任学明和杜建峰一看吴总高兴，互相对视了一眼，偷偷地笑笑，也跟着鼓掌。

"有理有据，说得在理。"吴总笑了笑，接着又问道，"那我还想再多问你一句。现在房地产行业这么困难，除了降价和等待，你在销售策略上面有没有什么新的想法？"

"吴总，你这是为难我啊？你知道，我今天啥资料也没带。"王一元一副无奈的样子。

"要不怎么叫考你呢？"吴总微笑着说。

王一元想了想，说道："不过，我倒是还真的有两个建议：一是向北京的那家大型房地产公司学习,定期实行销售人员的末尾淘汰制;二是在全公司实行全员销售,每个人都定指标、定任务。呵呵,人民群众的力量从来都是无穷无尽的,我们要相信他们,也是完全可以去依靠他们的。"

吴总笑道:"总体来说,作为一名房产咨询顾问,王一元你基本合格了。其实,你刚才说的这两点,也是我近期一直在思考的地方。这样,回去后,我让我们公司的相关部门和你联系,把这两点建议扩充和细化一下,写一个专门的方案出来,争取在这两方面做做文章,可以先拿一个项目做试点。"

这时候,服务员送了冰镇西瓜和一些其他的水果来消暑。王一元趁此机会,问道:"吴总,现在糟糕的经济环境,我们的政府部门在这一方面不会就这样放任不管的吧?"

吴总停顿了一下,说:"我还没有听说政府要直接干预市场的这个说法。不过,实话实说,政府真要是放任不管,再这么下去,后果确实很严重,也会出现很多不可预估的风险,甚至是新的矛盾和问题都会发生的。"

任学明说道:"中国的问题,老人家很早以前就说过,发展是硬道理。老人家讲得也很明白,抓住时机,发展自己,关键是发展经济。所以,我个人觉得,政府绝不可能就此放任不管的。"

杜建峰开玩笑道:"也有可能。现在全国上下都在忙碌北京的奥运会,根本顾不上这些。等那些大事办完,政府才有精力和时间来抓这件大事吧。"

吴总说道:"这次的金融危机,我们该怎么办?就一个字——等。我们再等等,或许局势就会逐渐明朗,到时候该怎么做,我们就清楚了。从我的经验来看,我们还是要相信政府,也只有政府才有机会打赢这场金融危机之战。"

说完后,吴总笑道:"感觉有点乏,我先进去休息了。"说罢打了招呼,就先走了。

任学明对王一元说道:"吴总今天看来对你还是比较满意的,这一条线你一定得抓紧了。他刚才说的那两个方案,你要下功夫做好做实,这是当前工作的关键重点,一定要把吴总服务好。"

杜建峰笑道:"老任,你不用担心,王一元现在和吴总抓得可紧了。现在吴总公司的楼书样本、附件合同等印刷品,甚至是一些工程图样,他都已经慢慢渗入进去了。"

任学明说道:"你印刷厂赚的这些钱都是辛苦钱,也都是小钱。只有站得高,才能看得远。一定要跳出你的印刷厂,更不要做井底之蛙,觉得自己现在小日子还不错,得过且过。坐井观天,那你看到的永远只是那一小片的天空。"

经过几个月的不断优化组合和调整,加上咨询公司一直有专人在现场及时提供企业管理方面的帮助,肖晓晓公司的治理结构得到了极大的加强和提高。纺织公司一改之前两年多以来的颓势,终于是踩住了下滑的刹车,各项业务开展、厂容环境和员工的精神面貌开始朝着好的方向发展。

这段时间的剧烈震荡和打磨,肖晓晓自身的精气神也有了很大的变化。她自信了许多,也从容了许多,很多工作方面的处理,不知不觉中开始变得游刃有余起来。当然,她自己肩负的压力也是随之一小,整个人也显得轻松活泼了很多,全然没有了以前负重前行时给人有些喘不过气来的感觉。这一点,晓晓妈妈最为清楚,现在的晓晓变化最显著的一点就是非常喜爱去公司了,每天早出晚归,回来也都是笑笑呵呵的,全然没有了以前的无可奈何和颓靡。

这一天正在印染车间巡视,肖晓晓突然想起王一元来,并且这个想见他的念头竟然越来越强烈。于是,她直接回了办公室换衣服,临时决定去一趟上海。她想,是该去一趟上海了。那边这么多的人在自己最困难的时候倾囊相助,总感觉不上门去表示感谢,自己特别过意不去。特别是咨询公司,最后的咨询费竟然只是象征性地收了一些。类似的咨询公司,肖晓晓在上海是有接触过的,行情她当然知道。

但是,肖晓晓没有提前打电话告诉王一元,她想到了上海后再给他一个惊喜。这个人,我不打电话给他,他是基本上不会打电话给我的。呵呵,我这也算是几百里偷袭吧?这回要是被我发现些什么,有他好看的。肖晓晓在后座上都不由得笑出声来。开车的现在是小夏,她一看老板这样就想笑,但最后还是忍住了,眼看前方,一心一意地开车。

等下午1点的时候,车子进入上海地界。肖晓晓打王一元的电话,王一元却告诉她正在七宝与人吃饭。于是,她吩咐小夏直接去七宝。

王一元正在沪青平公路老谢自己家开的饭店吃饭。这家饭店主打的菜品都是上好的宁波海鲜,是当天从象山运来的,厨师也是象山人。王一元在宁波工作多年,宁波菜还比较合胃口。

几天前,久未联系的老谢打电话给王一元,说是有事要找他商量。原来,老谢大舅的儿子,象山人,是一家比较大的建筑公司的老板,在江浙沪,特别是在宁波和上海,都有比较大的工程,积累了相当的经验和人脉,在行业内也有相当的知名度。但是去年以来,因为经济环境的急剧恶化,建筑公司的摊子铺得又很大,所以现在遭遇到了现实的困境,急需融资渡过难关。老谢就是想问问王一元有没有这个投资入股的想法。

怕电话里说不清楚,老谢便约王一元过来饭店与建筑公司老板见面,坐下来当面谈。

二楼最大的包厢里,座位上就只有五个人,除了王一元、老谢,还有就是建筑公司的两位老板,一位就是老谢大舅的儿子,叫林平和,另一位叫谢春平。

还有一个人,竟然是老谢从英国已经留学回来的儿子。老谢的儿子叫谢一丁,英国回来快一年了,现在也在这家建筑公司工作。他学的是投资管理的研究生,所以现在主要负责公司的财务,有投融资,还有海外业务。

谢一丁站起来,双手捧了名片,特意和王一元做交换。他说道:"王总,以后多关照。"

王一元开玩笑说:"你叫一丁,我叫一元,合起来就是一园钉。园钉是一种建筑上用得着的东西,这样看来,我不仅是和你小谢有缘,和林总的建筑公司也很有缘分啊。"

"哈哈,这个园钉不仅仅是用得着,还是建筑上广泛使用的小物件。"林总大笑,说道,"我们还真是有缘分的。"

林总个子不高,看上去还有些黑,整个人敦敦实实的,很是强壮的样子,也可以说是天生的乡镇企业家形象。他自嘲地说道:"小王,我其实也才45岁。你是不是看我这张脸,老得像五六十的农民一样?呵呵,做建筑,每天日晒雨淋,风里来雨里去,哪能不老得快一些?"

酒过三巡。老谢说道:"我们还是说正事。建筑公司的具体情况,林总你先说说吧。"

林总放下筷子,清了清喉咙,说道:"小王,是这样的。公司具体的情况介绍,包括工程资质、相关的各类财务报表和分析等等,我们都有现成的资料,你可以先看看。"

小谢从他座位旁边的手提袋里拿出来三个鼓鼓囊囊的牛皮纸文件袋,双手递给王一元。他说:"王总,这是所有公司为融资准备的资料。其中财务方面的数据,都是截止到上个月底,至于其他年份,具体到月,也都有资料,在附着的U盘里。"

老谢说道:"儿子,你就不要叫王一元王总了,他是我的忘年交,按照宁波老家那边的说法,你应该叫他一声小叔的。"

王一元连忙制止老谢的话,笑着说道:"小谢,我应该也比你大不了几岁的。这样好了,你就直接叫我名字吧,或者叫我小王也行,我倒还是想再年轻几年的。"

老谢说道:"我表弟他们这家建筑公司,想当年还仅仅只是我们村里的一个小小的劳务合作社。这家企业从无到有,一直跌跌撞撞地做到今天,现在想想也是挺不容易的。"

林总说:"是啊,公司到今年都快有27年了。也就是说,我从十八岁开始就在这家公司干,一直都没有离开过的。它就像是我自己的孩子,看着它一点点地长大起来。虽然说公司现在遭遇到了极大的困境,但从我自己本身来说,还是非常不愿意看到它就这样,就因为流动资金的中断,而在我自己的手里给衰败下去的。"

感慨了一番,小谢说道:"我们公司这次的融资,两种办法,任选其一。第一种是借款,公司承诺按照银行贷款利率的两倍给付利息,拆借的时间至少为两年。当然,利息的多少,我们还可以根据实际资金的状况再商量。第二种方式就是投资入股。这里面也有两种红利方式,一种是每年固定12%,一种是按照公司当年的实际利润,按照股份比例参与分红。"

林总说:"这次的融资,今天没有外人,我也和你讲实话。因为公司流动资金现在实在紧张,所以我们优先采用的是股权融资的方式。也就是说,把公司原来的注册资金从5千万提高到8千万,就以注册资金为准,这新增的3千万以一元一股的方式对外融资。"

王一元打开来几个资料袋翻了翻,把里面的资产负债表、现金流量表和利润表拿了出来。

仔细地看了一会儿,王一元说道:"如果是从你这些报表上看,你们公司的净资产就有1亿2千多万,接近1亿3。光从这一点看,你这样融资,相当于打了7折的样子,不是显得你们原有的股东很吃亏吗?"

林总无奈地笑了笑,说道:"建筑公司的状况,小王你可能还不太清楚。我们都是重资产行业和劳动密集型企业,所以固定资产方面要相对多一些。还有,建筑行业的施工保证金、农民工工资的保障金等,这些都是没有办法少交的。我们要是还有办法,不到迫不得已的程度,谁又愿意这样委屈自己来融资?"

小谢补充说:"我们林总也是实在没有办法了才这样做的,现在是活命要紧啊。真要是流动资金一断,就麻烦大了。"

林总又说道:"不过,折价融资这一点,我自己还是清楚的。再者,对自己企业,我也是很有信心东山再起的。原本,我们的想法就是基本只是对亲朋好友融资。你是我表哥老谢一直要求介绍的,所以也算上你一个。"

"肥水不流外人田嘛,我们也晓得的。"老谢说道,"小王你知道,我一个当老师的,收入是有限的。虽然说你方姨开了这么个饭店,但这几年一直供着儿子在国外读书,自己家里又买了房子,所以现钱留下来也是不多。但是这一次,我还是准备把我所有的家当都拿出来。这样好不容易凑到了200万,已经是我的极限了。"

王一元显得有些不好意思地说道:"我们公司也只不过是一个小厂,恐怕也拿不出多少钱的。"

林总,说道:"没关系,投资入股多少,都是你自己定,就是不投资也没有关系。

我们都是朋友,也是半个宁波老乡,以后要是有用得着我们的地方,吱一声,随叫随到。"

王一元正要说话,手机响了一下,有短信进来。他拿起手机,打开短信,是肖晓晓在问:"你在七宝哪里?我过去接你。"王一元回过头,向老谢问清楚了饭店的具体地址,然后给肖晓晓发了过去。

老谢问王一元:"还有事?"

王一元笑了笑,说道:"有一个朋友想和我见个面,等会来这里接我。没事,她开车过来还要很久的,你们继续说。"

同来的谢总是建筑公司分管行政和人事的副总经理,老谢一开始介绍过,也是老谢的一个远房堂弟。他问王一元:"小王,我问你几个你们工厂的基本数据,可以吗?"

王一元来之前就已经知道了建筑公司要融资的事情,所以专门去看过工厂的财务报表,并且还找王丽萍核实过的。等王一元回答了关于印刷厂的一些基本经济数据,一屋子的人都安静了下来。

过了一会儿,还是林总先说话:"小王,你刚才还在自谦,其实你没说实话。就你说的你工厂的这些数据,特别是现金流和利润率,还有一年的营业流水,你难道还有不满足的?"

小谢在旁边也不禁笑了起来,说:"王一元,你们公司简直就是一股清流,算是优质企业里的优质企业了。你知道吗,我们建筑公司这么大的体量是你的好多倍了吧?现在的现金流都是负的。"

林总想了想,说道:"王总,这次你要是真投资,我还可以给你想一个办法。"

王一元看着林总,不知道他还有什么其他的打算。

林总说:"你们公司账户上不是趴着几百万的现金吗?你把你们公司相关的财务资料准备好了,然后把近期一年的流水打出来。我们再去找一找银行,以一贷二,这样你就可以从银行贷出来两倍的钱,你手里的资金就翻三倍了。"

"还有这操作?我怎么没听我们开户的银行有说起过的啊?"王一元问道,"只是有几回他们问过我们工厂要不要贷款,我们都以现在还不需要而婉拒了的。"

"这就太可惜了。银行主动给你的钱你还不用,公司怎么能做大做强?"林总笑道,"这样好了,如果你要真有这个想法,我让小谢,还有我们公司相关的财务人员帮你来弄。这其中的手续费用就算我们的好了。"

老谢一看王一元有些犹豫,说道:"小王,你要是还不放心,你的这笔投资由我来给你做担保吧。如果你的投资最后要是真的赔没了,我和我全家都担责的。"

说到这里,方姨也上楼来推门进入了包房。王一元站起来,连忙走过去和她打招呼。

一会儿,王一元的手机又有短信声音。王一元一看信息,知道肖晓晓已到了楼下。他对老谢和林总他们打过招呼,说:"这件事让我回去好好想想。一个礼拜,我给你们回音。"

老谢父子俩送王一元到饭店楼下。一直到目送王一元坐车离去,老谢还在挥手。他心里想道,这小子什么时候有了开得上奔驰600的朋友了?

王一元对肖晓晓的突然到来很惊讶,刚才在饭店的时候又不方便问。一上车,他就转过头问:"你今天怎么来上海了?也不见你提前打个招呼,我好去接你的啊。"

"王一元,你现在做业务,嘴上功夫真是了得啊。"肖晓晓嘲笑道,"你接我?笑话!平时连电话短信都没有一个的人,就不要搞这样的笑话了,晓得伐?"

王一元呵呵一笑,知道肖晓晓还会继续往下说,于是自己就不再说话。肖晓晓说道:"哼,就一直是这个死样。我还没吃饭呢,你也不问问我为什么。"

王一元故意问道:"为什么?"

开车的小夏终于忍俊不禁,"噗"的笑出声来。肖晓晓作势要去掐王一元,王一元一扭,肖晓晓却把他的胳膊抱得更紧了。

肖晓晓说道:"和你说正经事。我这次来上海,就是专程过来对咨询公司的任总、杜总,还有我阿姐、姐夫他们的帮助表示感谢的。你得约上任总他们,明天看看有没有时间一起吃个饭。"

"你就不感谢我了?好像我也有小小地帮助过你的吧?"王一元开玩笑地说道。

"哟,某个湖南人又吃上我们镇江的醋了?"肖晓晓嘲笑说,"我会大大地感谢你的,你急什么急?对了,等会我们到了七宝,一起去逛逛商场,让小夏去接我阿姐她们。"

"你真没吃饭?要不先找地方吃点吧?"王一元拿出手机看了看时间,说道,"现在3点半,晚餐还早,要等一会儿的。"

肖晓晓调皮地说道:"都已经安排好了,晚上我们一起吃大餐,你就不要掺和了。刚才我吃了两片面包,现在还不饿。"

不一会儿就到了七宝,肖晓晓对七宝比较熟悉,找了个合适的地方下车。

肖晓晓还是挽着王一元,一边往商场走一边问道:"你吃个中饭,怎么花那么多的时间?从第一次打电话就在吃,到我们接上你的时候差不多3个半小时。和谁啊?刚才那个送你下楼的老头又是谁?"

"怎么,我好不容易出来吃顿好的,你还要管一管?"王一元开玩笑地说道。

"是吗?我真不能管还是你真想挨掐?"肖晓晓停下来,笑眯眯地抬头看着王一元说。

"好了好了,真是怕你了,我说。"王一元赶紧投降,于是简单地和她说了刚才和建筑公司老板讨论融资的事情。他说:"刚才的老头就是我交大读书的引荐人,要是没有他,这个书还不一定读得成。他旁边的是他儿子,那家饭店也是他家开的。"

"哦,那你对这个投资入股的事情怎么想的?"肖晓晓仿佛想起来什么,问道,"对了,我记得你说过读书的事,是读两年半,是吗?那现在毕业了没有?"

"早就读完了,考试也通过了,就等着毕业仪式,大概在月底月初。因为有好几个同学的时间不好安排,所以还没有最后定下来。"王一元说道,"投资的事情,我还要想想。我不像你们有钱人,我是恨不得一分钱能掰成两半来花的。"

"是得要想清楚了。"肖晓晓挽着的手紧了紧,说,"花钱容易挣钱难。我们挣的那几个钱都是辛辛苦苦得来的,这一投资就把老底都起来了,一定要谨慎的。"

肖晓晓买了一些衣服后,朱许英电话打过来了,说他们已经到了七宝。王一元赶忙提了东西,跟在肖晓晓后面往商场外走。肖晓晓在一旁笑话:"你有长进啊,会主动替女生拿东西了,又是那里学来的?"

等和谢东、朱许英、孙雯等见了面,大家都很高兴。朱许英拉着肖晓晓的手,笑道:"晓晓,你这回气色看上去好了许多。公司现在已经顺手了吧?"

肖晓晓笑道:"谢谢大家的帮助,我现在也算是熬过来了吧。真的,我这次特意过来,就是专门要好好感谢你们的。现在,我们就去吃大餐。走,我领你们去。"

可是,大家都没有想到的是,肖晓晓领去吃的大餐竟然是新龙路上的那家骨头汤菜饭店。几个人都在店门口犹犹豫豫的,你看看我,我看看你,不知道肖晓晓打的又是什么算盘。

只有王一元心里清楚到底是怎么回事。他不禁想起来了前年的元旦,自己和肖晓晓在这里吃饭的场景。也就是那天的晚上,两人之间挑开了男女之间的那一层面纱,上升到了更加亲密的关系,从而开启了和肖晓晓那一小段的来得快也去得快的恋情。

只是,时隔这么多年,小店犹在,人却早已没有了当初的纯情。正所谓睹物思情,却已物是人非。王一元心里想,这个肖晓晓,她带着这么多人过来这里吃饭,又到底是什么意思?

还是孙雯心思玲珑,有些反应过来。她看了看肖晓晓,又看了看王一元,大有深意地说道:"我们都进去吧,估计这里会有某些人的故事,我们姑且进去听一听。"

第四章

王一元刚吃过没多久,就没有再吃饭,只要了啤酒,打算和谢东对饮。

肖晓晓紧挨着王一元坐下来,悄声说道:"要和上次一样,我也要喝啤酒。"

朱许英耳尖,这话被她给听到了。她呵呵一笑,对肖晓晓挤眉弄眼地故意说道:"呦,晓晓,看来这顿饭真的是有故事啊。什么叫和上次一样,还喝啤酒?"她又对谢东娇声娇气地说道:"我的东,我也要喝啤酒。"

"噗",正喝着橘子水的孙雯忍不住都喷了出来,连连说道:"恶心,太恶心了!"

"那就都喝。天气这么热,喝喝啤酒凉快的。"谢东强忍住笑,对王一元笑道,"呵呵,小王,明天我请你们几个去沪松公路的农家乐吃饭,那里的老母鸡汤好喝的。"

朱许英和孙雯都是哈哈大笑。肖晓晓脸上突然间有些发红,显得有些不好意思起来。她还以为谢东是在笑话自己,于是朝谢东狠狠地多看了两眼。

孙雯一见这样,说道:"晓晓,你误会了。我们说的是王一元。自从最后的那次见面后,这个家伙,连带着那个农家乐都是再也不肯去吃饭了,还说是打死也不去,真是神经病。"

其实,那一次农家乐的见面,王一元至今也不知道,当时肖晓晓和她的妈妈就在隔壁房间,全程聆听了他和谢东他们几个人的对话。肖晓晓不经意地看了朱许英几眼,示意她们不要再往下说。

朱许英会意,说道:"我们还是听晓晓说说现在她公司的近况吧。"

肖晓晓笑道:"我们公司的状况你们都是知道的,这个好像也没什么好说的啊。只是觉得压力确实没有以前那么大了,工作上顺手了很多。以前,我比较害怕和政府方面打交道,现在也好了很多。说真的,我还是非常感谢你们几位的。"

王一元接过话,对谢东说道:"你们两口子辛苦了。上次为了晓晓的公司,谢东你前后找理由请了一个月的假,做出了巨大的贡献和牺牲。你们老板后来没有对你怎么样吧?"

"还好还好,只是回来后被臭骂了一顿。"谢东说道,"后来我想了想,还是对老板说了实际情况。老板开明,也表示理解,最后扣了一些工资和奖金,也就过去了。"

大家碰杯,喝酒啃骨头。孙雯说道:"王一元,你上次的表现倒是让我们刮目相看的。真的,你为了晓晓公司,前前后后花费这么多的时间不说,还请动了这么多的关系,甚至连地方政府都有人出面了,真心不容易的。"

"呵呵,这还不是关键。"谢东说,"关键还是王一元心思的缜密、行动的快捷。我想起来一句话,叫做'静若处子,动犹脱兔'。整个的方案,清理蛀虫、治理和整顿工厂基本上都是他的功劳。讲实话,光是王一元这大刀阔斧的魄力,我谢东还是佩服的。来来,我们都干一杯。"

"那半个月我也在那里的,确实是血雨腥风,杀人不见血。"朱许英说道,"小王对工厂的那些蛀虫,一环套一环,最终以迅雷不及掩耳之势,把那些人一网打尽。在后来的公司整理整顿上,也确实是大手笔的。"她接着问道:"小王,听说我们走后,你还去了晓晓公司?"

"你们说的是我吗?我怎么觉得这人这么高大上,和我没什么关系似的呢。"王一元摸了摸鼻子,有些不自然地笑了笑,说道:"哦,后来我还去过两次。不过,咨询公司倒是一直都有人在那里蹲点的。"

孙雯说道:"王一元,我还听说你提前去了晓晓公司蹲点,做了一个礼拜的机修工。呵呵,这样完全是不按套路出牌的做法,也只有你才想得出来这鬼主意。"

王一元喝了一口啤酒,看了一眼肖晓晓,嘟嘟囔囔地说道:"我做了一个礼拜的机修,不仅是工资到现在也没看着,自己还倒贴进去不少。还有吃鱼……"

"哈哈,这个王一元,我们刚夸奖你几句,你就又小气成这样了。"朱许英笑道,"这事我也知道。这个王一元为了打听公司的状况,请了几个人去吃河豚鱼,是由他付的钞票。小王,对吧?"

谢东和王一元碰了一杯,一饮而尽,笑道:"那是你自愿的,活该!"他又问道:"王一元,你怎么光喝酒,不吃点菜饭?我觉得猪脚黄豆的味道还是不错的。"

"他刚吃过鱼肉海鲜,是我把他从餐桌上拉过来的。"肖晓晓开玩笑地说,"他这个人,你们还不知道?平时自己舍不得吃,今天是别人请客,那还不得放开肚皮来吃?"

王一元一看肖晓晓的表情,赶忙拿了一个小碗,拨拉过来一块猪蹄,咬了一小口,连声说:"吃,我吃的,只要不掐我。"

几个人又都哈哈大笑起来。肖晓晓附在王一元的耳朵旁小声说道:"晚上我让你好看。"说罢在桌下用高跟鞋狠狠地踩了王一元一脚,疼得王一元五官扭曲,差一点叫出声来。

又喝了好几杯,王一元出去上卫生间。等他再进来,饭店里安安静静的,却见肖晓晓正低垂着头,就差伏在了桌面上。看到王一元进来,肖晓晓稍微抬起头,朝他看了过来。王一元一下子就惊呆了,只见肖晓晓明亮亮的两个大眼睛这时候如秋水般水汪汪的,特别是平日白净的脸色,此刻稍带酡红,好像显得还有一丝丝的娇羞。

其他三个人也静静地看向自己。怎么回事?王一元心里一怵,下意识地低头看了看自己的裤子,没有什么问题啊。他迟迟疑疑地走到座位上坐下来。

王一元解释说:"刚才上完卫生间,又和咨询公司的任总打了电话,说是明天让我们上午去咨询公司办公室找他,所以时间稍微久了一些。有什么问题吗?"

朱许英首先忍不住,第一个说话:"刚才晓晓已经坦白了,说这里是你们谈情说爱的发源地。你们的浪漫故事就是从这里的夜晚起源的,对吧?"

王一元突然觉得脸上有些发烫,人一下子就囧在了那里,不知道该怎么去接话说。

孙雯笑了笑,说道:"王一元,你也不要假装不好意思了。刚才我们也明白了,晓晓让我们一起来这里吃饭的想法,就是想着和你再重来一次,从这里重新出发。她想问问你,你现在到底是什么想法,还有没有这个再续情缘的想法?"

整个小店一下子安静下来。沉默了许久,王一元刚想要说话,手机铃声却是不合时宜地响了起来。他赶紧拿起手机,只听里面传出王丽萍着急的声音:"老王,你在哪里?赶紧回来,家纺厂的采购经理快要到工厂了。"

小店里很安静,电话里的声音虽然不太大,但因为离得很近,每个人都基本能听见。王一元放下电话,抱歉地说道:"不好意思,我得赶回工厂去了。这个家纺厂是我们的大客户,我不回去不太好的。"

"什么破电话,好巧不巧的!"朱许英悻悻然地说道,"这个时候进来电话,真是要了亲命的!王一元,你还没有回答刚才的问题呢。"

"呵呵,实在是不好意思。各位,我们下次再聊了。"王一元特别对肖晓晓说道,"晓晓,不要忘了我们明天上午在咨询公司见面。"

肖晓晓这时候的心情已经有些平复过来。她眼神复杂地盯着王一元,很久才说道:"这样,让小夏送你回去吧,这样还快一些。"

路上堵车,等王一元紧赶慢赶地来到咨询公司的会议室,肖晓晓和任学明他们相谈甚欢,已经快要结束了。

王一元在角落里找了位置坐下来。他一一看过去,发现只要是去过肖晓晓公司的,除了那两位律师和注册会计师,其他人基本都在。稍感意外的是,谢东竟然也在。

肖晓晓这次拿过来很多镇江的特产,金山翠芽和水晶肴蹄各两大箱。任学明开玩笑说:"肖总,茶叶倒是还蛮好的。只是你送的这个肴肉,你知道,现在坐办公室的人基本都'三高',你还一下子送过来这么多。"

宾主又高高兴兴地谈笑一阵,肖晓晓他们才准备告辞。等咨询公司的其他人都散了后,她问仍然坐在那里的王一元:"你还不走吗?"

王一元笑了笑,说道:"我等一会儿,还要向老任请教一些问题,是关于昨天建筑公司融资的事情。"

肖晓晓也笑道:"是吗?那我也坐下来听一会儿,再向你们学习学习。"

"什么建筑公司融资的事?"任学明站起来,一边活动活动筋骨一边问道。

王一元于是把昨天与建筑公司林总交谈的事情以及自己与老谢、老谢与于老师的关系简要地说了一遍。他从随身的包里拿出一大包资料,说道:"这是建筑公司的所有资料,我全部复印了一份。"

任学明看了一眼资料袋,仍然做他的健身动作。

"资料都在这里,老任,你帮我看一看,分析分析。"王一元说道,"主要从财务和风险两大方面,看看这家公司到底值不值得投资、投资方案是不是划算,关键是你还要帮我评价一下其中的风险。"

"行,资料先放这里,我让公司相关的高手给你出一个可行性报告出来。"任学明一口就答应下来,说:"不过我还有一个建议,百闻不如一见,一定要对他们公司有实地考察,这一步是万万不能少的。"

"这肯定的,对方公司也是这么建议的。"王一元说,"到时候,我恐怕还要向公司借人的"。

任学明笑道:"这些都没有任何问题,你想借谁就借谁。这是老弟你第一次投资吧?我做老哥的,当然会替你把关的。"

肖晓晓说道:"任总,说到人,我就想起来你们派驻在我们公司的那位咨询顾问,你们不会也把他给撤回来吧?"

"肖总你放心,只要我们一年期的合同未满,方案的具体执行人员原则上是不会往回撤的。"任学明笑了笑,说道,"还有,期满后,肖总只要还有需要,我们都还可以商量着延期的。"

王一元、肖晓晓、谢东三人告辞出来,一起坐电梯下楼。等电梯门关上,肖晓晓盯着王一元,突然对着他轻声说道:"王一元,你其实一直都在躲着我。"

王一元一怔,他看着肖晓晓,谢东看着王一元,三个人很久都没有作声。

电梯继续往下,不时地开开关关,不断地有人进来,也有人出去。肖晓晓又对王一元说道:"我也给你带了东西,自己去车上取吧。"

三人都没有再说话。等到了地下二层的停车场,走到停车的地方,肖晓晓打开汽车后备箱,说道:"这一箱东西都是送给你的,自己拿吧。"

王一元凑过去一看,却见是一整箱没开封的镇江香醋。他不理解,回过头看了看肖晓晓,只见她脸上没有什么特别的表情;又看了看谢东,谢东默不作声地做了一个爱莫能助的手势。

王一元有一些尴尬，说道："晓晓，你知道，我是从来都不吃醋的……"

"这次就让你吃个够，酸死你！"肖晓晓又转头对谢东说道："姐夫，还是你来把这箱东西搬下来吧。王一元他这胆小鬼，根本就不是男人，怕是没有什么勇气，也搬不动的。"

谢东把香醋搬了下来，然后和肖晓晓打开了车门，都钻进汽车。

王一元刚想走过去和肖晓晓说几句话，汽车却已发动，没有丝毫停顿就扬长而去，剩下王一元一个人目瞪口呆地站在那里。他看着脚旁的香醋，一下子竟然都不知道接下来该怎么办。

没过几天，任学明就把建筑公司的投资可行性报告邮件给了王一元。报告洋洋洒洒好几千字，甚至连高大上的数学建模都用上了，结论却很简单，只有不到一行字："可以投资；等级：优；风险：比较高。"

王一元仔仔细细地看过一遍，心中有了主意。这天晚上，趁和肖云华、王丽萍夫妻俩吃饭的机会，他毫无保留地讲述了这件事情的来龙去脉。

令王一元意外的是，第一个明确表示反对的竟然是肖云华。他的理由主要有三：其一，公司的主业是印刷，所谓不熟不做，贸然跨界进入另外一个行业，太冒险；其二，公司现在的业务发展得还不错，应该再接再厉，好好把业务做大做强，这是目前公司的当务之急，也是公司发展壮大最可靠和最稳妥的做法；其三，现在的经济大环境不支持建筑行业的向好发展，他不看好这个行业，觉得前途不是很明确，暂时看不清方向。

肖云华的这番话，理由很充分，似乎每句话都说得很到位，没有什么明显的漏洞或者毛病。王一元没有去反驳，笑了笑，看向王丽萍。

王丽萍倒是没有多说话，只是说还得好好看看资料。李广林在旁边插话道："老王，这是大事，一定要三思而后行。"

王一元一下子也拿不定主意。后来，老谢打电话过来询问这件事情的时候，王一元就找理由搪塞了过去。可是，总不能对老谢一直不说实话吧？

问题的关键还是在于公司的大部分股东，这其中包括师傅杜于乐，都对这个项目不太看好，而理由基本上和肖云华说的大同小异。

为了这件事，王一元提了两瓶黄酒，特意去了孙玉泉老人家里一趟。

老孙主要的精力还是在街道和社区的"老娘舅"工作。他可能天生就是做这个邻里纠纷调解工作的材料，经过两年多的摸索和实践，老孙现在在当地已小有名气，甚至还因此上过电视和报纸。这样一来，他就对这个工作更加热心了。老太太说，老孙一天不跑街道或者社区居委会，心里就好像是丢了什么似的难受。

老太太说:"小王,你说都是70多岁的人了,还这么跑东跑西的,经常一整天把我一个人撂在家里,你说说有这个必要吗?"

老孙对王一元投资建筑公司的想法表示支持。他说:"印刷这个行业,想要做大做强,还是比较困难的。光是投入上,就比一般的行业要大上很多。一台好一点的印刷机就是好几千万。再说了,你现在年轻,还有可以有去试错的机会。等你到了四五十岁,基本上就不太可能了。你不是说有独立第三方的可行性报告吗?我们是外行,只要做财务投资就可以了。"

王一元边喝茶边点头表示认同。老孙又说:"再说了,投资的事只不过是动用目前的盈余资金。这些钱在账上趴着也是趴着,又不能生出钱来的。所以,哪怕是投资失败了,也不会对印刷厂造成伤筋动骨的影响,顶多就是这几年的辛苦白费。"

星期天中午,王一元正在办公室里看报表,门突然被推开,只见谢东、朱许英、孙雯一起走了进来。谢东高声说道:"王一元,你在厂里啊,我们来的时候还担心走空呢。"

"你们怎么过来了?"王一元连忙站起来,走过去和他们打招呼。他问道:"孙姐,你还是第一次来我们工厂吧?"

谢东奇怪地说道:"怎么二楼都是瓶瓶罐罐的东西?原先的设备呢?"

"哦,还在的,在隔壁。我带你们去看看。"王一元一边走一边介绍,"前一段时间,我们把隔壁的纸箱厂给兼并了下来,所有的纸箱设备都搬去那边了。现在的二楼都已经出租了。刚才你看到的那些瓶瓶罐罐,那都是别人家的。"

看过纸箱厂,孙雯说道:"王一元,你可以啊。真是没想到,短短两三年的时间,你竟然会是我所认识的人里发展最快的。这就难怪晓晓了,今天是她求着我们一起来的。"

王一元一脸不解地问道:"怎么,你们过来和她又有什么关系?"

几个人回到办公室。朱许英往四下里看了看,问道:"王一元,那箱香醋呢?"

王一元知道她想问什么,于是说道:"那么大的一箱,我怎么拿回来?我又不吃醋,当时就放在咨询公司,送给任学明和杜建峰了,他们俩喜欢吃醋。"

朱许英却是大吃一惊地说道:"你真不知道那箱醋的价值?"

一听这话,王一元也是很奇怪,说道:"不就是一箱醋吗?有什么好大惊小怪的。"

朱许英看上去有些气恼,提高了声音说道:"王一元,你是不是以为晓晓给你一箱醋,就是想让你吃瘪,恶心你一下?"

"朱许英,你不要说了,看来这个王一元是真不清楚。"孙雯转过头,又对王一元说道,"那箱香醋,其实是晓晓托关系从镇江最大的恒顺公司的老厂花高价弄回来的。你可能不清楚,这种醋是要有一定级别的领导批条才会流出来的。"

王一元这才明白过来,敢情这个肖晓晓还真不是为了拿醋来作弄自己。只是,她为什么不把这箱醋的真实价值告诉自己呢?虽然有些心虚,他还是强作镇定地说:"我真不知道这些。不过,这个醋应该也有保质期,我自己反正也用不完,当福利也是好事吧。"

朱许英不高兴地说:"王一元,你又错了。在我们镇江,有一句俗话叫'香醋摆不坏',意思就是说放多长时间也没有问题。也就是说,正宗的镇江香醋其实是没有保质期的。王一元,你说这话就太对不起人家晓晓了。她对你怎样,你心中没数?是的,以前她确实是自己先跑了,做得不是很对,但也有当时的实际情况在那里,她也是身不由己啊。现在晓晓认识到了自己的不对,反悔了,主动和你和好。你倒好,真把自己当成大爷了?王一元,那我就想问你,为什么总是要拒她于千里之外?"

王一元动了动嘴唇,刚想说话。孙雯却是笑了笑,轻声说:"再说了,王一元,我不是要贬低你,晓晓她哪一点配不上你了,你要这样特意躲着她,总是离她远远的?你觉得晓晓有什么不好的地方,现在说出来几点看看。"

王一元被她们两个女人说得哑口无言,一时都不知道该怎么应答。

朱许英得理不饶人,嘲笑道:"怎样?王一元,你没话可说了吧?我们其实也不是非要劝你去娶了我们的晓晓,那当然是你情我愿的事情。我们只是想要告诉你,王一元,你也要认识到你自己的错误,以后不允许对晓晓爱搭不理的,知道吗?"

王一元只好不停地点头,连声说:"你们批评得都对,我一定改正,好了吧?"

"看看,还什么好了吧?你烦我们说你了?"朱许英说,"王一元,你这态度,要换了我,我就给你一车的醋。"

对于这样的狂轰滥炸,谢东也实在看不下去了。他笑了笑,说:"算了算了,不知者无罪。我们还是说正事。"

朱许英说道:"那我们暂且饶了你。不过,我可告诉你,晓晓要是再来上海,你可一定要陪着她。千金小姐嘛,你自然要多照顾她一些的。"

谢东说:"小王,是这样。晓晓回去的时候,和我们说了你想投资建筑公司的事情。她是想跟着你做这笔投资。"

王一元看了看谢东,还是有些不解地说道:"跟着我投?我最后是算我自己个人的行为还是由印刷公司来投资,还没有定论。再说,现在我们公司的股东基本上都反对,最终还能不能做成这事,还得两说。"

"肖晓晓就是这个意思,跟着你个人做投资。"谢东解释说,"也就是说,拿出她个人的一笔钱来,和你的投资绑在一起,你投她就投,你要是不投,她也不投。"

"这还真有点意思了啊。"王一元不由得笑道,"我以前也没有接触过投资方面的事情,亏损还是赚钱都还不知道。要真是亏了,晓晓她追究我的责任吗?再说了,她又想拿出多少钱来?"

孙雯说道:"王一元,你想多了。投资有盈有亏,是很正常的,这些常识我们还是知道的。真要是亏了,晓晓难道还真把你打死不成?呵呵,就算是打死你,亏损也还是亏损啊。"

谢东说道:"你这工厂当初不也是集资入股了一部分吗?现在发展得不是挺好?你和我们说实话,有没有翻一倍?"

王一元想了想,最后还是实话实说:"呵呵,一倍是远远不止了。印刷厂这两年的运气还不错,如果不算本金,光是累积的利润就超过最初投入的2倍了,中间还添置了一些机器、设备等固定资产。还有前段时间组织旅游之类的活动,这些也是花了不少钱的。"

"晓晓就是看中了你这点,想在你这里沾沾运气。"谢东说道,"她的意思,先期投入进来300万,就放在你这里,让你来操作。你看怎样?"

王一元听到这个数字,虽然说有些意外,但还不至于吃惊。他只是说道:"到底是富家子弟,私房钱都是以百万计算的。"他想了想,又说道:"放在我这里做投资,可以是可以的,只是你们一定要和肖晓晓说清楚,有赔有赚,这个我不能打包票说什么一定就是赢钱的。"

谢东显得有些不好意思,挠挠头发,还是说道,"我们其实还有件事想和你商量一下。就是这个……这个……我和孙雯也想凑一部分资金,一起参与进来。你看可以吗?"

王一元晚上打电话给肖晓晓,可是电话响了很久都一直没有人接。连续几次,都是如此。他心想,这个肖晓晓到底在搞什么名堂?让谢东他们过来和自己谈合作,可她自己怎么又不接电话?

不过,王一元还是很高兴今天一下子就筹集到350万的资金。这么多的钞票,于他而言,要是放在三年前,几乎就是不可想象的天文数字了。当然,他也不止一次地有过幻想,自己有朝一日也能赚上很多很多的钞票,从此过上美好的生活。可他怎么也不会想到,这好几百万竟然来得如此之快。这些钞票虽然不是自己的,但这种能支配钱的享受还是很令人向往的。只不过,高兴归高兴,王一元更多的是想到了自己肩上的责任。这些钞票既是一串非常令人欢喜的数字,更是别人对自己的信任和自己肩上的责任。

手机"滴"地响了一下,有短信进来。王一元打开一看,是肖晓晓的短信:"本姑娘忙着,不要随意骚扰我。"

王一元想了想,回过去三个字:"神经病。"

肖晓晓的短信一会儿就过来了:"你!"

王一元想了想,这回发过去4个字:"你神经病。"

肖晓晓很快就秒回:"滚!"

王一元看着手机屏幕上的对话,自己都忍不住笑出声来。

那边的肖晓晓坐在沙发上嘟嘟囔囔地放下手机,却满含笑意地和正在厨房忙碌的妈妈打过招呼,哼着小曲,步伐轻松地上楼去自己房间。

肖晓晓自从上海回来之后郁郁不欢,情绪一直比较低落,甚至有时候显得很是无精打采,在家里的时候也明显说话很少,看得出来有些很不开心。妈妈问过几次,她什么也不肯说。

今晚肖晓晓的表现让几天来一直担心她的妈妈莫名其妙,不知道她突然之间这么大的转变,中间到底发生了什么。她不由地走出厨房,狐疑地往正在上楼的肖晓晓多看了几眼,心里想:这小妮子,谈男朋友了?谁啊?

毕业晚宴结束时已是快11点半了。王一元、任学明、杜建峰三人都觉得意犹未尽,看看时间反正已晚,于是干脆在学校附近找了一个宾馆,继续喝酒聊天。

三人讲到了和王一元有关的两件事情。第一件事是由王一元牵头组织写出来的销售人员末位淘汰试行办法和全员销售的实行方案,已在吴总的房地产公司的几个售楼处完成试点,正准备在全公司销售网点全面铺开。

杜建峰和王一元碰了一杯,开玩笑说:"小王,你弄的这个全员销售的方案,好是好,效果也不错,不过到最后把我们自己也给绕进去了。吴总已经了,他们公司的咨询费用以后可就要用房子来冲抵了,说这也是开源节流的好办法,还是你提出来的。"

"你说你都弄出来什么馊主意?"任学明笑道,"现在不只是我们,可能他们公司所有的供应商都会按一定的比例来这么操作。要是让那些供应商知道是你出的主意,还不得把你生吞活剥了?"

杜建峰说道:"我还要提醒你,你不是介绍别人买了好几套商铺吗?你这几天要抓紧去把销售提成的钱要回来,不然就晚了。"

王一元说："那是他们房地产公司南通的项目，有两个七浦路的南通老板是我介绍过去的。这还是由吴总亲自点头开的后门。"

任学明笑了笑，说道："房地产公司真要拿房子抵押给我们，呵呵，我和老杜都是单位早就分配过房子的，住得很宽敞，并且还都在市中心，没有必要再去换新的，这房子又给谁去？"

杜建峰看了几眼王一元，笑道："那还能给谁？当然是谁没房就给谁喽。"

王一元一看这情况，也哭笑不得地说道："两位老大，我还要娶老婆、养孩子呢，现在一样都没有，还有很多地方要花钱的。"

三人又碰了一杯。任学明笑道："哈哈，小王，你要是在上海没有房子，谁又愿意嫁给你？我们这是帮助你，好伐？今年咨询公司的业务你也看到了，生意不是特别好，所以说，现金流我们还是要保持的。"

第二件事就是关于建筑公司的投资入股。王一元详细讲了印刷厂现在的实际情况，公司的股东是一边倒的反对。他还说了肖晓晓他们拿了一部分资金，想参与投资入股的事。

任学明想了想，说道："这个建筑公司，他们的主业其实就是两个，一是建房子，一是修路。如果从他们历年来的报表来看，倒还算是一家比较优质的公司。我们国家发展经济的'三驾马车'是投资、出口、消费。国家的政策对于'铁公基'，也就是铁路、公路、基建，一直都是拉动内需的必要手段和重要抓手，特别是在经济危机等特殊时期，就更是如此。"

不过，杜建峰还是有些担心地说："这家建筑公司现在因为流动资金不足而陷入困境，固然是有整个经济大环境的关系，但他们内部的一些管理上是不是也存在问题，这是一定要去现场考察的。"

"很多时候，一念天堂，一念地狱。善与恶，幸福与痛苦，全都在那一念之间。"任学明说，"我们做选择的时候要慎重，要三思而后行，不做不可挽回之事，但也不要因此而畏首畏尾，这也是不可取的。"

这一次的聚会，三人之所以都少有的这么高兴，还有一个很重要的原因。今天的毕业典礼上，任学明、杜建峰、王一元三人收获满满，甚至可以说是大出风头。由他们三个人执笔、于老师特别指导的毕业之作《基于现实背景条件下传统中小企业的转型发展和产业结构升级调整研究》不仅破例加急插进最近一期的学报发表，还获得了经管院年度毕业论文优秀奖。

晚宴上，杜院长还特意和王一元喝了一小杯。他勉励王一元在以后的工作中不要忘记做学术的初心,继续努力学习,再接再厉,争取有更多更有影响力的研究成果。

班主任于老师对任学明三人也有特别的交待,他语重心长地说:"任学明,还有杜建峰,你们两人要多多带着王一元。希望你们以后不管是在工作还是在学术研究等方面,争取做出一番成绩来。"

喝酒喝到后面,三个人越来越兴致高昂起来。老任说道:"我觉得我们三个还是要做一些知识分子应该做的事,在这个社会上留下我们兄弟三个努力的足迹,写他几本经世济用的学术文章出来。"

杜建峰说道:"我们三个人,老任老成稳重,有主见。但是,要论发现论题、实践论点的能力,还有文笔,我看还是非王一元莫属的。"

任学明说道:"我们仨以后就以这个咨询公司作为基地,有意识地多往自己擅长的或者是感兴趣的方面,也可以是当下社会和经济方面的热点问题,展开研究。我的想法,也是一个对我们自己的最低标准,我们要有自己独立的思想或者是想法,并且一定要发出声音来,让社会和学界知道有我们的存在。"

"这也是我一直在努力的方向,也是追求的终极目标。"杜建峰说,"一个时代的精神是青年的精神;一个时代的信仰是青年的信仰。我们就是要有自己清晰的信仰。"

"对,杜建峰说得很对,就是信仰。"任学明往上推了推眼镜,感叹,"王一元,我和杜建峰都是60年代生人,对于信仰,你们是不及我们这一代人这么强烈的。"

任学明说:"一个国家、一个民族的理想和追求、价值和信仰,往往集中体现在这个国家、民族杰出的知识分子身上。青年知识分子应该是善于独立思考、有专业知识体系、有思想的人。泰戈尔说:'信仰是个鸟儿,黎明还是黝黑时,就触着曙光而讴歌了。'"

杜建峰接口说:"俄国作家列夫·托尔斯泰说:'信仰就是生命。信仰是人生的动力。'美国作家钱宁说:'信仰是用期望的形式表达的爱。'"

任学明附和道:"从孟子'富贵不能淫,贫贱不能移,威武不能屈'到文天祥'人生自古谁无死,留取丹心照汗青',再到林则徐'苟利国家生死以,岂因祸福避趋之',信仰理应成为中国当代青年知识分子血脉中流淌的基因。"

"但是,仅仅传承还是不够的。"任学明站起来,继续说,"传承是为了延续过去的美好,创新则创造着未来。在这个充满机遇与挑战、不确定性和风险的时代,青年知识分子的创新精神显得尤为重要。"

杜建峰说:"对,青年知识分子就应该积极投身到创新发展的大潮中,在享受新时代慷慨馈赠给我们一切幸福美好的同时,更要竭尽所能地回馈这个新时代,勇于扛起时代责任和担当的大旗。"

王一元基本插不上什么话,只是静静地看着他们张牙舞爪地激扬文字、指点江山,不时地和他们喝上一大口。不知不觉,下酒菜已经吃光,花生米也剩不了几颗。王一元低头迷迷糊糊地看了一阵,发现啤酒也快要喝完了。

这天晚上,他们喝光了3支红酒、2瓶五粮液,再加上12瓶啤酒,最后三个人都喝得酩酊大醉,在房间里七倒八歪地沉沉睡去。

忙忙碌碌,转眼就到了月底。经不住建筑公司林总多次询问,还有老谢的好几次劝说,最后王一元决定,不管自己最终能不能投资、会不会入股,最近就带人去这家公司先考察考察再说。至于人选和考察的重点,他也和老任、老杜商量后拟出了一个大概的计划方案,并且把这个方案提前邮件给了林总确认。

这天一大早,王一元、谢东、孙雯、任学明、杜建峰、王丽萍,加上咨询公司特意安排过来的两位资深会计师和一位律师,由建筑公司派车一起接去考察。

这次的考察内容包括造访建筑公司本部、实地察看该公司的施工现场、抽查供应链管理、参观公司员工实训基地等等。行程安排很紧凑,一共花了4天的时间。建筑公司的林总和财务部经理小谢全程陪同,并且对王一元方照顾得很周到。在建筑公司相关资料的获取方面,林总一般都有求必应,基本上是毫无保留地向考察团开放。

考察团一共去了分布在不同城市的7个工地。这次考察下来,如果从开工的情形来看,现在的建筑市场确实是不容乐观。林总并没有藏拙,表现得磊落大方。要知道,这7个工地现在已经停了3个,都是住宅和商务楼。

林总介绍,房地产开发商不能按进度支付款项,建筑公司尽管勉力为之,但也不能长久维持,不得已停了下来,甚至连他老家象山的一块工地都停工快有半年之久了。

不过,几天的接触下来,林总简朴务实的工作风格、扎实的专业知识以及娴熟的技能,特别是其间发生的三件事,给王一元他们留下了非常深刻的印象。

第一件事,一行人去的第一站是浦东花木的一个住宅楼房的建筑工地。戴好安全帽、做好一些必要的防护后,一行人上到工地的最顶层。当时正在浇筑楼板混凝土,施工现场看上去井井有条,杂而不乱。一行人看得好好的,林总却突然喊停。一旁正在做介绍的项目经理很奇怪,不解地看向林总。不想林总三两步走去正在浇筑的模板旁边,弯下腰,从里面掏出一个矿泉水瓶来。他拿着这个没有瓶盖、还剩下三分之一水的矿泉水瓶,走过来对项目经理说道:"模板内没有清理干净,怎么就这么着急地开始浇筑?还有,现在光找到瓶身,还有瓶盖呢?一定要找出来的,马上去找。"

项目经理一时大窘,赶紧过去让浇筑先暂停,组织工人对模板内重新进行了一遍清理,然后带领现场的班组长迅速查找原因,到处搜寻瓶盖。过了一会儿,项目经理就期期艾艾地拿了瓶盖过来向林总汇报,说是刚才有工人正在喝水,看到老板带了一行人上来,一紧张就把没喝完的水丢在了模板里,瓶盖还在他自己手里。

林总却是不留情面地大声说道:"清理现场只是举手之劳。钢筋验收前要有专人清理一次,这些公司施工工作守则上都有规定和要求的。可是,这些施工最基本的要求为什么就是做不到?"

项目经理在一旁唯唯诺诺,不敢再说话。林总吩咐工地所有的现场施工暂停,先全部都检查一遍,确认没有任何的失误才能继续开工。他说:"当班的工人一定要做深刻检讨,包括你项目经理在内的所有各级管理人员,按照公司的施工标准和章程,按责任大小处罚。你还要组织召开员工大会,一定要强调施工质量和现场管理。"

第二件事情发生在无锡,这是一个工业园区的厂房建设工地。工地已完成了基础的地基,正在做立柱的绑钢筋作业。这次考察还是由该项目的项目经理做介绍,一行人边走边看。看得出来,林总对这个工地还是比较满意的。可是,当他走过一根立柱的时候,他突然停了下来,看了看立柱的钢筋,说道:"不对,这里的柱主筋有偏位。"

项目经理也停下来,瞧了瞧:"看上去应该还好啊。"

林总没有再说话,从工装的上衣口袋里掏出一把卷尺,蹲下去就开始测量起来。一测量,结果还正如林总所说,偏位9毫米,不过还不算是很严重。林总立即就沉下脸来,对项目经理说道:"你知道该怎么处理吗?"

项目经理这时候开始有些紧张。林总说:"像这种常见的柱主筋偏位问题,只要偏位没有超过其保护层厚度20毫米,就把钢筋的底部先往偏位的反向掰弯,再按$1:6$的斜度调整到位,另外再加上一根L型的同直径钢筋与偏位柱筋点焊或绑扎,作为加强筋。"他吩咐马上组织工人对所有的柱主筋进行检查。他说:"厂房是工厂的百年大计,在施工质量上面一定要严格按照相关的施工标准,马虎不得,一定要认真从中吸取教训。"

第三件事发生在宁波江北的一个修路的工地。这个工程倒不算很大,只是分包的一段不到3公里的市级公路。修路的工人也不是很多,只有不到100人。这一次,林总重点检查了工人的生活和住宿情况。这里工地上工人的住宿安排基本上都是临时搭建房和租赁过来的临时活动房。这种临时房都是用铁皮搭建,可以随时移动,使用起来很方便,特别是在流动性比较大的建筑企业,是普遍使用的。但是,这种铁皮房的缺点也是显而易见的,那就是天热的时候里面更热、天冷的时候里面更冷。宁波的夏季非常闷热潮湿,这一点王一元深有体会。如果不做好劳动防护,工人住在里面很容易生出毛病来,所以,一些比较正规的工地一般都会随房配上空调。建筑公司的临时活动房是在公路边废弃的一个农家院子里。

等一行人看完,林总当场就把项目经理和负责后勤的管理人员叫了过来。他现场指出了几个问题:一是有几间活动房没有安装空调;二是环境卫生还不是很整洁和干净;三是工人的伙食,另外还有常备的防暑药品的准备等等。他都要求马上整改。

项目经理诉苦,说是现在项目资金紧张,所以这些本该早就安排好的事情就被拖了下来。林总说:"资金再紧张,公司也不能在这些方面去省钞票。要是工人生病不能劳动或者是因为饮食而出现群体性的事件,就是得不偿失。"他要求随行的公司办公室主任当天就协调解决,越快越好。

王一元坐在办公室里,眼睛看着摆在自己面前的报告书,很久都没有挪动。这是一份咨询公司重新编制出来的投资尽调报告,报告里对各种各样可能的风险都进行了详细的分析。但是,再怎么厉害的报告,再怎么牛逼的研究员和分析师,都敌不过现实。现实永远要比写的精彩,也更具风险。现实中的风险无处不在,永远都无法预估和评判,更是不可控制的。

到了9月,国际国内的经济形势越发不妙起来。这个月15号,美国第四大投资银行雷曼兄弟由于投资失利,在谈判收购失败后宣布申请破产保护,引发了全球金融海啸,并且迅速地波及到了国内。这场金融危机开始失控,直接导致多个国际上的大型金融机构倒闭或被政府接管。一时间,股市、债市,还有经济和社会活动都开始激烈动荡,形势变得复杂起来。

投还是不投,一下子就成了摆在王一元面前的一个棘手问题。他一时拿不定主意,对建筑公司投资的想法甚至开始有些动摇起来。

与印刷厂同一个工业小区的企业,这个月陆续搬走了好几家,有两家直接倒闭关门。比较庆幸的是,印刷厂的业务从目前来看影响虽有,但还不是很明显,继续保持着向上的势头。

不过,遗憾也有。最大的遗憾就是收购过来纸箱厂原先的无锡汽配厂的业务,接手后的前几个月还陆陆续续地给了小部分订单,但现在几乎完全停滞下来,连续三个月都基本没有业务往来了,甚至连之前的货款也没能要回来。为此,王一元还特意去过三趟无锡,但结果都不是很好。上个月最后一次去的时候,得知这家工厂的员工已经开始无限期休假了。王一元好不容易找到他们公司法务部的负责人陈经理吃了一顿饭,得到的回答还是等。陈经理说,业务合同,他们公司肯定是认可的,也是有效的,甚至因为现在的实际状况,也愿意对原先合同的期限加以延长。他们还承诺,只要有了出口的合同,就一定会把纸箱的订单下过来。

因为这些顾虑,中间老谢和建筑公司的林总约王一元一起吃饭好几次,都被王一元找借口推掉了。这一次实在是不好意思再拖,才又和他们在老谢的饭店见了一面。

对于当前的经济状况和态势,在座的每个人都很明白,不管是经济形势还是林总的建筑公司,现在都已经到了一个非常关键的时候。

林总实话实说:"谢老师投的200万进来,虽然是应了急,但也很快就花完了。如果月底月初再没有资金进来,建筑公司恐怕也要撑不住了。"

小谢说:"象山的建筑行业在全国,特别是在江浙沪这一带,都是出了名的。很多象山的建筑公司都做得很大,甚至有好几家已经在主板上市。我也和你讲实话,现在还有另外的几家象山建筑公司也在和我们谈注资的事情。但是,他们的想法是想最终一口吞掉我们,所以我们一直没有答应。"

"呵呵,这又是为什么?"王一元好奇地问道。

林总放下手里的茶杯,说:"其实很简单的道理。他们的建筑公司能做大做强,能做上市,假以时日,我们的公司也一样可以做到。如果想卖公司,我早就可以卖掉了,又何必辛辛苦苦地撑到现在?"

席间一时无话。几个人各有心事,都客客气气地喝酒吃菜。

过了一会儿,林总看着王一元,说:"这样,小王,我再让一步。如果你能拉进来1 000万以上的投资,我就从我个人的股份里再拿出来100万对应的股份,赠送给你个人。"

王一元一下子有些吃惊,脱口就说道:"林总,公司现在困难到这个程度了?"

小谢在旁边解释:"公司现在确实是最困难的时期。林总的意思是,在保持公司8 000万总股本不变的情况下,如果你投资1 000万,林总从他的持股里再赠与你个人100万对应的股份,也就是说,你最终拥有1 100万元对应的股份。"

老谢说道:"小王,林总还是蛮有诚意的,公司确实是遇到了困难才这样的。还是那句话,小王如果你来投资,我还是以我自己和全家的名义,来给你的这笔出资做担保。"

但是,王一元还是有顾虑,没有马上答应。

过了几天,久未谋面的老乡胡双海和李平福竟一同找上门来。李平福的设计公司这两年和印刷厂一直都有业务往来,和王一元有过多次合作,两人相对更熟悉一些。

王一元开玩笑说:"胡老乡,你们证券公司怎么搞的?一年多的时间,我6万钞票进去,怎么还被扒了一层皮才出来?"

胡双海连连表示歉意,"呵呵,实在是不好意思,碰上了大股灾,到现在还没有缓过劲来。所以,我今天特意登门来向你道歉。"

一旁的李平福笑道:"老王,你也不要笑话双海老乡了。他脸皮薄,今天过来找你,还一定要拉上我才敢过来,就是怕你说他。他现在换了一家证券公司,有指标和任务,想到你这里来化缘。"

"怎么换单位了?"王一元随口问道。

胡双海笑笑说:"这回换的是我们湖南老家的一家证券公司。公司里面有双峰老乡在做领导,所以我就投奔了过去。呵呵,当然,这样相对来说就比其他证券公司要好混一些。"

老乡见老乡,自然很是亲热。王一元先是带他们在工厂参观了一圈,然后又请他们去镇上的湘菜馆吃饭。去年下半年到现在,吴泾镇上接连开出来两家湘菜馆,虽然规模都不是很大,都只是一个个小门面,但总归是聊胜于无,也算是稍微地安慰了一下王一元的思乡之情。

三人边吃边聊。胡双海又推销起来他的业务:"老乡,现在正是股市的恐慌和低谷期,你还准备去搏一把吗?"

王一元连连摆摆手:"再也不敢做了。这个股市,吃人不吐骨头,我不适合的,以后再也不做了。"

"呵呵,老王你要是实在不做,我也不勉强。但是,有一点你一定要帮我的忙,把你股票的开户转到我们证券公司,这个不为难你吧?也算是我完成了一个拉人头的指标。"胡双海道。

"这个自然没有问题。"王一元笑道:"甚至我也可以放进去几千块钱,偶尔买卖一下,不让它成为'僵尸户',你也好交差。"

胡双海还想再劝,说:"股神巴菲特有一句名言:'在别人恐慌的时候我贪婪,在别人贪婪时我恐慌。'这也非常适合当下的股市。"

听到这句话,王一元突然就想到了建筑公司投资入股的事情。他思忖了很久,对胡双海说道:"你刚才说的巴菲特的这句名言倒是给了我提醒,让我一下子想明白了很多事情。这顿饭,我请你请得值!"

越接近年底,人情往来的琐碎事就越多。印刷厂自己制作了一批台历、挂历以及一些记事本等小礼品,专门用来送礼联络感情。

这天,王一元一身疲惫,刚从客户那里喝了酒回到办公室,不想刘总正在办公室等着他回来。这位刘总就是借用印刷厂二楼做仓库的刘总,叫刘建国,50多岁,上海本地人。

王丽萍也在办公室。她一看王一元的脸红红的,明显有些醉态,显然是喝高了,于是赶忙去泡茶。她一边泡茶一边说道:"王一元,刘总可是等了你快有半个小时了。"

王一元放下背包,赶紧走过去和刘总握手,笑道:"刘总,实在不好意思,中午陪客户喝酒喝得多了一些,耽搁了一阵,让你久等了。"

"年底了,喝喝小酒正常的。呵呵,这几天,我也是天天都喝,喝得我都难受了。我本来血压就偏高,现在看到酒就有些害怕。"刘总陪笑道。

王一元漱过口,用热水洗过脸,又走进办公室,对刘总歉意地笑笑,说:"刘总,你今天怎么还自己过来了?怎么,发货上有什么问题?"

刘总说:"这不过年了嘛,前几天我回了一趟老家奉化。这次过来,我特意带了一些宁波的特产给你,你应该会欢喜的。"

"哪用得着这么客气?"王一元看了看办公桌旁边摆放的鳗鱼干、大黄鱼,还有一袋子的大虾,笑道,"呵呵,刘总,你这可是太客气了。"

"这几个月幸亏有你们帮忙,省了我不少时间和精力。想想以前,光是这个来来去去的发货、记账和理货,我一天到晚,啥也干不成其他什么事情了。"原来,刘总这次是特意提了东西过来感谢王一元的。

刘总现在做的基本上是航空公司的生意,主要是一些航班上用得着的东西。他生意做得特别好,几乎每天要往外发货,送往虹桥和浦东两大机场。这个刘总,虽然生意做得比较大,但是他的公司的正式员工就只有他一个人。这样一来,诸多的不便就逐渐显露了出来。一是运输和发货。运输的车辆还好,是固定的一个面包车,有时是一趟,有时是两趟。但是,司机为了赶时间,一般都会很早就会过来提货。因为每天都有货物要出去,所以刘总每天都得很早就来仓库发货。二是进货。因为流水多,自然隔三岔五地就有大量的货物要运进来,到了仓库还要搬运和按品类和不同规格安放,这其实也是一件非常麻烦的事情。加上仓库离市区有一段距离,所以刘总一个人根本就忙不过来,时间一长,也被弄得灰头土脸,累得够呛。

后来,还是王一元想了一个办法,由印刷厂代刘总进货、发货,然后每个月与刘总对账,具体工作就由王丽萍负责。这样几个月下来,很快就把各个环节基本上理顺了。这样做,其实印刷厂并没有增加多少人工和事情,可以说是举手之劳。但是对刘总来说,就是相当于有了专职的仓库管理员,不仅给自己带来了很多便利,还节省了大量的时间和精力。

王一元问:"刘总,你做的具体是一些什么东西?好像陶瓷的比较多,是吧?"

"是的。都是一些机供品,主要就是陶瓷。"刘总答道。

王一元不解地问道:"这个飞机上还用得着陶瓷吗?我看你们基本上每天都要往外发货,消耗量怎么这么大?"

刘总笑了笑,说道:"坐飞机的时候发的航空餐,很多都是用纸盒包装的,还有用锡箔塑料盒包装的。但是,这个国际航班的商务舱或者头等舱的乘客,他们和普通的乘客是不一样的,餐具要更加精致一些,都是用这个陶瓷来盛放的。这个陶瓷,还不是常见的陶瓷,而是陶瓷里面最高档的瓷料,叫做骨质瓷。"

王一元又问:"国际航班的头等舱,每天的乘客会有这么大的消耗量?"

刘总笑道:"当然,因为上海的这两个机场都是国际机场,国际航班很多。关键是,这些陶瓷餐具都是一次性用品。也就是说,每趟航班只用一次,基本都不回收的。这样一来,消耗的数量当然就多了。"

王一元想了想,道:"那你这个陶瓷都是采购来的吗?"

"是啊,全都是采购的。我自己哪里还有这个功夫去生产那些个东西?我把我需要的陶瓷品种下单子到生产的工厂,然后工厂生产好以后发货过来上海,就是这么简单。小王,你怎么突然问起我们这个机供品来了?"刘总问道,"我来过好多回,也没看见你对这些个产品有兴趣。"

王一元呵呵一笑,说道:"刘总,现在不是经济形势不太好嘛?我们印刷厂也是一样受到了影响。讲实话,现在我连睡觉做梦都是寻思着怎么去找机会挣钱。我看你这个生意这么好做,自然就留意了一些。"

刘总笑了笑,说道:"小王,我看你是实诚人。这样,你真想要接触这个机供品,我建议你上网上去查查资料。这个陶瓷的品种叫做骨质瓷,你可以先了解一下。还有,在浦东国际会展中心,每年4月都有一个叫做国际酒店用品展的展会,其中有一个专门的陶瓷展厅,全国做陶瓷的大厂家基本都会来参会的,你到时候可以去了解看看。"

王一元朝正在办公桌上整理资料的王丽萍说道:"王丽萍,你拿笔记一下这个时间地点,还有不到三个月时间,到时候你提醒我去现场看看这个展会。"

"我也会去看的,我叫上你就好了。"刘总笑道,"讲实话,我也一直都在烦恼,现在的这个生产厂家,感觉不仅价格偏高,还总是拖延供货,有时候搞得我在航空公司很被动的。"

王一元笑道："供货稍微推迟一下，对工厂来说也是常有的事情，不会有这么严重的后果吧？"

"那可不一样。这个机供品是要随着飞机走的。飞机的航班都是精确到秒的，总不可能因为这个餐具的不及时而影响飞机的正常起飞吧？再者说，对这个机供品的供货，航空公司都有严格的要求，不仅仅是时间，还有质量、包装等等，都是很严的。"

"刘总，你看这样行不行？"王一元想了想，说，"要是中间有钱赚，干脆我找地方去给你生产好了。其他的不敢说，如果单纯是开工厂搞生产，你也看到了印刷厂的状况，我们还是比较有经验的。"

刘总思考了一会儿，说："这个你还是先去了解了解陶瓷再说。不过，我可以告诉你，你要是觉得真能做，我们真可以商谈的。"

送走了刘总，王丽萍问王一元："怎么，你还真打算去开一个陶瓷厂？"

"也就是随口说说，话赶话说出来的。"王一元笑了笑，说，"当然，要是真有钱赚，也不是不可以考虑。"

王丽萍笑道："老王，陶瓷是怎么回事，你知道吗？跨行哪有那么容易的？"

小年，腊月二十三。早上开过工厂和业务的联席会后，王一元因这几天酒喝得太多，感觉有些不太舒服，便提前在工厂食堂吃过中饭，和王丽萍招呼了一声，就回宿舍睡觉了。正睡得迷迷糊糊，电话铃声突然响个不停。王一元摸过手机，一看是谢东，就接通了。谢东就两句话："老地方，现在过来吃饭。"

"什么老地方？"王一元一时没有反应过来，随口就问道。

谢东笑着说："就是沪松公路的农家乐，这几年你总不肯来的地方。又是一年了，我们几个聚一聚。"

王一元不得不起床，一看时间才10点半，心想，才睡了不到20分钟。这吃的什么饭？早饭还是午饭？自己可是连午饭也吃过了。

穿上衣服洗脸。开水瓶里的热水不多了，凉凉的水一泼上脸，人顿时就清醒了。去的路上，王一元中途让司机在镇上停了一下，找了个ATM机取了一些现金带在身上。

到了曾经熟悉的农家院，院子看上去基本没什么变化，包括过来打招呼的老板和服务员也都还是一样。王一元不禁一阵唏嘘感慨，一个人在院子里草坪中间的大香樟树下静静地站了好一会儿。

王一元推开老板指给他的房间门，见只有谢东一个人在泡茶。谢东招呼王一元坐下,摆弄了一阵泡茶的家伙什,先给他上了一泡茶,说道:"她们几个一会儿就到。这次是我自己带来的茶叶,顶级的龙井,你尝尝?"

王一元没有客气,端起茶杯就一饮而尽。他笑了笑,说道:"这顶级龙井,我没感觉有什么特别的地方啊。"

谢东嘲笑道:"你这哪里是品茶?这是标准的牛饮,知道吗?"

王一元说:"这一喝下去,倒是身体暖和多了。谢东,你说对了,我一农民出身的粗人,咋能尝出来什么味道啊?我根本就不会品什么茶啊。"

谢东咧嘴哈哈笑道:"你就别客气了,喝茶还有什么不会的?再说了,你什么人啊?高人啊!高,实在是高!你把我们都瞒住了,我佩服你的。"

王一元不做声,故作喝茶。他心想,大概是自己和肖晓晓商量挖角谢东夫妻俩的事被他们知道了。只是王一元有一点疑惑,按理说,这事情都过去这么久了,为什么这时候谢东才提出来找自己?或者说,这其中还有其他自己不知道的什么事情?

谢东呵呵笑道:"怎么,你看我们都快要成连襟了,你还不先老老实实地坦白?"

王一元放下茶杯,整理了一下思绪,就把上次在镇江的最后一天和肖晓晓单独商议怎样才能挖谢东来公司的经过简单说了一下。

王一元说完,谢东没好气地说道:"现在好了,我丈母娘和晓晓妈妈,两个人联合起来,一定要求我们夫妻两个都回镇江。听说,这个大打亲情牌就是你王一元出的好主意?"

王一元只好点点头,算是默认。谢东说道:"我们一家本来在上海都是好好的,也挺安逸的,都是你做的好事,马上这种好日子就要到头喽。你这是要把我往火坑里推啊。你明明知道现在的全球经济是什么样的一个状况,并且,晓晓公司服装这块业务主要就是出口。那你说,我现在这样回去,该怎么干工作?"

"谢东,谢大兄弟,要是晓晓的服装公司没有什么特别的困难,那还要你回去干什么?"王一元笑着说,"晓晓就是看中兄弟你的一身才干,她才来挖你的。"

"恐怕很难啊,回去的话,工作很难展开的。你知道,对于服装的外贸出口,我也是门外汉,没有做过的。"谢东心事沉沉地说,"主要还是你嫂子和孩子,怕是要连累他们了。"

王一元呵呵一笑,说:"是的,嫂子这回可是要做出牺牲了。我当初的想法就是觉得你们都是亲戚,让你回去工作不是更放心一些嘛。"

谢东对王一元的说法很是嘲笑:"我就知道你们没安好心。"

王一元反问道:"那你到底最后有没有答应晓晓?"

谢东却是笑而不语，没有正面回答。

"老兄，你就不要埋怨了。还有，今天你就是不找我，我也想找你说说我自己当前的处境和顾虑。"王一元诚恳地说，"谢东，我和你讲实话，上次镇江回来后，关于我和晓晓的关系，还有今后该如何相处发展，我自己想过很多回，最后还是觉得自己信心不足啊。我就想着找老兄你给分析分析，这事到底最后能成吗？"

"王一元，你真有意思啊。你不是昆曲都唱过了吗？这回说没有信心了？"谢东喝了一口茶水，又嘲笑道，"你和晓晓自己的事情还不知道，你就帮着她来算计我们了，你这样做，太不地道了。"

谢东想了一会儿，端着杯子大喝了一口茶，说："要说最后你们两个能不能成的关键，还在于晓晓和你，主要还是晓晓。当然，作为朋友，首先我是希望你们能成的。总之，革命尚未成功，同志还需努力。"

王一元刚端起茶杯，旁边房间传出来一阵笑声，门"吱嘎"一声打开了。谢东老婆朱许英走了进来，笑道："谢东，你还真能编啊。"她接着和王一元打招呼："你不介意我们在旁边偷听吧？"

王一元连忙站起身，招呼朱许英喝茶。他又觉得好像有什么不对劲，于是对朱许英问道："我们？还有晓晓也在里面？"

朱许英没回答王一元，她侧过头，对着门那边说："晓晓，你怎么还害羞了？过来吧。"

王一元连忙走去隔壁房间，肖晓晓正坐在那里，脸涨得红红的。王一元伸手去牵她，她佯嗔着打开了，跟在王一元后面来到谢东他们桌前坐下。

朱许英盯着谢东，笑着说："你们猜，刚才我为什么没屏住笑出声了？"谢东好像有些尴尬，一个劲地招呼大家喝茶。

朱许英假意抱住谢东，接着说："想当初某人追求我的时候也说一日不成功便一日努力。谢东，你说是不是啊？"

"人家怕是早就抱上了吧。"话音未落，房间的门被推开了，孙雯走了进来。她看到谢东和朱许英还抱着，于是打趣道："怎么，还真抱上了？今天什么情况？"

大家都笑了。这顿饭吃得很和和气气，皆大欢喜。谢东夫妻和孙雯都很八卦地问了王一元和肖晓晓许多事情，还夹杂着过来人的唏嘘感慨，不时指点分析和点评一番。王一元他们俩也收获了前辈的许多经验和教训，还有他们话语中夹带的隐隐约约、或明或暗的棍棒刀枪。

孙雯说得很直接："晓晓是我徒弟，也是我的好闺蜜、好朋友。王一元，你要是敢欺负她,有你好看。"

王一元揶揄道:"那照孙姐你这么一说,那我该叫你阿姨还是该叫大姐?"

下午,王一元和肖晓晓两人就这样手牵手地进了印刷厂小院,然后手牵手地参观了各个生产车间、办公室,甚至还有食堂,几乎没有一刻松开的。

工人对王一元和肖晓晓两人,先是奇怪,后是惊讶,然后很多人都停下工作,起哄着一直鼓掌。有胆大的还不停地指指点点和纷纷议论。

王丽萍和周婉秋本来正在打样间督促工人干活,听到动静后也跑了出来。

王一元给晓晓做了介绍。几个人还特意去看了原来的纸箱厂。纸箱厂现在主要做的就是奉贤家纺厂的单子,基本上能满足生产的需求。

王一元他们进去的时候,肖云华正在生产线之间来回巡查质量。他对王一元突然之间就带着女朋友来工厂虽然感到很惊讶,但却是相当高兴,连连说:"老王,恭喜恭喜!终于是有对象了啊。小肖,你算是解决我们公司的一大难题了,要不然,老王的个人问题都快把我们给愁死了。"

这天的晚餐,肖晓晓的意思就在工厂吃。王丽萍吩咐食堂多做了几个菜,才5点不到就端了过来,大家就在王一元的办公室开吃。酒还是由肖云华提供。这顿饭因为肖晓晓的缘故,尽管周婉秋一如既往地说了几个半荤半素的笑话,但大家基本上还是比较规矩的,酒兴颇高,但喝得还算比较文明。

大家一个劲地轮流灌王一元的酒。王一元今天高兴,来者不拒,敞开了喝。几轮下来,他就喝得有点多,有了些许醉意。于是,他先告辞去宿舍休息,让肖云华和李广林陪好谢东他们三人。肖晓晓跟在后面,看着趔趔趄趄上楼的王一元,忍不住上前扶住了他。

摸摸索索地掏钥匙打开宿舍的门,王一元开了灯,又打开取暖器,只觉得酒气一阵阵涌上来。他就招呼肖晓晓自己随便找地方坐,自己去窗户边打开窗户,想透透气。冷风吹进来,他靠着窗户,不时地对着手掌哈气。其实,他内心很忐忑,对自己现在这样的生活环境,不知道肖晓晓心里会有什么样的想法。

因为电灯的光线比较暗,肖晓晓使劲看了一会儿才看清房间的布置。最靠里面的墙角有一张床,床头边是一张书桌和一只小木凳,上面都乱七八糟地堆满了书籍。桌上是一盏没了灯罩的台灯,旁边还躺着一台孤零零的收音机。房子中间横穿着一根铁丝,肖晓晓一眼就看到自己送给王一元的那套还套着外罩的西服和零零落落的几件衣服就挂在上面,而窗户上更是连窗帘都没有,只是下面的玻璃用印刷过的薄纸糊了一下而已。

肖晓晓上次进这房间的时候没有太注意房间的布置。她眼睛四处搜寻,终于在桌腿旁边找到了暖水瓶。还好里面有开水。她又找出一只茶杯洗了洗,问王一元:"有茶叶吗?"

王一元勉强笑了笑,说:"茶叶都放在办公室了。平常我一般都喝白开水的。"

肖晓晓给王一元倒了一杯热水,又站着待了一会儿,看着几乎家徒四壁的房间,一下子也不知道该往哪儿坐。她犹豫了很久,也没有其他更好的选择,只好靠床沿坐下来。刚坐下,肖晓晓马上就感觉到床垫非常单薄,甚至有一些硌,好像就只有薄薄的一层。她顺手一摸被子,也是薄薄的。也不知道这大傻子怎么能熬过这个上海又湿又冷的冬天,肖晓晓突然有些伤心地想。

一时无话,还是肖晓晓打破了尴尬,问王一元:"我送你的那床蚕丝被呢?怎么不用?"

王一元这时候已经好受了一些,说:"这些旧的都还能用,你那床新的舍不得,先将就着,用不了了再说。"

肖晓晓又问:"今年春节你在哪里过年?"

这段时间,因为确实忙,王一元还真没想过今年的年怎么过。这回肖晓晓突然间问起,王一元还是不知道该怎么回答。

讲实话,自从父母相继去世以后,王一元其实就不太愿意回老家。一方面主要还是王一元内心一直不愿面对父母过早离去的这个事实。他每次回老家,看到家里那熟悉的一切,心里总是特别纠结,每一次都觉得特别难过。每一次他都会想,自己作为家中长子,既没有对父母尽孝,也无力帮助姐姐弟弟,目前仍然还是不能做什么。另一方面,正应了那句老话,"父母在哪里,家就在那里"。父母一去世,这个家就慢慢地散了。姐姐外嫁,弟弟一家去了广东打工。这样一来,兄弟姐妹其实也难得再聚在一起。还有,王一元老家的亲朋好友本来就不多,这几年互相之间联系得少,亲情也开始慢慢淡化了。讲难听一点,现在如果王一元回老家,恐怕连能走动的地方都不多了。所以,王一元打心底里就更不愿意回老家了。

肖晓晓见他不说话,知道王一元有难处。她想打破沉闷,于是打趣地说道:"要不,今年你到我家去过年?"

王一元站在窗前,摸了摸头发,轻声说:"其他人都要回老家,我今年可能还得在工厂值班。"

肖晓晓没有说话,低着头,看着脚下的水泥地面。她仿佛觉得,今天才开始真正看到王一元不为人知的另一面。这一面就犹如太阳照不到的月亮的另一面,在不为外人知的角落写满了王一元的艰难、痛苦、无助,甚至种种过往不堪,但又穿插了他性格上的倔强和努力、随遇而安,甚至还有自嘲,和通常那个在人前总是阳光、开朗、充满干劲的王一元相去甚远。

肖晓晓抬起头环顾四周,房间显得有些灰暗,外面的斑驳的光线照进来,王一元立在窗前的剪影忽明忽暗,被拉得很长且纤细。她恍然间觉得自己看到了一个人的孤独,一个男人的孤独。是的,一个男人的孤独。他孤独吗?她心里突然想道。

心中一酸,眼中有热泪淌了出来。肖晓晓冲动地站起来走过去,紧紧拥抱住了眼前的这个大男人。

王一元看到肖晓晓突然间泪水盈眶,一时手足无措,不知道究竟发生了什么事,酒一下子全醒了。他压根不会想到,自己习以为常的生活情景此时正猛然触中肖晓晓心中的某一处柔软,让她见景伤情。

没有纸巾,王一元慌忙用衣袖去擦肖晓晓脸上的眼泪。肖晓晓反而抱得更紧了,不让王一元动。她抬起头,轻轻地问王一元:"你孤独吗?"王一元也使劲地抱着肖晓晓,没再说话。他也不知道此情此景,自己应该去说些什么。

许久许久,肖晓晓平静了,说道:"你给我一把房间的钥匙吧。我有时间会过来看你的。我要回去了,你送送我。"

王一元就牵着肖晓晓下楼去找谢东他们。肖晓晓依偎着王一元,紧紧挽着他的手臂,走出宿舍小院。在这个有着寒风的夜晚,肖晓晓只想着尽可能给自己现在挽着的这个男人些微的温暖。

回去的路上,肖晓晓和朱许英一辆车。她说道:"阿姐,明天我还想在上海待一天,晚上我们再回镇江。"

朱许英很意外,问道:"哦,晓晓你还有事?"

肖晓晓说:"还有两件事。一是我想去给王一元整理一下宿舍。马上过年了,让他也有些过年的气氛。"

"呵呵,晓晓,你现在就想着要去照顾他了?"朱许英说,"我和你讲,在这个感情方面,谁先动情,谁到后来就要吃亏的,你自己要想好了。那第二件事呢?"

肖晓晓想了一会儿,说:"我想在上海买个房子。明天,你和姐夫陪我去找找房子吧,就在吴泾附近。"

朱许英一惊:"晓晓,买房子可是大事,你这么着就决定了?再说,你要买房,不和你家里人,你妈妈她们商量一下?"

"嗯。我妈那里,晚上回宾馆我会和她说的。爸爸当初给我的 500 万创业基金还剩下 200 万,我想干脆就全部买房了吧,反正现在也没有其他用途。"

朱许英问道:"买房这是王一元的意思?"

肖晓晓说:"不,我没有和他说。他这人死要面子,我怕要是和他说了,这房或许就买不成了。"

第二天晚上,王一元 11 点多了才回宿舍。他推开门,打开灯,一束明亮的光线突然照了下来。他赫然发现,不仅是灯泡换了,自己的宿舍已然是焕然一新。床上用品,包括床单、垫褥全换了新的,还多了一床厚厚的蚕丝被;书桌铺上了新台布,还有一个崭新的台灯,连窗户也挂上了全新的窗帘。

这时,隔壁的门"吱嘎"一响,肖云华穿着棉毛裤走了出来。他对王一元说:"小王,你捡到宝啰。你不知道,小肖今天下午和司机两个人里里外外全部给你收拾了一遍,还不要我们帮忙,连灯泡都是她自己换的,不得了!她不让我们和你打电话,说是要给你惊喜。"

因为天冷,王一元连忙招呼肖云华赶快进屋里睡觉。关上门,王一元躺在床上,使劲地翻了个身。他摸摸被子,摸摸枕头,又起身关上窗帘,打开了台灯,心里涌上一阵温暖,这是他许久以来再一次感受到的一个女人的温暖。他掏出手机,想给肖晓晓打电话,电话号码拨到一半,意识到时间太晚,怕打扰到肖晓晓。于是,他转而发了一条短信:"谢谢,晓晓。我刚回宿舍,很感动,谢谢你带给我的温暖。"

这时候,肖晓晓已经回到自己家里。她其实一直都在等王一元的反应。她知道王一元最近比较忙,不知道他什么时候可以回宿舍。等了很久,直至上了床,手机信息才一下子响了。她连忙拿起手机一看,才知道王一元刚回去宿舍。她回短信:"明天还要工作,洗洗睡吧,晚安。"发完短信,她喜滋滋地挨着枕头就睡着了。

第五章

这一天,王一元去七宝送完货,看看时间还早,便打电话约任子平出来吃饭。地方选的是星站路那家熟悉的骨头汤菜饭店。

任子平带了一个朋友一起过来,介绍说:"杨磊,太平洋房屋的。我们是隔壁老乡,他是镇江人。他现在和我一样,也是副店长,他们公司的储备店长。"

王一元笑道:"物以类聚,人以群分,你们两个倒是连职位都差不多。"

这时候,天气已开始转热,三个人就喝啤酒。说着说着就聊到了现在上海的房地产市场。任子平笑道:"这月终于开单了,前几天撮合了一套小面积的,终于能拿到一点中介费了。"

杨磊笑说:"是吗?那你抢在我前头了。这两天我也在谈一个小案子,希望应该蛮大的。"

王一元不禁问道:"怎么了?你们两个不会是好久都没有开单了吧?现在房子不是已经开始有好转的迹象了吗?"

杨磊是正宗的同济大学本科毕业,学的土木工程是热门专业。他一边啃猪蹄一边说:"我四年前刚毕业的时候就规划好了人生。我的判断,包括我们很多大学同学,还有校友,大部分人都认为,我们国家的房地产行业至少还有10年的高速发展时间。"

王一元一听就乐了,故意反问道:"现在房地产行业不是正处在艰难的调整期吗?你这样自信,理由又在哪里?"

"咕咚"灌进去一大口啤酒,杨磊说道:"中国的人口总量世界第一,房子的数量也必然是第一。一个人居住于某地,起码要有一张床,这是一个再简单不过的道理了。影响住房需求的关键,要看就业流动人口的移动,移动会带来增量需求。也就是说,这些庞大的流动人口,除了在自己家乡的房和床之外,在他们工作、生活的地方,至少还要有他们的一张床或者是一间房。"

任子平附和说:"说到流动人口,我就想起每年的春运来。我觉得,春运的客流总量其实就是杨磊你说的全国就业流动人口的直接体现。"

杨磊说:"随着流动人口的急速增加,就业目的地城市的住房需求也一定在同步快速增长。呵呵,那对于我们国家来说,主要的就业目的地又在哪里?还有,信息和交通等条件的快速改善,特别是近年来高铁的超快建设,对中国乃至整个世界的城市化进程都起到了巨大的助推作用。'来了就不想走的人'客观上也进一步增大了中心大城市长期住房需求的压力。这些都值得我们去好好研究的。"

任子平笑道:"特别是要让那些所谓的专家学者们都去好好研究,而不要一天到晚除了说房价涨还是跌,就是乱评开发商好还是坏。"

王一元说道:"是这样。有一句俗话叫'人往高处走'。回顾这几年房地产急速增长的规律,我们确实可以发现,房地产发展最快、房价上涨领先的城市,绝大多数与这些城市的辐射力有着非常直接的关系。"他解释说,一个城市的辐射范围越强,外来人口涌入的压力也就越大,房地产上涨也就越快。比如北京、深圳,包括上海这几个城市,其辐射的范围都是全国甚至全世界,这些城市的房地产市场主体都被外来购房人群所主导。从马斯洛的需求层次理论去看,乡镇和小城市先富裕起来的民众移居至大城市,符合马氏理论的"安全需求"。

杨磊说:"现实确实就是这样。山西煤老板在山里一夜暴富后,先想的是要把妻小父母以及他的财产移到相对安全的大城市;小县城里靠手工作坊积累起财富的江浙农民,也想着要把儿女送到上海、北京去上学,前途才有保障。"

王一元说道:"对的。改革开放后,对十几亿人口基数下涌现的巨大的富裕阶层和中产阶级来说,离开小地方,进入大城市是多数人必然的选择。村里的去县里,县城里的去省城,省城的去京、沪、深,大城市的人则开始向国外移民。从某种意义上讲,由于城乡差距,以及大城市与小城市资源等各方面存在的日益加大的差距,房地产事实上只是'财富马太效应'的物质表征,是当下日益拉大的贫富差距的物化体现。"

任子平笑道:"今天,我们居然在这个菜饭店里讨论起房地产的大事了。我觉得,把我们刚才各自所说的观点综合起来,倒是一篇对于当前房地产研判的好文章。"

讨论完房产大事,三个人仍是兴犹未尽。啤酒喝得很快,三人向老板又要过来一些,加上一些花生米。三人碰了一杯,任子平说道:"老王,其实你今天不来找我们,我们也正想这几天去找你的。"

王一元一边撕咬着猪蹄筋一边问道:"你找我有事?"

任子平看了看杨磊,又看了看王一元,最后像是下定了决心,慢吞吞地说:"我们两个就是因为想着上海的房地产市场应该会好转,会有前途,所以有个想法,计划干脆出来自己独立干。"

"你们想自己创业,开房产中介公司?这是好事啊。"王一元边啃边说道,"我赞成你们出来自己干。"

"老王，是这样。"任子平说，"你知道，我们两个毕业都没有多长时间，去年下半年以来房市行情不好，所以一直到现在也没有积累下什么钞票来。另外，我们两个人家里也是帮不上什么大忙的。"

王一元想了想，问道："你们的意思就是缺少启动资金？前期的投入大概有多少，你们有计划过吗？"

任子平弯下腰，打开随身带着的公文包，从里面拿出来一份文件，说："老王，我们早就写好了创业计划书，想融资，但一直都没有找对人。我们本来就计划着去找你的。"

王一元拿过计划书，仔细地看了一遍。他想了想，说道："小任，我们认识也有好多年了，我信任你。这样，开一家房产中介公司反正投资也不算多，如果你们真心想干，这次不仅我自己出资一部分，我还想办法给你们再拉一笔资金进来。"

"五一"三天小长假，本来和肖晓晓约好，王一元要去镇江见她的，连火车票都已经买好了。可就在"五一"前两天，肖晓晓却忽然给他打来电话，告诉了一个让王一元大吃一惊的"小道消息"：晓晓妈妈要来上海。更奇异的是，连肖晓晓自己也没有弄清楚妈妈突然要来上海的原因。尽管她曾经问过好几次，妈妈的回答始终都是模棱两可，只说是去旅游，没有说具体要来上海做什么。

过年后，谢东去了晓晓的公司工作。经过谢东夫妻俩的努力，晓晓妈妈早就知道了肖晓晓和王一元之间分分合合的事情。但是，不管谢东他们怎么好说歹说，晓晓妈妈却总是一言不发，一直没有明确的态度。

说是"小道消息"，是因为肖晓晓也是从几个姨妈那里旁敲侧击打听来的。然后，她稍微一分析，似乎所有的这一切都指向王一元的印刷厂和王一元本人。

虽然妈妈在自己和王一元交往这件事上一直都没有明确表态支持，但有一点，肖晓晓觉得妈妈对这件事最起码还是知情的。理由就是，虽然说妈妈没有亲口承认，但似乎也没有表示明确的反对，而是任由自己和王一元继续交往。她觉得，没有反对就是默认。特别是在去年建筑公司的投资入股和年初在上海的购房上，妈妈当时都是明确表态支持和同意的。她想，这么大的两件事情，一下子就花进去这么多的钞票，妈妈一定不可能不知道自己的真正用心。

想通了这些，肖晓晓有些压抑不住的高兴，但同时也有很多的担心。高兴的是，如果真要是去上海考察王一元的工厂或者是去看望王一元本人，这就说明妈妈至少目前

第五章

对自己与王一元的关系是认可的。如果这次真的能通过妈妈的法眼，那一切水到渠成，有可能要修成正果了。这也是自己一直以来所期盼的美好结局。担忧的是，王一元这个人，工作方面倒是不太会有什么大问题，只是这人平时都不是很注意自己的形象，特别是在穿着方面，也不知道他能否意识到这次见面的重要性，能不能做一些适当的改变，顺利地通过这次的考核。

肖晓晓赶紧和王一元打电话，告诉了她妈妈可能会来工厂的猜想和自己的担心。她说："你要做好万全的准备，说不定除了我妈，还有其他的亲戚也会过来。你一定要重视，反正一条，你至少是不能坍台的，晓得吗？"

王一元想逗肖晓晓开心，说道："丈母娘看女婿，不是越看越开心的吗？"

肖晓晓故意说："你想得美，谁要嫁给你啦？你记住了，这回你要是不把我妈哄高兴了，那你这个毛脚女婿怕是当不成喽。"

王一元呵呵笑道："当不成就当不成，我还不太愿意当呢，谁乐意谁当去。"

"好，你现在厉害了！"肖晓晓咬牙切齿地笑道，"你记住你刚才说过的话，本姑娘来了上海，有你好看的。"

王丽萍听王一元说了肖晓晓电话里说的话，立刻就把肖云华找了过来一起商量，然后布置了三件事情。第一个当然就是环境卫生，不管是工厂还是食堂、宿舍等区域，里里外外，角角落落都需要清理清扫，要求归置得顺顺当当。第二件事就是厨房，这个就由王丽萍负责，按照江苏人的口味，适当地对菜品、配料做了调整。王一元的想法，"五一"这天刚好工厂大部分工人都放假一天，干脆就在公司食堂招待肖晓晓妈妈她们一行。最后就是王一元宿舍的整理，虽然上次肖晓晓给整理过一遍了，但这几个月过去，又是乱得一塌糊涂。王丽萍亲自带了两个女员工，从里到外，该洗刷的洗刷，该换的换，最后整理得焕然一新。

王丽萍开玩笑："老王，这样收拾得崭崭新的，都可以当你新房使用了。"

肖云华在一旁说道："嗨，我也是真搞不明白，想想老王你长得标标致致的，现在也有点小钱，事业也算是小有所成了吧，怎么你找老婆就是这么难找，费心费力的呢？"

果不其然，第二天，晓晓妈妈、堂叔、朱许英妈妈一行坐了一辆七座的别克商务车，下了沪宁高速，进入上海地界，晓晓妈妈却吩咐开车的小夏不要进市区，而是继续沿着外环线直接去王一元的印刷厂。

汽车一路前行，一直开到印刷厂的小院门口，滴滴地响了两声喇叭。门卫走了出来，先是登记，然后引导汽车开到指定的位置停车。

王一元接到门卫的电话赶紧下楼。他亲热地迎了上去，说道："你们今天怎么来了？放假来上海旅游？"

谢东使劲忍住，才没有笑出声来。他心里暗自腹诽："呵呵，什么时候印刷厂还有这个专职的门卫了？这个小王搞得也实在是太假了，还旅游？"实际上，谢东只猜对了一半。王一元有准备没有错，但是这个门卫却是真的。门卫就是王一元以前在东方国贸吴翟路和老沪青路交界处认识的替人看院子的湖南老乡老刘。

王一元在前面介绍讲解，一行人在两个厂房考察了有差不多一个小时。王丽萍打电话给王一元，说是饭菜已经准备好，等着他们去用餐。这一次饭菜做好后就近全部端进了原来谢老板的办公室。这间办公室自印刷厂接手以来，一直都很少使用。但不得不说，不管是在装修格调还是面积大小上，这都是一间非常不错的办公室。

于是，一行人结束了参观，洗过手，上楼去办公室吃饭。肖叔参观车间意犹未尽，在办公室里四处看了看，说："小王，这是你办公室？我看条件倒是蛮好的，布置上有做老板的派头。"

"呵呵，肖叔，你说做老板就一定要有派头吗？"王一元笑了笑，说，"有时候，我也搞不懂，不管有没有钱或者是有多少钱，老板们装修出来的办公室，基本上千篇一律，看上去都是宽敞明亮，一副高大上的样子。"

肖叔笑道："话也不是这么说的。老板作为一个公司的掌舵人，老板办公室代表的是一个企业的文化与内涵，整体的装修风格当然要能展现出一个企业的形象，是企业的门面，晓得吗？"

王一元招呼大家吃饭，没有就这个话题再发声。谢东附在肖叔旁边说了些什么，肖叔听了好像有些吃惊的样子。宾主落座。晓晓妈妈坐主位，次之为朱许英妈妈，然后是肖叔。其他人就比较随意了，各找方便。王一元主动坐在了最下手的位置，旁边是肖晓晓。

桌子的正中央，赫然摆着一瓶镇江香醋。朱许英妈妈笑道："你这个小王，想得倒是蛮周到的。只是这个醋碟，还是太浅了一些，盛放不了多少醋啊。"

朱许英笑道："妈，也就是你们几个人爱吃醋，又只给小王这么短的时间准备，总不至于让他去给你们另外置办一套碗碟吧。呵呵，真是的！"

晓晓妈妈问王一元："小王，我们这次特意过来一趟，其实就是为着你和晓晓交往的事情来的。我们想边吃饭边问你几个问题，可以的吧？"

王一元放下碗筷，恭敬地回答说："阿姨，你们就随便问，我一定有问必答，毫无保留。"他刚说完，就感到桌下有人踢自己的腿。他看了看肖晓晓，却只见她一副若无其事的模样。

晓晓妈妈笑了笑,说:"小王,你不要这么拘谨,还是边吃边说。"

接下来,晓晓妈妈她们便仔细地询问了王一元的家庭状况、学习和工作的经历,特别是对他在上海这几年的工作和生活了解得特别详细,王一元都老老实实地一一作了回答。

不想晓晓妈妈却问道:"小王,你以前,还有在上海的这几年,有谈过女朋友吗?要是有,又是什么原因最后都没有成?"

王一元觉得晓晓妈妈这问题问得奇怪。按道理,这些都涉及到个人隐私,又是在这么多人聚集的场合,好像是不方便说的。真是说也不是,不说也不是。

正在犹豫间,肖晓晓说话了:"妈,这个您老就不需要了解了吧?那你觉得是让王一元他说出来还是不说出来?"她撇撇嘴,有些不乐意地说道,"要是他说了,我也会难过的啊。我觉得,要听你们单独说,反正我是不愿意听的。"

朱许英妈妈笑着打圆场:"好了好了,这个问题就我们私下里再说。"

王一元想了想,说:"既然阿姨问到了,我就回答一下吧。其实,这也不是什么多秘密的东西。我在上海四年多,大体上就只谈过两个人。第一个就是晓晓,只是从那年元旦那天互相之间才正式有意思开始算,前后也就谈了不到一个多礼拜的时间。后来,晓晓爸爸生病,晓晓回了镇江,她就和我分手了。"

肖晓晓看了妈妈一眼,对王一元恶狠狠地说:"请你再一次记住,我根本就从来都没有说过要分手的,好吧?我只是说暂时分开一下,我发给你的那条短信现在还有保留的,要不要展示一下?"

王一元有些尴尬,看了看肖晓晓,继续往下说:"后来过了有一年半多,又认识了一个上海的中学老师,谈了大概有半年的时间。"

晓晓妈妈问:"那和这个上海的老师后来怎么不谈了?"

王一元说:"因为对方出国工作和学习,后来慢慢地就断了。整个过程就是这么简单。一直到去年的大年夜,偶然间和晓晓又有联系,我们之间才又慢慢开始恢复,发展到了现在。"

朱许英妈妈说:"那你和晓晓分分合合,前后也有三年的时间?"

"差不多三年半吧。不过,我们之间真正再一次谈朋友,其实应该还是这半年多以来的事情。"王一元实话实说,"所有的这些,我都坦白了,没有任何遮掩。谢东,还有孙姐他们都很清楚的。想当初,我还是因为业务关系,先认识的谢东,然后才和孙姐、晓晓认识的。"

肖晓晓脸红红的，低垂着头，用眼角的余光看着妈妈她们几个人各自的反应。她又踢了王一元一脚，悄悄地说道："你怎么什么都往外说？"

见大家都没有作声，肖晓晓小声补充说："我之所以在去年大年夜和王一元联系，当初也是因为公司的事情。我那会儿在公司里被那个姓钟的挤兑得很难过。"

去年发生在晓晓公司的事情，在座各位都知道。特别是晓晓妈妈，更是记忆犹新，曾经对此感慨良多。自从钟厂长落马，之后又经历了很长时间的整顿，才把纺织公司给彻底扭转过来，重新走上了正轨。

朱许英说道："就连我们家谢东之所以来晓晓公司，也是托了这位小王的福，就是他把谢东给强行弄过去的。"

沉默了一会儿，晓晓妈妈问道："小王，我还想问问你，在你看来，你觉得男女之间应该如何相处？或者说，你最喜欢我们晓晓的是哪一点呢？"

晓晓妈妈说完，整个房间都安静下来，所有人都把目光看向了王一元。大家都很想知道王一元究竟会怎么回答这个新鲜而又古老的问题。王一元当然也知道这个回答的重要性。他看了看四周的人，想了想，缓缓地说道："讲实话，阿姨这个问题比较难回答的。我的理解，像这一类的问题，哪里会有什么标准答案？一千个人最起码有一千种理解的。每个人的成长环境、家庭的影响、所受的教育，还有现实的各种情况等等都不一样，所以说每个人的感受也是不一样的。"

肖叔说："那小王你就说说你自己的理解吧。"

王一元沉吟了一会儿，深情地看着肖晓晓，说："阿姨既然这么问了，我的回答，四个字——安心，快乐。安安心心，快快乐乐，就是我找女朋友或者说是我对婚姻另一半的选择。"

晓晓妈妈笑了笑，说："这两个词听起来比较简单，小王你有新的理解？"

王一元说："我也算是大龄青年了，关于感情，今天就借此机会抒发几句，你们不会笑话我吧？"

大家都停下来，听王一元往下说。

"我们总是问，美好的爱情到底是怎样的？什么样的感情值得我们去珍惜？"王一元说，"我觉得，或许世界上根本就没有完美的感情。我们曾经都以为爱是轰轰烈烈、刻骨铭心的，直到后来我们才知道，一个人可以让另一个人安心才是最好的爱情。'理解''包容''陪伴'，我们说了太多这样的字句，可是我们还是忽视了它本来的含义。安心就是最好的陪伴。每个人的生命中都会出现那个人，她在你身边的时候，你的心会莫名的安静，她能让你发现你的骄傲、发现你的脾气，会去理解你、包容你、陪伴你。共同经历风雨,一起经历磨难,彼此都变成更好的人。"

恋人之间不一定要高调宣誓表白,也不一定要甜言蜜语。安然相守的陪伴,即使不言语,眸光碰撞的刹那,便已倾了所有的心上情意,暖透所有岁月风寒。有让你安心的人陪伴很幸福。陪伴就是最长情的告白。遇见你,不是强烈的动心,而是长久的安心。想和一个人过很久,最好一不留神就过了一辈子。当你遇到一个安心的人以后,你就会明白,什么都不用说,她在便是最好的承诺。那刻的怦然心动,原来爱只是一个眼神的距离。世间最好的默契,不是有人懂你的言外之意,而是有人懂你的欲言又止。能跟你一辈子的人就是理解你的过去、相信你的未来并包容你现在的人。

王一元说:"安心于道,自在生活。你懂生活,我得安心。这就是我对于'安心'这两个字的理解。"

沉默了一会儿,晓晓妈妈问:"那这个'快乐',小王你又是怎么理解的?"

王一元说:"人,为什么会快乐?我觉得那就是一种精神的享受,也是一种心灵的感受。真正使我们快乐的是我们的心。心中不快乐,忧与愁接踵而来。如果我们没有快乐的心,再好的环境也无法使你快乐。人为何烦恼?是因为人的心在烦恼。人的心为何烦恼?那是因为他想得到某种结果。同样的清风明月,心情好的时候人会怡然陶醉,心情不好的时候,却会使人感到萧瑟肃杀。人生的幸福美满其实是一种感觉、一种心情。你高兴,我就会感到快乐。因为只有让自己体会到快乐的爱情,才是完满的爱情。"

说完这些,王一元打趣道:"当然,如果能达到刚才说的安心和快乐,又长得漂亮、温柔贤淑,那就是我家祖上积德了。"

王一元拉着肖晓晓的手,说道:"比如说就像晓晓这样,我就已经是非常非常知足和满足了。"

肖叔说道:"小王,你的要求真的就这么简单?不会有其他的想法?"

王一元看着肖叔,认真地说:"其他的想法?我知道肖叔的意思。你们不会以为我是看上了晓晓家的钱财,才想着要和她在一起的吧?"

肖晓晓嗔怪地看了王一元一眼,显得有些不好意思地把手抽了出来。王一元说:"社会上确实是有一种说法,说要是老婆找得好,可以少奋斗很多年。找个有钱的老婆,这个想法其实也没有什么不对的。一个人奋斗确实是很辛苦。关键是,并不是说你奋斗了,就一定会有好的结果。有些人奋斗了很多年,最后在上海混不下去,只能溜走的,也是大有人在。"

肖叔点点头说:"现实就是这样的啊。"

"不过,这并不代表每个人都有这样的想法。"王一元顿了顿,说,"原因有二:一是我对于生活的享受,其实是没什么概念的。有钱多花,没钱就少花一点。我也不和别人比较。我其实并没有特别的奢求,只要有一间房,衣食无忧,小日子和普通老百姓一样,我就心满意足了。"

"那第二个理由呢?"肖叔紧接着问道。

"第二,我觉得,别人能创造出财富,比如说晓晓爸爸,我比他更年轻,虽然说现在没有以前那么多的机会,但是要做到有吃有喝有穿,应该还不是很难,努努力还是可以达到的。"王一元开玩笑地说道,"比如现在,我就对现在的状况很满意,也很知足。你们说,钱多少是多?讲实话,我当初和晓晓谈朋友的时候,其实是不知道阿姨家里有钱,并且还这么有钱的。"

大家都忍不住笑出声来。

王一元接着说:"我觉得,我们两个人都有手有脚,身体健康,这一切都是可以通过自己的努力去达到的。最起码,解决生活上基本的温饱问题应该不是难事。再说,现在的社会,只要手脚勤快,应该是饿不死人的吧。"

朱许英笑道:"小王说得很对。只要自己肯动手,不仅是饿不死人,还能丰衣足食呢。"

孙雯也笑着说:"王一元,你有了晓晓,你应该是要知足的。"

晓晓妈妈却是沉默,没有说话。肖叔说道:"小王,你刚才说得比较煽情,我们听上去也很感动。只是,你现在实际的经济状况,能说说吗?"

"呵呵,肖叔,你是不是还有疑问,觉得我刚才说大话不腰疼?"王一元转过头,对王丽萍说道,"你去我办公室把上个月印刷厂的报表,还有建筑公司的报表都拿过来,我给阿姨,还有肖叔他们好好汇报一下。"

肖晓晓看了一眼王一元,说:"这个报表就没有必要了吧,你说说就可以了啊。"

"还是眼见为实。要不然,你们中间可能会有人以为我是光说不练的假把式呢。再者说,那也是我这么多年唯一能拿出手的一点成绩了,就当我是显摆一下吧。"

肖晓晓还想说话。肖叔笑道:"晓晓,你就让小王嘚瑟一回,看看他到底是不是像他说的那样,能养活他自己和你。"

王丽萍离席去拿报表。晓晓妈妈问道:"那我还想再问一句,如果说晓晓真要和你在一起了,我说的是'如果',那你们准备在哪里生活定居?总不至于镇江和上海两头跑吧?"

王一元想了想,说:"至于以后在哪里生活,我倒是觉得镇江和上海都是可以的。

距离也不是很远,交通也比较方便,随时都是可以来回的。在上海,春节期间我也买了一个小房子,就在工厂不远的万科花园,大概后年交房,85个平方。房子虽然是小了一点,先过渡一下,等以后有钱了,再想办法考虑置换。"

肖晓晓吃惊地问:"你也买房了?"

王一元说:"是啊,这个楼盘,工厂走过去大概3里路,以后工作、生活上会方便一些。呵呵,为了买这个房,我可是把裤兜都清理得干干净净的,现在可是穷得叮当响了。"

朱许英说:"小王,你现在钞票这么紧张,还去买什么房子?"

王一元说:"过年的时候刚好厂里发了年终奖,加上我一些业务的提成,手里有了一些现金,当时这个楼盘的房子促销,所以就买了。虽然是只交了30%的首付款,但是至少表明了我的心迹,我是有准备要和晓晓在一起的。"

晓晓妈妈看着王一元,神色微有变化。她心里想:这个孩子,虽然他买的房子确实是小了一些,但总归是有了一个可以正式落脚的地方,安居才能乐业,也算是最后安定了下来。并且就像他自己说的,这是他的一份心意。不过也可以看得出来,他自己独立买房,事先也没有和晓晓商量,说明这个小王还是很独立,也是很要强的。

谢东插话说:"呵呵,小王买房的这个做法是对的。男子汉大丈夫,有担当的勇气。房子不管大小,总是能遮风挡雨,有房就是有一个家,说明小王他对晓晓至少是用心的。"

王丽萍拿了相关的报表进来,王一元接过来,全部双手递给了肖叔。他说:"肖叔,您是行家,麻烦仔细看看,给我们提点意见。"

肖叔戴上老花眼镜,仔仔细细地看。这时候,大家基本上已吃完。王一元看了一下谢东,谢东会意,说:"老叔,我们把杯子里的酒干了,其他的就留着晚上再喝吧?"

王一元说:"肖叔,你慢慢看,不着急的。我们还是去我的办公室坐一会儿吧,这里就让食堂的人过来收拾。"

肖叔放下手里的报表,说:"如果单纯从这些报表上的数字来看,现在印刷厂的效益说得过去的。另外,这个建筑公司投资的股份,效益已经开始显露出来,也可以说是初见成效了。都很好的。"

一行人出来纸箱车间,往王一元的办公室走去。刚下楼,孙雯就接到了她老公的电话,说是他带着小孩子们已经到了印刷厂的小院大门口。

谢东的小孩一见到外婆,就一边大声地叫着"外婆、外婆"一边飞奔着跑了过来。小女孩6岁,正在读幼儿园大班,马上要升小学一年级。

外婆蹲下去,一把就抱住了飞跑过来的小孩,高兴地说:"小东东,你想外婆了吗?"

小东东小时候是外婆带大的,所以和外婆格外亲。她使劲地勾住外婆的头,把嘴凑到外婆的脸上连着亲了好几下,童声童气地说道:"外婆,我都想死你啦。"

"哎哟,你这小嘴,真是甜得呦,把外婆都要甜死了。"朱许英妈妈开心地说,"小东东,我还给你带了许多好吃的,还有许多好玩的玩具,都是你喜欢的。走,我们现在就去拿。"

小东东又在外婆的脸上亲了好几口,说:"还是外婆好,妈妈现在都不给我买玩具了。"

朱许英走过去,笑着说:"你这小孩,怎么还说起妈妈的坏话来了?来来来,妈妈抱。外婆年纪大了,抱你很吃力的。"

小东东晃了晃身子,撒娇说:"我不,我就要外婆抱!妈妈现在不喜欢抱我,总是让我自己多走路。"

朱许英妈妈笑道:"好好好,外婆抱。我都快有一个月没见着我大孙女了,让我多抱会儿。"

那边,孙雯和她小孩也差不多是一样的场景。只不过他们的是小男孩,虽然年纪和小东东一般大,但没有像小东东这样撒娇般要大人抱着,只是拉着爸爸妈妈的手就再也不肯松开。

从车上拿下来许多好吃的,还有一些玩具,小女孩和小男孩分了一些吃的,又拿了玩具,两人立马就高高兴兴地一边自个儿玩去了。看到自己姐妹儿孙满堂的情景,晓晓妈妈也是眼眶不禁有些湿润。她不时地看看肖晓晓,又看看王一元,心中很多的想法一下子就被这些儿孙绕膝的天伦之乐勾了出来。

王一元把晓晓妈妈一行送到市区徐家汇的宾馆。见天色还早,肖晓晓说是和王一元去附近随便逛逛,晓晓妈妈沉默了一会儿,最后还是答应了。

这时候,天开始暗了下来,城市正是华灯初上。过街天桥上,王一元低头看着肖晓晓一本正经的模样,忍不住笑出声来,说:"下午的时候,你踩我干吗?这才刚开始,你就想要管着我了?"

肖晓晓踮起脚尖,用小手指着王一元的鼻子,无惧地盯着王一元,说:"我有说错吗?你想怎么的?难道还想反抗不成?"

王一元看着肖晓晓娇小可爱的模样,两只手一下子抱住了她的腰肢,把她拉到了自己的身前。他揶揄说:"呵呵,真没有想到啊,你名字叫晓晓,说起话来竟然是这么厉害的。"

肖晓晓挣扎了一下,见摆脱不掉,只好顺从地任由他抱着。王一元得寸进尺,两手再稍微一用力,肖晓晓的脸庞就靠近了自己的脸。

"你还想干什么?"肖晓晓一惊,本能地伸出手来挡住了王一元正低下的头,轻声地说:"大庭广众的,到此为止。"

王一元没有停顿,毅然突破肖晓晓的手掌,一下子就吻在了她因为来不及反应而稍显僵硬的嘴唇上。只一下,肖晓晓却是猛地一惊。她双手使劲一把就把王一元推开来。王一元没有防备,不由得打了一个趔趄,因为重心不稳,差点跌倒在了桥面的栏杆上。

肖晓晓吓了一跳,连忙过去把王一元扶了起来。王一元假装悻悻地说道:"晓晓,这可是在天桥上,你用这么大的力气干什么?"

肖晓晓一笑,说:"谁让你欺负我的?知道本姑娘的厉害了吧?"她有些不好意思地四处看了看,发现四周的很多人都正在看着他俩,她的脸更红了。

人行天桥另一端旁边有一家肯德基店,肖晓晓赶紧挽了王一元的手臂,逃一样地赶紧离开了。因为是假期,肯德基里面排了好长的队伍。王一元说:"我们就买一些鸡翅之类的,干脆就当晚饭吃算了。"

肖晓晓拍了拍脸,这会儿终于把气喘匀了过来。她朝王一元白了一眼,说道:"不来事的,现在禽流感这么厉害,鸡肉这些东西还是要少吃为好。"

王一元一边排队一边开玩笑说:"晓晓,你知道为什么你一下子就感觉到饿了吗?"

肖晓晓不知道王一元要说什么,摇了摇头表示不知道。王一元笑道:"你刚才用这么大的力气,好像要谋杀亲夫似的,能不饿吗?"

肖晓晓一听,抬起脚用力地踢了王一元一下,说:"再见识一下本姑娘的终极武器,让你以后再乱说话、乱做小动作。"

两人最后买了不少的薯条,还有皮蛋粥和油条,每人再加上一个大大的冰激凌。人太多,店里根本没有空座位,只能站在桌边等别人吃完。这时,肖晓晓说道:"你一个人都提着吧,我们边走边吃好了。"

王一元奇怪地问:"那你干什么?"

肖晓晓头也没回,一边往外走一边惬意地回答道:"呵呵,我当然就是负责吃啊。"

下了桥就是徐家汇公园,门口有一个很大的广告牌,上面一行绿色的大字"城市,让生活更美好"。这是上海世博会的广告语,在全上海的各个角落基本都能看到。不过,王一元他俩还是凑近广告牌看了看,原来说是公园里正在举行上海世博会的一个图片展览,还有现场抢答送礼品的活动。

肖晓晓来了兴趣,边吃冰激凌边说道:"走,我们进去看看这个活动,争取去拿几个奖品回来。"王一元只好提了东西跟在后面,俩人朝公园里面走去。

路过天鹅湖的时候,有公园的工作人员正在喂食。小小的天鹅湖上不断刮来阵阵清风,水边的柳条随风摇摆,水面上泛起粼粼波纹,映着细细碎碎的日光,很多市民带着孩子在周边休憩嬉戏。湖中央有四只黑天鹅,它们弯弯的脖子、黑亮的羽毛,大红的嘴巴不停地吃着东西,不时随着饲养员抛洒食物的方向争先恐后地游来游去,还发出"嘎叽""啁啾""呖呖""咕咕"等不同的声音。

王一元说:"晓晓,你知道吗?黑天鹅是特别忠贞的一种动物,他们一生都是严守一夫一妻制的。如果一只黑天鹅死掉,它的伴侣往往会因此而精神萎靡,一蹶不振,不吃不睡,以至绝食殉情。"

肖晓晓停住了,挽住王一元的胳膊,深情地看着王一元的眼睛,说:"那你也要向这些黑天鹅学习,在感情上,我们都要做对方的黑天鹅,好吗?"

两人继续往前走,就是人声鼎沸的活动现场。他们到达的时候,主持人正在问一个问题:"中国政府第一次派代表以国家身份参加的世博会是哪一年的费城世博会?"

这是一道选择题,四选一。因为四个答案的时间靠得很近,比较容易混淆,一下子竟然没有人能答上来。王一元见状,随口大声答了一声"C"。没想到,他竟然选对了。主持人拿话筒朝站在外围的王一元说道:"这位小兄弟,你答对了,所以得到一份奖励。"更令他们两人都没想到的是,奖品竟然是一大一小的两个世博会吉祥物"海宝"。

肖晓晓问王一元:"你竟然还知道这个题目的答案?"

王一元笑了笑,摸摸头,说道:"其实我也是瞎蒙的。还是我读初中的时候,老师就说过,选择题如果有不会做的,就选 C。没想到一直到了今天,这个做题的方法还是管用的。"

肖晓晓看着怀抱里的两个"海宝"吉祥物,笑道:"这两个小东西还是很有纪念意义的,我要好好收藏。"

夜幕已经降临。路灯从高大的法国梧桐枝桠中间照出来,显得斑驳杂乱。避开熙熙攘攘的人群,王一元和肖晓晓轻轻地走上了玻璃观景天桥。钢结构与透明玻璃结合的这条空中走廊蜿蜒流畅,贯穿整个公园。

两个人趴在天桥的栏杆上,隔了一段距离并排站住。远处是有名的红墙房子,还有散发着五颜六色光芒的大烟囱。公园的空地上,三三两两的人们或坐或站。近处是几张木制长椅,有情侣正相拥着。

两个人聊着聊着,渐渐都没了话题,只静静地站在那里,看着太阳一点点地西沉,渐渐被大树挡住。肖晓晓出神地看着远处,也不知道她心里到底在想些什么。王一元看着她逆光中曼妙的剪影,情不自禁地走了过去,从后面轻轻地抱住了肖晓晓柔软的身体。

初夏的风,轻轻盈盈地吹过,是凉丝丝而又暖暖的。它吹过身体的每一个角落,舒舒服服,使人感到有一种莫名其妙的愉悦,还有一份独特朴实的青涩。

过完"五一"假期,王一元决定去一趟河北唐山,想去了解一下当地的骨质瓷生产状况。如果要是中间有利可图的话,可以顺便看看有没有试着自己去组织生产的机会。深思熟虑过后,在一次晚上吃饭的时候,王一元和肖云华、王丽萍他们几个说了自己想去一趟唐山的想法。

听说王一元要去唐山,王丽萍也想跟着去。她的理由,一是唐山和她的老家盘锦不远,加上自己老爸的身体这一段时间不太好,想着顺便回老家一趟。当然,这还不是重点,关键是第二条。她说,北方,特别是东北那旮瘩,风土人情、待人接物等各个方面和南方有异,区别很大。王一元作为一个外地人,很容易就在这方面不适应。她作为一个土生土长的东北人,自然会在这一方面有所帮助。

王一元问道:"你的老家盘锦才是正宗的东北,唐山在山海关之外,应该还是有区别的吧?再说,盘锦到唐山的直线距离,从地图上看也是不近的啊。"

李广林笑了笑,说:"从广义上说,出了天津,就可以说是进入东北了。所以说,我们陪着你去,人多力量大,至少也可以多个伴,给你壮壮胆什么的,何乐而不为?"

于是,行程就这样决定下来了。三人到了唐山,先去的当地最大的民营企业——昌大陶瓷公司。销售部张小姐接待了他们,先带着他们去车间参观。

这也是王一元第一次看到骨质瓷生产车间。通过张小姐的讲解,王一元才大致明白这个骨质瓷从陶泥到成坯成型的过程到底是怎样的。

骨质瓷的生产过程大致可以分为三个阶段:成型、烧制和烤花。成型车间很大,很多工人正在忙碌地干着活计。不过,王一元他们很快就发现,至少有1/4的机器是停在那里的,上面都用白色的塑料布盖着,应该是有一段时间没有使用了。原来,陶瓷的成型基本上有三种主要的方式。一是机器滚压成型,通过专门的滚压成型机,将已经配置好的泥坯,在模型中压制成需要的各种不同形状。这个方法主要用于式样规整的陶瓷器型,比如说常见的吃饭盛菜用的饭碗、盘子之类。二是对于一些不规则的器型,也就是俗称的异形件,则一般采用高压注浆或者是手工注浆成型。就是把陶泥先制成泥浆,然后灌入事先设计好的石膏模型中。石膏能够将泥浆中的悬浮物吸附于内壁,使瓷器最终成型,比如说调羹、勺子之类的品种。这两种方式都适用于大规模的量产。此外,工厂还保留有一种看上去比较原始的生产方式,那就是纯手工制作。不过,这种方式显然不能满足现代化大批量生产的要求,只能满足个性化的需求。

接下来是参观素烧车间。一进车间,三人就被眼前规模宏大的车间和现代化的壮观生产场景震撼住了。只见8条宛若长龙的52米和48米长的全自动燃气隧道窑整齐排列,一头吞吐,一头出来。其间,窑车进进出出,工人正在忙忙碌碌地装上已经干透的陶坯或者卸下已经烧成的毛坯。隧道窑内,呼呼的天然气燃烧的声音混合着往外排热、排废气的大功率风机的声音,震耳欲聋。

烤花车间也很大气宽敞,有4条38米和46米的全自动燃气辊道烤花窑。贴花的工人一字排开,紧张有序。还有好些个工人正在车间的最后面打包装箱。

可是,最后在价格上与王一元的想象相差甚远。来之前,刘总把自己的采购价格给了王一元。商量了很久,张小姐还是坚持她自己的报价。

无奈之下,王一元他们只好继续找地方询价。好在有刘敏的帮助,在网上找了好些唐山的陶瓷厂的地址、电话给他们。接下来大概用了三天的时间,三个人马不停蹄地询价和考察了大概十五六家工厂。他们还特意去考察了陶瓷销售门店相对集中的缸窑路陶瓷一条街。

功夫不负有心人。经过四天时间的努力,终于找到了两家合适的工厂,把大小两个腰盘的打样分别安排了下去。出于保险考虑,一个工厂一个打样。

最后一天从骨质瓷泥厂回到宾馆后,三个人对这次的唐山之行进行了一次小结。王一元认为,总体上来说,基本达到了来之前确定的目标。腰盘已经下去打样,同时对唐山骨质瓷的整体状况也有了一个大致的认识和了解。

李广林快人快语道:"老王,你不是问泥厂的老板要过原料的价格了吗?我看要是利润还可以的话,要不我们干脆在这边建一个小厂,自己来生产好了。"

王一元笑了笑,说:"说到价格,今天泥厂的老板其实也没有说实话。按照他所说的含水量,还有每道工序的重量变化来说,应该还可以多生产出来一些腰盘白瓷的成品。"

王丽萍笑道:"老王,你大学学的数学,真的是没有白学啊。泥厂老板的那些数字,我到现在也都是迷迷糊糊的,没怎么记牢。你倒好,还自己心里重新算了一遍,甚至还能看出来其中的区别,不简单的。"

"这可能就是我们学数学,特别是当过数学老师的后遗症。"王一元笑了笑,说,"我就对数字比较敏感,看到什么数字,都想着要去推测他们之间的联系,并且还要看看其中有没有差错。"

王丽萍说:"老王,你不会是真的想在唐山建一个陶瓷工厂吧?"

王一元想了想,说:"只要有钱赚,有什么不可能?我们穷得都快要死了的,还有什么资格对工作去挑三拣四的呢?讲实话,我们这几年也幸亏是运气好,接手了一个小印刷厂,算是解决了我们在上海的生计问题。要不然,一直在台沪的印刷厂打工到现在,究竟会是一个什么状况,我看也是很难说的。"

王丽萍说道:"对的。要是没有这么一个机会,还是像以前那样打工的话,我估计日子过到现在也不会有什么太大的变化。看看我们家大李,这几年就基本上没变,说不好听一点,工资收入比起前年来反而还有所下降的。"

李广林说:"确实是这样的。有时候,我也觉得一个人能混到什么程度,过得好还是过得不好,真的是很难说的。人与人的差距,其实并不一定指的是智商上的区别。"

王一元说:"人与人之间在智商、文化等方面虽然千差万别,但其实差别并不见得就特别明显。对大部分普通人来说,智商其实都是差不多的。我就感觉,个人的运气,还有打拼的努力,可能更加重要。特别是运气,甚至可能要占到更大的成分。个人再怎么厉害,没有一个发挥的机会,没有一个可以施展的平台,那也是没有办法的。"

王丽萍说:"是的啊。有些人总是说自己运气不好,其实是他没有用心去发现,甚至是运气出现了,他自己还根本就没有意识到,平白无故就让机会溜走了。"

王一元说:"为什么年轻人都喜欢往大城市跑,往经济发达的地方跑?原因很简单,相对挣钱多、机会大。还有,这个机会,很多时候并不是无缘无故就降临到某个人身上的,这也得要靠自己去寻找,多去留心,才会抓得到的。"

李广林笑问:"老王,你的依据呢?不能就只凭今天泥厂老板的那一番话吧?"

王一元说:"我问过刘总,他说,这个陶瓷业务至少再做上五年应该是没有多大问题的。这就解决了工厂的业务这个最大的难题。还有,这一次来唐山,从工厂的残次品率来看,我感觉这个骨质瓷生产上应该还是有利润的。你们发现没有,这里的那些中小型的陶瓷厂,其内部管理还是比较原始的,谈不上有多少管理的。"

李广林问道:"老王,这个残次品率,我们怎么没有发觉?你又是从哪里看出来的?"

王一元笑了笑,说:"就看他们工厂的废品垃圾。这里很多工厂的垃圾包括了素烧、白瓷的垃圾,还有釉烧的垃圾,还有烤花的垃圾,就那么一个小厂,倾倒出来的垃圾竟然这么多,最起码残次品率就是不正常的。但是,即使是这样,这些小工厂都能存活下来，倒闭的却并不多见，这又是为什么？"

王丽萍想了想，说："看来，这个骨质瓷的毛利润应该还是足够高的，能完全抵消掉这些本不应该的浪费。"

李广林说："老王，你的意思还是要自己建厂生产？真要建工厂，我们两个第一个报名。"

"我现在还没有想好，只是大概有这么一个思路。我们先看腰盘打样的情况。"王一元想了想，说，"建工厂，搞生产，我们三个都是比较熟悉的。如果你们两个真有这个想法，不妨多去接触了解骨质瓷，先做好准备，到时候我们相机而动。"

左赶右赶，王一元终于在端午节这一天从唐山坐火车直接到了镇江肖晓晓的家里。肖晓晓的爷爷奶奶，还有大姑二姑询问了王一元很多事情，包括他的老家和家庭状况、学历，还有在上海的工作等等。王一元都笑着一一做了回答。一问一答还算是顺利，其中最主要的原因还是这次上门，谢东夫妻俩充当了介绍人的角色，也就是所谓的"红娘"。因为一些语言交流上的障碍，这中间有很多的问话其实都是由朱许英来回答的。另一个原因还在于朱许英妈妈的助力。朱许英妈妈之前见过王一元几回，对王一元的印象还是不错的。有了她们母女俩从中斡旋，就使王一元很快融入了肖晓晓家这个大圈子，没多长时间就和大家都比较熟络了。

晓晓的爷爷奶奶与王一元是第一次相见，但在之前听说过有关他的一些事情，特别是知道去年工厂的变故和整顿，他在其中起了很大的作用。

说笑了一会儿，奶奶笑着吩咐道："晓晓妈妈，还有她大姑二姑，你们就带着晓晓和小王，去把菖蒲艾叶，还有钟馗的画像，都挂到大门口去吧。"

肖晓晓和王一元去隔壁房间拿了这些早就准备好的东西，跟在长辈后面，去门口张贴悬挂。王一元先把一大把新鲜的艾叶菖蒲挂在大门口的高处。晓晓妈妈双手合十，口中念念有词，碎碎念道："大虫踏煞，小虫药煞，手里有药，握把撒撒。"

门上挂艾叶、菖蒲，这是常见的端午习俗，王一元也懂。只是对大门上张贴钟馗的画像，他就不太明白了。他一边撕掉画像后面的双面胶底纸一边问晓晓："怎么要挂这个钟馗的画像？"

晓晓妈妈听见了，笑着说道："端午节是传统节日，也是夏季驱除瘟疫的节日。旧时俗称五月为'毒月'。菖蒲有浓香味，可入药，也叫'水剑'，与药用价值很高的艾枝扎成一把插在门框边上，挂于门楣，就好似一把利剑，可避群邪，禳毒气。至于钟馗，他是斩五毒捉小鬼的大天师。在我们这边的镇江民间，端午节有悬挂钟馗像的习俗，用来镇宅驱邪,象征驱除鬼祟,保一家平安的。"

王一元又问道:"这些东西不应该是端午节前几天就挂好的吗?"

大姑笑道:"我们就是在等着你的啊。等着你过来和晓晓一起完成,这样心愿才是最好啊。"

肖晓晓脸上一红,凑到王一元耳边轻声说道:"这是我们镇江这边给毛脚女婿第一次上门的待遇,好伐?要是毛脚没有通过,可能就没有这个待遇的,晓得不?"

做完这些,在房间里又坐了一会儿,王一元附在旁边肖晓晓耳朵上说了几句话。肖晓晓站起来,走到妈妈的旁边,轻声地说了几句什么。

晓晓妈妈看了看王一元,点点头。三人都站起来,肖晓晓领头朝一楼最靠里边的房子里走去。王一元的意思是想去看看肖晓晓的爸爸。

推开门,只见正中间有一张大床,四周摆放有很多康复器材,还有一套吸氧的设备和氧气瓶。晓晓爸爸一动不动地正斜躺在床上。太阳透过窗户晒进来,刚好照在床上白色的被子上。

王一元靠近一看,吃惊地发现,晓晓爸爸的脸色比上次见的时候要苍白了许多。也可能是常年卧床的原因,他脸上基本没有多少血色,甚至都可以看见一根根交错的青色血管。

肖晓晓妈妈俯下身去,把肖晓晓爸爸的枕头稍微垫得高了一些,在他的耳边轻声说道:"老肖,晓晓带着他的男朋友看你来啦。"

晓晓爸爸并没有什么反应,一直说到第三遍,他的头才好像是轻轻地摇动了一下,眼睛在眼皮下似乎细微地动了动,但最后还是没能睁开眼来。

肖晓晓轻轻地走过去,一下子就跪在了床前。她握住爸爸苍白的手掌,轻轻地摩挲着,悄声说道:"爸爸,王一元看你来啦。"

肖晓晓连声呼唤了三遍,意外的是,这一次晓晓爸爸有反应了,有眼泪从他的眼睛里流了出来,似乎还轻微地点了点头。

肖晓晓惊喜地叫道:"爸爸,爸爸,我感受到你手掌上的力气了!"她一下子喜极而泣,松开手,整个人都盖在了被子上,抱住她爸爸忍不住放声大哭了起来。

肖晓晓妈妈连忙握住了晓晓爸爸的另一只手掌,用心感受起来。这时候,晓晓爸爸的眼泪流得更多了。不一会儿,晓晓妈妈蹲下身去,不停地摩挲着晓晓爸爸的手掌和手臂,也是大声地哭了起来。

此情此景,让王一元嗓子发干,眼眶一下子湿润了,有眼泪止不住地掉了下来。

王一元走到肖晓晓旁边,俯下身看着晓晓爸爸,还有晓晓妈妈和晓晓。从她们母女俩的哭声里面,他完全可以真真切切地感受到肖晓晓母女俩的喜悦,还有她们内心的担心和害怕。他想起当初自己父母去世的时候,自己接到消息时的撕心裂肺,还有久久都不能接受他们先后离去的这个客观事实的心情。那一幕幕情景在脑海里再一次清晰地浮现,这么多年过去,现在回想起来,仍历历在目。

王一元为自己,也为肖晓晓的爸爸,还有肖晓晓的一家人,禁不住热泪盈眶,泪流满面。他突然觉得,当亲人离去时,也许你以为号啕大哭最痛苦,其实,能哭出来,痛苦已分散出去,更痛苦的是泪水往心里流。也许你以为泪水憋在心里最痛苦,其实,心不知何处安放更难承受。而比所有这一切更加难以逾越的则是我们心中的遗憾,它会久久地挥之不去,更令人绝望。因为,或许我们更多的不是害怕死亡,而是惧怕分别。

听到房间里突然之间传出来的大哭声,爷爷奶奶,还有大姑二姑等人不知道发生了什么事情,还以为是晓晓爸爸发生了什么意外,都赶紧起身,一起围了进来。

等一看到房间里的状况,又听了晓晓妈妈断断续续的介绍,一屋的人都不禁唏嘘感概。

大姑泪眼婆娑,走去晓晓爸爸身旁哽咽着说:"我这个弟弟,真是苦命的人啊。一个人辛辛苦苦,好不容易打下来这么大的家业,自己也没有享受几天,竟就这样大病一场。"

二姑走过去扶住了晓晓妈妈瘦弱的肩膀,说:"晓晓爸爸已经这样,我们就只有听天由命了。今天可能是听到晓晓的好消息,我弟弟心里高兴,他才有好转的。"

两位老人在朱许英妈妈的搀扶下,走了过来,看了看他们儿子的状况,两位老人站在床前,都是一把鼻涕一把眼泪。

一时间,房间里一阵阵嘤嘤的哭泣声。

大姑把晓晓爸爸垫着的枕头稍微做了调整,又把盖着的被子整理了一下,擦了擦自己的眼睛,说:"嗨嗨,今天我们应该高兴才对啊。一是晓晓的大喜事终于有了一个好的结果。二是菩萨保佑,晓晓爸爸的病情今天竟有了很大的好转。这些都应该庆祝,我们大家还哭什么呢?"

奶奶破涕为笑,说道:"还是我的孙女乖,给她爸爸带来了好运气。今天这大喜事,看来晓晓爸爸心里也是乐意的。我们是应该高高兴兴,大家一起快快乐乐地过好这个端午节。"

已到了吃饭的时间。这一次端午节的家宴,因为准备充分,加上晓晓爸爸病情的突然转好,这一顿饭吃得很是热闹祥和,更加有了浓浓的节日气氛。

吃完中午饭,客人们就陆陆续续地回家了,只留下来大姑帮忙收拾厨房,还有谢东和朱许英。他们俩和王一元快两个月没有见面了,还有一些业务上的事情要说。

朱许英妈妈牵着小东东来告别。小东东拿着咸鸭蛋对王一元说:"巴掌打到五月五,粽子咸蛋过端午。叔叔,我送你一个咸鸭蛋,祝你端午节安康。"

王一元蹲下来,笑了笑,说:"真是好孩子。那你说,想要叔叔送你什么礼物?"

小东东看了看王一元,又看了看自己身上挂着的香囊,说道:"要是叔叔你能送我几个漂亮好看的香囊就好了,我到幼儿园就可以和小朋友们一起分享了。"

王一元一时不知道该到哪里去找这个东西。刚要说话,肖晓晓说道:"小东东,你等着,阿姨这就给你去拿。"一会儿,肖晓晓竟然真的拿了几个精美的香囊过来,用五色的丝线穿着,比小东东佩戴的还要好看一些。小东东很高兴,拿过去后爱不释手,连声说谢谢阿姨。

等客人们都走了以后,王一元看看时间,已是下午3点半了。太阳已经没有那么强烈了,外面天气不是很热,他就向晓晓妈妈建议,说是推晓晓爸爸出去小区里溜溜弯。

晓晓妈妈想了想,同意了。王一元轻轻地把晓晓爸爸抱起来,放在轮椅上,又在他身上小心地盖上一层薄薄的绒被。王一元对这种轮椅不太熟练,一开始还掌握不住动作要领,显得有些生疏。不过在肖晓晓的帮助下,他一会儿也就熟悉了。

正在厨房收拾的大姑看着王一元他们笑笑呵呵地朝院子外走出去的身影,对晓晓妈妈说道:"看来这个小王还是比较实在的,是一个好孩子。"

晓晓妈妈说:"唉,孩子倒是好孩子,长得高高大大、白白俊俊的,工作上很努力,对晓晓也不错。只是他是外地人,家庭条件确实是差了一些的。"

大姑说:"这样就可以了。至于家庭条件差一些,不是可以去改变的嘛?晓晓爸爸当初不就是这样过来的?再说了,儿孙自有儿孙福,只要晓晓觉得可以,我们做家长的,就要多支持他们。"

晓晓妈妈笑道:"是,我现在也是这么认为的。呵呵,这俩孩子,就随他们去吧。"

这个小区比较大,因为都是别墅,活动的空间比较开阔。小区中间有一条人工开挖的小河,小河两边都是走道。王一元和肖晓晓推着晓晓爸爸,四人边走边谈。

朱许英问道:"怎么,小王,你又要开辟新的战线啊?想去做陶瓷?"

王一元笑了笑,说:"还只是一个大致的想法。你们上次'五一'去我那印刷厂也看到了,租我们场地的那位老板有单子,本来是想着能不能找地方替他采购陶瓷,只要有钱赚就可以了。我们在唐山考察了他们当地的陶瓷生产状况,还真是有这个想法的。不过,现在暂时还不会考虑,先下单给他们当地的工厂生产一段时间,好好摸摸情况再说。"

谢东说:"小王,你这一点我很佩服。能发现一切可能的机会,并且无限地扩大,这是你的长处。一个针眼大的机会,最后到了你手里,都能掏出笸箩大的风来。"

朱许英说道:"这样,小王,你要是做这个陶瓷厂,我们也入上一股,总归可以的吧?"

王一元说:"什么可不可以,简直就是求之不得啊。讲实话,真要开工厂,我自己现在资金也紧张的。工资要还房贷,还有银行当初入股建筑公司的欠款也要分期还的,所以每个月都是过得紧巴巴的。"

谢东说:"你那个建筑公司入股,真是他妈的太爽了!以现在的报表来看,他们老板去年以那么低的价格让你入股,估计现在肠子都悔青了。"

王一元说:"那也不能完全这么说。我们常常认为,锦上添花容易,雪中送炭难,这又是为什么?去年我们要是不入股建筑公司,他们能不能撑到现在,都是两说的事情。所以,现在建筑公司的林总对我,还有交大的谢教授,态度都是很好的。他已经讲了好几回,说是要开董事会,准备再狠狠地大干一场。"

晓晓公司的经营状况也大有好转。出口服装的业务在想方设法进一步稳固现有客户的基础上,在谢东的力主下,对欧洲,特别是俄罗斯的服装出口有了很大的进展。同时对国内市场也加大了开拓的力度,新注册了商标,还成立了专门的电商部门,已是小有成绩。印染厂向东南亚的坯布出口日渐增多。

朱许英笑了笑,说道:"讲起来容易,实践就不是那么轻松了。晓晓,我现在算是有些理解你当初的难处了。这么大的一家企业,每天睁开眼睛就是那么多的开支在等着你。谢东的压力,我都是能看出来的。"

谢东说:"还好还好。我要感谢小王和晓晓的,给了我这一次检验自己的机会。以前自己打工的时候总是喜欢挑公司的各种毛病,看什么地方都感觉不顺眼,觉得公司领导还不如自己做得好。这下好了,到了别人也来挑我毛病的时候了。"

说笑了一会儿,王一元问道:"晓晓,你工厂那边去年就说是建高速要拆迁,现在怎么又没有动静了?"

肖晓晓说:"现在经济不景气,市里哪里还有多余的钱拿出来搞拆迁?连那条高速公路都已经放缓了速度,正等着后续资金进来呢,等着吧。"

朱许英说道:"只是像印染厂这种高污染、高耗能的企业,迟早都是会搬迁的,这是大势所趋。"

王一元想了想,说:"要是真拆迁,晓晓工厂的这块地就是一个好地方了。区域位置、地块的面积、周边的配套和需求等方面无疑都是一个很适合开发房地产的好地方。"

正说着话,王一元的手机响了,他拿起来一看,见是房地产公司吴总的电话。他心想,吴总一般很少和自己打电话的,今天是端午节,他会有什么要紧的事情?

电话一接通,吴总一开口就说道:"小王,你这事办得不怎么地道啊。"

王一元被说得莫名其妙,不知道发生了什么事情,惹得这位老大不高兴。他小心翼翼地说道:"吴总,端午好。"

吴总说:"我端午过得不好。"

王一元更加小心地问道:"吴总,到底是什么事情惹您生气了?"

吴总说道:"听小任说你去了外地,我也不和你多说。你们任总是知道这件事情的,至于怎么拿方案,你们自己内部商量着办吧。有一点,小王我可要提醒你,你的那个调研小组,我们房地产公司并没有说过要解散,相关咨询服务的款项也是一直在支付给你们咨询公司的。就这样,我挂电话了,你晓得就好。"

这一通电话打得王一元是一头雾水,从头到尾都完全没有思路,还无缘无故地挨了一顿批评。肖晓晓在旁边也听了一个大概,她有些担心地问王一元:"发生了什么事情?"

王一元正在拨打任学明的电话。电话一拨就通,里面传出来任学明的笑声:"小王,你现在哪里过节?"

王一元无奈地笑了笑:"还过什么节?刚才被房地产公司的吴总莫名其妙地一顿说,也不知道是啥事得罪了他,被浇了一桶凉水,现在心里被他说得是拔凉拔凉的。"

任学明笑道:"呵呵,这其实是好事情。是这样的,我也是刚刚吴总打电话给我才知道的消息。主要还是你以第一作者的身份在上海房地产周刊上发表的那篇文章引起的。"

王一元感到很奇怪,问道:"我怎么不知道有这事?"

任学明说:"这篇文章是上个礼拜才发出来的。你虽然是第一作者,但是稿件是任子平交上去的,所以只留了他的电话。"

王一元"哦"了一声,心想,可能还是那天在七宝和任子平、杨磊在菜饭店里的那次谈话,没想到任子平还真把主要内容给整理了出来,投给了报刊,竟然还刊发了。

这篇文章的主要意思就是对下半年以及今后几年上海房地产市场坚定看好,洋洋洒洒五六千字,旁征博引,其中有很多观点在上海的房地产行业内引起了一片热议。

任学明说:"房地产行业协会趁热打铁,决定在下个月的中旬举办一次有一定规格的研讨会,专门对你这篇文章进行讨论。现在正是端午节放假期间,这个通知还没有正式发下去,可能任子平现在也不知道有这回事。吴总公司是房地产行业协会的副会长单位,所以他消息灵通。刚才,他打电话给我,向我抱怨这件事,然后我才去和任子平联系,了解下来大概就是这么一个情况。"

王一元还是不理解:"抱怨?发表这么一篇小文章,这和吴总他们公司又有什么关系吗?"

任学明说:"是这样的,你们三个作者的署名,你是咱们咨询公司,他们俩是房产中介公司,吴总一看这么一篇有分量、有影响力的文章,竟然没有署他们房地产公司的名字,当然是有意见了,这也是可以理解的。"

王一元这才算是彻底明白过来了,不禁哑然失笑道:"这个吴总,这么大公司的老板,还为这么一点小事对我们有意见,值得吗?说出去也不怕人笑话?"

任学明笑了笑,说:"大老板的心里到底是什么样的想法,我们小老百姓不好去揣摩的。反正我们只要记住,他是我们的大客户,只要是他说的话,我们都要好好去考虑。"

王一元问道:"那吴总说是让我们咨询公司拿方案,又是什么意思?"

任学明笑道:"明天还是端午放假,等过完节我们聚一聚,这个事情,恐怕还真得要好好商议一下。你现在在哪里?"

听说王一元在镇江,任学明笑道:"怎么,你去与你那个小女朋友相会了?"

王一元笑了笑,说:"我从唐山回来,刚好路过这里,就在这里耽搁一下而已,不是你想的那样。"

任学明轻声说:"理解理解。呵呵,老王,你们之间的关系到底定下来了没有?要是没有,我以前和你说的我那个表妹,要不要真的介绍你们认识一下?"

王一元不置可否地笑了笑,说:"好啊,我也看看到底是何方美女,值得你老人家一再地推荐?"

任学明说:"好了,不和你开玩笑了。既然你在镇江,那上次你送我的香醋,顺便再带几瓶过来,没问题吧?你嫂子说那个醋蘸水饺吃还是蛮好的。"

肖晓晓在一旁听见了他们之间的对话,冷不丁凑过去对着话筒笑道:"任总,看你这么起劲拉皮条的份上,我就给你准备一箱,我酸死你!"

刚好走到了一棵大树底下,还有一张石桌、四条石凳。王一元把轮椅停在一旁,又把晓晓爸爸身上盖着的绒被重新铺盖了一遍。四个人坐下来聊天。谢东刚才听了王一元在电话中所说事情的经过,笑道:"小王,怎么你还有房产中介公司?"

王一元解释说:"我以前住在七宝时候的一个朋友,原来是一家知名的房产中介的副店长,他还找了一个在另一家中介做副店长的朋友,这两个副店长想出来创业,刚好缺钱,来找我商量。当时,我们就在七宝的那家菜饭店里高谈阔论了一番,结果没想到其中的一人后来把这次谈话的内容整理了出来,还给登到了报上。"

谢东说:"年轻人创业都不容易,我们能帮忙的话是一定要帮忙的。"

王一元说:"是的,我记得以前你和孙雯都是这么教导我的。哦,对了,另外一个小伙子就是你们镇江的,正宗的同济大学土木工程专业毕业生,不知道具体是镇江哪里,回去我再问问。"

肖晓晓问道:"我们是问你投了多少钱。"

王一元呵呵一笑:"多乎哉?不多也。就20万,加上咨询公司的20万,他们俩10万,总共50万的注册资金。"

肖晓晓似乎有些不乐意,问道:"这些,我怎么好像一直都没有听你说起过啊?王一元,你老实交代,到底背着我还干了什么其他的事情?"

王一元呵呵笑道:"我还不是没来得及和你说吗?"

肖晓晓却是一本正经地说道:"王一元,你少来!你天天都和我打电话、发短信、聊QQ,你敢说你没有时间,你没来得及和我说?"

王一元有些尴尬,低着头不说话。肖晓晓说:"上次五一节期间去你工厂的时候,当时我就有和你说过,说是你遇到大的事情,不管是好事还是坏事,都是一定要和我说的。怎么样,结果把我的话当成耳边风了?阿姐,你们可要给我作主,主持公道的。"

朱许英笑道:"好的好的。晓晓,我和你说,这个男人就是要管得紧一些的。要不然,他们身上有了钞票,出去花擦擦,我们女人又该怎么办?"

谢东朝王一元无声地笑了笑,摊开手,说道:"呵呵,你们说小王就说小王,不要把我也牵扯进去。"

王一元嘟嘟囔囔说:"这事是在五一节之前就确定了的。当时,你们还没有来上海。我那个丈母娘,不是当时还没有承认我的嘛?"

"什么你丈母娘?本姑娘我同意就可以了!你还觉得你很有道理?"肖晓晓说道,"不行,这次一定要立好规矩,要不然,以后我还真管不住你了。"

王一元笑了笑,说:"晓晓,你这么早就想着要管家了?"

肖晓晓嘲笑道:"王一元,你看看,你现在有家吗?我要是不管管,你会有家吗?你以为我自己想管啊?还不是为了你自己好?不要得了便宜还卖乖,好不?"

一见这样,王一元只好投降,举起双手:"哎呦,晓晓,你厉害的。别说了,好吧?耳朵都要被你说出毛病来了。行了行了，以后你是老大，我唯你马首是瞻。好了吧？我的小姑奶奶！"

"就你这小样。"肖晓晓得意地笑道，"好了，不要装可怜了。我其实也没有什么要求，我只要你不管大事小事，至少都和我说一声，不是说我就一定会帮上你什么忙，但是你最起码要尊重我，懂伐？"

在中介公司门店旁边的饭店，杨磊喝下去一口啤酒，说道："我们两个真的是万万没有想到，就因为这么一篇小文章，竟然还能和沪上鼎鼎大名的吴总，还有他们的房地产公司能发生关联。你们几位要是不说，打死我们也不会相信的。"

杜建峰笑道："这又有什么好奇怪的？都是在一个行业，低头不见抬头见，总归有一天会发生联系的。还是先说这个房地产研究小组的事情。"

任子平说道："组建这个小组，我是非常赞成的。只是，我们中介公司的几个人都还年轻，你们说要让我们具体干某一项活计，也许马马虎虎还可以，但是要上升到理论研究的高度，我们恐怕很难胜任的啊。"

杜建峰说："小任，还有杨磊，你们可能还不太知道，实际上做这个房地产行业方面的研究，咨询公司已经做了比较长的时间了，也一直都是吴总房地产公司的咨询顾问。因为一对一的关系，可能在这个行业里还没有引起多少注意罢了。"

杨磊说道："以前听老王有说起过，但是当初我们几个都没有当一回事，都以为只不过是咨询公司的副业，偶尔心血来潮凑凑热闹罢了。"

任学明笑道："呵呵，咨询公司的房地产板块就是由这位总是缺位的王总在负责的。小王，你现在的任务是越来越重了啊，要尽快把这个局面做得更好一些。"

王一元想了想，说："我倒是还有一个建议，既然是叫做房地产研究小组，那我们为什么不把吴总他们公司的那些和房地产研究相关的力量也组合进来，这样不更好一些吗？"

任学明和杜建峰点点头，觉得这种想法可行。如果要是真的能实现两家公司在房地产研究方面的整合，那么与房地产公司的联系自然会更紧密，无疑能够更好地服务于房地产公司，不失为一件两全其美的大好事。

任学明说："这样，小王你再花多一点时间，把这个组建房地产研究小组的想法再做得扎实、细致一些，形成一个书面的东西，到时候我们一起去找吴总汇报，听听他和他们公司的意见。"

讲完了今天的头等大事，几个人连续干了好几杯，自然而然就谈到了当前的房价、房地产行业和房产中介的一些事情。

杨磊笑道："讲实话，我从大四实习的时候就接触房产中介，这做中介四年多一点的时间，我很少休息，基本上每周七天，每天二十四小时都在工作，刮风下雨，随叫随到，很少有不穿这身破西装的时候。"

任子平说："印象最深的还是在大前年，2006年市场差不多有一年多持续低迷。那时的卖方远不像今天这般强势，经常有房东三天两头往门店打电话询问'怎么没人看房啊'、'只要有诚意，价格可以谈'，说话的语气都是几近央求。那个时候，门店一天接不到一个买房客户是常有的事。那时我就在七宝，所在区域的均价为每平六七千。准确地讲，是从7 000元跌到了6 000元。"

杨磊说道："我还清楚地记得，偶尔有几个本地居民散步，站在我们中介公司的橱窗前高谈阔论。这个说：'哎哟，这套上月多少，现在总价降一万了？'那个说：'降一万？降两万也没人要哦，降十万差不多。'然后又有人说：'帮帮忙好伐，这房子刚造好的时候，2 000一平方都没人要，看着吧，有得要跌了。'他们七嘴八舌的同时，不时拿一种幸灾乐祸的眼神扫视着店内我们一众苦逼。"

任子平说："我那时候还和老王住在七宝星站路那边的一个城中村里。坦白讲，房价的涨跌我并不关心，但没有成交，可是直接影响着收入，心中打过几次退堂鼓。当时，我们店长倒是很有信心，时常鼓励大家再混几个星期看看吧。但何时会有成交呢，其实他自己也没底。就这样稀里糊涂的，等到了前年的股市大热。"

任学明笑道："是的，那个阶段真是全民皆股民，股市火爆得一塌糊涂。我们办公室里群情激昂的都是在谈股票，期货都不想做了。"

杨磊说："可是一进入夏季，戏剧性的一幕出现了，看房客突然多了起来，首先感觉到是态度的转变，从观望期的随便看看变得有诚意、有意向。"

任子平说："我那时情形也差不多。然后开始有成交，而且看得快，下定也很爽气。慢慢的，客户越来越多，生意都是来不及做，最忙的时候，连陪客户看房都找不到人，成交量越来越大，单价从6 000多冲到了1万元。而看房客并没有因房价的上涨而停止脚步，购买变成了抢购。"

杨磊说："在房东眼里，原本担心60万卖不掉的房子，居然可以卖到70万，还有人抢，那么，是不是还能再高些呢？于是出现了房东一再的跳价。"

任学明想了想，说道："依我看，眼下又到了一个楼市房屋买卖的节点。"

任子平说道："不管怎么说，我们还是希望这个转折早一点到来吧。现在，我们房产中介公司一切都已经准备好了，我们四个人也基本上磨合得差不多，就只等机会大干一场喽。"

　　杜建峰对中介公司的发展还是有些担忧的。他放下酒杯,说道:"我在想,要是现在这个僵持的情形就这么持续下去,房地产市场还是热闹不起来,小任,还有小杨,你们又有什么方法应对吗?"

　　任子平停顿了一会儿,说:"房产中介就只做这么几样生意,房屋买卖或者是出租,我们也没有什么特别好的办法。要是实在不行,就只有加大租房的力度了,毕竟租房的市场一直都是有的,只是竞争上可能要更加激烈一些。"

　　杨磊说:"其他的方面确实是没有什么好办法。我们前几天还在商量,真要是房产中介不好做,除了刚才任子平说的,我们还可以暂时做做其他的副业,比如说搞搞打字复印。天气也开始热了,我们还可以卖卖饮料之类的。"

　　一时间,包房里都沉静下来。虽然在座的几个人对房地产的后市都是积极的看法,但具体到实际操作的层面,大家心中也不是十分有底气,都无法确定接下来的房地产市场到底会往哪里走。

　　王一元说:"我倒是有一个建议。你们刚才不是说这个学区的新房还是很抢手的吗?那这个学区的二手房呢?按道理来说,也应该是刚需。不见得每个人都是为了孩子上学去买新房的吧?"

　　任学明问道:"那小王你的意思是?"

　　王一元说:"现在房产中介难做,肯定也不只是我们一家,大家都是这样。刚才,我们在路边上也看到,关门的不是有很多吗?我就在想,这个时候,如果我们集中精力,精耕细作这个学区二手房的买卖,是不是一个比较好的办法?"

　　他进一步解释:"我觉得,做房产中介,其实和做工厂一样,要有自己的特色品牌和主打的产品,这样一来才会和其他的同行有所区分。我们现在把主要力量聚焦在学区房的二手买卖上,把他作为主打的产品,慢慢形成有显著特色的品牌。正所谓人退我进,到时候房地产市场真要是起来了,我们就变成了人无我有,就一定会抢得先机的。"

　　杜建峰说道:"我倒是觉得小王这个思路是对的。现在,我们中介公司还很弱小,基本上没有什么影响力。但是,如果真要在这个学区房二手中介方面做出一些成绩来,我觉得是一个现实可行的办法。"

　　"走有特色的房产中介之路?"任学明笑了笑,"我怎么觉得这句话这么耳熟呢?"

　　哈哈哈,一屋子的人都笑了起来。

　　笑过后,任学明说:"小王的这个想法和提法,我觉得是可行的。真要像小王说的那样,我们中介能打出来一个二手学区房有影响力的品牌出来,我倒是比较认同的。

关键是，怎么样才能做到人无我有？小任，你们二位的想法？"

王一元说："小任，你们都是在市场的第一线，对于具体的实际情况，你们应该比我们要更加清楚地知道房地产市场到底是怎么回事。我刚才说的想法，只是一个建议，你们可以参考。要知道，以我们现在有限的力量，要是能做好一件事情，不是那么便当的。"

这天晚上，几个人一直商量到很晚。不过还好，最后总算是达成了统一意见，就是按照王一元的思路，集中精力在学区房的二手买卖上面，争取在最短的时间内，先把相关的数据库建立起来。

到饭店打烊，因为已经很晚，任学明他们三个就没有回家，而是在附近找了一家快捷酒店住下来。杜建峰临走时还向饭店拿了两瓶白酒和纸杯，要了一些花生米、猪耳朵等几样下酒菜。

关上门，三人继续喝酒。任学明笑道："这样的场景，还是我们去年在交大读书毕业的那个晚上了。"

王一元笑道："你们二位就这样不回家，嫂夫人们没有什么意见吧？"

杜建峰笑道："都老夫老妻了，还有什么新鲜的？打个电话回去通报一下就可以了。倒是小王你和那位小肖总，小别胜新婚，正是卿卿我我、你侬我侬的时候，晚上就不要打电话报备一下吗？"

王一元笑了笑："天高皇帝远，一人吃饱，全家不饿。"

任学明说："我们都是过来人，估计你的好日子也快要到头了。只是我还有一个问题，你们俩就这样长期地两地分居？这算是什么事？也不是什么好办法啊。"

王一元说："没有办法啊。手里没有多少现金，至少现在还不行的。对象来了也没地方可以住，难道我们天天去住宾馆？"

杜建峰说："这倒是一个现实的问题。还有，这个小肖总估计从小就养尊处优习惯了，你要是让他睡你印刷厂的宿舍，非得要谈崩了不可的。"

三人又碰了一杯。任学明说道："也是一个很现实的情况。之前吴总摊派给你的那套房子，远在金桥不说，还是期房，短期是指望不上了，你的住房是得还要再另想办法。"

杜建峰放下酒杯，说："让你们两人长期分居不来事的。对了啊，这几天我们不是还要去找吴总商量事情的吗？到时候我们再和他讲讲王一元的情况。他这么大的房地产公司，总归会有办法想的吧。"

王一元说："这样的小事情也值得去和吴总这样的大老板说？他处理的都是大事，

就不要去打扰人家了,我觉得这样不太好的。"

任学明想了想,说:"也是,让小王去和吴总说这事,确实不太方便的。这样吧,这件事情就由我来和吴总开口吧,不管是什么结果,就是吴总万一拒绝了,我们面子上总归要好看一些。"

三人就继续聊天喝酒。杜建峰和任学明碰了一杯,问道:"老任,你上次说的你有一个小舅子找工作的事情,我当时比较忙碌,仓促间没有仔细听,是怎么回事?"

任学明叹了一口气,说道:"你就快别说我那个小舅子了,我这一段时间烦也被他烦死了。"

王一元问道:"这又是怎么回事?"

任学明说:"我小舅子也是山东人,今年从老家的一个职业学校毕业,正在找工作,现在就住在我家里,待了有20多天了。她姐姐,也就是你嫂子,已经答应他了,让我给他找一份好工作。"

王一元说:"现在上海找工作,只要是不挑剔,应该还是不难找的吧?"

任学明颇有些无奈地说道:"问题就在这里。你们说,我那个小舅子,他一个要文凭只有中专学历,还是混来的,要手艺才是刚毕业的职校学生,还想着要在上海找一份相对轻松、收入又高的工作,这不是给我们找为难吗?"

杜建峰说:"是不是你们单位和系统不好安排?"

任学明说:"我们系统基本都是和金融、期货相关的单位,对学历和经历都是很看重的,就他这个条件,让我怎么去开口说?让他去做保安?这个倒是单位可能会答应的。"

杜建峰笑道:"去做保安,你老任能开得了这个口?要是你不方便,就安排到我们单位来吧,只是我先给你说好了,只能是一些要求比较低的岗位,收入不会很高,让小伙子要有心理准备。"

王一元端起酒杯,对任学明笑了笑,说:"我终于是听明白了。这样,老任,你把这一杯酒喝了,我给你解决你小舅子的工作。"

任学明笑了笑:"去你的那个印刷厂?"

王一元笑道:"我先不说,只要你把这一杯酒喝了,我至少会提供给你4个选择,怎样?划算吗?"

任学明拿过酒杯,仰起头一饮而尽。他拿着杯子往下晃了晃,拿眼睛看着王一元。

王一元说:"是这样的,我的印刷厂、国立袜业的采购部、利达机械的采购部,还有我对象在镇江的工厂,我去想想办法,还是可以让你的小舅子自由选择的。"

杜建峰一听公司名字,有些吃惊地说道:"国立袜业?这家公司我知道的啊。他们在上海的出口行业鼎鼎大名,你真有办法让他进去国立袜业公司的采购部门?"

王一元点点头:"这个国立袜业是我来上海工作后开发的第一个大客户。你们可能还不知道,我就是靠着国立袜业的这个大单得到了当时印刷厂老板的信任,后来公司搬迁,原来的老板把一部分的机器设备处理给我,这样我才慢慢起来的。"

杜建峰回忆了一会儿,问道:"是吗?我只记得你刚去交大学习的那会儿还是在打工的,难不成就是这家印刷企业?"

王一元回答:"就是这家台资的印刷厂,国立袜业也是我们公司当时最大的客户之一。还有,我对象当时就是这家企业的采购部助理,我们就是这么相识的。"

任学明有些吃惊:"小王,想不到你竟然还有过这样的一段经历啊。你厉害的,连业务带人,都被你给一网打尽了。"他想了想,说:"这事就拜托你了,你真的是帮了我的大忙了。明天我就把我那小舅子的简历邮件给你,就让他先去这家公司试试吧。"

说笑了一会儿,话题又转移到了今晚房产中介的事情上面。任学明笑道:"小王,真的,我不是特意吹捧你,你的这个做二手学区房领先者的想法还是很有创意的,我觉得是目前房产中介公司一个业务的突破口和重要抓手。"

杜建峰说:"我就发现,小王你还有一个很明显的特点,就是在临场发挥方面,天生对市场比较敏感。"

任学明笑道:"这样的例子已经有过好几次了,你很多的想法和思路都是让我们耳目一新,我个人还是很佩服你的,这也是我和老杜自愧不如的地方。"

王一元实在是听不下去了,说:"怎么了?都是自家兄弟,怎么都还互相吹捧上了?"

任学明站起来,左右活动了一下身子骨:"对对,都是兄弟嘛,我们还是喝酒。今天晚上,这两瓶白酒,应该要干完的吧?"

王一元正了正身体,说:"不过,主要还有三个问题,都是关于房产中介的。一是对楼市后市的判断。当时我就看出来,老杜你对此还是比较担忧的。不过,我的判断和你不一样,我倒是觉得,房地产一定能再一次起来,只不过是时间的早晚而已。"

"理由呢?"杜建峰问。

"这么说的基础,小文章里都有分析。最重要的一点,我特意查过资料,自去年以来至上个月,上海的土地出让地块和金额已然大幅减少,甚至有4个月都是零出让、零成交。这是很罕见的。我觉得这是政府在有目的地调控节奏,有意为之的。"

杜建峰想了想,说:"我其实也不是说就对房地产的后市不看好,我只觉得要做好多手的准备,凡事都有可能,要提前准备预案。至于说到后市,我个人还是谨慎看好的。"

任学明说:"老杜说得没有错,不怕一万,只怕万一,是要有应对各种困难的准备和预案。小任和小杨到底是年轻,单独操盘的经验还不是很丰富,各种各样的困难该如何去解决,他们遇到过的到底还不是很多。"

王一元点点头,说:"实际上,我有很深切的体会,做一名合格的员工和做一名合格的老板,区别是非常之大的。当一名合格的员工,只要做好眼前的工作就可以了,至多是再想想接下来的两三步该怎么走,就已经是一个很好的员工了。但是做老板就不一样了。首先是一定要有足够的远见和充分的准备,目光一定要看得更长远一些,各种各样的准备工作一定要做得更充分一些。所谓不打无准备之仗,就是这个意思。"

任学明和杜建峰点点头,表示认可王一元的这种说法:"是这样的。老板不仅要自己身先士卒,冲锋陷阵,更要当好示范,要能带领着自己的一帮人一起攻山头、打硬仗,这才是一个合格的领导者。"

三人又碰了一小杯。杜建峰说:"那小王你说的第二点呢?"

王一元说:"我觉得很有必要再开一家门店,把店面直接开到学校大门口去,这样效果应该会更好一些。现在是房产交易的淡季,各种商铺都在打折出售或者是出租,价格方面松动得比较大,可以低成本地实现扩张。再说了,增加一个门店,很多的事情和业务都是可以和原来的门店重合的,除了人员工资和房租,其实也并没有增加多少成本。"

任学明点点头,说:"这一点可以考虑。不要说是房产中介,现在很多的零售行业也都是走大连锁的概念,没有规模,很多东西的发展都会比较被动的。"

王一元说:"小任相对沉稳,办事相对老练,小杨却是冲劲更足一些。这样分开来,让小任去做学区房,小杨还是继续原来的做法,就让他俩去打打擂台,也未尝不是一件好事。"

杜建峰笑道:"小王这个主意好的,是骡子是马,拉出来遛遛嘛。我们要鼓励内部团结,又要有相对的竞争,这样对中介公司只有好处,还免得有吃大锅饭的嫌疑。这样分配还有一个好处,走连锁,扩大规模,我觉得也是房产中介以后的必由之路。现在就可以学学经验,摸一摸门道。那你考虑的最后一个问题又是什么?"

王一元想了想,说:"最后一个问题还是人才的储备。我们知道,做房产中介这一行,其实从业门槛相对来说是比较低的,学历和技能等都不是很重要。只要长得不寒碜,还能说会道,就可以做房产中介了。"

杜建峰说:"我看也是这样的啊。大部分房产中介的业务员基本都一样的,一套西服皮鞋的行头,再配上一辆电瓶车,就差不多了啊。"

王一元说:"我的想法恰恰相反。如果我们能培养出一批素质高、业务熟练的一线员工,和其他中介公司的业务员能显著地区分出来,到时候这就是公司的软实力,是一个公司的象征和口碑,也完全可以打造成公司的一张王牌。"

任学明"哦"了一声:"你说的倒是一个新亮点。"

王一元说道:"现在行情不太好,有很多的房产中介员工,甚至是房地产开发公司的销售人员都在转岗或者跳槽,这就是我们一个吸纳人才的好机会。另外,我们中介公司还要有一些基本的公司制度,特别是财务方面的制度建设。我想,在这些制度的建设和完善方面,咨询公司有经验,应该首先把这些基础的东西给建立起来。"

等王一元说完,任学明沉思了很久,说:"记得很久以前,我就和你们俩说过不止一次,房地产行业一定会成为未来的支柱产业。我个人对这个行业的发展一直都是抱有很大信心的。虽然现在我们也小打小闹地搞了这么一个中介的门店,我的想法,我们要么就不搞,要搞就要搞得有模有样,绝不可以半途而废。"

放下酒杯,任学明说:"现在,就像小王所说的,我们再建上一个门店,就拿这两个门店作为试点,积累经验,形成一套行之有效的商业模式,在适当的时候,我们就可以迅速地按照一定的模式不断地复制,从而把规模做大。"

杜建峰想了想,说:"老任,你要是这么想的话,是不是还得要考虑一下到底该由谁来牵头做这件事情?"

王一元一看他俩似笑非笑的模样,就知道他们的想法肯定是想要由自己来操盘做这件事情。他心里想,现在不比以前,印刷厂基本稳定,不管是工厂管理还是在业务方面,已经都能够正常运转。也就是说,自己可以腾出较多的时间来参与这件事情。反而是老任和老杜,囿于单位的限制,不可能有自己这么方便和自由。

碰到困难不躲不避,反而是迎难而上,这是王一元的性格。他说道:"你们俩也不要在那里嘀嘀咕咕的,以前你们不是一直嫌弃我对咨询公司的业务参与得不够吗?这样好了,这一次就算是我主动请缨,把这一部分的工作先挑起来吧。"

任学明笑了笑,说:"呵呵,小王,你总算是第一次显得比较豪爽了。我也不和你客气,中介公司的任务目前来说主要就是三个:一是把整个中介公司的框架尽快地搭建起来,包括制度建设、工作流程、内部制约机制等等;二是人才体系的建设,要适当处理好当前和长远的关系;三是两家门店的具体业务和人员协调。"

杜建峰说:"是这样的。现在中介公司虽然还很小,但我们一定要以一个正规公司的高标准来严格要求自己。我们几个人,如果要还是像街头的那种个体户式的房产中介一样去操盘,很多东西就失去意义了。我补充一点,在这个制度建设中,要抓住两个要点:一是要引入充分竞争的机制,二是要引入钱和人两条线的做法。至于具体怎么实施,就由小王你看情况,择机实施。"

任学明看着王一元,说道:"小王,你不要畏难,反正做这些事情,咨询公司都有现成的案例和人手,你需要谁,都可以点将过来帮忙的。之前给吴总房地产公司做调研的那几个人,我估计你对他们比较熟悉,用起来也较为顺手一些,可以考虑把他们调来中介公司一段时间,来协助你开展工作。"

又喝了一通酒,三个人都显得有些兴奋,根本就没有想要睡觉的感觉,为解决房产中介公司目前面临的一些问题而高兴,但是又都显得意犹未尽。

任学明喝干了杯子里的白酒,说道:"这样,我们仨已经在这个房产中介怎么发展的思路上达成了一致意见。事不宜迟,现在就把小任和小杨再找过来,我们开一个小会,听听他们的想法。"

杜建峰看了看时间,说:"都已经快半夜1点了,再找他们俩,不太合适吧?"

任学明说道:"我们明天都还要去单位报到,没有时间。没关系的,再说了,我们都在为这个中介公司夜不能寐,又怎么能让他们睡舒服了?"

王一元说:"都是为了工作,我们就不要管什么时间了,这个电话就由我来打吧。他们年轻人,一般都睡得很晚,现在给他们来一个半夜'机'叫,也是给他俩上上发条。"

吴总看过报告,摘下眼镜,从抽屉里拿出一块绒布擦了擦镜片,戴上眼镜后又看了一遍。他这才抬起头来,问道:"这就是王一元那小子想出来的主意?"

任学明点了点头:"也是我和杜建峰的想法。吴总对这份报告不满意?"

吴总笑了笑,说:"呵呵,这小子是第一次这么赤裸裸地吹捧我啊。说什么组建这个房地产研究小组有重大作用,有重要的现实意义,一套一套的。报告里哪有这样拍马屁的?他以为给我戴高帽子,我看就不出来了?其实,他字里行间对我是很有意见的嘛。"

任学明刚要解释,吴总却突然转换了话题。他看似随意地问道:"小王现在主要在干什么?"

任学明回答:"在七宝那边卖房子。我们在上上个月,和其他两个人,就是文章里的另外两个作者,一起投资了一家房产中介公司,就是文章里署名的中介公司。刚好,小王这一段有空闲,就在那边帮忙管着这一摊子的事情。"

吴总笑道："这个比较有意思啊。搞来搞去,原来你们和这家房产中介公司是一家的。呵呵,怎么上次我给你打电话的时候没有听你说起啊？"

任学明解释说："我怕电话里说不清楚,反而引起你的误会,所以今天特意过来解释的。"

吴总说道："这个小王,我好几次想让他来我们公司卖房子,他可是一脸不乐意的。现在好了,反而去中介公司卖房子了。有意思,看来还是看不上我这里的小庙啊。"

吴总离开办公桌,走到窗户前,看着窗外晴朗明媚的天气,活动了一下身子骨。窗户的旁边有一个小型的室内高尔夫推杆练习平台。吴总取下球杆,瞄了瞄距离,把球杆轻轻一推,球缓慢而又准确地落进了洞里。

任学明笑道："那篇小文章,我后来亲自问过王一元,据他说是他们三人在一家菜饭店里聊天聊出来的,其中一人把聊天的内容记录整理了下来,发邮件给了杂志社。当时,他们都不知道会刊登出来,竟然还引起这么大的反响。"

任学明走过去靠得吴总近了一些,说："你想想小王,他是从什么小地方出来的啊？按他的说法,现在有菜饭吃,就比他小时候的生活已经好太多太多了。"

吴总又摆好一个球,换了一个姿势,把球用力一推,这回可能是力气用得大了一些,球从洞边上滑了过去。

"呵呵,你这话说得在理。我现在就一直很怀念我当知青时候的生活。"吴总叹了一口气,说道,"小王还是很不容易的。单枪匹马闯荡上海滩,赤手空拳的,哪有那么容易？没有被黄浦江给吞掉就算是不错了。"

任学明帮着把高尔夫球又摆放到原来的位置。

吴总笑道："只不过,话又说回来,这个小子,尽管底子差了一些,家庭出身不是很好,上的又是再普通不过的一个专科学校,但还蛮上进和努力的。呵呵,当初小任你介绍说他是你交大的同学,我还以为他真的就是交大毕业的呢。"

任学明笑道："可能吴总还不了解。去年我们那一届的研修班,小王他不仅得了经管学院的年度毕业论文优秀奖,当时整个学院就只有两个名额的,他还连续三年都在我们学报上发表了文章,这是创了纪录的。"

听到王一元三年在校报上发表三篇有分量的文章,吴总一下子很感兴趣。他放下了球杆,不由得提高了声调问道："嗯,有这回事？交大的学报可是响当当的刊物,不是所有文章都能登上去的。我怎么没有听你们说过这事啊？"

任学明从椅子上放着的背包里拿出来一沓稿件,双手捧给吴总,说："我今天来的时候特意给您准备的。"

吴总接过文稿,大致翻了翻,说:"还真是交大的学报,这小子看来是真有两把刷子。从这些文章的标题上看,他的兴趣还是蛮广泛的嘛。"

任学明笑了笑,说道:"也不能说小王他兴趣广泛,这几篇文章都是他在自己工作中的总结。你知道,他的老本行是印刷,他当时只是想着给这些客户做包装设计,后来接触多了,有了想法,就写了这些文章。"

正说着话,有人敲门。原来是助理给吴总送文件签字。签完字,女助理看了看两人的茶杯,续上水后又轻轻地走出去了。

吴总拍拍手中的文稿,笑了笑,说道:"这小子还真的总是给我们带来惊喜啊。这样,让我把这些文章大致先浏览一遍。"

任学明走去窗户边,抬头朝外望去,只见是晴空万里,几朵白云在湛蓝的天空中晃晃悠悠,好像就在离自己不远的地方飘荡。远处的黄浦江如一条青白色的练带,蜿蜒而过。江面上的船只宛如点缀在上面的一颗颗星星,一闪一闪的,倏乎就过去了。他突然间想起来星野道夫的一句话:"你必须站到不一样的位置,才能看到不一样的风景。"他心里想:是啊,不同的人,即使站在同一个地方,透过各自的人生,看到的风景也必然有所不同。

大概等待了10分钟,吴总一拍桌子,把任学明的思路猛地又拉回到现实。

吴总摆摆手,说:"不好意思,我也是看到文章的精彩处,不自主地就拍了一下。呵呵,小任,你是知识分子,应该能理解击节叫好的意思。"

任学明说:"小王的这几篇文章,你真的觉得还不错?"

吴总说道:"这三篇文章,各有侧重,一篇印刷企业业务管理,一篇农业,最后一篇讲的是产业升级和转型。只是我不太理解,文章说的是镇江的事情,王一元他,还有你和小杜,你们三位作者,对这种最基层企业的运行现状又是怎会知道得如此详细?"

任学明便简单地向吴总解释了这篇文章的形成经过,他说:"文章里这个作为解剖样本的纺织公司,老板是王一元做业务时认识的,所以当时毕业论文的设计就选择了镇江的这家工厂。"

任学明说:"我们先不说论文。那这个报告上说的建立研究小组的建议,吴总你怎么看?"

吴总说:"这事先不要着急,不是离18号行业协会开研讨会的时间还早着的吗?到底该怎么去操作,这一段时间里,我再好好考虑一下。你让小王这个星期六过来一趟。这小子真够滑溜的,自己的事情自己不来,却让别人来替他传话。让他自己来说,我想要当面听听他的意见。"

吴总想了想,又说道:"不对啊,我一说到这个小王,你连他的论文都预先准备好了。小任,你找我还有其他的事情,关于小王这小子的吗?"

任学明哈哈一笑:"到底是大领导,连我的这一点自认为隐藏得很好的小聪明,都被你一眼就给识穿了。"

吴总问:"怎么,还真有小王什么事情?"

任学明说:"小王现在好不容易找着对象了,小姑娘也愿意嫁给他了,但是面临的最大的问题是房子还没有准备好。"

吴总说:"我们公司不是有抵押过房子给你们咨询公司的吗?怎么,其中没有小王的份?"

任学明说:"当然是有的。但是,你那房子远在金桥不说,还是期房,远水解不了近渴啊。"

这回吴总终于是明白过来了,笑着问道:"小王的意思,就是想在我们公司再挑选一套现房,最好还是已经装修好了的,能直接入住的房子?"

"领导就是领导,慧眼如炬。"任学明笑道。

吴总想了想,说:"这么大的事情,王一元这小子为什么不过来亲自和我说?"

任学明说:"他哪里敢向您开这个口啊?就是我来和您说,小王也是不愿意的,说是您每天都在忙大事,他不想,也不敢拿这些小事来打扰您的。"

吴总说道:"呵呵,今天的两件事都和这小子有关系。讲实话,我也是蛮可怜他的。罪过啊,这么大年纪了,竟然连套像样的婚房也没有准备。小任,这两件事,今天我暂时都不能答应你,不过我既然已经知道了,等到有结果的时候,我自然会打电话给你们的。"

等任学明连连表示了感谢告辞出去,吴总在座位上思考了很久,拿起桌上的内线给助理打电话让她进来。

吴总拿起桌子上王一元的文稿,吩咐道:"小赵,两件事。一是这三篇文章发表的前后经过,二是上面的作者,我用红笔圈了的,把他的一切都给我彻底调查清楚。10天的时间,我要最后的报告。"

吴总眼里的可怜人王一元这一段时间却是忙得脚不沾地。没过几天,中介公司的第二个门店就找好了门面,就在学校大门的斜对面。

这里原来是一家课外辅导机构,刚搬走。场地使用的时间也不是很长,房间原来的装修和格局都还算不错,基本能用。任子平他们只是自己动手重新粉刷了一下墙壁。接下来,添置家具和安装电脑、传真等办公设备,前后只一个星期的时间,就开始办公了。

趁这次店面装修的时间,王一元特意找到胡雪,让她对中介公司的LOGO重新进行了专业的设计,并且做出来一套完整的CI和VI视觉和形象标准识别系统,在两个店面全面实施。门店的招牌是这次设计的重点。王一元最后选择了一种绿色大满底加上镂空白色汉字的表现方式。中介公司的标志看上去很简洁,但又极富张力。

二店的店招装好后,和周围门面的招牌相比,显得清新脱俗,格外的别具一格,还很有视觉冲击力,大家都说效果特别好。于是,王一元干脆对一店店面的招牌也进行了更换。

这两个店面,现在分别由任子平和杨磊坐镇。十几天前晚上的半夜"机"叫,任学明、杜建峰和他们俩讲述了对于房地产中介这一块业务的发展方向和一些具体的任务布置,特别强调了要做学区房领先者的公司发展理念和愿景。

那天早上,任学明、杜建峰走了以后,王一元和任子平、杨磊一起在宾馆里吃早餐。早餐是自助餐。三人取好自己喜欢的食物,找了一个较为僻静的角落,边吃边聊。

王一元要的是豆花,还有一大个包着油条的粢饭。他把豆花上面撒的酱油、紫菜、虾皮、葱花、香油搅拌了一下,舀了一大口放进嘴里,咂咂嘴说道:"豆花的味道还差点火候,含水量稍微多了一些,不够浓。"

杨磊吃的是小馄饨。他笑了笑:"老王,看来你对这个豆花很熟悉啊。"

王一元笑道:"我从小就欢喜吃豆花。小时候家里穷,没什么好吃的,只有逢年过节做豆腐的时候才能有豆花吃。"

任子平要的是面条馄饨。他一边搅拌酱油和葱花一边说道:"我们这边的豆花一般都是放白糖吃的,这样口味清淡一些,还有一股豆子的清香。"

王一元咬了一口粢饭,说:"刚才任总和杜总他们所说的,你们两位都理解了吧?企业战略里,有一种叫做竞合战略的说法,你们应该知道的吧?"

任子平他俩看着王一元,点点头。

王一元说:"'竞合'一词实际上源自西方,是西方市场惯用的一种博弈游戏。当今时代说到底,就是一个'竞合'时代,互补共生的竞合关系更能实现双赢。杨磊,你先说说,你又是怎么来理解这个竞合关系的?"

杨磊想了想,说:"竞合战略就是竞争中求合作,合作中有竞争。竞争与合作是不可分割的整体,通过合作中的竞争、竞争中的合作,一起实现共存共荣,一起发展,这是企业竞争所追求的最高境界。"

任子平说:"我觉得,竞合的着眼点在于先把蛋糕做大,在做大蛋糕的基础上大家才有可能比以前得到更多,从而使企业能在一个较小风险、相对稳定的渐进变化的环境中获得较为稳定的利润。"

王一元说道:"讲到底,竞合的实质就是实现各企业优势要素的互补,增强竞争双方的实力,从而促成双方建立和巩固各自的市场竞争地位。你们知道,我为什么要和你们一早上就讲这个竞合关系吗?"

两人都停下来,等着王一元往下说。

王一元笑了笑,说:"不要这么紧张,我们边吃边说。因为接下来我们再开店的话,你们俩就有了同台打擂的意思,也可以说是一种公司内部的竞合关系。我之所以和你们俩讲这些,就是希望你两位能求同存异,能够立足中介公司的共同利益和共同目标,打破'同行是冤家'的狭隘思维。"

任子平和杨磊对视了一眼,仿佛心有灵犀地互相笑了一下。

王一元说:"不用笑。我是真心希望你俩在中介公司的相关标准、协同攻关、分担风险等方面,双方能达成互信,形成互利。通过共同调查市场、交易产品、推动市场营销等业务方面的各个环节,可以实现共赢,不必再是此消彼长的零和博弈关系,能共同对抗外部的竞争者。"

杨磊笑道:"呵呵,这一点老王你可以绝对放心,我和小任永远都是好朋友。那种什么背地里下刀子、暗地里使绊子的事情,我们两个都不会去做,也是不屑于去做的。"

王一元说:"我最后给你俩提一点小小的建议,也算是忠告吧。你们两人要想相处得好,一定要多多学会发现对方的长处,虚心向对方学习。具体来说,主要就是两点:一是要学会理解对方,对于竞争或者合作过程中的分歧和误会,不能心存怨恨;二是要站在对方的位置和立场上考虑,以诚相待,帮助对方,求得共同发展。"

任子平和杨磊说道:"我们还觉得,包括任总、杜总,还有老王你,我们几个人,都是本着想真正做事情的态度的。如果要是因为我们自己内部这样或者那样的原因,最后没有把房产中介公司发展好,那时候我自己都会感到很惭愧的。"

王一元有些感慨地说道:"我也是真的没有想到,兜兜转转一大圈下来,竟然又回到了七宝。看来我和七宝这里还是很有缘分的。"

三个人又把近期要做的工作仔仔细细地捋了一遍,又对任务做了简单的分工,然后就各行其是,分头抓紧去完成。

一晚的通宵,王一元实在有些熬不住,于是又回房间里睡回笼觉,这一觉就睡到了中午。醒来后,看了看手机,有好几个熟悉的电话未接,他连忙一个个地回拨过去,还好没有耽误什么大事情。

退房走出宾馆后,王一元突然想起来任学明托付自己给他小舅子找工作的事情。他马上给孙雯打电话,和她说了想介绍人到她们部门工作的想法。

孙雯一口就应承了,说是只要小伙子没有什么大毛病,诚实肯干活,可以安排的。又说笑了几句,孙雯问王一元:"晓晓说她月底月初有计划来上海,你知道吗?"

王一元很吃惊:"哦,这事我不知道,晓晓好像没有和我说起过啊。"

孙雯笑道:"呵呵,晓晓她可能是特意不和你说,想打你一个措手不及。我和你说了,到时候可不要出卖我哟。还有,我怎么听你的语气有些不对?你没有干什么坏事吧?"

王一元就在电话里把昨晚上和朋友商量房产中介公司的事情简要地说了一下。他说:"昨天一晚没睡,这些事情都还没来得及和晓晓汇报,除此以外,再也没有其他的事情。哪还有什么坏事?也没有时间啊。"

孙雯呵呵一笑:"表现很好。真没想到你竟然又来七宝了,只是现在谢东去了镇江,要不然等晓晓过来的时候,我们几个就又能凑齐在一块玩了。"

王一元又给肖晓晓打电话,铃声响了很久却没有人接。他心想,还是等到晚上视频的时候再和晓晓说这件事吧。只是,大中午的,她怎么会不接电话?

门面找好以后,两家门店都进入正常的工作轨道。接下来的时间,王一元对房地产中介公司主要抓的就是两项工作,其中之一就是各类规章制度的建设和完善。

这些工作虽然有咨询公司的专业人员过来协助,但是拟定出来的内容要和房产中介的实际情况相结合,还是要花不少时间和精力去修改的。咨询公司原来给吴总房地产公司做调研的康立新、陈志光、刘萍现在也都是安排在两边的门店干活,就和普通的业务员一样,很快就成了王一元的左右手和得力干将。

王一元认为,作为一个房地产行业市场的调研者,不能总是待在办公室,要真切地参与到第一线的业务中来,这样才能真正掌握到房地产行业的实际情况和行业规则,不然就会有盲人摸象的危险。

第二项工作就是中介公司的人才建设,通俗一点说就是大量地招兵买马。

一般中介业务员的收入基本就是靠底薪加提成,底薪相对来说都不是很高,至于提成,则是和每个人的业绩直接挂钩的。所以说,在房产中介公司能够承受的范围内,可靠而且熟练的业务员当然是多多益善。

招人的这项工作,相对来说还是比较好做。一是杨磊和小任本来就在这个行业,相关的同行认识很多。二是现在正是房产中介的深度调整期,所以招收有一定工作经验的从业人员相对容易一些。

但是在挑选人员的时候，王一元留了一个心眼。他对任子平和杨磊原来认识的这些同行或者同事，有意识地尽量少招，反而是对那些没有什么经验的职场新人更加留意。他自己觉得，反正有自己的三个老部下，让他们去带带新人，进行一些正式入职前的工作培训，对他们仨来说都不是一件有困难的事情。

王一元为了工作方便，直接就住在了七宝，和任子平、杨磊住一个房间。两张高低床刚好空出来一个位置，还可以放放生活用品等杂七杂八的东西。好在已经进入夏天，床上用品等一些东西也不用在吴泾与七宝间搬来搬去，只是另外新买了一张竹席、一个褥子，再加上一床凉被，再买上一些洗漱用的东西，这就齐全了。

这样还有一个明显的好处，就是王一元、任子平、杨磊三人可以随时随地地商量事情，效率很高。三人得闲的时候，一起喝喝啤酒、吃吃烧烤，谈天说地，也是一番自在的好时光。

中午吃盒饭的时候，任子平问道："老王，后天就是房地产业协会和房地产周刊召开的那个研讨会了，你去参加吗？"

王一元正吃着菜，想了想说："还是你和小杨参加吧，我就不去了。我自己觉得去其实也没有多大意思，就是把我们说过的话再说一遍，搞不好，甚至还要挨一些所谓专家学者的指责和批评。"

杨磊说："呵呵，老百姓不唾骂我们就不错了。"

"那又是为什么？"陈志光问道。

杨磊说道："我们的观点是对后市积极看法的，老百姓怎么能支持我们的这个观点？他们总是认为，现在的房价就已经在天上了，要是再往上涨，还让他们活吗？"

刘萍正在大锅里舀汤。她拿勺子搅拌了一下，笑道："今天这个小店还算有良心，榨菜蛋花汤终于是能见着一些成块的蛋花了。"

康立新笑了笑，说："老王，你能不能让这个小饭店弄出一个菜单给我们选择？每天基本上都是差不多的菜式，我们都快要吃吐了。老陈，你们说是吧？"

陈志光推了推眼镜，说："嗯，我觉得还好啊。快餐嘛，哪里都差不多的，还能吃出其他的什么味道来？我只要求干净卫生就可以了。"

王一元想了想，说："这样吧，刘萍，你有时间就去和这家餐馆说说，让他们列出一份菜单来，我们每天早上点菜，点好以后给他打电话，各取所需吧。"

"我们不要光说吃的事情了。"王一元一边吃一边说道，"杨磊，你们门店加起来6个人，到现在才成交5单，刚好够饭钱。你可是立过军令状，每人平均2单，我没有记错吧？"

杨磊咽下嘴里的饭菜，说道："老王，我这里就不豪言壮语了，这个月我们的12单任务，我们有信心完成的。"

王一元看了看任子平，问道："小任你这边才3单，怕是连饭钱都还没有赚回来呢，离10单的要求还很远啊。"

任子平说："这半个月，装修花了一部分时间，人手也是刚刚凑齐，还要建立学校东西两个学区附近出售房源等相关方面的数据，确实是有一些实际的困难。"

王一元笑着说道："小任，这时候你给我提困难了？当初做计划的时候，对这些状况，你应该也有预估的啊。还有，数据库的开发建设，有这么多人都在一起弄的。所以，你说的这些都好像不是你们成交减少的理由。"

任子平憋了很久，才下定决心："老王，你放心，君子一言，驷马难追。我们说话算数，一定会去想方设法完成任务的。"

王一元笑了笑，说："表决心是一回事，能不能达成目标，还要看你们的实际行动。讲实话，大家以后和我相处久了可能就会知道，最后还是数字说话。这半个月，我们还是有特别的亮点，就是老康带队的陈志光和刘萍这个独立的小组，没想到的是，他们竟然成交了2单。作为几个中介的新手，这个成绩算是很不错了。"

康立新笑了笑，说："我们几个也就是运气比较好一点而已。我虽然年纪上比在座的各位都要大上很多，但是在房产中介上面，还要向任子平和杨磊他们几个资深业务员学习的。"

王一元说："还有半个月的时间，这个月的任务还要继续努力啊，同志们。不管市场现在是什么状况，至少我们应该把这个吃饭的钱要赚回来的。只有先把自己肚子填饱了，把自个儿养活了，才能谈发展。"

吃过饭，任子平和杨磊就赶着去开小组会，制定方案，打气加油。王一元把康立新他们三个留了下来。他说道："老康，姜还是老的辣啊。当初把你们从办公室拉出来做业务，我其实还是有些顾虑的，就是怕你们一下子接受不了。现在来看，可能还是我当初多虑了。"

康立新谦虚地说道："都是瞎猫碰着死耗子，让我们三个刚好赶上了，真的只不过是运气好一点而已。"

王一元说："你们仨，现在实际操盘这个房产中介，又有什么新的感受没有？"

陈志光说道："老王，你要我们说真话还是假话？"

"废话。现在任务这么紧张,我们哪里有闲工夫在这里听你扯淡?当然是要听真话了,有话就直接说,不要脱了裤子再放屁。"王一元笑骂道。

陈志光笑了笑,说道:"要我说这个感受,就是一句老话:'海阔凭鱼跃,天高任鸟飞。'讲实在的,我们早就应该这样,跑出来这样干的。这样多好啊,自由自在,每个人真正靠自己的本事吃饭。我还是挺享受这种带有一定挑战的生活方式的。"

康立新说:"小陈说得对。小王,不要看我年纪大了,这半个月,其实给我的震动还是很大的。你们知道,以我以前的性格,确实不太适合干销售这种工作的。但是,做房产中介,我觉得年纪大的人有一个很大的好处,就是相对比较容易取得客户的信任。这次的成交就给我一个很大的启发。说不定,我来做这个房产中介也是合适的。"

王一元不由得笑了笑,说道:"老康,以你的性格还有做事的方式,今天你能这么说,还是挺出乎我意料的。要是老任在这里,他肯定会惊讶得眼睛都掉出来的。"

刘萍说:"是真的。老康我跟了他这么久,还真是很少见他有过这般豪情。"

陈志光也说:"是的,老康,可能是你事业的第二春要开始了。"

四个人哈哈大笑。王一元说道:"不过话说回来,做房产中介其实还是很辛苦的,工作时间长,从上午9点到晚上9点。要是碰上有事的时候,通宵都是经常的事。要是每天都是这样风里来雨里去、日晒雨淋的,还有一天天的打电话被拒绝,甚至被骂,绝大多数的带看都是以失败而告终,你们想想,长久下去,自己能扛得住这些吗?内心会不会很绝望?"

陈志光说:"老王,我能先谈谈我的想法吗?要是公司同意的话,我也想去弄一爿门店,看看我到底能最后做到什么程度。"

王一元说:"有这个想法很好,公司支持的,但是现在还不是时候。等到时机成熟,觉得可行的时候,你们几个,谁愿意出去创业,公司都是会考虑的。对于你们三人,其实公司还另有想法的。现在两个门店已经基本稳定下来了,接下来主要的就是两件事情:一是基本财务制度的建立,一是人员的招聘和培训。这两点都将纳入接下来的工作计划,作为下一阶段你们的工作重点。"

康立新想了想,主动请缨:"我一直就是干的成本管理这项工作。财务这一块的工作我比较熟悉,就交给我来做吧。"

王一元想了想,说:"中介公司财务这个担子可能没有比你更合适的人选了。你们也看到了,在中介公司,业务和财务紧密相关。比如说前期押金的收取、定金的多少、贷款的比例、公积金的比例等等,这些凡是可能涉及到大量资金的方方面面,和业务都有莫大的联系。老任、老杜和我的观点是一致的,就是人和钱一定要分开,不能混到一块。这是公司的一条底线,也是一条高压线。老康,你既然比较熟悉,那就麻烦你把这方面的基本制度和程序形成一个文字的东西。如果没有什么问题,就在公司执行。"

康立新问:"公司对财务管理的目标或者说是标准呢?"

王一元说道:"只有一个要求,就是公司所有的资金只能从一个口子进,也只能从一个口子出来。专款专用,专人管理。这个口子,就是你这个财务。"

刘萍笑了笑,说道:"呵呵,哪里有老板自己不经手钱财的?老王,你那个印刷厂,你也不管理财务吗?"

王一元说:"管理肯定要管理的啊,不然还当什么老板?我说的是一视同仁,对公司的财务制度,每个人都要遵守,老板在这一方面更是要带好头,以身作则。我们印刷厂就是这么执行的。"

陈志光问:"那老王你说的这个人事工作呢?"

王一元说:"现在人员基本上配置到位,所以招聘可以先告一段落。公司的规章制度也已经基本建立,但是如何把这些纸面上的文字具体落实到公司的每一项工作中去,变成每一个员工的规定动作,这个相关的培训就必不可少了。至于怎么培训、培训哪些内容、由谁来培训,都要有细致的大纲和程序,作为公司的一项基本的制度固定下来。这些培训内容也要形成文字的东西,以后可以不断地修改补充。"

刘萍说:"老王,你要是信得过我,这个事情让我来试试看?"

王一元说道:"呵呵,我也是这个意思。你们女的心思要细腻一些,在工作方法和方式上有你们独特的优势。刘萍,你去做这项工作是合适的。"

刘萍笑了笑:"那公司的具体要求呢?"

"主要有二。一是我们要正规化,不能搞散兵游勇,这是我们区别于其他中介公司的地方,所以一定要在人才的建设方面做出有我们自己的特色出来。二是如何对这个学区房的细分市场去做专业的培训,这是你要着重考虑的问题。做二手学区房的领先者,这个口号可不是喊喊就能出来的。要有真材实料,还要靠努力去干出来。"

陈志光有些着急地问:"老王,我的安排呢?"

王一元说:"不可能你们三个都从火线上退下来的。你还是继续在交易的第一线,再积累经验。你还不能只是把精力放在房屋的买卖上,对于租房市场,你也要去加深了解,万一哪一天就用得上呢。"

布置完任务,四人又在一些工作细节上讨论和商量了一番。王一元随意问道:"老康,你老家是唐山哪里的?"

康立新回答:"唐山开平区的。小王,你怎么突然问起这个了?"

王一元笑了笑,说:"端午节之前我去了一趟唐山,想在那边采购一些陶瓷。哦,让我想一想,那这个陡河发电厂的那一带,叫做什么栗园的地方,就是属于开平区的吧?"

康立新回答说:"小王,你还真去了唐山?"

王一元说:"这有什么好骗你的?以后我要是有什么事情,你一定要帮忙的。"

康立新说:"这个好说,我亲戚,还有高中、初中同学有很多的,有的在当地还有一定的影响力,到时候真要有人在唐山那边欺负你,我可以给你叫人的。"

正说着话,王一元的手机响了。他拿出来一看,见是任学明的电话,连忙做了一个"嘘"的动作,按下了接听键。任学明没有多余的话,直接说道:"四点钟,我们在吴总公司楼下的大堂等你,一起去见吴总。可能还是有关你那个报告和后天研讨会的事情,老杜也会过去的,你要做好准备。"

王一元简单收拾了一下,找出上次的报告和刊登文章的那本杂志放进公文包,然后就去坐地铁。他心想:这个吴总,还真是沉得住气,这都快要开会讨论了,才想起来这件事情。呵呵,当真只能说是贵人多忘事了。

之所以带上这两份材料,讲实话,这么久以前的报告,内容上王一元自己也有些忘记了。他就是想着在地铁上再温习一下,做好万全的准备,免得吴总提问的时候,自己答不上来,那就好笑了。他觉得这位吴总,好像是好为人师的。

等走进吴总公司大厦的大堂,任学明和杜建峰已经坐在那里等着他了。王一元擦了擦脸上的汗水,赶紧走了过去,不好意思地笑了笑,手指朝屋顶上指了指:"老大把我们几个都叫过来,是什么个意思?"

任学明说:"我们也不知道。吴总打电话给我,我又通知你们的。他电话里没有说具体的事情。我和你们说的只不过是我自己个人的猜测。"

王一元问道:"那我们等会儿怎么汇报?"

杜建峰笑道:"还能怎么说?见机行事呗。吴总让我们三个人都过来,一般不可能是坏事。只不过,小王,我们要提醒你,等会儿如果吴总真要问起来这两件事,就是由你来主讲的。"

任学明关心地问道:"小王,你做好准备了吗?应该没有什么问题吧?"

王一元挠挠头,笑了笑说:"我也只能是随机应变了。吴总说话有时候天马行空,谁知道他又会问一些什么稀奇古怪的问题啊。"

吴总正在他办公室的小会议桌旁和公司的赵副总商量事情。会议桌上,除了那份关于联合成立房地产研究小组的报告,还赫然摆着关于王一元个人的厚厚一大本资料,甚至其中还有很多的照片和访谈记录。

他们两人商量的就是房地产研究所的设置。最后决定,这一次新成立房地产研究所,挂靠在公司的设计研究院,但是具体的业务和管理相对独立,并且人员的组成也是以咨询公司为主。体系上,研究所由吴总直接管理。

吴总问道:"你看过小王的资料,谈谈你对他个人的看法。"

赵总说:"这小伙子我还没有见过,所以我只能凭这些资料,谈一点粗浅的看法。总体给我的感觉,小伙子人还是很不错的。我对他印象比较深的是他毕业以后的经历。从履历上来看,他去过三个地方,湖州、宁波,还有上海,干过不同的工作。可以明显地看出来,爱学习,求上进,诚实肯干,这些都是他的优点。"

吴总问道:"就只有这么一些优点?"

赵总继续说:"我特别感兴趣的还是他在上海开始创业的这个阶段。这小孩的市场敏感度,还有执行能力,无疑是同龄人中少有的。能够在大上海赤手空拳在短短五年不到的时间里团结和带领一帮人干到现在这个规模,很不容易,也说明他确实是有领导能力。"

吴总说:"你怎么不说小伙子他一直是运气比较好的呢?"

赵总想了想:"运气两个字也是要靠自己去发现和实现的啊。我个人认为,这个运气在某一方面来说也是一个人能力的体现。"

吴总哈哈一笑:"老赵,你和我的想法差不多。这个小子,我看是一个可造之才。这次就以这个研究所的工作来试试他到底有几斤几两。要是真行了,我不会'放过'他的。"

正说着话,有人"咚咚"地敲门。吴总回到办公桌后的位置坐下来,中气十足地说道:"进来。"

任学明推开房门,笑道:"吴总,我们仨过来了。"

吴总站起身,向他们三人走过来:"哈哈,你们来得还是很准时的嘛。还有你小王,跟在他们后面怎么不做声了?还是因为我上次在电话里说了你几句,看着我不开心了?"

王一元赶紧说道:"呵呵,这个吴总,我是有些怕你才这样的。"

屋子里的人都哈哈大笑起来。大家和赵总互相做了介绍。吴总说:"小王,你还是蛮幽默的。年轻人不好欺负啊。来来来,你们几个,我们坐下来说。"

仨人和吴总、赵总面对面地在会议桌的两边坐下来。王一元拿出记事本和笔,准备做记录。赵小姐给每个人泡上茶水,带上门就准备出去。吴总把她叫住了:"小赵,你来做记录。完了后形成一份会议记录,我们几个人都签字。"

吴总抿了一口茶水,说:"我晚上还要参加市里的一个宴会,我就开门见山,有话直说。今天叫你们仨过来,主要就是两件事。一个是你们咨询公司要求和我们公司联合组建房地产研究小组的报告,再一个就是关于后天研讨会的事情。先说第一件事。我和赵总商量过了,觉得仅仅是一个房地产的联合研究小组,还是远远不够的,格局显得小了一些,名头也不够响亮。我们就干脆成立一个以我们公司名字冠名的房地产研究所,挂靠在我们公司下面的设计研究院,但是所有的人、财、物保持相对独立。"

任学明说道:"还是吴总考虑问题大气,高屋建瓴,就是比我们有高度。那这个研究所的组成人员呢?"

吴总说:"两部分。一是领导层方面,我就托一回大,毛遂自荐来做这个所长的工作,常务副所长,我提议由我们公司的赵总还有你们咨询公司的小任来担任。讲实话,我的精力有限,每天杂七杂八的事情很多,我才是那个挂着虚名的人。至于你们俩来担任这个常务副所长,我是这么考虑的,主要是有利于以后研究所对我们两家公司相关优质资源的调度,从而加大对研究所的支持力度。"

杜建峰问:"那这个研究所的日常工作又由谁来负责?"

吴总看了看王一元,笑道:"至于日常的工作,我想既然这个方案是由小王提出来的,自然就不可能让他自己轻松的。我觉得由他来做这个副所长兼秘书长的工作是比较合适的。大家有什么意见吗?"

王一元赶忙站起来,摆摆手说道:"吴总,赵总,我才疏学浅,自认为没有这个能力去胜任这个位置。要是万一做砸了,我自己倒还好说,反正也没有多少人认识我。但是,万一要是牵扯到你们房地产公司,影响到你们房地产公司的大招牌,我就没法向你们两位老总交待了。"

吴总笑了笑:"呵呵,小王,你在这个报告里不是说得很有道理的吗?说是成立研究小组对公司发展有重大的促进作用,还有重要的现实意义。怎么,轮到你来扛这个责任了,你就想着开溜了?"

赵总在一旁说:"小王,研究所的大头都是我们几个老家伙在做了,现在就让你这个年轻人来做做日常的工作而已,就没有必要再推脱了吧?"

王一元就坡下驴,脸上挤出来一丝丝无奈的笑容:"好吧,我就先做做看吧。吴总,只是我也有言在先,这个工作,我以前没有做过,现在确实也不知道到底该怎么去开展,只好去摸索着做了。真要是做得不好,你们可以随时撤换掉我的。"

走出大厦,正是黄昏。每到夏季,上海的黄昏常常给人以惊喜,落日的余晖照耀着这座川流不息的城市,一如既往的平静。蓝色的天际,林立的高楼直入云霄,陆家嘴的繁华一览无遗。

在街边站了一会儿,王一元看着眼前一切美好的景象,这一刻,他觉得既美好又有几分陌生,总感觉它们是不确定的。他想,所谓大城市,也许即使是土生土长于此的人,都会在某个突如其来的时刻,对它感到疏远和陌生的吧。

杜建峰转过头看着王一元,笑道:"小王,你今天双喜临门,晚上应该你请客的。"

王一元笑了笑:"没有问题,这一片你们熟悉,吃饭的地方你们来找。"

任学明说:"今天也是我们咨询公司的一件大喜事,我们是应该找个地方去庆祝一下。这样吧,老杜,你现在就在金茂办公,对这里应该比我们了解,饭店你来定。"

王一元笑道:"要不这样吧,我们也不要特意去找饭店了,来玩一个冒险者的游戏如何?"

杜建峰来了兴趣,说道:"那怎么玩?"

王一元指了指大厦外的马路,说:"规则就是,沿着前面的这条街道往前走,第三家饭店,我们碰到什么就吃什么。你们觉得这个主意怎样?"

任学明他们两人都赞同,说:"这还是有些刺激的。呵呵,万一要是一家很贵的餐厅,我看你小王今晚上怎么买单。"

王一元说:"你们俩放心大胆地吃,一顿饭钱,我跺跺脚、咬咬牙,应该还是能负担得起的。只不过有言在先,到时候不管是什么饭店,我们仨都没得选择的。"

一路往前走,前面还真有很多大大小小的饭店,第三家竟然是湘菜馆。王一元有些惊喜和感慨,笑道:"天意如此,看来今晚上老天爷就只安排湘菜给我们吃了。"

点好菜,三人在二楼找了一个角落,还算是比较安静。啤酒和花生米一会儿就送了过来。三人碰了一杯。任学明笑道:"热天喝冰啤酒,就是凉爽。"

杜建峰想了想,说:"刚才和吴总的一席谈话,我现在倒是感觉好像品出一点味道来,先让我再仔细捋捋。"

王一元说:"呵呵,你们就不要再去品了。我早就看出来了,今天吴总开这个会,实际上对我的那些安排,他其实心中有数,把我早就摆放在了那个位置。要不然,我几次三番地请辞,他会视若无睹,根本就不予考虑,仍然是根据他们的既定节奏,我行我素,一手包办?"

任学明放下啤酒杯,想了想说:"好像还真是这么回事,还是小王你敏感。还有那位赵总,我现在也觉得是他俩一唱一和,早就商量好了似的。"

第五章

王一元说:"姜还是老的辣。这个吴总,办事老奸巨猾、滴水不漏,让人根本就看不出来一点痕迹。正宗的老狐狸了。他让研究所相对独立,还要我做这个什么秘书长,其中说不定有他自己的一些打算,只是没有告诉我们而已。"

饭菜上来,三人一边议论一边分析,越喝越有劲头。任学明说:"小王,我送给你一句话,也算是老哥我的忠告吧。我觉得你的为人处世已经没有什么问题,特别是在具体干某一件事上面,你很有点子和想法,也往往是完成得比预计还要好一些。"

杜建峰呵呵一笑,说:"老任接下来讲的才是重点,怕就怕在这个'但是'上。"

任学明笑了笑,说:"但是,我觉得你现在虽然已经学会做事,但是如何去做这个'人'的工作,你还比较欠缺,缺乏圆润的技巧和手段。今天吴总安排的工作,你恐怕自己做不好,所以想着去极力推脱。但是,你有没有想过,可不可以不要自己直接去动手,而是通过任务的再分配,让你手底下的人去做这件事,同样也是可以完成的呢?"

杜建峰笑道:"小王,老任的意思,你一定要知道你现在不是一个人在单打独斗。凡是你能用得上的力量,你都要巧妙地把他们排列组合,从而发挥出一个整体的力量和作用。像今天,吴总不是说他们公司市场部的宋经理来对接吗?这样你就有理由了,把整体任务进行分解,分配给相关的每个人来完成其中的一小部分,然后你再把他们排列组合串起来,事情不就完成了吗?而且自己干活还不累的。"

王一元想了一会儿,说道:"原来你们俩也都是老狐狸。我以后应该也要去慢慢学会用人,这样自己才不会被别人算计,最终搞得自己吃亏了。"

三人哈哈大笑,又碰了一大杯。

任学明丢进嘴里一粒花生米,说:"这就又涉及到一个老生常谈的问题了。正所谓是大公司做人,小公司做事。虽然每个公司的实际情况各有不同,但意思是基本差不多的。不过我觉得,只有先把这个做人的道理弄清爽了,才会游刃有余地去用人。你多想一想,如果一家公司什么事情都要老大去亲手干活,你觉得还需要员工干什么?他们会形成一种依赖性和惰性的。小公司内部结构简单,制度也不够完善。灵活性是它的先天优势,没有也不需要太正规的管理系统,分工也不甚明确,几乎每人都得独当一面,甚至身兼数职,基本不养'闲人'。小企业组织松散、平台小,意味着无法有效地给个体赋能,他们很大程度上只能依靠自身素质和个体内外协调的综合能力,而不仅是某个专项技能,所以要求不但能'做事',还要会'做人'。"

杜建峰和王一元他俩碰了一杯,问道:"小王,你做印刷厂这么多年,是不是这方面深有体会?"

王一元点点头。

任学明说道:"那大公司又是什么?大公司就是一个完整的体系,每一个细小的工作,公司制度都安排了专人来完成。并且,一个人走了,马上就有下一个完美接替者。一个大公司能够玩得转,一定是有其内在的运转逻辑的,或依赖流程或约定俗成的惯例或有人协调,虽然不一定每个公司流程都很完善,但绝对不会因为某一个环节卡住了就导致事情做不下去。如果真的出现卡住的现象,一定会有一股力量推动它前进。"

杜建峰也说道:"所谓小企业靠老板,中企业靠制度,大企业靠文化。一些成熟的大公司,管理体系比较完善,职责分工相对明晰,企业发展靠的是整体力量。不管你多高职位,也只相当于流水线上的一个工位而已,你能做的只有你眼前的事情,并且要和他人做好纵向和横向的沟通,以达成共识。这就是团队协作。做事是能力,做人也是能力。怎么学会用人工作,更是一种大能力和考验。在工作中,人和事密不可分。但是,事在人为,管理的核心还是人。"

任学明说:"小王,之所以和你讲这些,主要还是想着让你对大企业里面员工的工作状况有一个大致的印象和了解。你要知道,像吴总房地产公司这样的大型企业,其实在人的构成等某些方面,差不多都是这样的。我们以后要和吴总公司搞好关系,特别是你现在做了这个秘书长以后,说是为房地产研究所的日常工作服务,其实说穿了,又何尝不是在为吴总——吴所长这个直接的上级服务?"

杜建峰说:"吴总天天待在大企业,耳濡目染,他早已习惯了大企业固有的那一套运作和工作方式。你这个研究所要想服务好吴总,那你就得去适应大企业,去不断地适应吴总他本人。"

王一元笑了笑,问:"还有什么万能的办法?"

任学明笑道:"当然有啊,那就是早请示、晚汇报。这么多年流传下来的不二法门了。呵呵,千穿万穿,马屁不穿嘛。"他端起来酒杯,说:"正所谓,领导有方,驭人有道,知人才能驾驭人。说起来,这是一个很大的课题了,里面的门道还是很有讲究的。我建议你回去以后好好看看曾国藩的书。多说无益,你自己好好琢磨吧。"

王一元端起酒杯,笑着说:"老任,老杜,你们可能还不知道,我和曾国藩其实是老乡,是一个县的真正老乡,两家的距离只有二三十公里。"

任学明笑道:"真的假的,还会有这么巧合的事情?我记得曾国藩是湖南湘乡县人,你就是那个什么湘乡县的?"

王一元说:"我老家和曾国藩老家所在的地方原来都是属于湘乡县,全国解放后才划出来,和其他的一些地方一起合并成立了双峰县,所以说他的籍贯虽然按老例写的是湖南湘乡县,其实就是属于现在的双峰县。"

任学明呵呵一笑,说:"我和老杜前一阵还在商量,想找时间去一趟湖南曾国藩的故居看看,但是又怕路途遥远,情况不熟悉。这下好了,有了你这个当地的向导,就什么都不用担心了。"

王一元说道:"当然没有问题。只是说来很惭愧啊。我这个曾国藩的老乡竟然还远远不如你们对他的深刻了解和认识,当然研究就更谈不上了。老任,老杜,我也讲我的心里话。我在上海,能够碰上你们两位,真是我八辈子都修不来的福气。多余的话我就不说了,这个怎么去选人用人、知人善任,我尽量去努力试试看吧。来,我们干了这一杯。"

任学明站起来,两手叉腰,一边扭腰动胯一边说:"今天坐了好几个小时,我这腰痛的毛病又开始发作了。还有,这个研究所的工作,你一定要把吴总这棵大树紧紧抱住。他见多识广,朋友多,路子也多,加上他又是国企的掌门人身份,比较容易就能拿到一些好资源的。这个房地产研究所能不能办长久,能办到什么程度,除了你自身的努力,关键的因素还是要尽可能地争取到吴总的最大支持。这是你接下来要认真考虑的事情,也是你当前工作的重中之重。"

杜建峰想了想,说道:"我现在倒是隐隐约约地可以肯定,吴总组建这个研究所,肯定是有他自己所图的地方了。虽然现在我们还不知道吴总的真正目的,但是有一点却是十分肯定的,这个研究所对于他来说是具有重要意义。要不然,他也不会来兼任这个房地产研究所的所谓所长。"

任学明说道:"对的,吴总对这个房地产研究所确实是特别看重的。这就是房地产研究所接下来工作开展的出发点和着力点。小王,你这个秘书长可得去好好着想一想,接下来该怎么干好这个工作。"

吃吃喝喝一阵,说完研究所的事情,又聊到了后来吴总同意让王一元选房的事情。

杜建峰说道:"小王,他们房地产公司给你这么好的一次机会,让你选房。这件事,我觉得吴总还是很看重你的。你想想,市价的六折,地方任你选择,给了你莫大的面子和优惠了,这样的机会又到哪里能找到?"

任学明开玩笑:"小王,你这回可以去镇江放心地找小肖过来上海了,再也不要担心没地方住了。呵呵,小夫妻长期两地分居也不是长久之计,至少对身心健康来说都是不好的。"

王一元笑了笑,说:"买房的事情,估计是老任你透给吴总的吧。我本来是不希望你去说的,不过,我现在还是谢谢你。讲实话,要是我自己,恐怕都不敢对吴总去说。"

任学明笑道："所以啊，我知道你难为情，大哥我脸皮厚，才去代你开口的啊。"

王一元考虑了一会儿，说："不过话说回来，买一套稍微好一点地段的100平方的房子，打完折下来也是差不多100多万，30%的首付，加上税，再添置一些家具等等，没有小50万怕是下不来啊。我还是有些吃力的，去哪里弄钱啊？"

杜建峰问："那你现在能拿出多少现金？"

王一元大致估算了一下，说："现在最多只有10万。要是不行，就把金桥的期房给卖了吧。"

任学明想了想，说道："现在市道不好，一下子恐怕难以出售的。你在咨询公司到目前为止还没有拿过一分钱报酬，还有你的股份也一直没有分红给你。这样吧，就由咨询公司先暂时借给你50万周转。老杜，你看行吗？"

三人从小饭店出来，因为不同路，任学明和杜建峰坐出租车先走，王一元去不远处的陆家嘴地铁站坐二号线中转。他看了看手机上的时间，显示是9点半。他赶紧给任子平打电话。电话一接通，他问道："小任，你和杨磊在忙吗？"

任子平说："我们刚下班，正在回去的路上吃小馄饨。老王，你有事？"

王一元把下午和房地产公司吴总见面的经过简单说了一遍，其中特别讲了这个房地产研究所组建的事情。他说："计划不如变化。就是因为这样，今晚上我们可就有苦头要吃了。是这样，我们上次发表的那篇文章，你和杨磊再商量一下，就以吴总的口吻，把文章的主要内容改写一下，作为吴总在这次会议上的主旨发言稿使用。"

任子平想了想，说道："具体要求呢？"

王一元说："压缩成2 500字左右，发言时间大概在15~20分钟，主要的观点和论证不能改变。至于其他的改动和编排，你们俩商量着办。"

任子平说："时间呢？不会是要通宵吧？"

王一元呵呵笑道："得有这个准备啊。明天早上我们要传真给任总先审定，然后还要给吴总去审阅的。我现在在陆家嘴坐地铁，大概一个半小时左右可以到宿舍，你们先把草稿弄起来。"

后面的通话，任子平开了免提，在一旁的杨磊也清晰地听到了他们之间的谈话。他大声说道："老王，你让我们干活可以，晚上的宵夜，你可得给我们买些好吃的东西啊。"

王一元哈哈一笑："完全可以的。这样，你们俩吃多少拿多少，包括你们的这顿馄饨钱，我也给你们一次性报销，可以了吧？但是有一个条件，文稿一定要保质保量保时间。"

坐上地铁,王一元看了看手机,上面有肖晓晓的两个未接电话,他连忙拨了过去。电话马上就通了,肖晓晓问道:"刚才怎么不接电话?"

王一元放低了声音,说:"刚才在买地铁票,闹哄哄的,可能没有听见。"

"你还在地铁上?这么晚了,怎么还没回去?"肖晓晓吃惊地问道。

"下午,我和老任、老杜三个人去吴总的公司办点事,晚上就凑在一起喝了一点啤酒。刚上地铁,准备回去了。"王一元道。

"还是后天什么研讨会的事情?吴总后来对你们态度好些了吧?"肖晓晓问。

王一元把下午的事情又向肖晓晓简要复述了一遍,说:"所以说,我等会儿回去还得准备吴总的讲话稿,搞不好要熬通宵了,不过幸亏还有人会帮着一起弄的。"

"还有谁帮着你弄这个?不会是你说的我那两个江苏老乡吧?"肖晓晓问。

"不是他们又还有谁?刚好抓他们两个壮丁了。呵呵,他俩刚才在电话里还吵着让我给他们买宵夜呢。"王一元道。

肖晓晓笑了笑:"那是应该的。哦,对了,你后天去开会的时候一定要注意一下形象,还是穿上次端午节的新衣服吧。不过穿之前一定记得要烫一下,不能再皱巴巴的穿出去丢人了。"

"晓晓,你什么时候看见我穿皱巴巴的衣服出去开会了?"王一元不服气地问。

"怎么没有?你回印刷厂看看你办公室墙上的照片,你西服的下摆是不是皱了?真是的,这样重要的场合,虽然我不在你旁边,但你自己也应该要多注意一下自己的仪表。"肖晓晓埋怨道。

"你们女人就是比较仔细,还能够注意到这些地方。"王一元轻声说,"晓晓,我还有一件重要的事情要告诉你。今天吴总已经答应了,说是可以在他们公司开发的所有楼盘内,以六折的内部优惠价卖给我一套精装房,地址可以由我们选择。我的意思,就以这套房子作为我们的婚房,你看行吗?"

一听这话,肖晓晓"啊"的一声,不自禁地从沙发上就站了起来。在旁边看电视的晓晓妈妈被她突然间的举动吓了一大跳,摸了摸自己的胸口,连声说:"晓晓,你怎么了?小王出什么事情了?"

肖晓晓伸出一根手指头放在嘴唇上,朝妈妈做了一个嘘声的动作,然后把手机的免提给打开了。王一元电话里听到了肖晓晓的叫声和一些其他的声音,他有些着急地问道:"晓晓,你不同意买婚房吗?"

肖晓晓笑了笑,说:"买婚房,你和谁结婚啊?再说了,这么大的事情,你怎么不第一时间告诉我?"

王一元笑道:"我这不是马上就给你打电话了吗?呵呵,你说我和谁结婚?当然是和你啊。"

肖晓晓故意说:"和我?王先生,你搞错了,我可是从来都没有答应过要嫁给你的吧。再说了,某人其他什么东西也没有给过我啊,求婚没有,戒指没有。啥都没有,你就要我嫁给你,和你结婚,凭什么啊?"

王一元忍住了笑,说:"呵呵,晓晓,只要你这一次来上海,这一切我都一次性满足你。起码这个婚房,我是一定会等你过来再选择,一直到你满意为止。"

肖晓晓讥笑道:"哼,还搞得我很稀罕你这什么房子似的一样。"

王一元说:"不过时间上要稍微抓紧一点。要是可以,你最好是这几天能过来一趟,等后天开完会,我们就一起去看房,你看可以吗?"

实际上,王一元现在还有一件烦心事,就是唐山骨质瓷样品的打样。快两个月过去了,王丽萍刚刚电话反馈回来的消息,说是打样的白胎都还没有见到影儿,她再三催促,始终也不见有进展。

王一元想了想,还是决定和唐山委托打样的老陈还有刘春华打电话询问一下到底是怎么回事。可是一打过去,老陈的电话通了,却是一直都没有人接。然后再打刘春华的电话,这回有人接了。

刘春华在电话里瓮声瓮气地说道:"小王啊,你不要催啦,下个星期,我就会把样品给你寄过去的。"

王一元还是有些不放心,问道:"怎么这次打样要花这么长的时间?"

刘春华解释说:"主要是因为开型的人出去了一段时间。你可能不知道,在唐山这边,能开型的、型开得好的就这么几个人,大家都需要等在他们那里排队的。"

王一元又问:"你这个打样就要花这么长的时间,那后面的生产呢?不会要更长时间吧?"

刘春华笑道:"只要你们把样品确认好了,后面正式的生产就快多了,不会再有这么长时间的,你放心好了。"

王一元说:"我的刘大老板,讲实话,我现在对你是越来越不放心了。还有,样品质量麻烦你一定要抓抓紧,要不然样品通不过,前面的时间就白费了。"

刘春华笑道:"中!质量上面我肯定会保证和你给我的原样一样一样的,要不然,我也不会冒冒失失地寄过去让你们看的。"

王一元还要说话,刘春华粗声粗气地说道:"好了,小王,我正在做压力注浆的活计,忙完了再和你打电话吧。你一切都放宽心好了,我们肯定会处理好的。"说完,他就挂了电话。

这人怎么能这样,电话说挂就挂了?还是说北方人原本就是这样的行事方式?王一元拿着仍然嗡嗡响的手机,很久都没有搞明白。他抬头一看墙壁上挂着的钟表上显示的时间,已经11点多了。

吴总取出老花眼镜,把打印的文稿反反复复看了好几遍。他停下来思考了一会儿,又拿起铅笔,在文稿上面一笔一画地做了一些修改和调整。他把小赵叫进办公室,吩咐道:"小赵,你把这份文稿按照改动的地方再修改一下,重新打印一份给我,一份给赵总,一份传真给行业协会的周秘书长。哦,修改后的文稿不要忘了邮件给小王。"

王一元接到小赵的电话后,马上打开邮件查看。他特别仔细地把文稿中修改的部分和之前的写法一一作了对比和分析。

实际上,吴总修改的地方并不多,主要是语气上面的调整。王一元心里想了想,这些改动的地方,有很大的可能就是吴总的个人风格了。下次要是再给吴总写东西,遣词造句这些方面一定要引以为戒的。

王一元给刘萍打了一个电话,就只一件事,让她把网上凡是能找到的所有有关吴总的资料,特别是他近期的讲话和参加的活动,都分门别类地整理一下,尽快邮件给自己。然后,他把文稿分别邮件给了任学明和杜建峰,还给他们发去提醒看邮件的短信。

不一会儿,任学明的电话就打了过来:"小王,你这个文稿就算是通过了?我看了一下,其实改动并不多。从字面来看,可能主要还是吴总个人爱好的不同表达方式而已。"

王一元说:"我也觉得这些改动的地方是吴总的个人风格,所以我刚才还让人去彻查吴总历年来所参加的活动和发表的讲话。我就是想先摸摸他本人喜欢的套路。"

"你这个方法好的。还有,我倒是觉得,你不仅仅要研究他的讲话,还要研究一下他所在的房地产公司。吴总就是房地产公司的一张名片。他们公司的现状其实就是吴总思想的结晶,互相都有很深的烙印,两者是相辅相成且密不可分的。"任学明道。

"老任,你说的很有道理,我理解了。"王一元叹了一口气,说,"做这个什么秘书长,我真是搬起石头砸自己的脚,自作自受了,当初要是不提出来这个组建联合研究小组的方案就好了。"

任学明笑道:"算了吧,你?你这是身在福中不知福。你好好想想,现在有多少人想攀附在房地产公司这棵大树上?你倒好,吴总他主动伸出来一条大腿让你抱,你还推三阻四。记住,做人不能太嘚瑟了。大树底下好乘凉,这句话你应该听说过的吧?"

玩笑归玩笑。王一元接着又给杜建峰打电话。杜建峰的意思和任学明的想法差不多,不过他还给了王一元另外的建议。他说:"小王,还有一个比较省事的办法,以后要是有类似的安排,你完全可以把这个皮球再踢给吴总的助理小赵或者是他们公司市场部宋经理去处理的。"

王一元笑道:"你们到底都是老狐狸啊。这样的妙计,我怎么就没有想到的呢?"

杜建峰笑道:"昨天我和老杜还在说你,说是以后在工作中要慢慢学会如何去做这个'人'的工作,发挥团体的作用和能力,这回应该知道是什么意思了吧?"

打完这两个电话,王一元心里就基本有数了,他这才打电话给吴总。

吴总正在看文件,一看是王一元的电话,不由一乐,心里想道:这小子的反应还挺快的嘛,从昨晚上到现在,估计这小子为了准备这篇发言稿,应该也是没有少花时间的。他不动声色地接通了电话。

王一元先是恭恭敬敬地向他问好,然后说:"吴总,您到底是大领导,稿子修改的地方我拜读过了,很有启发,也很受教育啊。"

"小王,你平时就是这样拍领导马屁的?"吴总笑道。

王一元小心地说:"领导的屁股是不是马的屁股,我真不知道。就算是真的,我哪有胆量去拍啊?"

吴总哈哈笑出声来,说:"小王,你昨天还说是唯恐自己干不好这个秘书长的工作,我看你就干得很好嘛,还这样能说会道,是个人才啊。"

王一元连忙止住笑,说:"还请领导批评指正。"

吴总说道:"你的这篇发言稿,从总体的谋篇布局来说,我们一般所讲的几个要点,权威性、逻辑性、针对性几个方面,都还是很好的,只是在这个通俗性方面稍有欠缺。发言稿要通俗易懂,朗朗上口,使听者愿听、爱听、听得明白,不能运用太多的书面语。小王你特别是在口语化方面,还要有针对性地再下一些功夫的。"

王一元连连点头,说:"吴总教导得很对,这些方面确实是我的弱项,下次争取进步一点。"

吴总笑着说:"小王,你就不要再装了,实际上你现在心里是怎么想的,我老头子会不知道?我也不过是就事论事,说说这篇文稿的不足而已,也没有其他的意思。对了,我还想问你呢,你又是怎么想到要给我写发言稿的,我没有向你布置过吧?"

王一元老老实实地回答说:"吴总是这样,昨天开完会后,我觉得参加房地产协会的这次研讨会,我们刚新组建了房地产研究所,您又说是第一次对外公开亮相,所以我回去的路上想了很久,觉得由我去发言显然是不太恰当的。"

吴总问:"那你说说,你去发言哪里不合适了?"

王一元诚恳地说:"主要是基于两个考虑。一是我自己是一个不起眼的小角色,人微言轻,怕是起不到我们期望的作用。说难听一点,我去讲演的话,说过也就过了,转眼就是过眼云烟,留不下来什么痕迹和印象的。但是,吴总您就不一样,本身自带光环,是上海滩房地产行业鼎鼎大名的重量级人物,加上文稿上十足的内容,你在台上讲一句,比我在上面哼哧哼哧讲一百句的效果都还要好的。"

吴总笑道:"小王,你说得太夸张了。还有第二个原因呢?"

王一元说:"我另外的考虑,研究所的第一次亮相,理所当然就应该是您这个所长来开这个头的。您是我们这个新组建研究所的金字招牌,以后还有很多工作都还得要仰仗着您的名声和名头来展开。君王勉力前,谁敢不争先?吴总,你说你不带头,又该谁来?"

吴总笑道:"小王你又开始拍马屁了。这样吧,这一次你们可能对行业协会的状况不太熟悉,我就勉强接受你的建议。如果下一次再有这样的机会,我话说在前面,到时候就只看你们去前台演戏了。"

最后,吴总在电话里再一次叮嘱王一元,关于研究所的工作计划一定要把它放在心上,等这一次会开完先开一个碰头会。

上午10点,吴总走进办公室。助理小赵拿了厚厚的一叠报纸进来:"吴总,这些都是刊登你昨天发言的报纸,还有一些报刊正在收集,好了后我会尽快送过来。"

吴总在办公桌后坐下来,小赵赶紧去重新泡茶端过来。她说:"好几家的报刊,还有电视台和电台,甚至是北京那边的好几家报刊社,都来电话或者是传真,希望能采访你。"

签阅了几件比较要紧的文件,吴总喝了一口绿茶,往后仰了一小会儿,然后拿起桌上这一大沓报纸,大致翻了翻,就放下了。他说:"你去请赵总过来一下。"

等赵总进来,吴总说道:"你通知一下黄总,我们这几天去工地看看,避避风头去。昨天一个晚上电话不断,烦也烦死掉了。"

黄总是房地产公司的总工程师。赵总马上给他打电话,得知他正在金桥的工地。

吴总笑了笑,说:"那我们现在就去金桥。我办公室这几天怕是都不能待了,正好趁这个时间,上海的这几个工地,我们都去看看。"

临出去的时候,吴总特别交代小赵说:"凡是有采访的,你都拒绝了,就说是公司近期事务繁忙,我去工地了,没有时间接受任何采访,等以后有时间了再说。还有,对任何评说,包括网络上的,我们公司都不做任何回应。"

在车上,赵总笑道:"老吴,昨天谁让你说话那么直接?报纸我大致看过了,标题基本上都是差不多的,主要就是三种。一是说你预测房价还得涨,至少是30%;二是你报告里的一句话,说'今年不买房,一年又白忙'。还有就是,房市楼价还要这么涨?网络上更是吵翻了天,更有甚者,说你是南方的新大炮,和北方的任大炮完全有得一拼。还有说得更难听的,说我们房地产公司就是奸商。呵呵,反正是什么都能说出口的。"

吴总说:"实际上,我也只不过是实话实说而已。我们对房市的积极看法,道理和论据还是很充分的嘛,他们怎么就不能理解,对一些常识性的东西充耳不闻呢?"

"可是,普通老百姓不都是这么看的啊。"赵总说,"你想想,现在房价好不容易平稳下来,老百姓都盼着能继续往下降好买房呢。你这么一说,他们当然就不乐意了,他们这样议论纷纷也还是可以理解的。"

吴总想了想,说:"我就是搞不懂,这么多的所谓专家学者,甚至还有开发商和银行的业务代表,他们怎么就看不到这种变化趋势?在那里睁眼说一些模棱两可的话,甚至是瞎话、套话,真是荒唐!"

赵总笑了笑,说:"老吴,我当时现场也看到了,我倒是觉得他们不是不懂,也有可能他们心里虽然清楚,只是不敢说出来,或者是有特殊原因不能这么说而已。"

吴总笑道:"我也不知道这些人到底是怎么想的。不过嘛,昨天还真有一点和别人同台打擂的感觉啊。现在想起来,还是觉得蛮爽的,有一股年轻时候舌战群儒的快感。"

赵总说:"不过话说回来,主要还是文稿的内容好,有说服力,小王这次算是立了一功。"

吴总哈哈一笑:"这个小子,还真能惹事,还很狡猾,知道这么大的一个锅自己背不动,竟然还有胆子敢安到我身上来。"

赵总笑道:"老吴,你这句话说得到位。不过,这个锅,恐怕也只有你才能背起来。"

刚打完电话的王一元突然鼻子发痒,打了一个响亮的喷嚏。他揉了揉鼻子,说:"谁又在说我的坏话?"

坐在前面的康立新和刘萍都抬起头,转过来看向王一元。康立新笑道:"老王,不会是你那个小女朋友在想你吧?端午节到现在,又有这么长时间没有见面了?"

刘萍笑了笑:"或许有员工在骂你也有可能的。老康的这个财务制度已经开始执行,其中肯定会有人有不同想法的。"

王一元笑了笑,说:"如果员工要是因为这个原因有意见,那就是你刘萍的失职了。你现在负责的就是人事和培训的工作,真要出问题,你是有责任的。"

刘萍显得有些尴尬,悄悄地吐了吐舌头。康立新笑道:"小刘,你刚才还敢说我,现在自作自受了吧?你再说啊!"

王一元说:"小刘,你的人事方案我看过了,很好,有可操作性。但是,我再给你提一个建议,就是对员工的考核方面,我觉得除了业绩,在其他的要求上,比如说道德品质、业务奖惩等方面,要是能加上去一些细分的条款,就更完善了。"

康立新在一旁说:"我觉得也是这样的。做我们房产中介的,每天都要和钱打交道,接触的还都是大钱,业务员的人品很重要,这些条款是必须的。"

快中午12点,肖晓晓她们的小车在中介的店门口停了下来。王一元赶紧过去开车门,把她们迎进了门店里,刘萍带着小夏去附近停车。

晓晓妈妈坐了这么长时间的车,下车的时候走路都有些歪,王一元赶忙过去扶住了她:"要紧吗,阿姨?"

晓晓妈妈说:"不要紧的,坐久了腿有一些发麻,站一站就好了。"

员工们都站在大门口,王一元一一给他们做了介绍。门店里面的办公桌已经拼到了一块,再垫上一块桌布,就变成了一张大饭桌。肖晓晓虽然早就知道了在座各位的名字,但是今天才是第一次真正把名字和具体的人对上号来。

肖晓晓知道杨磊是镇江人,就特意问他是镇江哪里。杨磊回答说:"我是京口的。听说嫂子也是镇江人?"

肖晓晓笑道:"我早就知道你和任子平的大名了。我今天还特意带来了一箱醋,镇江老家的香醋,要送给你们的,一会儿吃完饭去车上拿。"

热热闹闹地吃过饭,又喝过一杯茶,稍微休息了一会儿,肖晓晓说:"王一元,要不上你那新宿舍去看看?"

王一元说:"要不这样吧,我们先去交大的农学院看看谢老师。我和他通过电话了,他下午都在农学院的实验室,离我们这里不远。"

肖晓晓看了看手表说:"3点多小东东她们放学,我姐和孙雯姐接上小孩后会一起过来的,等她来了我们再一起去看谢老师吧。车上给你们带来了一些吃的,都是一些家乡的特产,天气热,放冰箱里好一些。"

于是先去宿舍。宿舍也不远,王一元他们刚开车到宿舍楼下,任子平和杨磊也差不多骑着电瓶车到了。小夏打开后备箱,和任子平、杨磊把东西拿出来往楼上搬。杨磊说:"嫂子,你对老王太好了。这么多好吃的,特别是这个肴肉和泡笋,我现在就想吃了。"

这是一套合租的两室一厅的房间。王一元他们仨占了其中靠南的大房间,两张两层的钢丝床占据了大部分的空间,其中一张床的下铺则被简单地改造成了一个衣柜,三个人的衣服之类都挂在上面。

晓晓妈妈看了看宿舍,笑道:"小王,怎么你住宿舍还没有住够吗?现在倒好,还住上三人间了,怎么越住越差了啊?"

肖晓晓笑道:"妈,他这不是现在有事,临时过渡一下嘛。我觉得就挺好,要是他一个人住一套房子,浪费不说,我还有些不放心呢。"

王一元说道:"这又有什么不放心的?安全方面绝对没有任何问题的。"

老太太朝王一元笑了笑,没有作声。肖晓晓笑道:"是的,你倒是安全了,可是我不安全了啊。"

肖晓晓走去客厅,拉开冰箱门,只见里面塞满了啤酒,还有花生米、猪头肉等一些下酒菜。她不由得笑道:"这大热天,里面连一瓶饮料都没有的?"

这时候,刚好小夏、任子平他们搬东西上来。任子平擦了擦脸上的汗水,说:"嫂子,实在是对不住了,老王一直到中午了才和我们说你会来上海,他没有说你还会来宿舍,所以就来不及准备。"

肖晓晓笑了笑,说道:"一看你们就是从来都没有在宿舍开火过日子,你们三个大男人嘛,可以理解的。只是现在是大热天,你们在外面吃东西或者是买回来吃,一定要注意卫生的,不要吃出什么毛病来就可以了。还有,冷冻室里的东西不能冻太久,要及时换。"

晓晓妈妈在房间里走了一圈,说:"不过,房间倒是还比较干净的。看来你们仨都是勤快的。"

朱许英打电话给王一元,说是已经到了中介公司的门口。王一元特别问了一下,确认是漕宝路的门店。于是一行人出来宿舍去和她们会合。到了门店,没想到孙雯也在。朱许英笑道:"我们两家的小孩都在一个幼儿园,今天星期五,放学早,所以我们就顺便一道过来了。"

肖晓晓妈妈看到这两个小孩,身体有些不舒服的毛病好像一下子就好了许多。她走过去蹲下身,和俩小孩有说有笑地乐个不停。

孙雯对肖晓晓悄声说道:"晓晓,你看,你妈妈确实是想要外孙了啊。你们两个可得抓紧了。"

肖晓晓扭扭捏捏，显得有些不好意思，说："我们还早着呢。"

旁边的朱许英笑道："还早什么早？你多大了，小王多大了？差不多是该要孩子了，看把你妈馋得这样。"

王一元他们一行人去见交大的谢教授。走到教学楼的荷花池旁，里面的荷花开得正艳。碧油油的一大片，拥红妆，翻翠盖，卷舒开合任天真。两小孩见了荷花，在旁边围着圈咯咯吱吱转着看了很久仍不愿离开。

出发之前，王一元已经和老谢打过电话，知道他已经在办公室里等着他们。等见了面，王一元一一做了介绍。当介绍到肖晓晓的时候，老谢说道："小姑娘长得蛮俊的，呵呵，我们小王配不上你啊。"他又转身对肖晓晓妈妈说："老太太，你好福气，小王和你家的小肖，郎才女貌，刚好一对的。"

王一元把手里拿着的茶叶放进老谢的书柜里，说："老谢，晓晓她们给你拿过来一些她们当地产的金山翠芽茶叶，我给你放橱子里了。"

老谢客气了一下，坐下来，感慨地说道："几年前，让我想想，哦，我们认识快五年了吧，小王？"

王一元回答："还差三个半月就五年了。"

老谢说道："我和小王是在宁波到上海的一趟大巴上认识的。那时候，他还在一家的台湾老板开的一家印刷厂里打工。一个人孤孤单单的，还住在一个城中村里面。呵呵，当时不要太可怜哟。"

王一元笑了笑，说："老谢，我们就不忆苦思甜了。我的过去，她们几位都是很清楚的。再说，来上海的大部分人都有过这样的经历，都差不多的。"

晓晓妈妈说："小王，你让谢教授说，这些有关你的过去，我爱听的。谢教授，你继续往下说。"

老谢说道："晓晓妈妈，我基本上是看着王一元在上海成长起来的。"接着，他把王一元后来如何去交大学习、写文章、做调研，到后来自己开办印刷厂，现在又做房产中介、做投资的事情简要地说了一遍。

他说："小王这些年都是很不容易的。不过还好，在这么大的一个上海，现在总算是有了一小块的立足之地。但是，其中经历的各种艰辛、困难和痛苦，我们都是能想象得到的。"

晓晓妈妈说道："谢教授，真的要感谢你了。没有你的提携，小王进步不会有这么快的。这孩子，人还不错，就是家庭条件不太好，家里没有一个可以帮衬的。他幸好碰上你这样的好老师。"

老谢说:"晓晓妈妈言重了。主要还是小王根子好,人不错。我们的作用,最多只不过是给他引了引路,不让他走错路,这就是我们最大的作用了。"

晓晓妈妈还是一再表示感谢,说:"谢教授,以后晓晓也到了上海,拜托你还是要像往常一样帮助他俩的。"

老谢感慨地说:"小王家里情况比较特殊,父母都过世不在了。实际上,在某些时候,我们都是把这孩子当作我们自己的一个晚辈来看待他的。以后,晓晓真要是和小王生活在一起了,我们肯定会更加照看得多一些的,这你放心好了。不过,我倒是有一个建议,房子买得稍微大一些,你们也可以搬过来上海和他们一起住的啊。"

寒暄了一会儿,老谢看了看钟,说:"时间不早了,要不我们去饭店,边吃边聊?小王,我给方姨打过电话,让她给我们特意准备了几个好菜的。"

下楼的时候,小夏已把车开了过来在楼下等着他们。老谢一看到这辆奔驰,轻声问王一元:"这不就是上次在饭店接你的那辆车吗?"

王一元不好意思地笑了笑,说:"那时候还没有正式确定关系,所以当时没有和你介绍的。"

老谢又问:"你不是说和小肖认识很久了吗?"

"是的啊,我刚到上海的时候就认识了。"王一元回答说,"只是中间又隔了很长时间,她后来回了镇江老家,直到今年端午节她家里才同意的。"

老谢看着王一元,笑了笑,说:"是蛮有故事的。还有,等会建筑公司的林总也会过来吃饭的。"

老谢的桑塔纳在前面开路。王一元上了车,肖晓晓问:"刚才谢教授说的林总是谁?"

"就是我们投资入股的建筑公司大股东。"王一元答。

去饭店的路程不远,方姨和康立新、陈志光、任子平、杨磊、刘萍等人已经在大门口等着他们。他们骑电瓶车,反而先到。方姨一见到王一元和肖晓晓,笑道:"哎哟,这么漂亮的小姑娘,我们小王可是有福气了。"

王一元又分别为她们互相做了介绍。方姨拉着晓晓妈妈的手,热情地说:"晓晓妈妈,你这个女儿培养得好的。长相好,又聪明。郎才女貌,恭喜你啊。"

在楼上最大的包厢,大家都依次坐了下来。两个小家伙对桌子上摆放着的五颜六色的糖果很感兴趣,都嚷嚷着要吃。方姨从另一个房间里拿出来好几个用气球扎成的玩具。小孩子们拿了气球,就安静下来,不再吵闹了。

方姨说:"真是小王家上辈子修来的福气。现在好了,家庭问题也解决了,工作上面也还不错,要是能再弄上一套房子,俩小孩就能踏踏实实地过日子了。"

朱许英说:"这次我姨和晓晓特意从镇江过来,就是为了这个房子来的。她们准备去挑选房子,作为以后婚房用的。"

方姨笑道:"那就太好了。这样,老谢你晚上也不要开车了,你陪他们多喝几杯,我多去弄几个小菜,好好庆祝一下。"

吃饭到一半,林总推门而入。他对王一元笑道:"小王,这么大的喜事,你也不说一声,我还是接到谢老师的电话才知道的。"

等王一元介绍过,林总拿出一个礼盒,交到肖晓晓手里,说:"第一次见面,这是我们老家的规矩。小王是我们公司的股东,对我的帮助非常大,所以说,小肖你一定要收下的。"

王一元说:"林总,我们之间就不要这么客气了吧?再说,要是太贵重的东西,我们万万是不敢收的。"

林总笑道:"不贵重,只是一只手镯,值不了多少钱的。不知道大小合适不?不过有保修卡,可以去调换的。"

老谢在一旁说:"小王,小肖,你们就先收下吧。来来来,我们继续喝酒。"

林总又简要地说了现在建筑公司的经营状况。他说:"小王,还有谢老师也在,我们还是要赶时间开一次董事会,建筑公司下一步的工作,我觉得还是有很多的事情可以去干的,我们得抓住机会。"

老谢和王一元都答应尽快召开董事会,让林总先做准备。

吃过饭,王一元把肖晓晓她们送到酒店。在车上,肖晓晓说:"你和任总、杜总他们联系一下,我给他们也带了东西,看看什么时候给他们送过去,我还想再请他们吃一个饭的。"

电话打通后,王一元说明了自己的意思。任学明说道:"我们今天刚回山东老家,明天我亲叔过六十大寿,估计要明晚才能回上海。"

听说是王一元和肖晓晓要一起来给他们送东西,任学明说道:"你要到我家来送土特产,那我们还上什么饭店,到时候老杜也过来,就在我们家里一起聚聚好了。"

王一元刚想要说话,手机里传过来任学明太太邓老师的声音,她笑道:"小王,你这次带着弟妹过来,于情于理都是应该在家里接待你们的。"

肖晓晓拿过王一元的手机,笑道:"嫂子,我是肖晓晓,其实我早就想过来看你们了。"

邓老师笑道:"哎哟,晓晓,你这小嘴甜得来,不要说是小王,我这都要被你融化了。

刚好后天就是夏至,按我们北方的说法,冬至饺子夏至面,我们就简单一点,在家里做一碗面条吃吃好了,还可以应应景。"

星期一中介公司调休,王一元一般会利用下午半天的时间回印刷厂处理一些事情。这天也不例外。昨晚在任学明家待到很晚,王一元一个人回的七宝。后来,肖晓晓和他通电话,讲了下午和邓老师、陈老师看房子的情况,晚上她们还找了一个地方好好吃喝了一顿。

王一元本来问她明天要不要陪看房,肖晓晓委婉地拒绝了,说是她们三个女人都看上了瘾头,今天上午还会去看另一个小区,看好房后再去工厂找他。

门卫老刘出来和王一元打招呼,问王一元在不在工厂吃饭。王一元笑了笑,说:"老刘,你还是让阿姨再给弄一盆虎皮尖椒吧,又馋得想吃了。"

在工厂车间里看了一圈,基本上还比较顺利,各方面的工作开展正常。走上二楼,大办公室里只有胡建国一个人正在整理桌上的样品。他看到王一元进来,连忙站了起来。

王一元停下来,问:"其他人呢?"

胡建国说:"周婉秋去日资食品公司送货去了,王丽萍和刘敏去了金山的化妆品厂送货,可能都快要回来了。"

王一元说:"老胡,你现在整理的这些是哪家公司的盒子样品?你这段时间的业务开展好像进展不大,还得继续加油啊。"

胡建国显得有些不好意思,尴尬地笑了笑,说:"现在年纪大了,我感觉跑业务开始有些吃力,不过我还是会争取多去跑跑。"

王一元说:"老胡,比你年纪大也在做业务,还做得很好的人,我认识不少,所以说年纪大不是理由。我这么说是为了你好。你要知道,业务员主要靠的是业务提成,业绩上不去,自然收入就会受影响,谁不想多挣钱啊?"

胡建国嗫嗫嚅嚅地说道:"这我知道,我尽力而为吧。"

王一元想了想,说:"老胡,我其实并没有要批评你的意思,只是你已经错过机会了。快一年半多了,原来纸箱厂的业务,你后来大部分都没有再捡起来。还有,七浦路市场的业务,这么好的开局,你后来也没有去好好跟进。机会不再来的啊。你要知道,现在开发一个新客户是多么艰难啊。"

胡建国说:"我也跑了好多地方,就是谈不下来。"

王一元呵呵一笑:"老胡,说到底,你还是有上海人的作派,有时候就是拉不下来面子。实际上，做业务要是放不下身段，工作不好开展的。再说了，做业务也是凭本事吃饭，又有什么难为情的？"

胡建国讪讪地笑着，被说得一时有些窘了。王一元笑了笑，说："老胡，现在没有外人，我们也是相处了这么长的时间，才说这些话的。你一定要记住，做业务员的根本在于不断地开发新客户、维护好老客户。"

王一元说："小周做业务还是有两把刷子的，你年纪虽然大一些，但是有时候，你还要向她多学着一点。老胡，要好好努力，不要得过且过，多挣钱总归是好的。"

王一元正在房间里聚精会神地看报表和业务资料，王丽萍推门进来了："刚才外面老胡说你回来了，我还以为你不在呢，办公室里这样安安静静的。"

王一元笑着问道："去金山那边送货，还用得着你们两个人去吗？"

王丽萍说："呵呵，今天不是还要给他们送回扣的钱嘛。李艳特意给我们打电话，说是要送我们每人一套化妆品，周姐没空去，所以只好我和刘敏去了。那个朱宇宏经理今天还在说你很久没有去他们厂里了，他很想念你的。"

王一元笑道："这位朱大经理还是很有意思的。他今天没敢对你使坏吧？"

"李燕在，他哪里还有胆子？"王丽萍笑道。

"都是一丘之貉。"王一元笑了笑，问道，"还有，唐山的打样一定要多催促一点。当时说好是一个月为期，现在都快两个月了。"

王丽萍说："要不然我再过去一趟，看看到底是怎么回事？"

王一元说："我打过电话，那个叫刘春华的可能下个礼拜会寄样品过来，陈总的打样会慢一点。反正过去也是差不多，都等了这么久了，先看到他们做出来的样品再说吧。看来，我们对北方人办事磨叽的这个状况还是严重地估计不足啊。不过，你还是要做好准备，可能迟早要去一趟才行的。"

王丽萍答应了。王一元说："晚上有晓晓和她妈妈，一共有五个人会过来吃饭，你让食堂炒几个小菜吧。"

王丽萍笑道："老王，你丈母娘她们难得来一次工厂，你却每次都让他们吃食堂，是不是寒碜了一点？"

王一元说："那是以前，以后就不一定喽。"

王丽萍觉得有些奇怪，问："你这话什么意思？"

王一元笑道："这两天她们都在看房子，可能要搬到上海来住了。"于是，他把这次吴总给优惠买房，肖晓晓她们正在看房、选房的经过说了一遍。

"你是说要把这边万科的房子卖掉？这才多久啊？"王丽萍问道。

王一元说:"我现在钱不够,不至于总是在印刷厂这边借钱吧?上次建筑公司入股的贷款就引起过大家的不满,这次还能怎么办?"

没多久,周婉秋和肖云华敲门进来。她看到王丽萍在,笑道:"老王,你现在逍遥自在了,自己的印刷厂,你反倒是成稀客了,一个礼拜才过来一次。"

王丽萍笑道:"呵呵,这位老王,怕是以后可能会逐渐放手,印刷厂这一块就要让我们自己来管理自己了。"

肖云华说道:"老王,我们都已经习惯你来管理印刷厂了,要是你这一下子抽身出来,特别是业务方面,不会有问题吧?"

王一元笑道:"没有什么行不行的,事情做多了,自然就有经验了,慢慢就熟练和习惯了。这一段时间,我事情确实比较多,一下子忙不过来。这些事迟早还是得要靠你们来干的。现在我有了女朋友,应该快要成家了。我还想多活几年,享受生活呢。"

肖云华和周婉秋一下子显得很是失落,似乎还有很多话要说。四个人都没有作声,静默在那里,房间里一下子就只剩下了电风扇"呼呼"转动的声音。

王一元最后没忍住,笑了笑,说道:"其实你们还想说什么,我心里都知道的。实际上,做这个决定,我已经想了很久了。既然是刚好说起了这个事,我干脆和你们实话实说,就算是一次交底吧。"

肖云华重新坐下来,摸了摸脑袋,拖长了声音说道:"老王,主要是你这事有些仓促,我们心里面一点准备都没有,太突然了。"

王丽萍又从隔壁大办公室拿了几瓶汽水过来,说:"我们边喝边说。"

王一元拧开瓶盖,说:"实际上,老肖,我和你以前是有过这方面讨论的。上次去唐山的时候,我就隐隐约约和王丽萍说过。还有周婉秋,上次我们去家纺厂拿这个塑料袋样品回来的路上,我也有说过这个想法的。"

周婉秋点点头:"老王,你要抽身出来,我倒是赞成的,也很理解你的做法,就是感觉还是快了一些。"

王一元说:"我们这家小印刷厂能做到现在的规模,已经是我们运气相当好了。大家应该可能都理解,以工厂现有的条件,基本上也就触到天花板了,除非对印刷厂现有设施设备大规模地更新换代。不过,目前我们工厂还不具备这个实力,显然也是力不从心的。"

肖云华他们点点头。王一元说:"那我们该怎么办?总不至于我们几个人从此以后就守着现在的印刷厂坐吃山空吧?这时候,我们就要想着四处看看,还有没有其他可能赚钱的途径。"

肖云华说："只是老王,你做的这个房产中介,还有陶瓷,最终还能不能干成功,还两说着呢,你就敢这样全身心地扑进去?"

王一元笑了笑,说："人总归得有梦想。现在是一个美好的时代,一切皆有可能。这一段时间,特别是端午节后去房产中介以后,我想了很久。我觉得我自己这个人,更适合在前面冲锋陷阵,但是守江山,却好像不是我的强项。我们几个人,还是要各自做自己最擅长的,发挥出各自的长处。"

周婉秋说："老王,这两年多应该是我工作以来最轻松愉快的两年了。说实话,你一下子突然间要离开,确实还没有做好心理准备,好像一下子就失去了什么重要东西似的。"

王一元说："没有那么严重。你也是做业务的老人了,应该来说这一段时间我们之间的配合还是非常不错的,你已经做得很好了。"

肖云华说："老王,你说的是有道理,不过我们还是心理落差很大。想想我们在上海认识这么多年,讲实话,我们几个都算是一个战壕的交情了。"

王一元笑道："我人还是在上海,又不是不过来的,自然不可能对印刷厂一点都不理不问的。我这样,以后的每个星期一,还有晚上,我都会在工厂这边。老肖,每个星期的工厂和业务联席会,我看就移到星期一下午来开。另外,周婉秋这边星期六的业务部聚餐,要是没有什么特别的事情,你们都招呼我一声,我尽量到。"

肖云华和周婉秋到桌上取了纸和笔,都记录了下来。

王一元说："还有三个要求。一是工厂的相关报表,王丽萍你一定要准确及时地给我。二是工厂平时的用度开支由老肖来掌握,不过,超过3 000的部分,一定要我签字。三是人员的招聘,你们可以预先提出计划,但是审批权依然在我。先这样实行下去,看看效果再调整。你们觉得这样可不可行?"

肖云华说："我都同意。只是这个签字权,我要不了这么大,有1 000元以内的机动,我看就足够了。反正老王你每星期都还会回来,这要是真要用钱,可以随时找你的。"

王一元看着周婉秋,说道："其实,我最关心的还是业务。周婉秋,这一关以后就全靠你了。最低的要求就是对比现在的状况,只能好,不能差。"

周婉秋想了想,说："我一定尽力而为。"

王一元说："哦,对了。还有这个业务人员,周婉秋你是否可以考虑一下,是不是要再增加一两个人手?还有刘敏,我看这小女孩不错,你们可以大胆地用她。"

周婉秋说:"新招业务员,我也在考虑,等到有方案了,我们再单独说吧。"

王一元感概地说:"现在新业务的开展,房产中介还好说一些,只是这个唐山的陶瓷,我看搞不好会成为一个难题。王丽萍,你这一段时间要多上心。但是不管怎么样,印刷厂是我们的大本营,你们几个一定要看护好了,不能有任何问题的。"

王丽萍说道:"我们三个都感觉压力很大啊,老王。"

王一元笑了笑,说:"压力大就对了。现在我们在座的诸位都远没有到财务自由的程度。我们现在还都是在夹缝中求生存,是和气生财的阶段,只要哪里有钱赚,我们都应该想着先去做再说,没有其他选择的。"

肖晓晓坐在椅子上盯着王一元看了好久,却没有接话,脸上似乎很有些不高兴。朱许英一看情况有些不对,连忙对王一元使了一个眼色,示意他先不要说话。她走过去肖晓晓旁边问:"呵呵,天气还是太热,要不要再来一支冰激凌消消火?"

肖晓晓摆摆手,有气无力地说:"阿姐,你说王一元这样说话,能气死人不?我们辛辛苦苦地看了两天房子,没有功劳也有苦劳。他倒好,一句话就全给否决了。"

王丽萍见状,赶紧打圆场:"时间也差不多了,要不我们先去食堂吃饭?"

肖晓晓勉强挤出一丝丝笑容,说:"今天我们跑得很辛苦,灰尘都吃饱了,哪还有心思吃饭?你们要是饿了,就先去吃吧。"

一时间,房间里安静了下来,大家都不知道该怎么往下说。

过了一会儿,晓晓妈妈说话了:"刚才小王的意思和我的想法差不多接近。现在,小王的经济状况就摆在这里,还是不要让他去做有太大压力的事情。如果一定要买,大房子我看小王咬咬牙也是能买得起的。不过,刚才他也说了,先买一个小面积的过渡一下,这样就已经很好了。晓晓,有些事情我们可以慢慢来,没有必要去一步到位的。"

肖晓晓还是不置可否地坐在那里。邓老师笑了笑,说:"晓晓,要不然,这次买房还是先算了吧?你妈妈说的有道理,小面积的小王也能承受,你就受一点小委屈吧。"

肖晓晓嘟了嘟嘴,有些不满地说道:"哼,这个王一元,就只是嘴上说得好听,实际上心里面一点都没有顾及和考虑我的感受。"

杜建峰的爱人陈老师见状,在一旁劝道:"晓晓妈妈,还有小王,我倒是支持晓晓的意见的。晓晓说得没有错,我们家现在就是一个活生生的参照。当初要是面积买得再大一些,就不会显得那么窘迫了。我们都是外地人。晓晓家里还好,镇江过来也不是很远,当天就可以一个来回。小王你呢,要是你老家亲戚真的来上海,你还能让他们都去住宾馆?"

王一元有些复杂地看了看肖晓晓,轻声说:"晓晓,要不然我们再好好商量一下?"

肖晓晓看了看王一元,说:"你刚才这是一副要和我商量的样子吗?我给你的两本楼书,你连里面到底是什么内容都不看一眼,就直接否定了我的想法。你这是什么意思?"

王一元说:"我不是已经和你说了嘛,吴总公司开发的楼盘,哪一个我不清楚的?甚至他们每一个楼盘周围5公里以内的工作、娱乐、生活的场所,我基本上都是清楚的。"

肖晓晓说:"我给你看的这两个楼盘,特别是大平层的这个小区,除了自己小区配套的幼儿园,不远就是重点小学和初中,隔两条马路就是儿科医院。说真的,不要太完美,就只有你看不上。"

王一元赔笑说:"这些我都知道啊。"

肖晓晓说:"还有这一套别墅,莘庄那边的配套你也知道,算是比较完善的。关键是,小区开车不远就有一个三甲的医院。这样一来,以后小孩上学、我爸爸就医都能在附近解决,又有什么不好?"

王一元笑了笑,说:"这我都知道啊。真的,晓晓我答应你,只要有了钱,我尽快就给你换过去。"

肖晓晓白了王一元一眼,想了想说:"王一元,我还想问你几个问题,你要老老实实、诚诚恳恳地回答,可以吗?"

王一元看着肖晓晓,说:"好,你问吧。"

肖晓晓问:"第一个问题,你是不是真的想要和我在一起?是不是真的有和我组建一个新家庭的想法?"

王一元点点头。肖晓晓说:"好,既然是这样,我们迟早都是一家人。那你说,既然是一家人,我们两人之间有些东西,特别是在钱财方面,一定要王是王,肖是肖,区分得这么一清二楚的吗?这次你不想买这么大面积的房子,除了钱的因素,还有什么其他的原因吗?"

王一元想了想,说:"主要还是缺钱。你知道,我现在还没有这个能力去买这个大房子。"

肖晓晓微微一笑,说道:"实际上,如果仅仅只是因为缺钱,这就好说了,我也是可以出一部分的啊。或者说,你要是面子上过不去,就当作是我先借给你好了,这样不就解决问题了吗?这样一来,你也买着了大房子,我心里也很高兴,不就是两全其美了?"

王一元一下子有些吃惊地呆在了那里。

陈老师笑道:"小王,晓晓话都说到这个程度了,接下来我看就是你的问题了。你还是有些要强,总想着自己一个人去买这个房子,放不下你们男人所谓的自尊心。"

朱许英在一旁笑道:"讲实话,小王,你和晓晓都快要是一家人了,夫妻之间还在乎这么多自尊,好像真的不是很有必要吧。"

王一元刚想要说话,肖晓晓却已经站了起来。她拍拍手,大声笑道:"好了,我们一起吃饭去。走了一整天,饿也快饿死了。老王他们印刷厂的伙食做得还是不错,味道赞的。"

回去宾馆的车上,肖晓晓嘲笑王一元说:"后来吃饭的时候,我看你有些心不在焉,那个王丽萍的老公敬你酒,你都只是喝了半杯啤酒,是不是还在想着买房的事情?"

晓晓妈妈笑了笑,说:"小王,我只不过是实话实说。你现在就是这么一个实际的状况,买房子上我们还是要量力而行的。"

肖晓晓有些不满,说道:"妈,你怎么现在就帮着这个王一元说话了?你不要搞错了,我才是你的亲闺女,好伐?"

晓晓妈妈拍了一下肖晓晓的手臂,笑骂道:"倒是你这个小孩子,今天这么气鼓鼓的,像一只憋着气的青蛙,都快弄得小王下不来台了。你到底是想要干什么?有考虑过小王的感受吗?"

肖晓晓不屈不挠地说:"王一元,你可以从房型、物业、小区道路、地段价值、出行便利度、基础设施是否完善等,还有房子的舒适度、投资升值、上学就医等各个方面,比较理性地评价一下。"

王一元说:"这一点我还是要承认,这两个小区,各方面来说都很好的。我之前说是东拼西凑拿出来90万,你也知道,这里面大部分都是借来的,以后是要还回去的。还有,买房以后的贷款利息也是每个月要还的。但是,我现在的收入只是靠着一个印刷厂,讲实话还是很有压力的。"

晓晓妈妈说:"所以说,我支持你们先去买一个小点的房子过渡一下。现在,小王的中介公司,还有陶瓷生意,很多地方都在等着去花钱。"

肖晓晓笑道:"这两个小区的房子,价格上我们找销售员专门算过了,虽然说别墅的面积比那套大平层大了不少,但是因为位置稍微远了一些,实际上,两套房在总价上是差不多的。"

她说道:"还有,平层是精装房,别墅是保留下来的样板房,都有装修。我们都看过,装修都还可以,基本上只要再添置一些家具,就可以直接拎包住进去了,这样免去了很多装修的麻烦。不过,别墅有一个条件,就是可以让看房的客户过来参观。这我觉得还是可以接受的,毕竟小区没有卖出去的别墅也没有几套了。"

第二天下午,杜建峰给王一元打电话,说是凑上任学明一家,三家人晚上好好聚聚。王一元想了想,估计还是关于买房子的事情,于是就答应了。

等晚上见面吃饭,果然很快就说到了这次看房买房的事情。陈老师笑了笑,说:"晓晓妈妈,还有小王和晓晓,大家不要因为买房子,而伤了自家人的和气,毕竟这件事情还没有最后定下来,我们还是可以好好商量的嘛。"

肖晓晓有些泄气地说道:"算了,我也不想和王一元再争论这件事情了。现在,我们俩是各持己见,可能一下子也不会有什么折衷的方案。看来我们两个都需要先冷静一下。"

听了王一元他们昨天下午买房争吵的经过,任学明说:"一般来说,男生看房子偏宏观和理性,女生看房子偏微观和感性。两者意见一定会有所不同。至于说到房价,你们两个能坐下来好好谈谈,扬长避短,那么总归会有办法来解决的。"

杜建峰不禁问王一元:"小王,晓晓的钱,你为什么就不能用?真的这么关切到你坚强的自尊?"

王一元一下子就怔住了。实际上,他也觉得肖晓晓的想法没有任何毛病,自己的钱不够,她再添一些进去,又有什么不好?那么,自己又为什么就放不下来面子,死犟在这个到底是谁出钱的问题上?肖晓晓说得对,谁的钱以后不都是家里的钱吗?

杜建峰拿起啤酒杯,和王一元重重地碰了一下,说:"小王,我只想告诉你一句话,你还是听晓晓的意见吧。我的体会,毕竟买不到喜欢的东西,男人最多烦恼一阵子,女人却会抱怨一辈子。"

第六章

王一元刚回到中介门店,用凉水洗过脸,拿了水杯正在饮水机跟前弯腰接水,只听得"叮叮当当"一阵钥匙串的响声从门外传了过来。

"小王,你怎么没有出去带客户看房子?"秦师傅一推开门就高声问道,接着,他胖墩墩的身体就闪了进来。

"你来啦秦师傅?我刚带看回来,不是在等着你吗?"王一元又拿了个纸杯,问,"你是喝凉开水还是泡茶?"

秦师傅取下头上的太阳帽放在桌子上。他抓了抓自己光头上的汗水,咧咧嘴说道:"这鬼天气,热煞我了!你这个空调再往下调一点点。"

王一元说:"再下调就要冻着你了。要过来看房子的小姑娘刚联系过我,说是路上堵车,我们可能还得要等一会儿。"

"那就泡杯热茶吧。"秦师傅把手里拿着的一大串钥匙又"叮叮当当"地放在桌子上。这个大钥匙串,上面用细细的棕色绳子系满了大大小小的钥匙,有将近20把之多。

秦师傅接过茶杯,吹了吹上面的茶叶末,小心地吸溜了一小口,说:"我来的路上看到又冒出来一家新的中介公司。小王,你们的竞争又要结棍了,还是要早做准备啊。"

王一元打开电脑,开始查数据,说道:"再往前还有一家正在装修中。呵呵,不是有句话是这么说的嘛,说大街上的房产中介以前是多过米铺,现在是多过银行。"

秦师傅笑了笑:"哈哈,现在的米铺都进了菜市场,利润这么低,哪里还能付得起大街上商铺的租金?"

王一元说:"中介也是这样,也没多少钱好赚的。"

秦师傅说:"生意不好的时候,这整条街的中介就只剩下你们和另外一家。你可能不知道哟,最多的时候,这一条不到500米的小街道上开过四五家中介公司的。"

十多天以前,门店附近一个大型动迁安置社区开始入住。这段时间,门店里全是挂牌出租的业主,男女老少,各色人等都有。

王一元在整理房源时发现一个姓秦的老年人和两个姓秦的年轻女子先后挂了11

套房源,虽然门牌号码有所不同,但是联系电话却一样。后来熟悉了才知道,原来他们三个是父女。该小区的行情,两房一厅出租,按简装全配,差不多每月2 000块。如果按照这个价格计算,秦家这些房子的租金一年下来绝对不会少于20万。

王一元想了想,说:"秦师傅,我还是要再劝你一句,像你这样对租户挑来挑去是不行的,要求是不是可以适当地降低一点?这样的话,可能早就全部租出去了,不用拖到现在了。"

秦师傅笑道:"呵呵,可是小王,你要想想,我这么多套房子都在出租,有些房子还不是只租给一个人,单间出租的也有,一二十号人呢。要是这个租客一开始不选好的话,那后面就有的我搞了,不行的啊。"

王一元说:"你说的当然是有一定的道理,但是也不全是这样。你还是只从自己的利益出发来考虑的。实际上,租客也有各自不同的实际状况的。"

"我是房东,当然是我说了算。再说了,我们这些房子离这个百年名校不远,价格又比学校附近的其他房子低了一大截,我反正是不愁租的。"秦师傅一副无所谓的样子。

"秦师傅,我看你也是个死脑筋。早出租,早赚钱。这道理,你应该懂的啊。"王一元继续劝道。

秦师傅呵呵一笑,说:"房子太多,打理也麻烦。等过几年可以上市交易了,我还要先卖掉几套。唉,我每天又要上班工作,又要和这些房客打交道,烦也烦死了。"

王一元哈哈一笑,说道:"秦师傅,你要是这么说的话,就是炫耀了。房子多还烦恼啥?你这是站着说话不腰疼!很多人在这个大上海还都是居不易,在颠沛流离的。"

实际上,这段时间,这样的对话在中介公司早已见怪不怪,但每次听到,王一元总是不免感慨。这个世界上,活得舒舒服服的人还是有很多啊。

王一元问秦师傅:"那个汽车配件厂水电维修工的活计,你现在还在干着吗?"

秦师傅喝了一口茶,说:"当然干着啊。工厂里五险一金都给我们缴的,我还指望再有三四年就可以退休领养老金呢。"

"每天都要去,还要干重活、脏活,现在你还能受得了?"王一元问道,"你这么多的房子,一年下来,光是租金就抵得上你好几年的工资收入了吧?你可以去做全职包租公了啊,多轻松的事情!"

"这是两码事,好伐?"秦师傅笑道,"不行的。收收租金,这种事没有多大意思。你看我这身体,现在还干着活计呢,就这么胖了。这要是以后闲下来,指不定还会怎样,对身体没有好处的。"

说着说着,秦师傅又讲起一些他们动迁的事来。他说:"前几年,我们家老房子因为世博会道路扩建而动迁的时候,由于我们村小组基本上都是花园洋房,所以动迁价格比较昂贵,每家每户都能够拿到一笔相当可观的动迁款。当时,我们邻居有三户人家——肖家、我家,还有一户是张家。肖家拿了钱,只花了很少的动迁款,再加贷款,买了九亭的一套两房一厅的房子,其余的大部分钱都拿去做生意了。我们家是属于安于现状、见好就收的,和两个女儿一起,总共就拿了这11套房子,基本上将动迁款全部用完了。张家用拿到的现金再加贷款,在市区买了一套三房的公寓,又在九亭那边买了一套三层加起来200多平方米的连排别墅。"

王一元笑道:"那现在你的这些邻居都怎么样了?特别是第一家肖家,生意哪能?"

秦师傅笑了笑,说:"现在还刚开始没多久,还看不出来。不过,最起码,大家的起跑线算是差不多的吧。"

王一元说:"这倒是很有意思。同一个村组的三户人家,差不多一样的拆迁款,却做了三种选择。我倒是很感兴趣,不知道若干年以后,你们几个人各自又有什么不一样的境遇。以后他们要是有什么新故事,秦师傅你不要嫌弃,欢迎你过来和我们说一说的。"

秦师傅点点头,笑道:"不要着急,以后的事情,我们都看得到的啊。"

正说着话,桌上的手机响了。王一元拿起来一看,正是刚才预约的小姑娘。他赶紧接听了,原来是她下了公交车找不到方向,想问一下王一元该怎么走路过来。王一元在电话里把路线介绍了一番,不想反而把这个小姑娘给说糊涂了。王一元只好说道:"这样吧,你就在车站等着我,我骑电瓶车过来接你好了。"

等这个小姑娘和秦师傅见了面,秦师傅对她盘问得很详细,在现场就开始查这小姑娘的户口,从学历、公司、下班时间到恋爱时长和未来规划等等,统统询问了一遍。

王一元对这种状况已经见怪不怪了。他也知道,现在租房完完全全就是卖方市场,租房的多,好房源却少,更不要说是这种学区房了。房东也是看准了这点,所以变着法儿地提奇葩要求。小姑娘一一做了回答。

秦师傅问道:"你一个小姑娘,就要租一套房?你租这么大的面积干什么?"

小姑娘连连摆手,说:"师傅,你误会了。这次不是我租,主要是我姐要来上海工作,小孩要读书,才让我先来打探一下行情的。"

秦师傅问道:"那你姐过来上海准备干什么工作?自己开公司做老板?"

小姑娘呵呵一笑,有些不好意思地说道:"没有没有,我们哪里有这么大的能力,一来上海就做老板的?我姐和我姐夫过来后,和我一样,也是去一家工厂打工,我已经给他们找好工作了。"

听到这里,秦师傅笑了笑,突然打断了小姑娘的话,说道:"我这个房子是精装修,租金很贵的,你们还是另外再找地方吧。"

小姑娘觉得有些奇怪,不知道这位秦师傅为什么一下子就变了脸色。王一元见状,赶忙说道:"没关系,我们这里还有其他房东的资料。小姑娘,你还可以再选择的。"

进入8月以来,房产中介公司的生意,特别是学区房出租的生意,就这样莫名其妙地好转起来。

对于房地产市场的这种积极向好的变化,杨磊、任子平看得清清楚楚,当然,王一元和康立新、陈志光、刘萍他们也看得真真切切。从中介公司连续三个月的报表上面,任学明和杜建峰实际上也明显地感受到了房地产市场的这种悄然发生的变化。杨磊和任子平已经找过王一元很多次,说是想趁现在房地产市场还是刚开始上升的时机,抓紧机会,赶时间再开几家门店。

这天晚上忙完手里的工作,三个人相约去七宝广场旁边吃烤串。现在天气炎热,宿舍里又没有安装空调,三个人在里面都有些待不住,于是下了班去喝啤酒、吃烤串就成了他们三人的常规项目。

这天晚上,刚好康立新、陈志光和刘萍也忙到很晚,于是王一元一招呼,大家就都一起去了。难得这天晚上竟有一些风凉,一杯冰啤酒下去,真是无比的爽快。吃着串,杨磊和任子平他俩又说起开分店扩张的事情。

杨磊说道:"据小道消息,原中房产从6月开始,在短短两个多月的时间内,就在我们七宝的多个热点小区旁边开了9家新店。"

任子平说:"现在正大力扩张的中介公司远远不止这一家。汉祐地产也在七宝范围内开了8家门店。老王,你是得要想想办法了,形势逼人啊。"

杨磊说:"现在是信息时代,大鱼吃小鱼,快鱼吃慢鱼。一两个单店在房源数量、员工数量、资源数量等方面肯定竞争不过有多家连锁店的中介机构。我们刚才说的那几家扩张很快的中介公司,如此快的发展速度就源于对未来市场的信心。"

任子平说道:"扩张的目的,除了开拓周边的业务之外,还能收集更多的房源信息。这些房源信息在所有的店面都可以共享,为客户提供的房源就多了,品牌美誉度就会上升。所以,扩张既是发展需要,也是形势所逼。"

杨磊说:"老王,你知道的,虽然我们公司就只有两家门店,但是这个月的成交量基本都是在一天一套左右,和上个月,还有之前的几个月相比的话,简直是一个天上、一个地下。"

刘萍笑了笑,说:"还真是这样。老王,我看,要是门店的业务一直这样火下去的话,我一个人做后台支持,怕是远远不够啊,这一块得立马增加人手。"

王一元端起酒杯,和大家碰了一大杯,说道:"对于这些变化,我当然也是看得见的。你们几个说得都很对,实际上就是这个道理。多开门店,占领一个坑算一个坑,政策和市场一旦好转,门店生意就会好起来。之前行业比较平淡,但是由于相信市场前景可期,我对房产中介的生意依然充满了期待。所以在前面的两个月,我们做了很多修炼内功、养精蓄锐的工作,就是想着等到行情好的时候,能够快速抓住机遇。"

王一元转向康立新,问道:"老康,你之前算过我们现在中介公司的营业成本,和大家说说看。"

康立新说:"公司开张以来这几个月的财务成本,基本上可以得出一个结论:每月做不够5万元就赔钱。每个店按照7个员工来计算的话,这些成本主要包括一个员工开两个端口的费用、基本的工资、房屋租金、消耗品、物业水电费等等。"

王一元笑了笑,说:"老康,你这个脑袋就是一台活电脑,这么多的数据都是随用随取啊。只不过我们现在就是随意聊天,只要有大致的数据就行,没有必要这么精确的。"

老康显得有些尴尬,朝王一元笑了笑,说:"只是我有一个担心:房产中介没有太高的门槛,员工只要能吃苦、付出多,就能拿到高工资。但是,从我们公司的管理来看,比别家店严格很多,到底最后能不能把人才留下来,这一点是要提前引起注意的。"

王一元看向刘萍,说道:"这项工作就该由我们的刘大小姐来说话了。"

刘萍说:"之前的两个多月,公司在人力资源和培训上也是花了精力和时间的,提前做了一些准备,特别是在人才储备和制度建设等方面,已经有了一套良好的、可行的规范,应该能够保证公司大面积扩张的人才需要。"

王一元和他们碰了一大杯,说:"我已经和老任、老杜他们商量好了,下个星期一,他们俩就会来我们门店,专门讨论这个扩张的事情。"

任学明和杜建峰的反应很快。星期一的下午,先是在门店开了一个小范围的会议,就中介公司接下来的发展,大家一起进行讨论,集思广益。所有人的意见基本上一致,都认为扩张已是箭在弦上,不得不发,不发就会落于人后,甚至有被边缘化的危险,并且迟发不如早发有效果。不过,在扩张的数量上,大家还是有一些分歧的。杨磊和任子平的意见是尽可能快、尽可能多,最好能覆盖到七宝的大部分小区和社区。王一元的意见是稳打稳扎,先不要一下子脚步迈得太大,可以边扩张边积累经验,然后再扩张。他认为,只要先期工作,特别是人员的配置准备好了,门店扩张自然就会很快,找店面不是什么太大的问题。

公司最后因势利导,决定还是采用王一元提出来的方案,由杨磊自己选地方再开一家,任子平在西校区旁边再开一家,陈志光自己找店面管理一家。康立新和刘萍也按捺不住,在承诺做好自己本职工作的同时,两人也领衔去开了一家门店。这样一来,中介公司将会直接拥有6家店面。

同时,对中介公司的注册资金、组织结构也进行了一些调整。每家门店基本上独立运行、独立核算,但是在财务和信息流等方面又实现共享共通。对其中的两项,特别是对资金和员工的使用和考核,门店只有建议权,一票否决权归属于公司。

随后,中介公司召集了所有员工一起开会,正式宣布了准备扩张的事情,对一些工作和人员的安排做了统一的说明和动员。

王一元从七宝匆匆忙忙赶回来,刚进印刷厂办公室,就见刘总、王丽萍正在等着他。

刘总放下手里的茶杯,站起来朝王一元招手,说:"小王,我们等你好久了。快来看看你们做出来的骨质瓷样品。"

王一元连忙快步走过去。桌子上正摆着大小腰盘各两个样品,还有各一个原样。王一元还来不及细看,刘总就在一旁笑道:"呵呵,这就是你们花了三个多月的时间弄出来的陶瓷样品?都是些什么东西?你自己比较一下看看,和原样的差距不要太大哦。"

王一元心里一惊,先拿起一个小腰盘的样品和原样,仔仔细细地对比了一下,发现大小和形状倒是差不多,只是上面烤出来的花纸的颜色比原样要淡了许多,明显能看出来色号不一致,可以说完全就是两个不同的花色。他不由得心里一沉,皱了皱眉头,暗地里想道:不会是要坏事了吧?

刘总在一旁说道:"你仔细看看这个釉面,颜色根本没有原样的白净光滑,特别是底部。你仔细着看看,原样是本色,没有任何光釉的,而你们做的这个样品却是满底的白色釉面。"

王一元没有说话,又接着拿起大腰盘的样品和原样做对比。大腰盘的样品就更邪乎了。首先是形状根本就很不规整,原样是椭圆形,而样品的沿口扭扭曲曲的不说,整个根本就不对称,与原样相去甚远,特别是其沿口边缘厚薄不一,显得特别难看。另外,因为花纸是同一家工厂生产,又是一个地方烤制出来的,所以花色上也有和小腰盘同样的毛病。这样一来,打样出来的大腰盘整体上和原样比较就显得很是不伦不类。

王一元看向王丽萍。刘总说:"你不用看她了。这些样品,我就问你一句话,你觉得你自己能看得下去吗?做出来的都是些什么玩意儿?"

王丽萍说:"样品是下午才收到的。刚好刘总过来盘货,看了后就觉得不对。他知道你要过来印刷厂,所以就让我给你打电话,他特意在这里等你回来。"

刘总两手一摊,重新在椅子上坐下来,说:"小王,上次你去唐山之前,我就和你讲过的,质量第一。难道这就是你们保证的质量?"

王一元的脸上有些发烫,就如自己打自己的耳光一般,但是又不知道该如何向刘总解释。他知道,现在的情形,无论自己怎么解释,都比较牵强。因为样品的质量摆在这里,是不是合乎规范,正常人一眼就能看得清清楚楚。

王一元正在为难间,王丽萍笑了笑,说道:"刘总,这些还不是厂家的最终样品,只是做出来的第一次打样。之所以寄过来,一方面是告诉我们他们已经在制作,另一方面是让我们也有一个对比。实际上,他们还在改进中的。"

"王小姐,你这是在哄鬼吧?"刘总笑道,"你们就不要找借口了。我做了这么多年的陶瓷,还不知道这些生产厂家的门道?"

王一元和王丽萍一下子无比尴尬地站在了那里,无言以对。

刘总继续说:"再说了,你们不是一直和我说打样时间最多不超过一个半月的吗?上次端午节前去的唐山,现在马上就是'十一'了,都两个一个半月了,你们俩知道吗?还搞什么搞?"

王一元见状,就只好实话实说了:"刘总,这次打样没做好,确实是我们的责任。我们完全听信了唐山那两个工厂老板的承诺,后来又因为鞭长莫及,没有及时跟进,才造成了如今比较被动的局面。"

王丽萍也在一旁附和,把这几个月来和唐山这两家陶瓷工厂打交道的经过都告诉了刘总。听过这些后,刘总喝了一口茶,才慢悠悠地问道:"小王,你还记得我当初是怎么评价我现在的供应商吗?"

王一元回忆了一下,说:"我记得你当时好像是说,你现在的这个供应商不仅总是拖延供货,在价格方面也感觉比较高。你是说的这两点吗?"

刘总点点头,说:"我现在的供应商在山东。所以说,你们可能和北方人做生意不多,这回上当了啊。"

王一元讪讪一笑,诚恳地说:"刘总,这次确实是我们大意了。我们根本都没想到,就仅仅只是一个小产品的打样,竟然会花费这么长的时间。按道理来说,我们是甲方,却被他们搞得这样被动。"

第六章

刘总放下茶杯,想了想,说:"小王,我是看在小杜的面子上,还有你们作为外地人,在上海开工厂做生意都不容易,你们几个小年轻也很努力。这样吧,我再给你们一次机会。9月22日,唐山有一个专门的陶瓷博览会要召开,你们可以再去唐山看看情况。不过,我有言在先,这是给你们的最后一次机会,要是再达不到要求,以后就算了。"

临走的时候,刘总又说了两句意味深长的话:"如果真心想要做这个陶瓷的话,听我一句忠告,你们人要是只在上海,只在办公室,那是万万做不出来的。"

王一元送刘总下楼回来,看着桌上的这一大堆乱七八糟的样品,心里着实有些恼火,也有些难过。讲实话,样品做成这样,造成现在这样差一点就难以收场的后果,是他之前绝对没想到的。刚才刘总的意思,这次打样的失败,责任都在自己。这话当然说得很对,谁让自己对整件事情没有把控好?不怪自己又能怪谁呢?

王一元特别窝火。他根本没有想到,唐山的这两个厂家竟然敢把这样瑕疵明显的样品寄到上海来。究竟是多大的勇气,能让他们这样厚颜无耻?还是他们北方人做事的方式本来就是如此?用北方话来说,难道他们的脑袋真的是被驴踢了?

王一元忍不住对王丽萍吩咐道:"马上给他们两个打电话!他奶奶的,我倒是要问问他们,他们这样打样,到底是什么意思?"

王丽萍一看王一元有些暴怒的模样,轻声劝道:"老王,电话我已经都打过了。两个人的态度都差不多,都笑嘻嘻地承认这次没有做好,也承诺继续打样,一直到我们满意为止。"

王一元看着王丽萍,半晌都没有说话,实在是说不出话来。他走到书桌前,拿起大茶杯,"咕噜咕噜"一口气灌进去大半缸茶水。缓了一会儿,王一元有些颓然地坐在了椅子上。

"唉,常在河边走,这次算是湿鞋了啊。"王一元颇显无奈地说,"这两个人,他奶奶的,简直是太把业务当儿戏了,我们差点就被他们弄死了!"

王丽萍说道:"你回来之前,刘总已经发过一通脾气了,表现和你现在差不多,只是你现在骂的是厂家,刘总骂的是你。"

王一元端起茶杯,把剩下来的茶水全灌进了肚子里。他重重地放下茶杯,说:"是的,我在上海做了这么多年的业务,这一次是做得最没有水平,也是最不着调的一次了。样品打成这样,还敢给客户去看?不要说是客户了,就是连我自己也看不下去。"

王丽萍去拿开水瓶,发现里面已经空了。她连忙拿起开水壶,想去外面接水。刚要开门,周婉秋正好推门进来,王丽萍差点撞在了门楣上。

周婉秋有些着急,粗声粗气地问道:"老王,怎么回事?门卫的大爷说什么刘总对你们发火了,还说很严重。"

王一元坐在椅子上没动。王丽萍做了一个"嘘"的手势,然后用手指了指桌子上的骨质瓷样品,小声说:"陶瓷打样很不好,挨骂了。你先自己看看,我去打水。"

看过样品,周婉秋问:"老王,这样下去肯定不行的。你打算怎么办?"

王丽萍打水回来,把开水壶通上电,说:"我的看法,唐山是非去一趟不可了。这两个老板,要是不在现场盯着点,他们不知道又要拖到什么时候。"

周婉秋有些咬牙切齿地说道:"这么大的损失,简直就是无妄之灾。要是老娘去了唐山,非得给他们点厉害尝尝不可。"

王丽萍说:"周姐说得对,都是一帮瘪犊子的玩意儿!是要想办法让他们知道这样做的后果。周姐,你是不在这里,刚才刘总那个要爆发的模样,幸亏还有两袋他喜欢的茶叶压着,不然怕是要火山爆发了呢。"

王一元这时候站起来,活动了一下身体,说:"刚才你们也说,认为唐山是一定要去一趟的。我就在想,可能光这样还是不能解决问题。你们想啊,这才是两个样品的打样。实际上,刘总的全部产品加起来,大大小小有16个之多。并且,关键的问题是生产过程都掌握在别人手里。如果按照现在的速度打样,大批量地生产产品不知道要到猴年马月了。"

周婉秋最先反应过来,大声说:"老王,你想去唐山自己建厂?"

王一元喝了一口水,说:"他奶奶的!都是这帮孙子逼着我这么干的。好好的给他们生意做,搞得最后我们好像还要去求着他们帮我们生产似的。我是客户,不要说是大爷,至少也要给我们最起码的尊重吧?他们倒好,自己当上大爷了,反过来我们得向他们去求爷爷、告奶奶。便宜了这帮龟孙子!"

王丽萍说:"其实,我上次和老王一起去唐山出差的时候也和老王商量过这件事,只是当初老王对于在那边建厂的想法还不是很明确,就搁下来了。不过,对于去唐山建工厂,我和大李后来有过很多次的商量。之所以我们都愿意过去,有几个方面的原因吧。一是我爸现在身体不太好,我们两个在上海,心有余而力不足。现在看来,这个刘总的陶瓷生意做得还是比较大,也比较稳定。他自己也说过,最起码在四五年以内,供应航空公司的陶瓷业务基本上不会有变化。加上现在刘总和我们处得不错,我们觉得做这个陶瓷应该还是有一定托底的。"

周婉秋插话道:"要是这么一说的话,我也觉得在唐山做陶瓷还是比较可行的。"

王丽萍笑道:"不过,我们也有自私的地方。唐山和我们老家的气候条件、生活习俗、语言习惯等都相差不多,我们两个过去,相对于你们来说,可能会更适应一些。呵呵,也算是为你们、为咱们公司排忧解难了吧。"

周婉秋想了想,说:"老王,还有一个很重要的问题。现在刘总的这个陶瓷业务,他自己也只是说这四五年不太会有什么大的变化,但是四五年以后呢?到时候,我们又该怎么办?工厂在那里,又搬不回来啊?"

王一元刚要说话,手机响了,一看是肖晓晓的电话。他站起来说:"说曹操,曹操到。刚才小周说的,我们大家可以去想一想,晚上我们吃饭的时候,大家都谈谈自己的想法和意见。我先接一个电话。"

周婉秋睁大眼睛看了看王一元,努努嘴,扮了一个鬼脸,这才溜下桌子,和王丽萍相视一笑。两人轻手轻脚地走出办公室,还把房门给带上了。

电话里,肖晓晓问道:"新房子的窗户,你有时间的话,记得要多去开开关关一下,通通风,晓得不?"

王一元说:"你这么老远打电话过来,不多说说悄悄话,还说这些乱七八糟的琐事干啥?"

肖晓晓说:"你真不要脸!嗯,还真有一件大好事。这个'十一',还有中秋节,我们一家人都打算来上海过了,你欢迎吗?"

王一元故意说道:"这算得上是什么好消息?"

肖晓晓不解地问道:"我们又可以见面了啊,难道你不高兴?"

王一元说道:"高兴是高兴,只不过你每次过来,都有人紧紧地看着你,让我没有机会与你有什么大的动作。这次要是只有你一个人过来,我就更高兴了。"

肖晓晓反应过来,甜甜一笑,说道:"呵呵,美死你!这次不仅是我的家人,还有我表姐朱许英一家人也会过来的。我姐夫在我们这边干了大半年了,是应该让他们夫妻好好团聚团聚了。"

王一元笑道:"我们更需要团聚团聚啊。他们是老夫老妻,我们还正新鲜着呢。"

肖晓晓说:"好了好了,你一个大男人,哪能这么烦人?我来了以后再好好犒劳犒劳你,可以了吧?不过,你要找出一个地方来,让我们两家人都能去度度假,你晓得吗?"

王一元想了想,还是和肖晓晓实话实说:"这个'十一',2号是中秋节,老任还有老杜他们两家,也有可能和我们一起过的。我的想法,到时候一起去崇明长兴岛的一个柑橘园艺场,摘摘橘子,吃吃农家菜,还可以坐船游览。这样在乡下多住几天,你看可以吗?"

肖晓晓笑道:"人多热闹,有什么不可以的?至于地方的选择嘛,现在你上海待的时间比我长,去的地方也比我多,你定吧。只要住得干净、吃得卫生就可以了,当然,条件也不能太差的。对了,我定制的那些家具都送过来安装好了吧?"

王一元笑道:"都送过来了。只是我这几天比较忙,没有时间去打理。你要是想住家里的话,那我这几天就找人去搞搞卫生。"

肖晓晓说:"你真是什么都不懂的!我们的房子怎么可以随随便便找人进去的?哪怕是搞卫生也是不行的。要不,你找找厂里的王丽萍、周婉秋她们过去帮帮忙?这一次,我们家还有我大姑也会过来的。本来,我是想让你过来接我们的,现在就算了。反正我表姐夫谢东也在,让他来开车好了。"

王一元不禁松了一口气,笑道:"到时候我送你们回去好了。你大姑过来上海有事?"

肖晓晓笑道:"你说她过来你们上海是什么事?还不是代表我爷爷奶奶过来看看你的嘛。"

王一元笑了笑,说:"过来随便看,反正也不收门票的。"

肖晓晓说道:"送的话,我看也算了吧,表姐夫也会回来的啊。"

王一元说:"是这样,我还想顺便去无锡的一家汽配厂看看。他们是我接手纸箱厂之前的大客户,和纸箱厂有生产供应合同的。现在一年多了一直没有什么消息,我想着去看看到底是什么情况。"

肖晓晓说:"那好吧。那你可要说话算数,不要到时候事情一多又说来不成了,我不好和他们再去改口的。"

打完电话,王一元刚站起来准备去倒水,王丽萍、李广林两口子和肖云华推门走了进来。

王丽萍笑道:"老王,肉麻的话说完了?"

王一元续上水,说:"呵呵,你们仨都过来了?那就快坐,我正好和你们说说唐山的事情。去唐山建厂的事情,老肖、大李,你们都已经知道了吧?"

李广林点点头,说:"刚才王丽萍和我说了,所以我们俩和老肖才过来,想和你再讨讨主意的。"

王一元问道:"我先问你俩,是真心实意想去的吗?"

李广林说:"是真心想去做这件事的。之前我和王丽萍从唐山回来后,我们俩讨论过好几回,几次想催催你这件事。但是,王丽萍每次都阻止了,说是老王你自己会有考虑的,你想好了以后自然会来找我们的。"

王一元说:"大家在一起工作了这么长的时间,基本上算是知根知底了。大家都是好兄弟姐妹,所以场面上的那些话我就不多说了。实际上,你们俩这次去唐山,我个人来说还是很舍不得的。我们在一起这几年,不管从哪一方面来说,都是很好的啊。"

李广林说:"老王,讲实话,虽然我没有和你们在一起工作,但也是基本上每天都在一起。这几年耳濡目染,还是跟着你们学到了一些皮毛的。这次,我们两口子去唐山,肯定会尽心尽力去做。不过话说回来,我们也是第一次去独立创业和操作一个工厂,肯定会碰到各种各样的困难,希望你们要给我们俩多一些时间。"

王一元笑了笑,说:"那是当然。不仅仅是要给你们时间,还有资金,还有新工厂操作的方式,我们都会给你们建议。当然了,你们也可以提出你们自己的想法。有一句俗话,叫做'三个臭皮匠,抵过诸葛亮'嘛。特别是资金方面,现在比我们刚开始做印刷厂的时候要好很多了。'兵马未动,粮草先行',资金上会尽量让你们没有后顾之忧的。"

王丽萍问:"资金准备怎么安排?"

王一元说道:"这次操持陶瓷厂,我想还是按照我们当初做印刷厂的办法,搞股份制。至于这个股份怎么安排,你们可以发表一下自己的意见。"

肖云华说:"老王,关键是这个陶瓷工厂总的股本安排,你是怎么设计的?"

王一元笑了笑,说:"现在我们人都还没有过去,这个陶瓷厂到底要用到多少钱,实际上我们也没有概念。所以说,还要等你们两口子过去以后,根据实际的情况先弄出来一个大概的投资估算,看看到底需要用多少钱,我们才能再确定这个总的股本。"

肖云华说:"恐怕这个资金的数量肯定是不小的,一下子到哪里去凑这些钱?"

王一元说:"你讲的这个情况,我当然知道。周婉秋和刘敏也是刚买了房子不久,还各自借了印刷厂15万,所以也不要指望她们手里有多余的钱了。我的想法,现在是9月,印刷厂不是刚好成立三周年吗?我们是不是可以把印刷厂这几年来积存的盈余拿出一部分来,作为红利分发,给大家来使用?当然,前提是要保证印刷厂的日常经营需要,你们看可行吗?"

肖云华问:"我先问你,把印刷厂的盈余分掉一部分,不会影响你建筑公司投资的那些贷款吧?"

王一元说:"早就已经不会了。现在建筑公司的经营状况非常不错,每个月的现金流很大,盈利还不错。我的想法,准备把建筑公司的股权去银行进行抵押,把印刷厂的标的给换回来,操作上应该问题不是很大。搞不好,要是运作得当的话,还可以再多贷一些出来的,刚好可以投入到陶瓷这一块业务上去。"

王丽萍说道:"从账目上看,我觉得至少可以把原先入股的本金拿回来一半,不会影响到印刷厂的正常生产。我们这几天就可以重新计算一下。"

王一元站起来,拿过开水瓶倒水,说:"当然,还是坚持自愿入股的原则。不过,这次的话,我还想做两点改变。一是普通员工基本上就不要入股了,至少要是主管级以上。二是,大李,你们夫妻俩占股不能少于20%。"

王丽萍想了想,说:"老王,恐怕有难度,我们真凑不出那么多的资金。"

王一元笑道:"我之所以这样考虑,对你们来说,既是压力,也是给你们动力。自己多去考虑考虑,反正还有时间,到底最后要投入多少钱,现在也没有准数。我只是想让你们先有心理准备。"

肖云华还有顾虑,说:"我还有一个担心的地方,就是刘总的这个陶瓷业务。他自己也说是目前只能保证四五年的时间,至于四五年以后到底是什么情况,连他自己也都不好说。所以说,我们要是去唐山新建工厂的话,那不就是投资大,风险更大吗?"

王一元说:"这次,我是这样考虑的。上次我们去唐山的时候,王丽萍,你们也看到了,他们当地有很多的工厂都是半死不活地勉强维持生产而已,甚至还有一些工厂都还关着门,没有开张。我初步的想法就是去唐山租赁一个合适的工厂。这样一来,不仅前期的投入会节省很多,而且万一形势有变化,我们也是来去自由,避免了很多不必要的麻烦。"

肖云华说:"老王,你的意思是去弄一个二手的工厂?"

王一元说道:"这样还有一个最大的好处,就是因为不要自己去重新建厂,时间上就会节省很多。这些二手的工厂,只要选择好了,稍加修整,应该就可以马上投入生产。你们要知道,对于工厂来说,能早生产一天,就是能早见到效益一天。运作得当的话,这个租赁的钱说不定就在这个提前生产的时间里赚回来了。"

王丽萍说道:"那印刷厂分红的事情,我们马上就开始算账目?"

王一元说:"这就是你目前要做的工作了。还有,你先把手头的事情捋一捋,按照轻重缓急,和刘萍进行工作交接,就在'十一'之前完成吧。哦,不对,应该是在唐山的陶博会之前。你们还可以去陶瓷博览会上找找机会的。还有一件事,大李,你的工作怎么处理?有想过吗?"

李广林笑了笑,说:"我其实早就有所准备了。公司里的主管都知道我的老丈人病重,所以我打算先请事假,拖一段时间后找机会再和公司辞职,这样有一个缓冲,双方都比较好接受。"

王一元说道:"反正屁股要擦干净了,不能拖泥带水,反而影响以后的工作。不过也要和现在的公司好聚好散,宁可自己吃一些亏,也要做到有始有终。你们过去后一定要当心,宁可吃亏,也不要去惹什么是非。王丽萍,你要多看着一点,发挥你们女人的优势,要学会圆滑。任何时候都是保护好自己最重要。"

一个月以后,还是在王一元的办公室,刘总仔仔细细地对比着打样和原样。看过以后,他抓了抓头皮,把坐着的椅子使劲往后一退,笑了笑,说道:"你们要是早这样,打样的事情不就早完成了?"

桌子上摆放的是大小腰盘的原样和这次王丽萍他们重新打回来的样品。这次打回来的样品不错,和原样对比下来,不管是样式、大小还是釉色、画面,基本上都差不多。按刘总的说法,陶瓷和普通的工业品不一样,都是经过高温烧制出来的,不可能两个陶瓷会一模一样。如果生产的时候能达到现在这样的水平,就算是合格了。

王一元这时候总算是松了一口气。他心里当然很清楚,如果这次的打样还不能入刘总的法眼的话,不仅是这个陶瓷生意没有办法往下做,还有可能会给刘总留下非常不专业、不尽力的坏印象。所以,对于这次打样,王一元对王丽萍他们下了死命令,宁可时间上稍微长一点,也绝不可以以次充好,再把不合格的样品往上海寄过来。

刘总拿过桌上的"中华",掏出来一支,点上火,惬意地吸了一口。

王一元陪着笑,说:"我们还是一开始把这个困难估计得小了。就是这个打样,我们去了两个人在唐山,差不多又是一个月才打出来的。"

刘总说:"小王,你也比较有意思,办公室每天都放着这么好的烟,你自己却是不抽烟的。男人嘛,烟酒不分家,做生意的,哪有不抽烟喝酒的?"

抽了一阵烟,刘总才问:"费这么大力气,终于把样打回来,那你们接下来准备怎么办?"

王一元于是把自己准备在唐山设立工厂的想法说了一遍。他说:"我这次打样就看出来了,北方人做事的方式和我们这边还是区别很大的。讲实话,他们有时候真能把我们给活活气死,关键时刻太容易掉链子了。让他们以后长久供货,恐怕也是不会省心的。如果是自己做的话,供货的节奏上自己还能够控制。"

刘总笑道:"小王,你很有长进啊。实际上,我现在的供应商基本上就是你刚才说的这种情况,太监不急急皇上。他妈的,很多时候都要被他们给活活弄死,我真是连做掉他们的冲动都有的。"

王一元说:"我们工厂的那个王丽萍,你认识的,他们正在唐山那边选地方,听说已经找到几个有意向的地方了,不过还要做评估。"

刘总说："建厂一定要慎重。隔行如隔山。骨质瓷的生产还是有一定的技术含量的，并不是那么好生产的。还有，如何和当地人打交道也是一个特别要引起注意的地方。以前有一句老话，叫做'投资不过山海关'。唐山虽然不属于关外，但是离山海关也不远了。至于为什么会有这个说法，你们自己要有心理准备。说实话，要是我自己的话，是肯定不会再去搞什么劳神费力的工厂的，不过你们都还年轻，倒是可以去试一试。"

王一元笑了笑，说："刘总，我们和你比不了的。我们哪有什么基础？说实话，现在我们处在的阶段，还是哪里有钱赚，我们就会义无反顾地跑过去争抢的。"

刘总说："但是还有一件事，我要提前提醒你。明年的世博会到现在也就只有半年的时间了。到时候会有很多外国人来上海参观世博会的，所以说，明年航空公司陶瓷的用量肯定有一个大幅的增加。至于增加多少，根据航空公司自己的预测，最起码增长30%。"

"会有这么多吗？"王一元不禁有些惊讶。

刘总笑道："这是航空公司的预估，应该还是比较靠谱的。也就是说，如果你们想要做这个陶瓷的话，就不仅仅是要抓紧质量，时间上也要有计划和安排，不能错过这个大好的机会。"

王一元一看刘总的水杯已经空了，赶紧拿过开水瓶给刘总续水。刘总把手里的烟吸了最后几口，把烟蒂在烟灰缸里掐灭了，说道："本来还有些事情想和你们说的，看你们的决心已经是这样，我就先不说了。你们就先这样往下干吧，我肯定会支持你们的。"

刘总走了以后，王一元本来想马上给王丽萍打电话。但是，他想了想，还是先放下了手机，而是朝门外的大办公室走过去。

大办公室里只有刘敏一个人在。看到王一元过来，她说："老胡的业务单位临时有事情，周姐和他一起去处理了，可能快要回来了。"

王一元问："晚上的业务部聚餐还照常吗？"

刘敏笑着说："当然会的啊。现在我们业务部的聚餐，就是周姐不提前打招呼，杜大姐和谢姐也会打电话来找周姐的。现在她们三个人好得像是一个人似的，三天不见都互相挂念。"

王一元开玩笑说："刘敏，哪一天你要是也能做到这个程度，说明你这个业务员的工作就可以真正出师了。"

刘敏说："我还要好好学习。你过来找我们有事？"

王一元笑了笑,说:"是这样,我想向你要一些数据,就是刘总的陶瓷,以一年为周期,每个月的出货品种和相应的数量。我只要大致的数字,你这边应该有的吧?"

刘敏一边调取电脑上相关的数据一边问:"刘总发货的数据都在电脑里,你是要统计的文本还是要树状图?或者是两者都打印出来?"

王一元笑道:"有这么快的吗?不要我等一会儿?"

刘敏笑了笑,说:"你办公室的电脑上,通过我们自己的内网,也可以看到相关的资料,就和我们自己的财务资料是一样的道理,只要动态密码和口令对的话就可以了。"

王一元想了想,说:"那你把资料合成就行,我等会电脑上看吧。王丽萍不在,你现在的工作节奏能跟得上吗?"

"一开始还有些担心和忐忑,不过现在已经适应了,基本上可以对付得了。"刘敏说道,"还有,我已经报名参加初级会计的培训,争取在过新年前拿到会计的上岗证。"

王一元轻轻地拍拍桌子,说:"好,小刘,你进步蛮大的。你原来学的是计算机,初级会计对你应该不会是什么难事,会通过的。这样好了,要是会计的证件考出来了,你这些所有的培训费用,公司给你报销了吧。"

大门推开,周婉秋和胡建国走了进来。看到刘敏高兴的模样,周婉秋笑道:"有什么喜事,能把你乐成这样?"

刘敏于是把刚才关于学费报销的事情说了一遍。她说:"这下好了,我刚买了房子,钱正紧张呢。老王,你对我们真的是太好了!"

周婉秋问:"老王,你可不能偏心啊,下一次我也去弄一个证书读一读,待遇一样!"

王一元微微一笑,说:"我觉得,以后公司里凡是主管以上的人员参加培训或者是进修,取得学历或资格证书后,学费都可以由公司承担一部分。我个人是要鼓励大家想方设法多去学习的。学习总归没有坏处,不仅是对大家本身有好处,实际上对公司也有好处,算是一种长期投资。"

这次业务部的聚餐因为王一元的缘故,特意选择了上海体育馆附近的一家湘菜馆,方便王一元吃完晚饭后回七宝。胡建国本不太愿意去,说是家里有事情,想早一点回家。

王一元笑道:"今天,老胡你就不要再有什么情绪了。家里事情要不是特别着急,就先放一放。好不容易业务部聚会,作为业务部的一员,还是多参加的好。"

肖云华这次也被王一元拉上参加了。按照他的本意,其实也不太想参加这样的聚餐,实际上,他也有很长时间不参加了。他一直就觉得和这帮老娘们在一起,自己基本上插不上什么话,而且和这些人的思维习惯也有很大的区别,很多时候弄不到一块去,总觉得不是很自在,也放不开,不太自由,所以基本上是能不参加就坚决不参加,反正自己的主要工作还是在工厂。

王一元这是"十一"以来和师傅杜于乐她们第一次相见,前后差不多快有一个月的时间没见了。在饭店门口一见面,谢雨琪就笑话王一元说:"老王,你现在有了女朋友,就看不上我们这帮老朋友了,有几次没有来了吧?"

周婉秋嘲笑道:"谢雨琪,你多大了?我们的小嫂子才多大,有可比性吗?"

反倒是师傅杜于乐,对周婉秋和谢雨琪的这种一见面就互掐的情形早就习以为常。她对王一元还是一如既往的关心,询问了工厂和中介公司的一些经营状况。她说:"小王,我要是猜想得没错的话,你找我们应该有事?"

谢雨琪说:"不管有事没事,我们尽管点单,今晚上就让老王来买单。"

几个人在楼下点过菜,进了三楼的包间坐定。周婉秋一边用开水洗刷碗筷,一边对谢雨琪说道:"这几个月,你们银行印刷的单子又慢慢多起来了啊,生意有所好转了?"

谢雨琪笑了笑,接过来已经洗好的餐具,道:"是有好转。按照公司的计划,接下来有可能会重启扩张的计划。听市场部的同事说,他们好像已经在开始选择城市,准备做网点拓展的方案了。"

菜陆陆续续地端了进来。这次,按照谢雨琪的意思,说是天气已经开始变冷,于是大家都喝白酒。不过,王一元有言在先,互相不劝酒,随意喝,喝多少算多少。

酒过三巡,菜过五味,王一元决定还是直话直说:"我今天请你们喝酒,还真有事想要大家帮忙的。"

杜于乐一笑:"我就说了,你肯定有事的,要不然就不是你小王一贯的风格了。"

周婉秋笑道:"你们才知道?这就是老王的做事方式,叫做贼不走空,利用一切能够利用的机会。"

王一元招呼胡建国喝酒,说:"老胡,你放开喝,不过就是一帮老娘们而已,你怕什么?"

胡建国和王一元碰了一杯,讪讪地说道:"呵呵,还是她们几个能说会道,自愧不如啊。"

王一元笑了笑:"你多多锻炼一下,让自己的脸皮也厚起来,就能跟得上她们了。做业务嘛,就是要放得开。你看她们几个,哪一个不厉害的?"

杜于乐笑道:"小王,还是说说你自己的事情吧,到底是什么事情?"

王一元放下酒杯,看了一下肖云华,说:"讲到这件事,是这样的。这段时间,我和我女朋友偶尔提到一件事,她的想法,说是我兄弟姐妹分隔这么远,为什么不让他们来上海一起团聚?现在我姐姐和弟弟都在广东打工,她就觉得,打工的话,哪里打不是打?要是来上海打工的话,一家人不仅能团聚,还能互相照顾,不是两全其美吗?"

杜于乐说:"她有这个想法没有错,我也是这么想的啊。再说,以你小王、老肖,现在多多少少都已经有了一些能力,可以照顾家里人了吧。"

谢雨琪问:"是的啊,我们也好奇,怎么就一直没有见过你们的家人呢?要是都到上海来找份工作,多好!"

杜于乐笑了笑,说:"只是现在找老王也没有用。当初印刷厂刚开始筹建的时候,王一元带的头,立了一条规矩,说凡是工厂领导层的亲戚,一律都不允许安排在工厂里工作。"

说到这一点,肖云华也颇有感概。他说:"其实这一点,当初的出发点是好的,就是现在来看的话,我还是觉得老王没有做错。从工厂本身的管理等方面来说,我们确实是应该这样做的。"

"但是……"周婉秋笑着插话道,"我就知道老肖你要说'但是',呵呵。"

肖云华说:"关键是,我们自己也是从外地来的,并且都是外地的小地方。我还好一点,至少还是属于城镇,像老王老家就是真正的农村。说实话,谁家里没有个三亲六戚?他们还都以为我们在大上海混得还算可以,所以总有人来托我们找工作。"

杜于乐放下酒杯,说:"老肖说的这个情况,我是深有感触。不要说是你们农村了,其实我们城市里,哪怕就是在我们大上海,找工作也是一样的。想当年我从纺织厂刚下岗的那会儿,说真的,是多么希望有人给我介绍工作,哪怕是脏活、累活,我都是愿意去试一试的。"

肖云华说:"是的啊,你说给他们找工作吧,其他的工厂,我们自己又没有认识的人,或者说是还没有到那份交情,但是,我们印刷厂又没法安排。不给他们找吧,好像理由也不充分,很难为情的。都是亲戚、街坊,我每年还要回去过年,都要见到他们的。"

王一元端起酒杯,说:"来来,我们先喝一小口。大家的苦头诉尽了没?我怎么听你们这些话,好像到最后都是我的错不成?只是当初印刷厂的这条规定,你们可是都举手同意的。"

肖云华说:"老王,我们并不是说要反对你。说的这些都是实际情况,发发牢骚而已。"

王一元说："是这样。不让家里人来我们自己的工厂工作,这是当时的一个不得已的做法。你们想想,我们印刷厂刚开始筹建,因为缺少启动资金,搞了那个股份制的做法,好多人都是股东。要是在工人的招聘上不设置一些条款的话,谁家里没有人要介绍进来?这样一来,问题就来了,该要谁,该不要谁,就没有什么标准了。这样的话,还怎么管理,不就乱套了吗?"

谢雨琪自己喝了一小口酒,说："这下好了,矛盾现在都堆在老王身上了。那这个,老王你今天既然起了这个由头,你心里面又是怎么想着去解决的?"

王一元说："你们想想,不要说其他人,我也是有亲兄弟、亲姐妹的,他们现在还在外面打工,难道我就没有想过把他们也弄到上海来吗?只不过是自己一直没有机会,也没有能力把他们弄过来罢了。我今晚上找你们就是想讲讲这个事情,怎么给家里人在这边找一份比较好一点的工作。"

"直接说。"周婉秋不耐烦地道。

王一元笑道："印刷厂是肯定不能进的。既然有规定,我们就得带头遵守。不过,现在的中介公司,还有以前台沪公司的大客户国立袜业,还有我女朋友镇江的工厂,都可以给大家提供机会。"

肖云华笑道："老王这个建议倒是真心不错,这样,我们回去也有面子。"

王一元笑着说："攘外必先安内。把各位的后顾之忧解决好,也有利于大家以后的工作。再说,离过年也没有多久了,算是给大家提前发一个福利吧。这样,我想办法去给你们每人解决3个人。呵呵,师傅和谢雨琪,当然你们有需要帮忙的,也可以考虑。你们要是自己有亲戚、客户或者是你们银行里你认为重要的人需要安排工作,我也可以帮你想想办法,比如说去房地产公司的机会。"

谢雨琪感到很吃惊："这样大的一家房地产公司,你真有门路?"

王一元说："我刚才说过了,只是推荐、引荐,最终能不能录取,还是要看自身的条件。"

谢雨琪站起来,特意走到王一元身旁,说道："老王,那我好好敬你一杯。说不定哪一天,我还真会来找你的。"

王一元也和谢雨琪稍微地透漏了一下吴总。他说："引见是没有问题的。你介绍的人,应该也不会有差的。"

互相谦让了一番,王一元又和大家碰了一杯,说道："实际上,我还有一个想法。现在房地产市场不是很火爆吗?你们想想,按照现在的趋势,要是我们去做这个房屋的装修或者是办公室的装修,应该会有生意的。"

肖云华想了想,说:"这个装修生意倒是一个好生意,只是有几个限制:一是要有资质证书,小公司,特别是那种街头游击队的装修,不好干的;二是要有懂行的人,特别是设计和施工等方面,没有专业人才可是不行的。"

杜于乐说:"装修公司现在市面上老多的。我觉得最关键的是还是由谁来做这个事情。你们有这方面的人才储备吗?"

王一元说:"资质的话,还比较好解决,可以去找地方挂靠。我投资的那家建筑公司就有这个资质,只是一直都没有单独发展装修这一块业务而已。但是,正如我师傅说的,由谁来干,市场在哪里,这才是两个最重要的问题。现在房产中介的客户,房子买过去以后,基本上都会重新装修,这就是我们做这个装修的可靠、稳妥的客源。"

谢雨琪想了想,说:"我刚才讲了我们银行拓展网点的事情。据可靠的消息,这一次网点的增加主要就集中在以我们上海为中心的华东地区,还有以广州、深圳为中心的广东省。"

杜于乐问道:"我想起来了,这些办公室和网点装修的事情,以前不一直都是你们部门在处理的吗?现在你当上主管了,还管着这些事情吗?"

谢雨琪笑了笑:"Yes,miss."

杜于乐笑道:"那我们还等什么?首先就是要想办法把你们银行的业务承接过来啊。"

周婉秋笑了笑,说:"真要是我们这个装修公司成立了,那我们,至少我和刘敏的房子,等交付的时候就可以交给你们来做。"

刘敏附和说:"我还一直在考虑交房后装修的事情呢。要是我们自己有了装潢公司,那就真的方便了。"

谢雨琪放下酒杯,说:"说实话,我们银行的设计都是由国外总部在安排的。只是,如果是我们来搞这个装潢的话,大家都是门外汉,我还是很担心质量和工期。"

王一元想了想,说:"这也是我最担心的。不管怎么样,这两点都是重中之重,不能因为我们自己不专业而连累到谢雨琪的工作。要是这样的话,就得不偿失了。"

周婉秋说:"不就是施工的技术和现场的管理吗?这个应该还好办。在上海来说,只要工资到位,什么样的人才我们不能找到?新开公司,第一要紧的还是要有业务可做。再说了,这个装潢装修又不是什么高科技的东西,应该说只要执行到位,不会有什么特别的难度,各式各样的小包工头,我们也都见得多了去了。"

肖云华有些担心地说:"对装潢公司来说,设计可能要占大头,这是最能体现公司实力和艺术品味的地方。短时间内,我们怕也不是那么容易达到的啊。"

刘敏说道:"刚才谢姐不是说设计是由他们银行提供的嘛,这就是省好大的力气了。"

杜于乐说:"现在来看的话,这个装潢公司,我们倒是可以考虑去操作一下的。那这个公司具体怎么操作,小王你有什么想法吗?"

王一元想了想,说道:"具体怎么个弄法还没有,但是一些基本的框架是有的。我是这么想的,还是股份制。在座的各位,有钱的出钱,有力的出力,都可以参与进来的。"

谢雨琪问:"我也可以参一股吗?"

王一元说:"当然是可以的。不过,你现在作为外资企业的管理人员,我倒是建议你不要直接持股,可以去找人代持的,比如说找你的这位表姐。"

说完了这些,王一元问周婉秋:"现在,我和王丽萍都已经抽出身来,工厂业务方面的人手够用吗?"

周婉秋想了想,说:"至少还得要招一两个才行。要不然,有时候会顾不过来的。"

王一元想了想,说:"那就先招两个回来试试看再说。反正工厂业务上面的事情,周婉秋你要尽量把它担起来。还有,谢雨琪你们银行的礼品方面的业务,现在应该也开始多起来了吧?"

谢雨琪感到有些奇怪,问道:"老王,你不会是连这一块的业务也看上了吧?"

周婉秋也看着王一元,不知道他是什么意思。她心里想:谢雨琪单位的礼品业务是你老王介绍给胡雪的,怎么,难道你自己现在又有了什么新的想法?

王一元笑了笑,说:"我们当然不会去做的。只是胡雪公司的生意,现在日子不太好过。我的意思是说,你要是方便的话,尽量让胡雪她们公司多做一些。胡雪可能不太好意思和你直接说,就算是我的不情之请吧。我们都是外地人,在上海工作和生活都不容易,在力所能及的范围内,有时候能帮助一下就是一下。呵呵,有时候别看着这帮助看上去很少,但是对于受助者来说,就是很大。"

谢雨琪笑道:"老王,你就是不解释,我也是能理解的。不要说你们外地人不易,我们上海本地人其实也不容易。胡雪的礼品生意,我能做到的,会尽量去考虑的。"

周婉秋嘲笑王一元说:"算你还有些良心,没有忘记以前的老朋友们,讲义气的。"

王一元说:"接下来,我可能集中精力在中介公司,还有唐山的陶瓷。但是,不管怎么样,印刷厂都是我们的根基,这里是容不得有什么大问题发生的。印刷厂真要是搞不好的话,根基就会动摇,我们就是一夜回到解放前,现在做的很多事情就会变得很被动。"

肖云华说:"讲到了唐山的陶瓷,我就想起来一件事情。怎么我听说李广林现在反而是找当地的陶瓷厂上班去了?"

王一元喝了一小口酒,笑了笑说:"大李去陶瓷厂上班,也是我要求的。两个方面的考虑。一是现在陶瓷业务跟单和找工厂不会那么容易,都需要时间,两个人都待在这一件事情上是明显的浪费。大李去做学徒,不仅能学到实践经验,还能接触陶瓷的管理人员和有实际经验的工人,对我们以后自己建厂,不管是做生产还是人员的招聘,都有好处。所以说,何乐而不为?"

第一批近千个陶瓷腰盘发货到上海已是 11 月中旬。1 000 个不到的大小腰盘,以 48 个一箱计算,实际上只是区区 20 箱而已。因为数量少,物流公司不愿意送货上门,如果一定要单独送,就要求高价。王一元觉得不划算,所以自己去北方停车场提货。

位于普陀区真南路上的北方停车场是上海公路运输的北大门,也是上海最早的停车场和上海物流行业的发源地,经过十数年的发展和建设,已经成为各地车辆在上海的标志性聚集地。一般从北方过来的货车和货物都聚集在这里。

王一元他们的货车到达北方停车场时彻底傻眼了,只见偌大的一片停车场,到处都是不同的物流公司,令人眼花缭乱,根本找不着东西南北。他赶紧联系物流公司,对方在电话里指使着他们东拐西拐,好不容易才找到了给他们办理托运的物流公司。

这 20 箱的货都已经从大车上卸下来了,就堆放在物流公司小院的一个角落里。因为是到付,提货之前要先交钱,王一元去房间里办手续。他一看单据,上面写的是 355 元。

王一元问开收据的小姑娘:"就这么一点货,合下来差不多 18 元一箱了。怎么要这么贵的?"

小姑娘一边整理钞票一边笑道:"老板,因为你们货物少才贵的。发货越多,价格越便宜,这是我们物流的常规做法。这一趟,你们就 20 箱的货,并没有多要你们钱的。"

交过钱出来,司机正往车上搬货。王一元把他叫住了,说道:"你先等一等,我们先查看一下运输破损的情况再搬。"

纸箱都不是很重,大概也就是不到 30 斤一箱。王一元双手端起纸箱,轻轻地晃动了几下,从纸箱里面传出来的声响判断,应该是都没有破损。他对这些陶瓷的品质还有些不太放心。他随机打开了两箱,从里面拿出几个大小腰盘,和自己带过来的样品一一比较。仔仔细细地看了好几遍,没发现有明显的不同和瑕疵,这才觉得这批货应该没有质量问题，一颗始终悬着的心才算是真正放了下来。

司机继续往货车上搬货的时候，有一个头上戴着帽子、脖子上挂着毛巾的中年人走过来，用地道的唐山话问道："老板，这是你们的货啊？"

司机朝王一元努努嘴，笑道："我不是老板，蹲在那里用胶带封箱的那人才是。"

中年人又朝王一元走过去。他从口袋里掏出来一包香烟，拿出一支递给王一元，笑道："老板，歇息会儿抽根烟？"

王一元抬头一看，自己不认识他。中年人四处看了看，从口袋里掏出一张名片递给王一元，说道："我是专门跑唐山到上海这条线的司机，你们这票货就是我拉过来的。以后你们要是发货，可以直接和我们联系，价格会便宜很多的。"

王一元这才明白，可能是碰上了想拉私活的司机，所以才这样偷偷摸摸地和自己联系。他把名片收起来，朝那中年人说："好的，下次我们联系你。我想问一下，这个运输上的破损，你们一般是怎么处理的？"

中年人笑了笑，说："老板，你放心，我们的货车都是从唐山直达上海，中间不拉货，全程高速。陶瓷我们拉得最多了，只要包装好了，基本上不会有破损的。还有，你们要是量大的话，我们还可以直接上门提货和送货。"

王一元问："多少算是多？"

中年人说："这样吧，就像你们这样的包装，能够达到200箱以上就可以了。"

下午，刘总来到印刷厂，看过王一元他们发回来的陶瓷后，笑了笑，说道："这次做的陶瓷，质量、包装各方面都还可以，只是这个生产的时间，小王你不觉得太长了一些吗？"

王一元陪着笑说："刘总，这是第一批，因为之前我们不太熟悉，才这样慢。现在，腰盘的各个生产程序已经打通，接下来的生产应该会快很多了。"

刘敏附和说："刘总，那我们做的陶瓷和你原来的这些库存，发货的时候要做区分或者是特别的标记吗？"

刘总想了想，说："不用，反正外包装一模一样，就这样混着发出去吧。总共才20箱货，还不够一次发货用的。"

刘总问道："你们在唐山建工厂，到什么程度了？"

王一元实话实说："估计过年前能确定下来。现在已经有了大致的方向，正在筛选中。"

刘总说："过完年就是三月份，质量和时间，你们都要抓抓紧，时间不等人啊。"

王一元说："刘总，你看这样行不？我们先从你几个量大的产品入手，一个一个来，慢慢地全部渗透进去,到最后再承接做你所有的品种。"

刘总笑道:"你这个小鬼,很有小聪明的嘛。知道从易到难,工厂好安排生产。不过,你这样的想法是对的,要循序渐进,不要太心急。心急吃不了热豆腐,会呛着的。这样吧,你们再做两个品种,咖啡杯和咖啡碟算是一套,再加上一个小的5寸平盘。再试试看,有把握吗?"

王一元连忙一再地表示感谢。他问:"那之前的腰盘是不是还要再多做一些数量回来?"

刘总坐下来继续喝茶,没有接话。刘敏朝王一元悄悄地使了一个眼色,用手指了指橱柜。王一元会意,走去橱柜,从底下一层里拿出三包茶叶,说:"刘总,这就是你喜欢的千岛湖茶叶。我们工人回老家,我让她特意捎了几包过来,这是专门留给你的。"

刘总接过去,打开用塑料袋包着的茶叶,放到鼻子底下闻了闻,又闭上眼睛自我享受了一会儿。他笑道:"好,好清香的味道,蛮好的。"

王一元笑了笑,说:"我是说腰盘第一批订单的白瓷已经完成,剩下的都在烤花的环节,很快也可以发货过来。那接下来,刘总你准备再下多少单子?"

刘总想了想,问道:"那现在你们腰盘的产能有计算过吗?"

王一元说:"有过初步的估算,如果只是做这两个腰盘的话,每个月各供应5 000个,努努力还是能完成的。"

"各5 000,加起来就是1万个,也就是200箱。"刘总显得有些为难地说,"那还是远远不够的啊。现在,我们一个月腰盘总的发货量,小王你是知道的啊。"

王一元说:"我们暂时只能做这么多。如果要增加的话,你还得给我一段时间,并且只能是一步步地增加,哪能一口气就吃成一个胖子?"

刘总喝了一口茶,沉吟了一会儿,说:"这样,你们每个月先各做到1万个,总共2万个,你们自己看着安排吧。还是那句老话,质量第一,这一点千万马虎不得。"

王一元连连说道:"那是当然,那是当然。现在,我们有自己人在唐山监工,就是为了质量和产量。他们天天都在代工厂蹲点,质量方面,刘总你可以放心的。"

"放心?"刘总笑道,"小王,我和你说实话,只要产品没有到客户手里,只要是还没有最终用掉,我就是一直都在提心吊胆,哪里敢放心?这些陶瓷都不是我自己生产的,我又不可能一箱箱打开来检查,谁知道其中就不会有问题?只有客户最后没有意见反馈回来,我才会知道这一批货物没有问题。可是,等到他们有反馈的时候,实际上那批货已经早就用完了,接下来又是新的一批货物送进去。如此周而复始,所以对品质,我每天都很担心的。"

王一元想了想,说:"你这样一说的话,我很理解的。刘总,你毕竟只是中间商,确实有很多东西没有办法去进行全面控制。"

"对的,就像我现在山东的供应商一样,两头都在外面,让我怎么去弄?"刘总笑道,"当然了,要是换成你们去生产的话,情况应该就会好一些,至少我们还可以天天见面,有事情可以当面直接好好说。"

刘敏一边收拾桌上的样品一边笑道:"刘总,原来你同意由我们来生产供货,心里还打着这样的小算盘啊?"

三人都是忍不住笑了起来。刘总说道:"还有,破损一定要注意。我再说一遍,破损的产品是绝对不能发去航空公司的。以前我们有过类似的教训。被航空公司罚钱还是小事,供货合同条款里有这方面的规定,一旦发现类似的质量问题,就要去对方库房把剩余的产品全部拉回来重新检验,到时候会比较难处理的。"

"有这么严格?"王一元问道。

刘总说:"就是这么严格。凡是要上飞机的机供品,要求都很严格的。还有包装材料,包括外箱和里面的衬纸和大小规格,都要严格按照我给你们的样品去做。"

刘敏说道:"我们会特别注意。发货的时候,我们一般都会一箱箱地掂量一下,基本上只要声响不对,就会开箱检查的。"

刘总走后,王一元赶紧给王丽萍打电话。王丽萍当时正在烤花厂。反正闲来无事,她正跟着贴花的工人学习贴花。把剪下来的一朵朵花纸先泡到清水里,等泡开以后,把花纸上面印有图案的一层膜,按照要求贴在白瓷的相应位置,然后用胶皮刮匀实。手机响了,她一看是王一元的电话,赶紧拿了手机走到一个没人的角落去接电话。王一元在电话里和她讲了刚才刘总过来看产品的经过以及提出来的一些要求。他反复叮嘱一定要注意产品质量和包装。

王丽萍把这段时间找工厂,还有李广林在陶瓷厂打工的情况作了汇报。王一元最后的意思很直接,找工厂、质量和产量这三件事都要继续抓紧,争取在年底以前能把工厂大致确定下来。先不要太多考虑工厂租赁的价格,到时候他亲自去唐山,一起看现场后再商量。

王一元每日照常忙忙碌碌,眨眼就又到了年底,各种给客户提前拜年和工作总结的事情开始日渐多了起来。今年,印刷厂的大小客户,王一元专门抽出一个星期的时间,带着周婉秋和刘敏,一家家全部走访了一遍。他之所以这样做,当然有他自己的意图和考虑。

第六章

王一元一直都认为,生意实际上就是人情世故,也就是人之常情。所以,要做生意就要先学会做一个懂得人情世故的聪明人。就像是日常亲朋往来当中,懂得人情世故的人往往会有好人缘,办什么事也更顺当,其实都是一个道理。其中,这"往来"二字非常重要。因为不管做什么样的生意,要想与方方面面的人建立良好的关系,说到底还是要跟人打交道。好的关系都是要靠走动才能巩固的。

上海人做生意,有一条基本的原则:人情归人情,生意归生意。他们之所以能在某些方面为人称道,就是因为他们拎得清,撒旦的归撒旦,上帝的归上帝,头势分得不要太清爽。但是,这里所说的"人情",和"人情世故"显然还是有区分的。王一元认为,既要懂得做人,也要懂得做事,这才叫做"人情世故"。

近半年多来,王一元的主要精力和时间都放在了中介公司,除了和印刷厂的一些大客户还常有往来,和一般的客户见面并不是很多,所以他想趁着过年的机会,和这些客户多走动走动,拉近一下关系。

相对来说,房产中介公司过年之前的工作就简单了很多。王一元没有亲自去给客户、房东拜年,而是把这项工作分给了各位店长,让他们拿着自己公司的挂历和年画等小礼品去进行走访。所以,到最后的一段时间,王一元反而轻松下来了。这天,他约了任学明、杜建峰、康立新一起喝茶聊天,准备就房产中介公司明年的工作互相交换一下想法。

去年下半年以来,房地产行业的持续向好让王一元他们的房地产中介公司每天事务繁杂,忙得鸡飞狗跳,基本上都没什么休息的时间。幸好有咨询公司调配人手过来帮忙,这一切才算是比较顺利,至少没出大的岔子。现在,中介公司管理上的大致框架,除了任子平和杨磊,基本上就是以咨询公司的人马为基础搭建的。王一元幸亏有康立新的帮助,才能够相对轻松一些,有时间去处理其他的事情。一段时间下来,中介公司的日常事务管理基本上都落在了康立新的身上。这样也有一个很明显的好处,就是那些从咨询公司过来帮忙的人手,以前基本上都是康立新的老部下,或是老相识,其他人至少也比较熟识,这样管理起来也比较顺畅,节省了很多磨合的时间。

中介公司的年终总结会上,康立新首先大致地汇报了中介公司现在的经营状况,重点讲解了到去年12月底各项财务指标的分析和发展趋势。

听完后,任学明喝了一口咖啡,问道:"小王,对中介公司明年的工作安排和发展,又有什么新的规划?"

王一元想了想,说:"明年,我的工作重点想放在两个方面:一是人才的培养,二是日常业务的监管。至于其他,还要看房地产行业发展的状况,再做适时的调整。"

"具体说。"任学明道。

王一元说:"当然了,对于中介公司人才的培养,主要指的就是三类人:一是中介公司现有人员的选拔,二是咨询公司人员的调配和使用,三当然就是外部招聘。"

任学明的意见,趁房产中介公司急需人员补充的机会,刚好可以把咨询公司相关的人员,按照业务调整后的发展方向,重新进行一次调配和规划。

杜建峰却道:"咨询公司要尽量派出去有实际经验和我们能信得过的人员,组成一支能打硬仗、能打胜仗的队伍,对以后房产中介公司的发展才会大有好处。"

王一元说道:"现在很多大公司,特别是一些大型的快消公司和互联网公司,都有一个'管培生'的培养计划。你们应该也知道的吧?"

杜建峰说:"当然知道,我们总公司就有这个人才计划的。"

王一元说:"我倒不是说一定要培养未来的领导者,但是他们大公司的这种,特别是以加强业务培训和轮岗的方式来达到公司适用人才储备的目的的人才培养计划和方式,还是很值得我们去借鉴的。"

杜建峰笑了笑:"不要务虚,直接说重点。"

王一元说:"对这些管培生的管理,我的想法,他们不仅要对各门店的店长负责,关键是还要对我直接汇报,实行双向管理、以我为主的模式。所以,如果这个计划实施好了的话,无异于就是插在各个门店的一把尖刀,不仅便于我掌握各个门店的真实状况和动向,还有利于我机动灵活地管理整个房产中介公司。"

"小王,你这是从以前明朝东厂学来的做法啊。"任学明笑道,"想法特别好,但是我也有一个顾虑。你搞得这么直接,有可能会引起各个门店的反弹啊。"

康立新不无担忧地说:"原来咨询公司的人马倒是没有多大的问题,这一方面都还是比较了解,应该也会很配合。就是任子平和杨磊,他们恐怕是会有想法的。"

杜建峰想了想,说道:"之前中介公司增资扩股,对股权结构和期权计划的调整,我觉得他们当时其实心里面就有想法。"

康立新说:"是啊,当时他俩只不过是迫于压力,加上他们自己确实财力有限,才勉勉强强接受的。所以讲,这一次再派驻管培生的话,他们的想法是不是更多了?"

王一元拿了一片烤好的面包,撕开一包番茄酱,在上面涂上了厚厚的一层。他一边吃一边说道:"呵呵,中午饭没吃饱。嗯,这个面包片味道很不错的。"

任学明把整盘的面包往王一元面前推了推,笑道:"这些都给你吃。晚上我请客,让大家吃顿好的。看把你饿成这样,要是让弟媳看见了,她又要批评我了。"

"哦,对了,小王,弟媳妇还在上海吗?"杜建峰问道。

王一元咽下嘴里的面包,说道:"本来计划是要过来的。不过现在是年底,她公司事情也蛮多,所以走不开啊。"

杜建峰笑道:"你们家晓晓、邓老师,还有我们家陈老师,现在她们几个女将都成了很要好的朋友。我老婆昨天还问我,说是很久没有和晓晓见面,有些想念她。"

任学明站起来,一边扭腰一边笑道:"现在万事俱备。小王,你们俩抓紧时间把婚事情办好,这样就能名正言顺地在一起了。"

王一元说:"我下个星期就要去一趟唐山,那边回来的消息,说是已经有了几个工厂的备选方案,我得过去看看。过完年,我搞不好还要在唐山那边待上一段时间。"

康立新问:"你走了,那中介公司怎么办?"

王一元笑了笑,说道:"所以今天和你们讲起管培生的这些事情,就是想着在我走之前有一个总体的计划和安排出来,这样不仅有利于中介公司的发展,也有利于老康你对公司的日常管理。至于我为什么把人才的建设和日常的监管作为我在中介公司工作的重中之重,想来你们三位也应该是很明白的。实际上,我之所以这么做,并不是说我不信任公司的员工。相反,到目前为止,我对于他们,特别是任子平和杨磊两位,是特别的尊重和信任的。但是,正所谓防人之心不可无,要防微杜渐,这就是我的真实想法。"

任学明点点头:"有道理,你继续说。"

王一元解释道:"现在,中介公司有6家门店,每家门店差不多每天成交一套房,每套房的平均价格以100万计算,一个月就是3 000万,6个门店的总成交金额就更可观了,一年下来更是天文数字。"

杜建峰插话:"虽然说是有这么大的资金成交量,但是这其中绝大部分的钱都不直接经过我们手的啊?"

王一元继续分析说:"老杜说得没错,是由买卖双方直接交易,但是我们作为居间的重要环节,这其中只要出现任何纰漏,都是我们中介公司不可承受之重。特别是我们中介行业的特点,都是由业务员在买卖双方居中搭桥穿线。虽然说是收支两条线,实际上人和资金其实是不可能完全分得开的。钱出事就是人出事,人出事钱就会出事,都是密不可分的。"

康立新很同意这种观点,觉得确实就是这样一个状况。

王一元说:"中介公司啥都不怕,我就担心在这个往来的资金上面出现任何问题。讲实话,每天这么多的钞票在公司进进出出,我每天都是战战兢兢、如履薄冰的。所以说,对房产中介来说,人与资金的监管,比起其他的行业来尤为明显和重要。我把管理公司的重点放在人才和监管方面,是有我自己的考量的。"

任学明重新坐下来,喝了一口咖啡,说道:"干事业就是要从具体的事务中脱身开来,要抓住重点,要学会牵牛鼻子。小王,你这个思路是对的。"

王一元建议道:"向中介公司的各个门店都派驻一名管培生,轮岗实习。人员嘛,咨询公司挑选3个,现有中介公司员工里选拔3个,这样至少在明面上不会和现在各个门店的团队有冲突。"

杜建峰笑道:"对的,小王说得没有错。关键还是人,要把人的培养放在首位,但是一定要用我们信得过的人选。"

王一元说:"循序渐进。我们现在把风声放出去,先在中介公司内部进行选拔,看看大家,特别是几位店长的反应,我们再调整和继续往下走。还有,我准备在中介公司和全部门店实行办公自动化,把印刷厂现成的方案稍作修改后整体移植到公司的所有业务上,这样方便日常管理,能够查漏补缺,如果有什么问题也都能够及时发现。"

任学明看了看杜建峰和康立新,见他们俩都点了点头,于是说道:"我看就这样,可以先试试看。还有,小王现在你是中介公司的绝对大股东,超过了七成的股份,像这样的事情,你有自主决定权的。"

王一元笑道:"呵呵,什么大股东,只不过都是你们要求的而已。在我的意识里,还不是咨询公司的下属公司?"

杜建峰笑道:"小王,这个可是完全不一样的,你的责任自然更大一些。日常的监管上,老康对财务和成本控制更熟悉,你可以多给他压压担子。当然了,老康,你也要多发挥自己的主观能动性。现在形势一片向好,要是一直像现在这样发展,明后年我估计会有一个发展的爆发期。我们要未雨绸缪,提前有所准备。在一些管理的细节上精益求精,一旦形势不好了,我们才会有应对的好办法。"

任学明想了想,说道:"另外,'做学区房的领先者'这个中介公司的理念和定位不能改变,一定要坚持,并且要不断细化。我觉得,现在我们不仅是要保住在七宝学区房的领先优势,是不是还可以再做一些适当的拓展,跳出七宝来试试在其他区域的发展?"

王一元想了想,说道:"上海做学区的二手房,实际上主要还是在小学这一部分。在上海有较大名气,老百姓也都认可的小学其实不多,就那么一些,我们可以选点去试一试。"

康立新笑道:"讲起来做学区房中介的话,我倒是觉得任子平这个人还是蛮适合做这一细分市场的。小任人有两个特点是区别于其他店长的。一是脸相看上去憨厚老实,又戴着眼镜,作派上有一些知识分子的气质。这些特点对家长来说就会有一种天生的好感,比较容易信任他。第二嘛,小任也不像杨磊那样锋芒毕露、咄咄逼人。我们做了这么长时间的学区房,我的感觉,做人处事更需要能沉得下心来,需要能稳打稳扎、有亲和力的人来做这一块市场。"

任学明沉默了一会儿,说道:"小王,要不我们的这个管培生计划就从小任的门店开始实验?现在离过年还有一段时间,我们选小任的门店做试点,从咨询公司和中介公司各选一人出来,东校店和西校店各安排一人,顺便可以看看中介公司其他员工的反应,积累经验。"

康立新说:"我赞成的。先从小任的门店开始,还可以在一定程度上打消杨磊他们的抵触心理,让他们觉得我们之所以这样做,其实并没有针对任何人,只是为了公司长远发展而做的提前布局。"

任学明站起来说:"从中介公司内部提拔储备人才还有一个很大的好处,就是能够激励中介公司的每一个员工。我们就是要让他们知道,在公司,你能发挥多大的实力,我们就会给你创造多大的舞台,从而打造出一种奋勇争先、人人争创先进的企业文化和良好工作氛围。"

杜建峰说:"你们说的都在理。不过,我觉得在咱们中介公司还可以配套引入一种内部竞争的机制,和这个内部提拔的制度结合起来,这样可以相辅相成,又相得益彰。这套内部竞争机制的内容和操作办法,老康比较熟悉的,他以前就在咨询公司的对外项目中有过多次的经验。所以,具体到中介公司,这件事可以交给老康来实施。"

王一元看向康立新:"老康,那这件事就还是由你来负责?"

康立新点点头,说道:"我尽力而为,争取在这几天就把方案给你。要是可能,就在这次中介公司内部选拔管培生的时候,一起在公司开始实施。"

杜建峰笑道:"现在中介公司的发展势头这么好,我们一些基础的管理方面的工作一定要做在前面。要是没有合适的人手,咨询公司可以帮忙的。老任,你说对吧?"

任学明说道:"是这样的。我们刚才讨论的,其实都是随着公司的不断发展,必须要去实施的一些基础管理方面的工作,包括小王你刚才说的办公信息化,这些都是势在必行的大事,并且迟做不如早做。"

杜建峰说道:"对的,我们现在就要做。用阿里巴巴马云的话说,就是'现在,立刻,马上'。"

任学明想了想,说道:"中介公司以后增加门面,店长一定只能由公司来派驻,这是没得商量的。还有,信息和房源在公司内部互享互通,这也是没得商量的。"

康立新想了想，又建议道："公司的绩效考核规则也要做适当的改变，要明确市场人员和技术支持人员的收入必须与全公司或者本门店的销售额挂钩。如果公司既定的目标没有达到，这两个部门的人员也要承担相应的责任。"

说完了咨询公司的事情，三个人都心情大好。王一元把最后一片面包片吃完，说："在我去唐山之前，就着重在中介公司安排和布置这几件事情。至于咨询公司管培生的人选，老任和老杜，你们早点确认报过来。"

去唐山之前，王一元和无锡汽车配件公司的法务部陈经理打电话，想着趁年底的时间去他们工厂看看现在到底情况怎样，还有没有机会再继续合作。

电话铃声响了很久才接通，里面传过来陈经理的声音。他略有些奇怪地问道："王经理，你还记得我的电话？"

王一元笑了笑，说道："一直都有的啊，就存在我的手机里。不好意思，很久没有和你联系了。"

陈经理问："还是为了纸箱的事情？"

王一元说道："是啊。又是一年过去了，也没看到你们公司有什么动静，也不知道你们公司现在是什么状况了。我这几天想过来一趟，顺便给你们拜个早年。"

陈经理笑道："这么远过来拜年就没有必要了，我们已经放假了。讲实话，今年一整年公司也没怎么开工，我也是就在那里点个卯。"

王一元笑道："买卖不成仁义在的嘛。我其实也没有其他的意思，就是这么长时间没有见面，想趁着过年前来看一看你们，聊聊天而已。"

陈经理想了想，还是爽朗地说道："不过，我要告诉你一个好消息，或许明年，最快过了明年的5月，我们公司新的订单可能就要重新开始了。"

王一元问道："是吗？美国的汽车行业开始复苏了？我之前从新闻上看见，好像美国政府正在对你们的客户，包括通用汽车在内的三大汽车公司开展救助。那我更要来无锡见你一面了。这样，陈经理，你找一个地方，明天上午我到无锡，有些事情我当面向你讨教。"

陈经理沉默了一会儿，最后还是答应了。他说道："那就明天在无锡的市区见面吧。"

王一元赶紧在网上把通用汽车的相关资料全部查找了出来，然后选择了一些重点打印出来。肖晓晓在电话里听到王一元说要去唐山，心里还是不高兴，甚至埋怨道："你搞得好像比国家总统还要忙碌似的。"

王一元笑道："我这次去唐山,应该待不了多长时间,肯定是来得及赶回来过年的。"

　　肖晓晓明显有些不满地说道："你今年是第一次到我家里过年,你这样的表现,我都懒得说你了。现在,我们大家都在做过年的准备。你倒好啊,看样子又是想当少爷大公子,回来想吃吃现成的啊,你自己觉得好意思吗?"

　　王一元笑道："要不这样好了,过年的时候我少吃一点好了。"

　　肖晓晓哈哈大笑："这次为了你过来过年,我们家里已经做好了很多的准备,特意买了一只大号的电饭锅回来,就是怕你吃不饱。"

　　不过,当肖晓晓听到王一元说要先到无锡稍作停留,然后下午再坐 T132 次火车去唐山,她禁不住问道："要不,我们在无锡碰个头吧?"

　　王一元解释说自己在无锡停留的时间很短,并且还要和人谈一些生意上的事情,反正从唐山办完事就回来镇江,中间也没有几天的时间,觉得没有必要,于是就委婉地拒绝了。

　　肖晓晓笑道："王一元,我们都快两个月没有见面了,我过去无锡看你,你还有什么不乐意的?你是不是做了什么对不起我的事情,心里发虚,怕见我啊?"

　　王一元呵呵笑道："反正没几天我就从唐山去你们镇江了啊。"

　　肖晓晓笑道："什么我们镇江?以后你要记住,这里也是你的镇江,是我们的镇江,晓得伐?从我们这里开车到无锡,最多也就一个半小时的路程,有什么困难?再说是我开车,累不着你的啊。"

　　王一元只好同意了。肖晓晓笑话王一元说："见你一面,还要跑到无锡,利用你谈商务的空隙才能见上一面。"

　　王一元又和肖晓晓在电话里讲了无锡这家汽配厂做纸箱的事情。他紧接着和肖云华、周婉秋打了电话,大致地和他们讲了无锡汽配厂的事情。不过,现在事情还没有明朗化,他自然不可能和他们说得很详细,所以和他们说得还是比较保守,没有提到明年有可能会继续做纸箱的事情,只是说了自己明天要顺便去无锡的这家汽配厂去看一看。

　　周婉秋对这家汽配公司早就没有什么印象了,所以就没有发表什么意见。

　　对于这家公司的前后经过,肖云华是一清二楚的。当初,谢老板就是因为在这家汽配公司的纸箱业务上栽了跟头,以至于到最后还不得不把纸箱厂转让给了印刷厂。只是这么长时间过去,一直也不见这家公司有什么动静,印刷厂也一直没有和这家公司有过业务往来,所以肖云华也对它有些淡忘了。

肖云华笑道："老王，你这是把死马当活马医啊。这么多年都过来了，能不能继续接着做纸箱，就随便他们去吧，反正我对他们是不抱有多大希望的。"

陈经理选的地方是中国大饭店。王一元要了一瓶黄酒，笑道："陈经理，今天我们不多喝，这一瓶酒总归要喝完的吧？"

陈经理呵呵一笑，说："你还要坐车，喝酒行吗？只要你没问题，我就陪着你喝。这样，你先尝一下我们的无锡菜，看看能习惯不？"

王一元每一样菜都尝了一下。果不其然，这些菜每一道都带有浓浓的甜味。他笑道："看来无锡的白糖很便宜的，不然也不会这么都不要钱似地加糖了。"

肖晓晓一边吃一边说道："我觉得最好吃的就是这个酱排骨的酱了，咸咸甜甜。这些菜，我倒是觉得味道都还行，甜甜的很合我的口味。"

陈经理放下酒杯，说："去年7月，'新通用'宣布成立，改名为通用汽车有限公司，品牌标志不变。重组后，美国奥巴马政府提供援助并持有该公司5亿股，占总股接近26％，总投资近500亿美元。通用汽车因此被戏称为'政府汽车'。"

王一元笑道："我还是有些不太明白，政府为什么要拿这么多的钞票去救助一家濒临破产的汽车企业？"

陈经理和王一元碰了一杯，说："因为众所周知，通用汽车规模庞大，在全美建有多个分部及生产工厂，招收几十万员工为其工作。通用没有倒下，这些员工就能继续就业，这对于致力于提高就业率的奥巴马政府来说无疑是最大的社会稳定因素。你想想，几十万人突然从工厂里被赶到了大街上，在金融危机的经济衰落期，又该如何安排这些人呢？如果这样的事情发生，这对于美国政府来说简直就是噩梦。"

肖晓晓笑道："你们两位大男人不要只操心国际大事，还是要吃菜的。"

陈经理夹起一条黄鱼干，笑道："救活了一个通用，美国上亿人的生活方式就不会被打乱，美国就会照旧运转，这也许才是美国政府最初的出发点和最终的目的。"

王一元想了想，说："你说的很有道理。想想也是，通用汽车原本就是全球最大的汽车企业，又有着百年历史。我觉得，假设未来通用再遇危机，美国政府也依旧还会再施援手的。道理很简单，通用已经深入到了美国民众生活的方方面面。美国离不开通用。"

陈经理笑道："所以我们公司才据此做出今年大概5月左右生产情况会好转的判断。"

王一元和陈经理又碰了一杯，笑道："这样一来，通用汽车应该就会起死回生了，你们的这家合资公司也就至少有汤喝了。"

三人都呵呵笑了起来。陈经理笑道："王经理,你蛮幽默的,不过也还就是这个道理。"

王一元想了想说:"我还有一个担心,我们两家公司之间的合同快要到期了,接下来该怎么处理?还要再一次招投标吗?"

陈经理笑道:"这个你不用担心的。我们的合同里有一条,如果因为甲方,也就是我们公司的原因而导致供货延期的,则在合同到期以后,供货期自动顺延。你们不用担心,合同还是有效的。"

不知不觉,时间就到了快下午2点,王一元是3点40分去唐山的火车。他看了看手机上的时间,歉意地对陈经理说道:"实在不好意思,我还要去赶火车,今天就只能这样了,下次我们再找机会好好喝一场。"

王一元大包小包地走出镇江站时已很是疲惫不堪。他买的是座位票。这班火车是快车,逢站就停,经过15个多小时的颠簸,从唐山到达镇江时已是第二天凌晨的1点不到,也就是到了大年三十的早上。

在唐山的这几天,王一元看了很多工厂,最后对老俞的工厂比较满意。他也开出了几个条件:"一是工厂的所有对外事务,包括和当地人,特别是村里面的干部打交道,我们以后都不参与,可能还是要你去想办法。二是关于变压器的使用,你要保证这台变压器只能是我们一家使用,并且在可能的情况下,尽量把变压器的容量扩大到250千瓦,相关的费用由你们来承担。第三,现有工厂的设施设备,特别是窑炉、压力注浆、抛光、喷釉等这些大物件,要保证能用、好用,配套要齐全,不能有任何影响生产的大毛病,这是前提。第四,因为重新开始生产需要时间,车间也需要调整,机器设备等都需要重新调试,老俞,你要给我们一定的宽限期,至少是2个月。这2个月的时间,不得收取租赁费用。"

对这些,老俞都没有什么意见。于是,工厂的选址就初步确定。王一元笑了笑,说:"行。后天就是过年了,我们一回上海,就向公司汇报,争取在过年前后给你回话。"他指了指王丽萍,说道:"老俞,这位王丽萍小姐,你认识的,她是我们公司在唐山这边的负责人,工厂确定后,她就会常驻在唐山这边,以后主要还是由她来和你联系。"

老俞笑了笑道:"你们公司还安排专门的人在这边负责?这个倒是蛮好,说明你们对在唐山设厂也是很重视的。这样好了,价格方面我再让一步,我们好好再商量。我年纪也大了,很多东西已经跟不上你们年轻人的形势。这样,你们把合同拟出来,到时候我们再一起商量着来,你们看怎样?"

等王一元醒来，已是日上三竿，都已经过了中午饭的时间了。他本来睡得正香，是被一阵"劈里啪啦"的鞭炮声给震醒的。他使劲地睁开眼睛，茫茫然地看了看房间里的摆设，过了好一会儿才意识到今天大年三十，自己是在肖晓晓家里。他看了看手机上的时间，正在兀自愣神，门"吱呀"一声打开了。知道有人进来，王一元又躺下去假装睡觉。

肖晓晓轻手轻脚地走到床前，看着正在熟睡的王一元，不免好笑，又觉得一阵心疼。这个人，一年到头，连大年三十都是这样忙忙碌碌，就像一个拼命三郎，也不知道他这样还要坚持多久，又到底是为了什么。

是啊，多久是久？肖晓晓想，按理说，这几年王一元在上海的事业发展得还不错，也算是小有所成，房子、老婆、票子都已经基本解决，生活早就解决了温饱，甚至比在上海的很多人还要过得更好一些。讲实话，这在繁华而又充满了艰辛的大上海就算是很幸运的了。另外，肖晓晓自己也从来没有想到过要图他什么钱财，甚至是很早之前就和王一元说过，有钱没钱都会和他在一起的。可是，王一元难道要图财、图利、图名？是，但又好像也不完全是。

更令肖晓晓不解的是，这个正在熟睡中的王一元不仅不会享受一下目前美好的生活，甚至都好像压根就不知道生活中还有"享受"这两个字。这个人对生活的要求好像就一直毫无概念。以肖晓晓的理解，王一元对物质生活从来都几乎是无欲无求的。别看他现在生意也算是风生水起，具有一定的实力，但是对于穿着、吃喝、住宿等生活方面的要求却仍和以前一样。他在上海的交通工具还是那辆几年前购置的电瓶车；家里新房子这么好的条件，却说一个人住着不得劲，宁肯去住三人间的宿舍；至于穿衣打扮，一切都以舒适为主，走到大街上就像是一个"高级民工"。说起来，这个"高级民工"的称谓还是来自肖晓晓的调侃。她原本的意思，要是王一元再长得差一点，皮肤再黑一点，行为举止再土气一点，就是标准的农民工形象了。

唉，夫复何求？又是何苦来哉？肖晓晓轻叹了一口气，在床沿边上坐了下来。又过了一小会儿，肖晓晓看了看手表，本来还想让王一元多睡一会儿，但是今天还安排有活动，时间不允许了。正在她犹豫间，王一元偷偷看了肖晓晓一眼，没忍住，笑了一下。

肖晓晓心细，转头看到王一元嘴角残留的笑容，心思一动，就知道他是在装睡骗自己。她低下头，准备大声叫他起床的时候，没想到王一元却是突然间从被子里把手伸出来，一下子使劲捧住了她的脸。肖晓晓一惊，又没有防备，身体就倒在了床上。

两个人的脑袋刚好碰到了一块。王一元没有犹豫，一个翻身，乘势就往肖晓晓的嘴唇亲了上去，吵闹着缠绵了好一阵。肖晓晓小脸红红的，挣脱开身来悄声说道："我爷爷奶奶、大姑二姑、姑父他们都还在楼下等着我们呢,你赶快穿衣服,要不然要被他们笑话死了。"

王一元只好松开抱着肖晓晓的手,仰身朝后一躺,神情怏怏地说道:"嗯,好不容易我们才有单独相处的机会,也不让我们多待一会儿,他们这些人也真是,都安的什么好心?"

可话虽是这么说,王一元还是赶紧起床,洗漱了一番,穿上肖晓晓给他准备的衣服,两人一前一后下楼。

来到客厅,爷爷奶奶、二姑二姑父都在。王一元赶紧上前和他们一一打招呼。又走到厨房的那一边和晓晓妈妈,还有大姑打招呼。晓晓妈妈放下手里的东西,笑道:"小王,你咋不多睡一会儿?年夜饭还早着呢。"

然后,王一元去看望晓晓爸爸。推开门,房间里很暖和,晓晓爸爸正躺在床上,显然已经睡着了。王一元凑近后仔细一看,觉得晓晓爸爸脸上似乎更加苍白了一些,其他的倒是没有看出来和上回有什么不一样。

王一元和肖晓晓准备开车出去买鱼头。肖晓晓和朱许英打电话,两人相约在百货大楼附近的一家咖啡馆见面。她还让王一元拿了一些从唐山带回来的板栗等土特产放在后备箱里。

肖晓晓开车之前问道:"今天身上带钱了吗?"

王一元笑了笑,说:"放心,今天我来买单好了,我带了一些现金,不够的话还有银行卡。前几天去唐山前,我让小刘打进去上个月的工资和提成,除掉这个月该还的银行贷款,应该是够买单的吧。"

肖晓晓笑了笑,没有再说话。在咖啡馆坐下没一会儿,谢东他们俩口子就过来了。四人先各自点了自己爱喝的饮料。朱许英往咖啡杯里倒进去一小包奶精,拿勺子搅和了几下,打趣道:"小王,昨晚上后来你在哪里睡的?"

肖晓晓白了王一元一眼,嘲笑说:"王一元这个人,现在真的就是宾馆住习惯了,不管是到哪里,都是先想着去住宾馆。那我问你,你到了上海怎么就不想着再去住宾馆?"

朱许英呵呵一笑,说道:"呵呵,小王,你不要太搞笑了,到了镇江丈母娘家里,竟然还是一个劲地想往宾馆住?晓晓家这么大的房子,住着不舒服?这世界上竟然还有你这样自讨苦吃的人?"

王一元问谢东道:"你今天怎么也在丈母娘家过年?"

朱许英却是哈哈大笑起来："哎呦,真是要笑死我了!小王,你看看你,不也是在丈母娘家过年的吗?你还有资格笑话别人?再者说,在丈母娘家过年又怎么了?"

谢东有些无语,微微一笑,说:"中午就是在我家里过的年啊,晚上在你嫂子家。"

互相嘲笑了一阵,王一元问:"嫂子,你现在的工作还可以吧?"

自决定跟随谢东从上海回老家后,朱许英连续找了好几家单位面试。好在她自身条件本来就不错,有名牌大学的文凭和多年的工作经验,终于在元旦之前落定,在高新区的创业服务中心工作。她说:"工作环境还行,就是工作的强度比以前大了一些,各方面的考评也比较严格。"

王一元笑道:"呵呵,现在好了,晓晓的公司也归你们管理了。有没有办法去弄一个正式的编制?"

谢东说:"争取吧。不过,现在逢进必考,还要看有没有进人的机会,只能先熟悉熟悉情况再说了。"

王一元又问谢东:"现在公司的状况还好吧?"

"总体上来讲,还算过得去吧。"谢东呵呵一笑,说道,"晓晓公司的事情,王一元你还要来问我到底好不好,你不是应该比我更清楚吗?"

朱许英说道:"晓晓,你们什么时候能举办这个婚礼啊?现在应该是万事俱备了吧?听我妈说,你们上海的房子也装修好了。"

肖晓晓笑道:"我们买的样板房,后来自己又添置了几样家具而已。至于说结婚嘛,说出来我都怕你们不相信,我和这个人认识快五年,前前后后谈了也差不多有四年多吧,你们问问王一元,看他送过我什么像样的礼物没有?"

朱许英盯着王一元,问:"是吗?"

肖晓晓说道:"就是啊。再说了,某人一直到现在也从来都没有向我求过婚啥的,想起来我就特别难过,我和谁去结婚?"

朱许英问王一元:"小王,你知道我们今天特意把你们俩约出来,还有什么深意吗?你想想,明天是什么日子?"

王一元放下茶杯,想了很久也没有想起明天大年初一到底又有什么特别的含义。他摇摇头,问道:"明天难道还有什么其他特别的意义吗?你们镇江的什么习俗?"

见王一元还是懵懵懂懂,谢东不忍心,好心地提醒道:"明天是大年初一不假,不过这是按照我们阴历来说的,如果按照公历的话,明天又该是几月几号?"

王一元脱口而出说道:"今天2月13日,明天就是2月14日。"

"2月14日?哎哟!"王一元使劲地一拍自己的脑袋,大声说道,"我想起来了,明天是情人节。"

肖晓晓被他的叫声吓了一大跳。她用手指着王一元说道:"你不要这样一惊一乍的好吗?大庭广众的,都吓死我了!"

朱许英诘问道:"既然明天是情人节,那你又准备了啥?给晓晓的礼物呢?"

王一元这时候才明白过来为什么刚出门的时候肖晓晓问自己有没有带钱,原来今天见面的真正用意是在这里。他没有搭话,只是拿眼睛看向晓晓。

肖晓晓这会儿却好像很是若无其事,低着头,目不斜视,只是把暖乎乎的咖啡杯捧在手里,轻轻地啜着咖啡。朱许英故意说道:"小王,你和晓晓都好了这么长时间了,竟然什么礼物都没有给过晓晓,你自己想想,觉得这样合适吗?"

谢东在一旁笑道:"呵呵,你们两个女人,就不要对小王步步紧逼了。这不情人节还没有到嘛,现在去买也还是来得及的。小王,你今天带钱了吗?"

王一元一副哭笑不得的表情,说道:"我?我早就是寅吃卯粮,现在都是靠借银行的钱在过日子,哪里还有多余的钱去买什么礼物?卡是借记卡,里面钱不多,仅仅只够我们喝咖啡买单的,又不是信用卡可以用来透支。"

肖晓晓有些不耐烦,放下杯子,有些生气地笑道:"你是特意和我抬杠,想惹我生气,是不?这样好了,你要真没钱,本姑娘我借给你,怎样?"

王一元哈哈一笑,说:"都是你花钱,那还不如自己去挑选礼物,自己去买下来就好了。"

肖晓晓挽住王一元的胳膊,盯着他的眼睛恶狠狠地说道:"那能一样吗?你这是故意的,嗯?"

"咳咳,你们两位,我俩都还在呢,就这样当我们的面打情骂俏?"朱许英咳嗽了一声,问,"小王,不就是之前入股建筑公司向银行借过钱,还有一点房贷,你现在还欠银行什么钱?"

肖晓晓又拿起来咖啡杯捧在手里,说道:"这次,王一元说的是实话。原来我们参股建筑公司时候,他那时候入股的钱就是以印刷厂的名义找银行抵押出来的。房产中介公司要用钱的时候,本来王一元的意思是把印刷厂的抵押解除,拿建筑公司的股份再去抵押一部分。后来林总出了一个主意,印刷厂的那笔抵押不动,然后把建筑公司的股份抵押给银行大概不到三分之一。"

谢东问道:"三分之一的股份,按照现在的市值,应该是能贷出来不少钱了。这么多钱,能干很多事了。"

肖晓晓笑着说道:"这些贷出来的钱,一部分投入了房地产中介公司作为增资扩股的资本金。现在，中介公司有7家门面了，初始的投入也是蛮大的。王一元变成中介公司的大股东，大概占到75%的样子。"

谢东笑了笑，说道："王一元，现在看来，我们原来都小看你了，没想到五六年的时间，你竟然成长这么多快，这是我们始料不及的。"

肖晓晓说："接下来还有一部分，就准备投入到唐山的陶瓷公司里去。所以说，现在王一元是真的欠着一屁股的债。"

朱许英倒吸一口凉气，说道："天啊，小王你现在怎么敢欠着外面这么多的钞票？就算是银行的钱，也总有一天是要还的啊。"

谢东笑道："你这是少见多怪了。以小王现在建筑公司的股份，从建筑公司的盈利和市值来看的话，只贷出来这些钱，应该还是很低估了的。再说了，以小王在建筑公司的股份以及印刷厂和中介公司的总资产的净资产来说，已经是远远大于他个人的负债。还有，这几家公司的流水应该已经很不错了。他这就是很优质的客户了，要我是银行的话，完全还可以再多贷一些给他的。"

王一元说："不过，接下来唐山那边陶瓷厂的投资是一件头疼的事情，我估计投入不会少。"

谢东问道："还是股份制吗？要不我们也参上一股，算是给你们添砖增瓦了。"

朱许英说道："不说这些了。我们还是回到小王给晓晓买礼物的事情上来。"

王一元笑了笑，豪气地说道："走，旁边不就是百货大楼吗？晓晓，你随便去挑，都由我来买单。小姑奶奶，这样总可以了吧？"

买好东西回家的路上，王一元问肖晓晓："怎么，今天你和朱许英一唱一和，是早就安排好的吧？"

肖晓晓一边开车一边笑嘻嘻地说道："怎么，难道我有什么地方说错话，什么地方做错事了吗？"

王一元笑着说："我只是说，你们姐妹俩还真是好姐妹，配合得也算是天衣无缝了。还有这个谢东，今天怎么就完全站到了你们那边，还替你们说了不少的话？"

肖晓晓说："你不要搞错好伐，谢东他现在是我们公司的总经理，难道不该听我这个董事长的话吗？再说了，还有他老婆的话，也敢不听？"

沉默了一会儿，王一元轻声说道："我爱你，晓晓。"

车子明显滞了一下。肖晓晓一惊，心里一慌，赶紧打转向灯，把车"吱嘎"一声停在了路边上。幸亏大过年的，大街上车辆并不多，不然就要引发混乱了。停下车，肖晓晓很久才平复下来，她轻声说道："你为什么要等到现在才说？你知道我等你这句话有多久了吗?"

松开安全带,王一元隔着中间的扶手将一只手搭在肖晓晓肩膀上。肖晓晓大有深意地看了王一元一眼,头靠上王一元的肩膀,半眯上了眼睛。于是,王一元两只手都捧住了肖晓晓的头,吻向肖晓晓的嘴唇。

肖晓晓先是抽达达地啜动了几下,只一会儿,竟至于一下子就泪流满面。她把王一元的头整个抱住,不管不顾地主动亲吻起来。王一元热烈回应。肖晓晓的眼泪流进了王一元的嘴里,又咸又苦。

很长时间过去,王一元小心地挣脱开来,说道:"晓晓,这几年都辛苦你了,谢谢你。"

肖晓晓抬起头,泪眼婆娑。她掏出手机,打开录音设置,一把鼻涕一把眼泪地盯着王一元,轻声说道:"刚才的五个字,我要你再说一遍。"

王一元定了定神,缓缓地再一次说道:"晓晓,我爱你。"

肖晓晓放下手机,突然间就又抱着王一元大哭了起来。王一元在她肩膀上轻轻地拍了好几下,说道:"哎,哎,注意一点影响,我们现在可都是在大街上,不知道的人还以为我们之间发生什么大事了呢。"

肖晓晓好不容易不哭了,对着王一元傻笑道:"你觉得这还不算是大事?我们认识五年,断断续续谈了四年零一个月,可是直到今天,直到刚才,你才第一次说出这三个字,你说我能不高兴,能不激动吗?"

王一元笑了一下,开玩笑道:"呵呵,这么长的时间,你不也从来都没有说过嘛?"

肖晓晓撩起王一元的衣服,在脸上擦了擦,笑着说道:"都是怪你,这么多年,你还不明白我的心意?你应该早就知道,我心里面实际上一直都有你的啊。"

王一元呵呵一笑,说道:"咳咳,这第二次了啊!你这大小姐怎么会有这个习惯,总喜欢拿别人的衣服来擦自己的鼻涕眼泪?"

肖晓晓撅着嘴说道:"哼,你竟然敢嘲笑我、嫌弃我?我就擦,你能怎么着?"

在恋爱中,女人想要听到"我爱你"这句话,并不是要确定什么责任,无非是享受"被爱"的感觉。男人不要过于吝啬这句话,更不要嫌麻烦。要知道,你每说一句"我爱你",都会增加两个人之间的感情甜度!

肖晓晓一只手继续拿王一元的衣服擦眼泪,一只手捏住了王一元的耳朵,盯着他说道:"你记住了吗?"

王一元点点头,说道:"时间不早了,我们赶快回家吃年夜饭。"

肖晓晓说:"有些问题不应该问出口,心里有数就好。女人靠的是直觉和嗅觉,男人总是不知不觉。等到女人伤心欲绝,男人才后知后觉。真爱的女人往往不问,默默地付出;真爱的男人,往往不答,悄悄地呵护。你心里明明就是这样想的,可就是不肯说出来,害得我苦苦等了这么多年,所以说你一定要补偿我,晓得伐?"

"补偿?那你想要怎么补偿?"王一元问道。

"呵呵,当然是要让你补偿我的青春损失费啊。"肖晓晓又抓着王一元的两个耳朵,使劲地晃了晃,这才说道,"从二十三四岁到了二十八岁,一个女人最美好的青春就消耗在了你身上,你说要怎么补偿?"

王一元抓住肖晓晓的双手,看着她的眼睛,笑道:"晓晓,那你就开条件吧,先看看我能不能做得到。"

肖晓晓想了想,说道:"刚才你说的话,我都有呈堂证供的。不过,至于怎么补偿嘛,我现在还没有想好,所以我先把账都记着,等哪一天本姑娘我再找你算总账。"

肖晓晓启动发动机,开车上路。她顺手把音乐打开,不一会儿,车厢里就回响起齐秦的歌声:"星星闪烁的光芒,追寻已忘记多少光年。日夜交会的刹那,黄昏短的像一句誓言。从来不求时间为我搁浅,只盼活的每一天,都能有你让我思念。"

王一元向来喜爱齐秦那深入人心的声音。车外刚好华灯初上,看着近在咫尺的肖晓晓,他突然想起自己曲折的经历,特别是到上海工作以来的点点滴滴。

肖晓晓瞥见王一元沉浸其中的模样,把车靠边停了下来。凡是过往,皆为序章。相识相恋五年,上千个日日夜夜,分分合合,酸甜苦辣,才下眉头,却上心头,都在这一刻迸发了出来。两个人四目相对,都禁不住再一次潸然泪下,紧紧地拥抱在一起。

终于到家,肖晓晓和王一元下车后紧紧地手牵手依偎着进了房间,和爷爷奶奶,两个姑父打过招呼后,她便一个人去厨房帮忙。

正在忙着炒菜的大姑连着看了肖晓晓好几回,终于忍不住问道:"晓晓,看你回来后笑容满面的样子,今天你们出去又碰到什么好事情了?"一边背着身洗菜择菜的晓晓妈妈和二姑都不约而同地回过头,一起看向肖晓晓。

肖晓晓笑了笑,说道:"没有啊,你们瞧我干啥?我有什么好看的?不过是出去和表姐、表姐夫喝了个咖啡而已。"

二姑笑道:"呵呵,晓晓,你这从里到外都是容光焕发,也是咖啡喝出来的?"

晓晓妈妈看了看肖晓晓,说:"她大姑、二姑,厨房你们多看着一下,我和晓晓去说几句话。"说完后,她对晓晓使了个眼色,说道:"走,上楼去,我问你几句话。"

进了房间,晓晓妈妈关上门,问道:"你今天怎么了?出去了这么长时间,回来就像是轻骨头,从里到外都欢喜得要飘起来一样?"

肖晓晓嘟嘟嘴，说道："妈，我不就是喝了咖啡才刚回来一会儿嘛？"

晓晓妈妈说道："你不要和我打马虎眼。你是我女儿，我还不知道你是什么状态？我告诉你，今天你爷爷奶奶对小王这个人都点过头，算是通过了。接下来，你们的婚事怎么安排，就要提上日程了。你自己有什么想法没有？"

肖晓晓笑道："爷爷他们真同意了？我的想法？我会有什么想法？这还得要听听王一元的意见啊！"

晓晓妈妈说："这个我当然知道。我就是先告诉你，晚上吃年夜饭时，估计他们会说起这件事，让你们先有一个心理准备。说，下午和小王出去到底干啥了？"

肖晓晓问："妈，你真想知道？"

晓晓妈妈点点头。肖晓晓从自己的包里掏出一个饰品盒，微笑着说道："妈，你自己看吧。"

晓晓妈妈打开饰品盒，不由得吃惊地问道："啊，这么大的一个钻戒，你自己买的？"

肖晓晓有些不满地撒娇道："妈，你怎么老是想着是我自己花钱呢？明天情人节，这是王一元特意买来送给我的。"

晓晓妈妈呵呵一笑，批评说："这应该要花不少钞票吧？小王现在的经济状况不太好，到处都要花钱，你要给他省着点。你们以后过日子还长着呢。"

肖晓晓没有作声，把首饰盒小心地放进自己化妆柜的专用抽匣里。晓晓妈妈坐在床沿上，仿佛有些疲惫，长出了一口气，说道："嗯，这就要把你嫁出去了。说实话，我自己的心里都还没有准备好呢，就不要说你们俩了。"

这天大年夜的高潮是吃完饭之后发红包。大姑和二姑家里都只有一个闺女，都已经出嫁，所以这几年，姑妈和姑父们就都聚在晓晓家里，和爷爷奶奶一起过大年。往年得红包的其实只有肖晓晓一个人。虽然说肖晓晓早就过了拿红包的年龄，但是老人们总归要寻找一些过年的乐趣，所以她每年都能拿到不少红包。当然了，这些红包肖晓晓一般都不会白拿。第二天，也就是大年初一早上，她再加上一些，作为新年红包孝敬回去。每年都这样。

不过，今年就多了一个领红包的对象——王一元。一开始，他还觉得有些不好意思，老老实实说道："我都有好多年没有人给我发红包了，想不到今晚上竟然又享受了一回儿时的待遇，简直不要太有乐趣。"

但最后有一件事令他无比尴尬。长辈们发完红包，肖晓晓仿佛意犹未尽，眼睛看向王一元，伸出手说道："我的红包呢？"

王一元一开始还没有反应过来，说："你的红包不就在你自己手里吗？"

"嗯？你是真听不懂还是假听不懂？"肖晓晓笑着问道。

二姑笑道呵：" 呵，小王，你理解错了，你也应该给晓晓发红包的。"

晓晓妈妈笑了笑，说："晓晓，你都这么大人了，我看这个红包就算了吧？"

肖晓晓仍然不屈不挠地把手伸在王一元的跟前，两眼直勾勾地看着他，一点都没有算了的意思。王一元这才明白过来，笑了笑，说："呵呵，晓晓，没想到你竟然会问我要红包，我真没有做好思想准备啊。"

一屋子的人都是哈哈大笑。大姑打趣道："小王，从今以后你可要记住了，以后晓晓的过年红包就全部承包给你了。"

奶奶也在一旁笑道："小王，你不要听你大姑的。只要你们回来过年，红包我们照给，你们两人都有份，还是一样多的。"

肖晓晓撒娇地笑道："奶奶，你这样的话就有些偏心了啊。我是您的亲孙女，王一元他只不过是一个外人，又怎么能和我一样多呢？"

奶奶笑了笑，说道："傻孩子，小王现在还是外人吗？进了一家门，不说两家话，晓得伐？"

王一元把手里所有的红包叠在一起，然后把自己身上的现金都掏出来，也没有数一数，装好后就直接递给肖晓晓，说道："晓晓，没有做准备，只好先将就将就了。"

肖晓晓伸手去接，说道："哼哼，这还差不多。不过，以后过年可要自觉一点，不要我们再来提醒了吧？"

王一元却是把手往高处抬了一些，说道："刚才爷爷奶奶他们给红包的时候，你可是先好好地叫了他们的。怎么我给你红包了，你就不说一声好听的了？"

大家都起哄，想等着看肖晓晓怎么叫王一元，准备看她的笑话。肖晓晓脸一红，突然站高一些，一把就把红包抢过来。她哈哈大笑道："小样，你还想欺负本姑娘？看把你嘚瑟的！你记住了，有你好受的！"

兜兜转转，然后又说到了王一元和晓晓接下来的婚事安排。大姑问："晓晓，爷爷奶奶还有你妈妈的意见，要不把婚事干脆今年就办了。你们俩有意见吗？"

王一元笑了笑，说道："我还是那句话，听晓晓的。"

肖晓晓脸上一红，低头说道："我听家里安排。"

奶奶笑道："呵呵，那就是你们都同意了。那么接下来，大致的时间安排上，'五一'还来得及吗？"

晓晓妈妈说："我看差不多能行。房子都是现成的，装修都已经弄好了。至于订酒店等等，应该还是有时间准备的。"

王一元想了想,说道:"上半年可能不行。今年的世博会一直会延续到十月份。我去唐山建陶瓷厂的目的就是想着到时候多做一些航空公司的生意。晓晓,我看下半年可能比较合适一些。"

奶奶笑了笑,说道:"要不这样好了,你们上半年去登记,下半年办仪式,这样就平衡了。"

大姑说:"要不就'五一'和'十一',这总归有时间,可以好好筹备了吧?"

肖晓晓歪着头想了想,说:"登记的话,我想就放在'六一'。呵呵,这个特殊的日子,我倒是觉得还蛮有意思的。"

"行行行,你这小孩,好像永远都长不大似的。"妈妈笑话道。

肖晓晓抱着妈妈的胳膊笑道:"呵呵,再怎么长大,我也都是你的女儿啊。"

奶奶嘟嘟囔囔地说:"晓晓,你都是要出嫁的人了,还是这么没大没小,也不知道要收敛一下。哦,那我再问你们,这个婚礼准备在哪里办?小王老家、上海,还是我们镇江?"

肖晓晓说:"过完年,王一元的姐姐和弟弟就会来上海这边找工作,这些细节的东西还是到时候两家人一起坐下来,再好好商量吧。"

大姑父笑了笑,说:"晓晓说得对,不能什么事情都由我们做决定,也要听听小王家里人的意见。对吧,小王?来,我们一起走一个。"

手机短信"叮叮当当"响个不停。说完这些主要的议题,王一元一边翻看手机上的短信,一边挑选了一些相对重要的人,回复短信过去拜年。他发现有一条短信只是一句问询的话,竟然是房地产公司的吴总发来的。他只问道:"在镇江过年吗?"

王一元赶快回复道:"吴总过年好。我在镇江。"不一会儿,吴总又是一条短信:"打电话过来。"王一元连忙走到沙发旁安静的角落,拨通了吴总的电话。

肖晓晓从卫生间回来,王一元刚好打完电话,重新坐到了桌子上。她有些奇怪地问道:"谁的电话,还要躲起来打?"

王一元把手机给肖晓晓看了看,说道:"房地产公司的吴总,他刚好在扬州过年,邀请我们后天,也就是初二下午过去瘦西湖坐船。"

肖晓晓问道:"嗯?大过年的,吴总他怎么会在扬州?"

王一元说:"我也奇怪啊!不急,我先打电话问问看。"他马上给任学明和杜建峰打电话拜年,顺便和他俩说了吴总邀请自己去扬州的事情。任学明确认说是后天在扬州一起见面,他也从上海这边过去汇合。杜建峰因为在奉化老家,距离太远了一些,这次就不过去了。

中午到了扬州,吴总先请吃饭。王一元和肖晓晓他俩在饭店停好车,正准备打电话给吴总,任学明他们的车也刚好到了停车场。

四个人互相打过招呼。王一元问:"你们没有回山东过年?"

任学明笑了笑说:"往年过年,我们都要两头跑,搞得很累的。今年把我们双方的父母都接到上海来过年,让老人们也来上海这边看看,顺便旅旅游,这样子大家还都轻松一些。"

邓老师接过话头,说道:"都是老任想出来这个偷懒的主意。我倒是想回老家的,现在上海过年,哪里还有过年的气氛?连个鞭炮都不允许放,根本没有老家热闹的。"

肖晓晓说道:"邓老师,明天你要不去我们乡下玩几天?"

邓老师哈哈一笑:"晓晓,我们来的路上就有这个想法。反正老人小孩都在家,也不需要我们照顾,所以想着这次出来就玩它个一两天的。"

王一元有些奇怪地问道:"吴总不是刚从新加坡学习回来,怎么大过年的又跑到扬州来了?"

任学明呵呵一笑,说道:"这又有什么好奇怪的?你们可能不知道,吴总的太太是正宗扬州人。也就是说,吴总他是标准的扬州女婿。我们走吧,他们已经在包间等着我们了。"

王一元这才恍然大悟,笑道:"扬州镇江,润扬润扬。这一下,我倒是能真的和吴总扯上一些关系了。"

肖晓晓和邓老师很久不见,自然十分亲热,俩人很快就叽叽喳喳地说到了一块。一行人在服务员的带领下朝里走,任学明问道:"小王,你今年都被允许在镇江过年了,那你这个毛脚女婿应该算是得到了他们肖家的承认,总归可以转正了吧?你年纪也不小了,不要总是这样单着了。早点把婚结好,我们也放心了。"

王一元笑道:"快了快了。实在不好意思,我这竟然还成了你们的一件心事,也是罪过啊。"

邓老师在后面笑道:"老任,晓晓说他们今年国庆节会结婚的,刚才还在问我到时候会包多大的红包呢。"

任学明马上立定,使劲握住王一元的手摇了摇,笑道:"老兄,恭喜恭喜!四五年的奋斗,你现在终于是熬出头了啊。晓晓,谢谢你替我们这位兄弟排忧解难了。你放心,红包肯定会是大大的。"

这是一个度假酒店,吴总预定的包间在其间的一个中式四合院。院子的环境和整

第六章

体布置都相当有特点,是典型的江南园林格局。

廊廓深深,古朴清旷。曲径通幽处,禅房花木深。万千世界,不如庭院。中式庭院的诗意之美在于遵循自然,"崇尚自然、师法自然",将建筑与山水与草木融为一体,依地势而起,在有限的空间之中创造出四季景色。

亭台楼阁,廊坊楼榭,疏密得宜,但似乎都成了陪衬。这院子里没有主角,有的只是一处一景致、一步一世界的美,如诗作般抑扬顿挫。庭院之美,就在于将自我情怀与中式气韵巧妙结合,不懈地追求诗情画意,最终浓缩于这庭院平淡素雅的生活之中。

幸亏有服务员引导,要不然在这庭院里还真可能会迷路。推开门,一股暖流顿时扑面而来。吴总和他太太正在里面喝茶,有一个着唐装的小姑娘正在细心地泡茶和表演茶道。

互相做了介绍后就都坐下来品茶。吴总介绍说:"这是我自己带过来的正山小种,你们尝尝。现在天冷,刚好可以先暖暖胃,等会儿我们好吃饭。"

对于茶道,王一元不是很懂,也没有多大兴趣。他端起小茶杯,喝了一口,觉得还是红茶的口味,到底也没喝出什么特殊的韵味来。

吴总看了看王一元和肖晓晓,问道:"小王,我记得房子你都买了有大半年了吧?你们现在婚事都弄好了?也没有见你给我们发请帖啊,难道是没请我?"

王一元说:"还没有举行婚礼,准备是在今年的国庆节。吴总,您太太是扬州人,我的这位是镇江人。古话说润扬不分家,我怎么感觉她们这地方的女人,好像不是那么容易娶的啊?"

"哈哈哈,小王,你这句话说得在理,我很有同感啊。"吴总看了看旁边的太太,笑道,"不过我们当初是大学的同班同学,和你这位千金小姐比起来,还是要相对好一些。"

吴总太太微微一笑,说道:"什么太太?你们都把我叫老了!你们称呼我袁姐或者是大姐就可以了。"

她站起身来,特意走到肖晓晓旁边,轻轻一笑,说道:"你是晓晓吧?你和小王我都是第一次见。"

肖晓晓也站起来,说道:"袁姐好。"

袁姐笑道:"只是我一开始也没有想到小王竟然也娶了我们江苏的小姑娘,还长得这么俊俏。呵呵,还真是便宜小王他了。晓晓,你家是镇江哪里?"然后她拉住肖晓晓的手,亲亲热热地一直问个不停。三个女人很快就彼此熟悉,热热闹闹地说到一块去了。

吴总笑道："三个女人一台戏。不过,我今天还是要批评小王。我去了新加坡这么长时间,房地产研究所的工作做得不尽如人意,乏善可陈啊。"

王一元尴尬地笑道："我怕吴总你鞭长莫及,白给你添麻烦。"

任学明在一旁帮着说道："吴总,你们公司内部情况复杂啊。讲实话,我们是不想趟这浑水,也不想给吴总您制造麻烦,影响到你的工作。"

吴总往椅背上一躺,双眼盯着玻璃窗外,一副心事重重的模样。过了很久,他长长地出了一口气,缓缓说道："我们先吃饭,这些事等会儿我们上船后再说。"

画舫划入了瘦西湖,水面一下子就变得广阔起来。湖面时宽时窄,水岸两边,亭台楼阁错落有致,名胜古迹和历史遗存散布其间,意韵独具的自然风光和蕴含丰厚的人文景观相映生辉,一一从眼前掠过。游船犹如穿行于山水长卷之中,更有一番闲情逸致之感。

这是王一元第一次来扬州,也是第一次见到瘦西湖。一行人时而行船,时而弃舟上岸,陆路与水道并行,一路走走看看。虽然天气有些寒冷,但游人不是很多,倒也心情舒畅,怡然自得。

过了五亭桥,沿着湖岸线就来到了钓鱼台。钓鱼台是矗立在扬州瘦西湖中央一个小岛上的小亭子,三面临水,仅一道长堤与陆地连接。

吴总说道："导游小姐,还请把这个钓鱼台的传说和我们大家伙说说。"

导游答应了,说道："传说不一定是真,但确实也是一段美好的民间佳话呢。"接下来,她介绍道："钓鱼台是游览瘦西湖唯一一处需要折返的景点。其原名为吹台,是扬州汉代已有的园林名称,也是吹奏丝竹管弦之地。相传乾隆年间,于扬州城外瘦西湖一带建立离宫别苑。一日,众多盐商陪同乾隆游览瘦西湖。看到水里有鱼跳出来,乾隆垂钓兴起,于是来吹台处垂钓。于是立即有人送上了鱼杆。可是瘦西湖里的鱼偏偏不听话,平日里一呼百应的乾隆皇帝钓了半天,就是没有一条鱼上钩。这下,陪同的扬州盐商们着急了,当即悄悄选了几个水性好的水手,带着活龙鱼潜到水下,举着荷叶,靠荷茎来换气。上面的乾隆鱼杆一落,下面的活龙鱼就被挂上了钩。皇帝当然也不是呆子,很快就发现了破绽,怒道:'瘦西湖里怎么都是龙鱼啊!敢糊弄朕,朕治你们一个欺君之罪!'这时,大学士纪晓岚立马笑着上前,打个圆场,引用明代谢缙对联'凡夫岂敢朝天子,万岁金钩只钓龙'答复皇帝,这下乾隆爷自然是龙心大悦了。"

听完介绍,任学明想了想,问道："吴总,这个钓鱼台,我并没有听出来有多少玄奥的地方啊?"

吴总笑了笑,却是先招呼大家上船。在船上,他笑道："京剧《法门寺》中有这样一个桥段:明武宗时期的宦官刘瑾,一次想让侍从贾桂坐下来陪他说说话,贾桂却回答道:'奴才站惯了,不想坐。'这番回答后来成为奴性的经典台词,常常被人们引用。刚才吃饭的时候,小任不是说我们房地产公司现在的内部情况有些复杂吗?实话实说,其实就是小人多了,奴才出来了。小人无耻,重利轻死。不畏人诛,岂顾物议。这世界上有太多的东西能让女人宽衣解带,也有太多的东西能让男人阿谀奉承,或者是根本不顾道义。"

吴总太太袁姐也笑着说:"社会上有一种说法:你拆我的台,我装不知道,这是聪明人;你捧我的场,我捧你的场,这是好朋友;经常批评你,又肯来帮你,这是贵人;我帮你百次不记恩,半次没帮到你记仇,这就是小人。"

任学明说:"对付这种毒瘤,干脆一刀切了好了。"

大家都是哈哈大笑。吴总说道:"成大事须依靠五种人:高人、贵人、内人、对手、小人。高人开悟,贵人相助,内人支持,对手鼓舞,小人成就。所以讲,小人也还是有用的啊。君子坦荡荡,小人长戚戚。君子心胸开阔,神闲气定,小人则斤斤计较,患得患失。这些,其实也是我今天要和你们讲的第一个意思。"

袁姐和导游低声说了几句,导游朝船工打了个手势。船工便关了发动机,任由游船在瘦西湖中悄声漂荡。吴总端起茶杯,缓缓地喝了一口茶水,说道:"小任,还有小王,你们俩就从来不问问我这半年的时间到底在新加坡学习什么?"

任学明笑着问:"吴总,你这次去新加坡,不是上级安排去学习新加坡政府公共事务管理的吗?"

王一元端着茶杯暖手,没有喝茶也没有说话,只是看着吴总。吴总的头往后一仰,说:"我这次去新加坡半年多,确实是上级安排的。这次出国进修学习,之前有两个地方可以选择:一是英国,二是新加坡。现在学成归来,我也面临两个选择:一是调去机关,二是继续留在公司。说实话,在房地产公司这么多年,公司就像是自己的孩子,看着它一天天长大,我对这家公司还是很有感情的。从我自己来说,乐意再留在公司,为企业继续服务。"

任学明说道:"吴总,你现在这样,要是不做企业的话实在是可惜了。"

王一元也附和说:"和企业打了一辈子的交道,临了临了,却被要求退出自己一手打造出来的企业,于心不忍啊!"

"哈哈哈,于心不忍?"吴总大笑,说道,"这个词倒是很切合我现在的心境啊。不过,我已经和上级打过报告了,希望能争取再干几年。在报告中,实际上我就只提出了一个想法,就是想着把现在的房地产公司,计划用两到三年的时间带上市,将房地产公司真正打造成为一家大型的公众企业。"

王一元问："吴总，你是想把这个公司上市，来作为你继续执掌房地产公司的最大筹码？"

吴总说道："话不能这么说，但就是这个意思。实际上，也没有人比我更了解房地产公司了。"

任学明端起茶杯捧在手里，想了好一会儿，才说道："国内资本市场从现在的情形看，房地产企业单独上市的可能性已经基本上没有了。当然了，上海本身也有很多大型的上市国有房企或者是国有控股的一些壳公司，可以去选择借壳或者是被其他房企兼并，从而实现间接上市。"

吴总笑道："被兼并我是不太乐意的。新加坡作为亚太地区的主要金融中心和国际交易集散地，近年来，越来越多的中国公司选择在新加坡交易所上市。当前，新加坡交易市场已成为了国内公司在A股、港股、新三板之外的重要据点。"

任学明深思了一会儿，说："吴总，你的这个想法倒是有可行性的。通过在新交所挂牌，公司不仅可以从国际资本市场集资，享有国际知名度，还可以从全面透明的条例框架中获益。"

吴总分析说："新加坡交易所近几年敞开了对中国房地产企业关闭多年的大门。在国内与香港主板上市普遍存在困难的情况下，新交所对中国房地产企业IPO态度的转变为国内房地产企业开辟了一条崭新的金融创新渠道。"

任学明笑着说："这就是你当初选择去新加坡学习的原因？"

吴总说道："这半年多的时间，我的主要精力就在这件事情上，现在已经有了大致的思路。不过，令我始料未及的是，这次学习的安排竟然在公司内部引起了一些不该有的混乱。可能是给某些人造成了我将要离开的假象，所以有些人就迫不及待了，蠢蠢欲动起来。就像是房地产研究所，算是城门失火，殃及池鱼了。"

王一元他们都静静地听吴总继续往下说。

吴总笑了笑，说："我们公司内部的事情，我自然会自己去解决。只不过，目前是我去留的敏感时期，所以公司内部具体是什么情况，我现在只能和你们说这么多。再告诉你们一个消息，我已经被任命为香港窗口公司的总裁助理，并且还有特别指令，过完春节，我就要去香港那边工作三个月的时间。"

任学明笑着说道："还会有这种奇怪的安排？"

"哈哈，不过也是好事。"吴总笑道，"这说明上级领导对我们房地产公司班子的调整，意见还没有统一。我借这个缓冲的时间，去做做工作，应该继续工作的机会很大。"

任学明笑道:"吴总,你也刚好可以去学习考察一下香港的资本市场,看看港交所的实际情况,至少可以和新加坡的状况做一个对比研究。"

吴总想了想,说道:"说到这里,我们还是要说回房地产公司现在面临的问题。我的对策很简单,还是老人家的老套路——韬光养晦,伺机而动。但是,外部的造势,我想借助你们的力量。这就是今天我让你们过来的真正意思。"

任学明说:"怎么个借法?"

吴总说:"主要就是把房地产研究所的工作花大力气做起来。研究所的工作不能中断,我们还是要一如既往,甚至在一些重大课题上,要做出成绩来。至于总的要求,还是和以前一样,一定把我们研究所自己的声音发出去,能够在一定范围内,至少是在上海的房地产行业内,把这个研究所的影响给打造出来。"

任学明点点头,说道:"吴总明示。"

吴总说:"我现在就需要有人来做这些事情,与我们公司内部近期的工作可以遥相呼应。可以集中在四个方面:一是房地产行业的周期性研究,二是当前房地产市场的热点和政策分析,三是互联网条件下房地产中介行业的应对之道,四是关于房产中介公司未来的发展和要求。当然了,你们如果有好的课题,也可以随时提出来。"

任学明说:"面临的最大问题还是研究所目前研究的力量可能还不够。"

吴总说:"这个问题我已经想过了。具体研究的人员,我会有几个人介绍给你们,他们都是这个行业的翘楚。到时候就以房地产研究所的名义,你们可以一起来做这些工作。"

任学明笑了笑,问:"谁来牵头?"

吴总想了想,说:"现在小王不是直接做起了房产中介公司吗?也算是正式进入房地产行业了。我的想法,这些研究所的工作还是要由你这个秘书长来牵头的。小王,有没有问题?"

王一元想了想,重重地点点头,说道:"我一定尽力而为。"

说完了这些,男人们的事情就基本告一段落了,继续喝茶。三个女人却叽叽喳喳地活泼起来了。袁姐笑道:"最能反映女人品味的,不是她的衣着、爱好,也不是她开的车、看的书、家里的装饰,而是她爱上和选择了一个怎样的男人。晓晓,你现在的选择,我看就蛮好的。"

她转过头笑着问吴总:"晓晓和小王计划今年'十一'大婚,到时候你送一只多大的红包?"

吴总喝了一口茶,笑道:"呵呵,红包有多大,就看小王你这一次的表现。表现好了,想要多大就有多大。还有,小王,我怎么听小任说你有组建装修公司的想法?"

于是,王一元把装修公司来龙去脉的过程简要地向吴总作了汇报。

吴总想了一会儿,说:"这样,我回去之后,先和我的那几个老伙计们碰碰头,再和你说。"

游船外,湖水悠悠流淌。有古人将杭州西湖比成唐朝美女杨贵妃,雍容华贵,而扬州瘦西湖则是汉朝美女赵飞燕,尺水玲珑,轻盈苗条。王一元这次游览了瘦西湖后,感觉这一比喻再恰当不过了。

王丽萍打来电话的时候,王一元和任学明他们正在镇江国际饭店的顶楼旋转餐厅吃饭。下午游完瘦西湖后,因为吴总晚上还有事,所以他们就来了镇江。

王一元做了一个噤声的手势,赶紧放下酒杯接听电话。原来是唐山李各庄陶瓷厂的老俞给王丽萍打电话,问她租厂房的事情有没有决定。如果现在能定下来的话,他愿意在原来的价格上再降下去10%。

王一元先问王丽萍和李广林他俩的想法。王丽萍说,他俩的意思,觉得不管是工厂位置和车间环境,还是老俞本人来说,这家工厂都是比较合适,价格也适中,所以愿意把这个地方租下来。

王一元想了想,同意了她的想法,但是附加了三个条件:一是合同先不能正式签订,要签也只能是草签;二是我们自己人要先入驻工厂,对所有的相关机器设备设施进行检查;三,也是最重要的一条,年租金要分批给付,以半年为期,在对方的承诺全部达成后一次性付清。王一元嘱咐说:"至于正式的合同,我这几天就草拟出来。"

他说:"先这些,你们和老俞商量,先看看他的态度再说。要是他同意的话,那你和大李就先尽快去唐山,我也随后就来。"

打完电话,任学明问:"你们唐山的陶瓷真要开始去做了?"

王一元笑了笑,说:"没有办法啊。这不世博会马上就要开始了,是一个供货的好时机,过了这个村就没有这个店了,所以想趁此机会,先把陶瓷做上去再说。"

"我等会儿回去还得起草合同。"王一元有些无奈地说道,"这段时间事情太多,一件接着一件。"

王一元把找陶瓷工厂的前前后后简要说了一遍。任学明沉默了一会儿,才缓缓说道:"小王,你这几年的发展,很多人都以为你运气特别好。但是我觉得,尽管表面上看上去好像是这样,但是仔仔细细分析,又不仅仅是这样。"

肖晓晓饶有兴趣地看着任学明,问道:"那又是因为什么?"

任学明说:"有三点印象特别深刻:一是发现机会的眼光,二是机会把握得恰到好处,三是实现机会的能力。说实话,他具备的这三点是我们都值得借鉴的地方。"

邓老师说:"好像还真是这样。"

任学明说:"电影《阿甘正传》里的一段对话:'你以后想成为什么样的人?'阿甘回答说:'什么意思?难道我以后就不能成为我自己了吗?'一个智商只有75的低能儿,通过自身的不懈努力,从要靠金属支架走路到飞奔如风,成为大学橄榄球明星,从籍籍无名成为街知巷闻的越战英雄、乒乓球外交大使,甚至是拥有十几条渔船的公司股东。大概只有从没有放弃过的阿甘,才有资格说出'RUN,GUMP,RUN'这样的话。阿甘人生的长跑哨声一吹响,从此以后就再未有过停止。"

邓老师笑了笑,说:"阿甘不知道自己经历的种种会是怎样,但是他选择自己心中不变的信念和坚持。因为他知道,只要坚持下去,总有一天,终会与想要成为的自己相遇。坚持下去的意义是什么呢?实际上,阿甘已经告诉我们了。所谓坚持,就是曾经的你善待以后的你,就是过去的你保护未来的你。坚持的意义可能不只是一个结果,它还会让你看到,你自己比你想象中的更有力量。小王,我看好你的。"

王一元笑了笑:"这部电影我看过多次。刚才老任说我很幸运,实际上,我倒是觉得老天爷给予每个人的机会都是均等的。我觉得所谓的成功,也不是看你有多聪明,而是看你能否在累了的时候像阿甘那样,能坚持住,不迷茫,不妥协,绝不放弃自己的初心。"

任学明感慨地说:"是啊。当然,你可以选择放弃,选择安稳度日、碌碌无为。虽然说并非所有的努力都会收获好运,但所有的运气却一定是因为你足够努力才肯垂青于你的。"

王一元说道:"我有时候就觉得,运气其实就是机会碰巧撞到了你的努力。世间的美好都是相互的。哪有什么天降好运?只不过是通过努力积累了足够的实力。"

肖晓晓却是微微一笑,说:"呵呵,老任,邓老师,我们还是先来探讨一下今天吴总给我们布置的任务吧。吴总交代的这么一件大事,我怎么觉得是一个很大的烫手山芋啊。你们俩给出出主意,接下来王一元到底该哪能办?"

任学明笑了笑,说道:"这又有什么好为难的?晓晓,还是那句老话——兵来将挡,水来土掩。车到山前必有路。"

邓老师说:"对的。就像是我们现在吃饭一样,饭要一口一口地吃,事情也是要一件一件地做。晓晓,光是着急不行的啊。"

肖晓晓抿嘴一笑,说:"任总,你不是想问我们要醋吗?就看你这次的表现了。"

任学明笑道:"这就叫做无商不奸,无奸不商啊。哪有商人不是为了利益的?"

囫囵吃下去一个水饺,王一元擦擦嘴巴,说:"我的想法是这样,老任,我们俩还是来一个简单的分工。今天吴总布置的四个课题,一是房地产行业的周期性研究,二是当前房地产市场的热点和政策分析,这两个课题都是属于宏观政策的范畴,概念较大,涉及范围比较广的课题,这是你的强项,就交给你来负责。"

任学明点点头。王一元说:"至于后面的两个课题,互联网条件下房地产中介行业的应对之道和关于房产中介公司未来的发展和要求,就比较偏微观了,也是很具体的业务和项目操作的范围,刚好和中介公司的业务相关,就由我来负责好了。"

任学明说:"那这个相关研究人员的安排呢?"

王一元想了想,说:"至于人员的安排,我想,这次除了中介公司和咨询公司的力量,主要还有三个方面:一是吴总准备介绍过来的,我估计,他们属于宏观政策方面的可能性比较大;二是我们的交大研修班的同学;至于三……"王一元沉思了一会儿,说道:"我想可能还是得去找找班主任于老师,看看通过他的关系,能不能在交大找到类似的关系。"

"我看就这么办。"任学明放下筷子,说道,"不过,我倒是觉得有三点,你要格外引起注意。一是时间的节点,你要有一个清晰的规划,然后大家才好统一行动。只有把握好时间节点,事情才能一件接着一件地做,也才能有条不紊地往前推进。二是这么多人一下子参与进来,对他们的统一调度和安排,你自己要心中有数。三,你要注意及时根据反馈和不同的进度要求,对整个队伍进行微调和管理。"

说完这些,任学明站起身来,又开始他的常规动作,一遍掐腰捶背一边上下做蹲步。他呵呵笑道:"小王,你这一点蛮好,能择善而从之,听得进去别人的不同意见。"

王一元笑道:"老任,你这个腰椎的老毛病,我看还是得想想办法啊。每次看到你这难受的模样,我都心有戚戚,很是于心不忍的。"

任学明明显好受了一些。他调整了一下眼镜,端正身体坐好后说道:"我们还是继续刚才的话题。这个吴总,怎么说呢,时间上也很紧凑的,这一次的任务可是真不小啊。"

王一元想了想,说道:"还有几个问题:我们写好这些文章以后怎么发表?又到哪里去发表?声势该怎么造出来?我好像也是一无所知啊。"

任学明想了想,说:"这些后续的事情,我觉得吴总他应该自有安排的。他做了这么大的房地产公司这么多年的老总,要说他在这一方面没有一些能量,你相信吗?我们现在的工作只是老老实实地把这些课题给做出来,还得得到行业内的认可,并且能在一定范围内造成影响力,那我们大家的目的就达到了。"

任学明看了看时间,说:"这样,我反正今晚上也没有什么事情,我就把我负责的两个部分先构思一下,看看框架该怎么搭吧。"

王一元想了想,说道:"这里宾馆房间里都有纸和笔,都有能上网的电脑。宜早不宜迟。这样,我今晚也不回去了,干脆在这里再开一个房间。今晚,我们两个就好好把这个草稿和大纲都拟一拟。刚好,我还要写唐山租厂房的合同呢,就干脆一起做了好了。"

肖晓晓大吃一惊,接着哈哈一笑,说道:"呵呵,再怎么着急,也不在这一个晚上,明早回去再做也是来得及的。你是又想住宾馆了吧?"

王一元笑了笑,说道:"老任,你们难得来一趟镇江,就让晓晓陪嫂子去大街上看看镇江的美景。"

任学明说道:"不必了。你嫂子在学校教的就是这个财政金融的课程,宏观经济方面比较熟悉,留下来还可以帮忙和提供一些参考。"

肖晓晓说道:"那我也留下来吧。我打字比较快,也能助你们一臂之力。不过,我可说好了,11点半之前,我是一定要回家的。"

邓老师开玩笑说:"晓晓,你还害羞了?大家都是成年人了,你和小王这么久的时间,那一点事谁又不知道啊?你就不要拿什么家规来唬我们了,好伐?"

玩笑归玩笑,四个人说干就干,匆匆忙忙地吃完饭,就直接回宾馆房间开始工作起来。

在宾馆忙活了两天,一直到初四的下午,任学明他们才回上海。因为刚好是春节放假期间,各种打扰不多,比较清静,所以文章的撰写还算比较顺利。几篇文章的轮廓和脉络初显,都已经有了大致的框架。两人互相比较着看过,觉得可行,至少大方向上没有什么问题,思路清晰,证据和论证都还合理。

王一元想了想,说:"只是……虽然说是没有什么缺点,但是我还是感觉四平八稳了一些,没有很特别出彩的地方,看来我俩还要再下功夫的。"

任学明笑道:"两天的时间,能做成这样就算不错了。至于想要出彩的话,等我们把相关的人员召集起来,大家来一次脑力风暴,再看看效果了。"

"我们各自也都再想想。"王一元说道,"另外,我们还可以更精炼一些,毕竟不是论文,要血有肉,报刊上要刊登的,短小精悍比较合适。"

任学明说道:"同学们和于老师,我回去就联系。争取把这些事早一些办完,我们也早些了却一桩心事。"

王一元说:"印刷厂初六上班,不过应该没有什么大的事情。至于中介公司,要等到初十二才上班。中间还有好几天,我可能要先去一趟唐山。"

临走的时候,肖晓晓送给他们两箱香醋,笑道:"呵呵,实在是慢待你们俩了。嫂子还出去转悠了一个下午,只是任总,真是辛苦你了。"

任学明开玩笑说:"晓晓,你送咱们这么多,是想酸死我?"

等任学明他们的车开走,肖晓晓挽住王一元的胳膊准备上楼收拾房间退房。她做出一副要掐人的姿势,说道:"我让你过来镇江是过年的,你倒好,扬州和宾馆里就待了三天。这是过的什么年?"

王一元不好意思地笑了笑,摁摁鼻子,说道:"今天是要走亲戚吗?"

"还走什么亲戚?亲戚都已经走光了。"肖晓晓没好气地轻声说道,"今晚是我的那几个姨妈要过来特意看看你。"

肖晓晓又问道:"你真的还要去唐山?"

王一元说:"是要去一趟。新开一个工厂不是那么容易的,我还是有些不太放心。不过你放心,操持工厂我们有经验,王丽萍也是和我们一路操持印刷厂过来的。"

"你就是一个干活的贱骨头,晓得伐?"肖晓晓嗔怪道。

昨天上午,王丽萍打来电话,说是之前提出的条件,老俞都答应了。王丽萍和李广林也是心急,说是初四,也就是今天早上就会再赶回唐山,开始操持工厂的事情。王一元开他们的玩笑,说:"你们现在过去唐山,这么大的厂房,就你们两人,怎么都做不过来的啊,还不如好好把年过完再说。"

王丽萍的意思,韩冬生他们两口子,再加上另外几个没有回家的老乡,先把工厂的清洁卫生工作做起来,李广林把电路方面也捋一遍,以后好开工。

王一元只好同意了,说是兵马未动,粮草先行,让他们过去以后可以先把住宿和吃饭的地方先收拾出来,先落脚,其他的事情可以慢慢来,不要太着急。他还特别叮嘱要给自己也收拾出一个房间来。这次去唐山的时间会比较长,以后还会经常去,住宾馆的话,不仅费用高不划算,也没有住在工厂舒服和方便。

王丽萍他们的工作热情实际上也可以理解。他们夫妻俩去了唐山好几个月,早就憋了一肚子的劲儿,现在有了机会,谁不想趁机好好表现一番?

一会儿又说到了吴总也感兴趣的组建装修公司的事情。王一元说:"我姐她们已经打过电话来,说他们一家就不过来上海了,他们现在打工的地方还行,待遇也好,也比较熟悉了,所以不愿意再挪地方。听老肖过年那天打电话的口气,他那边说不定有三四个人要安排工作。加上其他人的亲朋好友,这次说不定有七八个人要给他们安排工作。"

肖晓晓笑道:"呵呵,王一元,你们这是一人得道,想要鸡犬升天啊?"

王一元呵呵一笑,说:"自古以来不都是这样的吗?说到底,我们现在还是一个人情社会嘛。谁家没有几个穷亲戚?谁家又没有正需要帮助的人?想想我们自己,当初不也是这样很需要别人帮助的嘛?我们现在有机会能帮助他们了,当然就更应该去帮助他们。"

肖晓晓想了想,说:"那我们自己的事情呢?登记和下半年婚事的安排,你也要放在心上,该做准备的要早做准备。"

王一元停下来,面对面地看着肖晓晓,说道:"晓晓,这些事情我不擅长,你就多费点心吧,反正我到时候好好配合你就是了。"

肖晓晓一听,神秘地笑了笑,说道:"你真会好好配合我?那一切行动可都要听从我指挥哦!"

恐怕连王一元自己也没想到,帮助印刷厂的几个管理人员解决亲戚找工作的难题,一下子竟然来了12人之多。他开玩笑地说道:"呵呵,你们还真是看得上我,一出手就是一个加强班的人马。"

"这还是精简了的呢。"肖云华不好意思地呵呵一笑,说,"已经是最低限度了。你就帮忙这一次,以后应该是没有了。"

周婉秋说:"老王,我们这么多年的交情,这点小事,你还是要帮我们解决的吧?"

肖云华介绍过来的人最多,有5个之多。周婉秋次之,有4个,甚至连小刘也带过来2个人。王一元和他们讲了可以自主选择的几个地方:一是装修公司,二是国立袜业,三是江苏肖晓晓的服装公司和印染厂。他还把这几个地方的大概薪资和要求简单说了一遍。

其中,几个女孩子之前有过在服装厂工作的经历,于是选择去肖晓晓的服装公司。这些小女孩也很乐意,因为她们有一些本身就是江苏人,这样离家里还近一些。

剩下来的人里面,女的居多,男的只有3个,除了王一元的亲弟弟,还有肖云华介绍过来的2个人。几个女的,通过孙雯的关系,基本上去了国立袜业在江苏附近的工厂。最后只留下来3个男的和2个女的。这2个女的是周婉秋的同乡,她俩倒是很简单,希望能结伴去装修公司。倒是3个男的,工作安排颇费了一番脑筋。

本来王一元和肖云华的想法是全部安排去正在组建中的装修公司,那里刚好需要干活的人手。同时,还可以让这几个人去学一门装潢的手艺,对他们以后的成长也有好处。可是和他们说明后，这三人的想法却是出奇的一致，包括王一元的亲弟弟，竟然没有一个人愿意去装修公司工作。

三人的文化程度不是很高，都是初中左右，他们的理由也基本一致，说是装修公司刚刚组建，事情肯定很多不说，而且新公司缺少人手，一般来说一个人要干很多不同的活，他们不愿去新公司吃苦受累。

肖云华做他们的工作，笑道："你们要看到以后的发展。装修要是搞好了，自己能学会一些装潢的技术不说，关键是收入上多劳多得，不会比在工厂上班少拿的。"

但这几个人就是认死理，还是坚持想去工厂干活。实际上，王一元对他们的真正想法心知肚明，知道他们其实还是担心自己以后的收入。他们觉得一个新成立的公司，万事开头难，自己的生存都还未可知，有没有活干都还两说，怎么能保证比在工厂赚得更多呢？

没有办法，最后还是利用了谢东的关系，介绍其中的两人去了利达机械公司。对于自己的弟弟，王一元还是花了不少的心思。

这次弟弟是一个人过来的，孩子和老婆都还留在老家。本来，王一元是想着让他们一家人一起过来，他还为此专门去咨询了几所能接纳外地小孩上学的学校。但是，弟弟认为小孩现在转学不方便，自己一个人先过来看看上海找工作的情况，要是在这边能干好，才考虑把他们接过来。

弟弟到来，肖晓晓知道王一元最近很忙，所以特意专门回了一趟上海，不仅在自己家里烧饭招待，还带弟弟出去参观了上海的几个著名的景点。特别是王一元现在的工作状况，包括印刷厂、中介公司等，都让他看了一圈，让他对自己哥哥有更多的了解。

肖晓晓还给王一元出主意，要是弟弟他们觉得在上海不习惯的话，可以一家三口直接去镇江，包括工作、住宿和小孩读书的事情，让他们自由选择，尽量使他们满意。

王一元认为也就只好先这样。不过，他认真思考了很久，觉得以他弟弟现在的自身条件，除了干一些力气活，好像也没有太多的用武之地。但这显然不是王一元所希望的。他觉得弟弟现在虽然做了父亲，但到底才20几岁，应该去学一门手艺或者技术，这才是长久之道。有一门技术傍身，以后就相当于有了吃饭的饭碗。哪怕是继续打工，收入上至少也会比单纯干力气活要多挣一些。也就是说，如果弟弟愿意，哪怕是自己掏钱，让他再去上一个技校之类的学校，王一元也是愿意的。

可王一元也知道，弟弟根本就不是读书这块料，他对读书这件事不感兴趣，甚至还很反感，要不然也不会初中还没上完就自己停学了。

不出意外，当王一元和弟弟说到这个送他去上学的想法时，弟弟当场就直接拒绝了。他说得很简单明白:读书比打工要难受很多,实在是不愿意再去读什么书,受这个罪。

但是,现在家里的状况,长兄如父,弟弟自己不打算,王一元得为弟弟做这个长远考虑。

这几天和弟弟接触比较多,肖晓晓多少知道一些弟弟的习性脾气。她和王一元私下里讨论:"弟弟他们有自己的想法,其实也是很正常的。毕竟他们这么多年都在外面打工,已经形成了一套他们自己的行为方式和思考习惯。加上你们兄弟俩又有这么多年不在一起,说不定,你们之间其实互相都有很多地方不熟悉了。"

王一元本来还想就这一方面和弟弟再进行沟通。

肖晓晓劝说道:"你就不要再去多说他什么了。既然弟弟已经到了上海,我们以后再慢慢找机会想办法。你现在要是说得多了,他搞不好就不愿意在上海呆了,一拍屁股回了老家,那样反而就把事情搞僵了。"

但到底是自己的弟弟,王一元也想好好帮助他,让他以后能生活得更好一些,钱挣得更多一些。好说歹说,最后弟弟终于勉强答应去装修公司了,但是附加了一个条件,说是最多只能试着在装修公司干半年,要是自己觉得不满意,到时候要么回老家,要么就换工作。

王一元和弟弟保证,他以后的收入绝对不会比去工厂的那两人少。如果要是少的话,就由他补上,这才算是囫囵应付了过去。

相比较起来,装修公司的组建倒是比较顺利的。春节从唐山回来以后,王一元约上吴总、林总、谢雨琪,就在方姨的饭店,几个人一边吃饭一边深入地讨论了一次,这件事很快就落实了下来。

这次见面,老谢因为是林总的表哥,当林总听说老谢也会在,所以是自己亲自来的;吴总要后天才去香港,刚好有时间,也是自己亲自来的。

王一元在饭桌上笑道:"还真没有想到,一个小小的装修公司竟然是由你们两位巨头亲自出马,这个生意要是最后做不起来的话,那我们还有什么面子?只是你们这样一来的话,我觉得装修公司的压力就太大了。"

在组建装修公司这件事情上,因为前期王一元和他们都有过沟通,所以再次说起这件事的时候,吴总和林总都有准备,商量的速度也很快。

至于公司的名称,就统一为装潢公司。接下来主要讨论的就是三件事:一是出资,二是以后业务的开展,三是人员的组成。

首先就是投资构成。几番商量下来的结果是王一元占大头，50％，吴总的委托人和建筑公司各占20％，还有就是由谢雨琪占股10％。后来，因为一下子拿不出这么多钞票，谢雨琪又让渡给王一元5％。

因为不熟悉装潢这个行业，所以本来王一元的想法是自己只参股，不愿意去牵这个头。但是林总的意思，这次建筑公司之所以参股进来，纯粹就是为了回报王一元之前对建筑公司的大力帮助。他甚至说，要是王一元不拿大头的话，他们也就不跟进来了。

吴总的想法主要是觉得王一元这个人比较可靠，刚好自己有一些朋友，都有装潢这方面的业务需要，而他自己又不方便出面，于是就顺水推舟，力主王一元来担纲。

接下来就是业务的开展和以后的发展方向。这当然是后话，不是现在三言两语能分析明白的。但是当前的任务，大家一致认为就是先要想办法把谢雨琪她们银行的业务承接过来。可以趁这个机会，以点带面，既锻炼和捶打队伍，又理顺新公司的各种关系，把整个的管理环节打通。

林总提供了一个很好的建议。他觉得，为增强装潢公司的可信度，可以在公司另外加挂一个牌子，就叫做建筑公司装潢分公司。建筑公司在上海建筑行业还是有一定名气的，这样可以互相利用，特别是一些需要招投标的业务，或许还能起到有一些意想不到的积极作用。

最后是人员的组成，首先就是确定总经理。林总、吴总、谢雨琪三人的意思都是推举王一元来担任。但是王一元觉得自己事情太多，一开始没有答应，最后拗不过，就只好厚着脸皮应承下来。不过也考虑到王一元现在工作的实际情况，公司专门设置一个常务副总经理，来具体负责公司的日常事务管理。这个岗位当然是最好有一个行业内熟悉的人来操盘。吴总推荐了一个人选，是他们房地产公司已经退休的一位前副总经理，现在赋闲在家，正想着找地方去发挥余热。大致的分工，王一元主要还是把精力放在市场和销售上，而这位常务副总，除了日常的工作，主要精力还是在质量的监督管理和人力资源管理上。然后是部门设置。装潢公司主要的业务部门设置有三：一是设计部，二是销售部，三是具体的施工部门。

部门经理的设置，王一元提出一个建议，就是所有这些业务部门暂时都不确定经理，但是每一个部门同时招进来两三个项目经理，每一个项目经理都各带一支队伍，让他们去自由竞争，半年后根据实际情况再决定最后的人选。

这些项目经理就由吴总和林总推荐一半，另外的一半就在市场上招聘。其他人员如果有介绍的就介绍，没有的话则采用社会招聘的方式。吴总还提供了在顾戴路和王

第六章

一元中介公司不远的一套大复式的商住两用房,暂时作为装潢公司办公的地方。

过了四天,王一元就召集了吴总和林总推荐的人选,在新的办公室开了一个长会,主要就公司的人事和近期的工作计划做了说明和安排,这也标志着装潢公司进入了紧锣密鼓的筹建阶段。

既然自己是大股东,出资最多,王一元在其中还是留了一个心眼。后来正式成立公司的时候,公司的财务就由从肖晓晓的公司调过来的一个会计担任。还有成本管理和稽核部门,王一元让康立新担任了首席稽核,这是康立新的长项,王一元用起来比较放心。

肖晓晓对这次装潢公司的组建,王一元能主动事前汇报,还有财务人选的安排,当然是相当满意的。她甚至笑话王一元:"现在学乖了嘛,怎么不背着我偷偷地干活了?"

但是,王一元心里明白,自己对这家装潢公司的期望,赚钱倒是其次,关键是想着公司逐步发展起来之后,还能作为以后安排富余人员的一个后方基地。如果最终能做成这样,那自己的目的就算是达到了。

新年开工的第一天晚上,中介公司所有员工一起聚餐。在开始之前,王一元作了一个简短的动员讲话。他说道:"公司今年一定要抓住机会,乘势而上,争取在业绩上能有一个较大的飞跃。"

大家都很高兴。公司虽然组建只有半年多一点的时间,但是去年的业绩和门店扩张却是相当不错,大家也都拿到了一大笔不菲的年终奖,开开心心地过了一个好年回来,正是士气正旺的时候。觥筹交错间,包房里一片欢声笑语,所有员工对中介公司今年的发展充满了期待。

下午的时候,王一元和几位门店的店长开了一个小会,对去年的工作进行了一番小结,然后对接下来今年的工作作了大概的部署。今年的工作重点,一是夯实基础,查漏补缺,特别是在公司制度的建设和人才的培养上面,要继续下狠功夫。

王一元说得很直接:"讲实话,我当初也没有想到,自己公司的发展竟然会是这样的迅速,出乎我们所有人的意料。但越是这么快速的发展,我越是担心和忐忑。你们说,我这是不是担心得有些多余了?"

康立新说:"我看一点都不多余。想要公司持续稳定高速的发展,那么公司的基本制度,特别是人事权和财权只能是归属于公司,这是公司管理的高压线,任何门店、任何个人在这一方面都不能有任何违规。"

杨磊他们几人也是大声附和说:"这一点,我们都会去遵守的,老王你放心好了。"

王一元对刘萍说:"小刘,这些公司基础管理方面的工作就主要交给你了。特别是这个'管培生'的计划，会根据业务的进一步发展全面推进。'管培生'的选拔和培养，我看去年开始在小任的门店试点以来，效果就还不错。我们要在借鉴小任门店做法的基础上，再做一些完善，形成一个公司的基本制度。"

任子平说："'管培生'计划是蛮好的。我看以后每一个门店都可以布置一个'管培生'，也可以是两个'管培生'，让他们自己去竞赛嘛。还有，不同的管培生，可以考虑从不同的方向去培养的。比如说，我们做的是学区房，这个房源数据的真实性就特别重要。数据链上的每一项数据都需要我们的业务员去一一核实。那我就想，如果这些后端的工作从业务员手中剥离出来的话，专门安排一些'管培生'去做这些基础性的工作，这样就可以让业务员腾出时间来，专门做好他自己的业务，我觉得是大有裨益的。"

王一元笑了笑，说道："这就是我刚想要说的第二点，就是后台数据的统一管理。这些事，其实我们从成立中介公司一开始就说了的。但是，这几个月都还是各自为战，这项工作并没有真正做起来。"

康立新笑了笑，说："也是没有办法，公司刚成立，生存第一嘛。现在基本上解决了生存的问题，是应该把这些该补漏的补上了，不要让它成为公司的短板。"

王一元说："我的想法，我们所有的门店就只承担房源信息收集和业务成交的职责，其他所有后端的事情，都统一交给公司来安排，从而实现公司的所有数据资源在后台共享。小任，你们搞的网上管理系统，我看就蛮好用的嘛，总体来说还是很不错的。我不管是在唐山还是在镇江，都能随时看到的。"

任子平说："这些都是参照印刷厂的网上管理网络的做法，由'管培生'开发出来的。现在，两个学区的二手房网络管理系统已经开始试运行了，不过还一直在改进的。"

王一元说道："今年，我们要加大在网络这一方面的投入，要是人手不够，就去想办法找专门的人回来做这件事。反正是一条，要人给人，要钱给钱。今年的上半年，一定要把这个网络先搞起来。我们一定要把各个门店的数据在后台全部统一和打通起来。一切房源数据都要进入后台系统，这是没得商量的。各个门店不能有任何的抵触，更不允许藏着掖着。"

杨磊说道："老王，这些，我们都是无条件支持你的。"

王一元笑道："你们这些人，都是鬼精鬼精的，这一次可不允许和我耍心眼哦。还有，系统建好以后，实行分级管理，根据不同的职级，设置不同的调阅权限。"

最后就是业务的拓展。王一元说："要趁现在房地产市场转好的时机，稳打稳扎，再继续大力发展门店。具体来说，门店的数量至少要扩大一倍，继续深耕七宝以及周边市场,希望能成为这一特定区域内房产中介市场的领头羊。"

杨磊和陈志光在去年12月的时候就有过扩张门店的想法。

陈志光说:"我现在对这个中介的做法基本熟悉了,市场现在看上去很不错,买卖都很兴旺,我们是应该抓住时机,迅速扩张。"

杨磊的想法是至少要扩大3倍。他说得很有道理,只有在市场覆盖、房源、业务人员的布置上有特别的优势,才能在区域市场上占据主动,也才会有最大的话语权。

这和王一元的想法不谋而合。王一元也基本上是这个观点:房产中介只有做大,才会有更大的好处。要么就不做,要做就要尽量做到最大,这样才会掌握更多资源,在区域市场才有一定的影响力。

王一元笑道:"不过,我也有一句话说在前面。门面扩大一倍,那今年的业绩就至少要扩大一倍半,你们有这个信心吗?"

杨磊笑了笑,说道:"老王,我主动请缨,在半年内把门店扩大到至少6家,今年的业绩在去年的基础上至少翻4倍。我可以立军令状,完不成我走人。门店扩张的机会不抓住,接下来要是有大行情的话,就只能眼睁睁地看着别人吃肉,我们只能是喝汤。我还是愿意去闯一下。"

"你这不是闯,而是赌,知道吗?"康立新有些担心地问道。

没成想,陈志光却附和了杨磊的说法,他举起手说:"我同意杨磊的看法,我也愿意立军令状,今年上半年把门店扩大到4家,业绩同样是至少翻4倍。"

王一元想了想,看了看任子平、康立新和刘萍,说:"你们三个呢?"

康立新说:"我和小刘早想过了,因为我们俩还兼着公司不少其他的事情,没有他们两位这么大的冲劲和精力。我们准备下个月再新开一家,然后看看行情再说。"

任子平思索了很久以后才说:"我做的主要是学区房,和你们还有些不一样,接下来该怎么弄,我现在还没有想好。"

王一元说:"我也和你们讲实话,现在受房地产公司吴总的委托,我们正在组织一批人进行一项课题研究,主要方向就是房地产发展的周期性问题。房地产的发展是有一定的周期性的。如何在市场形势好的时候抓住机会发展,如何在形势不好的时候保存实力、等待机会,这都是我们从事这个行业不得不去认真考虑的问题。"

康立新大致估算了一下,说:"现在每家门店要正常运转的话,按照最少投入50万计算,8家就是400万。虽然说这几个店面不都在同一时间开起来,每家门店的资金也可以统一调度、集中使用,可就算是再打七折,还有将近300万,资金压力挺大的。"

王一元想了想,说道:"不过,你们放心,既然你们都这么想,我也不能打击你们的积极性啊。这样,你们尽快把门面的位置规划好,把投资的可行性报告写出来,统一交到刘萍这里,我们看看到底要花多少钱,还能不能承受,到时候再统筹研究和分配。"

这几位店长接下来对自己有意扩张的范围进行了热烈的讨论,最后形成了一个大致的区域划分。总体上来说,这样的划分既有互相竞争的意思,又互成掎角之势,几个门店都能在业务上有所呼应。

但是,学区房业务的发展方向和重点还是和普通的中介做法很不一样。王一元的想法就是先扩展到闵行区,今年上半年再做出来两个试点,看看情况后再往其他区域推广。他说:"学区房的二手交易,相对来说抗市场风险的能力更强一些。这一部分的业务,不仅是我们中介公司的重要组成部分,也是在形势不好时候公司的主要避风港,小任,你的任务很重的。"

任子平笑了笑,说:"老王,你这是给我加压啊?你现在再要我去开拓其他市场,难度还是很大啊。你们想想,闵行区的小学学区房在莘庄。那边什么情况,我还不怎么熟悉呢。"

"那就选一所莘庄的重点小学,我们先做做看。"王一元想了想,说道,"小任,我有时候还在想,我们的这个学区房的系统建立起来之后,如果去拓展一个新的市场,这个快速复制的可能性有多大?"

任子平看了看刘萍,说:"还要看公司给我们配备的人手什么时候能真正到位。只有等这个系统经过现在我们两个门店的检验后,才能看出效果究竟怎样。"

王一元呵呵一笑,说:"你这皮球踢得倒是蛮好的。小刘看到了没?已经有人当面打小报告了。你掌管的这个后台支持部门看来要想办法,抓紧扩编啊。"

刘萍笑笑说:"不管你们有什么要求,我一定会去尽力满足你们的。当然了,你们也要提前给我时间去做准备,特别是人力资源,不可能一说要马上就能给到你们的。"

王一元笑了笑,说道:"我今天还要和你们通报一件事情。接下来一段时间,我可能外面的事情要参与得多一些。所以,我的想法就是公司日常的这些协调工作,暂时就交由老康来负责。老康,我之前也没来得及和你商量,你没有意见吧?"

陈志光笑道:"老王,你这是过于客气了,我们中介公司从成立以来,老康不就一直是这样的角色吗?我们几个,其实早就认可老康了。"

王一元对康立新问道:"我客气了吗?"

这样,中介公司开年的工作部署就正式确定。接下来的一段时间,王一元的工作重心就基本上转到吴总交代的几个课题研究的事情上面。

第六章

春江水暖。乡村的春天似乎来得更早一些。只要有迎春花在墙角开始绽放,只要听到几声清脆的鸟鸣,乡下的日子就变得暖和而清明了。

到中午,从市发改委副主任任上退休下来的老崔、报社主编室副主任兼房地产专刊的主编冯吉、房地产行业协会的罗秘书长,还有任学明,杜建峰和王一元六个人组成的小组,几经讨论和修改,文稿终于最后确定。远在香港的吴总拿到稿件后,仔仔细细地看了好几遍,很高兴地表示了同意和赞许。

然后,在朱盈盈的办公室,吴总还和崔主任他们几个人通过QQ进行了面对面的通话。吴总交代的所有任务基本上都圆满完成,大家都很轻松。

吴总和崔主任显然很熟络,看得出来关系不错,甚至还互相开了几句玩笑话。当然,他与冯主任和罗秘书长的关系显然也都很好。

最后,王一元还特意问:"吴总,这些文章都已经按照您的要求,发表在了相应的报刊上。但是,我还有一个建议,就是在网络的推广上还要不要再下一番力气,把文章的影响范围做得更加广阔一些?"

吴总笑道:"现在这些文章的影响已经初步有所显现,从我自己的角度,应该是已经基本上达到了我当初设想的目的。至于网络推广这个事情,这次整个的过程,小王你是始作俑者,好像这些工作也是你作为房地产研究所秘书长的应有之义吧?"

王一元立马明白,吴总这是侧面答应了,于是便大声应承下来。他心里的想法,做网络推广的话,还是得去找胡雪,她们广告公司在这方面这么多年,早就驾轻就熟了,应该不会有太大的问题。

视频结束后,几个人终于彻底放下心来。这次吴总交代的任务,算是功德圆满,告一段落,接下来就是高高兴兴地喝酒庆祝。

这次的文章初稿,按照原来的计划,应该是由任学明来起草的。只是后来他们公司有突发事情,他被派去北京出差了半个月。没有办法,最后王一元只好自己接了过来。不过,幸亏有于老师和同学们的鼎力相助,才最终把初稿如期提交出来。初稿出来后,于老师还拿给学校相关的专家审读过。他的想法,要是吴总没有意见的话,这篇文章就以吴总的名义,看看能不能在学报上予以发表。

王一元和吴总专门汇报过这件事情。吴总当时就在电话里说:"不行的,不能以我的名义。这本来就是你的成果,要是这样的话,就成了我沽名钓誉了。如果能发学报的话,那这篇文章以房地产研究所的名义,因为本来就是你王一元的作品,就署你王一元的名字。"

但是这样一来,王一元就下不来台了。他心里想,这岂不成了自己在邀功了?这是他不能接受的。不过,反正现在能不能上学报也不一定,于是署名的事情只好先搁下了。

在饭桌上等上菜的时间,崔主任问:"小任,你们的几位夫人呢?昨天不是一起过来的吗?怎么今天一上午都没有看见她们,连吃饭了也不见影子了?"

任学明回答道:"她们仨,还有这里老板的女儿,说是怕影响咱们工作,一起去崇明岛上游玩去了,估计要晚上才回来的。"

罗秘书长说道:"我倒是有一个想法,要是游乐园能有几个大型的会议室,倒是个开会的好地方。特别是等到柑橘结果的季节,风光与众不同。"

清明节,王一元带着肖晓晓回了一趟湖南老家,大姑也跟着一起去了。回到老家已是晚上。第二天一早,王一元、肖晓晓、小田、姐姐和大姑一行各自提了准备的"清明吊子"、三牲、鞭炮、纸钱、香烛等各式祭品,去给父母扫墓。

扫墓在老家也叫做上坟。这一片古老的公共墓地也是王家祖上一块比较集中的坟地。王一元的爷爷奶奶,还有父亲母亲,甚至还有更年长的长辈,都长眠在了这里。

还没上山,在山道边、山坡上停放着三三两两的摩托车。这些显然是早起的村民赶早来到山上,给过世的祖先故人上坟、插青。

家乡的习俗,对过世的祖先故人,一般每年有三次上坟:一是除夕早晨或者除夕之前去坟地上坟,请祖先故人回家一起团年;二是清明节或节气之前去上坟,叫"插青",在坟地挂上"清明吊子";三是七月十五的中元节。

正是清明节期间,墓地上长短不一的纸幡挂在坟头枝上。满坟山的"清明吊子",像缨络流苏般地延伸开去,在微风中飘飘荡荡,或有黄白纸菊在飞花零叶中闪烁。在这种奇怪的感觉中,王一元仿佛听到有一种声音在提醒着他:该给父母上坟了,该到他们老人家的门前去拜拜了。

一行人来到父母的坟前。这是一座长锥形的荒草堆,枯黄的杂草间已经是新绿泛滥。前几年立的石碑有些斑驳,碑面上刻的字的颜色已不鲜艳,但还是可以清晰地看见王一元、弟弟、姐姐及孙辈的名字依次排列在碑面上。

望着青灰色的石碑,王一元顿时有一种肃穆之感。这碑上的刻字像是在无声地表达着儿孙辈的敬意和怀念。他拨拉开拜台上的有些潮湿的枯草,蜷身下去,开始清理被杂草掩埋的坟洞口,先燃上两根蜡烛,点上三炷线香。

姐姐招呼小田、肖晓晓她俩开始清理墓地周围的杂草,清理墓碑,把坟墓打扫干净。按照老一辈传下来的说法,修整坟头草木事关家族成员风水、身体健康和气运。

一个干净、整洁的坟头有利于顺遂安康,不会生出旁枝末节的事。

老家的习俗,清明扫墓时,不管后人身在何处,总会为了先人前往墓地祭拜,以解思念之情。除了满怀虔诚之心外,上坟时不少人都会在坟墓上增添一些新土。添新土的意思是为祖先修补房屋,以防坟头土薄,影响祖业根基。

当然,上坟最重要的活动就是在坟前插"清明吊子"。挂"清明吊子"是王一元老家独特的人文风俗。"清明吊子"是由招魂纸幡演变而来,缘于踏青插柳习俗。这种"清明吊子"以竹篾编扎,缀上纸花和纸花环,花团锦簇,彩带飘飘。

王一元记得以前的做法,就是简单地用白纸剪成纸串。一座坟头清明是否"挂青",是一个家族是否后继有人、兴旺发达、父慈子孝的标志。现在,人们对"清明吊子"进行了创新,就像现在姐姐买回来的这样,不再挂那种长长的幡纸条,而是换上了各种颜色的串花,称之为"清明吊花",表示百花齐放的意思。

姐姐说道:"现在不比以前,经济发达了,最好是在父母的坟前摆放一些鲜花或花圈,只是因为我们时间实在仓促,这次确实是来不及准备了。"

王一元跪在地上,一边念念有词,用毛笔蘸着红漆,一笔一划地把墓碑上的父母名号描红。姐姐将祭祀的食物和用品摆放在一个竹制的匾内。王一元"挂青"后,把带来的一叠滴有鸡血的黄纸,用草皮压在坟上,然后在坟地四周摆上十二张银纸,开始举行简单的祭祀仪式。

打开酒瓶盖子,王一元往三个杯子里倒满酒,又拿起酒瓶向地上洒了一些。接着他蹲下身,虔诚地将要给父母烧的钱纸放在台子下面的瓦盆子里,用火柴点燃。王一元拨动着火焰,便在口中念叨:"爹爹姆妈,姐姐、我、晓晓和小田,还有孙辈们来给您上坟了!给您送点钱,你们可要存好,不要省着,该花就花,啊……"王一元一边哽咽地说话一边带头磕头作揖,姐姐她们也学着他的样子,给父母的坟头磕头作揖,在父母的坟前跪拜。

鞭炮点燃。顿时,电光火石间,一声声脆响猛烈地回荡在了山野间……

天空中一直有蒙蒙细雨。纸钱越烧越旺。王一元深深地叩拜下去。烛光摇曳,线香袅袅,他蓦然间分明看到自己小时候,在某个夜色深沉的夜晚,灶膛的火光映照着在灶洞前凳子上父母慈祥的脸,老油灯下,火光明灭,一顿饭就在自己饥肠辘辘的企盼中熟了……他不知不觉泪眼婆娑起来。

想象着黄土之下那个曾经真实的温暖怀抱,还有在荒草遮盖下的一个个曾经鲜活的故事,泪水化作清明雨,每一滴雨都载着无尽的思念!

都说阴阳两隔,其实又哪能真的隔得断呢?

就犹如眼前这微风中轻轻摇曳的"清明吊子",王一元仍然清晰地记得,自己小时候,家里从来都不买,因为母亲从来不让买,说是太贵。所以,早些年,家里上坟用的"清明吊子"是母亲每年自己动手剪制的。在每年清明节来临前,母亲便会选出一个晴朗的日子,拿出团簸,对着大门,正襟危坐,用一天的时间折啊、剪啊。

印象中,母亲的手很巧,一把剪刀、一张白纸,在她的手中左右上下地折叠,横竖正斜地裁剪,一抖一拉,平面的透缝纸面便瞬间垂挂开来,穿上纸秘,中部用彩纸腰上个结,挂在竹竿上,白洁的"清明吊子"便成为了一件立体的艺术品。那时的母亲,在大门的框架内,用剪刀剪出了光阴的剪影,剪出了先辈的故事。

王一元只到现在才终于懂得母亲的那份专注和投入,哀伤却不阴沉,那是一种与已经逝去的亲人的内心的交流与默念。母亲分明是想通过自己的手,在叠叠剪剪当中融进自己的思念,绾结一种牵绊,给自己的念想作一次装饰。

父亲在世时,年年清明节都要"折包"、写"包袱",寄到"那边"去。"袱包"是一种形式独特的冥钱,大都用厚厚的黄签纸或火纸做成的纸钱一叠作内芯折叠而成,再用纸封好,包上的首封上写有一行行的字,背面接口处大书"封"字样,大抵可算作银库贴上"封条"的意思。写好字后的大包小包堆在家里的八仙桌上,并排成列,焚香供奉,往往很高的一垛。

"袱包"是古时祭奠逝者,将冥币以信袱的方式化给幽冥界的亡魂,以寄托哀思,相当于现在的人邮寄钱财。烧袱子,意在寄钱给祖先亡灵,好让他们在阴间有钱享用,更好地庇佑子孙。关于逢年过节要向先人写袱汇冥钱这个传统怎么来,王一元已经记不清了。他只记得父亲在做这些事时总是一脸忧戚,神色专注而恭谨。

父亲在袱包上写他的祖辈,写他的父辈,写他的亡妻的名讳。写写,停停;停停,写写。厅堂里肃风哑静。有丝丝缕缕的阳光从屋后的树梢上爬过来,歪在土墙上,一点一点地往字里浸,往父亲的衣衫里挤,直到完全盖住他的脚背。

后来,父亲去世后就再也没有人写过"包"了。而如今的"清明吊子",彩色玻璃纸,经过机器制作,绚丽多姿,在阳光下闪烁着光彩,显得富丽堂皇、浮华喧嚣,但是再也没有母亲的手工韵味。

儿时的王一元总是不懂事,不会品味母亲的剪刀,每每在母亲剪"清明吊子"的时候搞些恶作剧,偷偷地拿上几个挂在树枝上或者用竹竿挑了到处跑。

母亲从来不打他。在这种过分的闹剧面前,母亲最好的解决办法便是恐吓,说拿了"清明吊子",就会被鬼魂勾走魂魄,晚上会做恶梦!

那时候的王一元还小,对于鬼魂这种不知所谓的东西莫名地害怕,于是赶快扔了

"清明吊子",躲得远远的,从此便对"清明吊子"有了一种说不清、道不明的敬畏。而如今,历经了人世的沧桑,拥有了生离死别的阅历,王一元才明白,这其实是大人们对死者敬献的一份虔诚。

姐姐在一旁絮絮叨叨:"给爹爹姆妈的坟头添添土。你们爹爹喜欢串门,多盖被子,小心着凉。给你们姆妈多烧点纸钱,她从来舍不得花钱……"

早春的料峭,还有清明节的阴晴不定的天气。在这个青黄相接的时节扫墓祭祖,微雨、衰草、油菜花、麦苗、羊肠小道,被雨淋湿的哀愁,袅袅青烟熏染的惆怅,都给予生命对于终结的一种思考。

这种祭拜没有奢求,没有欲望,没有交易,只有灵魂间的赤裸相待,只那么静静地、静静地趴伏着,五体投地。在祖宗面前,把额头抵近泥土,就是为了与先辈对话,超越生死,拉拉家常,聊天叙旧。不是地位,不是金钱,抛却名利,抛却烦恼。

风雨梨花寒食过,几家坟上子孙来。只是,没有了母亲的絮叨,没有了"袱包"的祭祀,对先辈的怀恋还能走多远?遥想多年之后,自己躺在这么一块地方会是怎样的情景?是否那时的清明还一如现在的清明?

王一元先是小声地抽泣,最后竟致整个人匍匐在地上号啕大哭起来。

肖晓晓想着要过去劝劝,被大姑制止了。她轻声说道:"男儿有泪不轻弹,只缘未到伤心处。你就让他好好地哭一场,说不定他心里的一道坎就过去了,会好受一些的。"

一直固执地不太愿意回老家,内心里一直不愿面对父母过早离去的事实,每次看到熟悉的这一切都觉得纠结和难过。王一元这次大哭一场,他突然间觉得,心里的那一层桎梏已然灰飞烟灭,今天就算是彻底放下了,心中恍然间升腾起一片清明。

今天祭拜的是亲情,是信念,是执着,又何尝不是一段王一元自己成长的岁月?

很久很久,王一元他们下山。转过山坳,已经回望不见父母坟头摇曳的孤独之影……

接下来,王一元用两天的时间,先是带着肖晓晓,拿着礼物,登门拜访小村落里的每一户人家。这些人家都是王一元老家基本上还没有出五服的亲戚。他好几年没有回家,刚好趁着这个机会,把肖晓晓介绍给大家。这样也可以顺便让大姑掌握王一元本人还有他的家庭在当地的一些基本情况。

当然了,这些亲戚也陆陆续续来到王一元家里回访。他们对王一元娶回来这么一个漂亮的外地媳妇都是赞不绝口。农村人淳朴的待客方式就是带上一些家里的特产,比如腊肉、腊鸡、腊鱼等，甚至是还有从地里刚拔出来的蔬菜，纷纷送给王一元，让他们带到上海去吃。

然后，王一元又花了一个半天的时间，去了姐姐的婆家转了一圈，也拿回来很多土特产。姐姐还专门杀了三只母鸡，拔毛褪干净，连冰块装在了一个泡沫箱里。

最后，当然就是肖晓晓最感兴趣的事情了。三人从王一元的小学、中学，一直到他上大学的地方，全部都走访了一遍，还拍了很多照片。

王一元不止一次地开玩笑说："现在好了，小时候没有钱拍照片的遗憾，算是一次性补偿回来了。"

他的小学和初中就在村里的完全学校念的。这所学校离家里不是很远，大概3里的路程。王一元以前都是一个人走路去上学的。到达学校的时候，因为清明放假，大门紧闭。王一元从围墙爬进去，打开一扇教室的窗户，三人才得以一起跳进去。

这么多年过去，学校基本上还是王一元上学时的模样，只是更加陈旧了。操场上铁质的旗杆已经生锈，一面国旗在上空飘荡。王一元一边在走廊上往自己上过课的教室走去，一边和肖晓晓、大姑介绍自己上学时的大致情况。

肖晓晓开玩笑说："这么多年了，你还是这么熟门熟路，爬围墙轻轻松松的样子，看来以前你上学的时候肯定没有少干这种偷鸡摸狗的事情。"

只是王一元曾经的高中，现在已经面目全非。原来的高中学校早已被撤销，变成一所初中了。原来读书时候的房子，只剩下一幢教学楼和食堂，其他的建筑基本上都拆掉了。学校虽然有几个老师住在里面，但是他打听了一圈下来，却是一个都不认识。王一元找了几个高中同学的电话打过去，都不在家，所以就只是在校园里看了看就作罢了。

倒是他师专时候的同学，因为现在基本上都还是在娄底本地教书的居多，最后找了有十几个以前读书时要好的同学，大家在娄底市区吃了一顿饭，还一起唱了半宿的卡拉OK。特别令王一元感动和意外的是，他在师专读书时的班主任听说他回了娄底，特意从外地过来参加了这次聚会。

这些事情办完，就到了王一元他们该回上海的时间了。最后一天的晚上，王一元和姐姐、弟媳妇小田，还有小侄子一边吃饭一边聊天。

又说到了去上海找工作的事情。王一元把自己在上海的发展状况和她们简单地说了一遍，他说道："姐姐、姐夫，还有小田，你们一家人都去上海找工作，我是没有任何意见，也是大力支持你们都一起过去的。但是有两条，一是要听安排，二是要有自己找工作的决心。不要一碰到有什么困难就想着回老家，这样是打不好工，也赚不到钱的。

自己要先想好了才过去。"

姐姐笑道："我回去和你姐夫再商量商量，看看你们姐夫有什么想法再说。"

小田说道："等中元的工作稳定了，我们再过去。现在小孩正在上学，转学的手续恐怕也不太好办，至少也要等到这个学期上完再说。"

肖晓晓笑道："小田，我还是建议你们一家人去我们镇江，工作和学校我都想办法给你们安排好，只要你们不挑剔就行。"

大姑笑道："这两天我们也看到了，你们村里的年轻人基本上都外出打工了，家里只剩下年纪大的老人和小孩。村里学校我们也去看过。我觉得不管怎么安排，总比你们这里的条件要好一些。小孩上学的环境很重要。说实话，从王一元的成长和上学的轨迹来看，他就是一个活生生的例子。好好读书和不努力读书，完全是两样的。小王之所以能最终，我们说是跳出农门吧，就是因为读书读出来的啊。"

肖晓晓说："我们对小孩的教育非常重视，特别像你们家，基本上无依无靠，什么事情都是要靠自己的情况下，读书的作用体现得更加明显。小孩还是要和爸爸妈妈一起生活，尽量不要让他做留守儿童，对他以后的成长不利的。"

王一元想了想，说道："这些个浅显的大道理，姐姐和小田你们应该都懂。反正自己考虑好，你们什么时候想要来上海，我就什么时候把相关的东西准备好，随时欢迎你们过来。"

这天的晚上，半夜的时候，肖晓晓迷迷糊糊地醒了。她拿起手机看了看时间，正好12点半。

肖晓晓隐隐约约地听到王一元和姐姐在厨房里说话。她本来没打算听，想继续睡觉，但是无意中听到姐姐提起她的名字，就没忍住偷听了。

姐姐跟王一元说道："晓晓那孩子一看就知道是个独生女，家里条件又比较好，以后你可要好好照顾她，毕竟晓晓能看上你是你的福气，你可不要把我弟媳妇给气跑了。"

王一元呵呵一笑，开玩笑说："这人还没嫁过来呢，怎么就成了你弟媳妇了？姐，你大半夜的做牛肉酱干嘛？"

姐姐打了一下王一元要去拿牛肉吃的手，说道："这是专门做给晓晓的，你不能吃。你的明天早上再做，现做现吃，吃好后就去上海。"她一边装瓶一边说道："真是托爹爹和姆妈的福气，你才娶得到这么好的媳妇。你以后一定要对晓晓好，记住了吗？"

王一元尴尬地笑了笑，说："我自己的媳妇，我肯定会好好宠着她的啊，你们放心好了。"

姐姐说道:"我们这边也没啥特产,这是我特意从镇上买回来的黄牛肉,酱好了让晓晓带给她父母尝尝,也算是我们家的一点心意。"

听到这话,肖晓晓再也忍不住了,眼泪"刷刷刷"的就涌了出来,直往下掉。她心里想道:嗯,真是我的好姐姐啊。王一元,我什么时候就成了他媳妇了?美得他!

没等过完"五一",谢东打电话过来,说是朱许英领导,还有当地高新区招商局的领导5号要来上海考察印刷厂。王一元这时候正在唐山的陶瓷厂,于是3号就坐火车从唐山回上海了。

当时,朱许英和肖晓晓她们,因为袁姐的邀请还在香港。谢东说:"4号是星期二,到时候她们直接飞上海。至于这边的领导,则由我陪同一起过来。"

经过反复考虑,王一元准备把无锡汽配项目的纸箱业务就近在镇江设立纸箱分厂,厂址就选定在服装公司的厂区内,就这样被算做成了当地一个招商引资的项目。他又和肖晓晓打电话确认以后,然后和肖云华、周婉秋打电话,告诉他们考察时间的安排和要注意的几个问题,让他们先做好准备。

这次去唐山,陶瓷厂增产的事情已经开始实施,接连有好几家工厂都是在联系或洽谈中。王一元也去看过其中的几家,不过他觉得王丽萍和李广林已经能应付这些事情,所以就没有太多地参与。

王一元离开唐山的前一天晚上,和王丽萍她们在吃饭的时候进行了一次深度对话。他的中心意思就是,以后唐山陶瓷的发展主要还是得依靠他们自己,但是他也提出了两条基本的原则。一是安全和质量,这也是他多次强调的。王一元说:"你们也不要嫌我说话啰嗦,实际上,这两件大事对工厂来说就是每天讲也都是不为过的。"二是尽量不在唐山做固定资产方面的投资,至少在短期内是这样。也就是说,凡是能租用的,原则上就不购买,在日常的工厂管理和财务开支上也要坚持这个原则。王一元也坦白地说了自己的想法:"目前工厂的发展,我们还没有看到有能做长期打算的希望,自己要心中有数,能省则省,坚持节约的原则。"

李广林说道:"当初刘总不是说有五年好做的吗?我们现在就基本上是按照这个时间节点来做安排的。"

王一元说:"背靠大树好乘凉。其实,能给我们五年的时间也已经不短了。我刚才也说了,存在很多变数,有可能五年后我们这个业务就没有了,但是也说不定是变得更好了。也是有这个可能的嘛。所以,你们俩的话,一方面要继续加强对陶瓷的学习,同时也要多留意,如果有陶瓷发展的机会,要多多关注,及时和我们来沟通。当然了,我们也会去寻找各种机会的。"

火车到达上海的时候刚好是4号下午2点。王一元觉得时间还早,就先去了中介公司。办公室只有刘萍一个人在。王一元放下背包,去饮水机上接水,问道:"其他人呢?怎么连老康也出去了?"

刘萍呵呵一笑:"老王,你是不知道,刚刚过去的三天假期,看房买房的人多得来,就像是打仗似的,根本停不下来。今天虽说是假期结束了,但是一些后续的手续都是要去集中办理。现在,连我们所有后台和支持系统的人马也全部充实到一线去了。说实话,要不是老康打电话给我说你要过来,我现在也是在带看现场的。"

王一元笑了笑,说道:"我走之前看形势还一般啊,现在真有这么忙吗?我本来还想和你们几位一起吃个晚饭,了解一下情况呢。"

刘萍说道:"老王,现在还真不是时候,大家都忙得要死。最起码也要把这些放假期间的业务处理完了才有时间。"

王一元问道:"你后台的那些做支持的员工能顶上去业务一线吗?"

刘萍说:"我现在的日子最不好过了。现在新开了这么多的门店,每个门店都需要员工。我们今年已经招了不少的人马了,可就是这样,他们几个店长还一直和我抱怨,说是业务人员跟不上他们的需求,让我们加大马力找人。可是老王你也知道,一下子就要这么多的员工,我没有办法马上就满足啊。"

王一元端起水杯喝水。刘萍把一个资料袋递给王一元,说:"我现在也要出去,本来就约好了客户在房东家里见面,快要到时间了。这里是公司上个月所有的资料,各种报表都在里面,你可以先看看。"

王一元收拾起资料,放进自己的背包里,问:"现在这些资料,电脑网络上也可以看的吧?"

刘萍说道:"这段时间太忙,耽搁了上线的事。不过,我们内部已经沟通过了,这个月的上旬就会在我们的所有门店联网,会对内开放系统的。不过,你现在还是看看这些打印的资料好了。"

王一元骑着电瓶车,晃晃悠悠地把几个中介的门店,特别是新开的,还有正在装修的门店基本上都跑了一圈。

时间进入了5月,还是杨磊开店的速度最快,4家新门店已经基本上装修完了。趁这次新门店的装修,王一元还委托了胡雪的广告公司,在原来的基础上又重新进行了一次整体形象的设计,使实际的装修效果更加协调和搭配,也更加醒目和富有冲击力。当然了,所有的装修自然就交给了装潢公司。

这些门店都非常忙碌,王一元只碰着了杨磊一个店长,其他门店的负责人都去带看了。杨磊也是因为回来拿资料,急匆匆又要去客户那里办手续,到底和王一元也没能说上几句话。

杨磊甚至还笑话王一元:"老王,我说对了吧?今年的行情,我觉得应该还会更好。接下来,我们要早作打算,要及时做好大干一场的准备啊。"

王一元笑了笑,说道:"现在的6个店面还不够你去发挥的吗?只是你承诺业绩翻4倍的目标,我还是要再一次提醒你不要忘记了。"

杨磊笑道:"老王,我愿意和你再打一次赌,如果按照现在的势头,我今年的这个目标很大概率会至少提前一个月实现。"

"好,我就等着你这句话。真要是达成目标,奖励大大的!"王一元说道。

杨磊却是抓抓头发,显得有些不好意思地说道:"只是我现在遇到了几个困难,需要老王你来帮助我协调。现在,我的这几家店面算是公司同期里最快的,马上就可以使用了。面临有两个困难:一是资金的支持,二是业务员的招聘。我想,老王你能不能照顾我们一下,让我们有吃饱的资源和能力啊?"

王一元想了想,说道:"资金的话,我还可以帮你想想办法,多争取一下。但是,这个员工的招聘,一时半会儿我没有办法帮到你。我刚从刘萍那里过来,她现在已经是竭尽全力,都快被你们弄得筋疲力竭了。她一个女生,自己还要照顾门店,你们要体谅体谅她啊。"

"哈哈,老王,你这就有些怜香惜玉了啊。"杨磊笑道,"好了好了,你能帮助我多解决一部分运营资金的问题,我已经是很感谢你了。"

兜了一圈下来,王一元对公司就基本上心中有数了。各个门店的状况都差不多,所有的业务员都很忙碌,基本上都在做假期成交业务的一些扫尾工作。王一元心里不由地想道,今年年初扩店的决定,现在看来是不是还保守了一些?

在这些门店里头,王一元实际上更关心的是任子平的业务拓展,还有他学区房的网络管理和建设的状况。一段时间不见,也不知道现在推进到什么程度了。年初公司的工作任务分解下达以后,按照当时的计划,今年学区房的业务要走出七宝,做推广的试点。这也是中介公司今年唯一一个走出七宝的项目,也是王一元寄予厚望的项目。其他门店的业务,基本上都还是保留在七宝、深耕在七宝。

王一元和任子平打电话。任子平在电话里说正在莘庄,带着"管培生"和几个店面的员工考察重点小学学区房的情况。

差不多快一年的时间过去了,任子平这人和杨磊显著的不同特点基本上显露了出来。任子平属于稳打稳扎的类型，但从另一个方面来说，就是独自开拓业务的干劲确实缺少了一些。所以，在当初试点"管培生"的时候，之所以第一个选择他的门店，就是想在外部力量的推动下，看任子平能不能做出一些改变，来适应这个快速变化的房地产行业。

说起这个"管培生"的计划，王一元现在是越来越意识到这种人才培养方法的巨大好处。现在新开的店面，有一半是"管培生"担纲副店长或者管理店长的重任，在日常的业务中发挥着越来越大的作用。这些公司"管培生"的使用实行的是双重管理的机制，但是与公司的关系显然更紧密一些，有些类似过去"中央军"的意思，在公司对各店面情况的真实掌握，人员、业务还有资金等动向的掌控上，发挥了意想不到的作用。

但是，在如今房地产业务比较火热的情况下，这么多的门店同时开业，如何做好内部的管理工作，比如应对日益增加的资金压力、业务员的招聘和录用、员工的管理和考核，甚至是公司的管理模式，都是一个巨大的挑战。

怎么进一步加强公司的日常管理，特别是业务板块和后台支持的管理，现在不仅很有必要，也是现实中直接面临的重要课题。怎样来为中介公司保驾护航，让它能行驶得更平稳一些、走得更远一些？这是王一元接下来要重点思考的问题了。

王一元觉得，在公司的运转机制和模式等方面，自己要做的工作还有很多，这其中特别是资金的使用和人员的招聘和考核上，应该是自己下一步工作的重中之重。

说实话，中介公司现在滚雪球一般快速发展，体量一天天地越来越大，门店的数量一天天地增加，员工也是一天天地扩编，这些变化，王一元自己都是始料未及的。但是反过来，随着公司的投入越来越大，流动资金的需求也越来越多，他心里的喜悦是越来越少，更多的是越来越大的责任担当，用战战兢兢、如履薄冰来形容一点也不为过。

一溪绿水半夕阳。小河碧波荡荡漾漾，游船悠悠晃晃，两岸的美景缓缓往后一一退去。此时，夕阳开始西下，婀娜多姿的霞光云氤弥漫大半个天空。黄昏的晚霞，如自然赋予的美丽生命般，在满是柳荫和水杉树翠绿的河边上游荡着……

吴总一个人站在船头上，意气风发，完全一扫过年时在扬州瘦西湖上的忧愁。他诗兴大发，随口就吟诵道："行路难！行路难！多歧路，今安在？乘风破浪会有时，直挂云帆济沧海。"

七月流火，正是一年中最热的时候。此时，从不远处海面上吹过来的阵阵凉风，虽然有一股若有若无的咸腥味，却让人感到无比的凉爽和适宜。王一元和林总、任学明、杜建峰三人对看一眼，心照不宣地看着吴总的背影笑了笑，没有说话。

吴总此时的心绪，当然是他现在心情的真实写照和自然流露。自从他5月底从香港回来之后，经过差不多三个月的清理整顿，房地产公司基本上恢复到了他去年出去学习以前的状态，甚至还要更进一步。虽然不能说他现在能在公司一手遮天，但是从实际的掌控来看，确实也相差不多了。

这也是王一元和吴总在扬州一别后的再次见面，是吴总主动打电话给王一元，王一元自己提出来这个地方。王一元征得吴总的同意后，特意把建筑公司的林总也请了过来。林总接到王一元的电话时，人正在老家象山。听了王一元的介绍，他二话没说，昨天晚上就直接赶回了上海。这一次，他还带过来许多象山海鲜，用专门的车运到了柑橘游乐场这里。

王一元开林总的玩笑，说："林总，这么远的路途，你还真是很用心的。难怪你的建筑公司能做到现在这样的规模，还是很有道理的。"

林总笑了笑，说道："其实也没有什么。我表哥，谢教授他们饭店的海鲜，不也是每天从我们象山拉过来的吗？只不过他是鱼贩子拉的，我是自己拉过来而已。车上准备有小桶，到时每人都拿一些回家，保证新鲜，肯定好吃的。"

这是一条游乐场新购进的游船。还是老朱亲自掌舵。

吴总对任学明他们笑了笑，说道："这几个月，小任、小杜，辛苦你们了。特别是小王，说实话，你牵头弄出来的那几篇文章，真是帮了我不少大忙了。网络上搞出来这么大的动静，我在香港那边都感受到了讨论的热烈，你是如何把它推广出去的？本来我的想法，能够在阿拉上海能搞出一些动静来，就算是很理想的结果了。"

王一元笑了笑，说："还是吴总高瞻远瞩，这些文章的主旨内容都是你来决定的，我们最多是加以完善而已。"

"理解理解。小王，这次你是立了大功。我了解过了，你不仅是总策划，具体的文章也是你在操盘。"吴总笑呵呵地说道："协会的罗秘书长、报社的冯主任，还有崔主任对你的评价都不错。嗯，好好干，这些我心里都有数的。

吴总想了想，说道："不仅是崔主任，其实秘书长，还有冯主任，你们都可以借着我的名头去和他们多多联系的。毕竟，我们上次还是以房地产研究所的名义开展工作的嘛。我是所长，小王你不也是研究所的秘书长吗？这个头衔，你是绝对不可以忘记的，晓得嘛？"

王一元他们点头。吴总说："你们还要记住，以后我推荐给你们认识的人，都必须要保持长期关系，要尽量做到有来有往。走关系，走关系，不去多走动，哪里来的关系？"

说到这个关系的话题,任学明、杜建峰、林总几个人都是各有不同的经历,各自都有不同的看法,也各自都有不同的领悟和体会。

这里所说的关系,包括但又不限于父母关系、兄弟姐妹关系、同学关系、朋友关系、社会关系、客户关系、利益关系等等,丝丝缕缕而又错综繁杂。说实在话,每个人从小到大的经历,从另一意义上来说,何尝不是在"关系"中成长成熟,也是在各种各样相互交织的利益"关系"中生存生活的呢?

吴总笑了笑,说道:"我们就说说小王。就小王你本身来说,在上海并没有什么根基,自己的出身,就是家庭的条件,非常一般,并没有什么大富大贵的亲戚。也就是说,你来上海发展,基本上没有能帮到你的任何外部关系。"

王一元尴尬地笑了笑。任学明说道:"其实,我们很多外地人来上海都是这样,我们当时的情况也和小王差不多一样的。"

吴总笑道:"现在,小王你的那些企业,比如说印刷厂、中介公司,你自己可能觉得都还发展得不错。水往低处流,人往高处走。我们应该看到,说到底,中国现在还是一个人情社会嘛。我个人的体会,在我们国内,想要做成一番事业,除了自己本身的聪明才智,能不能把握住一切可能的机会,能不能利用一切可以利用的关系,这些比起智商来,甚至更加重要。"

大家都颇有同感。吴总接着说道:"小王,你比较聪明,接受新鲜事物比较快。我今天也不展开来说,你自己去体会吧。在座的各位,林总相对年龄要大一些,从事的又是建筑和建设这个行业,可能在关系这一方面的理解更有体验吧?"

林总咳嗽了一下,说道:"我们是私营企业,从事的又是建设这个行业,在视角上可能和吴总的国有大企业稍有不同。有一句俗话说,吴总他们这样的国有公司是亲儿子,我们呢,至多算是干儿子,可能在某些待遇方面又更像是继儿子。我们基本上都是在夹缝里讨生活,我们如果不去维护好方方面面的关系,就是寸步难行的啊。"

王一元深有感触,站起来对着吴总和林总深深地鞠了一躬,说道:"吴总、林总,你们俩这是给我上了一堂实践课啊。我会努力去消化和学习的,真心地感谢你们的帮助和提携了。"

吴总哈哈笑道:"小王,你不用行这么大礼。今天,我们也算是一条船上的人了,还和我们这么客气的话,就显得我们生分了。"

到了前面水域比较开阔的河段,吴总朝四周看了看,对开船的老朱笑了笑,说道:"老朱,你把发动机关了,让我们说会儿话。"

老朱会意,关了发动机,然后自己拿了桨片,去船尾操控船的行进,任由它在水中漂浮。任学明他们知道吴总肯定是有重要的话要说,都不由得坐直了身体,端正了起来。

吴总笑道:"你们这么一本正经,会很累的,晓得嘛?"

任学明他们都是呵呵地笑了起来。吴总说道:"讲正事之前,我先说一件其他的事情。中介公司最新的报表,小任推荐给我看过的。要是我早知道你们要组建中介公司,我肯定也会来参上一股的。为什么?因为我可以给你介绍房源去包销的啊?比如我们公司的好几个楼盘,我都可以让一部分房源出来,让你们中介公司去发挥作用的。"

王一元有些疑惑,问道:"现在房地产形势这么好,还需要我们去帮助你们公司卖房子吗?"

吴总笑道:"现在大气候确实是这样,但也并不是说所有的房子都是好卖的啊。卖房子还是有方法的,我们有时候还是需要借助第三方的力量,去尽快完成项目消化,尽快回笼资金啊。"

见王一元还要说话,杜建峰悄悄地推了推他,轻声说道:"这是吴总给你的机会,不要不识好歹。"

吴总却转移了话题,说道:"我们还是要重点考虑房地产研究所接下来的工作。经过去年底、今年初公司的那些变故,我现在算是真正意识到,我们当初组建研究所的重要性和它能发挥出来的独特作用。我的想法,研究所干脆把它给独立出来。"

"研究所独立,怎么独立?"杜建峰想了想,问道。

吴总说:"你们可能已经知道,我们房地产公司正在启动上市的前期工作,这段时间就会聘请专门的投行来公司做相关的咨询。到底是选择在新加坡还是香港,都会一并去整体考量的。我的想法,咨询公司这次可以参与进这个项目来,辅助这些投行来做一些准备工作。当然了,这中间如何搭配和分工,我会去做好协调的。"

任学明说道:"我们听吴总你的安排。"

吴总笑了笑,说:"我所说的研究所独立,就是把它单独注册成公司制的形式,使它变成一个自主经营的实体。里面有一个问题,因为我们是国有企业,对外投资超过一定比例,按规定需要逐级评估审批。我的想法就是由你们咨询和中介两家公司来控股,我们公司只出少量的资本金。当然了,这其中我本人也参与进来的。"

任学明想了一会儿,问道:"那研究所的业务模式或者说经营模式呢?总不可能是一个务虚的机构吧?"

吴总说:"我的想法是这样,我们公司以前委托给你们咨询公司的业务,全部转进房地产研究所,同时,我们公司也会以购买服务的方式,委托研究所去做一些指定项目的合作或研究。"

任学明说:"那这样的话,研究所还是相当于一个你们公司的内部机构啊?"

吴总哈哈一笑,说道:"毕竟挂着我们公司的名头嘛,就先让研究所在体制外游离一段时间。把这些资产剥离,公司的财报还能更好看一些。至于以后等公司上市,再想办法一并装进我们公司,也还是有可能的嘛。暂时对内的话,研究所还是作为我们公司的一个类似于内设机构来使用,所以我们公司的一些部门,比如说开发研究中心、战略规划部、投资研发部等一些和研究相关的业务部门,都会划拨到这个研究所来的。"

任学明说:"我们咨询公司的相关人员也划出来,集中一起使用。那这个研究所的'块头'就大了,牵头的工作谁来负责?"

吴总笑道:"总经理还是我亲自来兼任,这样比较好协调公司内部各方面的关系,也好支持研究所的正常发展。至于日常的工作,小任、小杜,那你们觉得由谁来做比较合适?"

杜建峰和任学明都不约而同地看向王一元。王一元连忙摇头,摆手推脱道:"我不行,担当不了这个大任。再说,我现在杂事太多,每天乱七八糟的事情还处理不过来呢。吴总,你还是另选贤才吧。"

吴总看了看王一元,笑道:"小王,你也不要这么着急推掉。我刚才说了,重新组建研究所的这件事情没有那么快,至少也要等到投行的第一次咨询评估报告出来以后。所以说,你现在不要着急,你还有足够的时间来思考这件事情,好伐?把我们三家公司的这些相关的力量都组合起来后,怎么运行,又到底该如何来实际操作,小王倒是从现在开始就可以去思考了。"

王一元想了想,说道:"我一定尽我自己的能力。"

吴总说道:"我设想的发展愿景就是把研究所办成一个有一定影响力的、行业内大家都充分认可的、独立的第三方大型房地产研究机构,同时也可以作为我们房地产公司的智库来使用。这也就是我的终极目标了。"

天高云淡,日暮苍茫。秋天的阿育王寺总是雄浑静谧,给人些些许许的禅宗之意。庙宇木檐,清幽静谧;飞檐宝顶,净域宏敞。

三支清香,一支敬佛,一支敬法,一支敬僧。王一元和肖晓晓把香举至额头一般高,闭眼许愿,虔诚跪拜。

佛像沉默无语，生命的富贵荣衰轮回过往，在袅袅香烟里渐渐飘散。王一元的内心感受到了一份超尘的清净与安详，骤然生出一份与众不同的庄严与宁静。进庙烧香，其实就是点燃自己的心香，点亮自己的心灯，这时候就可以得到佛的加持，使自己得到智慧。在佛前供香、烧香时，一缕青烟袅袅直上，能把人的信心通达于佛，从而达成人与佛的契合沟通。

阿育王寺的香是赠送的，每人一包，清香九支，前后三殿，每殿三支。赠香的这种做法并不寻常，显示出阿育王寺与别的寺庙的大不同。既展现了寺庙的博爱胸怀，又起到了环保的作用，一举两得。

可惜当日大门紧闭，得见佛祖舍利需要机缘。俩人依次跪拜了中轴线上的天王殿、大雄宝殿和舍利殿，还有五百罗汉殿。

这天早上，王一元和肖晓晓赶早出发，到达阿育王寺的时候还不到上午九点。王一元对这里已经很是熟悉，两人去找了安排信众的管家和尚。管家和尚和王一元自然相识。登记之后，两人去斋堂吃早饭。竟然还有斋饭。从上海这么远的地方过来，还能有缘在寺内用早斋，倒也算是一个小小的佛缘了。

来的车上，王一元已经和肖晓晓讲了自己和这座寺庙的不解之缘，特别是在这里抽签后去上海，还有大年夜就在这里和她又重新开始联系的经过。

当时，汽车正行驶在杭州湾跨海大桥上。肖晓晓忍不住哭出声来。她盖住了王一元开车的手，睁着泪眼哽咽着说："你大过年的竟然还跑到寺庙里去了？我记得当时我就问过你，到底是在哪里过年。你那时就支支吾吾，不肯直接告诉我。谁成想，你竟然会在寺庙里过年呢？你还真是受苦了啊？"

"阿育王寺是我的福地。我前几年之所以去上海找工作打工，后来创办印刷厂，然后现在各方面的工作都还算顺顺利利。当然了，最重要的就是找到了你。究其根源，这一切的福报都是从阿育王寺延伸出来的。"王一元说道，"所以说，我对阿育王寺充满了特别的感激之情。我不知道你能不能理解，当一个人在他觉得前路迷茫，甚至是痛彻心扉的时候，哪怕是一线光，真的只是一线光，都能给他带来无限的宽慰和希望。阿育王寺就曾经带给我过这样的光。"

阿育王寺的后院有两棵千年银杏树。这两棵银杏树雄伟奇特，树身直径超过2米，需要六七人才能合抱过来。抬头望去，树叶正由绿转黄。这时候虽然还不到深秋，但阿育王寺内的这两棵千年银杏，仍有金黄叶片纷纷扬扬，飘落而下，将草地、石板路和屋檐铺上了零零星星的一片片金黄，在这座千年古刹的映衬下，成为秋日里一道绝美的风景。

第六章

寺庙大多喜欢种植银杏树,被称为"中国的菩提树"。千年古树与深山古刹风雨相守,银杏衬托了寺院的庄重和威严,佛法的高深与其对银杏的庇护,这般唯美幽境,远离红尘,春去秋来,落叶不扫,繁华看尽。

在银杏树不远的地方有一个石碑林,上面篆刻的都是一段段的佛说经文。第一块石碑上写着:"佛说:'一切有为法,尽是因缘合和,缘起时起,缘尽还无,不外如是。'"是啊,花开花落,叶黄叶落,因为有了开始,所以有了结束。缘从缘起,缘从缘灭,生活中所有的所有,都不过是一段缘分。

正说笑间,陈学东打电话进来,说是他们已到阿育王寺,问王一元在哪里。王一元看了看时间,说道:"现在已经到中午饭时间,我们就到斋堂见面吧。"

肖晓晓笑道:"你还真是小气。这么多年没有见面的朋友,你就只请他们吃斋饭?"

王一元解释说:"你不知道,当时我们四个人就是在这里吃的素面。这一次,我们还是吃素面,就是想给我们自己都留一个念想。"

等见了面,王一元往后面看了看,问道:"今天白杨有事,许大军怎么也没有过来?"

陈学东说:"白杨前几天出差去了嘉兴,要过几天才回来。大军去了衢州他媳妇家里,说是丈母娘突然间生病,回去照顾了。他不敢和你直接说,让我传话。"

王一元虽然说在宁波待过五年的时间,但要说是关系好的朋友,其实并不多,就只有这四个人。他说道:"这是你们的大嫂,肖晓晓。我们'十一'准备要结婚的。这次就是想邀请你们去上海参加我们的婚礼。"

邓锐朝王一元翘了翘大拇指,笑道:"哎呦,嫂子真灵的,应该是我们江南的妹子吧?"

王一元说:"她是镇江的。我想起来了,邓锐你是无锡人吧?"

邓锐笑着回答说:"无锡宜兴,就是做紫砂陶瓷出名的那个地方。"

王一元笑了笑,对肖晓晓说道:"说起来,小邓还是我的关门徒弟,至少也应该算半个吧。她当初大学毕业到厂里工作的时候,就是我教她的社会第一课。"

邓锐有些不好意思地笑了笑,说道:"只是你这个所谓的师傅,还没有等到我结业,就自己一个人跑到上海去了。"

肖晓晓笑着招呼大家进斋堂吃面。这一次吃的仍是素面,只是增加了几样小菜。六个人边吃边聊,其间说到了王一元在宁波时的不少往事。吃过素面,六个人又在寺庙里走了一圈。

只是管抽签的地方今天没有开门。王一元一个人站在门口很长时间。

告别后,王一元和肖晓晓没有在宁波再停留,直接开车回上海。经过杭州湾跨海大桥时,肖晓晓轻声问道:"你开了一天的车,要不我来开一会儿?"

王一元眼睛盯着前方,粲然一笑,说道:"真不用。我每次从阿育王寺出来,就感觉好像是卸掉了身上的千斤重担般一身轻松。现在就是一如当初,重新再出发。"

芝兰茂千载,琴瑟乐百年。这个"十一",王一元完成了人生中的一件大事——和肖晓晓正式完婚。经过紧张忙碌的筹备,终于是给了肖晓晓,也给了自己一个美到心醉的薰衣草户外婚礼。

这是一家以薰衣草为主打特色的婚庆公园,一畦又一畦的薰衣草连成花海。风起时,一整片一簇簇的薰衣草田上下起伏,宛如深紫色的波浪层层叠叠,荡漾着激滟的紫光,弥漫着似水的柔情,裹挟着无边的浪漫,向婚礼上一阵阵涌过来,涌过来。缕缕如烟似雾的紫气,携着丝丝缕缕的香气,暗香浮动,弥漫开来,最后弥漫在了天地间。

薰衣草拥有优美典雅的叶形和花色,蓝紫色花序颀长而又秀丽,被不少男男女女演绎出浪漫温馨的爱情故事。在这样漫无边际的薰衣草田举办婚礼,作为新人的王一元和肖晓晓都觉得不失浪漫而又优雅。

一般来说,薰衣草花期应该是在每年的六七八月间。不过,这家婚庆基地的薰衣草是从台湾引进过来的四季薰衣草和柳叶马鞭草,长相和真正的薰衣草极其相似,但是花期更长,花期能持续到11月底。

肖晓晓手里拿着小圆捧花,穿着洁白的婚纱,满脸笑容,挽着王一元的胳膊在大门口迎接宾客。她手里的捧花是粉紫色绣球和零星散落其间的清新薰衣草色橘梗,将肖晓晓点缀得更娇羞与甜美。

薰衣草的花语是"等待爱情"。有人说,薰衣草里包裹着少女执着的爱的灵魂,她永远守候在首次相遇的山谷中,等候着恋情的奇观。在漫无边际的薰衣草田举办婚礼是热爱浪漫氛围的新娘的最爱。

人生,一半是现实,一半是梦想;爱情,一半是缘分,一半是执着。也许,每个女孩的心里都有一场梦幻婚礼,属于一种象征性的仪式感也好,承载了特殊的意义也罢,它总是让人充满向往,在时间里定格成新人一生中永恒的回忆。

当初肖晓晓选择场地的时候,一眼就看中了这里。她觉得,薰衣草婚礼的创意选用甜蜜的粉紫色调来营造自己的户外婚礼,无论是婚礼上的粉嫩花朵还是妩媚手捧花,都能被点染上深浅相宜的薰衣草色,让整个婚礼现场暗香浮动,甜美而浪漫。肖晓晓最大的心愿就是打造一场美到心醉的浪漫的薰衣草户外婚礼。在黄叶纷飞的秋季,这场婚礼能满足自己所有美好的想象。

第六章

王一元和肖晓晓把双方的亲戚、一些比较熟悉和要好的朋友都请了过来。吴总和谢教授担任他们的证婚人,共同见证了这场婚礼的唯美和浪漫。

婚礼最具特色的就是玻璃的婚宴场地了。大堂中央有一方几十平方米的水池,浅浅的水面上漂浮着淡紫色睡莲,低调而意境悠远。薰衣草色融合了紫色的浪漫和粉色的温馨,选用透明的玻璃婚宴场地更有置身原野的自然意境。

婚礼进行曲响起。这时候,夜幕降临,繁星点点,犹如梦幻的仙境。全景式玻璃穹顶让新人和嘉宾置身于一个唯美浪漫的气氛中,如梦似幻,让人心迷神醉!

此情此景让王一元想起多年前在宁波的那个元宵节,自己撕心裂肺的那个晚上。事易时移。尽管三年过去,但当时心中的那份无处诉说的痛楚,他现在仍然记忆犹新,心里还有被牵扯的暗痛。

他想起刚开始创业时和肖云华在那家安徽菜馆,两人喝了一件十二瓶啤酒,豪气冲天而又醉醺醺的,都没法走路,最后也是在深夜昏黄在路灯下,两个人相扶相持着回工厂宿舍的场景。

他想起从马陆考察完葡萄产地回来的那个晚上,在充满了寒意的深夜,一个人在昏黄灯光下踟蹰彷徨。那次马陆葡萄包装盒项目的"滑铁卢"也是他到上海做业务以来的最大一次失败。

他想起在七宝星站路小院,在那个方寸之地的二楼房间,从窗户外面漏进来的昏暗朦胧的灯光,自己看书累了,开着收音机,站在窗口朝外望的场景。还有小院旁边车水马龙、光怪陆离、夜晚永远灯火明亮的吴宝路。

他想起那年的元旦,在那个七宝车站,自己刚下公交车就看到肖晓晓在路灯光下容光焕发、笑意盈盈的面孔。

他想起在华政的田径场,也是在隐隐约约的路灯光下,康宁整个人都要化了似的,满目含春的脸孔。他甚至还想起以前在宁波时的许妍。只不过,哪怕是现在使劲地回忆,许妍的影像还是慢慢模糊了。很多曾经以为海枯石烂的东西,却慢慢淡化,早就没有当时的那份心境了。

他最后想起那年从浙江北路印刷市场问询完土家烧饼包装袋的价格,晚上回七宝宿舍的公交车上,在光之海洋中,突然之间邂逅大上海的迷人繁华。

是啊,漫天繁华,明天又将会是属于谁的精彩?

遇见一些温暖的人,遇见一些浪漫的画面,等到了爱情,遇见一些值得珍惜的时间,等到了你,我今生最爱的人。当时光荏苒,当年华不再,当最初的激情回归平淡,恍然发觉,最稳妥的感情不是海誓山盟,不是千回百转,而是彼此间相濡以沫,结伴直至终老。

　　肖晓晓真实的想法,这场婚礼不仅要能真正地享受大自然的清新与芬芳,还要能和相爱的人拥有这一份独特而美好的回忆。

　　情不知所起,一往而深。当我牵你衣袖,与你执手,我的生命便尽赋予你,相依相伴,或生,或死,倾心相守,安暖相伴。

　　薰衣草灿烂了眼瞳,空气里充满了醉人的甜蜜。今夕何夕,爱你就是要给你我生命里所有的美好。她心里想,简约不是少,而是没有多余;足够也不是多,而是刚好你在。

　　也许,一场浪漫的婚礼其实就是女人心底一个最温暖、最柔情的梦,在女人的心灵最深处静静地蛰伏着,随时等待着风起,直到心旌摇曳,吹得婚纱裙袂飘飘。

　　肖晓晓站在王一元身旁,右手和王一元的左手紧紧地十指相扣。

后记

一校样改完,看着厚厚的一沓书稿,百感交集,突然间想说几句心里话。

从2018年在"起点中文网"上传这部小说的第一章到完稿,刚好一年。

创作本书主要基于三个原因。一是我自己生活、工作在上海,对上海的情况比较熟悉。这是我第一次写小说,从自己熟悉的领域开始写,言之有物,比较顺手。二是上海的巨大变化用"日新月异"来形容一点都不过分。一叶知秋,小说试图去反映这种世事的沧桑变化和时代的巨大变革。三是,现在上海的外地人、"沪漂"很多,但写上海的外地人或者是"新上海人"工作、生活的作品还不是很多,我愿意去做一次有意义的尝试。

所以,小说里的故事都是发生在我身边的故事。特别是对在上海生活过的人来说,可能感受更深刻一些。希望在这本书里能看见自己,也能看见更多的你、我、他。

小人物,大时代。本书展现的就是中国改革开放的背景下,小人物——一个外地农家子弟在上海十年奋斗并不断蜕变成长的励志故事。

故事的主人公之所以叫王一元,是因为我自己在上海最困难的时候,身上真就只有一块钱。我希望这本书能对读者有所启发,可以借助文学这面镜子,认识和理解现实,回应对现实的关切,来发现现实的问题。

因为不是科班出身,也没有接受过系统的专业培训,所以我写作的最大困难还是自己的表达能力、方法和技巧等都比较欠缺。加上写作的时间比较短,要学习的地方确实还有很多。

幸运的是,本书获得了第三届网络原创文学现实主义题材征文大赛的特等奖,又承蒙华东师范大学出版社的厚爱,此书得以付梓出版。

这是我的荣幸,是我投稿之初根本没有想到的,也是对我的一个重大鼓励。就我个人而言,获此殊荣,既是惊喜,又是诚惶诚恐。

我要深深地感谢"起点中文网",给我们这些业余的写作爱好者提供了一个可以自由发挥的平台;感谢编辑胡说、伯汗和青柠;感谢各位评委;感谢阅文集团;感谢上海市新闻出版局。

感谢华东师范大学出版社。这是我第一次出书,特别感谢出版社魏锦编辑热忱周到、悉心专业的指导。

是你们的热情和慷慨的肯定和帮助,使我有了继续写作的无穷动力,使我从书中的故事又回到了创造这些故事的人们中间。

最后,我还要深深地感谢我的家人——我的夫人和儿女们。是他们的无私奉献和默默支持,才使我有机会去实践年少时的"文学梦"。

鞠躬!发自肺腑地感谢你们!

网文的世界这么大,我也想去看看。写作的路还很长,继续努力!